培文书系·大学创新课程教材

比较文学
实用教程

顾问 杨慧林
主编 高旭东

Comparative Literature: A Practical Course

图书在版编目（CIP）数据

比较文学实用教程/高旭东主编 . —北京：北京大学出版社，2011.7
（培文书系·大学创新课程教材）
ISBN 978-7-301-19108-8

Ⅰ.①比… Ⅱ.①高… Ⅲ.①比较文学－高等学校－教材 Ⅳ.①I0-3

中国版本图书馆 CIP 数据核字（2011）第 119057 号

书　　　名	比较文学实用教程
著作责任者	高旭东　主编
责 任 编 辑	于海冰
标 准 书 号	ISBN 978-7-301-19108-8/I·2359
出 版 发 行	北京大学出版社
地　　　址	北京市海淀区成府路 205 号　100871
网　　　址	http://www.pup.cn　电子信箱：pw@pup.pku.edu.cn
电　　　话	邮购部 62752015　发行部 62750672　编辑部 62750112　出版部 62754962
印　刷　者	三河市博文印刷有限公司
经　销　者	新华书店
	787 毫米×1092 毫米　16 开本　22.5 印张　390 千字
	2011 年 7 月第 1 版　2018 年 1 月第 4 次印刷
定　　　价	38.00 元

未经许可，不得以任何方式复制或抄袭本书之部分或全部内容。
版权所有，侵权必究。举报电话：010-62752024　电子信箱：fd@pup.pku.edu.cn

《比较文学实用教程》编写者

顾问　杨慧林
主编　高旭东

导　言	比较文学的视角与世界文学的观念	中国人民大学	杨慧林
第一章	比较文学的定义、学派及发展	深圳大学	江玉琴
第二章	影响研究	北京语言大学	陈戎女
第三章	形象学	山东师范大学	姜智芹
第四章	平行研究	中国人民大学	范方俊
第五章	主题学	辽宁师大　东北师大 大连外院　大连大学	王　立
第六章	文类学	中国政法大学	宋庆宝
第七章	比较诗学	中国人民大学	高旭东
第八章	跨学科研究	山东大学威海分校	管恩森
第九章	国际中国学研究	北京语言大学	周　阅
第十章	中国各民族文学比较研究	中央民族大学	汪立珍　那　敏　李彩花
第十一章	世界华人文学与流散文学	北京语言大学	陆　薇
后　记	本教材的缘起、特点与使用说明	中国人民大学	高旭东

目 录

导　言　比较文学的视角与世界文学的观念 ················· 杨慧林 *1*
第一章　比较文学的定义、学派及发展 ····································· *11*
　　第一节　比较文学的定义、学派及最新发展 ······················· *12*
　　　　一、什么是比较文学？ ··· *12*
　　　　二、比较文学、世界文学与总体文学 ···························· *15*
　　　　三、比较文学的学派 ··· *17*
　　　　四、比较文学的最新发展 ··· *23*
　　第二节　中国比较文学的历史与现状 ································· *27*

第二章　影响研究 ··· *33*
　　第一节　影响研究的理论表述和分类 ································· *34*
　　　　一、梵·第根对影响研究的描述和细分 ························ *34*
　　　　二、影响研究的特点以及对其的反思 ···························· *40*
　　第二节　"孤儿"在英国的足迹：影响研究案例分析 ··········· *43*
　　　　一、研究案例的主要内容 ··· *43*
　　　　二、对研究案例的总括和评价 ····································· *48*
　　附案例　《赵氏孤儿》杂剧在启蒙时期的英国 ······················ *51*

第三章　形象学 ·· *81*
　　第一节　形象学的理论与研究方法 ···································· *82*
　　　　一、形象学的渊源与发展 ··· *82*
　　　　二、形象学的特点与功能 ··· *85*
　　　　三、形象学的研究范围与内容 ····································· *88*
　　　　四、形象学的研究方法与前景 ····································· *92*
　　第二节　西方文学中的中国形象：形象学案例分析 ·············· *93*
　　附案例　中国异托邦：二十世纪西方的文化他者 ··············· *100*

第四章　平行研究 …… 109
第一节　平行研究及可比性 …… 110
第二节　中西文学的通感：平行研究案例分析 …… 118
附案例　通　感 …… 127

第五章　主题学 …… 137
第一节　主题学的由来、发展及基本理论方法 …… 138
一、主题学理论的由来 …… 138
二、主题学在汉语文学研究中的发展与开拓
　　及其反传统性质 …… 139
三、主题与母题的侧重与区别 …… 141
四、主题学研究中的意象、情境、套语、惯用语 …… 145
第二节　案例分析：印度文学在东亚文学中的触媒作用 …… 151
附案例　印度故事在中国及其他国文学中之作用 …… 155

第六章　文类学 …… 167
第一节　文类学述要 …… 168
一、纵向溯源：中西文类学概述 …… 169
二、横向剖析：文类学的研究对象和范围 …… 175
三、个案举要：诗歌、小说、戏剧、散文 …… 178
第二节　中西诗歌的情趣：文类学的案例分析 …… 180
附案例　中西诗在情趣上的比较 …… 185

第七章　比较诗学 …… 195
第一节　比较诗学的兴起与中西比较诗学 …… 196
一、从崇尚文学的理性到理性的没落 …… 198
二、早熟的置重情感的中国诗学 …… 203
三、中西诗学对话的误区与教训 …… 206
第二节　反潮流：钱锺书《诗可以怨》的合理性及其限度 …… 208
附案例　诗可以怨 …… 216

第八章　跨学科研究 …… 229
第一节　跨学科研究的范畴及学理依据 …… 230
第二节　文学与人类其他表现领域的比较 …… 233

　　　　　　一、文学与其他艺术门类 …………………………………… 233
　　　　　　二、文学与人文学科 ……………………………………… 241
　　　　　　三、文学与自然科学 ……………………………………… 254
　　　　第三节　案例分析：《圣经》与文学研究 …………………………… 258
　　　　附案例　《圣经》与美国神话 ………………………………………… 262

第九章　国际中国学研究 ……………………………………………………… 269
　　　　第一节　作为比较文学分支的国际中国学研究 ……………………… 270
　　　　　　一、"国际中国学"与"国际中国学研究" ……………………… 270
　　　　　　二、国际中国学及其研究的发展历史与现状 …………………… 273
　　　　　　三、国际中国学研究的主要内容 ………………………………… 278
　　　　　　四、作为比较文学的分支 ………………………………………… 283
　　　　第二节　国际中国学研究案例分析 …………………………………… 285
　　　　　　一、原典实证的研究方法 ………………………………………… 285
　　　　　　二、对研究人员的学养要求 ……………………………………… 288
　　　　附案例　日本近代儒学研究三闻人 …………………………………… 291

第十章　中国各民族文学比较研究 …………………………………………… 305
　　　　第一节　中国各民族文学比较研究概况 ……………………………… 306
　　　　　　一、各民族文学的关系研究归属比较文学的理由
　　　　　　　　及历史沿革 ……………………………………………… 306
　　　　　　二、各民族文学比较研究的发展现状 …………………………… 310
　　　　第二节　案例分析：蒙古史诗传统与汉族演义小说的文化融合 …… 315
　　　　附案例　蒙古史诗传统与汉族演义小说的结合——《五传》论略 … 318

第十一章　世界华人文学与流散文学 ………………………………………… 325
　　　　第一节　世界华人文学与离散文学 …………………………………… 326
　　　　　　一、概念辨析：从海外华文文学到世界华人文学 ……………… 326
　　　　　　二、世界华人文学与流散文学的特征 …………………………… 330
　　　　第二节　世界华人文学与离散文学案例分析 ………………………… 334
　　　　附案例　简论麻将与《喜福会》的主题与结构 ……………………… 339

参考教材 ………………………………………………………………………… 348
后　记　本教材的缘起、特点与使用说明 ………………………… 高旭东 349

导　言

比较文学的视角与世界文学的观念

杨慧林

旭东兄在人大文学院担任长江学者以来，潜心推动比较文学与世界文学学科的发展，并特别针对比较文学的教学需求，组织编写了《比较文学实用教程》。我因承担西方文论的教学工作而隶属于这一学科，不过私下里却始终以为自己更多从事的是宗教学研究，在现行的学科制度中多少有一点不务正业之嫌。好在西方宗教学之父缪勒（Max Müller）有一句名言："He who knows one, knows none."（只知其一，其实是一无所知。）这常常成为我的托辞，因为如果说"宗教学"（religious studies）的根本是对单一立场和信仰身份的挑战，那么对"他者"的关注同样是比较文学的先天品质。正如埃里亚德（Mircea Eliade）所说：不同的宗教现象，实际上具有"最根本的一致性"，而这是"人们直到近代才意识到"的"人文科学精神历史的统一性"。[①]

以西方思想为主要概念工具的现代人文学术，在20世纪以来始终纠结于主体的有限性和语言的有限性，乃至话语权力、真理系统不断遭到质疑和挑战。就此早有宗教学者断言：在"现代性"的扩张和叙述中，一切"他者"都已经远非"真正的他者"，而只是"我们欲求的投射"或者"投射性的他者"（projected other）[②]，亦即被单一主体所描述的对象、被自我所认识的"非我"，甚至只是"异

---

① 〔美〕埃里亚德：《世界宗教理念史》第一卷，吴静宜等译，台北：商周出版社，2001年，第30，32页。

② David Tracy, *Dialogue with the Other: the Inter-religious Dialogue*, Louvain: Peeters Press, 1990, p.4, p.49.

己者"或者"异教徒"而已。从这样的角度反观文学研究，那么单一的视角让位于多元、任何一种叙述都不再具有"中心"的地位，可能正是比较文学与世界文学的学科前提。这一点在"方法化"的"比较文学"和追随西方的"世界文学"研究中常常被遮蔽，实际上却正是这一学科对人文学术的最重要启发。回到宗教学或者当代神学的命题，这就是"让上帝成为上帝"、"让他者成为他者"，由此才能开始真正的"对话"，才能了解"我们"之外的声音。[①]

以此为基点的研究，最终不可能只是通常意义上的文学比较、文化比较，而必然要指向"话语"本身的重构。这应当是"比较文学"与"宗教学"共同分享的价值命意。1990年代的学科调整以后，"世界文学"与"比较文学"合而为一，被正式更名为"比较文学与世界文学"，并完全归入"中国语言文学"一级学科。对中国高校的学科建制而言，这一调整是意味深长的。它使"世界文学"的概念必将在汉语的语境和理解结构中重新定位，也标志着"比较文学"的观念和方法被置为中国学人的外国文学研究之根本背景。

然而客观地说，学科调整的潜在意味可能并没有得到充分的落实，乃至"比较文学"和"世界文学"往往成为两个互不相干，甚至互相拆解的部分。其中除去可能存在的外在因素，"比较文学与世界文学"学科的自身问题也确实需要予以清理。

一、"比较文学与世界文学"的学科传统与主要问题

"比较文学与世界文学"是"中国语言文学"所含的最年轻学科。它所要面对的基本问题，首先是从两个方面延续而来。

第一，西方所谓的"世界文学"，起源于歌德对"人类共同财产"的呼唤；由此他将"世界文学"区别于"民族文学"，并认为"每个人都应该出力，促使……世界文学的时代……早日来临"。[②]后来马克思和恩格斯又从现代资本主义"生产和消费"的"世界性"出发，提出"精神的生产"必然同"物质的生产"一样，使"各民族的精神产品"成为"公共的财产"，进而形成"一种世界的文学"。[③]按

[①] David Tracy, *Dialogue with the Other: the Inter-religious Dialogue*, Louvain: Peeters Press, 1990, p.49.

[②] 〔德〕爱克曼辑录：《歌德谈话录》，朱光潜译，人民文学出版社，1982年，第113页。

[③] 《马克思恩格斯选集》，第1卷，人民出版社，1972年，第254—255页。

照朱光潜先生的说法,两种"世界文学"的含义似乎大致相同,只是分别基于"普遍人性"和"世界市场"的观点而已①;按照美国学者韦勒克(René Wellek)的理解,歌德的"世界文学"则意味着"一个伟大的综合体的理想","每个民族都在……一个全球性的大合奏中演奏自己的声部",而并非"放弃它的个性"②。

由此立论的"世界文学",无论是对物质生产之决定性作用的判断,还是诗人式的"普世主义"的理想,恰好都可以成为一种比较研究的观念基础,却与中国高校学科建制中的"世界文学"相去甚远。从"世界文学"所曾经历的学科归属就可以看出:它实际上是指中国学人视野中的外国文学,甚至在一定程度上只是高校中文系的外国文学教学和研究而已,因此才一度被"外国语言文学"学科所排斥。如果不能在汉语语境和理解结构中为"世界文学"提供恰当的定位,其学术身份就始终无法得到真正的解决。

第二,"比较文学"(comparative literature)之说,一般认为是出自19世纪的英国批评家阿诺德(Matthew Arnold)。真正使比较文学研究得以推进的,当属所谓的法国学派、美国学派和国际比较文学学会建立以后的多元发展。其中的种种纠葛,也成为"比较文学与世界文学"的学科背景。

法国学派大约肇始于19世纪,而兴盛于两次世界大战之间。当时,一批法国学者针对浪漫主义文学传统所关注的"异国情调"、诗人式的随意联想,以及过于空泛的"文学异同论",特别强调以实证性的研究方法找出不同民族文学之间的具体接触、相互影响和实际沟通。如果没有这类实证材料的支撑,"比较"的基础便不能存在。后来法国学者基亚(Marius-François Guyard)直截了当地宣称:"比较文学并非比较……正确的定义应该是:国际文学关系史。"③

由此立身的"影响研究"往往立论严谨、持之有据,确实对于比较文学的发展起到了奠基性作用,而且至今仍有相当大的影响。但是将比较文学定义为"国际文学的关系史",似乎只能去发掘"某人与某篇文章、某部作品与某个环境、某个国家与某个旅游者"的具体联系,"什么地方'联系'消失了……那里的比较工作也就不存在了"。而问题在于:文学的共通价值未必在于不同作品之间的"事实联系"(factual relations),也很难说"实证"之外的"比较"就一定是"形而上

---

① 〔德〕爱克曼辑录:《歌德谈话录》,朱光潜译,第113页。
② 〔美〕韦勒克等:《文学理论》,刘象愚等译,北京三联书店,1984年,第43页。
③ 〔法〕基亚:《比较文学》,颜保译,北京大学出版社,1983年,第1、4页。

学的或无益的工作"。① 于是，有美国学者向法国学派发起了尖锐的挑战。

1958 年国际比较文学学会第二次全会在美国举行，时任耶鲁大学教授的韦勒克以《比较文学的危机》为题，发表了著名的演讲。他认为：法国学派的研究方法"受制于陈腐的 19 世纪的唯事实主义（factualism）、唯科学主义（scientism）和唯历史主义（historical relativism）"，这几乎将比较文学研究变成了两国文学之间的"外贸"（foreign trade），却无法凸显真正的文学研究所关心的"文学性"（literariness）。② 基于这样的背景，美国学者亨利·雷马克（Henry H. Remak）的《比较文学的定义和功能》（1962）一文，进一步超越直接的"影响"，界说了不同文学现象之间的、甚至跨学科的"平行研究"观念。

作为"新批评派"（New Criticism）的后期代表，韦勒克所强调的"文学性"是要在历史、哲学、传记、心理学等等"外部研究"之外，"抛弃哲学的假定、抛弃心理学或者美学的解释"，为文学批评建立独立的规则。这实际上是与 20 世纪的种种"形式批评"一脉相承，比如俄国形式主义所强调的"自主性"（autonomy）、"具体性"（concreteness），英美新批评所提出的"文本细读"（close readings），结构主义和叙事学所总结的"叙事结构"（structure of narrative）、"叙事语法"（grammar of narrative），符号学批评的"阅读代码"（codes of reading）等等。所有的"形式批评"都是力图找到一种在文本之前"预先存在的系统"，或者可以从不同文本归纳而来的共同结构，以便借助这种系统或者结构去解读个别的文本，其间未必没有"实证"的精神③；反过来说，法国学派的"影响研究"也未尝不是"形式批评"的直接变种④。韦勒克等美国学者对法国学派的最主要批判，显然不在于是否需要"实证"材料，而是针对"实证"方法所导致的"技术化"倾向，并借此呼唤在"事实联系"的文本考证中渐趋暗淡的人文学内涵。

---

① 以上引文请参阅〔法〕基亚：《比较文学》，颜保译，第 2 页。
② René Wellek, *Concepts of Criticism*, New Haven and London: Yale University Press, 1963, pp.282—284, 289—292, 见王柏华"西方比较文学发展史渊源"，杨乃乔主编《比较文学概论》，北京大学出版社，2002 年，第 15—16 页。
③ 比如埃亨巴乌姆曾提出："形式主义者……具有一种科学实证的精神，即抛弃哲学的假定、抛弃心理学或者美学的解释。"就此，他才引用雅克布森的话：文学研究的对象不是"文学"，而是"文学性"。Paul Goring, *Studying Literature: The Essential Companion*, London: Arnold, 2001, p.145.
④ 比如热奈特（G. Genette）就将"法国的'主题学批评'（thematic criticism）"同俄国形式主义、英美新批评等归为一类。Paul Goring, *Studying Literature: The Essential Companion*, p.165.

1954年国际比较文学学会成立以后，各国比较文学学会也相继诞生，比如法国(1954)、日本(1954)、美国(1960)、德国(1968)、加拿大(1969)、菲律宾(1969)、匈牙利(1971)；中国比较文学学会则成立于1985年。自此不断有学者提及的所谓"中国学派"，也被逐渐归纳出一些基本特征，比如跨文化的东方立场、"执两用中"的方法论原则、借助外来理论阐发中国文学的批评实践等等。①

　　从"比较文学"的上述发展看，无论法国学派还是美国学派的形成，都有相当明确的针对性，同时又始终没有离开其文学研究或文学理论的总体线索。因此，尽管西方大学建制中的"比较文学系"远远早于中国，却未必是什么"学科意识"的产物，而更多地体现为一种超越学科的研究平台，其基础则是在于更为开放的文学视野。正如美国学者勃洛克(Haskell M. Block)为"比较文学"作出的定义："在给比较文学下定义的时候，与其强调它的学科内容或者学科之间的界限，不如强调比较文学家的精神倾向。比较文学主要是一种前景、一种观点、一种坚定的从国际角度从事文学研究的设想。"②

　　相对而言，中国学界的比较文学研究当其初始之时，也曾因其观念之新、方法之新而振聋发聩，并对1980年代的人文学术之复兴起到过重要作用。③ 但是，也许因为我们过于热衷"学科"和"学派"的建立，从而对"方法"本身及其"学科"独立性的关注日甚，乃至在一定程度上忽视了"比较文学"的根本命意及其应当为文学研究带来的整体启发。这样，一方面是具体的"比较文学"研究实践趋于萎缩，另一方面勃洛克式的开放态度又引起中国学者对"比较文学何以成为独立学科"的担忧。

　　其实，"比较文学"与"世界文学"的概念也许注定是关联性的，对中国学人来说尤其如此。因为它不仅标志着一种"倾向"、"前景"、"观点"或者"设想"，而且也表达着当代人文学术的内在精神；不仅是"比较文学与世界文学"的立身之本，也是文学研究之人文学价值的关键所在。

---

　　① 请参阅代迅"中国学派与阐发研究"，见杨乃乔主编《比较文学概论》，第196—206页。
　　② 干永昌等选编：《比较文学研究译文集》，上海译文出版社，1985年，第196页。
　　③ 这里主要是指中国内地的比较文学研究，其中最值得一提的是这些新的观念和方法在中国现代文学研究领域引起的震荡。例如乐黛云的论文《尼采与中国现代文学》，见《北京大学学报》，1980年第三期；曾小逸主编的文集《走向世界文学——中国现代作家与外国文学》，湖南人民出版社，1985年。

二、"比较文学与世界文学"的学科命意和内在精神

理解已经是诠释。在汉语的语境和理解结构中为"世界文学"定位,已经意味着一切外国文学研究都必然以"比较"的观念为前提。在汉语语境中,任何纯然的"×语语言文学研究"实际上都不可能存在。"比较文学与世界文学"之谓,在这一意义上特别强烈地凸显出一种内在精神,其价值远远超越了那些学科之争。择其要者,至少可以归结为三个方面。

1. 从"对话"到"间性"的意识

"对话"是"他者"的自然延续。"让他者成为他者"既是一般对话理论的基础,也正是"比较文学与世界文学"的学科起点。而"比较文学与世界文学"所展开的"对话",显然不是要在不同文学之间清谈什么"可比性"的问题,甚至也不仅仅是借鉴"他者"的经验、或者论说所谓的文化多元。归根结底,"比较"中的"对话"最终是要返诸己身,透过一系列对话关系重新理解被这一关系所编织的自我。其中最基本的意义,是"在他种文化的眼中……更充分地揭示自己",从而"相互丰富"[①]。这应当是"比较文学与世界文学"之于"中国语言文学"整体研究的独特价值。进而言之,"比较"与"对话"的更深层意义,还在于当代人文学术从不同角度所关注的"自我的他者化"(self-othering)[②]、"对宾格之我的发现"(Me-consciousness)[③],亦即对"主体间性"(inter-subjectivity)的意识。

意识到"我"具有主格和宾格、指称者和被指称者的双重身份,意识到"主体"只是存在于一种对话关系之中,"对话"便成为起点而不是落点,"对话"也才能超越近乎托辞的"多元",进深到"间性"的自省。其中所荐含的自我批判,乃是"比较文学与世界文学"不断激活甚至重组人文学术的根本原因。因此"比较文学与世界文学"领域中最具影响力的成果,往往并不是停留在文学文本的比较和分析,而是对"宏大叙事"(grand narrative)和现代性神话的全面颠覆。

2. "问题"对"学科"的消解

如果我们承认知识的内在精神也会成就一定的表达形式,那么曾经作为知识

---

① 〔俄〕巴赫金:《言辞美学》,刘宁译,载《世界文学》1999(5),第221页。

② David P. Haney, *The Challenge of Coleridge: Ethics and Interpretation in Romanticism and Modern Philosophy*, Pennsylvania: The Pennsylvania State University Press, 2001, pp.181—184.

③ 〔西班牙〕潘尼卡:《宗教内对话》,王志成等译,宗教文化出版社,2001年,第51页。

表达形式的"学科"概念必然要受到"他者"、"宾格之我"和"间性"意识的深层影响。这些意识在学科制度中的渗透,注定要带来学科界限的消解和跨学科研究的形成。"比较文学与世界文学"本身,就格外突出地显示出一种"学科的间性"(inter-disciplinary),亦即"跨学科性"。

"学科"之由来,其实只是为了回应某种特定的社会状况和精神活动。当曾经建构过某一学科的社会状况不复存在或者发生重大变化的时候,该学科的知识必然要被重组。在当代人文学术的研究领域中,学科界限的消解和学科专业的"问题化"趋向,或许正是当代社会对人文学术的最根本建构。这早已不只是一种理论的推演,而是确凿的学术现实。

作为一个最年轻的学科,"比较文学与世界文学"格外鲜明地反映着当代学术的"非学科化"倾向。因而大量的"普遍性论题"和"公共话语",常常都是首先进入"比较文学与世界文学"的研究视野,同时又不能为任何一个学科所独有,也没有哪一学科能提供回答这些问题的全部概念和逻辑。"比较文学与世界文学"之所以可能成为学科重构的典型,正在于传统的学科分野已经无法限定它的论题范围和研究领域。有学者直截了当地提出:曾经以学科方式回答过的种种问题,在 20 世纪以来又都成了新的问题,并且是以非学科或跨学科的方式重新被提出。现代性进程一方面加速完成了"学科化"的知识建构,另一方面又激发了对"学科化"的反思性怀疑和批判。① 就此而言,"比较文学与世界文学"是与这一过程同步而且同构的。

3."弱势"和"边缘"的文化策略

沿着"他者"、"宾格之我"、"间性"及其对传统学科界限的消解,也许可以大致描述"比较文学与世界文学"的学科命意和内在精神。其中的逻辑线索集中体现了当代人文学术的基本处境,其中所蕴涵的先锋性和批判性也会再度回馈这一处境。因此"比较文学与世界文学"对文学比较和文本分析的超越,一方面使它代表着一种知识方式的重构,另一方面也由此而成为弱势群体或边缘文化"改变世界"并"阅读自己的文本"②之直接手段。

从这样的角度考察"比较文学与世界文学",我们会发现它所导致的阅读活

---

① 请参阅《问题·发刊词》,见余虹等主编《问题》第一辑,中央编译出版社,2002 年。

② Gayatri Chakravorty Spivak, "Feminism and Critical Theory", see David Lodge with Nigel Wood edited, *Modern Criticism and Theology*, New York: Pearson Education, Inc., 1988, p.491.

动注定要延伸为一种"弱势"的立场。比如对文学文本的"历时性"考察,几乎必然会质疑"共时"的文化结构;"阅读自己的文本",几乎必然会动摇"叙事"所编织的意义和秩序。从而在"比较文学与世界文学"研究中备受关注的女性主义写作和后殖民主义文化,既通过叙事主体和语境的变换为"比较"提供了理论支点,又恰好是借助"弱势的性别群体"和"弱势的边缘文化"向强势文化及其"话语霸权"发出的挑战。

由此而论,"比较文学与世界文学"也可以被表达为弱者的文化策略。这与"他者"的呈现、"间性"的意识及其对于"学科"的消解一样,最终的根基和意义未必只限于文学文本和文学阅读自身,而应当拥有更广阔的天地。

三、"比较文学与世界文学"的研究趋向及可能空间

中国的"比较文学与世界文学"研究在1980年代以后曾有过相当迅速的发展,曾经聚集过文学研究领域的相关学科中一批最活跃的学者。然而"比较文学"与"世界文学"之间的张力、"学科意识"及其内在精神的冲突、理论旨趣和批评实践在一定程度上的脱节、特别是较多存在于这一领域的"教材体"或程式化的写作方式,都日益明显地成为其进一步发展的障碍,使"大旗号"下的具体研究难以深入。就此,研究者相继提出了一些建设性的看法。其中所蕴涵的,正是"比较文学与世界文学"的未来趋向及可能空间。

1."比较文学"研究的人文学视野

"比较文学"被界定为"跨文化与跨学科的文学研究"[①],已经是学界的共识;而中国学人所能展开的"世界文学"研究,实际上也必然会有"比较文学"的基本性质。但是这一性质的真正体现,显然不在于它能否保证"比较文学与世界文学"的独立地位,而在于"比较文学与世界文学"的潜在命意和人文学价值。换言之,"比较文学与世界文学"的人文学视野,是其得以成立的逻辑前提,这必然与技术化、程式化的研究相互抵触,也决定了它不可能被狭隘的"学科"归属所束囿。

在近些年的"比较文学与世界文学"领域,逐渐被问讯的实际上正是一些更具人文学意味的问题。比如从"文学间的对话"到关于"存在"的对话性意识,

---

① 乐黛云:《跨文化之桥·前言》,北京大学出版社,2002年,第1页。

从母题、形象或者类型的异同到关于文化想象与文化身份的结构性分析,从文学与文化范式的梳理到关于"经典化"(canonization)过程的揭示。也许可以说,这些都将成为"比较文学与世界文学"的自然延伸。

2. 文学史研究的"批评史"视野

"比较文学与世界文学"的发展趋向,还将导致一种对于"外国文学史"的全新叙述。这一方面意味着"教材体"写作必然被抛弃,另一方面也使文学史的研究必须被置于批评史的背景。西方学界借助不同批评方法处理同一文学作品的尝试,便是可循之例。比如在美国出版的"当代批评中的个案研究"丛书中,《哈姆雷特》之类的文学经典都是根据心理分析学派、英美新批评、解构主义、女性主义、新历史主义等典型的批评模式,得到多层面的读解和描述[①],从而文学理论在文学作品的分析中展开,文学史又被批评史的线索激活。

长期以来的"学科规范"和"教材体"叙述方式,不仅使"比较文学与世界文学"的研究难以深入,实际上也早已引起学生的反感。不久以前有学生在互联网上发表《〈机器猫〉是一部伟大的现实主义巨著》一文,淋漓尽致地发挥了文科的刻薄和想象,运用那些充斥于外国文学教科书的典型术语和分析模式去"解读"日本人写给小孩子看的连环画《机器猫》,从而使这种"解读"显得非常可笑。而问题在于,我们之所以觉得它可笑,只是因为被解读的文本并非"巨著"、也毫无崇高感可言,其实同样的解读方法大量存在于相关的"教材"、"研究"和"学术训练"之中。有鉴于此,在"比较文学与世界文学"的背景下对"外国文学"进行重述,有理由成为我们的期待。

3. 文化研究的"跨学科"视野

在目前的文艺理论界,"文化研究"确实引起了诸多争论。而就"比较文学与世界文学"的未来空间而言,它不仅注定是题中之意,而且可能会带来"跨学科"研究的进一步发展。在"学科意识"远不及国人强烈的西方学界,这恐怕已经没有多少争议。

20世纪后期以来,影响颇大的Polity出版公司"文学研究"网页上,"文学研究"(Literary Studies)已经同"文化理论"(Cultural Theory)合并为一类,并

---

① Susanne L. Wofford edited, *Case Studies in Contemporary Criticism: William Shakespeare "Hamlet"*, New York: St. Martin's Press, Inc., 1994.

开列出"文学研究与文化理论前沿书目"(the cutting-edge list of literary studies and cultural theory)。这种所谓"文化转向"的基本意图,是要突破狭窄的审美中心和文本中心,将文学研究的范围扩大到非审美的思想文化领域和非文本的一切文化对象。因此,西方的传统文学研究越来越多地通过历史文献的钩沉和文学文本的重读,与解析历史文化之成因、结构和趋向的"文化研究"相关联,其中一些问题日益成为整个人文学领域备受关注的焦点。比如文学想象对文化身份的参与(*Sex, Literature and Censorship*, by Jonathan Dollimore),语言结构对价值秩序的渗透(*Language & Symbolic Power*, by Pierre Bourdieu),文本重读对历史叙述的质疑(*Outside in the Teaching Machine*, by Gayatri Chakravorty Spivak),文学诠释对政治哲学的介入(*Hermeneutics as Politics*, by Stanley Rosen),文学研究针对"全球化"潮流进行的反思(*An Anti-Capital Manifesto*, by Alex Callinicos),文学研究对"强势文化"的批判(*Culture and Imperialism*, by Edward Said)等等。

如何评价上述趋向的最终结果,当然还为时过早。但是我们或许应该承认:这一领域所发生的变化正在超越"比较文学与世界文学"的研究自身,悄悄地影响着"中国语言文学"的整体学术品格。

第一章

比较文学的定义、学派及发展

第一节　比较文学的定义、学派及最新发展

一、什么是比较文学？

比较文学自产生之初就一直处于开放状态，也出于危机状态。人们总是质疑比较文学的学科性质和学科边界，因此比较文学学者们也一直致力于对比较文学定义的修正和解释。比较文学到底是什么？比较文学的学科性质是什么？比较文学的研究方法是什么？

法国学者布吕奈尔（Pierre Brunel，1939—　）早在20世纪60年代出版《什么是比较文学》一书时，就很明确指出"比较文学"是一个有缺陷的词，说它是有缺陷的词，是指它的意义和指涉含混不定，因此布吕奈尔也给出了一个含糊的界定，即"比较文学"确定了体现于文学研究之中的人类精神的一种持久的面貌，确定了词汇学上的这个小怪物创造出来之前的一种需要[①]。并且指出比较文学首先是一种教学方法，堪称"民族文学的比较研究"这个缺乏完美的称谓。在布吕奈尔看来，比较文学是一种方法论，呈现的是人类的精神面貌。显然他的这个解释也不足以囊括比较文学发展过程中的意义变化。

从比较文学的概念、性质和方法论来说，它是在不断的发展和危机应对过程中进行完善和丰富的。

从比较文学的学科发展史以及学科性质的确定来说，比较文学最初的确是采取一种比较的方法论进行的研究。阿贝尔·维尔曼（Abet-Francois Villemain，1790—1870）被认为是法国比较文学的真正创始人，他早在19世纪30年代就开始了把比较文学看做是一种比较的方法论并进行了实践。他发现当时法国的大学正在尝试将渊源相同并曾在各时代互相交流融合的数种现代文学进行比较。维尔曼自己也正是用这种比较的方法来研究中古时期和18世纪的法国文学。

但首次对比较文学进行学科定义的法国学者梵·第根（Paul Van Tieghem，1871—1948）恰恰背离了比较的方法论，而采用的是实证主义的方法来研究两国民族文学之间的渊源与影响。梵·第根在《比较文学论》中解释了他在论述"比

[①]〔法〕布吕奈尔等：《什么是比较文学》，葛雷、张连奎译，北京大学出版社，1989年，第15页。

较文学"的概念及研究方法时为什么要背离比较文学的美学意义而寻求它的事实联系。"我们知道那种'比较'是在于把那些从各种不同而且往往距离很远的集体中取出来的事实凑在一起，而从而提出一些一般的法则来。可是当我们碰到文学作品的时候，我们可以相信那'比较'只是在于把那些从各国不同的文学中取得的类似的书籍，典型任务，场面文章等并列起来，从而证明他们的不同之处和相似之处，而除了得到一些好奇心的兴味，美学上的满足，以及有时候得到一种爱好上的批判以至于高下等级的分别之外，是没有其他目标的。"[1]显然梵·第根认为只是将不同民族文学进行简单地类比没有任何意义，因此，他提出自己的看法，"比较文学"的特质应该具有历史的含义而且具有自身的力量，"比较文学"的特质是将尽可能多的来源不同的事实采纳在一起，进而充分对这些事实进行解释分析以扩大认识基础，这样就可以尽可能多地找到种种结果的原因。也正是在这种认识基础上，他明确指出："'比较'这两个字应该摆脱了全部的美学含义，而取得一种科学的含义的。而那对于用不相同的语言文字写的两种或许多种书籍，场面，主题，或文章等所有的同点和异点的考查，只是那使我们可以发现一种影响，一种假借，以及其他等等，并因而使我们可以局部地有用一个作品解释另一个作品的必然的出发点而已。"[2]因此，他详细阐述了比较文学的"一般的原则与方法"，指出"比较文学的对象是本质地研究各国文学作品的相互关系。……比较文学家的必备工具是各种语言、各国文学。"[3]同时他还将民族文学与比较文学放置在同一平面进行对照，以此来区分比较文学的性质。在他看来，民族文学处理限于一国文学之内的问题；比较文学一般处理涉及两种不同文学的问题。在比较文学研究中，民族文学是基本因素，是研究的支撑点。比较文学的目的实质上是研究不同文学相互间的关系，因此他明确指出了比较文学是跨越语言、跨越民族（国家）并基于民族文学的文学关系的研究。

20世纪50年代的时候，法国学者卡雷（Jean-Marie Carré，1887—1958）和基亚（Marius-Francois Guyard，1921—　）对比较文学的定义进行了更加详细的界定。卡雷（又译伽列）作为基亚的老师，在基亚《比较文学》一书的序言中的阐释对"比较文学"的学科定性起着纲领性的意义。卡雷认为，比较文学"是文

---

[1] 〔法〕梵·第根（当时译为提格亨，现按学术界约定俗成译为梵·第根）：《比较文学论》，戴望舒译，商务印书馆，1937年，第17页。

[2] 同上书，第17—18页。

[3] 同上书，第61—70页。

学史的一个分支：它研究在拜伦和普希金、歌德和卡莱尔、瓦尔特、司各特和维尼之间，在属于一种以上文学背景的不同作品、不同构思以至不同作家的生平之间所曾存在过的跨国度的精神交往与实际联系。"① 这表明卡雷强化了梵·第根对比较文学的定义，并指出了比较文学的事实联系包括实际社会生活轨迹，更包括精神影响。在卡雷的论述基础上，基亚又进一步明确了比较文学学科性质和主要特征，提出"比较文学就是国际文学的关系史。比较文学工作者站在语言或民族的边缘，注视着两种或多种文学之间在题材、思想、书籍或感情方面的彼此渗透。因此，他的工作方法就要与其研究内容的多样性相适合"②。因此，综合起来，卡雷和基亚所理解的比较文学就是：一种基于法国文学史研究立场的文学关系研究，即受到外国文学影响的法国文学史研究或影响他国文学的法国文学史研究，其中涉及文学题材、文学类型、作家命运、作品来源、各种思潮的研究，目的是将法国文学史研究置于世界文学研究语境，以历史的视角审视文学的联系和影响。

但梵·第根、卡雷和基亚这一颇具法国中心主义思想的比较文学论调和实证研究的方法遭遇了美国学者的严厉批判，因此将比较文学的学科性质和研究方法拓展到了一个新的阶段，即关注比较文学的文学性的研究。1958年美国教堂山会议上以韦勒克（René Wellek，1903—1995）和雷马克（Henry Remark，1916— ）为首的美国学者质疑法国学者的比较文学研究方法。韦勒克反对法国学者梵·第根将比较文学限定在两种文学之间的相互关系研究、把总体文学看做是几种文学的运动和风气的主张，认为这使得比较文学成为了研究文学的"外贸"，这样，比较文学在主题方面就会成为一组零散破碎、互不相干的片段，一组随时被打散并脱离开有意义的整体的关系。他明确指出，今天的文学研究首先需要认识到明确自己的研究内容和重点的必要性，必须把文学研究区别于常被人用以代替文学研究的思想史研究，或宗教和政治的概念和情感的研究③。这里，韦勒克比较文学的学科主张还原为"文学"研究，即探讨文学的"文学性"问题，文学艺术的本质这个美学中心问题，这样才能真正掌握艺术与诗的本质，理解想象的新世界的能力。

与韦勒克的观点一脉相承，雷马克指出并补充说："比较文学是超出一国范

---

① 〔法〕J-M. 伽列（即卡雷）：《〈比较文学〉出版序言》，北京师范大学中文系比较文学研究所选编，《比较文学研究资料》，北京师范大学出版社，1986年，第43页。
② 〔法〕马里奥斯·法朗索瓦·基亚：《比较文学》，颜保译，北京大学出版社，1983年，第4页。
③ 〔美〕雷内·韦勒克：《比较文学的危机》，沈于译，张隆溪选编：《比较文学译文集》，北京大学出版社，1982年，第22—32页。

围之外的文学研究，并且研究文学与其他知识和信仰领域之间的关系，包括艺术（如绘画、雕刻、建筑、音乐）、哲学、历史、社会科学（如政治、经济、社会学）、自然科学、宗教等。简言之，比较文学是一国文学与另一国或多国文学的比较，是文学与人类其他表现领域的比较。"① 雷马克拓展了比较文学的研究领域，比较文学不仅包括不同民族文学之间的文学史研究，还包括文学与其他学科之间的跨学科研究。

自此，历经数十年的争论和辩驳，尽管还不断存在争议和危机论，比较文学作为一门学科，它的学科概念、学科性质和研究方法基本为世界学者所熟悉并肯定，即比较文学是一门跨语言、跨民族、跨文化和跨学科的文学研究。它既是国际文学史的文学关系研究，也是不同民族文学间毫无事实影响联系却反映出文学的共同规律研究，并探讨文学与其他学科之间的相互关系，它的研究方法既包括实证性的影响研究，也包括审美性的平行研究。

二、比较文学、世界文学与总体文学

从比较文学一词的出现② 到学科的建构以及在学术危机的讨论中，比较文学的概念和学术边界争论一直与世界文学和总体文学的概念如影随形。世界文学和总体文学的概念成为人们辨识比较文学特性的一个参照系。世界文学、比较文学和总体文学三者之间究竟是一种怎样的关系？

歌德（Johann Wolfgang von Goethe）最早提出"世界文学"的概念，在《歌德谈话录》中他说："民族文学在现代算不了很大的一回事，世界文学的时代已快来临了。现在每个人都应该出力促使它早日来临。"③ 这表明在歌德看来，世界文学是超越民族文学的文学研究，是具有世界主义和平等主义视角的学术研究。而基亚在讨论比较文学的时候，将世界文学看做是比较文学的基础，"比较文学

---

① 〔美〕亨利·雷马克：《比较文学的定义和功用》，张隆溪译，张隆溪选编，《比较文学译文集》，北京大学出版社，1982 年，第 1 页。

② "比较文学"一词最早是由法国的中学教师诺埃尔（Francois Noel）和拉普拉斯（E. Laplace）提出，他们于 1817 年为小学生编写的文学读本《比较文学教程》中使用了这一词汇，其实读本中并没有解释比较文学的定义和方法，而是收集了一些古代文学、法国文学和英国文学的作品选段，所以两人并未被看做比较文学的先驱。真正将"比较文学"作为学术话语并传承下来的是维尔曼，他于 1827 年在巴黎大学做讲座的时候用了这个词，后来这个词也逐渐成为这门学科的名称。

③ 〔德〕爱克曼辑录：《歌德谈话录》，朱光潜译，人民文学出版社，1982 年，第 112 页。

是由于世界主义的文学的觉醒而产生的，它兼有历史地研究世界主义文学的意愿。"①研究比较文学的工作者首先应该是一位历史学家，应该最大限度地了解许多国家的文学，应该读懂多种语言，知道怎样寻找第一手资料和拟定一个项目的书目提要②。很显然，这里世界文学既表示法国之外的其他民族文学，也指出了比较文学研究所必需具有的历史意识。

从上述学者的论述来看，世界文学更多地指涉本国文学之外的世界其他民族文学。但美国学者雷马克将这一理解进行了延展。他首次将世界文学与比较文学进行了时间与空间层面的解析，指出比较文学与世界文学之间，既有程度上的差别，又有一些更基本的差别。从空间上看，地理意义上的比较文学往往探讨两个国家或不同国籍的两个作家、或一个作家和另一个国家之间的关系，而世界文学则意味着研究全世界。这意味着比较文学取其世界民族文学之一二进行研究，而世界文学则囊括生存与地球上的所有民族文学。因此空间意义上的世界文学研究范围比比较文学研究更为广泛。从时间上看，世界文学往往意味着获得世界声誉的经典文学。因此，世界文学一般只包括经过时间检验证明其伟大的文学，故世界文学这个术语不常包括当代文学。而比较文学至少在理论上可以比较任何可比的东西，不管在时间上是古还是今。但实际上大部分比较文学的研究还是比较的世界文学。而且比较文学不受时间限制，超越世界文学的时代局限性，通过比较文学的研究，甚至使尚未成为一流作家的作品跻身于世界文学的重要作家之列。③显然雷马克理解的世界文学其含义非常丰富，既包括民族文学中获得世界声誉的经典名著，也包括将全世界各民族文学放在一起进行比较的文学研究，从后者的意义来说，世界文学的研究也预示了比较文学的发展趋势。

除了将世界文学置于比较文学一侧以做理解的参照系，总体文学也是人们理解比较文学概念和学科性质的一个重要概念。梵·第根在《文学史中的综合：比较文学和总体文学》的文章中，用"总体文学"表示超越民族界限的文学运动和文学风尚的研究，而用"比较文学"表示两种或两种以上文学间关系的研究④。这表明在梵·第根的理解中，总体文学是一种文学运动或思潮研究，如西

---

① 〔法〕马里奥斯·法朗索瓦·基亚：《比较文学》，颜保译，北京大学出版社，1983年，第1页。
② 同上书，第4—6页。
③ 〔美〕亨利·雷马克：《比较文学的定义和功用》，张隆溪译，张隆溪选编，《比较文学译文集》，北京大学出版社，1982年，第10页。
④ 〔法〕布吕奈尔等：《什么是比较文学》，葛雷、张连奎译，北京大学出版社，1989年，第142页。

方的人文主义、古典主义、启蒙主义等文学运动。而这一点早在勃兰兑斯《十九世纪文学主流》中得到充分展示，勃兰兑斯的这套文集也被看做是比较文学研究的先行者。而布吕奈尔则认为，总体文学采用的基本上是一种自省的方法。对它来说，重要的不是历史学家或语言学家幻想的那种全面的包罗万象的认识，而是一种有意义的思考。在这个方面，它可能对青年人有益，而且也会使有一定修养的人感兴趣。总体文学从一些可以捕捉住作品本义的巧合出发，比较则负责找出这些巧合。这意味着在布吕奈尔的理解中，总体文学是属于一种类比的研究，比较文学则是影响的研究。比较文学中蕴涵实证意义上的事实关系，总体文学则只是一种巧合事实的类比。

　　针对梵·第根的世界文学、总体文学和比较文学概念，基亚并不完全赞同。基亚认为，总体文学不应被撰写成"各种运动"的综合历史或总体历史，而应该是将来可能产生形式理论与类别理论的一个方法。因此，总体文学应真正重视所有的文学，无论是口头文学还是书面文学，无论是欧洲边缘文学还是中心文学。[①]从这种意义上看，基亚的总体文学囊括世界文学和比较文学。这也是法国学者艾田伯为什么说总体文学的目的是建议我们得到充实之后，回到我们自己的文学园地中来，以便恰如其分地进行评价，并从中找出与众不同的东西。这恰恰也是美国学者韦勒克和雷马克的主张。艾田伯（René Etiemble，1909—2002）摒除了欧洲中心主义观念，在看待世界文学的主张上，将歌德的世界文学概念理解为一种精神国际主义。作为精神国际主义，它并不排斥每个民族的文学，因为每个民族的文学正是以其自身的特点才成为世界文学的一员；而每个民族都是通过艺术性的翻译和加工，将其真正有价值的文学作品变成人类的共同财富。

　　综上所述，世界文学既指获得世界声誉的各国民族文学经典，也指以世界主义视角观照民族文学的研究；总体文学既指跨越国别（民族）传播的文学思潮，也指摒弃欧洲中心主义思想的世界整体主义的文学研究。因此，世界文学和总体文学在后一种意义上有所重叠，也指向了比较文学的研究走向和研究意义。

三、比较文学的学派

　　从比较文学的发展历史来看，比较文学最早诞生在法国，因法国学者提倡的

---

① 〔法〕艾田伯：《比较文学之道：艾田伯文论选集》，胡玉龙译，北京三联书店，2006年，第116—150页。

影响研究和实证研究的方法而被人称为"法国学派"。1958年,在美国教堂山举行的国际比较文学年会上,韦勒克发难,指出比较文学的危机所在,批驳法国学者外贸型的研究模式,提出比较文学的文学性研究,开启了比较文学史上的"美国学派"。当然,还有强调经济动因以及辩证法的"苏联学派",以及现在仍然有所争议的"中国学派",在这里我们重点讲述一下"法国学派"和"美国学派"。

1. 法国学派的发展渊源及其研究特点

法国比较文学的创始人是阿贝尔·维尔曼(Abet-Francois Villemain)和让-雅克·安培(J. J. Ampere)。维尔曼于1828年开始在巴黎大学讲授法国文学课,讲稿的一部分速记修订稿在1828年和1829年发表。他在这部作品中论证了英国文学和法国文学彼此间的影响和18世纪法国在意大利的影响。维尔曼在前言中使用"比较文学"这个词,并指出,比较文学是要通过一幅比较图标,说明法国从外国文学中所接受的东西,以及它所给予他国文学的东西。[①]而安培则在1826年开始就试图从事各种诗歌的比较研究。1832年,安培在巴黎大学所做的"论中世纪法国文学与外国文学的关系"演讲中明确提出,应该进行文学史的比较研究,如果没有这种研究,文学史是不完善的,而且通过比较之后,人们会通过相互借鉴而获得文学的发展。[②]很显然,在比较文学的学科创立之初,法国学者着重进行的是比较的文学史研究,立足于法国本土文学,通过发现法国文学与其他民族文学之间的影响关系,探讨法国文学的传统并奠定法国文学的核心地位。

在这之后,伴随着比较文学作为一门学科的产生及其发展,法国学者对比较文学的概念与研究方法日渐明晰,并将研究内容也勾勒出来。能够最清晰阐述学派观点的是梵·第根。梵·第根也被称为比较文学"法国学派"的奠基人之一。梵·第根在《比较文学论》(1931)中全面阐述了法国学派的观点。首先他明确指出,"比较文学的对象是本质地研究各国文学的相互关系"[③],"地道的比较文学最通常研究着那些只是两个因子间的二元关系"[④],尽管他的这一观点在后来被拓展为三个或多个国家文学之间的相互关系,他的观点奠定了比较文学的基调,即

---

① 参阅〔法〕布吕奈尔等:《什么是比较文学》,葛雷、张连奎译,北京大学出版社,1989年,第20页。

② 同上。

③ 〔法〕梵·第根:《比较文学论》,戴望舒译,商务印书馆,1937年,第61页。

④ 同上书,第202页。

比较文学是跨国别、跨语言的文学史研究。其次,梵·第根指出了比较文学的研究内容,即流传学研究、渊源学研究和媒介学研究。既然比较文学的研究对象是两国文学之间的关系,那么从放送者的角度出发(即作家、著作、思想)研究穿过文学疆界的经过路线是可行的,这就是流传学研究;而从到达点或接受者出发,审视作家作品的接受情况,这就是渊源学研究;而在经过路线上必然会有媒介者的沟通,那必然涉及个人或集团,原文的翻译或模仿,这也即媒介学研究。很显然,梵·第根在此确立了法国学派的研究目的,是通过文学传播路径探讨两国文学之间的关系。最后,梵·第根还奠定了比较文学的方法论,即比较文学应该像历史学科一样把尽可能多的事实采纳在一起,以便充分解释每一个事实。他指出,"整个比较文学研究的目的,是在于刻画出'经过路线',刻画出有什么文学的东西被移到语言学的疆界之外去做这件事实。……我们把尽可能多的事实聚集在一起——而在这事实之中的共同因子,与其说它是环境和状态,还不如说是'文学假借性':于是我们便把这一种假借或这一群假借记录起来。……我们均将一一加以考验。"①

在梵·第根的比较文学论基础上,卡雷和基亚进一步完善了法国学派的比较文学影响研究模式。卡雷作为法国学派的一个重要代表,重要之处在于他在基亚的《比较文学·序》中提出了法国学派的纲领性倡议,即比较文学不等于文学比较,而在于它研究的是关系,即事实联系,在没有关系的地方,比较文学也就不存在了。卡雷的学生基亚在《比较文学》中则细致阐明和论证了卡雷的这一观点。基亚对法国学派的贡献在于:第一,他细化了法国比较文学的研究内容,即影响和成就的研究,是法国学者与外来文化或者外国作家与法国文化之间或者外国文学之间的相互影响研究;第二,他强调了比较文学的方法论,即实证研究。他着力强调两国文学关系中的来源问题,即法国文学中的外国方向,外国文学中的法国方向,外国作家中的外国来源等,这表明了他对事实联系的重视。第三,他开创了比较文学中的形象学研究,探讨人们眼中的外国形象。第四,他由比较文学的研究与哲学、思想史的关联而提出总体文学的主张。尽管基亚的这一主张完善了法国学派,但也因其法国中心主义思想而被人诟病,美国学者之后的发难也与此有一定关系。

基亚的这一沙文主义在60年代得到修正。法国学者艾田伯明确提出:"比较

---

① 〔法〕梵·第根:《比较文学论》,戴望舒译,商务印书馆,1937年,第74—75页。

学者的首要任务是反对一切沙文主义和地方主义。他们必须最终认识到，没有对人类文化价值几千年来所进行的交流的不断认识，便不可能理解、鉴赏人类的文化，而交流的复杂性又决定了任何人也不能把比较文学当作一种语言形式或某一个国家的事，包括那些地位特殊的国家在内。"①艾田伯一直致力于修正法国中心主义观念，因此在《比较不是理由》中，强调了一种全新的世界视野研究比较文学，他提出要加强对西方文化以外的东方文化、文学（特别是中国文化文学的人士）的了解和研究，加强东西方文学的比较，坚定不移地把比较文学的研究范围从西方或欧洲的狭隘圈子推向世界。

综上所述，法国学派的比较文学研究目标是不同国别文学之间的关系研究，是立足于文学史审视本国文学的外来影响和对外影响，研究方法是寻找事实根据，发现不同文学之间的传播与影响路径，进行事实分析和归纳，研究内容包括流传学、渊源学、形象学和媒介学。

2. 美国学派的发展渊源及其研究特点

比较文学"美国学派"的成立以韦勒克于1958年北卡罗来纳大学所在地教堂山举行的第二届国际比较文学学术讨论会上宣读的论文"比较文学的危机"为标志。这篇论文被看做美国学派的宣言。

首先，韦勒克在这篇论文中明确批驳了法国学派的外贸式研究模式和实证研究方法，指出比较文学应该研究文学的本质即文学性。"我认为巴尔登斯柏耶、梵·第根、卡雷和基亚提出的纲领性意见还没有解决这个基本课题。他们把过时的方法强加于比较文学，使之受制于早已陈腐的19世纪唯事实主义、唯科学主义和历史相对论。"②因为法国学派企图把"比较文学"缩小成研究文学的"外贸"，无疑是不幸的。那样，比较文学就会在文学主题研究方面变得零碎且互不相关，变成了可以随时被打散并与有意义的整体的关系脱离开来。这种比较学者只是一种狭隘的比较文学学者，只能研究来源和影响、原因和结果，他甚至不可能完整地研究一部艺术品，因为没有一部作品可以完全归结为外国影响，或视为只对外国产生影响的一个辐射中心。由此，韦勒克坚定地指出：人为地把比较文学同总

---

① 〔法〕艾田伯：《比较文学之道：艾田伯文论选集》，胡玉龙译，北京三联书店，2006年，第4页。

② 〔美〕雷内·韦勒克：《比较文学的危机》，沈于译，张隆溪选编，《比较文学译文集》，北京大学出版社，1982年，第22页。

体文学区分开来必定会失败，因为文学史和文学研究只有一个课题：即文学。想把"比较文学"当成两种文学的外贸，就是限定它只注意作品本身以外的东西，注意翻译、游记、"媒介"；简言之，使"比较文学"变得只注重文学的外缘研究，仅仅研究外国来源和作者声誉的材料。而且韦勒克进一步指出，卡雷和基亚提倡的形象学研究其实已经脱离了文学研究，而沦为社会心理学和文化史研究之列。

其次，韦勒克明晰了比较文学的研究新方法，即文学研究模式，探讨文学的文学特性问题。"我们一旦把握住艺术与诗的本质，它战胜命运，超越人类短促的生命而长存的力量，还有它那创造出一个想象的新世界的能力，民族的虚荣心也就会随之而消失。那时出现的将是人，普遍的人，各地方、各时代、各种族的人，而文学研究也将不再是一种古玩式的消遣，不再是各民族之间的赊与欠的账目清算，甚至也不再是相互影响关系网的清理。文学研究像艺术本身一样，成为一种想象的活动，从而成为人类最高价值的保存者和创造者。"①

在韦勒克将比较文学研究回归到文学研究基础之上，美国学者亨利·雷马克肯定了比较文学的文学性研究，并进一步提出了比较文学的跨学科主张。雷马克以清晰的概念界定了比较文学的研究范围和内容，即比较文学的研究包括两层含义，第一，比较文学是超出一国范围之外的文学研究；第二，比较文学也研究文学与其他知识和信仰领域之间的关系，包括艺术（如绘画、雕刻、建筑、音乐）、哲学、历史、社会科学（如政治、经济、社会学）、自然科学、宗教等。"简言之，比较文学是一国文学与另一国或多国文学的比较，是文学与人类其他表现领域的比较。"②他一针见血地指出了法国学派的研究根本就是实证主义在作祟，并批判了法国学派的陈腐性，但他走得比韦勒克还远，提出比较文学研究除了关注文学特性之外，还应关注文学与其他学科领域之间的关系。这里实际上雷马克的主张非常具有前瞻性，他不仅关注了比较文学的"比较"一词，即"比较文学研究不必在每一页上，甚至不必在每一章里都做比较，但总的目的、重点和处理都必须是比较性的。目的、重点和处理的验证既需要客观的判断，也需要主观的判断。

---

① 〔美〕雷内·韦勒克：《比较文学的危机》，沈于译，张隆溪选编，《比较文学译文集》，北京大学出版社，1982年，第32页。

② 〔美〕亨利·雷马克：《比较文学的定义和功用》，张隆溪译，张隆溪选编，《比较文学译文集》，北京大学出版社，1982年，第1页。

因此，在这些标准之外就不可能也不应该再制定什么刻板的规则。"① 同时，他更看到了比较文学向总体文学发展的可能性。

　　针对比较文学的跨学科研究方法，雷马克明确指出，自20世纪50年代，美国就已经开始采用这种学科交叉的研究方法，而这种研究方法的确立与当时占统治地位的以强调文学艺术为特征的新批评，以及其他人文学科，如哲学、宗教研究、文化人类学和历史编纂的研究特点是相一致的。到了60年代中期，这一研究方法开始进入社会科学领域。跨学科与跨民族，以及新近的跨文化研究有相似的基本前提，即为了明确、分析并总结学科间的相互影响、契合与差异。但实际上随着这一研究方法的推广和文化研究的展开，跨学科研究在美国比较文学研究中也产生了正面与负面意义。雷马克在2002年思考跨学科研究的利弊得失时认为：从正面意义上来说，真正的跨学科研究，尤其是历史学、哲学、人类学、自然科学和技术，以及有同源关系的人文学科挑战、分化并丰富了比较文学的学术研究，带来了可观的成果。从负面意义上来说，跨学科势头把以跨民族、跨语言为核心的比较文学拉向了倒退②。因此雷马克呼吁，在跨学科研究中，势必要加强比较文学研究者所必须的对于非英语文化的语言、文学和历史等相关丰富知识的掌握。

　　雷马克的这一主张在21世纪的美国华裔学者张英进那里得到了呼应。他认为，"如果比较文学是一门跨学科的学科，其研究方法就不可避免地取自、以至传播到其他学科——比较文学的学科历史证明了这点。作为跨学科的学科，比较文学的学科意识应该是开放的，其研究范式必然是多元的，其比较方法可以是跨语言、跨国别、跨媒体的"③。

　　综上所述，美国学派强调的是比较文学研究中两国或多国文学之间没有必然联系，但呈现了文学发展的共同规律的文学性研究，在文学性研究基础上扩张了比较文学研究的范畴，将跨学科研究纳入其中，使比较文学不仅是跨语言、跨国别、跨文化的研究，还是一种跨学科研究。

---

　　① 〔美〕亨利·雷马克：《比较文学的定义和功用》，张隆溪译，张隆溪选编，《比较文学译文集》，北京大学出版社，1982年，第11页。
　　② 〔美〕亨利·雷马克：《比较文学的起源、演化及跨学科研究》，耿强译，《中国比较文学》，2009年第3期，第16页。
　　③ 张英进：《比较文学是一个跨学科的学科》，《中国比较文学》，2009年第1期，第29页。

四、比较文学的最新发展

比较文学自诞生之初到今天已经走过了近百年的历程,自法国学派在1958年遭遇美国学者的批判,并由韦勒克提出了"比较文学的危机"之后,在20世纪90年代又遭遇"文化转向"的危机和"学科之死"的论争,显然,直到今天比较文学的学科危机并没有解除,反而一直在危机中寻找发展的新途径。

自20世纪60年代至70年代初,欧美比较文学不断取得进展,受批评理论的影响,比较文学的关注点,从原来的文本比较和作家之间影响模式的探询,转向了读者的功能。从学院背景来看,是逆反于新批评、弗洛伊德精神分析等理论,出现了文学研究的"理论转向"。以开放性著称的比较文学,在文学研究领域更是首当其冲。1960年代后期开始,美国的比较文学系"渐以理论的温床而著称"。理论热不仅导致了比较文学研究失范,更导致了学科意识的进一步迷失①。

1993年美国比较文学学会(ACLA)发表的伯恩海默报告,提出了比较文学发展的两个转向——全球主义转向和文化研究转向。美国比较文学出现了越演越烈的学科泛化和文化研究现象。而在伯恩海默报告中所提出的"文化转向"问题早已存在西方和美国比较文学界。杰拉德·吉列斯比(Gerald Gillespie)曾总结了西方比较文学五大新趋势:一、文学理论方面,民族文学的界限加速消除,甚至在具体批评实践上也是如此;二、文学史的声望严重衰落;三、以作品为中心的新批评研究方法被抛弃,以作家、作品为主的传统文学研究观念也遭到普遍拒绝;四、普遍拒绝考虑审美问题,而注重文学研究与人文科学之间的关系;五、热衷于所谓"科学"的方法以及种种关于文学的修正观②。这实际为比较文学的新发展提出了新的挑战。

同年,英国比较文学和翻译研究学者苏珊·巴斯奈特(Susan Bassnett,1945—　)出版专著《比较文学:批判性导论》,从翻译研究的角度对比较文学作了批判性的介绍,并且直截了当地宣布:"今天,比较文学从某种意义上说已经死亡。二元差别的狭隘性、非历史方法的无助性以及作为普世文明力量的文学这一看法的沾沾自喜的短视性都为这一死亡推波助澜。"③ 在巴斯奈特看来,比较文学虽然在世界各地仍然存在,但它是在"其他的面具下存活:如存在于目前世界上

---

① 参阅查明建:《当代美国比较文学的反思》,《中国比较文学》2008年第3期,第14页。
② 同上书,第15页。
③ Susan Bassnett, *Comparative Literature: A Critical Introduction*, Blackwell, 1993, p.47.

很多国家都在进行的西方文化模式的激进重组中,存在于因性别研究或文化研究而产生的新方法论洞见对于学科边界的超越中,存在于发生在翻译研究内的跨文化转换过程的检视中"①。因此,巴斯奈特指出,"比较文学在近些年已经衰落,尽管比较的实践仍然存在,并在其他术语下繁荣。而相对照而言,翻译却已经获得良好的基础,自从1970年代以来就已经成为了一门自己的学科,有专业学位、期刊、出版目录和博士论文手册……比较文学作为一门学科已经结束,在妇女研究、后殖民理论和文化研究领域里的跨文化研究已经总体上改变了文学研究的面貌。我们现在应该将翻译研究看做是一门主要学科,而将比较文学看做是一门有价值但应该是作为辅助学科的领域。"②巴斯奈特从理论上解构了比较文学学科,并由此建构了翻译研究学科。这表明作为一门学科,比较文学的确陷入了危机,它的研究领域越来越狭隘,容易被批评理论和文化研究所占领,但因为比较文学学者广博的多学科知识和对前沿理论的敏锐感觉,使比较文学研究较为容易跨界而形成跨学科研究的新声。

在巴斯奈特提出比较文学学科的死亡之后的十年,美国后殖民理论家佳亚特里·斯皮瓦克(Gayatri C. Spivak,1942—)也提出了比较文学的学科死亡之说,在她的《一门学科的死亡》中,斯皮瓦克对全球化时代的新的比较文学学科进行了重新定位:"比较文学与区域研究可以携手合作,不仅培育全球南方的民族文学,同时也培育世界各地的各种地方语言写作的文学,因为这些语言的写作在新的版图绘制开始时注定要灭绝,实际上,新的比较文学并不一定是新的。但我必须承认,时代将决定'可比性'的必然观念将如何实行。比较文学必须始终跨越界限。"③很显然,斯皮瓦克并不是真的宣告比较文学之"死",而是以夸张的方式,为其新型的比较文学理念张目,即解构欧美中心主义,建立没有霸权和权力话语关系的"星球化"(planetarity)思维模式,走与区域研究相结合的道路。

针对巴斯奈特和斯皮瓦克提出的"学科之死"的呼声,王宁敏锐地发现了西方比较文学研究的困境,并尖锐地指出,斯皮瓦克本人并非要促使比较文学学科死亡,而是希望一门新的比较文学学科的诞生,而这一点与提出比较文学危机的

---

① Susan Bassnett, *Comparative Literature: A Critical Introduction*, Blackwell, 1993, p.47.
② Ibid., pp.138, 161.
③ 参阅王宁:《比较文学的危机和世界文学的兴盛》,《中国比较文学》,2009年第1期。

前辈韦勒克是目的一致的。他借用朱迪斯·巴特勒为斯皮瓦克的辩护指出,"佳亚特里·斯皮瓦克的《一门学科的死亡》并未告诉我们比较文学已经终结,而恰恰相反,这本书为这一研究领域的未来勾画了一幅十分紧迫的远景图,揭示出它与区域研究相遇的重要性,同时为探讨非主流写作提供了一个激进的伦理学框架……她坚持一种文化翻译的实践,这种实践通过主导权力来抵制挪用,并且在与文化擦抹和文化挪用的淡化的独特的争论不休的关系中介入非主流场域内的写作具体性。她要那些停留在占主导地位的认识观念的人去设想,那些需要最起码的教育的人是如何看待我们的。她还描绘出一种不仅可以用来解读文学研究之未来同时也用于解读其过去的新方法。这个文本既使人无所适从同时又重新定位了自己,其间充满了活力,观点明晰,在视野和观念上充满了才气。几乎没有哪种'死亡'的预报向人们提供了如此之多的灵感。"① 很显然,学科之死意味着建构一种新的比较文学,一种基于全球化研究的比较文学。而巴斯奈特 2006 年在《比较批评研究》丛刊第三卷第 1—2 期上发表了《21 世纪比较文学反思》似乎也认证了这一点。巴斯奈特推翻自己原来的看法,认为"比较文学和翻译研究都不应该看做是学科:它们都是研究文学的方法,是相互受益的阅读文学的方法。比较文学的危机,源自于过分规定性与明显具有文化特殊性的方法论的结合,它们实际上并不具有普遍适用性,也互不相关。"② 巴斯奈特认为因为比较文学的研究语境已经发生了变化,所以她对比较文学的认识有了不同看法。但她提出了更为严峻的比较文学的危机论。她实际上同时消解了比较文学与翻译研究这两个学科的合法性,而将其作为文学研究的方法来看待,这也使比较文学的危机再次呈现在比较文学研究学者的眼前。而能为翻译学科带来前途的是"来自世界文学的新范式,来自新闻翻译和互联网翻译研究所带来的对翻译定义的重新思考。"③ 她认为,应该将比较文学、翻译研究是不是学科的问题搁置在一边,来研究文本,研究它们的生产,研究它们是如何被阅读的。因此对比较文学学科带来的前途应该是"沿着全球化研究与记忆研究所共同铺设的道路在前进。它们都与身份问题相

---

① 参阅王宁:《比较文学学科的"死亡"与"再生"》,《"后理论时代"的文学与文化研究》,北京大学出版社,2009 年,第 86 页。
② 同上书,第 84 页。
③ 苏珊·巴斯奈特、黄德先:《翻译研究与比较文学的未来——苏珊·巴斯奈特访谈》,《中国比较文学》,2009 年第 2 期。

关。……影响研究早就死亡了,这很清楚。互文性正在成为当前文学分析最有用的工具。"①

正如韦勒克对比较文学危机的全面质疑激发了比较文学新的生机,巴斯奈特和斯皮瓦克所谓的"学科之死"也会发生同样的作用,一些中国学者围绕着《中国比较文学》杂志对此进行了热烈的讨论。日趋封闭和研究方法僵化的传统的比较文学学科注定要消亡,而在全球化的语境下有着跨文化、跨文明和跨学科特征的新的比较文学学科即将诞生。有学者认为,斯皮瓦克提出的比较文学将"超越西方文学和西方社会,在星球化语境中重置自身"的主张是缺乏自信的,而巴斯奈特的比较文学反思值得中国学者借鉴和深思。②有的学者认为,巴斯奈特的比较文学新方向只不过是又一次的基于欧洲一元论的全球化,③中国的比较文学的复兴与发展恰恰回应并超越了巴斯奈特的比较文学危机论和斯皮瓦克的学科之死的说法,体现出我们的研究成果一直以来的越界,既超越了东西方之间的界限,同时也超越了世界文学与民族文学之间的界限;既超越了文学与其他相关学科领域之间的界限,同时也超越了汉语文学与亚洲其他地区的其他语言写作的界限。比较文学的最高境界应当是世界文学的阶段,也即评价一个民族/国别的文学成就应将其置于世界文学的大背景之下才能取得绝对意义上的公正。从这个意义上说,斯皮瓦克所说的那种为比较而比较的牵强比附式的"比较文学"确实应该死亡,而一种新的融入了文化研究和世界文学成分的比较文学学科就在这其中获得再生④。因此,比较文学以其天生的"焦虑意识"不断反思本学科的发展前景和研究方法,使得"焦虑意识"成为推动比较文学发展的内在动力。比较文学学科的危机和死亡说也恰恰证明了比较文学的开放性和创造性。

---

① 苏珊·巴斯奈特、黄德先:《翻译研究与比较文学的未来——苏珊·巴斯奈特访谈》,《中国比较文学》,2009年第2期。
② 乐黛云:《"学科之死"与学科之生》,《中国比较文学》,2009年第1期。
③ 孙景尧、段静:《巴斯奈特同谁"较劲"、又同什么"较劲"?》,《中国比较文学》,2009年第1期。
④ 王宁:《比较文学学科的"死亡"与"再生"》,《"后理论时代"的文学与文化研究》,北京大学出版社,2009年,第90页。

第二节　中国比较文学的历史与现状

关于中国比较文学的发展历史和研究特点，中国比较文学学会会长乐黛云曾旗帜鲜明地指出它具有中国自身的发展特色。中国比较文学的发展并不是欧美比较文学发展历史的直接分支，虽然在同样的时代语境中出现，受到世界比较文学的重大影响，甚至是塑形性的影响，但却有着自己独立的发生、发展过程。"中国比较文学不是古已有之，也不是舶来之物，它是立足于本土文学发展的内在需要，在全球交往的语境下产生的、崭新的、有中国特色的人文现象"[①]。

尽管刘勰已有中原文化与楚文化的风骚之辨，印度文化进入中国后所产生的影响理应在比较文学的研究视野之中，但是比较文学在中国的真正诞生却是在19世纪末与20世纪初。中国比较文学的发端从一开始就具有了自己的特色，打上了民族的烙印。中国比较文学学会第一任会长杨周翰在日本京都召开的日本比较文学学会年会上曾经说："我分析了中西比较文学起源之不同。西方比较文学发源于学院，而中国比较文学则与政治和社会上的改良运动有关，是这个运动的一个组成部分。"[②] 而且中国比较文学的另一个源头是"用西洋输入的理论来阐发中国文化和文学"[③]。因此，中国比较文学的产生是与振兴国家民族的愿望，更新和发展本民族文学的志向分不开的。它始于推介外国文学，并在外国文学的语境下重新认识自己，以寻求发展新路，但它的根基始终是中国社会和悠久的中国文学传统。[④]

中国比较文学是以小说的翻译和研究为开端的。甲午海战惊醒了中国人的迷梦，严复、康有为等对西方文化的看取为西方小说在中国的传播准备了文化上的土壤。梁启超在《小说与群治之关系》中甚至夸大了小说的职能，认为新民必先新小说，要改造一个国家的道德、宗教、政治、风俗等，都要依赖小说，由此掀起了翻译小说的热潮。据统计，从戊戌变法到1911年间，中国出现了600余种翻译小说。在翻译小说的讨论中，谈得最多的往往是以西方小说为参照，找出中

[①] 乐黛云：《比较文学发展的第三阶段》，《社会科学》，2005年第9期。
[②] 乐黛云：《1900—1910：中国比较文学的发端》，《东方丛刊》，2006年第4期。
[③] 同上。
[④] 同上。

国文学在发展中的特点或弱点以求更大发展。而且翻译作为两种文化沟通的最前沿,在中国比较文学界形成了丰富的翻译理论和实践经验。林纾作为这个时期最著名的翻译家,在其评述中西小说作法时已成为中国比较文学的先驱者之一。国际比较文学学会前会长杜威·佛克马(Douwe Fokkema)在审视了中国比较文学的发源后,认为中国的比较文学始于1907年鲁迅发表《摩罗诗力说》,因此鲁迅应被视作中国比较文学最早的开拓者之一。鲁迅在《摩罗诗力说》中通过比较各民族文学的发展,提出了"首在审己,亦必知人,比较既周,爰生自觉"的主张,认为比较是通向民族文化自觉和发展中国新文学的重要途径。[①]胡适、陈寅恪、吴宓、茅盾、许地山、郑振铎、梁实秋、闻一多、朱光潜、梁宗岱、李健吾、朱湘、钱锺书、季羡林等著名学者都为中国比较文学的发展作出了贡献。

比较文学是作为一种理论概念在五四初期开始被介绍到中国来的。1919年章锡深翻译日本学者本闻久雄的《文学研究法》,发表于《新中国》杂志,从此在我国首次出现"比较文学"这个名词。同年,茅盾发表了论文《托尔斯泰与今日之俄罗斯》,他站在世界文学的高度审视俄国文学的发展及其俄国文学特色,并将俄国文学与英法文学和西方古代文学进行比较,开启了中国进行比较文学的浪潮。而后周作人也从文化与文学上对俄国与中国进行了对比,将两者比作两个人,认为"俄国好像是一个穷苦的少年。他所经过的许多患难,反养成他的坚忍与奋斗,与对于光明的希望。中国是一个落魄的老人,他一生里饱受了人世的艰辛,到后来更没有能够享受幸福的经历余留在他的身内。"[②]他由此来指出中国新文学的产生未必与俄国文学一样,以此提醒世人勿要盲目学习和盲目乐观。

1921年吴宓在《留美学生季刊》春季号上发表《论新文化运动》(后又以节录的形式发表于1922年出版的《学衡》第四期),第一次介绍了法国比较文学的理论观点:"近世比较文学兴,取各国之文章而究其每篇每句每字之来源,今在及并世作者互受影响,考据日以精详。"[③]从20世纪20年代开始,中国的报刊上开始出现一些对中国文学和其他国家的文学进行比较研究的论文和文章,如周作人《文学上的俄国与中国》、沈雁冰的《自然主义与中国现代小说》、冰心的《中西戏剧之比较》、许地山的《中国文学所受印度伊兰文学的影响》、查士之的《中日

---

① 详见高旭东:《比较文学与二十世纪中国文学》第一章第二节《鲁迅:中西比较文学的先驱》,人民文学出版社,2002年。
② 周作人:《文学史上的俄国与中国》,《中国比较文学研究资料 1919—1949》,1989年。
③ 贾植芳:《中国比较文学的过去、现在与将来》,《复旦学报(社会科学版)》,1984年第5期。

神话之比较》、赵景深的《中西童话的比较》、钟敬文的《中国印欧民间故事之相似》等。

从 20 年代开始，比较文学讲座和课程也陆续开设。吴宓先生于 1924 年在东南大学开设了"中西诗之比较"等讲座，这是中国第一个比较文学讲座。吴宓更被称为中国第一个学比较文学、第一个教比较文学、第一个用比较文学的理论和方法研究中国文学的人[①]。吴宓后来在清华国学院开设比较文学课，先后延请了美国芝加哥大学教授翟孟生（R. D. Jameson）和英国剑桥大学文学系主任瑞恰慈（Ivor Armstrong Richards）。同时他本人还在清华大学开设《中西诗之比较》和《文学与人生》两门比较文学课程，成为我国在高校开设比较文学课的第一人。同时，清华大学也开设了"当代比较小说"、"佛教翻译文学"等具比较文学性质的选修课。除此之外，北京大学、燕京大学、齐鲁大学、复旦大学、中国公学、岭南大学等高校也相继开设了类似的课程。这标志着中国的比较文学学科的产生。

30 年代中国的比较文学研究又有所发展。傅东华、戴望舒关于西方比较文学的专著译本相继问世，闻一多、朱自清、钱锺书、李健吾、朱光潜、杨宪益、李长之等人的文艺理论著作虽然没有对比较文学作专门论述，但都运用了比较研究的方法，既有对西方文艺理论、批评方法的介绍，也注意到东西方文化之间的异同与比较。如朱光潜的《中西诗情趣上的比较》，根据中国和西方不同社会、不同文化传统和伦理思想，对中西诗情趣进行了深入系统的比较研究。1936 年，商务印书馆先后出版了傅东华翻译的法国洛里哀的《比较文学史》和戴望舒翻译的梵·第根的《比较文学论》，在中国第一次系统介绍比较文学的历史、理论和方法，引起当时学术界人士对比较文学的兴趣和关注。1936 年，开明书店出版了朱光潜的《文艺心理学》，用双向阐发的方法，既应用西方文学理论阐发中国文学，也应用中国文学理论阐发西方文学，探索中西文学的共同规律。不过贾植芳先生认为这一阶段我国的比较文学研究较多的还是停留在方法论的运用上，尚未形成一个独立的学科，更不用说形成具有民族特点的学派。[②] 40 年代，由于社会的变动，文学研究受到极大影响，但也有比较文学的研究成果出现。如林林的《鲁迅与果戈里》、洛蚀文（王元化）的《鲁迅与尼采》、唐君毅的《中国哲学与中国文学的关系》、郭沫若的《契诃夫在东方》等揭示中外文学关系的论文。

[①] 赵连元：《吴宓：中国比较文学之父》，《学习与探索》，1993 年第 3 期。

[②] 贾植芳：《中国比较文学研究的过去、现在与前景》，《复旦学报（社会科学版）》，1984 年第 5 期。

1949年之后，由于苏联的影响，中国内地的比较文学处于较为沉寂的状态。如果说50年代与60年代初还有一些比较文学的论文出现，如冯雪峰的《鲁迅与果戈理》、戈宝权的《陀思妥耶夫斯基的作品在中国》、范存忠的《〈赵氏孤儿〉杂剧在启蒙时期的英国》等，那么，在"文化大革命"之后比较文学在中国内地完全消失了。在同一时期的台湾地区和香港地区，比较文学倒是得到了长足的发展，他们举办国际会议，出版比较文学的书籍，搞得热热闹闹，比较文学的"中国学派"就是最早由台港学者提出来的。

中国比较文学的复兴并得到迅猛的发展是70年代末，伴随着改革开放而成为最具开放性、先锋性的学科之一。许多学者在《读书》上撰文，呼吁比较文学的新生。以季羡林、杨周翰、乐黛云为首的北京大学比较文学研究会率先成立，带动了全国高校比较文学研究会的成立热潮。1979年，钱锺书的巨著《管锥编》的出版成为比较文学在中国复兴的成果标志。《管锥编》对比较文学的各个方面包括交叉学科的研究、文艺理论的双向阐发研究、渊源影响的研究、翻译媒介的研究都有独创的建树。《管锥编》不仅为比较文学树立了典范，其中所包含的深刻思想也为比较文学指明了努力的方向，其一是"一贯于万殊"，其二是"打通"，"意在打通中外、古今，打破学科的界限，将文、史、哲等诸学科融会贯通，观其同，存其异，阐发出不因时世而变迁，不因人种而歧出，不因学科而相背的人类共同的心理规律和情感运行规律"①。如果说钱锺书的《管锥编》是"无心插柳柳成荫"的结果，那么1980年乐黛云发表《尼采与中国现代文学》，就是有意识地运用比较文学的方法研究尼采在中国现代文学的传播及文化变异，并且带动了很多现代文学学者加入到比较文学阵营，发表了大量的中国现代文学与外国文学比较研究的论文，出版了《走向世界文学》的论文集。而卢康华、孙景尧的《比较文学导论》的出版成为比较文学的学科理论系统起步的标志。

1985年10月，中国比较文学学会成立大会暨首届学术讨论会召开，标志着中国比较文学研究进入一个新的阶段。在学会成立前后，上海外国语大学创办了比较文学的公开刊物《中国比较文学》，在学会成立后便成为中国比较文学学会的会刊。因此这次大会是中国比较文学学术成果的大检阅，到会的近20位国外学者也表明了这是中国比较文学与国际学术界对话的开端。学会从诞生之初就已成为国际比较文学协会的团体会员，使中国比较文学学科性质一开始就具有了国

---

① 张德勋:《〈管锥编〉与中国比较文学的兴起》，《社会科学》，1992年第6期。

际性特征。中国比较文学学会的成立又促动了比较文学研究与学科的迅猛发展，不仅出版了大量的专著、丛书、教材、译文集和论文集，北京大学出版社还出版了第一部《中国比较文学年鉴》（杨周翰、乐黛云主编），而且各省级的比较文学学会也如雨后春笋般成立。学术研究的洪流在呼唤学科的建立，自1993年以乐黛云为学科带头人为中国争得第一个比较文学博士点，到现在已经有30多所高校拥有比较文学与世界文学的博士学位授予权。此外，还有更多的高校同时在本科和硕士阶段开设比较文学与世界文学方面的课程。中国比较文学一方面是国际比较文学的东方分支，另一方面又具有自己独特的研究特征与学科特征。譬如国际比较文学界的"理论热潮"，在贵阳召开的中国比较文学第三届年会上就有所表现，后来的"后现代"、"后殖民"、"翻译转向"等前沿理论也在中国比较文学研究中打上深刻的烙印；但另一方面，中国比较文学从现代产生的那一天就是跨文化的，外来文化的冲击与本土文化的反省使得中国比较文学从一开始就具有了类似20世纪90年代西方比较文学界"文化转向"的内涵。深圳的第一届比较文学年会就有从跨文化视角研究作家个案的论文，有人甚至提出中西比较文学在很大意义上就是中西比较文化。[①] 在80年代末，乐黛云主编的《中外文化比较丛书》七种开始由河北人民出版社出版，将比较文学拓展到比较文化领域，而北京大学的比较文学研究所也改名为比较文学与比较文化研究所。这使得中国比较文学的学科发展具有相当的独特性，所以当西方人认为比较文学是一门外加的或多余的学科甚至宣布学科死亡时，往往得不到中国比较文学学者的认同，因为对于中国的文学研究而言，跨文化的比较文学研究就是现代中国文学研究的存在本身。

21世纪的中国比较文学在西方宣布学科死亡之际，仍然生机勃勃。中国学者在国际比较文学界提出中国比较文学研究是比较文学发展史第三阶段的观点，并且结合中国比较文学教学实践、积极探索全球化时代比较文学新观念和新理论。乐黛云说："如果说比较文学发展的第一阶段主要在法国，第二阶段主要在美国，那么，在全球化的今天，它已无可置疑地进入了发展的第三阶段。这一阶段比较文学的根本特征是以维护和发扬多元文化为旨归的：一是跨文化，二是文学研究。中国比较文学是继法国、美国比较文学之后，在中国本土出现的、全球

[①] 前者见凌宇为大会提供的论文《从中西与苗汉文化的撞击看沈从文》，后者见高旭东为大会提供的论文《论中西比较文学》。

第三阶段的比较文学的集中表现,它的历史和现状充分满足了这两个条件。"① 中国比较文学在接受法国、美国等比较文学研究的营养之后,从东西方文化的对话与交流切入,使比较文学真正成为一门沟通东西方文学和文化的显学。中国比较文学学者经过从 20 世纪到 21 世纪的研究探索,已经形成了各具特色的研究群落,比较文学与世界文学的理论研究,比较诗学研究,中外文学关系研究,形象学研究,翻译研究,文学与宗教以及文学人类学的跨学科研究,海外华人文学研究,国际中国学(汉学)研究,比较文学教学研究……这些不同的比较文学研究群落的成果在 2008 年北京举办的第九届年会上得到了集中的展现。② 很显然,新世纪中国比较文学的蓬勃发展与不断拓展,在比较文学学科呈现出"西方不亮东方亮"的特征。

习题

一、什么是比较文学?比较文学与民族文学、世界文学、总体文学的关系是什么?

二、你如何看待比较文学的学派之争?

三、在 21 世纪比较文学显示了怎样的发展态势?

四、中国比较文学发展的普遍性与独特性何在?

延伸阅读 (加粗者为重点阅读文献,下同)

一、张隆溪编:《比较文学译文集》,北京大学出版社,1982 年。

二、张隆溪、温儒敏编:《比较文学论文选》,北京大学出版社,1984 年。

三、达姆罗什、陈永国主编:《新方向:比较文学与世界文学读本》,北京大学出版社,2010 年。

四、Susan Bassnett: ***Comparative Literature: A Critical Introduction***, Blackwell Publishers, 1993.

五、**《当代名家学术思想文库:乐黛云卷》**,北方联合传媒(集团)股份有限公司、万卷出版公司,2010 年。

六、爱克曼辑录:《歌德谈话录》,人民文学出版社,1982 年。

---

① 乐黛云:《比较文学发展的第三阶段》,《社会科学》,2005 年第 9 期。

② 高旭东主编:《多元文化互动中的文学对话》(上下册),北京大学出版社,2010 年。

第二章

影响研究

影响研究是比较文学最基本的研究类型和研究方法，也是法国学派最具代表性的一种研究范式。法国学派形成于比较文学作为一门独立学科的早期，从19世纪末到20世纪20—30年代，一批法国学者的研究勾勒出了比较文学早期的发展轨迹。一般公认法国学派的主要代表有布吕纳介（Brunetiere）、戴克斯特（Joseph Texte）、巴登斯伯格（F. Baldensperger），梵·第根（Paul-Van Tieghem），卡雷（Jean-Marie Carré）和基亚（M. F. Guyard）等人。

"影响"的观念被梵·第根标举为比较文学研究之中心，① 连德裔美国学者韦斯坦因几十年后也承认"影响应该被认为是比较文学研究中十分关键的一个概念"②。对影响的研究应运而生；然而，归在法国学派名下的诸学者并不只做影响研究（梵·第根提到过较为"物质"性的文体学和主题学研究，卡雷和基亚则开创出"形象学"研究）。即便如此，影响研究作为一种极具代表性和典范性的研究范式，俨然成为了法国学派的标志。

第一节　影响研究的理论表述和分类

一、梵·第根对影响研究的描述和细分

影响研究代表性的理论表述，出自梵·第根。他于1931年出版的《比较文学论》具体论述了比较文学的性质、方法和范围。全书共分为"导言：文学批评——文学史——比较文学"、"第一部：比较文学之形成与发展"、"第二部：比较文学之方法与成绩"、"第三部：一般文学（今通称'总体文学'）"四部分。在该书第二部分，梵·第根把影响研究的任务规定为刻画影响的"经过路线"。

> 整个比较文学研究的目的，是在于刻画出"经过路线"，刻画出有什么文学的东西被移到语言学的界限之外这件事实。③

---

① 梵·第根：《比较文学论》，戴望舒译，吉林出版集团有限责任公司，2010年，第108页。
② 乌尔利希·韦斯坦因：《比较文学与文学理论》，刘象愚译，辽宁人民出版社，1987年，第27页。
③ 梵·第根：《比较文学论》，同前，第46页。

由此可见，做比较文学研究旨在追踪影响的路线，穷根究底。"刻画"这个动词用得很妙，有力度感，它喻示出"影响研究"的方法不是平铺直叙，必须既描述现象，又深刻说明前因后果。那么，到底什么才是影响的"经过路线"，就是十分重要的问题。梵·第根解释道："我们可以第一去考察那穿过文学疆界的经过路线的起点：作家、著作、思想，这便是人们所谓'放送者'。其次是到达点：某一作家、某一作品或某一页，某一思想或某一情感。这便是人们所谓'接受者'。可是那经过路线往往是由一个媒介者沟通的：个人或集团，原文的翻译或模仿。这便是人们所谓'传递者'。一个国家的'接受者'在另一个说起来往往担当着'传递者'的任务。"①

根据梵·第根的描述，我们可以简单地图示出这个影响的"经过路线"。

图一　影响的经过路线

这无疑是一个相当简单、直线条的影响路线图，也是做理论说明时抽绎出的线性影响路线图。当实际的文学影响发生时，情况往往比此图复杂得多，影响的实际路线图也枝蔓丛生，绝不可能是直线式。

"经过路线"有三个立足点：放送者、媒介、接受者。根据立足点或具体研究对象的不同，梵·第根把影响研究细分为三类："如果他是置身在放送者的观点上的，他可以研究一件作品，一位作家，一种文体，一种全国文学（今多译为国别文学或民族文学），在外国的'成功'、它们在那儿所生的'影响'，以及在那儿以它们为模范的各种模仿（在这些种种不同的表现之间，本位是在放送者那里的）；如果他是置身在接受者的观点上的，那么他便要去探讨一位作家或一件作品的可以任意变化的'源流'，而这时本位便在接受者那面了。最后，他会碰到那些促进影

---

① 梵·第根：《比较文学论》，同前，第39页。有学者称梵·第根此段话描述的是文学的"传播"关系，"经过路线"的意思和"传播"完全相同，因而法国学派做的不是"影响研究"，而是"传播研究"。（见王向远：《比较文学学科论》，宁夏人民出版社，2007年，第20～23页。）鉴于目前国内外通行的观点均认可梵·第根提出的就是"影响研究"，且梵·第根也多次阐明其研究对象是"影响"、"模仿"、"假借"关系，所以本书不采纳"传播研究"的说法。

响之转移的'媒介者';那时每个主题的本位便在传递者那里了。"[①] 梵·第根称影响研究名下的这三种研究分别为:"誉舆学","源流学"(今通称"渊源学"),"仲介学"(今通称"媒介学")。

1. 什么是誉舆学?

"誉舆学"(Doxologie)语源出自希腊文 sóea "舆论"、"名誉","事关一位作家或多位作家的声名,以及别人对他们的意见",誉舆学就是从放送者的角度研究一位作家、一部作品、一种文体、一个国家的整个文学在他国的成功、声誉和影响。[②] 这些影响大致可分为集团的影响和个体的影响。集团的影响是指一国文学,一个文学派别(或文学团体),一种文体对他国的文学、文学派别、文体之影响,如15—16世纪意大利和西班牙的初期交往和接触。个体的影响是指一位作者对另一位作者、一个集团、一个派别之影响,可以从文体、心智和思想情感、气质、文学技巧等方面着手。譬如莫里哀对后世喜剧诗人的影响就可从戏剧场面、人物性格、喜剧技巧、人生哲学等多个角度挖掘。

各种不同的文学影响需要研究者加以区分甄别。有些作家是透过"他们的精神和智识的人格",透过他们的特殊气质发挥影响,如卢梭的雄辩、热情、对人类的爱唤起了全世界的同情,而另外一些作家则因"技术上的"影响成为他们所创造或改良的文体、艺术形式的大师,像高乃依和拉辛经典的悲剧形式和风格,弥尔顿气势恢宏的基督教史诗,司各特风靡全欧的历史小说。此外影响的种类还有"题材"、"主题"的影响和假借,某种思想的放送对外国作家的影响,以及一些作家开拓的新领域流行于世等,不一而足。基亚(M. F. Guard)将多种多样的影响简洁归纳为个人方面的,技术方面的,精神方面的,题材和背景方面的影响,亦可一观。[③]

凡是"可以用本国文学的影响来解释,可以用外表或个人的环境来解释,可以用接受者作家的气质和艺术之自然的发展来解释的东西",就不能算作是外国影响。[④] 誉舆学往往会涉及文学的传播、翻译、流传、成功、争论、假借和模仿,这些环节反映出一位作家或作品在外国的际遇,而真正的影响常常微妙而复杂,

---

① 梵·第根:《比较文学论》,同前,第46—47页。
② 同上书,第89页。
③ 基亚:《比较文学》,颜保译,北京大学出版社,1983年,第13—14页。
④ 梵·第根:《比较文学论》,同前,第106页。

充满变化。基亚提出过这样的警告:"我们需要把'传播'、'摹仿'、'成功'与'影响'都仔细区别开来。一本'畅销'书是一本成功的书,但它的文学影响却可能等于零。马拉美的诗传播的范围并不广,但它启发了相当多的外国作家。研究一部作品的传播、模仿和成功情况是一件需要耐性和方法的工作,识别一种影响更是一件细致的工作。"① 文学作品比较中有些表面的类似,一眼看去好像是从一种外国文学的影响而来,可是一深入探讨,就绝对不然了。譬如说,从都德写下《小东西》开始,人们总以为他是狄更斯的模仿者,可都德却不断否认他曾读过狄更斯,那么事实就是他没有受到狄更斯的影响。有些接受了某种影响的作家融会贯通变换了一种面目,只依靠对作家作品外部皮毛的了解难以察觉出影响的过程,但沉入作品深处却可以揭示这种影响。欧洲启蒙时期的口号之一就是反神权,而歌德亦是拒绝天主教会的异教徒。然而,无论是《少年维特之烦恼》以维特在圣诞前夜殉情影射耶稣的受难,以成就市民的受难史,还是《浮士德》"天堂序幕"对《圣经·约伯记》的化用,尾声天堂景象的宗教剧框架,谁能说歌德不是天主教和《圣经》的另类精神子嗣? 他的文学作品有意或无意地运用宗教语言,透露出其复杂难断的"世俗的宗教虔诚"。②

2. 什么是渊源学?

"渊源学"(Crénologie)语源出自希腊文 χρηνη "源流",是从接受者出发去找寻放送者。③ 渊源可能始自一次国外旅行获得的一种视觉或听觉上的"印象",歌德的意大利之行无疑是他的古典主义转向的渊源之一,而斯塔尔夫人的两次德国之旅的结晶便是《论德国》的面世。但是"印象"的渊源很难追索。从渊源的方式看,梵·第根把渊源主要分为"口传的源流"和"笔述的源流"。口传的源流可能是某一个听到的故事,某一番谈话,它们可能构成一个作家某篇文章、某部书,甚或是全部著作的基础。田园歌谣、家族传统、偶然听来的故事,这些口传逸闻是许多想象作品的源头。文人间的谈话和文学辩论常常也是促发某些文学现象的先机。然而,口传的渊源难以留存,也不便确定其印迹。笔述的渊源则易于留存下来,所以它们也是被研究得最多最勤的。作家的著述、日记、游记、

---

① 基亚:《比较文学》,同前,第 13 页。

② 谷裕:《隐匿的神学——启蒙前后的德语文学》,华东师范大学出版社,2008 年,第 145—155 页,第 182—205 页。

③ 梵·第根:《比较文学论》,同前,第 113 页。

书信乃至作家的藏书目录、读书卡片、发表作品的报刊杂志等见诸于文字的东西，都可能隐藏着某种渊源关系。

就渊源的性质和范围而言，可以是局部的、细微的"孤立的源流"，如考证一件作品的主题、题材、局面、细节、思想在另一国文学中的根源，也可以是幅员更广阔的、更一般的"集体的源流"，如以一位强有力而独创的天才作家为中心点，探讨他得益于外国的一切的"圆形的"研究。①

梵·第根没有特别论及影响的接受者变化与创新的问题，但对接受者的创造性变化的研究实则成为整个影响路线的研究之重，不可不谈。对此问题，韦斯坦因的话弥足谨记：

> 在大多数情况下，影响都不是直接的借出与借入，逐字逐句模仿的例子可以说是少之又少，绝大多数影响在某种程度上都表现为创造性的转变。(In most cases, at any rate, there is no direct lending or borrowing, and instances of literal imitation are probably rarer than more or less creative transmutations.)②

"创造性的转变"一词足以说明，"影响"不如说是与模仿、变异相伴相生。随着研究的深入，人们愈来愈强调接受者作为一个能动的主体改变（甚至颠覆）影响轨迹时发挥的作用。从筛选、接受、模仿、过滤、误读、误释、转变到叛逆的过程，与其说是某种影响的力量单方面的流入，不如说是此时此地的接受者在与这种影响力博弈。美国学者哈罗德·布鲁姆把影响的焦虑视为一种强烈误读行为，一种名为"误释"的创造性解读，一种后辈与前代强力诗人的殊死竞争，何尝不是从接受者角度有力地揭示出"创造性的转变"。③美国的新诗运动由庞德发风气之先，在1915年左右不少美国新诗人受中国古典诗"零度风格"、"化简诗学"的影响，离开了英国的浪漫主义诗歌传统。但是，深刻受到东方诗歌影响并从中找到自己的诗歌声音的庞德由此开创出的是充满"现代意识"的新诗，以中国旧诗的传统性来反传统，以保守性来表达现代的激进思想，这是流传的畸变，亦是"创造性

---

① 梵·第根：《比较文学论》，同前，第119—120页。

② 韦斯坦因：《比较文学与文学理论》，同前，第29页。Ulrich Weisstein, *Comparative Literature and Literary Theory: Survey and Introduction*, trans. by W. Riggan, Bloomington: Indiana University Press, 1973, p.31.

③ 哈罗德·布鲁姆：《影响的焦虑：一种诗歌理论》（增订版）的再版前言，徐文博译，江苏教育出版社，2006年，第14页。

的转变"。①

3. 什么是媒介学和译介学？

"媒介学"（Mesologie）语源出自希腊文 Meoos "居间者"，它旨在研究使一种外国文学的著作、思想和形式被另一个国家采纳并传播的那些"媒介者"。② 梵·第根举出了三种媒介：个人媒介，社会环境媒介，书籍媒介。

个人媒介主要指接受国中的某些个人，将外国作品或作家传播到本国。放送国中的个人媒介相对少一些，那些定居在外国或长期寄寓在外国的人，较少把本国的文学介绍到外国去。常常还有第三国的一些文人墨客扮演着"传递者"的角色，这些人往往住在介乎两国之间的国家，通晓数种语言，有无国境论的气质。

社会环境媒介通常包括同仁集团和圈子，文学社团，沙龙，宫廷，以文学杂志为中心的会社等，它们往往聚集了一批趣味相投之士，通过他们移植或传播某些外国作品。德国耶拿浪漫派圈子中的施莱格尔兄弟、蒂克醉心于莎士比亚，充满热忱地不断翻译莎士比亚。法国的沙龙文化在17—18世纪异常发达，涌现出不少招待四方宾客，融化国族分歧，推进外国文学时尚的著名贵妇人沙龙。

书籍媒介分为两种：批评文字和译本，它们可以说是研究者最为看重的"传递者"。批评文字主要见诸那些研究外国作家的书籍、小册子和定期刊物、报章杂志。翻译是传播的必要工具，而译本的研究是比较文学大部分工作必不可少的大前提。翻译的情况千殊万类，有节译、全译、转译、复译、直译、意译等，译本因此也殊为不同。翻译选择的版本、采纳的翻译方式、译入语雅俗的分寸拿捏、支配翻译行为背后的思想意识等等，都是译本研究中不得不考量的因素，从而也左右着研究者对于译本作为影响路线的传递者的评判。寒山在中国古典诗歌史上不是被推崇的唐代重要诗人，但由于美国诗人史耐德（Gary Snyder）翻译的24首寒山诗被收入重要的诺顿《中国文学选集》，寒山诗在美国成为文学经典，个中缘由不仅是史耐德采用了别具一格的译法（如译诗采用汉化句式："杳杳寒山道"译为 rough and dark – the Cold Moutain trail），而且，翻译中寒山被塑造的"桦皮为冠，布裘破敝"的形象，符合和满足了美国50—60年代两代人的生活方式和梦想，成为"垮掉的一代"和嬉皮士们渴望和模仿的典范。③

---

① 赵毅衡：《诗神远游》，上海译文出版社，2003年，第196—203页。
② 梵·第根：《比较文学论》，同前，第121页。
③ 钟玲：《史耐德与中国文化》，首都师范大学出版社，2006年，第153，168—172页。

当前比较文学的发展中，对翻译的研究早已溢出了影响研究之"媒介学"的框定，发展成为颇为独立且势头强劲的"译介学"(medio-translatology)。[①]一方面，由于语言本体论的兴起，海德格尔、本雅明等哲学家对翻译的论述，使得翻译仅仅作为一种忠实于转述源语文本之工具的命题从理论上被颠覆了；另一方面，跨东西方文化的文学传播、文化研究在理论界的渗透以及亨廷顿"文明冲突"理论的热销，使得语言学转向的翻译研究又发生了文化转向。翻译研究（translation studies）或翻译学（translatology）在世界范围得到了前所未有的重视，苏珊·巴斯奈特甚至认为应该把翻译研究作为主导学科而把比较文学作为从属的学科。尽管如此，通常的影响研究在刻画影响路线时，仍需在译本作为传递者这个环节作出清晰精准的考据和辨析。换句话说，"译介学"仍是比较文学的一个分支，只不过是一个非常重要的分支罢了。

誉舆学，渊源学，媒介学是为了学理说明的便利人为地将影响研究做了细分。实际的影响研究很可能是三者高度整合在一起，难以泾渭分明地区分出清一色的誉舆学，清一色的渊源学，清一色的媒介学。偏重于其中的某一个，恐怕无法刻画出完整的影响经过路线，无法深刻说明影响现象的前因后果、来龙去脉（下节的案例分析可说明这一点）。就这一点而言，梵·第根所说的"应该把'放送者'、'接受者'或甚至'传递者'的这些因子隔绝，以便个别地去探讨它们，并确切而有范围地证明那些影响或假借"，[②]有点过于画地为牢、故步自封了。

二、影响研究的特点以及对其的反思

法国学派不只提出了影响研究的理论设想，还以一系列出色的实际研究捍卫了影响研究，如戴克斯特的博士论文《卢梭与文学世界主义之起源》，梵·第根的《莪相在法国》、《莎士比亚在欧洲大陆》，巴登斯伯格的《歌德在法国》。综合梵·第根和其他法国学者的影响研究观念，可将法国影响研究的一般特点总结如下：

第一，影响研究的对象（即所刻画的影响"经过路线"）必须是历史上实际发

---

① 详见谢天振：《译介学导论》，北京大学出版社，2007年；勒弗维尔：《文学翻译：比较文学背景下的理论与实践》，外语教学与研究出版社，2006年；张旭：《跨越边界：从比较文学到翻译研究》，北京大学出版社，2010年；Susan Bassnett: *Translation studies*, 1980; *Comparative Literature: A Critical Introduction*, 1993.

② 梵·第根：《比较文学论》，同前，第40页。

生了的事实,此即卡雷所言必有"事实联系"(factual links)。在文学领域,这就意味着一国与他国之间的文学关系、文学交流和影响渊源的事实。那些没有发生的,于史无据的文学联系,不属于影响研究的范畴。

第二,影响研究的方法主要是历史实证主义和经验主义的取向,主张搜集和占有尽可能多的事实材料,放弃美学上的价值判断。[①]具体的做法是,法国比较文学者把文学的影响分成"接受影响"(gift-receiving influence)和"施加影响"(gift-giving influence),孜孜不倦地考证其中精确的原因与结果。这种材料挂帅、因果阐释的实证主义方法论,得在于其以事实说话,论证确凿有据,失在于过于拘泥于表面的事实,裹足于文学之外延,无意也无力对作品或现象做深层的义理剖析和价值评判。

第三,法国学派影响研究的目的仅仅是为了认识和发展法国文学本身,由于这种民族主义的出发点,法国学派主要关心的是法国文学对他国文学的影响关系。比较文学中这种民族主义和爱国主义的动机,美国学者韦勒克犀利地讥评为"记文化账的怪诞体系"[②]。

法国学派的影响研究是在 20 世纪 30 年代提出并逐渐成熟的。法国的影响研究特点鲜明,也因其鲜明特点而暴露出明显的缺陷,但是,影响的文学事实始终未曾湮灭,影响研究也并未因其缺陷化为历史陈迹烟消云散。因为刻画影响经过路线的清晰思路,以及坚持对事实材料的严谨考证和钩沉,对于影响研究是必须的;时至今日,影响研究已经成为比较文学最基本也是最具典范性的研究范式之一。当前的比较文学影响研究,早已摒弃了法国中心主义(或西方中心主义)的弊端,一方面在研究对象上仍以跨民族、跨语言的事实联系为主,另一方面在研究方法上坚持事实考据法,同时其他新的研究方法并举。

在后现代各种思潮的冲击下,"影响"的概念以及影响研究背后隐藏的观念被放置到新的语境下重新被审视。与"互文性"对照,揭示出"影响"是属于现

---

① 奥地利学者齐马颇为独到地指出,影响的事实本身也是被事先建构的,梵•第根和朗松等人的老套实证主义的问题之一恰恰在于不能反思建构过程本身。对法国诸学者的实证主义和经验主义方法的批判性介绍,参见〔奥地利〕彼得•齐马,《比较文学导论》,范劲、高晓倩译,安徽教育出版社,2009 年,第 16—19 页。

② Rene Wellek, "The Crisis of Comparative Literature", *Concepts of Criticism*, New Haven: Yale University Press, 1963, pp.287—290.

代阶段,一种以作者为中心的评价性概念。[1] 影响的作者中心观与18世纪中期对于独创性和个人才能的大力推崇紧密相连。互文性理论则把文本视为由多种引证构缀的编织物,作者已经无迹可寻,甚至"作者死了"。以后现代语境透视"影响",反射出其浓重的等级权威意识和征服殖民意识,更不用说影响还直接参与了经典的遴选,凸现着精英意识和权威观念。互文性则消解权威,取消经典,颠覆中心,在此观念之下所有的文本和平共处于一个四通八达、纵横交错的文本网系中。[2] 另外,对传统影响研究不满的学者还提出,影响不过是符号的漫游,传统的"影响"模式受制于僵化的"相似"原则,只有将影响贯通到"符号"中,厘清通过符号发生的主体间相互作用,影响现象才能得到恰当的阐释。[3]

对影响的种种后现代审视,无情地穿透了传统的影响观和影响研究的思想意识被构建的过程,我们可以不同意其结论,但无法否认从当下的理论语境去反思影响研究的合法性。我们提倡一种整合的深层影响研究,整合不仅指誉舆学,渊源学,媒介学在具体研究中有机的结合,而且指传统影响研究的学术意识、方法与新的理论思路的照面与接榫。

此外,从学科发展角度看,影响研究如何深化,如何拓展,国内外学者都有新论。传统的影响研究到底是不是该转向"传播研究"、"变异学"、"新实证主义",可以见仁见智。随着比较文学学科的新发展,对影响研究的学科界定必然会有更多争论,丰富其内涵。但无论理论上的说明有多么精彩,都无法取代活生生的研究个案,况且,研究个案的丰富往往会给学科的理论建设提供实实在在的正例或反例。

---

[1] 在誉舆学,渊源学,媒介学三种研究中,梵·第根的《比较文学论》对誉舆学最为看重,笔墨远超过后两者,这充分反映出法国人的影响研究从一开始确实是围绕作者展开的。梵·第根虽然为接受者单辟出渊源学,但他心目中的渊源研究仍然是一种事实材料的累积,并不重视接受者对影响的消化改造。但当前的影响研究相当重视接受者对所接受的影响的本土化和个人性改变、创造甚至叛逆。

[2] 李玉平:《"影响"研究与"互文性"之比较》,《外国文学研究》,2004年第2期,第4页,第6页。另参 Jay Clayton/Eric Rothstein(eds.), *Influence and Intertextuality in Literary History*, Wisconsin: University of Wisconsin Press, 1991。

[3] 范劲:《德语文学符码和现代中国作家的自我问题》,华东师范大学出版社,2008年,第5—13页。

第二节 "孤儿"在英国的足迹：影响研究案例分析

影响研究不乏各种典范性的案例，此处的选择遵照如下几个原则：第一，能典范性地说明影响研究最重要、最突出的特征；第二，长度适中，大致在一小时内能完成阅读；第三，最好是与中国相关的话题。以此衡量，范存忠先生（1903—1987）的典范性论文《〈赵氏孤儿〉杂剧在启蒙时期的英国》（原刊于范存忠之《英国语言文学论集》，以下简称范文）[①] 符合我们对影响研究案例的期待和要求。范存忠先生是英国文学和比较文学领域"治学严谨、学贯中西、睿智谐趣、文笔优雅"的一代宗师，著述甚丰。范文结构布局严整清晰，文字明白晓畅，文风"老练而生动有味"（赵瑞蕻语），绝少故弄玄虚之语。

本节案例分析的目的在于，通过对范文的具体剖析、特点概括和深度评价，使初学者明白影响研究的理论表述落实到具体的影响研究时，如何确立研究对象？对研究对象怎么展开分析？如何解决研究中的具体问题？怎么样才能得到有效的结论？一言以蔽之，案例分析通过展示典范性的操作，解决怎么做影响研究的问题。如此，方能达到实用教程之目的。

以下我们将具体分析，一篇优秀的影响研究论文如何成功地"刻画"出影响的"经过路线"。

一、研究案例的主要内容

《赵氏孤儿》是元代剧作家纪君祥根据《史记·赵世家》、《左传》、《国语》诸书编缀增饰改编的杂剧，[②] 它是第一个传入欧洲的中国戏剧，也是18世纪唯一在欧洲流传的中国剧。它怎样传入英国，传入后引起怎样的批评，经过了怎样的

[①] 范存忠：《〈赵氏孤儿〉杂剧在启蒙时期的英国》，见张隆溪、温儒敏编，《比较文学论文集》，北京大学出版社，1984年。此后所引范文只随文给出页码，不再一一标注。此论文是范存忠先生1931年哈佛博士论文的一部分。60年后他的博士论文作为遗作以《中国文化在启蒙时期的英国》为题出版（上海外语教育出版社，1991年）。鉴于此专著（《中国的戏剧》上、下）中关于《赵氏孤儿》在英国传播的部分分散在第六、七两章，不如《〈赵氏孤儿〉杂剧在启蒙时期的英国》一文完整，故选取后者作个案分析。如需延伸阅读请参阅其专著《中国文化在启蒙时期的英国》。

[②] 纪君祥：《赵氏孤儿大报仇》，见《元人杂剧选》，顾学颉选注，人民文学出版社，1998年，第231页。

改编，改编后怎样上演，上演后取得怎样的效果，是范文要解决的问题和任务。该论文共九个部分，计有五个主题：

主题一　描述相关译本的出现过程（范文第一部分）

1.《赵氏孤儿》的法文译本，是 1735 年载于杜赫德《中国通志》（*Description de la Chine*）的马若瑟（Joseph Maria de Premare）译本。马若瑟是耶稣会士，在华居住 38 年的中国通。他的法译本不是全译本，对元剧原本做了删节，"以宾白为主，'诗云'之类刊落大半，至于曲子则一概不译"。原因可能是马若瑟专攻理学，也许"对词曲小道，不很内行，为了省事，没有全译"。

2.《赵氏孤儿》的英译本：当时伦敦出现抢译现象。18 世纪 30 年代，中国文物在英国引起了广泛的注意与兴趣。瓦茨的英文删节本出版于 1736 年，凯夫的英文全译本于 1738—1741 分期出版，都包括马若瑟的法译本。帕西 1762 年润饰凯夫的本子是第三个英译本。英国在 20 年间出现三个译本。

主题二　法英对译本和中国戏剧的评价（范文第二、三部分）

此部分内容涉及欧洲文人学者对中国戏剧，特别是《赵氏孤儿》的评价。最有代表性的是法、英两国的观点，有趣的是，法人和英人各执一端，评价不一。

1. 伏尔泰的朋友阿尔央斯侯爵（Marquis d'Argens）在其《中国人信札》中对《赵氏孤儿》的评价不高，他的具体指责是：a.《赵氏孤儿》不遵守三一律，时间不一致，地点不一致；b. 违反了"措置得体的惯例"，包含许多不该在舞台上表演的动作，如公主自缢；c. 违反古典主义的或然律，如元剧中演员上台时的自我介绍（如屠岸贾上台说："某乃晋国大将屠岸贾是也"[①]），如"曲白相生"。阿尔央斯以法国的戏剧惯例衡量《赵氏孤儿》，说明中国戏剧跟 18 世纪新古典主义的法国戏剧有多么大的距离。我们今天可以指责阿尔央斯对中国戏剧的评价不够国际化，不具有"比较的视野"，然而历史地看待的话，他的议论在当时的法国有相当的代表性，以戏剧传统自傲的法国人对一个东方国家异域风情的戏剧既充满好奇，又免不了持守居高临下的俯就和贬低态度。

2. 启蒙时期英国的戏剧家、评论家既受到法国新古典主义规律的束缚，又没有严格遵守那些规律。理查德·赫德（Richard Hurd）在《论诗的模仿》一文中论

---

① 纪君祥：《赵氏孤儿大报仇》，同前，第 229 页。

及《赵氏孤儿》，列举了它与古希腊悲剧的相似，肯定其优点。在题材和主题上，《赵氏孤儿》与索福克勒斯的《厄勒克特拉》(Electra) 相似，都是"怨报怨"剧；元剧的布局和结构简朴单纯，动作完整、统一，"进展得差不多达到亚里士多德所要求的那种速度"，事件连贯、紧凑。元剧虽然也有缺点，但"中国诗人对于戏剧作法的最本质的东西并不是不熟悉的"。赫德进而指出中国戏剧和古希腊悲剧都是模仿自然的作品，因而，都是好的作品。范存忠特别指出，赫德一文的重要性，不在于其理论是否准确，而在于"他能摆脱新古典主义者的机械规律来考虑一个传统不同的外国文学作品"。我们则从赫德评价中国戏剧却故意比附古希腊悲剧，看出他话里话外透露出对"言必称希腊"的法国新古典主义的某种讽刺！如果说《赵氏孤儿》不符合法国人的惯例和口味，那么它倒是更近似新古典主义的祖宗，古希腊戏剧。比附于希腊的做法也从另一个角度揭示出赫德的偏见，他对中国戏剧的认同仍然受到相似性框架的束缚。

主题三　英国改编本的出现（范文第四、五、六部分）

1. 1741 年，英国哈切特（William Hatchett）的《中国孤儿》(The Chinese Orphan) 是第一个改编本。哈切特的《中国孤儿》底本按马若瑟法译本改编。剧情基本符合原作，人物表却根据《中国通志》上《今古奇观》译文中的人名、地名，改得乱七八糟，如屠岸贾改成萧何，公孙杵臼改成老子等。这说明那个时期的英国人对中国产生了兴趣，但对中国文化还相当隔膜。哈切特改编本在最后两幕跟元剧有出入（加入医生和医生太太商量、争辩的动人场面），但保存了元剧的轮廓和主要段落，如弄权、作难、搜孤、救孤、除奸、报恩等。没有严格遵守三一律，全剧五幕十六场，哈切特企图运用东方情调和色彩，加入十来支歌曲，加在剧情激昂的地方，表现忧愁、愤恨、绝望、悲痛、欢乐。

这个改编本没有上演过，范存忠以透辟的眼力看出它的政治意义远远超过了戏剧上的意义，它是一个政治讽刺作品。《中国孤儿》的主题是揭露朝政腐败，以"首相"为攻击的目标，影射当时 20—40 年代初英国弄权忌才的首相瓦尔帕尔（Sir Robert Walpole）。当时在野党和一些文人用文学作品揭露首相和在朝党的贪污腐化。正如斯威夫特的小人国、大人国的海外奇谈目的在于揭露当时的英国社会（并非是我们曾以为的儿童文学），哈切特的《中国孤儿》也是同类作品。

范文此处的分析十分翔实，亦颇见功力，由此可以领悟：影响研究不仅要描述影响的过程和现象，还要对何以会出现如此现象的原因，做出令人信服的说明

(即"刻画"之意)。这并非易事,要求研究者要对对象国社会文化的方方面面有广泛涉猎和准确到位的理解。

2. 第二个改编本,英国人谋飞(Arthur Murphey)改编自法国伏尔泰的《中国孤儿》和马若瑟法译本的本子,也取名《中国孤儿》,这是在英国出现的最后一个改编本。

这里范文谈及伏尔泰对《赵氏孤儿》的看法:伏尔泰显然比他的同时代人视野广,胸怀宽。他认为元剧《赵氏孤儿》虽不及法国的戏剧(尤其是古典主义辉煌时期的剧作),但作为14世纪的作品,若与法国14世纪的作品相比,简直就是杰作。伏尔泰改编了马若瑟译本,把时间从公元前5世纪的春秋时期往后移了1700多年到成吉思汗的时代,文武不和改成两个民族间的文野之争,技术上按三一律把二十多年的故事缩短到一个昼夜,情节简化为搜孤救孤,但加入成吉思汗和盛缔(Zamti)妻子奚氏(Idame)的爱情。伏尔泰《中国孤儿》为的是说明中国的儒家道德,故此剧副标题为《孔子之道五幕剧》。① 这出戏1755年同时上演和出版剧本,好评居多。据说在巴黎公演,歌德看了以后十分兴奋,大加赞赏。现在一般认为,伏尔泰改编《中国孤儿》一剧表现了启蒙时期的欧洲对中国文明的好感,伏尔泰更是希望让法国人领会中国人的道德生活的高尚。此外,《中国孤儿》也是伏尔泰与卢梭关于文明争论中的一着棋子,目的是证明文明并非都像卢梭所言那般堕落。

谋飞的改编本1756年完成初稿,后反复修改,1759年上演,获得成功。

谋飞改编本的参考材料来源颇多:a. 马若瑟的《赵氏孤儿》;b. 赫德对《赵氏孤儿》的批评;c. 伏尔泰的《中国孤儿》。但谋飞不同意伏尔泰蒙汉恋爱故事的穿插。他改动了救孤的情节,把真假孤儿改写为20岁的年轻人,情节演变成牺牲一个青年拯救另一个青年,故事背景仍放在成吉思汗时代。范文梳理了谋飞本的来龙去脉后如此评价道,谋飞明显是依据伏尔泰的剧本为底本改编的,也有不少地方直接取材于马若瑟法译本。但谋飞亦有独创之处。他的盛缔,比伏尔泰的更主动、更顽强。谋飞的孤儿,英姿飒爽,心存家国,是伏尔泰的戏里没有的。

---

① 坊间有许多论文论著涉及伏尔泰与中国文化,伏尔泰《中国孤儿》与《赵氏孤儿》的关系。伏尔泰《中国孤儿》的汉译本却未觅得,仅知有孟华老师与一个译者合译的伏尔泰《中国孤儿》未刊行译稿。

主题四　舞台演出（范文第八部分）

谋飞《中国孤儿》的舞台演出于 1759 年 4 月 20 日开演，演了 9 次，是一出成功的戏，对后来《赵氏孤儿》在英国的流布有积极影响。

成功的原因有四：1. 舞台的布景、道具和演员服饰有意识地运用东方色彩，改进很大；2. 表演出色。演员加立克扮演德高望重的大臣盛缔，叶兹夫人扮演盛缔妻满氏，均受到好评；3. 批评家对谋飞《中国孤儿》剧本的意见多为好评；4. 这出戏在 50 年代末的英国具有现实的政治意义。当时英王乔治二世已风烛残年，他的孙子是个孤儿，人们寄予不少希望。谋飞的《中国孤儿》演的是中国抵抗鞑靼侵略的故事：英勇的孤儿以及扶持王室、不惜牺牲生命的忠臣义士，这对当时的英国有政治上的鼓动作用，正所谓借中国故事的酒浇英国人心中块垒。

范存忠对谋飞剧本的舞台演出有详尽的描写（这需要爬梳相当繁杂的史料），对演出成功的原因也做了舞台上（布景、表演）下（戏剧批评、政治文化含义）的探索，[①] 这就使他的研究不仅言之凿凿（探史），而且言之成理（说理）。这是在影响研究中，我们最值得向前辈学习借鉴的地方。

主题五　结论（范文第九部分）

范存忠一直强调，中国人喜闻乐见的文学作品传入欧洲，传入英国，《赵氏孤儿》杂剧是最早的一个。究竟为何如此？范文在结语部分给出了他的阐释。首先，与英国当时的历史条件和思想倾向分不开，如保守的约翰逊博士也放言"要用远大的眼光来瞻顾人类，从中国一直到秘鲁"。其次，范存忠一针见血地指出，《赵氏孤儿》在英国的影响，不在它的艺术形式，而在它的题材。元剧的说唱传统，结构体制，表演方式与欧洲传统殊为不同，在当时不易被理解，也难于移植。题材则中英相通，理解相对容易。

我们以为，这也和翻译者、改编者们的"创造性的转变"有关，是英国人化用了中国的戏剧题材讽喻英国本土之事。若是原汁原味的地道元剧，也许不会如此受欢迎。译者和改编者出于自己的目的对原作有删减和改动，比如英国 40 年代的《中国孤儿》主要反映一个专政时代的贪污腐化，50 年代的《中国孤儿》则

[①] 关于谋飞《中国孤儿》的舞台演出和剧本的评论，范文在注释中列出的参考过的文献颇多，计有《加立克传》、《劳埃德晚邮报》、《谋飞评传》、《环球杂志》、《君子杂志》、《一般杂志》、《每月评论》、《评论杂志》、《伦敦纪事报》（第 112—114 页）。

更多宣扬反抗侵略、爱国、爱自由的思想。由此揭示出影响研究的一个重大倾向：影响路线中占据主动的是"接受者"，而目前影响研究中最发达的也是对"接受者"的研究（其实"媒介学"某种意义上亦不妨看做是对接受的研究）。

二、对研究案例的总括和评价

理解了范文的基本内容和分析思路后，我们要概括出该论文是如何具体操作影响研究的。第一，范文如何确立研究对象？范文的研究对象，是中国的元杂剧《赵氏孤儿》在启蒙时期如何经中介国法国传播到英国的影响过程，这是一个典型的比较文学影响研究的课题，即刻画一部文学作品跨越语言和民族的界线，在他国流传并引起批评、模仿、改编。

第二，范文如何对研究对象展开分析？基本上，范文按照时间顺序刻画了元杂剧《赵氏孤儿》的影响路线。从最初的中法接触点马若瑟的《赵氏孤儿》法文节译本，到法英接触后出现种种英译本、不同的英文改编本，到最后的舞台上演，范文完整地描述和阐释了这个经过路线。我们将文章所描述的元剧《赵氏孤儿》传入英国的影响路线再以路线图的方式画出：

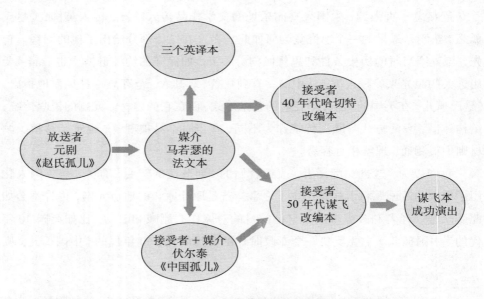

图二　《赵氏孤儿》传入启蒙时期的英国的影响路线

如前文所说，真正的影响路线比第一节图一所示的理想化的路线，复杂和枝蔓了许多。经过路线中三个立足点仍然很清晰，然而呈现的样貌略显复杂。伏尔泰的改编本《中国孤儿》既是马若瑟法译本这一端的接受者，又充当了谋飞英文改编本的部分媒介。

经过路线中一些有趣的细节能彰显出当时一些大致的欧洲文化面貌。如图示，为英国的两个重要改编本输送原材料的，不是英译者瓦茨的删节本、凯夫的全译本和帕西的润饰本，而是马若瑟的法文初译本和伏尔泰改编的《中国孤儿》（后两者既是一个小的影响路线中发出影响的"放送者"，又是大的影响路线中的"媒介"）。这大抵是因为启蒙时期，法国在文化上（尤其是戏剧）仍占据着欧洲文化的主导，而伏尔泰更是法国文坛执牛耳者，故作为媒介的法译本和伏尔泰改编本对英国的接受者之影响超过英译的媒介，取得了风行草偃的效果。

第三，范文如何得出有效的结论？该论文的分析重点，主要落实在接受者一边。所以论文对放送者元剧本身没有太多着墨。媒介一向是经过路线的关节点，举足轻重，所以范文对马若瑟的法译本和伏尔泰改编的《中国孤儿》都有介绍，前者稍微详尽一些，但并没有详尽到可以做媒介学的程度。范文的主要任务在于分析英国如何接受元剧？有些什么样的批评？为什么出现两种不同的英国改编本？50年代谋飞的改编本如何上演？为什么上演获得成功？

对于影响现象的描述是影响研究的题中之意，而对现象的成因结果的探究则决定了影响研究的深度，以及结论有无说服力，当然，后者更能反映研究者的学术能力之高低。为了得到有效的阐释，范存忠对元剧输入时的英国历史语境考察颇多，由此切入分析得出结论，是英国的时代语境与《赵氏孤儿》的孤儿报仇题材共同作用，所以，英国在启蒙时期的二十年间出现了旨趣迥异的两种改编本，同时，作为最早传入英国的中国文学作品之一，一再地改编加深了这部元剧在英国乃至欧洲的知名度。由此，《赵氏孤儿》在英国的际遇也成为中英文学关系史上绕不过去的一个章节。范文得出的结论结合了对影响现象前因后果的抉幽探微，自然透辟，有说服力。

范文描述和刻画的经过路线，着重点虽然在接受者这里，但我们绝不可以说这是一个纯粹的渊源学研究。这篇论文里有放送者《赵氏孤儿》在欧洲的影响和声誉（属于誉舆学），有媒介者法译本和法文改编本的介绍和分析（属于媒介学），当然更少不了英国改编本对放送者的模仿和改变（属于渊源学）。这恰恰雄辩地证明，真正的影响研究必然是三者合一的学问，纵然研究者有其侧重点。

就本个案而言，以此为基础，还可以从很多方向进一步展开比较文学的研究。如对马若瑟的法文译本和伏尔泰的《中国孤儿》改编本，可以从文学关系史、翻译研究等角度细致考察它们与元剧的关系。还可以考察启蒙时期的英国对《赵氏孤儿》的接受，是否影响了后来欧洲对《赵氏孤儿》的改编以及对中国文学作品的接受等等，不一而足。

习题

一、什么是影响研究？法国学者梵·第根将影响研究分为哪几类，具体做什么研究？

二、从媒介学到译介学，比较文学在当代发生了哪些变化？

三、简单描述某部文学作品在国外的影响经过路线，并简要说明其原因和结果。

延伸阅读

一、梵·第根：《比较文学论》，戴望舒译，吉林出版集团有限责任公司，2010年。

二、Rene Wellek，"The Crisis of Comparative Literature"，*Concepts of Criticism*，New Haven：Yale University Press，1963.

三、范存忠：《中国文化在启蒙时期的英国》，上海外语教育出版社，1991年。

四、乐黛云：《比较文学与中国现代文学》，北京大学出版社，1987年。

五、谢天振：《译介学导论》，北京大学出版社，2007年。

六、勃兰兑斯：《十九世纪文学主流》（六册），人民文学出版社，1988年。

附 案 例

《赵氏孤儿》杂剧在启蒙时期的英国

范存忠

元剧《赵氏孤儿》的传入欧洲以及在欧洲发生的影响，已经有了一些介绍。①可是，在这一个中西文学关系的问题上，还有不少事例需要更好的安排，也有不少论点需要更多的考虑、更多的阐发。本文拟就《赵氏孤儿》怎样传入英国，传入英国后引起怎样的批评，经过了怎样的改编，改编本子怎样上演，以及上演后取得怎样效果等问题，提供一些事例，并结合当时历史条件和思想倾向，指出这些事例的意义，从而具体说明这本中国戏剧在启蒙时期英国的影响。

一

要谈《赵氏孤儿》怎样传入英国，必须先谈这本杂剧怎样传入法国，因为它是从法国转过去的。在十八世纪初期，英国和中国早就发生了直接关系。中国的茶（武夷、熙春）、磁器、漆器、南京布、糊壁纸等，通过东印度公司，早就进入英国社会，引起了英国人对东方的兴趣。可是，中国的哲学、伦理、文学，一般是由欧洲大陆——特别是法国——转辗输入的，中国戏剧也是这样。

《赵氏孤儿》传入法国，是在一七三二至一七三三年间。一七三四年二月，巴黎的《水星杂志》——这杂志现还存在——发表了一篇没有署名的信，说是从法国西北部布雷斯特寄来的。信里有几节法文翻译的中国戏剧。信上说："先生，

---

① 关于这一问题，陈受颐论述较多，有《十八世纪欧洲文学里的〈赵氏孤儿〉》，见《岭南学报》第 1 卷第 1 期（1929），第 114—146 页；另有英文本，名《中国孤儿：元剧》，见《天下月刊》第 3 卷第 2 期（1936），第 89—115 页。本文作者曾写《十七八世纪英国流行的中国戏》，见《青年中国》季刊第 2 卷第 2 期（1940），第 172—186 页。本文修订了一些已知事例，增补了一些新的材料，并就当时历史条件与思想倾向，着重阐发这些批评与改编工作的意义。

这就是我答应给你的一件新鲜别致的东西。请你告诉我,你和你的朋友们看了这本中国悲剧觉得怎样。此外,还请你告诉我,我之所以对这本戏发生兴趣,是不是由于这样的一种心情,即凡是时代较古或地区较远的东西总能够引起我们的欣慕。"① 这里说的中国悲剧就是《赵氏孤儿》杂剧。这时候,巴黎耶稣会的教士杜赫德(J. B. duHalde)正在编辑一部关于中国的书,叫做《中华帝国志》,简称《中国通志》(*Description de la Cliine*),早于一七三一年在耶稣会士通信录(第 20 集)上登了预告,一七三三年又印了一份说明书,介绍内容。到了一七三五年,《中国通志》出版,对折本四厚册,里面包括《赵氏孤儿》的法文译本。一年以前《水星杂志》上发表的只是一些片段,这次《中国通志》上登载的是法文译本的全部。② 译者是在中国传教的一个耶稣会士,华名马若瑟(Joseph Maria de Premare)。③《赵氏孤儿》是第一个传入欧洲的中国戏剧;就十八世纪来说,它是唯一在欧洲流传的中国戏剧。

我们说,《水星杂志》上发表的只是马若瑟的片段译稿,而《中国通志》上登载的是马若瑟的全部译稿。可是,马若瑟的全部译稿,不是《赵氏孤儿》的全部,而是经过删节的。元剧本以歌唱为主,歌唱里有很好的文章。马若瑟的法文译本则以宾白为主,"诗云"之类刊落大半,至于曲子则一概不译,只注明谁在歌唱。这样一来,《正音谱》所谓的"雪里梅花",王国维所谓的"元剧之文章",都看不见了。再者,有些地方,宾白脱离了曲子,好像也可以前后贯串;但也有不少地方,宾白脱离了曲子,就上下不很衔接——在这些"曲白相生"之处,经过了割裂,前后脉络就不明显、不自然了。

就马若瑟的汉语程度来说,他好像是可以做出一个较好、较完整的译本的。我们知道,他是在一六九八年(康熙三十七年)到中国来的,从那年起到一七三五年(雍正十三年)卒于澳门止,共留华三十八年,其中在江西各处如饶州、建昌、南昌等处住了二十多年。④ 他是熟悉汉语的,读过不少中国书,也写过

---

① 参阅黎翁(H. Lion):《伏尔泰的悲剧及其戏剧理论》,1895 年,第 223 页。

② 杜赫德(卒于 1743 年)系于 1711 年起主编《耶稣会士通信录》,该书又名《有益而有趣的信札》(*Letters édifiantes et curieuses*)。《赵氏孤儿》的法文译本见其所编《中国通志》(法文本,1735),第 3 卷,第 339—378 页。

③ 马若瑟(1666—1735)的《赵氏孤儿》法译本完成于 1731 年。王国维的《宋元戏曲史》第 16 章谓杜赫德与 1762 年译此剧,误也。关于马若瑟的译稿如何传入法国,参阅科尔迪埃:《西人论华书目》(H. Gordier, *Bibliotheca Sinica*, 1904—1924),第 3 卷,第 1787—1788 页。

④ 参阅徐宗泽:《明清间耶稣会士译者提要》,1939 年,第 402—403 页。

不少东西。除了关于宗教的而外，他译过一些书经与诗经，后来也在杜赫德的《中国通志》上发表。他还用汉语写过一部《经传议论》，分篇讨论六书、六经、易、书、诗、春秋、礼乐、四书、诸子杂书、汉儒、宋儒。在十八世纪初期（康熙年间），到中国传教的耶稣会士，为了便于进行工作，研习中国学问。傅圣泽（Foucquet）和白晋（Bouvet）研习的是易经，而马若瑟研习的是"理学"。马若瑟在他的《春秋论》一篇的自序上说："瑟于十三经、廿一史、先儒传集、百家杂书，无所不购，废食忘寝，诵读不辍，已十余年矣。"① 在当时教士中，他是一个"中国通"。可是他译的《赵氏孤儿》，只是大体保存了原作品的轮廓，而不是一个完整的本子。很可能，这位"理学"家，对词曲小道，不很内行，为了省事，没有全译。至于比较完整的译本，法国人汝利安（S. Julien）的散文韵文译本，那要等到一八三四年才得出版——是一百多年以后的事。②

马若瑟的《赵氏孤儿》译稿在欧洲的流传，主要是靠杜赫德的《中国通志》的流传。《中国通志》是李明（Louis Le Comte）的《中国现状新志》（1698）以后有关中国的第一部大书，该书在十八世纪欧洲流行极广。它在欧洲主要语言（如英、德、意、俄）里都有译本，其中最早的是英国的译本。③ 早在《中国通志》出版以前，伦敦新闻界听到了消息，就已注意了。④ 后来，《中国通志》在巴黎出版了，伦敦发生了抢译现象。一个以印刷精美得名的出版家叫做瓦茨，另一个以创办《君子杂志》得名的出版家叫做凯夫，都雇了译员，赶着进行工作，凯夫并在《君子杂志》上大为《中国通志》宣传。瓦茨的翻译是一个删节本，进行较快，于一七三六年出版，八开本四册，五年之内印了三次。凯夫的翻译是一个全译本，进行较慢，于一七三八至一七四一年之间分期出版，对折本两大册。从一七三六年至一七四一年，这两个出版家，互相指摘，进行争辩。⑤ 对我们来说，这些争辩的意义倒不在

---

① 方豪曾论述马若瑟的学习与著述，引文见《方豪文录》，1948年，第164—165页。

② 科尔迪埃的上引书，第2卷，第1787—1788页。

③ 科尔迪埃的上引书，第1卷，第45—51页。

④ 参阅勃吉尔（Eustace Budgell）的《蜜蜂报》（Bee，1733—1734），第24、40、50期。杜赫德的《中国通志》说明书，四开本四页，系于1733年发表，勃吉尔即在同年8月份的《蜜蜂报》（第24期）作了报道。后来又在1734年2月份的《蜜蜂报》（第49、50期）上作详细介绍。作者曾有论述，见《英国语言文学评论》（Review of Engiish Studies，Oxford），1949年第4期，第143页。

⑤ 凯夫（Edward Cave）与瓦茨（John Watts）在《中国通志》翻译问题上的争论，作者曾有介绍，见《约翰逊博士与中国文化》（伦敦，1945）。

其是非曲直，而在说明下面一个事实：就是，在十八世纪的三十年代，中国文物在英国的翻译界、出版界以及读者界，已经引起了广泛的注意与兴趣。

瓦茨和凯夫的两个《中国通志》英译本，都包括马若瑟的《赵氏孤儿》。因此，在四十年代之初，《赵氏孤儿》已经有了两种英译本了：瓦茨的是第一本，凯夫的是第二本。就读者来说，懂法文的——这在当时"上流社会"有相当数量——可读马若瑟的原译本，不懂法文的可以看瓦茨的或凯夫的重译本。凯夫的本子，比较晚出，质量也比较好。

可是，在启蒙时代的英国，《赵氏孤儿》的英译本还不止瓦茨和凯夫的两种。在五十年代，以采集、编订英格兰与苏格兰民歌得名的汤姆斯·帕西对中国文物发生了兴趣。他选辑有关中国语言、礼俗、宗教、诗歌、戏剧、园林等文字，合为一集，叫做《中国诗文杂著》，十二开本两册，一七六二年出版。这部《杂著》也包括《赵氏孤儿》。① 帕西的《赵氏孤儿》，据说是一个新译，力求保存原作品的一些特点，但实际上是就凯夫的本子作了些润饰。帕西喜欢旁搜博采，也喜欢文字加工。他润饰《赵氏孤儿》的英译本，正同他润饰英格兰与苏格兰的民歌一样。他的本子是《赵氏孤儿》的第三种英译本，基本上同于第二种本子。② 不过，经过他的加工，文字比较雅驯，更能适合十八世纪中叶英国读者的口味，这也有助于《赵氏孤儿》在英国的流传。

综上所述，《赵氏孤儿》通过耶稣会士马若瑟的不完整的法文译本，很快就传到了英国，一再转译，广泛流传，从三十年代中期到六十年代初期，前后达二十多年之久。

二

马若瑟的《赵氏孤儿》译稿在当时文艺界引起了哪些批评呢？在讨论这问题之前，我们必须指出：当时欧洲人对于中国戏剧知道得非常之少。从十七世纪中叶起，欧洲有不少人到过中国，有的传教，有的经商，也带回不少消息，耶稣会多卷的通信集是一个例证，可是对于中国戏剧很少提到。因此，在十八世纪三十

---

① 帕西（Thomas Percy）：《中国诗文杂著》（*Miscellaneous Pieces Relating to the Chinese*，1762）的第 1 卷刊载《赵氏孤儿》的译稿。

② 关于帕西的加工问题，作者曾进行讨论，见《英国语言文学评论》，1945 年第 4 期，第 326—329 页。

年代，欧洲文艺界如果留心中国戏剧，除了体会马若瑟的不完整的译稿而外，只能参考杜赫德在《中国通志》上一两页的简短介绍。

杜赫德在巴黎耶稣会做过三十多年的编辑工作，可是没有到过中国。他对中国戏剧的认识，完全得自传闻，而且也是非常有限的。他在《中国通志》上说：在中国，戏剧跟小说没有多少差别，悲剧跟喜剧也没有多少差别，目的都是劝善惩恶。他提到中国戏剧的一些惯例。他说，因为一个演员往往要扮演好几个角色，所以一上舞台，就先作自我介绍。又说，演员在台上，碰到情绪激动，就放声歌唱。他着重指出：中国戏剧不遵守三一律也不遵守当时欧洲戏剧的其他惯例，因此不可能跟当时欧洲戏剧相比。[①]

在当时文献中，最早对《赵氏孤儿》进行详细的分析批评的，大概是伏尔泰的朋友阿尔央斯侯爵。他在一七三九年出版了一部书，叫做《中国人信札》，里面谈到《赵氏孤儿》。《中国人信札》虽是一个法国作家的书，但在英国流传广、影响大，[②] 因此其中关于《赵氏孤儿》的批评，值得在这里介绍一下。阿尔央斯赞赏《赵氏孤儿》的一些片段，如楔子里公主与程婴商量托孤一节，又如第二折里程婴与公孙杵臼商量救孤一节。可是他主要是从戏剧技巧上指出《赵氏孤儿》的缺点，有不少地方跟杜赫德在《中国通志》上谈的没有多大出入，但比较明确，也比较具体。

首先，阿尔央斯指出：《赵氏孤儿》的作者没有遵守那"从前使希腊人那么高明而不久以前又使法兰西人跟希腊人媲美的种种规律。"他这里指的是三一律，特别是时间一致和地方一致的规律。他说：

> 在那本标题为《赵氏孤儿》的中国悲剧里，孤儿出世了，孤儿被带到远方去了，孤儿被教养成人了，到了二十五岁回到北京，禀告皇帝，说大臣屠岸贾如何残害他的父亲——这些事实全在个把钟头之内一一发生。而皇帝呢？听了孤儿的申诉，就给他恢复了他父亲所被剥夺的一切权利，又把大臣

---

① 《中国通志》(1935)，第 3 卷，第 341—343 页。陈受颐曾有讨论，见《天下月刊》，第 3 卷，第 2 期，第 94—95 页。

② 阿尔央斯（Marquis d'Argens, 1704—1771）的《中国人信札》(*Letters Chinoises*, 1739) 有英文译本 (1741)，另有英文仿制本多种，包括哥尔斯密的《中国人信札》(1760—1761)。阿尔央斯仿效孟德斯鸠的《波斯人信札》，假托一位姓庄的中国游历家来批评法国社会，特别是法国的教会，有一定进步意义。其中一封信（第 23 封）是这位姓庄的从波斯写给北京一位姓俞的。就在这封信里谈到《赵氏孤儿》。这封信见英译本 (1741)，第 161—164 页。

处以极刑。这许多事情，必然是在不同时间发生的，其间一定隔得很远，可是作者随随便便堆在一起，违反了一切的或然规律，因而剥夺了观众的部分快感。如果这些事情处理得妥当一些，安排得巧妙一些，那么观众就可以得到更多快感。其实，作者可以让一些演员陈述孤儿早年的苦难，可是这个应当等孤儿走到北京以后再来追诉；这样一来，屠岸贾的罪恶，一经揭发，就可以成为这本戏的主要内容了。

这段文字，有许多地方，是批评家的误解。譬如，他说孤儿是在远方长大的，然后回到北京，朝见皇帝——这些都跟原剧有出入。又如，他说全剧时间二十五年，这与原剧也有出入。①不过，这些是细节。批评家的主要目的是在于指出这本戏的时间不一致和地方不一致。剧中动作是在晋宫、驸马府、太平庄帅府、闹市等五六个地方进行的——这些是地方的不一致。至于时间，从屠岸贾诈传灵公之命把赵朔赐死起至孤儿长大成人，前后二十余年，这也是新古典主义（或称假古典主义）的批评家所不能赞同的。

这是第一点：《赵氏孤儿》违反了三一律。第二点：批评家认为《赵氏孤儿》违反了所谓的"措置得体的惯例"。这本戏里包含着许多不该在舞台上表演的动作。赵朔是"在刀头死"的；公主（赵朔妻）是拿裙带自缢死的；下将军韩厥是刎颈死的；假孤儿（程婴子）是给"剁了三剑"死的；公孙杵臼是在被细棍子、大棍子打了之后自己撞台阶死的；最后，屠岸贾将是给"钉上木驴，细细的削了三千刀，皮肉都尽，方才断首开膛"死的。阿尔央斯举公主自缢一节为例。他承认公主自缢是一个可歌可泣的场面；她表达"母亲的慈爱，英雄的慷慨，以及最勇敢的人临死前也很难免的苦痛"。可是他说：

> 公主〔孤儿的母亲〕是在台上自缢死的——这是一个十分可怕的动作，无论如何不该让观众们看到的。我并不是说公主之死没有感动人的力量，可是换一个方式来处理，不是也可以达到同样目的吗？

---

① 元曲《赵氏孤儿》的动作是从屠岸贾诈传灵公之命把赵朔赐死开始的，以前种种系追叙过去事变，从这里（楔子后半段）到第三折的《鸳鸯煞》，时间是很短的。公孙杵臼唱的《梅花酒》里说，"想孩儿离褥草，到今日恰十朝。"这里说的孩儿指假孤儿（程婴之子），真孤儿当时也不过一个月光景。第三折和第四折之间，隔了二十年。全剧时间只二十年几个月。阿尔央斯说二十五年（后来伏尔泰也这么说），与原剧不合。

总之，凡令人吃惊的剧烈动作（如自杀、谋杀），不该在台上表演，而应事后追诉。这是当时新古典主义者对于悲剧的一条惯例。理由是：古希腊的悲剧是这样处理的，古罗马的批评家霍瑞斯以及文艺复兴时期的古典主义者也是这样主张的。不这样做是有碍观瞻的。①

此外，阿尔央斯提出《赵氏孤儿》的另一个缺点，就是它违反古典主义的或然律。他举了两个例子。一个是演员上台时的自我介绍。譬如，屠岸贾上台，就说，"某乃晋国大将屠岸贾是也"；程婴上台，就说，"自家程婴是也，原是个草泽医人"；公孙杵臼上台，就说，"老夫公孙杵臼是也……住在这太平庄上。"阿尔央斯针对这些进行批评：这自我介绍是对哪个人说的？是对自己说的吗？那太可笑了。是对观众说的吗？这就表明作者创造力的贫乏；因为除了要演员称名道姓而外，除了这样毫无意义地说明他为何在这一幕出场而外，他竟不知道如何把演员介绍给观众。另一个例子，是"曲白相生"。他说：

> 欧洲人有许多戏是唱的；可是那些戏里就完全没有说白；反之，说白戏里就完全没有歌唱。这不是说歌唱并不不强烈地表达伟大的情感，可是我觉得歌唱和说白不应该这样奇奇怪怪地纠缠在一起。

这"曲白相生"，他认为也是违反或然律的。

阿尔央斯是从当时奉为圭臬的新古典主义的惯例来衡量《赵氏孤儿》的。说明了中国戏剧跟十八世纪新古典主义的法国戏剧有多么大的距离。阿尔央斯的议论是有一定的代表性的。十八世纪前期的法国是新古典主义的世界，鼎鼎大名的伏尔泰也没有摆脱它的桎梏。在五十年代，伏尔泰对《赵氏孤儿》也发生了兴趣，可是（我们将在下面提到）他对这本中国戏剧的布局结构的意见，基本上跟他的朋友阿尔央斯侯爵是一致的。

三

阿尔央斯侯爵对于《赵氏孤儿》的看法是不是启蒙时期欧洲文艺界一致的看法呢？那也不尽然——至少在英国不是（或则不完全是）那种情况，从十七世纪中期到十八世纪后期，英国戏剧家和戏剧批评家，在法国影响之下，也讲究新

---

① 这一戏剧惯例，英法文名为 decorum。参阅尼科尔（A. Nicoll）：《戏剧理论》，1931年，第 59 页。

古典主义的规律与惯例，不但根据这些规律和惯例进行创作，也根据这些规律与惯例来改编（当时称为"改善"）莎士比亚的伟大的戏剧。可是，创作家和批评家不断地发出反抗的呼声。就三一律来说吧，十七世纪后期的戏剧家、批评家屈莱顿就已指出这根本不是古希腊戏剧的规律；十八世纪初年的戏剧家法夸尔（Farquhar）进一步说明这些规律的不切实际、不合情理；① 到了十八世纪中叶，以维护传统出名的批评家约翰逊，也通过名演员加立克，当众宣称这些规律窒息了悲剧的创作。② 启蒙时期英国的戏剧家、批评家，谁都受到新古典主义戏剧规律的束缚，但谁都没有严格遵守那些规律，而不少人还有意无意地破坏了那些规律。③ 在这种情况下，如果英国批评家对于《赵氏孤儿》的看法跟法国新古典主义者不一样，那不是一件偶然的事件。

在当时英国批评家之中，对《赵氏孤儿》进行比较详细讨论的是理查德·赫德。④ 我们说过，法国批评家阿尔央斯谈《赵氏孤儿》，主要是列举这本戏在哪些地方不合于新古典主义的规律，从而指出它的缺点。赫德则不然，他主要是列举这本戏在哪些地方跟古代希腊悲剧相似或相近。从而肯定它的优点。赫德说，《赵氏孤儿》的故事跟古代希腊悲剧家索福克勒斯的《厄勒克特拉》（*Electra*）很有相似之处。在《厄勒克特拉》里，阿伽门侬被他的妻子和她的情人刺死以后，他的孤儿俄瑞斯忒斯不是由于一位老师父的拯救而脱险吗？俄瑞斯忒斯不是由这老师父带往另外一个地方掩藏起来、培养长大起来吗？俄瑞斯忒斯长大成人之后不是也回来替父亲报仇吗？这一故事的轮廓跟《赵氏孤儿》是相似的；《赵氏孤儿》的主题是"怨报怨"，《厄勒克特拉》的主题也是"怨报怨"。再谈到复仇的动机，在《厄勒克特拉》里来自神座的谕旨，在《赵氏孤儿》里则来自父亲临死时的遗命。赵朔自尽前不是嘱咐过公主吗？（"公主，你听我遗言，你如今腹怀有孕。若是你添个女儿，更无话说；若是个小厮儿呵，我就腹中与他个小名，唤做赵氏孤儿，待他长立成人，与俺父母雪冤报仇也。"）赫德指出，《赵氏孤儿》里有多少表达愁苦的词句、格言式的话语、道德性的情绪，很像《厄勒克特拉》。此外，《赵氏孤儿》

---

① 尼科尔：《戏剧理论》，第 42—44 页。
② 约翰逊：《德罗如瑞剧院开幕词》（1747），第 29—34 行。
③ 尼科尔：《十八世纪前半期英国戏剧史》（1929），第 51—66 页。
④ 赫德（Richard Hurd）于 1751 年发表他编注的《何瑞思致奥古斯特的诗篇》（*Horace, Epistles to Augustus*），后附《论诗的模仿》一文，其中论及《赵氏孤儿》。这本集子从第 3 版起不收《论诗的模仿》一文，原因不详。但帕西认为该文极有价值，收入其所编的《中国诗文杂著》。

里，在情感激扬部分，"掺杂着歌曲，提炼而为壮丽的诗句，有些像古代希腊悲剧里的和歌"。①

赫德说，《赵氏孤儿》就它的布局或结构来谈，跟希腊悲剧是很相近的。他指出这本戏的"特殊的单纯性，通体没有做作"，特别表现在人物介绍方面："演员上场，开口就把姓名、角色、任务，一一交代清楚。"②这样，阿尔央斯认为违反或然律的演员自我介绍，在赫德看来，不但不是缺陷，而说明了结构的简朴、单纯。赫德说，戏剧结构有两条规律：一是动作需要完整、统一；二是事件需要联贯、紧凑。他仔细考察了马若瑟的译本，认为《赵氏孤儿》是相当准确地符合这两条规律的；他觉得，就这本戏的前面三折来谈，动作是完整、统一的，就是诛灭赵氏，而且这动作"进展得差不多达到亚里士多德所要求的那种速度"。同时，赫德也指出，依照古典戏剧的标准，这本戏还不够完善，在技术上还存在着一些缺陷。他说，为了连贯、紧凑起见，戏的动作最好能更接近结局或煞尾。《厄勒克特拉》的动作不是从俄瑞斯忒斯跟老师父回来复仇那里开始吗？因此，他说，这本戏的动作的开始应当跟复仇事件接得更近一些，应当从孤儿定计复仇那一段开始。赫德没有具体指出哪一段，不过他的意思大概是说，应该从第四折的末尾开始。在这一点上，赫德的意见跟阿尔央斯有些相似，可是在那篇论文里，他没有搬用三一律、或然律、措置得体、惯例等来机械地衡量《赵氏孤儿》，而且他断言，"中国诗人〔《赵氏孤儿》的作者〕对于戏剧作法的最本质的东西并不是不熟悉的。"③

那么中国戏剧怎么会跟希腊古典悲剧有那些相近或相似之处呢？赫德根据他的文艺理论作了解答。他相信亚里士多德的模仿学说，认为想象的创造（诗的创造），就是模仿自然，而好的作品就是模仿自然的、成功的作品。希腊的《厄勒克特拉》是这样，中国的《赵氏孤儿》也是这样。他认为中国作家，正同希腊作家一样，是自然的学生。正因为如此，尽管条件不同，情况不同，中国戏剧跟西方戏剧在作法上有相似的地方，也有一致的地方。他说：

　　这一个国家，在地理上跟我们隔得很远。由于各种条件的关系，也由于他们人民的自尊心理和自足习惯，它跟别的国家没有什么来往。因此，他们

---

① 帕西：《中国诗文杂著》，第2卷，第230—231页。
② 同上书，第231页。
③ 同上书，第229页。

的戏剧写作的观念不可能是从外面借过来的：我们可以肯定地说，在这些地方，他们只是依靠了他们自己的智慧。因此，如果他们的戏剧跟我们的戏剧还有互相一致之处，那就是一个再好也没有的事实，说明了一般通行的原理原则可以产生写作方法的相似。①

这里所谓"一般通行的原理原则"就是他的"诗的模仿"学说。他认为凡是模仿自然的、成功的作品，在写作方法上必然有些相似或一致之处。他就拿《赵氏孤儿》与《厄勒克特拉》来证明这理论，同时也拿这理论来将两者比较。赫德在当时作家中有"巧妙"之名，对任何东西都能说得头头是道。②他的模仿学说曾引起诗人格雷（Gray）、诗人梅逊（Mason），批评家华尔顿（Joseph Warton）与历史家吉朋（Gibbon）的注意。③他对《赵氏孤儿》的批评也曾引起民歌采集家帕西、谐剧家谋飞，以及当时文艺报刊《每月评论》的注意。④对我们来说，赫德的那篇论文的重要性，倒不在他的理论是否准确，而在于他能够摆脱新古典主义者的机械规律来考虑一个传统不同的外国文学作品。他对《赵氏孤儿》的估价是不低的。他的基本论点是：《赵氏孤儿》是模仿自然的、成功的作品，是中国人民的智慧的产物，是可以跟古代希腊的悲剧相比。这一种别开生面的说法，对中国文物在当时英国的传布，无疑起了一定的作用。

四

《赵氏孤儿》杂剧传入欧洲以后，不但引起批评家的注意，也引起剧作家的兴趣。从十八世纪四十年代至八十年代，欧洲有四五种改编本子，其中最早的是英国哈切特（William Hatchett）的本子，一七四一年出版——还在赫德发表《论诗的模仿》的十年以前。这本子的标题是：

> 《中国孤儿》（*The Chinese Orphan*）：历史悲剧，是根据杜赫德的《中国通志》里一本中国悲剧改编的，剧中按照中国式样，插了歌曲。

---

① 帕西：《中国诗文杂著》，第 2 卷，第 222—223 页。
② 鲍士韦尔：《约翰逊传》，第 4 卷，第 189—190 页。
③ 参阅舍伯恩（G. Sherburn）：《复辟时期与十八世纪英国文学》，见鲍（A. C. Bough）主编的《英国文学史》（1948），第 977—978 页。
④ 《每月评论》（*Monthly Review*）曾介绍赫德的主要论点，见第 9 卷（1753），第 122 页。

卷首有一篇献词，开头几句是这样的：

异国的产品，地上长的也好，脑子里来的也好，只要有益或有趣，总能够得到人们的欣赏。多少年来，中国把它的农产品供给我们，把它的工艺品供给我们；这一次，中国诗歌也进口了，我相信，大家也一定会感到兴奋。

欧洲戏剧里早就出现过中国式的布景、中国式的人物以及中国传来的故事，①可是中国戏剧的改编，这是第一次。

哈切特的《中国孤儿》卷首有一张剧中人物表，在略为知道一些中国文物的人来看，一定觉得是非常可笑的。元剧《赵氏孤儿》里的人名都给改了，换上一些古怪的名字，但仔细推敲起来，都有其来源。来源就是杜赫德的《中国通志》。《中国通志》刊载着《今古奇观》的部分译文，一共三篇，其中两篇是：《怀私怨狠仆告主》与《吕大郎还金完骨肉》。很奇怪，这两篇里的一些人名、地名变成了《中国孤儿》的角色。②更奇怪的是，地名变为人名，男名变为女名，女名变为男名，上下数千年历史人物的姓名，随便安排，屠岸贾改成萧何、公孙杵臼改成老子、提弥明改成吴三桂、赵武改成康熙，真是扯得太远了。哈切特还对"康熙"两字作了解释，说是在"苦闷与悲伤"中得胎的。③

可是，撇开这些人名，剧情却基本符合原作。剧情是这样。一开幕，医生与医生的朋友讲话，说首相弄权，陷害有功的大将军，把大将军一家三口全都杀了，只剩下大将军、大将军的儿子与媳妇。大将军逃了，他的儿子是驸马，他的媳妇是公主，正待分娩。首相跟大祭师商议，要把驸马杀死。禁卫司令奉命把一条绳子、一个毒药瓶、一把刀子（元剧所谓"三般朝典"）送给驸马，令其自尽（戏的动作就从这里开始，以前种种是追叙）。驸马拔刀自尽，但临死前嘱咐公主，孤儿诞生后应取名康熙。首相与大祭师知道驸马虽死，而孤儿尚在，于是定计杀孤。就在这时候，医生找到公主，搭救孤儿，公主把孤儿交出后就仰药自尽。以上是第一幕，跟元剧《赵氏孤儿》的楔子和第一折第一部分是完全相当的。

---

① 陈受颐曾有简略介绍，见《岭南学报》，第1卷，第1期（1929），第116—118页。作者曾有补充，见《青年中国》季刊，第2卷，第2期（1940），第172—175页。

② 《中国通志》所载《今古奇观》故事，除上述两篇外，尚有《庄子鼓盆成大道》，均由耶稣会士殷宏绪（F. X. d'Entrecolles, 1662—1741）翻译。陈受颐谓《中国孤儿》的角色系由《中国通志》索引中采取（见《岭南学报》第1卷第1期，第128页），不很确切。

③ 哈切特：《中国孤儿》（1791），第6页。

《中国孤儿》第二幕,跟元剧《赵氏孤儿》第一折的大部分和第二折是完全相当的。医生抱了孤儿,走出驸马府门,碰到禁卫司令,打了一个交道,禁卫司令放他们逃走之后就自杀了。首相得到了这消息就通令全国,凡六个月以下的男孩限于三天之内一起交出,否则做父母的就有"生命财产的危险"。医生带了孤儿去找退隐老臣,商议救孤。老臣是"一个真正的中国人",是因为看到朝廷不讲信实而归隐田园的。商议的结果是,医生拿出自己的儿子,假冒孤儿,与老臣一齐死难,至于真孤儿则由医生抚养。很明显,这些跟元剧没有多大出入。

《中国孤儿》第三幕跟元剧《赵氏孤儿》第三折是大致相当的。这一部分,在元剧里,主要是公孙杵臼与假孤儿的死难,剧情是比较紧张的。在哈切特的戏里,也是这样。不过哈切特在老臣死难以前添了一个场面。医生既然要牺牲自己孩子来代替孤儿,总得和自己的太太商量吧?哈切特就加了医生与医生太太商量、争辩的一个动人的场面。①

《中国孤儿》的最后两幕,跟元剧《赵氏孤儿》比较,改动是较多的。第三幕与第四幕之间隔了一段相当长的时间,但没有像元剧那样隔了二十年之久。②剧情也很有改变。在第四幕里,首相野心勃勃,想用医生药剂来陷害晋君。医生跟他的朋友商量,把大将军全家死难经过画在一件皇袍上,等候机会。这时朝臣纷纷向晋君控诉首相,晋君需要证据。在第五幕里,中国正同鞑靼发生战争。正当首相与晋君谈论战争失利的时候,医生出示画袍,把前后故事诉说了一番。结果,首相伏罪了,晋君把他的财产没收了一部分,分给有功人员,同时还给死难老臣(老子)修了一座庄严肃穆的坟墓。全剧就在群众欢呼声中结束。

纵观这个改编本子,尽管在不少地方(特别在最后两幕)跟元剧有出入,但还保存了元剧的轮廓以及元剧的主要段落,如弄权、作难、搜孤、救孤、除奸、报恩。它没有严格遵守三一律。全剧五幕十六场,共有十来支歌曲。哈切特不可能知道元剧的说唱传统,更不可能理解元剧"曲白相生"的妙处,只能依照杜赫德在《中国通志》里的介绍,把歌曲放在剧情激扬的地方,表现忧愁、愤恨、绝望、

---

① 这一场面与明代无名氏《赵氏孤儿记》以及京剧《搜孤救孤》倒有些巧合。参阅《赵氏孤儿记》(《世界文库》本,第 8 册),第 30 出;《搜孤救孤》(《京剧丛刊》第 8 集),第 2 场。

② 陈受颐谓哈切特的《中国孤儿》的动作约占一个月的时间(参看《天下月刊》,第 3 卷第 2 期,第 99 页)。但依剧情发展来看,一个月的时间是不够的。剧中也没有明确指出。哈切特的这个剧本显然没有遵守时间一致的规律。

悲痛、欢乐。① 研究十八世纪英国戏剧的尼科尔教授指出哈切特企图运用东方色彩，不是没有根据的。②

五

但是，如果我们光从戏剧技巧来考虑哈切特的《中国孤儿》，那么意义是不大的。这本戏始终没有上演过，没有受过舞台考验。照吉尼斯特的意见，这戏虽很有趣，对舞台来说，还是不适宜的。③ 必须指出，这本戏的政治意义远超过了它的戏剧意义。这是一本采取戏剧形式的政治讽刺作品。在这本戏的封面上，哈切特引了五行诗，试译如下：

啊，政客！多么的机诈不测，
狂暴的旋风，蹊跷的礁石，
熊熊的大火，死神的差役，
摇城的地震，飘浮的疾疫，
这一切，都比不上他的险恶。④

这里，作者好像是一般地攻击"政客"，可是什么政客？哪一个政客了？在这戏里都是有具体内容的。

这戏是献给阿格尔公爵（Duke of Argyle）的。献词上说：

我们必须承认，杜赫德给我们的那个中国悲剧（也就是我们这本戏的根据）是很粗糙、很不完善的，可是我觉得这里有些合情合理的东西，连欧洲最有名的戏剧也赶不上。中国人是一个聪明而有见识的民族，在行政管理方面是非常有名的。因此，毫不奇怪，这戏的情节是政治性的。戏里揭露了

---

① 杜赫德不了解中国的说唱传统。他说，中国戏剧里一个人恨着另外一个人，他就唱了，或则打定主意要去复仇，他也唱了；或则悲不自胜，快要自杀，他也唱了。阅《中国通志》(1735)，第3卷，第343页。

② 尼科尔：《十八世纪前半期英国戏剧史》, (1929)，第112页。

③ 吉尼斯特（J. Geinest），《英国戏院纪闻，1660—1830》(1832)，第4卷，第550页。

④ 引自乔治·西威尔的悲剧《勒雷爵士》(G. Sewell, *Sir walter Raleigh*)。这出戏于1719年开始上演，以后也常演，直至三十年代后期，是一部带有政治意义的作品。参阅尼科尔的上引《戏剧史》，第106, 354页。

一系列的行政腐败,而中国那位作家又把它描写为使人深恶痛绝的东西,好像他在这方面熟悉了您〔指阿格尔公爵〕的坚贞不屈的性格似的。当然,中国作者也未免过分了,他把一个人描写得不像人而很像魔鬼。不过,这也许是中国诗人的习惯,有意把首相写成魔鬼,免得老实人受骗。

这个献词很明显地提出《中国孤儿》的主题——揭露朝政腐败。这个献词也明显地提出"首相",作为攻击的目标。元剧《赵氏孤儿》是从"文武不和"谈起的,哈切特的《中国孤儿》也是这样。不过元剧谈的是武臣陷害文臣,而《中国孤儿》谈的是"首相"陷害大将军。这一个改变有其现实的、政治的意义。

在十八世纪二十年代至四十年代初年——英国史上的瓦尔帕尔时代——所谓"首相"不是一个普通名词,而是一个专指名词,指的就是瓦尔帕尔(Sir Robert walpole)。英国的首相制度就是在那个时期发展起来的:瓦尔帕尔是英国第一个首相(当时文献里或称"首席大臣",或称"唯一大臣")。从二十年代起,他领导辉格党人,运用贿赂制度、分赃制度来维持长期的统治。瓦尔帕尔弄权忌才,在辉格党里形成一个集团,逐渐把集团以外的人挤走。一七二四年他挤走浦尔特尼(Pulteney),一七三〇年挤走卡特勒特(Carteret),一七三三年挤走切斯特菲尔德(Lord Chesterfield)。……这样,到了三十年代,辉格党分化了,一部分与瓦尔帕尔合流,称为"在朝党",另一部分跟托利党结合而为"在野党",或称"爱国人士"。在野党不但包括上述的政治人物,也包括不少有才气、有文气的作家,如诗人蒲伯,散文家斯威夫特,戏剧家盖依,戏剧家、报章家、小说家菲尔丁,到了后期也包括有军功战绩的元帅阿格尔公爵。哈切特的《中国孤儿》就是献给那位公爵的。

在野党对瓦尔帕尔的在朝党不但在议会里斗争,也在广大人民之中进行各色各样的文字宣传。浦尔特尼与切斯特菲尔德办过好几种小型报刊,如《工匠报》、《迷雾报》、《常识报》。蒲伯写过不少讽刺诗,斯威夫特写过不少小册子,盖依写过《乞丐歌剧》,至于菲尔丁的讽刺戏剧,那更多了,揭露在朝党的贪污腐化;他的《一七三六年的历史年鉴》引起了在朝党压制批评的"戏剧检查法案"。哈切特的《中国孤儿》是这一类的作品。我们不很知道哈切特的生平与活动,可是我们知道他在一七三三年曾把菲尔丁讽刺瓦尔帕尔的《悲剧之悲剧》改编为《歌剧之歌剧》,曾在伦敦各戏院上演多次。① 他是在野党的作家之一。上文说过,他的

---

① 参阅尼科尔:《十八世纪前半期英国戏剧史》,第112、334页;及达登:《菲尔丁:他的生活、著作和时代》,第1卷,第69页。

《中国孤儿》没有上演过；实际上，在一七三七年施行"戏剧检查法案"以后，这一作品也很难上演。他的《中国孤儿》是采用戏剧形式的一个政治斗争作品。

由于在朝党压制批评的种种法规，政治讽刺作品往往须采取迂回曲折的方式。斯威夫特通过"小人国、大人国"等海外奇谈来全面地揭露英国社会。三十年代《君子杂志》也通过《小人国议会记录》来报道当时的政治情况。菲尔丁的《威尔士歌剧》，用的是威尔士的背景，而他的《一七三六年的历史年鉴》，用的是科西嘉的背景。至于东方背景、东方故事，也常被运用。一七三○年间的《蜜蜂报》大量介绍中国制度，一七三七年间的《工匠报》运用中国的"社鼠"故事来攻击瓦尔帕尔，一七四○年间一位无名氏还写了一本册子，叫做《一篇非正式论文，是读了杜赫德的〈中国通志〉以后写的，随时可读，但在1740年不可读》。[①]这些，表面上是海客谈瀛，而骨子里别有所指。哈切特的《中国孤儿》是这一类型的作品。

关于瓦尔帕尔时期的政治，《中国孤儿》里有概括的反映，如首相的专制，朝政的腐败。可是《中国孤儿》里反映的，主要是三十年代末年和四十年代初年的情况。当时英国政府在欧洲政治舞台上着着失势。它联络法兰西，没有得到好处，到了一七三九年，又和西班牙为了争夺殖民地贸易发生冲突，一时局势紧张。瓦尔帕尔迟迟不动，引起不满，后来被迫对西班牙作战，战事失利，引起更大的不满。哈切特的《中国孤儿》反映了这情况。在这戏里，法兰西叫做"莫卧儿"，西班牙叫做"鞑靼"，西班牙战争叫做"鞑靼战争"。第二幕第二场里说："萧何（首相）得势，中国受苦，他有办法击败国内的敌人，可是他是鞑靼与莫卧儿的傀儡。"[②]

到了一七四○年，在野党和议会里对瓦尔帕尔政府进行激烈斗争。我们在上面提到的英国元帅阿格尔公爵大发雷霆之怒，在上议院对瓦尔帕尔政府猛烈抨击，因而被免去了一切职务。蒲伯的讽刺诗里曾加以歌咏：

　　阿格尔，生来握有国家的雷霆，
　　他震动过疆场，也震动了议庭。[③]

[①] 关于中国故事在十八世纪三十年代英国政治斗争中的作用。作者曾有论述，请参阅《英国语言文学评论》，1949 年 4 月号，第 141—146 页。

[②] 陈受颐谓鞑靼指法国，莫卧儿指荷兰（见《岭南学报》，第 1 卷 1 期，第 130 页），但与当时情况不很贴切。

[③] 蒲伯：《讽刺诗尾篇》（*Epilogue to Satires*，1738），第 2 篇，第 86—87 行。

《中国孤儿》第四幕第三场有下面一段愤怒的话：

> 我们还不是像一个腐尸，任凭侵袭，
> 文官好比螟蝗，武人好比雄蜂？
> 各项债，各项税，还不是高可没颈？
> 还不是信任了，反而受骗；慈爱了，反而成仇？
> 还不是给人家鄙视，朋友也好，敌人也好？
> 还不是给每一个方案，不论是花钱的和平
> 或是花钱的战争，搜括得干干净净？
> 啊中国！中国！你到了怎样的田地！

这一段，总起来是：文官无用，武人无力，国债增长，赋税加重，外交失势，战争失利。

我们不知道哈切特的《中国孤儿》是在什么时候写作的，只知道一七四一年二月份的《君子杂志》的新书报道里有这剧本。① 那时，英国议会里闹得正凶。在野党人卡特勒特在上议院，另一在野党人桑兹（Sandys）在下议院，提议吁请英王"撤换瓦尔帕尔，永不叙用"。这案子没有通过，可是反对瓦尔帕尔的斗争继续下去，一直到他一七四二年下台为止。② 《中国孤儿》的出版是适时的。它通过一个东方故事，历举首相专权的恶果，同时也设想首相下台后的情况。《中国孤儿》，同《赵氏孤儿》一样，也在歌声中结束：

> 〔文官唱〕
> 听啊！几百万有福的生灵，听那可喜的声音！
> 每一个饭桌上传开了这个痛快的新闻。
> 举国欢腾
> 普天同庆！
> 农民到公侯，
> 到处在歌讴：
> 海洋曾由他诃责，
> 大地曾受他胁迫。

---

① 《君子杂志》（*Gentleman's Magazine*）第 11 卷，第 2 期（1741 年 2 月号）底页。

② 关于 1741 年 2 月间英国议会中的斗争情况，参阅黎德姆（I. S. Ieadam）：《英国政治史》，(1921)，第九卷，第 367 页。

如今他倒台了，
大家都开怀了。
放僻邪侈的低了头，
胁肩谄笑的缩了手，
光荣又将可见
中国不怕鞑靼。
〔和歌〕
欢乐，欢乐的今天，
他已被剥夺了威权，
对他的灾厄
谁也不加怜惜，
或则寄以同情，
除了中国的敌人。

六

  哈切特的《中国孤儿》是《赵氏孤儿》的第一个改编本。十七八年后，英国另有一个谋飞（Arthur Murphy）的改编本。可是，谋飞的本子跟哈切特的本子，除了来源相同而外，没有直接联系，而跟法国伏尔泰的改编本——也叫《中国孤儿》——有很大关系。关于伏尔泰创作他的《中国孤儿》的经过，已有详尽的疏证；[①]这里只作一个简略介绍，以便于对谋飞的作品进行讨论。

  大家知道，伏尔泰对中国的政教道德有深挚的爱好。可是他对中国戏剧理解不多，因而估价也不高。他的基本论点是当时新古典主义者的论点，跟上面说的阿尔央斯侯爵的意见没有多大出入。中国戏剧技术——就马若瑟的《赵氏孤儿》来说——是很粗糙、很幼稚的。他说"我们只能把《赵氏孤儿》比作十六世纪英国的和西班牙的悲剧，只有海峡那边〔指英国〕和比利牛斯山脉以外〔指西班牙〕的人才能欣赏。"又说，这不是什么悲剧，而是一个古怪的滑稽戏，是"一大堆不合情理的故事"。又说，"这戏没有时间一致和动作一致，没有风土习俗的描绘，没有情绪的发展，没有词采，没有理致，没有热情"。总之，《赵氏孤儿》是不能

---

  ① 庇诺（V. Pinot）曾论证伏尔泰的《中国孤儿》的材料来源，见《法国文学史评论》第 14 卷（1907），第 462—471 页。又乔堂（L. Tordan）曾编订伏尔泰的三幕本《中国孤儿》，疏证甚详。

跟当时法国的戏剧名著相提并论的。

可是话又得说回来。伏尔泰指出，《赵氏孤儿》是中国十四世纪的作品，若与法国或其他国家十四世纪的戏剧相比，那又不知高明多少倍了，简道可以算是杰作了。就故事来谈，非常离奇，但又非常有趣；非常复杂，但又非常清楚。十三四世纪的中国是蒙古族统治的时期，居然还有这样的作品。这就说明征服者不但没有改变被征服者的风土习俗，而是正相反，保护了中国原有的艺术文化，采用了中国原有的法制。这也就证明了"理性与智慧，跟盲目的蛮力相比，是有天然的优越性的。"① 好多年来，伏尔泰同卢梭进行论战。卢梭认为自然状态比文明社会好，主张归真返璞。在他的一七五〇年关于文化艺术的论文里，卢梭曾说，蒙古人、满洲人，文化不及汉人，可是汉人一再被他们征服，说明自然状态比文明社会来得强。这论文里还特别提到伏尔泰，夹着一些嘲笑。② 伏尔泰的意见是：蒙古人、满洲人虽似征服了中国，而最后还是给被征服者的智慧征服了。他深信理性的力量、智慧的力量、道德的力量。③

在这样的思想情况下，伏尔泰着手改编马若瑟译的《赵氏孤儿》。他把这故事从公元前五世纪的春秋时期往后移了一千七八百年。他又把一个诸侯国家内部的"文武不和"的故事改为两个民族之间的文野之争。在技术方面，他遵照新古典主义的戏剧规律，把《赵氏孤儿》的动作时间从二十多年（据伏尔泰说是二十五年）缩短到一个昼夜。情节也简化了。原剧包括弄权、作难、搜孤、救孤、除奸、报仇等段落，伏尔泰只采取了搜孤救孤。同时，依照当时"英雄剧"的作法，加入了一个恋爱的故事。伏尔泰不但研究了马若瑟的《赵氏孤儿》译本，也看过维也纳的宫廷诗人意大利歌剧作家麦太斯太西渥（Metastasio）的《中国英雄》，④ 可是，他说，他没有袭用那两本的布局。他的《中国孤儿》原来是三幕，后来采取了朋友的意见，扩大而为五幕，目的在描绘风土习俗，从而激发人们的荣誉感与道德感。

剧情是这样：成吉思汗征服了中国，搜求前朝遗孤，把遗臣盛缔抓了，因为他掩藏了遗孤。盛缔也同程婴一样，献出自己的儿子作为代替。盛缔妻奚氏抑不

---

① 《伏尔泰全集》（莫朗编校本，1877），第 5 卷，第 297—298 页。
② 《卢梭全集》（1820），第 4 卷，第 13—14 页。
③ 《伏尔泰全集》，第 5 卷，第 296 页。
④ 麦太斯太西渥（1668—1782）读了杜赫德的《中国通志》后，创制《中国英雄》（Eroe Cinese），1748 年上演，1752 年出版。

住母爱,说出真情。据说,多少年前,成吉思汗在中国避难的时候,曾经向奚氏求爱。现虽事隔多年,而旧情未忘。于是提出一个条件:如果奚氏肯离异改嫁,他可以免予追究。可是奚氏爱自己的孩子,也爱丈夫,抵死不从。成吉思汗原来以为蛮力可以征服一切,可是看到了这一对独立特行的夫妇,心里感动了,改变了主意,不但赦免遗孤,还准备把他抚养成人。盛缔夫妇听了不相信。奚氏问他,"是什么东西使你改变了主意?"成吉思汗的答语是:"你们的道德。"剧中有战争,有爱情,有道德,但主要的是道德。伏尔泰着重盛缔这一个角色;他说:"盛缔应当像是孔子的后裔,它的仪表应当跟孔子一个模样。"① 因此,这本戏又名"孔子之道五幕"。②

这本戏系于一七五五年在巴黎上演,剧本也跟着出版。同年十一月,伦敦有翻印版,伦敦《每月评论》上有详细介绍。③ 同年十二月,伦敦出现了无名氏的英译本,《每月评论》指出译笔拙劣,跟原作很不相称。④ 可是,对于伏尔泰的原作,一般都有好评。例如一七五六年二月份的《爱丁堡评论》上说:

> 伏尔泰先生也许是法国最有名的多方面的作家。大家承认,他在差不多任何一种的写作上,几乎可以赶上 17 世纪最大的作家,而那些作家主要是致力于一种写作的。在他最近的悲剧《中国孤儿》里,他的创作天才尤为突出。我们读了这本作品,一方面觉得高兴,一方面又觉得奇怪;因为他把中国道德的严肃与鞑靼野蛮的粗犷一齐搬上法国舞台,而同时与法国人最讲究的谨严细致的种种规矩毫无抵触之处。⑤

伏尔泰的《中国孤儿》在巴黎舞台上的演出,引起了广泛的注意。一七五五年,巴黎出版界还把二十年前在《中国通志》上发表过的马若瑟的《赵氏孤儿》译稿重新付印,单独发行。⑥ 这种种直接激发了英国戏剧作家对于这本中国戏剧的兴趣。

---

① 《伏尔泰全集》,第 33 卷,第 461 页。
② 同上书,第 38 卷,第 114 页。
③ 《每月评论》,第 13 卷,第 493—505 页。参阅《君子杂志》,第 25 卷,第 527 页;《苏格兰人杂志》(Seots Magazine),第 17 卷,第 580—584 页。
④ 《每月评论》,第 14 卷,第 64—66 页。
⑤ 《爱丁堡评论》,1756 年第 2 期,第 78—79 页。
⑥ 科尔迪埃:《西人论华书目》,第 2 卷,第 1787 页。

七

伏尔泰的《中国孤儿》在巴黎上演和出版以后,英国至少有两个作家打着改编的主意:一个是编辑和杂文作家约翰·霍克斯渥斯,另一个是演员和谐剧作家阿瑟·谋飞,在当时文艺界都很活跃。① 霍克斯渥斯因为忙于别的工作,原定主意没有实现。② 谋飞呢,在这上面花了不少时间,不少心血,终于一七五九年完成了计划,也叫做《中国孤儿》。

谋飞编写他的《中国孤儿》是经过不少周折的。据他自己说,最初使他对《赵氏孤儿》发生兴趣的是赫德的批评(1751)——就是说,远在伏尔泰发表他的《中国孤儿》以前——可是他也承认从伏尔泰的作品吸取了一些东西。③ 他于一七五六年十一月完成初稿,跟当时德如瑞兰剧院(Drury Lane Theatre)经理加立克接洽排演,没有成功。以后两年中,他跟加立克反复磋商,还闹过意见,进行过笔战,最后经过政治界闻人福克斯(Henry Fox)、文艺界闻人瓦尔帕尔(Horace Walpole)、桂冠诗人怀德海(William Whitehead)等的斡旋、调解,达成协议。在这两年中,谋飞接受了各方面的意见,把原稿修改多次。在一七五九年二月,他写信给加立克说:"我就好像那个把作品挂在窗子上的画师一样,听取大众的意见,不断加工,涂来涂去,把什么东西都涂得不见了。"④ 经过多少周折,这戏终于一七五九年四月底在伦敦德如瑞兰剧院上演。谋飞本是一个演员和谐剧作家,《中国孤儿》的上演成功又使他成为当时有名的悲剧作家。

谋飞在他的《中国孤儿》上演成功以后,发表了写给伏尔泰的一封公开的信。⑤ 从这信里,我们可以知道他进行改编时的种种考虑。他的主要参考材料是:(1)马若瑟的《赵氏孤儿》(法文本与英文本),(2)赫德对《赵氏孤儿》的批评,(3)伏尔泰的《中国孤儿》。(他没有提起哈切特的《中国孤儿》)他同意赫德关于中国戏剧的看法,但对马若瑟译的《赵氏孤儿》和伏尔泰的《中国孤儿》都有不同意见。他不赞成伏尔泰的《中国孤儿》里的一些情节。我们在上面提过,伏尔

---

① 关于霍克斯渥斯(J. Hawkesworth)与谋飞的文艺活动,可阅鲍士韦尔的《约翰逊传》第1卷,第252—253,356—357页。

② 加立克:《私人书信集》(*Private Correspondence*,1831),第1卷,第112页。

③ 谋飞:《中国孤儿》,1759年第1版,第90—91页。

④ 加立克的上引书,第1卷,第98页。关于谋飞与加立克的争论,可阅同书第1卷,第73、81、88—89、91—92、112页;参阅谋飞:《加立克传》(1801),第1卷,第330—341页。

⑤ 谋飞的上引书,第90—34页。

泰的戏里穿插着一个蒙汉恋爱故事。谋飞不赞成这个穿插,认为把一个粗犷的鞑靼征服者一变而为谈情说爱、唉声叹气的法兰西式的骑士,是非常不自然的。奚氏跟王族没有关系,成吉思汗跟她谈爱情,也没有意义。再者,这一穿插,没有使剧情紧张,而是正相反,使剧情松懈。在谋飞看来,伏尔泰就好比一个划船的人,用尽平生之力,突然地松了劲,连一点精神也提不起来了。谋飞又认为历史剧里穿插恋爱故事,已经成为滥调;他反对这个毫无可取的滥调。

其次,谋飞认为伏尔泰的《中国孤儿》里没有多少"有趣的东西",而其所以缺乏"有趣的东西"是因为这位法兰西作家把戏剧动作提得太早了。在伏尔泰的戏里,真孤儿也好,假孤儿也好,都是摇篮里的人物,始终没有长大成人,因此不能对剧情有多大贡献。到了剧本煞尾,被征服者还是被征服者,因此救孤一事已失了其重要意义。谁还对孤儿发生兴趣呢?谋飞说,若把戏剧动作移后二十年,那么情况就不同了。那时,孤儿已达成年,可以亲自出来报仇——这样一来,不但增加了不少"有趣的东西",而且"救孤"也有了意义。在这一点上,谋飞参照了《赵氏孤儿》的作法,同时也似乎采取了赫德的主张。赫德曾说,《赵氏孤儿》最好从孤儿定计复仇开场,以前种种可以在说白里补叙;这样一来,布局就更紧凑,更接近希腊悲剧的规模。谋飞很尊重赫德,认为他是一个"值得钦佩的批评家"。

这是一方面。在另一方面,谋飞对中国的《赵氏孤儿》也有不同意见。他认为题材很好,可惜作者对救孤一节没有好好处理。他觉得,牺牲一个婴孩来拯救另一个婴孩,远不如牺牲一个青年来拯救另一个青年;因为这样,更可以表达为父母者心理上的矛盾、冲突。谋飞提起十七世纪法国悲剧作家高乃依的《厄拉克利乌斯》(Heraclius)。在那本戏里,女英雄莱昂底娜不是把自己的儿子跟王子互换姓名来拯救王子吗?可是高乃依把情节搞得太繁杂、太晦涩了,有点像哑谜。谋飞的意见,高乃依的做法,如能搞得合理近情,而又头绪明显,那么还是可用的。他认为在《赵氏孤儿》里,假孤儿应当同真孤儿一样上场表现。这样一来,就可以有许多热闹场面,而这一对青年活动在热闹场面里,就更能激动观众的情感。①

谋飞的剧本《中国孤儿》体现了以上的种种考虑。剧情是这样:铁木真(成吉思汗)曾入寇中国,把中国皇族杀完了,只剩下一个孤儿。遗臣盛缔把他隐藏了,当作儿子,改名爱顿。同时他把自己的儿子哈默特送到高丽,由一个隐士教

---

① 谋飞的上引书,第90页。

养。这些是二十年前的事，是在戏里追叙的。这戏的动作是从铁木真再次入寇中国开始的，那时真孤儿和假孤儿都已满了二十岁了。戏开始时，北京城陷落了。哈默特从高丽赶回来，参加卫国战争，不幸给鞑靼人抓住了。铁木真到了北京，正搜求前朝太子，疑心哈默特就是遗孤，于是征召遗臣盛缔，追问底细。如果遗孤搜不到，他要把全国二十岁的青年诛尽杀绝！盛缔赴召，盛缔妻满氏跟着跑去。这时，爱顿——真孤儿——为了拯救哈默特，跑来自首。铁木真拷问盛缔。盛缔该怎么说呢？说真话，还是说假话？说假话吧？儿子死了。说真话吧？太子死了。在这情形之下，盛缔夫妇心理上产生了矛盾：爱子之情与爱国之心的矛盾。这同伏尔泰的《中国孤儿》第二幕里一些场面是相似的。不过，谋飞的真孤儿与假孤儿全是成年人，可以出场表演——这是谋飞所谓"热闹场面"，所谓"有趣东西"，也是他的得意之笔。这些全在第四幕里，最紧张，最能动人，效果也最好。最后，盛缔还是牺牲了自己的儿子。他自己呢，车裂身死；他的夫人满氏跟着自尽。可是，正在这时候，爱顿——真孤儿——杀了进来：铁木真猝不及防，在格斗中被杀。这样，孤儿完成了他的"大报仇"。

历来谈谋飞的人总把他的《中国孤儿》跟伏尔泰的《中国孤儿》比较研究。很明显，谋飞是依据伏尔泰的剧本进行改编的。他的角色与伏尔泰的角色，有的姓名相同（如铁木真、窝阔台、盛缔），有的姓名稍异而身份相当（如伏尔泰的盛缔夫人是奚氏，谋飞的盛缔夫人是满氏），它的场面，它的台词，也有不少地方与伏尔泰的相同或相似。① 再者，伏尔泰的《中国孤儿》又名"孔子之道"，谋飞的《中国孤儿》也到处谈论至德要道，说教气氛异常浓重——浓重得使人觉得有些迂腐之感。谋飞的《中国孤儿》有一个序幕，是桂冠诗人怀德海的手笔，一开头就说：

> 希腊与罗马，不用谈了。到了这年头
> 那陈旧乏味的东西早已过了时候；
> 就是加上一些不相干的玩意，
> 在观众看来，依旧是索然无味，
> 至于庄严的行列，配上纡徐的音乐，
> 谁也不再留意，好比纪念市长的节目。
> 今天晚上，我们诗人附着老鹰的翅膀，
> 为了搜求新颖的品德，飞往日出的地方，

---

① 布鲁斯曾详细阐述伏尔泰对谋飞的影响，见其所著《伏尔泰在英国舞台》（1918）。

> 从中国的东海之滨给咱们英伦人士
> 勇敢地带回了一些孔子的道理。

可是，我们也应当指出，谋飞在不少地方是直接取材于《赵氏孤儿》的。就故事的轮廓来说，伏尔泰是以《赵氏孤儿》的前三折为基础来改编的，谋飞是以《赵氏孤儿》的后两折为基础来改编的。伏尔泰的戏里保存了《赵氏孤儿》的搜孤、救孤两大节目；而谋飞的戏里，除了搜孤、救孤而外，还包括除奸与报仇。再就人物形象来说，谋飞的铁木真不同于伏尔泰的成吉思汗。伏尔泰的成吉思汗开始时是一个野蛮的征服者，一变而为足智多谋的政客，再变而为柔情蜜意的骑士，到了最后，讲仁义，说道德，做君子人了。至于谋飞的铁木真，始终是个鞑靼人，始终是个征服者，好比《赵氏孤儿》里的屠岸贾始终是个压迫者。这是一方面。在另一方面，谋飞的盛缔比伏尔泰的盛缔，显得更主动、更顽强，和《赵氏孤儿》里的公孙杵臼倒有些相似。谋飞的孤儿，英姿飒爽，心存家国，是伏尔泰的戏里没有的，却有几分像赵氏孤儿。再就整个剧情来说，伏尔泰的《中国孤儿》是以两种对抗势力的协调与统一来结束的，而谋飞的《中国孤儿》是以一种势力跟另一种势力斗争到底、取得胜利来结束的。不论在戏剧结构，或在人物塑造，谋飞有其独创之处，可见马若瑟译的《赵氏孤儿》与赫德对于《赵氏孤儿》的批评，在他的改编工作上显然发生了作用。

八

现在谈谈谋飞的《中国孤儿》的舞台演出。这戏是在一七五九年四月二十日开演的。那时，伦敦舞台的第一季度已近末尾，可是从四月底到五月中旬这戏还是演了九次。从效果来谈，这是一出成功的戏。

关于这戏的如何成功，当时文献里有比较详细的记载。首先，关于舞台上布景、道具，以及演员们的服饰。我们知道，伏尔泰的《中国孤儿》上演时，巴黎的法兰西歌剧院曾经有意识地运用东方色彩。就法国舞台历史来说，那次上演还标志着舞台布景、道具、服饰的改进。希腊式或罗马式的庄严的游廊给中国建筑替代了，法兰西的精致的襞缘和蓬松的围裙给中国与鞑靼的服饰替代了。[①] 谋飞的《中国孤儿》上演时，伦敦的德如瑞兰剧院在这些方面也作了很大努力。据

---

① 柯莱（Charles Colle）:《笔劄与回忆》(1907)，第 2 卷，第 116 页。

熟悉当时剧院情况的詹姆斯·蒲顿说:"舞台上出现了一大堆光彩夺目的外国服装——中国人的服装以及比他们更勇武、更有画意的侵略者的服装。"① 谋飞自己也说,德如瑞兰剧院曾经特别制备了一套名贵的中国布景,以及最合适的中国服装。② 当时报刊上,也有记载。例如一七五九年四月二十五至二十七日的伦敦《劳埃德晚邮报》上说,"服装是新鲜、精巧、别致;布景是宽敞、整齐、妥贴。一开始,就看到宫殿里的一个大厅,大厅深处可以看到篡位者的宝座。戏里也谈到这宫殿是如何的富丽堂皇,但这描写一点也没有超过舞台上的实际情况。此外,还有一个祭坛,是一座新奇精巧的建筑。"③ 这些说明了舞台上的"东方色彩"引起了观众们的注意。

其次,关于舞台上的表演。真孤儿(爱顿)是由莫索伯扮的,假孤儿(哈默特)是由霍伦德扮的,成吉思汗是由哈佛德扮的,当时人认为都很成功。《劳埃德晚邮报》上说:

> 霍伦德在这一个角色(假孤儿)上,比他以前在任何一个新的角色上做得到家。他深刻体会了这一个角色的真正精神,而他的身段与服饰也恰如其分。至于哈佛德,正如以前一样,他的判断力、他的见识使他理会到应该怎样来表演成吉思汗。要表演一个与本人性格完全相反的人物,是需要高度技巧的。可是,在这戏里,哈佛德自始至终是个暴君成吉思汗。④

当然,《中国孤儿》里最重要的角色是遗臣盛缔和盛缔妻满氏。扮演盛缔的是当年鼎鼎大名的剧院经理、剧作家和演员加立克。他演喜剧,也演悲剧。他演过莎士比亚大悲剧里的各种角色,被认为是莎士比亚的功臣。他在接受谋飞的《中国孤儿》之后,一度想扮演假孤儿,后来接受谋飞的要求,扮演盛缔,因为盛缔是这一剧本的主要角色。⑤ 加立克非常成功。《劳埃德晚邮报》上说,"加立克是一个十足的爱国主义者,勇于捍卫古代的法典与人民的自由。"⑥ 谋飞更为满意。他说:"加立克扮演的盛缔,真是一个德高望重的中国大臣,他在表演种种情绪的

---

① 波顿(James Boaden):《西顿斯夫人回忆录》(1827),第 1 卷,第 138 页。
② 谋飞:《加立克传》,第 1 卷,第 338 页。
③ 《劳埃德晚邮报》(Lloyd's Eoening Post),第 4 券,第 25 页(1759 年 4 月 25—27 日)。
④ 《劳埃德晚邮报》,第 4 卷,第 26 页。
⑤ 关于《中国孤儿》中各种角色的分配问题,参阅艾末来:《谋飞评传》,第 47—48 页。
⑥ 《劳埃德晚邮报》,第 4 卷,第 25 页。

矛盾上，显出无限的力量。可以说，他在任何一个角色上（除了李尔王）都没有做得那样出色。"① 至于盛缔妻满氏，是由叶兹夫人（Mrs. Yates）扮演的。叶兹夫人后来主演莎士比亚戏剧里的女角（例如鲍西亚、克莉奥佩特拉），享有盛名，不过在一七五九年间，还是个新手。但那次登台很成功，加立克和谋飞都很满意。②《劳埃德晚邮报》的记者觉得她扮演太年轻了，可以跟二十来岁的小伙子搭配，而不很像老成持重的孔子信徒的夫人。可是那记者又说了："她的爱国之心，爱子之情，以及英勇的品德，都表现得很好。"③《中国孤儿》有一个尾幕，也出自桂冠诗人怀德海的手笔。叶兹夫人表演这尾幕，以幽默的口吻谈论中国的家常，特别关于妇女生活，例如如何打扮、如何管家、如何交际，口讲指划，吸引观众。尾幕里有这么一句："各位太太小姐们，看到我的服饰，不要见笑，这是道地的中国货色。"这也是"东方色彩"。叶兹夫人在舞台上建立声誉，是从这一次表演开始的。

又其次，关于批评家对《中国孤儿》剧本的意见。这剧本是于一七五九年四月底出版的。就在那一年，印了第二版，另在杜伯林印了一版。剧本一出版，各大杂志争相报道，除了介绍剧情而外，还转载序幕、尾幕和一些精要片段。④《每月评论》上说，这一剧本，与其说是伏尔泰的《中国孤儿》的改编本，不如说是一部新的创作，因为谋飞在结构上作了不少改进。又说，这戏演得很成功，可以跟英国最成功的舞台剧相比，可是还没有达到它应有的成功。⑤ 最值得注意的是《评论杂志》上哥尔斯密的文章。这文章指出《中国孤儿》的一些缺点，如悲愤的情调弹得太重，说教的词语用得太多，但同时也提到许多优点，如生动的表情，鲜明的意象，以及配置恰当的舞台布景。此外，还引了盛缔夫妇的几节对话，说明思想如何有力，吐词如何妥贴，以及作者如何熟悉舞台实际。很明显，哥尔斯密不但看过伏尔泰的《中国孤儿》，也看过马若瑟的《赵氏孤儿》译本。我们说过，马若瑟的《赵氏孤儿》只有宾白，是一个不完整的译本。因为这样，这戏显得干

---

① 谋飞：《加立克传》，第 1 卷，第 338—339 页。
② 同上书，第 1 卷，第 339 页。
③ 《劳埃德晚邮报》，第 4 卷，第 25 页。
④ 《环球杂志》（Universal Magazine），第 24 卷，第 245—246 页；《君子杂志》，第 29 卷，第 217—220 页，《一般杂志》，第 12 卷，第 231—234 页；《每月评论》，第 20 卷，第 275—276 页；《评论杂志》（Critical Review），第 7 卷，第 434—440 页。《伦敦纪事报》（London Chronicle），1759 年，第 420 页。
⑤ 《每月评论》，第 20 卷，第 275—276 页（1759 年 6 月号）。

枯贫乏，缺乏想象，缺乏热情。哥尔斯密也觉察了这些缺点。因此，他说，这本戏经伏尔泰一次改编就完善了，经谋飞再一次改编就更完善了。又说："谋飞先生的剧本，如果不是道地的中国剧本，至少是充分带有诗意的剧本。"①

这些说明谋飞的《中国孤儿》如何成功与何以获得成功。舞台效果的良好是它成功的重要因素。谋飞在这剧本的献词里说："观众们对这戏的欢迎远超过我自己的奢望。"可是，我们也必须指出，这戏的成功，不仅由于布景、道具、服饰等的新奇别致，不仅由于加立克与叶兹夫人他们的表演到家，也由于在五十年代末的英国这戏带有现实的政治意义。

十八世纪五十年代是英法七年战争的年代。在这战争初期——一七五六到一七五七年间——英国的统治阶级闹着派系纷争，庇特（William Pitt）、福克斯（FIenry Fox）与纽卡斯尔公爵等几个政治巨头，彼此攻讦，互相排挤。这时英国在地中海吃了败仗，在北美洲又吃了败仗，英伦本部一度还有被侵袭的可能。②在这风声鹤唳之中，谋飞还办过小型报刊，叫做《考验》（Test）参加政治斗争、他的政治路线是福克斯领导的派系。③到了一七五八年，这几个政治巨头勉强凑成内阁，局势趋向好转，但战争还在紧张状态。这时，英王乔治二世已到风烛残年。他的孙子——就是一七六〇年十月登基的乔治三世——是个孤儿，刚刚成年，人们还寄以不少希望。我们在上面说过，就在那一年（1758），谋飞的《中国孤儿》，由于福克斯等人的推荐与支持，德如瑞兰剧院才接受排演。到了一七五九年四月底剧本付印，又由于福克斯的建议，献给蒲特勋爵（Earl of Bute）——可以说是当时的太子太傅。④《中国孤儿》初版上不署作者姓名，可是大家看了献词也就知道这剧本是谁写的了。谋飞的政治路线是明显的。

谋飞的《中国孤儿》里演的是中国抵抗鞑靼侵略的故事，也就是一个民族抵抗另一个民族侵略的故事。这里，一方面是残暴的侵略者，另一方面是向侵略者作殊死斗争的人物：英勇的孤儿以及扶持王室、不惜生命来争取自由的忠臣、义士、爱国者。因此，在七年战争的紧张年代，这戏曾被认为宣扬爱自由、爱祖国

---

① 《评论杂志》，第 7 卷，第 434—440 页（1759 年 6 月号）。这篇评论已收入哥尔斯密的集子，参阅《哥尔斯密文集》，吉布斯编校本（1885），第 4 卷，第 350—355 页。
② 莱基（W. E. H. Lecky）：《十八世纪英国史》（1891），第 2 卷，第 452—466 页。
③ 艾末来：《谋飞评传》，第 32—33 页。
④ 同上书，第 48 页。

的作品，而作者谋飞曾被认为爱国主义者的导师。① 谋飞自己似乎也曾以此自负。一七五九年十一月哥尔斯密曾在他的《蜜蜂报》上写过一篇文章，叫做"荣誉之车"。作者梦见有人驾了"荣誉之车"驰往"荣誉之宫"。一大群人争着上车。其中一人举止像演员，向车守鞠了一躬，拿出他的行李——几本谐剧，一个悲剧和一些杂文。车守看了这行李，请他 次再来。那人听了不服气，就愤愤说道：什么！我在这悲剧里曾为自由与道德而努力，难道这悲剧……"② 这里争着上车的是谋飞。他当过几年演员，写过几个谐剧，编过一些小型报刊。他拿出的一个悲剧就是《中国孤儿》——他的第一个悲剧。在哥尔斯密的那篇幽默文字里，他还没有能搭上"荣誉之车"，可是他在《中国孤儿》上演后的志得意满的神情是异常明显的。

谋飞的《中国孤儿》对当时的政治意义和鼓动作用，不但有助于这一剧本在德如瑞兰剧院的成功，也使它经久未被遗忘。在十八世纪后期，这一剧本不但在英国舞台仍能上演，而且也走上爱尔兰舞台与美国舞台。③ 在一七九八年间，伦敦《每月镜报》的作者说当时舞台给低级趣味的东西如鬼怪剧、手势剧霸占了，以致谋飞的《中国孤儿》不大出现了，言下表示了怀念。④

九

谋飞的《中国孤儿》，就十八世纪欧洲来说，还不是《赵氏孤儿》的最后一个改编本。德国文学史家们指出，在八十年代，诗人歌德对那本中国戏剧也曾发生兴趣，着手写他的《额尔彭诺》(*Elpenor*)，准备献给他的朋友斯旦因夫人。可是，就英国来说，谋飞的《中国孤儿》是《赵氏孤儿》的最后一个改编本，因此我们的讨论就在这里结束。关于《赵氏孤儿》怎样从法国传入英国，传入英国后得到怎样的注意，引起了怎样的批评，经过怎样的改编，改编本怎样上演，以及上演后取得怎样效果，这些，我们都谈了，还加上了一些疏证和解释，余下来的只有一些结束语了。

---

① 当时曾有华特（Willian Woty）致《〈中国孤儿〉作者书》，载《诗府丛集》(*Shrubs of Parnassus*)。此处用艾末来的《谋飞评传》，第 19、181 页上的介绍。

② 《蜜蜂报》，第五期（1759 年 11 月 3 日出版）。这篇文字已收入《哥尔斯密文集》，第 2 卷，第 291—292 页。

③ 布鲁斯：《伏尔泰在英国舞台》，第 92—93 页。

④ 艾末来：《谋飞评传》，第 49 页。

我们谈这一个文学关系，很容易低估它的价值。翻译也好，介绍也好，批评也好，改编也好，搬上舞台也好，不但都有缺陷，而且有很多，很大缺陷。翻译不完整；介绍不全面；批评不深入；改编本跟原剧差别很大，仅仅保存了一些轮廓；至于舞台表演，从中国人的眼光来看，在许多地方好像是一个讽刺。这些是很明显的，我们也提供了一些材料。可是，从历史主义的眼光来看，从比较文学的观点来谈，这许多工作——翻译、介绍、批评、改编、上演——都有其意义，因此也都有一定价值。

我们知道，英国和中国的文学关系，不是从启蒙时期开始的。我们可以把它追溯到乔叟：马可·波罗的游记曾经给《坎特伯雷故事》贡献了一些浪漫情趣。后来呢，莎士比亚的戏剧里提到过中国与中国人，弥尔顿的《失乐园》里也提到过中国与中国人。可是，英国跟中国文学艺术作品的接触，只能从十七世纪后期谈起。散文家、批评家坦帕尔爵士（Sir Willism Temple）介绍过中国的儒家哲学，也介绍过中国的园林布置；戏剧家赛特尔（Elkanah Settle）曾经把崇祯帝吊死煤山的故事搬上舞台；报章家艾狄生与斯梯尔曾经在他们有名的小型刊物《旁观报》里模仿过中国的高文典册的"东方文体"；自然神论者高林斯（Anthony Collins）、丁特尔（Matthew Tindal）、鲍林勃洛克（Lord Bolingbroke）等人在批判启示宗教的著作中都曾谈到中国的哲学与道德；散文家、政论家切斯特菲尔德（Chesterfield）还运用过《晏子》、《新序》里一些故事来讥刺当时的在朝党。……可是，谈到那中国人喜闻乐见的文学作品的传入欧洲、传入英国，《赵氏孤儿》杂剧是最早的一个。我们引过哈切特的话："多少年来，中国把它的农产品供给我们，把它的工艺品供给我们；这一次，中国诗歌也进口了。"这里所谓"诗歌"是指诗剧。《赵氏孤儿》的传入英国，的确是中国诗剧的进口，在中英文学关系上不是一件小事。这是第一点，值得我们注意。

其次一点值得注意的是：《赵氏孤儿》在英国"进口"以后得到比较广泛的流传，也引起一些同情的批评。我们说，这与当时的历史条件和思想倾向是分不开的。启蒙时期前期的英国是这样的一种情况：一方面，资产阶级革命的胜利产生了自信、自足、自满的心理，人们惯用现成的尺度来衡量一切；另一方面，前几个世纪的地理大发现，扩大了人们的视野，激发了他们对于域外事物的兴趣。举当时比较保守的约翰逊为例。他是一个传统主义者，可是他也说了：

> 要用远大的眼光来瞻顾
> 人类，从中国一道到秘鲁。

正因为对域外事物有兴趣,人们并不束缚于原有的传统——希腊的、罗马的、希伯莱的传统——而以"远大的眼光来瞻顾人类"。就当时介绍和批评《赵氏孤儿》来说,凯夫和瓦茨的抢译《中国通志》并不单纯是两个书贾的企业竞争,赫德和帕西的介绍《赵氏孤儿》并不纯粹是几个作家的偶然好奇。这是一方面。在另一方面,正因为惯用现成的尺度来衡量一切,人们对域外事物的看法总摆脱不了古典主义的规律。赫德对于《赵氏孤儿》的批评就是这样。他企图说明哪些是合于亚里士多德的理论的,哪些不是的。可是,我们也应该注意,他并不像法国阿尔央斯与伏尔泰那样机械地搬用新古典主义的规律。他也比较恰当地认识中国戏剧的一些优点。他从亚里士多德的模仿学说出发来考察《赵氏孤儿》,指出中国的戏剧艺术与欧洲的古典传统在原则上颇有共通之处,但同时也指出中国戏剧不是从外面借过来的,而是中国人民智慧的产物。他的批评对中国文物在英国的传布上发生了作用。这一点,也值得我们注意。

再次一点是关于《赵氏孤儿》在英国的影响。一般说,它的影响,不在它的艺术形式,而在它的题材。元剧的说唱传统,它的结构体制,它的表演方式——这些,就当时情况来谈,都属不易理解,更是难于移植。哈切特在他的《中国孤儿》里插着歌曲,说是仿照中国格式,但与中国的说唱相去甚远。至于题材则不然。弄权、作难、搜孤、救孤、除奸、报恩——这题材有丰富的内容。这里有外部冲突,也有内部冲突;有残酷惊人的场面,也有凄惋动人的场面。有无可奈何的悲剧世界,也有人民大众喜闻乐见的"诗的正义"。这个题材,到了欧洲剧作家手里,不是一个历史故事,而是一个传说、一个寓言,可以采摘,也可以增删。哈切特采用了绝大部分情节,加以简化,写了他的"历史悲剧";伏尔泰取用前半部分情节,加了许多穿插,写了他的"孔子之道";最后,谋飞采用后半部分情节,也加了许多穿插,写了他的"悲剧"。这些改编本子,除了哈切特的而外,都在舞台上演,而谋飞的《中国孤儿》得到很大的成功。

为了具体说明《赵氏孤儿》在英国的影响,我们对哈切特和谋飞的两个改编本作了较详细的讨论,并结合当时的社会现实,阐明它们的意义、它们的作用。哈切特的《中国孤儿》是四十年代英国资产阶级政治斗争中的产物,在反抗瓦尔帕尔的运动中发生作用。它是采取戏剧形式的讽刺作品之一,表面上是一个东方故事,实际上揭露了瓦尔帕尔专政时代的政治现实——贪污、腐化、搜刮、剥削、政客的险恶与民间的疾苦——在历史上有一定价值。

至于谋飞的《中国孤儿》,一向认为是伏尔泰的《中国孤儿》的改编本,我们考察了作者的创作过程，分析了这一剧本的情节发展，说明它与马若瑟的《赵氏孤儿》的关系——说明谋飞也是根据《赵氏孤儿》来进行改编工作的。谋飞介绍了不少中国思想，也运用了一些"东方色彩"，结合了当时英国的内外局势，宣扬了爱祖国、爱自由的思想。谈文学关系，必谈影响；可是谈影响，往往易于笼统，难于明确、难于具体。我们在这方面作了一些企图。

《赵氏孤儿》在启蒙时期英国的这一个问题，不仅是文献考订，也是中英文学关系上一个值得注意的章节。我们贡献一些材料，也设法明确一些论点，具备全面研究中国文物在启蒙时期英国的影响的参考。

一九五七年五月

（原载《文学研究》1957年第3期）

第三章

形　象　学

形象学（法文：Imagologie，英文：Imagology）是比较文学的一个重要领域，研究的是"一国文学中所塑造或描述的'异国'形象"①，法国当代著名的比较文学学者巴柔（D. H. Pageaux）将之概括为"在文学化，同时也是社会化的运作过程中对异国看法的总和"②。形象学与比较文学的发轫同步，属于"国际文学关系研究"的范畴，探索一国形象在异国的文学流变，即它是如何被想象、被塑造、被流传的，分析异国形象产生的深层社会文化背景，并找出折射在他者身上的自我形象。

第一节　形象学的理论与研究方法

一、形象学的渊源与发展

形象学与比较文学学科本身同时产生于19世纪，是"比较文学的'法国学派'所偏爱的一个研究领域"③。20世纪40年代末，其理论体系已初具雏形，80年代渐趋成熟，90年代之后进入我国比较文学界。我们首先介绍几位对形象学研究做出重要贡献的比较文学学者，阐述他们的主要观点和贡献，以了解形象学的发展史。

形象学的始作俑者是法国学者贝茨（Louis-Paul Betz）。1896年，贝茨在《关于比较文学史的性质、任务和意义的批评研究》一文中指出，作为一门新学科，比较文学的主要任务之一是"探索民族和民族是怎样互相观察的：赞赏和指责，接受或抵制，模仿和歪曲，理解或不理解，口陈肝胆或虚与委蛇。"④ 这段话中虽然没有出现形象学这样的字眼，但对两个民族怎样借助文学形象互相观察、互相认知的描述却十分清楚。20世纪初期，法国学者巴尔登斯贝格（F. Baldensperger）

---

① 孟华：《形象学》，见陈惇、孙景尧、谢天振主编：《比较文学》，高等教育出版社，1997年，第164页。
② 巴柔：《形象》，收入孟华主编：《比较文学形象学》，北京大学出版社，2001年，第154页。
③ 巴柔：《从文化形象到集体想象物》，收入孟华主编：《比较文学形象学》，北京大学出版社，2001年，第153页。
④ 〔德〕胡戈·狄泽林克：《论比较文学形象学的发展》，方维规译，《中国比较文学》，1993年第1期。

提供了形象学研究的具体范例《法国文学中的英国和英国人》。20世纪40年代，法国学者卡雷认为比较文学应注重各民族间、各种游记、想象间的互相诠释，并遵循这个原则写出了《法国作家与德国幻象：1800—1940》(1947) 一书。卡雷的高足基亚把"人们所看到的外国"专辟一节，写进他的《比较文学》(1951)，指出比较文学研究不应"再追求抽象的总括性影响，而设法深入了解一些伟大民族传说是如何在个人或集体的意识中形成和存在下去的"①，并认为这个方向是比较文学研究中一个极富前景的领域，"打开了一个新的研究方向"②。

20世纪50年代末，以韦勒克（René Wellek）为代表的比较文学美国学派对形象学研究发出责难，韦勒克在《比较文学的危机》(1958) 一文中从文学性出发，批评卡雷和基亚"最近突然扩大比较文学的范围，以包括对民族幻象、国与国之间互相固有的看法的研究，但这种做法也很难使人信服。听听法国人对德国或英国的看法固然很好——但这还算文学研究吗？"并说其"代价是把文学研究归并于社会心理学和文化史料研究之中"③。此后法国比较文学学者艾金伯勒（René Etiemble）在《比较不是理由》(1963) 一文中也批评形象学研究与史学家、社会学家或政治家有关，而文学性不足。

但形象学研究并没有因此而停步，研究者们一方面认真检讨和反思形象学研究存在的不足，一方面吸收各种后现代理论，不断完善其理论体系。如果说20世纪40—50年代是形象学研究的传统阶段的话，那么20世纪80年代以来则是其当代阶段；如果说卡雷、基亚等是传统形象学的奠基者的话，让-马克·莫哈（Jean-Marc Moura）、达尼埃尔-亨利·巴柔（Daniel-Henri Pageaux）等则是当代形象学的创始人。莫哈在《试论文学形象学的研究史及方法论》(1992) 一文中指出："文学形象学所研究的一切形象，都是三重意义上的某个形象：它是异国的形象，是出自一个民族（社会、文化）的形象，最后，是由一个作家特殊感受所创作出的形象。"④强调"形象学拒绝将文学形象看做是对一个先存于文本的异国的表现或一个异国现实的复制品。它将文学形象主要视为一种幻影、一种意识形态、

---

① 基亚：《比较文学》，颜保译，北京大学出版社，1983年，第106页。
② 同上书，第107页。
③ 北京师范大学比较文学研究组选编：《比较文学研究资料》，北京师范大学出版社，1986年，第53页。
④ 莫哈：《试论文学形象学的研究史及方法论》，收入孟华主编：《比较文学形象学》，北京大学出版社，2001年，第25页。

一个乌托邦的迹象。"① 并在此基础上提出异国形象是一种"社会集体想象物"。巴柔在《从文化形象到集体想象物》(1989)、《形象》(1994)等论文中指出形象是"情感和思想的混合物"、形象研究不是"一味探究形象的'真实'程度及其与现实的关系"②，而"应该注重研究支配了一种文化的所有动力线"③，认为"一切形象都源于对自我与'他者'，本土与'异域'关系的自觉意识之中"④，提出异国形象应被作为一个广泛且复杂的总体——社会集体想象物的一部分来研究，强调了形象言说他者和言说自我的双重功能，对思考形象的一个特殊形态——套话，进行了分析，并指出一国对异国文化有三种基本的态度或象征模式，即狂热、憎恶和亲善。

与传统形象学相比，当代形象学的重要特点之一是注重对形象塑造"主体"——"注视者"或"观看者"的研究，即由原来只研究被注视者一方，转而研究注视者。传统的形象学特别关注形象的真伪，自然把注意力集中于被注视者一方；当代形象学吸收了接受美学、保罗·利科的想象等理论，由原来单纯注重被注视者，转而重视注视者。按照接受美学的有关理论，如果把被描写的异国视为一个文本，那么对异国形象的描述就可视为是对异国这一大文本的阅读和接受。另外，异国形象和想象有不可分割的联系，法国当代哲学家保罗·利科认为想象有两类，一是休谟的再现式想象，把形象归于感知；二是萨特的创造性想象，根据缺席来对他者进行创造。当代形象学认为形象是注视者对被塑造者"接受"的结果，是创造性的想象，因而没有必要追究形象的真伪程度，研究重点自然就转到形象塑造者主体身上，研究形象塑造者是如何接受和塑造他者形象的，同时透视折射在他者身上的自我欲望和需求。

此外，与传统形象学相比，当代形象学还特别注重"被注视者"与"注视者"的互动性。在当代语境下，人们越来越意识到"他者"存在的重要性，认识到只有在与"他者"的互识、互补、互证中才能更好地认识自我，因而不再把异国形象看成是单纯的对异国现实的复制，而是放在"自我"与"他者"、"本土"与"异

---

① 莫哈：《试论文学形象学的研究史及方法论》，收入孟华主编：《比较文学形象学》，北京大学出版社，2001年，第24页。
② 巴柔：《从文化形象到集体想象物》，收入孟华主编：《比较文学形象学》，北京大学出版社，2001年，第122页。
③ 同上书，第123页。
④ 巴柔：《形象》，收入孟华主编：《比较文学形象学》，北京大学出版社，2001年，第155页。

域"的互动关系中进行研究。

形象学的当代发展还从其他后现代理论中获益。如后殖民理论，美籍巴勒斯坦裔学者爱德华·萨义德在其《东方学》中剖析了西方人眼中"他者化"的东方形象，指出其虚构性和背后隐藏的种族主义和帝国主义内涵。另外，后殖民理论催生的族群研究重视主流文化与非主流文化关系、多数民族与少数族裔关系在各种文本中的复杂表现，这些研究和形象学在精神上有相通之处。

形象学同样从女性主义批评理论中获益。英国学者苏珊·巴斯奈特在其《比较文学》一书中研究了旅行者描述异族时的性别隐喻和想象，以及这种隐喻和想象所蕴涵的种族差异和文化冲突。如：强势的文化和种族总是男性化的、阳刚的，弱势的种族和文化总是女性化的、柔弱的，如此种族歧视和性别优越之间就有着惊人的对应关系，这对具体分析一国文学中的异国形象有着重要的方法论意义。

二、形象学的特点与功能

比较文学意义上的形象与一般文学研究中的形象有相同之处，即都是作家创造出来的具有感情色彩和审美意义的形象，但二者也有诸多差异。

首先，比较文学意义上的形象只限于异国异族形象，而一般文学研究中的形象既可以是异国异族形象，也可以是本国本族形象，而且大多是本国本族形象，也就是说，一般文学研究中形象的含义要比比较文学意义上的异国形象宽泛得多。

其次，一般文学研究中的形象通常只局限于人物形象，而异国异族形象在文本中是以多种形式存在的，它可以是具体的人物，也可以是器物（比如英国文学作品中对中国瓷器、丝绸的描述）、景物（如18世纪英国的中国园林），还可以是观念（如英国的培根、韦伯认为中国语言是人类的初始语言）和言辞（如西方关于中国的套话"哲人王"、"傅满洲"、"陈查理"）。而且异国异族的形象一方面注重对他者的塑造，另一方面更注重探讨隐含在他者形象背后的创造者民族的自我形象，评价的标准也不再是逼真性和独创性，而是异国形象背后的文化差异与时代需要。作者的个体行为也退居次要地位，他更多的是作为一个中介，一个承载着集体想象和时代需要的中介。

在明确了比较文学意义上的形象与一般文学研究中的形象的异同之后，我们把形象学的特点归纳为投射性、互动性和跨学科性三个方面。

一是主体欲望的投射性。任何一国作家对异国的观察永远不能像本土人希望他们看到的那样，作家们往往将异国视为一个幻影、一种意识形态或一个乌托邦。因此，形象学中的异国形象既有客观因素，又有情感因素。从辩证的角度讲，任何一种异国形象都既在一定程度上反映了本民族对异族的了解和认识，以及异国文化在本国的介绍、传播、影响和诠释情况，同时也折射出本民族的欲望、需求和心理结构。

异国形象有言说"他者"和言说"自我"的双重功能。巴柔在对比较文学意义上的形象进行定义时说："'我'注视他者，而他者形象也传递了'我'这个注视者、言说者、书写者的某种形象。"① 一种文化关于另一种文化的知识和想象，经常是该文化自身结构本质的投射和反映，它意味着该文化自身的本质与现实之间出现了断裂，于是就以想象的形式投射到异域文化中去。这种异域形象实际上是渗透着自身内在本质的形象。

一个社会在想象和塑造异国的同时，也在进行着自我审视和反思。异国形象对本土文化来说是一个他者，是一种外在视角。一国作家在对异域形象进行描述时，能够说出对自己的社会不便表述、不易感受、不曾想象到的某些东西。从精神分析学的角度来看，异国这一他者是作为形象塑造者的欲望对象而存在的，形象塑造者把自我的欲望投射到他者身上，把他者当作一个舞台或场所，在其间确认自我，展示自我的隐秘渴望，表达自我的梦想、迷恋和追求，叙说自我的焦虑、恐惧与敌意。英国学者雷蒙·道森在《中国变色龙》一书中较为系统地分析了中国形象在欧洲的变迁，认为欧洲人的中国观在某些时期发生了天翻地覆的变化，但"这些变化与其说是反映了中国社会的变迁，不如说更多地反映了欧洲知识史的进展"②。因此，构成他那本书的历史是观察者的历史，而不是观察对象的历史。

二是"他者"与"自我"的互动性。异国形象的欲望投射也带来他者与自我的互动。当代形象学的重要发展是"他者"概念的确立，而"他者"概念受惠于索绪尔的语言学。索绪尔认为能指与所指之间的关系是任意的，二者之间没有必然的联系，差别和对立把语言中的一切成分联系了起来。这一思想后来在本弗尼斯特（Emile Benveniste）那里得到进一步发展，他在《一般语言学问题》中指出："我"之为"我"是由于与"他者"的区别，"他者"之为"他者"是由于与"我"

---

① 巴柔:《形象》，收入孟华主编:《比较文学形象学》，北京大学出版社，2001年，第157页。
② 雷蒙·道森:《中国变色龙》，常绍民、明毅译，时事出版社、海南出版社，1999年，第16页。

的差别。"自我"和"他者"都没有确定的本质,只能处在不断的相互指涉之中,"自我"要证明自己的存在和影响,"他者"是必不可少的参照系。当代形象学研究者以此为基础阐释了形象的基本含义,我们上文谈到的巴柔对形象的定义即是如此,他说"一切形象都源自自我与'他者',本土与'异域'关系的自觉意识之中。"① 理解异族与认识自我是密不可分的。一国作家不管是出于何种动机和需要,塑造出什么样的异国形象,都是在将异国作为一个他者,一种相异性来看待的,这个他者,这种相异性是认识自身、反观自身的一面镜子,因而对他者的剖析也是审视自我、建构自我的一种形式。"他者"实质上是另外一个自我,有可能帮助我们回归自我,或者发现另外一个自我,这实际上是一种互动认知,即互证、互补、互察、互鉴。

三是总体研究的跨学科性。研究一国文学中的异国形象涉及历史、文化、社会等多方面的内容,需要研究者在文学、文化人类学、史学、社会学、民族心理学等学科交汇处进行综合性的考察,因此,形象研究涉及诸多复杂的关系,而这些关系往往又相互作用,形成一个"形象场"。"形象场"这一概念是我国比较文学形象学领域的专家孟华提出来的,她受到物理学中"场论"概念的启发,创造性地提出这一研究方法,对形象学研究做出了很大贡献。"场论"在物理学中指各种物理场的运动规律及其相互作用,20 世纪 30 年代德裔美籍学者勒温(K. Lewin)将其应用到心理学领域,用以描述人在周围环境中的行为。20 世纪 80 年代法国社会学家布尔迪厄(Pierre Bourdieu)将这一理论应用到社会学当中,认为在语言、文学、艺术等领域中也存在着类似的相互作用的场,提出了语言场、文学场、艺术场等概念。孟华将这一概念应用到形象学研究当中,认为异国形象就像物理学意义上的一个粒子,其产生是由于各种语境因素的共同作用。这一认识和巴柔的见解不谋而合,巴柔说:"形象学所研究的绝不是形象真伪的程度","它应该研究的是形形色色的形象如何构成了某一历史时期对异国的特定描述;研究那些支配了一个社会及其文学体系、社会总体想象物的动力线。"②

曹顺庆还把变异性作为形象学的一个重要特征,认为"他者形象不是再现而是主观与客观、情感与思想混合而成的产物,生产或制作这一偏离了客观存在的他者形象的过程,也就是制作方或注视方完全以自我的文化观念模式对他者的历

---

① 巴柔:《形象》,收入孟华主编:《比较文学形象学》,北京大学出版社,2001 年,第 155 页。
② 同上书,第 156 页。

史文化现实进行变异的过程。"①

一国文学中对异国形象的塑造通常并不是异国现实的客观呈现,而是具有乌托邦或意识形态色彩。莫哈认为:"凡按本社会模式、完全使用本社会话语重塑出来的异国形象就是意识形态的;而用离心的、符合一个作者(或一个集体)对相异性独特看法的话语塑造出的异国形象则是乌托邦的。"②意识形态的功能在于维护和保持现实及现实秩序;而乌托邦本质上是质疑现存秩序的,具有颠覆、构建社会的功能。意识形态化的形象是将塑造者一方的社会群体价值观投射到异国形象身上,通过调解异国的现实,来符合本国群体认可的象征模式,从而消解和改造异国形象,达到归化异国的目的;而乌托邦化的形象是塑造者一方力图否定其社会的群体价值观,创造出一个根本不同于自我世界的异国形象。因此,对异国形象的意识形态化不会造成自身文化传统结构的变化,它只是在既定视野内提供一套编码符号,将异己的信息消融在自身传统之中;而乌托邦化的形象则是将他国作为一种异己力量,促进对自身文化传统和社会现实的调整。

三、形象学的研究范围与内容

形象学主要研究异国异族形象,而作为"他者"的异国异族形象在文本中是以多种形式存在的,它可以是具体人物、风物、景物描写,也可以是观念和言辞。下面我们从注视者、被注视者、注视者和被注视者的关系三个方面对形象学的研究内容加以探讨。

首先是注视者。注视者是当代形象学研究的重心。注视者在塑造异国形象时受到身份、先见、观看异国的时间、距离、频次等因素的影响。③

先说时间、距离和频次。观看时间的长与短、观看距离的远与近、观看频次的高与低,都在很大程度上影响着观看者对异国形象的塑造。作为观看者,他只能看到他观看时间内的他者,而观看时间的长短决定了他看到的是细致还是粗略,是走马观花还是下马看花。观看时的距离则具有物理和心理双重含义。其中

---

① 曹顺庆主编:《比较文学教程》,高等教育出版社,2006年,第124页。
② 莫哈:《试论文学形象学的研究史及方法论》,收入孟华主编:《比较文学形象学》,北京大学出版社,2001年,第35页。
③ 参见张月:《观看与想象——关于形象学和异国形象》,载《郑州大学学报》(哲学社会科学版),2002年第5期。

的远与近，决定了观看的清晰与模糊、兴趣盎然与兴味索然。观看频次的高与低同样会影响观者对他者的印象。低频次的观看会使对象局部化、单面化，对他者形象的把握也会流于粗浅、零碎，而高频次的观看则使对象趋于整体化、多维化，观者塑造的他者形象也会趋于完整、细腻。比如，与仅到中国观光的美国作家所描述的中国形象相比，埃德加·斯诺在《红星照耀中国》（*Red Star over China*，又译《西行漫记》）中塑造和描述的中国形象要丰满、细腻得多，也更完整，更具立体感。这是因为斯诺在中国停留的时间长，物理距离和心理距离都比较近，观看的频次也高。

再看身份和先见。观察者的身份和对异国的先在认识，同样影响着对异国形象的塑造。观察者不论是到异国旅行、访问，还是在异国长久居住，都不可避免地要有一定的身份。身份一方面赋予人既定的合法权利，另一方面也对人的活动领域及方式做出某些限制。从某种意义上说，身份直接决定着观察者在异国能够接触的人群和社会生活的层面。比如，在中美交往早期，商人、外交官、传教士代表着美国人观看中国的三大群体，不同的身份决定了他们来中国的不同动机。商人是以获取利润为目的的，当同中国做生意能够赚钱时，他们不吝赞誉之辞；而当生意难做、活动范围受局限时，他们的赞誉之辞又变成了愤恨和诋毁。商人身份决定了他们接触的是中国的商人和少数官员。外交官站在维护自己国家利益的立场上，符合本国利益时就赞赏中国，有违本国利益时则展示一个负面的中国。他们的高官身份限定了他所接触的是中华帝国的高层人物，得出的中国印象也是在此基础上建立起来的。传教士抱着解救数以百万计不信仰上帝的中国人脱离苦难的信念而来，当他们发现中国人难以皈化时就指责、诅咒。他们的传教士身份、较为渊博的知识和在中国较长时间的居住，决定了他们接触面广泛，对中国文化、对不同阶层的人了解较深入，因而他们塑造出来的中国形象也有着较大的影响力。如卫三畏（Samuel Wells Williams）的《中国总论》（*The Middle Kingdom*）、明恩溥（Arthur Smith）的《中国人的素质》（*Chinese Characteristics*）都是影响美国乃至西方之中国形象的重要作品。

在所有制约形象塑造者观看异国的方式中，先见的地位最为重要，因为观看者所拥有的经验世界、知识体系、价值参照、认知方式和伦理取向，决定着他在观看时所持有的立场、观点、伦理态度及价值评判标准。先见盘踞在人的内心，根深蒂固，不可避免地成为影响观察者观看他者的重要因素。比如，由于美国是从英国脱胎发展而来的，他们都使用英语，同属于盎格鲁-撒克逊文化，因而美国早期的中国观受英国中国观的影响很大。安森(George Lord Anson)在其《世界航行记》(Anson's Voyage Around China)中所记述的中国人"怯懦、虚伪、不诚实"的看法,影响到后来美国商人山茂召(Samuel Shaw)的中国印象和美国建国初期学校使用的地理教科书,教科书里把中国描述成"最不诚实、低贱、盗窃成性,并利用天生的机灵来提高骗术"①的国家。1793年英国马戛尔尼使团的中国之行,将中国视为"半蛮夷"的国家,半个世纪以后,美国把中国人看做"不受欢迎的移民"。

"社会集体想象物"是与注视者有关的形象学研究的重要内容。异国异族形象虽经作家之手创造,但并不是一种单纯的个人行为。作家对异国异族的理解不是直接的,而是以作家本人所属的社会和群体的想象为介质的。一国文学中的异国异族形象是整个社会想象力参与创造的结晶,作家在其中只充当一个媒介,法国当代著名比较文学学者巴柔将之称为"社会集体想象物",这个想象物与一个社会、集体的过去和未来密切连在一起。一个异国形象可以是对社会集体想象物的认同,以英国作家对中国形象的塑造为例,如萨克斯·罗默(Sax Rohmer)笔下的傅满洲(Fu Manchu),就是当时盛行于英国甚至整个西方的"黄祸"思想的反映;一个异国形象也可以与社会集体想象物完全背离,如笛福在《鲁滨逊漂流记》第二部《鲁滨逊漂流记续编》(Farther Adventure of Robinson Crusoe,1719)和第三部《感想录》(Serious Reflections during the Life and Surprising Adventures of Robinson Crusoe,1720)中所塑造的中国形象就与当时英国人对于中国的主流认识相悖,他对中国文明的攻击在当时欧洲对中国的一片赞扬声中非常刺耳;一个异国形象还可以把对异国的描述强加给公众舆论,如哥尔斯(Oliver Goldsmith)在《世界公民》(Citizen of the World,1762)中试图避开那个人们理想化了的、摆满家具和庸俗装饰品、盛产烟火的中国,强调一个理性和富于同情心的国度,并把这一关于中国的"想象"在西方世界确立和流传开来。

其次是被注视者。被注视者也就是"他者",指存在于文学作品及相关的游记、回忆录等各种文字资料中的异国人、异国地理环境、异国肖像(如绘画、瓷

---

① Stuart Creighton Miller, *The Unwelcome Immigrant: The American Image of the Chinese, 1785—1882*. Berkeley and Los Angeles: University of California Press, 1969, p.93.

器、园林等），其中"套话"（Stereotype）①是描述被注视者的一个重要术语，是形象的一种特殊而又大量的存在形式，是陈述异族集体知识的最小单位，它"传播了一个基本的、第一的和最后的、原始的形象"。②因此，研究"套话"就成为形象研究中最基本、最有效的部分。比如在西方的中国形象史上有大量这样的"套话"，像"哲人王"、"约翰中国佬"、"异教徒中国佬"、"傅满洲"、"陈查理"、"功夫"等等。套话是形象塑造者关于他者的社会集体想象物，并且它一旦形成就会融入本民族的集体无意识深处，潜移默化地影响着本族人对异国异族的看法。套话具有持久性和多语境性，它可能会长时间处于休眠状态，但一经触动就会被唤醒，并释放出新的能量。比如"哲人王"，这是西方人在"中国热"的背景下构筑并解读的中国形象。当时欧洲人不仅在中国找到了哲人孔子的思想，而且找到了实践这种思想的典范——康熙皇帝。"哲人王"形象随着"中国热"的退潮而遁入历史的沉船，但在20世纪中后期一度又焕发出新的活力。新中国成立之初，毛泽东领导下的中国在经济上飞速发展，特别是用毛泽东思想教育出来的社会主义新人乐观向上、团结友爱、互助合作，让陷入精神困境的西方人刮目相看。

最后是注视和被注视者的关系。巴柔指出注视者和被注视者之间有三种主要的关系，这就是狂热、憎恶和亲善。狂热是指"异国文化现实被一个作家或集团视作是绝对优于本'民族'文化、本土文化的"，这种情况下对异国的描述"更多地隶属于一种'幻象'，而非形象"；③憎恶是指"与本土文化相比，异国文化现实被视为低下和负面的"；④亲善是指"异国文化现实被视为正面的"，而注释者文化"同样也被视为正面的"，⑤双方相互尊重、互相认可。狂热要求粗暴的文化适应，憎恶要求他者象征性的死亡，这两种情况下本土与异域之间的关系和交流基本上都是一种幻象，分别是关于异国的幻象和关于本土文化的幻象，亲善才称得上是对异国的正确评估和诠释，即以平等的态度承认他者、理解他者。

---

① Stereotype 的汉译不一，澳籍华人学者欧阳昱在其著作《表现他者：澳大利亚小说中的中国人》中将其译为"滞定型"，孟华将其译为"套话"，还有学者将其译为"定型化形象"、"定型视野"、"刻板印象"等。

② 巴柔：《形象》，收入孟华主编：《比较文学形象学》，北京大学出版社，2001年，第159页。

③ 巴柔：《从文化形象到集体想象物》，收入孟华主编：《比较文学形象学》，北京大学出版社，2001年，第141页。

④ 同上书，第142页。

⑤ 同上。

四、形象学的研究方法与前景

对于形象学的研究方法,我们从其基本原则和具体操作两方面来探讨。实证是形象学方法论的基本原则,因为形象学一开始就属于国际文学关系研究范畴,其研究特点是注重文学间的事实联系。注重事实联系使形象学研究具有扎实的根基,形成严谨、实证的研究特色。而形象学的具体研究方法则包括文本外部研究和内部研究两条路径。

文本外部研究具体说来就是文学社会学的研究,主要是结合形象产生的历史、政治、文化背景进行综合研究,体现出形象学研究的跨学科性。我们重点要谈的是文本内部研究,巴柔把这种研究分为词汇研究、等级关系和情节研究三个层面。[1]

第一是词汇研究。词汇研究在一定程度上是对异国文学作品中关于"他者"的词汇所做的基于统计学方法的分析与辨析。在某一特定的时期,或在某种特定的文化中,或多或少地存在着一些传播"他者"形象的词汇,这些词汇中一部分是与作家个人的表达风格或言说方式密切相关的"个性化"词汇,另一部分则是在特定时期或不同时期反复出现、具有深刻文化内涵的"套话",套话研究在当代形象学研究中具有非常重要的地位,这一点前面已做阐述。

第二是等级关系。在对描述异国形象的文本进行词汇使用情况的统计之后,就要进一步考察作家与被注视者之间的陈述与被陈述关系。孟华认为:"只要涉及'我'与'他者'的关系,立刻就会引出一组组对立的等级关系来",比如"我——叙述者——本土文化;他者——人物——被描述文化"。[2]我们应当对所有典型形象文本的重要对立面进行分析,最终从各种对立关系的研究中得出相应的结论。比如当我们考察西方文学中的第三世界形象时,常常发现第三世界总是被描写成传统的、农业的、附属的,与此相对应的西方形象则是现代的、工业化的、支配性的,这种描写的背后隐含的是文明与野蛮、先进与落后的二元对立。

第三是情节研究。孟华认为:"在这一阶段,形象是一个'故事'。"[3]它从两

---

[1] 巴柔:《形象》,收入孟华主编:《比较文学形象学》,北京大学出版社,2001年,第158—174页。

[2] 孟华:《形象学》,见陈惇、孙景尧、谢天振主编:《比较文学》,高等教育出版社,1997年,第176—177页。

[3] 同上书,第177页。

种文化、两个文本系列间的对话开始,用记录、沉淀在注视者文化中的各种定型化的词汇或程式化的情境、主题写出来。故事情节可以是多种多样的,而其中隐含的某些规律性的东西值得我们研究,我们要揭示、阐释这类故事的文化象征意义。

以上我们分别介绍了形象学的外部研究与内部研究,但在实际研究中两者是不能截然分开的。不仅关于异国的"套话"会流露和传递出一定的社会文化信息,等级关系、故事情节的分析和研究更是和外部的社会、历史、文化等密不可分,因此形象学研究应该以文本为依据,把各种研究方法贯通起来,灵活运用,使形象分析更趋全面、深入。

形象学作为比较文学的一个重要分支,正日渐显示出其巨大的研究空间和研究价值。在当今世界各国、各地区之间经济文化交流日益频繁、密切的时代,异国异族形象出现在一国文学作品中的数量会越来越多,因而,形象学的研究对象会越来越丰富。尤其是目前许多国家都十分注重自身的国家形象塑造,将之视为一种重要的"软实力"和"声誉资本",现实社会中国家形象建构的强烈需求赋予形象学研究以重要的现实意义。理论价值、审美意义、现实需求结合起来,使得形象学研究的前景越来越广阔。

第二节 西方文学中的中国形象:形象学案例分析

任何一门学科的理论都不是理论家们凭空想象出来的,而是有大量的实践作支撑,形象学研究也不例外。在其基本理论问世之前,中外文学作品中已经存在大量的异国异族形象。西方文学中从《伊利亚特》中的特洛伊人,《埃涅阿斯纪》中的迦太基女王,《神曲》中的奥德修斯、埃及艳后,莎士比亚笔下的犹太人夏洛克、摩尔人奥赛罗,18世纪欧洲文学中的中国故事,19世纪拜伦的"东方叙事诗",到20世纪卡夫卡的"中国长城",毛姆、劳伦斯作品中的美洲、印度、中国、南太平洋等,都是关于异国异域的描述;中国文学中从《山海经》的羽民国、无肠国、黑齿国,《西游记》的乌鸡国、车迟国、西凉女国,到近现代文学创作中大量的基督教意识呈现,都是异国异族形象的例证。尽管我们这儿列举的中外表现异国异族的作品仅是形象学大海中的几朵浪花,但也说明中西民族从古至今一直关注着异国异族形象。形象学理论产生后，研究异国异族形象的成果如雨后春笋般涌现，这些成果既有理论层面的深入探讨，更有实践层面上的广泛剖析。下面我们以周宁教授的论文《中国异托邦：二十世纪西方的文化他者》为案例，分析如何运用形象学的相关理论与方法，进行具体的形象学个案研究。

该文以英国小说家詹姆斯·希尔顿的《消失的地平线》和法国作家安德列·马尔罗的《人的状况》为研究对象，探讨了20世纪西方文学中的中国形象。下面我们结合形象学理论，从异国形象的想象性特征及其乌托邦和意识形态内涵、自我与他者的关系、套话或定型化形象三个方面，对该案例进行详细的解析。

首先，异国形象虽是对一国的描述，却带有浓重的想象性特征和特定的乌托邦与意识形态内涵。形象学理论认为，异国形象不是异国现实的复制品，而是存在于作品中的相关主观感情、思想意识和客观物象的总和，它和想象有不可分割的联系。因而，研究时没有必要追究形象的真伪程度，而是研究形象塑造者是如何接受和塑造他者形象的，同时透视折射在他者身上的自我欲望和需求。案例论文在这方面结合具体文本，进行了充分的阐释。

案例认为，在西方的中国形象中，中国并不是一个实在的国家，而是"文化想象中某一个具有特定政治伦理意义的异托邦，一个比西方更好或更坏的文化他者，""一个隐藏了西方人欲望与恐怖的梦乡。"[①] 在《消失的地平线》和《人的状况》这两部西方小说中，中国分别以想象中的人间乐园和人间地狱出现在读者面前。《消失的地平线》中的香格里拉是一个地图上找不到的"幸福的山谷"，处在想象地图和知识地图之间。《人的状况》中地狱一般的上海"既是一个现实的城市，又是一种想象的场景。"那是一个坟场一样的所在，人们在死亡的恐怖中凄惨度日，苟且偷生。这两部小说的背景都是作家"主观臆想的中国"，正像香格里拉是希尔顿当时所能想象到的世界上最好的地方一样，马尔罗笔下的上海是他所能想象到的这个世界上最可怕的地方。

由于希尔顿和马尔罗笔下的中国形象不是中国现实的呈现，而是带有浓重的想象色彩，因而案例没有一味探究两位作家的中国形象真实与否，而是努力挖掘这两种截然不同的中国形象所包含的乌托邦和意识形态内涵。乌托邦化的形象是塑造者一方力图否定本社会的群体价值观，创造出一个根本不同于自我世界的异国形象。其功能是质疑本社会的现实，提出构建一种更好现实的可能。意识形

---

① 引自周宁：《中国异托邦：二十世纪西方的中国形象》，以下引自该文的内容不再一一加注。

态化的形象是按照本社会的模式、使用本社会的话语塑造出来的异国形象,其功能在于维护和保持现有秩序。就《消失的地平线》和《人的状况》这两部作品来看,前者塑造的是一个乌托邦化的中国形象,后者描述的是一个意识形态化的中国形象。

《消失的地平线》中的香格里拉风景如画、闲适恬静,融东方的自然灵性与西方的物质文明于一体,是一个完美的乐园。这一乌托邦化的中国形象是由当时西方的社会现实和西方人的内心需求决定的。希尔顿发表这部小说时正值一战带给西方人巨大的心灵创伤和物质浩劫、西方传统的价值观受到置疑、二战的阴云又在空中密布的时候,西方文化人无限伤感地叹息西方文明在没落,一些负有责任感的知识分子希望从古老的东方文化特别是中国文化中,寻找拯救之光。《消失的地平线》出版后很快风靡整个西方世界,正是西方人希望用中国的传统文化和生存智慧拯救西方甚至拯救世界的思想的反映,其目的是质疑西方的现实,建构一种新的西方秩序。

与香格里拉相反,马尔罗《人的状况》中的上海危机四伏,充斥着血腥、屠杀和仇恨,到处是贫困、混乱、肮脏的人间地狱图景。案例中认为,这种意识形态化的中国形象是"西方文化认同"的一种"策略",西方的强大、文明、秩序需要东方的贫弱、残暴、混乱来衬托。"中国是西方的异己世界,它帮助西方人确定自己存在的位置和意义。"

不管是希尔顿笔下乌托邦化的人间乐园香格里拉,还是马尔罗笔下意识形态化的人间地狱上海,都是一种社会集体想象物。形象学理论认为,异国异族形象虽出自一个作家之手,但并不是单纯的个人行为,而是作家本人所属的社会和群体的想象力参与创造的结晶。案例认为,希尔顿和马尔罗的中国形象"代表着西方历史上中国形象的两个极端",一个是"天堂式的莫须有的地方",一个是"地狱般的莫须有的地方"。

其次,当代形象学认为,异国形象有言说他者和言说自我的双重功能,它一方面反映了本民族对异族的了解和认识,另一方面也投射出本民族的欲求和心理。理解他者和认识自我密不可分,剖析他者也是审视自我、建构自我的一种方式。案例认为,希尔顿的天堂想象和马尔罗的地狱想象"不仅包含着某种关于历史事实的置换想象,也包含着西方人对世界与自我的某种深层想象"。中国形象是一个巨大的屏幕,西方在这个屏幕上放映着自己的希望和恐惧。

西方塑造的中国乐园和中国地狱形象在不同的历史阶段体现了西方人不同

的需求和心理,案例中对这一点进行了历时性的剖析。中国最早以"赛里斯"或契丹蛮子出现在西方人的想象视野中。在马可·波罗和曼德维尔那里,中国是财富、君权和秩序的世俗乐园;在启蒙哲学家那里,中国是文化和道德的理想国。这一方面反映了18世纪以前中国在制度、文化等各方面都要优越于西方的事实,另一方面也彰显了西方自身的困境和欲望。马可·波罗和曼德维尔笔下充满财富与权力象征意味的"契丹形象"表达了西方新兴资产阶级对城市发展、自由贸易、统一市场的向往,激发了西方社会中被基督教文化所压抑的世俗欲望。西方人在羡慕中国幅员辽阔、物产丰饶、城池众多、道路纵横的同时,也在体验自身的缺憾、压抑与不满。而整个18世纪是欧洲的"中国热"时代,中国对欧洲来说是一个尺度,一方视野,一种价值观。启蒙哲学家将中国当作欧洲的榜样,在推翻神坛的时候,他们歌颂中国的道德哲学与宗教宽容;在批判暴政的时候,他们运用传教士所提供的中国合乎理性的道德政治与贤明智慧的康熙皇帝。20世纪西方关于香格里拉的想象,重复了几个世纪以前西方人关于"大汗的国土"和"大中国帝国"的形象特征,西方人依然把中国视为拯救西方的希望。

与肯定性的中国形象相对,西方人意识中还有一个否定性的中国形象。案例中指出,启蒙运动之前,西方的中国形象"主导价值是肯定的,西方对中国的情感主要是敬慕中的欲望与恐惧;启蒙运动以后,……否定性形象占主导。……中国不再是欲望之地而是惩戒之地。"浪漫主义时代英国作家德·昆西鸦片梦幻中的中国地狱景象,20世纪初期流传于西方世界的傅满洲形象,20世纪30年代马尔罗笔下的上海,一方面反映了近代以来中国逐渐落后于西方的现实,另一方面也说明强大起来的西方不再需要把中国作为激励和超越的力量,而是需要一个从各方面都能证明自己强大、合理的对称物。从前的仰慕变成此时的鄙视,中国是一面镜子,照出了西方自身的缺憾与不满、傲慢与偏见。

中国是西方的一个他者,它一方面让西方在与这个他者的互识、互补中更好地认识自我;另一方面,正如萨义德的东方主义理论指出的,中国作为西方虚构的他者,其背后隐藏着种族主义和帝国主义内涵。案例中认为:"中国在西方的想象中不管表现为天堂还是地狱,其文化功能都是确立一个表现差异的他者。"把中国描绘成人间地狱的《人的状况》包含着殖民话语自不必说,就连把中国乌托邦化的《消失的地平线》实际上也包含着殖民话语,尽管从表面上看是西方在向东方寻找启示和救赎。统摄天堂般的香格里拉的大喇嘛,竟是18世纪来华的西方传教士。当感到自己的大限已到、需要有人继承衣钵时,他认为当地的藏族人和汉人都不能承担此命,只有从欧洲人中挑选,小说的主人公康韦就是他选中的衣钵继承者。美妙的香格里拉虽然坐落在中国,但管理它的却只能是西方人。在希尔顿看来,似乎只有西方才能造就、管理这样一个人间天堂,其殖民主义心态不言而喻。

最后,我们来探讨一下西方关于中国的套话或曰定型化形象。形象学理论指出,套话或定型化形象是形象学研究中最基本、最有效的部分,它是形象塑造者关于他者的社会集体想象物,并且一旦形成就会融入本民族的集体无意识深处,潜移默化地影响着本民族对异族的看法。而且,套话还具有多语境性,只要语境适合,它就可能再次出现。如西方文学中关于中国的一个重要负面套话傅满洲,20世纪前30年,他作为"黄祸"的化身,不时出现在西方的通俗小说和好莱坞电影中。抗日战争期间,中国人民反侵略的事迹激起了西方世界的同情,傅满洲销声匿迹了一段时间,但随着蒋介石的垮台、中华人民共和国的建立,西方对中国共产党产生恐惧,"黄祸论"思潮沉渣泛起,变成"红色威胁"主宰西方世界对中国的主流意识。适应西方官方歪曲中国的需要,傅满洲再次复活,以更加邪恶、恐怖的面目,活跃在好莱坞电影中。

西方的中国形象史上有大量的套话,我国形象学专家孟华教授就曾对西方文学中关于中国形象的套话"开明皇帝"、"黄祸"以及中国文学中关于西方形象的套话"洋鬼子"、"大鼻子"进行过详细的梳理与分析,我们这里重点看一看她对"开明皇帝"和"洋鬼子"的分析。孟华指出,在18世纪法国作家笔下,曾有一个被反复使用的中国形象"开明皇帝",这一套话的最初制作者是明清之际来华的耶稣会传教士。在"礼仪之争"中,那些长年服务于清廷的神父不断向欧洲人描绘了康乾年间中国的富庶、繁荣,皇帝的博学、公允和对传教士的宽容,称中国皇帝都是孔门弟子,知书达理、热爱艺术、捍卫法律……于是,康熙、雍正、乾隆等中国皇帝便渐渐与启蒙作家理想中的"开明君主"的内涵叠加在一起,终于造就出中国"开明皇帝"的形象。[①] 而"洋鬼子"是19世纪中叶至20世纪中叶一百年间中国人言说西方人最具代表性的话语。明代作品中的"洋鬼子"带有"怪诞"、"贪婪"、"鄙俗"的特征,显示出中国人的"轻蔑"、"恐惧"和"憎恶"。清代时则"混有对相异性的好奇、欣赏和友善之情",而鸦片战争使"洋鬼子"一

---

① 参见孟华:《试论他者"套话"的时间性》,收入乐黛云、张辉主编:《文化传递与文学形象》,北京大学出版社,1999年,第199页。

词成为单一语义——仇恨的负面套话,将自我和他者绝对对立起来。[①]

　　周宁的案例中虽然没有出现"套话"或定型化形象这样的字眼,但其中所分析的乐园和地狱这两种中国形象类型在西方的中国形象史上反复出现,正是定型化形象的典型特征。案例认为,乐园形象源于西方人对"丝人国"的想象,然后由马可·波罗、曼德维尔、启蒙哲学家不断推向高潮。地狱形象源于蒙古入侵欧洲,浪漫主义和现实主义时代大量出现在西方的文学作品中。德·昆西散文中可怕的东方怪物、杰克·伦敦小说中黄种人对西方人史无前例的入侵,都在重复中国是地狱的传说。到了20世纪,这两种形象类型依然不断出现在西方人的视野里。20世纪开始的时候,西方一方面有关于义和团运动的著述,将中国描述为残暴、贫困的地狱,另一方面又有《中国佬的来信》那样的文本,将中国塑造成纯朴、宁静的乐园。20世纪20年代,基于一战的浩劫,西方的知识精英推崇中国的传统哲学,到了30—40年代,西方尤其是美国将中国视为反法西斯战争中"崛起的英雄"。但这段香格里拉式的中国形象很快消逝,新中国的建立使红色中国成了西方人眼中的人间魔窟。而20世纪50年代末到70年代初,在世界范围内左翼思潮的影响下,中国又成了改造社会的乌托邦,但中国这种"美好新世界"的形象很快又在70年代后期遭到质疑。80年代中国的改革开放让西方人有一种中国正在西方化的幻觉,西方的中国形象再一次由暗复明。但仿佛一夜之间,中国形象又发生了天翻地覆的变化,90年代西方人眼中的中国又成了一个专制的社会。正如案例中所总结的:"20世纪西方的中国形象,在可爱与可憎、可敬与可怕两极间摇摆。"乐园和地狱这两种定型化的中国形象,在西方历史中积淀而成,像套话一样,一遇到适合的语境就被唤醒,随西方期待视野的变化而交替出现。

　　以上我们通过案例剖析,展示了如何运用形象学理论进行具体的形象学分析。形象学个案研究是一个广阔的、大有可为的领域,它不仅为比较文学研究者提供了施展才华的场所,也为形象学学科理论的丰富和发展提供了坚实的基础。

[①] 参见孟华:《中国文学中一个套话了的西方人形象》,收入孟华主编:《中国文学中的西方人形象》,安徽教育出版社,2006年,第12—16页。

习题

一、形象学的研究对象是什么？

二、当代形象学研究的主要特点有哪些？

三、概述形象学研究的基本方法。

四、简述形象学中注视者与他者的关系。

延伸阅读

一、乐黛云、张辉主编：《文化传递与文学形象》，北京大学出版社，1999年。

二、孟华主编：《比较文学形象学》，北京大学出版社，2001年。

三、孟华等著：《中国文学中的西方人形象》，安徽教育出版社，2006年。

四、周宁：《中国形象：西方的学说与传说》，学苑出版社，2004年。

附 案 例

中国异托邦：二十世纪西方的文化他者

周 宁

二十世纪西方的中国形象，在可爱与可憎、可敬与可怕两极间摇摆。在西方的想象中，有两个中国，一个是乐园般光明的中国，另一个是地狱般黑暗的中国。同一个中国，在西方文化中却表现为两种完全不同的形象，而这两种形象在历史不同时期重复或者稍加变化地重复出现在各类文本中，几乎成为一种原型。在西方文学中，西方的中国形象代表的并不是地理上一个确定的现实的国家，而是文化想象中某一个具有特定政治伦理意义的异托邦，一个比西方更好或更坏的"他者的空间"。

福柯提出特定文化系统中的"空间他者"问题，便创造了一个术语：异托邦（Heterotopias）。跟乌托邦（Utopias）一样，两者都属于特定社会文化中异在的、超越性的空间，处于该文化的现实环境之外，或优于或劣于该社会现实，与现实构成一种关系，现实在这个他者空间中认同自身的意义。所不同的是，乌托邦是没有真实地点的地方，它与社会的真实空间直接相关或恰好相反，其自身展现了一个完美的社会形式。异托邦却不同，它既是一个超越之地，又是一个现实的地方。

一

在西方文化的中国形象中，中国并不是一个实在的国家，而是一个隐藏了西方人欲望与恐怖的梦乡。1933 年，西方世界出版了两本有关中国的畅销书，一本是英国小说家詹姆斯·希尔顿（James Hilton）的《消失的地平线》[①]，一本是法国

[①] *Lost Horizon*, By James Hilton, New York: W. Morrow & Company, 1933. 出自该小说的引文恕不另注。

作家安德烈·马尔罗（Andre Malraux）的《人的状况》。这两本书想象的中国，一个是人间乐园，一个是人间地狱。

《消失的地平线》写一位英国驻印度殖民官在一次飞行事故中迫降到喜马拉雅山脉或昆仑山脉中的一个幸福的山谷——香格里拉或蓝月谷。人们或许不知道《消失的地平线》，但都听说过香格里拉，这是一个在地图上找不到的"幸福的山谷"。小说主人公康韦叙述自己在那里的经历，像是天堂记游。康韦已经记不清自己是怎么到达香格里拉的了。那是一个清凉神秘的夜晚，稀薄的空气有一种梦幻的质素，与瓦蓝色的天空连成一体。每一呼吸，每一触目所见，都使他陷入一种深深的"如痴如醉的宁静"。

在香格里拉度过的那段日子，是康韦一生中最幸福的。这是一个魅力无穷、富饶丰腴的国度。逶迤绵亘的精美草坪与花园，溪水边点缀着茶亭，民居村舍都是那么精巧亮丽。在康韦看来，山谷里的人民都是汉藏混血，是最出色的人种，他们清洁、英俊，许多优良品质是其他民族都不具备的。他们世代生活在这和平宁静的山谷里，并没有一般封闭社会近亲繁殖所造成的人种衰退。田野边、道路旁、村舍门前、茶亭栏畔，到处都是欢乐的人民，他们向坐在轿上的康韦一行人笑着，热情地打招呼，温文尔雅、落落大方、无忧无虑，每一个人都致力于手边各种各样的工作，但谁也不会显得匆忙。这是康韦见过的最可爱的地方，不仅有东方式的自然灵性的美与神圣，还有西方式的物质文明的完善。这个在地图上找不到的"幸福的谷地"是唯一未被污染的地方，那里仍保持着天堂的纯洁与爱，"神在东方的伊甸设了一个乐园给人安居"①。西方人永远也忘不了这段启示，它是幸福的回忆，也是永恒的许诺。

《消失的地平线》是一部乌托邦小说，采用了乌托邦作品通用的叙述模式，而且将乌托邦"落实"在中国西藏的某个山谷里，其人物都有历史暗示，如神秘的大喇嘛圣佩罗的经历令人想起耶稣会士穆敬远，这样，乌托邦就有可能成为异托邦。《消失的地平线》在英国出版的同一年，法国作家马尔罗出版了他的长篇小说《人的状况》②。希尔顿描写了一个远在中国西藏的人间乐园香格里拉，马尔罗描述了一个远在中国上海的人间地狱。所谓"人的状况"，就是人在地狱中的状

---

① 《创世纪》2.8。

② 《人的状况》，〔法〕马尔罗著，杨元良、于耀南译，漓江出版社，1990年。引文均出自此译本，恕不另注。

况,而这个地狱的背景就是充满血腥与暴力的上海。在那里,革命者正在进行谋杀,政府无情地镇压,大众则贫困、肮脏、混乱、疯狂、仇恨、绝望……中国这座城市可能是世界上最黑暗的地方。

地狱般的上海既是一个现实的城市,又是一种想象的场景。在《人的状况》这部以"四·一二"政变为背景写成的关于中国的小说中,想象的中国城市天空总是阴云密布,肮脏、混乱,恐怖的夜晚用寂静掩盖着谋杀,等到黎明,凄厉的号声中,刽子手走过旧城,一只只乌黑的笼子里装着砍下来的头颅,头发上还滴着雨水。马尔罗想象的中国城市是一座坟场,人们在死亡中体验生命的意义。

《消失的地平线》与《人的状况》的背景都是作家主观臆想的中国,这两本书同一年出版,但是呈现的背景反差却如此之大,形成最令人吃惊的对比。一个(香格里拉)是走向永生的光明,另一个(夜幕下的上海)却是死亡的黑暗。不仅如此,《人的状况》在许多方面都与《消失的地平线》构成最鲜明的对比,不论是事件,还是人物……马尔罗笔下的中国城市,是他所能想象到的这个世界上最可怕的地方,就像香格里拉是希尔顿当时所能想象到的世界上最美好的地方一样。实际上它们都不是什么现实的地方,而是想象创造的"乌托邦"。

二

想象天堂或想象地狱,这两部小说都将异托邦的场景设置在中国。这是一种文学幻想,但并非没有历史依据。其中不仅包含着某种关于历史事实的置换想象,而且也包含着西方人对世界与自我的某种深层想象。

香格里拉"与其说是西藏的,不如说是中国的",作者这样说。但是,中国与中国之西藏,都是知识地图上的一个地方,而香格里拉,则在想象的地图与知识的地图之间。美国地理学家怀特(J. K. Wright)提出想象的地理学,宣称在人们的头脑中,既有一张知识的地图,又有一张想象的地图。想象的地图是不同民族文化与个人根据自身的欲望、恐惧、爱与焦虑等情感构筑的世界图景。出现在知识地图上的中国,是一个已知的、现实的国家,由特定的地理信息确定;出现在想象地图上的中国,比知识地图上的中国历史更加久远。当中国基本上还是一个未知的国度时,西方人关于世界,尤其是关于东方的想象中,就已经出现了中国形象,这个中国形象,可能表现为想象中西方人欲望的地方,也可能表现为想象中西方人恐惧的地方。

中国首先是作为一个莫须有的地方出现在西方的异域想象视野中,这个地方可能叫"赛里斯"（丝人国）或契丹蛮子，也可能叫"大明"或"中央帝国"。它可能因为是一个令人感到恐怖的未知地方，更可能因为对未知世界的向往与对已知世界的遗憾，而成为一个欲望的乌托邦。中国出现在西方人的知识地图上，最早也要到十七世纪。但早在马可·波罗时代（十三世纪），中国已出现在西方的想象地图上，那是一个欲望之地，一个可能期待"长老约翰的国土"与巨大财富出现的地方。马可·波罗前后的旅行家，直接或间接地都证明他们在中国或中国周边发现了"长老约翰的国土"。这种想象与西方传统的东方想象是相关的，东方是财富与智慧的家乡。博岱在《人间乐园》一书中指出："欧洲文化中有一种根深蒂固的心理，就是将异域理想化为人间乐园。"这种心理也是西方地理大发现与资本主义扩张的精神动机："欧洲人与非欧洲人之间的关系，总体上说是由两种互不相关的因素决定的。一方面是物质因素，欧洲与非欧洲的关系反映在客观现实上；另一方面，与种种客观现实——诸如金银香料之类无关，是一种内在精神的冲动，它更强烈有力，产生于一种深层的、理想的怀旧情绪，体现着对创世的真正意旨的终极和谐的向往……起初，我们的文化在时间中追求这种和谐，在我们自身或他者的'绝对往昔'中追求这种和谐。……然后，我们又在空间中追求这种完美的和谐：在一个现实的或非现实的同时代的世界中，追求完美的和谐，于是，所有想象中的外部世界，在某种程度上都有可能被理想化……"[①]

《消失的地平线》就是西方想象的同时代异地空间中体现着完美和谐的地方。将完美和谐的异托邦设置在中国，在西方历史上有着悠久的传统。在西方的想象地图上，中国一直被传说为某种类似人间乐园的地方。在马可·波罗那里，中国是财富与秩序的世俗乐园，在启蒙哲学家那里，中国是文化与道德的理想国。而从马可·波罗的游记到启蒙哲学家的著作中，中国形象的原型基本上是一致的。而十八世纪后期以来，贸易、战争、殖民加速了知识的增长，中国在西方的知识地图上的轮廓渐渐清晰了，开始驱赶想象。当知识地图上的中国大部已容不下乐园想象时，想象地图上的香格里拉只好"迁址"西藏。所以利·费贡在《解密西藏》一书中说，"许多西方人将西藏当作中国的替代性自我"[②]。曾经将中国当作"长老约翰的国土"的人们，现在将西藏当作"长老约翰的国土"。在人们的头脑中，知

---

① *Paradise on Earth: Some Thoughts on European Images of Non-European Man*, By Henri Baudet, Trans. by Elizabeth Wentholt, Yale University Press, 1965, pp.74—75.

② *Demystifying Tibet: Unlocking the Secrets of the Land of Snows*, By Lee Feigon, Chicago: Ivan R. Dee, 1996, p17.

识的地图与想象的地图经常混淆不清。莫尔写出《乌托邦》后，真有航海家去南太平洋寻找"乌托邦"这个地方。而在希尔顿描写香格里拉的时候，希特勒派了一个考察团去西藏，试图证明藏民是雅利安人种。

在历史的很长一段时间之内，封闭遥远的亚洲社会，首先是印度、中国内地、日本，最后到中国西藏地区，便成为西方的乌托邦想象的场景。二十世纪西方人关于香格里拉的想象，重复了几个世纪以前西方人关于"大汗的国土"和"康熙治下的中华帝国"的形象特征。在启蒙哲学家那里，哲学家统治的中华帝国曾是拯救西方的希望，如今，香格里拉又成为拯救西方甚至拯救世界的希望。

三

想象东方是西方文化传统的一种特殊的浪漫。它可能是美好和谐的，也可能是邪恶恐怖的。从西方古典时代想象的波斯帝国与食人部落、中世纪的地狱与魔鬼部族，到浪漫主义时代怪诞、奇异、阴森恐怖的东方，都是西方关于东方想象的一部分，或另一个极端。

小说想象并不是随意的，不管是将中国想象为人间乐园还是人间地狱，都有其深远的历史传统，都可以在西方的中国形象史上找到根据。在西方想象的地图上，地狱也出现在遥远的东方。古典时代，这个东方地狱在印度，老普林尼的《自然志》总结了古希腊人关于印度是魔鬼的故乡的各种稀奇古怪的想象。基督教中世纪的传说中，地狱在乐园的旁边，在东方的某个地方，所谓大墙之内哥革与玛各的故乡。蒙古人入侵，使西方纯粹想象中的地狱有可能获得一个确定的地方，即鞑靼人是来自地狱的魔鬼，他们的家乡鞑靼就是地狱所在，拉丁语中的鞑靼与地狱是同一个词，柏朗嘉宾出使蒙古时，他是准备下地狱的。从马可·波罗时代到耶稣传教士时代，西方旅行家在遥远的东方没有见到地狱却找到了世俗天堂。直到浪漫主义时代，现实领域的殖民扩张与精神领域中的哥特文化复兴，才使地狱幻象再次出现在西方人的东方想象中。德·昆西在鸦片梦幻中见到的中国景象是一个地狱，恐怖的密林，深谷与各种可怕的怪物，都与西方人传统的地狱想象相吻合，而德·昆西在鸦片梦幻中看到的遥远的东方的地狱景象，麦都思在中华帝国的土地也看到了。在他们那个时代西方的中国形象中，想象地图中的人间地狱与知识地图中的中华帝国几乎重合了。中华帝国便是西方人可以想象到并已经"认识"到的人间地狱。如果我们将德·昆西的梦幻、麦都思的报告、帕斯克尔的警句与马尔罗的小说放到一起阅读，又可以发现，在中国的"人的状况"恰恰是可以想象到的地狱景象。

十九世纪使西方想象的东方乐园变成神秘恐怖的东方地狱，而中国在西方的想象中不管表现为天堂还是地狱，其文化功能都是确立一个表现差异的他者。卡巴尼在谈到"欧洲的东方神话"时指出："欧洲关于东方的叙事，不断处心积虑地强调所谓不同于西方的性质，从而将东方置于某种万劫不复的'他者'地位。在欧洲叙述东方他者的众多主题中，最明显的有两点：一是反复强调东方是一个纵欲堕落的地方；二是强调东方的内在残暴性。这两类主题出现在中世纪观念中，并断断续续、时强时弱地重复叙述到今天。其中十九世纪这两类主题被表达得最淋漓尽致，因为十九世纪东西方出现了一种新的对立——帝国主义时代的对立。如果能够证明东方人是懒惰的、淫荡的、残暴的、混乱而无法自理的，那么帝国主义者就理所当然地认为自己的入侵与统治是正义的……"① 不管怎样，西方想象的中国或东方，总是一个与西方截然相反的世界，这是西方文化认同的策略。十九世纪西方的中国形象，除了鸦片帝国的所谓"本质特征"外，也具有西方人想象的那些"东方性"。辛亥革命结束了满清皇朝，却没有结束西方想象中的鸦片帝国的邪恶与堕落。革命后的中国，在许多西方人看来，不是走向复兴，而是陷入更深的混乱与罪恶，甚至是一种集东方与西方罪恶之大成的人类存在的黑暗深渊。马尔罗选择上海作为"人的状况"的背景，是以文学的方式解释、重构、发挥西方传统关于中国想象的另一个极端——地狱中国的原型。

香格里拉位于中国未知的大山深处，但又明显像是西方人进入、建立并管理的殖民地。《消失的地平线》表面上看是西方向东方寻找启示与救赎，实际上却包含着明显的殖民话语。《消失的地平线》中的想象是对十八世纪以前欧洲的中国传奇的一次回忆与纪念。那时候他们对中国所知极少，少数去过那里的冒险家、传教士、商人带回来许多离奇的传说，而夸张是旅行家的爱好。马可·波罗、曼德维尔爵士等中世纪的旅行家，描述过中国动人的财富与秩序。这种叙述传统后来被耶稣会士继承了，它曾令欧洲第一流的头脑为之神往，莱布尼茨或伏尔泰，都是讲叙这种中国神话的欧洲先知。西方在自己的文化视野中不断构造"中国形象"，启蒙运动前这一形象的主导价值是肯定的，西方对中国的情感主要是敬慕中的欲望与恐惧；启蒙运动以后，西方的中国形象发生了很大的变化，否定性形

---

① *Europe's Myths of Orient: Devise and Rule*, By Rana Kabbani, Hong Kong: the Macmillan Press Ltd., 1986, pp.5—6.

象占主导。中国不再令人仰慕而是令人鄙视,中国不再是欲望之地而是惩戒之地,西方将许多可怕的异域景象安排在中国。尤其是二十世纪革命爆发之后,动摇、混乱的中国又为西方的地狱想象提供了许多素材。西方的中国形象发生了彻底的变化,富饶变成贫困,开明变成专制,古老变成停滞,道德堕落、民风靡烂、无商不奸、无官不贪,中国文明是邪恶的文明,中国人属于劣等民族,怯懦、懒惰、愚昧、狡诈、残暴……西方的中国形象从一个极端走到另一个极端,革命前的中国是一个没落的"停滞的帝国",革命后的中国又是一个残暴的、"动荡的帝国"。

文学是文化的梦幻,马尔罗《人的状况》中描述的场景与人物,也同样令人想起西方传统中的地狱想象:"地狱是一处狭窄、潮湿、黑暗的监狱样的地方,那里只有魔鬼与失去灵魂的丑类,乌烟瘴气、烈火熊熊……那些受诅咒的人相互残害、折磨,每个人都认为他们的罪恶注定在此遭受惩罚。他们是绝望的,被复仇与贪婪的魔鬼追逐着,根本无法逃脱……"① 中世纪人的地狱想象,竟与二十世纪马尔罗小说中描绘的景象基本相同。《人的状况》中的人物,大多是在地狱的泥泞与烈火中挣扎的丑类,他们在大革命的血腥中昼伏夜出,面目狰狞。强烈的反差使我们再次想起天堂般的香格里拉。《消失的地平线》与《人的状况》描绘出两种截然相反的中国形象,代表着西方历史上中国形象的两个极端。作为异托邦西方的中国形象,或者是一个更好的世界,一个天堂式的莫须有的地方;或者就是一个更坏的世界,一个地狱般的莫须有的地方。

四

《消失的地平线》与《人的状况》描绘的两种截然相反的中国形象,不仅反映了西方文化心理中关于中国的两种传统原型,同时也暗示出二十世纪西方的中国想象的两个极端。

二十世纪开始的时候,从传教士、军人、政客的报道到小说诗歌,西方的中国形象一方面是贫困、肮脏、混乱、残暴、危险的地狱,集中体现在有关义和团运动的文本上,另一方面又有像《中国佬的来信》那样的作品,将中国描述为智慧、宁静、纯朴的人间乐园。以后的一个世纪里,这两种形象交替出现。二十年代西方知识精英曾想象中国的传统哲学与宁静和平的生活旨趣能够给陷入贪婪与仇杀中的"没落"的西方某种启示。这是第一次世界大战的结果,但影响只限

---

① *The Devil's Dominion*, By Anthony Masters, G. P. Putnam's Sons, New York, 1978, p.149.

于知识精英圈子的"遐想",没有大众社会基础。二十世纪三四十年代这种"遐想"找到了大众的表达式,即从通俗小说到新闻报道,西方社会,尤其是美国,纷纷将中国想象为纯朴、智慧的传统社会,或者反法西斯战争中"崛起的英雄",一个有英明领袖与勇敢的人民存在的和平文明的国家。但这段香格里拉式的想象很快就过去了。二十世纪四十年代后期到五十年代,西方的中国形象迅速从光明陷入黑暗。红色中国在西方想象中,几乎成为一个被专制奴役、被饥饿困扰的人间魔窟,它不仅威胁着现实世界,也威胁着人们关于世界与人的善良的观念和信仰。他们检讨自己过去美化中国的"过失",为自己的"幼稚"感到难过。然而不久,他们发现自己又错了,不仅幼稚而且健忘。二十世纪五十年代末到七十年代初,中国形象在西方又逐渐由暗复明,在左翼思潮的影响下,甚至变成某种社会改造的乌托邦。红色中国变成了"美好新世界",他们在那里看到人类的未来与希望。有趣的是,十九世纪西方的进步话语曾经将中国作为"停滞的帝国",排斥在文明历史之外或者文明历史的起点上,一百多年后,中国经历一场革命之后,又成为历史进步的楷模,即在中国,人类看到了未来。然而,红色乌托邦在二十世纪七十年代后期又遭到了破坏,西方人发现那个美好的中国形象又是一个"骗局"。一次两次"失误",人们怀疑某一种中国形象是否真实;不断"失误",人们或许就该怀疑西方的中国形象从来不曾真实,或者真实这个概念是否有意义。二十世纪八十年代的中国形象乍明还暗,一方面是西方这一时期的中国想象一直笼罩在"文化大革命"的阴影中,八十年代是"后文革时代";另一方面,改革开放在西方眼里正使中国愉快、迅速地变成一个西方化的国家,几个世纪以来传教士的基督化中国、商人的市场化中国、政客的民主化中国的神话,一时间都可能成为现实。但幻想在一夜间破灭,这次不仅是追悔,还有恼怒。尔后,九十年代西方的中国形象中,中国似乎又是一个永远也不可能改变的东方专制社会,那里践踏人权、政治腐败、道德堕落,它的经济的确在发展,但这种发展不再是可喜的,而是可怕的,因为它将"助长邪恶的力量"。尤其是当西方人发现中国曾经"热爱民主西方"的青年学生,也出于一种民族主义激情进行反美示威时,他们忘了事件的起因,只感到绝望与恐慌。就这样,一个世纪的中国形象,从莫名的恐慌开始,到莫名的恐慌结束。

　　西方的中国形象在每一个时代的特殊的表现背后,都有一个既定的原型,这个原型就是关于他者的、东方主义式的、构筑地狱与天堂式的想象。这个原型在西方文化历史中积淀而成,为每一时代西方的中国形象的生成、传播提供期待视野。中国，永远是一个遥远的、值得敬慕的香格里拉，或像《人的状况》描述的那种令人恐惧的人间地狱。这两种完全不同的中国形象产生的条件、依据、性质，都不完全取决于中国的现实，反而更大程度上取决于西方的现实，取决于他们对自身以及与中国的关系的意识。总的说来，西方的中国形象，不管是美好的还是邪恶的，不管是令人敬慕的还是令人恐怖的，都是西方的他者形象，都是西方文化自身的投影。中国，这个飘浮在梦幻与现实之间的"他者"形象或异域，只有在为西方文化的存在提供某种参照意义时，才能为西方人所接受。中国是西方的异己世界，它帮助西方人确定自己存在的位置和意义。

（全文原载《书屋》2004年第2期，有删节）

第四章

平 行 研 究

平行研究是比较文学美国学者对法国学者的比较文学路线进行挑战之后产生的一种比较文学研究范式。与法国学派关注两国文学之间的事实关联和相互渗透的实证研究不同，美国学派更加强调对于没有事实关联的不同文学的平行研究，代表人物有雷内·韦勒克、亨利·雷马克、欧文·阿尔德里奇以及乌尔利希·维斯坦因等。现在，平行研究与影响研究一样，成为比较文学学科重要的研究方法，而且在没有事实联系的东西方的跨文化对话中，将发挥重要的作用。

第一节 平行研究及可比性

从时间上讲，平行研究的提出是在1958年国际比较文学协会的第二届年会，标志是美国学者雷内·韦勒克《比较文学的危机》的大会发言。众所周知，国际比较文学协会（ICIA）是比较文学界的权威性机构。早在1900年在法国巴黎举行文学史国际学术会议时，从事比较文学研究的法国学者和其他国家的学者就曾提出建立"国际比较文学史协会"的建议，但当时未获成功。在随后的半个多世纪的时间里，各国比较学者特别是法国比较学者在比较文学研究上取得引人注目的实绩，"国际比较文学协会"于1954年正式成立，而且很快于第二年就在意大利威尼斯举行了"国际比较文学协会"首届年会。按照"国际比较文学协会"每三年举行一届年会的工作安排，"国际比较文学协会"第二届年会在美国举行，地点是美国北卡罗莱纳大学的所在地教堂山。应该说，"国际比较文学协会"把1958年的第二届年会选择在美国举行是有深意的：一方面，比较文学作为一门新兴的学科自19世纪末20世纪初正式确立以来，经过半个世纪的发展已经取得长足进步，由比较文学法国学派倡导的影响研究作为比较文学的学科基础和实践范式得到广泛的认可和尊崇，"国际比较文学协会"把年会主办地选定在美国，象征着"国际比较文学协会"的影响力由传统的欧洲部分扩展至北美大陆。另一方面，美国的比较文学起步并不晚。比如，几乎在欧洲同行在各国大学设立比较文学教习的同时，美国学者查理·谢克福德就在康乃尔大学举行了"总体文学与比较文学"的讲座，比较文学系也在美国的哥伦比亚、哈佛、加利福尼亚等大学陆续建立。同时，随着1945年第二次世界大战结束美国的强势崛起，比较文学在美国得到迅猛发展,"1949 年,《比较文学》杂志在俄勒冈大学创刊。1950 年,(北卡罗莱纳大学比较文学系教授)弗里德里希与巴登斯贝格合编的《比较文学书目》出版。1952 年,《比较文学和总体文学年鉴》问世。……各校的研究生院都把比较文学列为重要课题,比较文学研究书刊也大量面世",①"国际比较文学协会"第二届年会会址对于美国北卡罗莱纳大学的所在地教堂山的选定,也明显带有"国际比较文学协会"对美国比较文学发展的肯定意味。然而,雷内·韦勒克《比较文学的危机》的大会发言,一举打破了"国际比较文学协会"的如意算盘。

在《比较文学的危机》的开篇,韦勒克直言就学科而言,法国学者(波及其他一切比较文学学者)对比较文学提出的以影响研究为核心的纲领性意见,并没有解决比较文学的学科定位问题,比较文学"一直处于永久性的危机状态"之中,其标志是比较文学"至今还不能明确确定研究主题和具体的研究方法"②。针对法国学者把比较文学的研究范围限定为两国文学之间的相互联系,并试图以"比较文学"限于两种文学之间的关系来区分以席卷多种文学的运动或风气为研究对象的"总体文学"的做法,韦勒克认为单纯用限定研究对象数目人为地在"比较文学"和"总体文学"之间进行区分,不仅在理论上是站不住脚的,而且也是毫无必要的,比如,这种区分没有办法解释为什么讨论瓦尔特·司各特在法国的影响算是"比较文学",而研究包括司各特在内的浪漫主义的历史小说就属于"总体文学"?也解释不了为什么研究拜伦对海涅的影响应该有别于研究在德国的拜伦主义?另外,法国学派把比较文学的研究主题局限于一国文学对于另一国文学的"影响",把比较文学缩小成研究国与国之间的"外贸",不仅让比较文学的研究主题支离破碎,"比较文学在主题方面成为一组零散破碎、互不相干的片段,一组随时被打散并脱离开有意义的整体的关系。这种狭隘意义上的比较学者,只能研究来源和影响、原因和结果,他甚至不可能完整地研究一部艺术品,因为没有一部作品可以完全归结为外国影响,或视为只对外国产生影响的一个辐射中心。……'比较文学'变成……仅仅研究外国来源和作家声誉的材料";③而且助长了狭隘的文化民族主义情绪。由于比较文学被限定为两种文学间的"外贸",所以包括法、德、意等国在内的比较学者在从事比较文学的研究过程中,在爱国

---

① 陈惇、孙景尧、谢天振主编:《比较文学》,高等教育出版社,1997 年,第 24 页。
② 雷内·韦勒克:《比较文学的危机》,见张隆溪主编《比较文学译文集》,北京大学出版社,1982 年,第 22 页。
③ 同上书,第 23 页。

主义动机的驱使之下,把比较文学"变成了一种记文化账的奇怪做法,极力想尽可能多地证明本国对别国的影响,或者更巧妙地证明本国比任何别国能更全面地吸取并'理解'一位外国名家的著作,想借此把好处都记在自己国家的账上"①。本来比较文学的兴起是为反对19世纪学术研究中狭隘的民族主义,打破欧洲各国文学史研究中的孤立主义,现在比较文学的"外贸"属性却不幸成为助长文化民族主义的"促进因素"。针对法国学者为比较文学确立的通过实证地追溯来源——影响线索的因果研究方法,韦勒克更是直言其"失败":"由于梵·第根以及他的前辈和追随者们用19世纪实证主义的唯事实主义观点看待文学研究,把它只作为来源和影响的研究,才造成了这些错误。他们相信因果关系的解释,相信只要把一部作品的动机、主题、人物、环境、情节等等追随到另一部时间更早的作品,就可以说明问题。……然而艺术品绝不仅仅是来源和影响的总和:它们是一个个整体,从别处获得的原材料在整体中不再是外来的死东西,而已同化于一个新结构之中。因果解释只能导致'追溯到无限',此外,在文学中似乎永远不能绝对成功地做到全然符合'有 x 必有 y'这一因果关系的第一要求"②。总之,在韦勒克看来,法国学派施加于比较文学的题材和方法的人为的划分、关于来源与影响的机械的概念以及文化民族主义的泛滥,是导致比较文学历时长久的危机根源所在。要使比较文学走出危机状态,获得健康发展,必须对法国学派的比较文学纲领"进行彻底的调整",废除"比较文学"与"总体文学"之间的人为区分,打破单一地实证地追溯来源—影响线索的唯事实主义的禁锢,强化比较文学超越民族文学界限的文学研究性质,尤其是比较文学对"没有事实关联"的各民族文学"超越"性质。相较于法国学派倡导的以"事实联系"为线索的线性研究范式,韦勒克所强调的建基于"没有事实关联"的民族文学之上的比较文学研究无疑代表了新的研究范式——平行研究。

继《比较文学的危机》之后,韦勒克又在《比较文学的名称与性质》一文中,从词源学和历史语义学的角度,细致地梳理了"比较文学"的名称在英、德、法、意和斯拉夫等欧洲主要语言中的演化历史,明确了比较文学的超越民族文学"从国际的角度来研究一切文学"的性质,并从学理上论证了平行研究的合法性:"比

---

① 雷内·韦勒克:《比较文学的危机》,见张隆溪主编《比较文学译文集》,北京大学出版社,1982年,第27页。

② 同上书,第24页。

较文学是一种没有语言、伦理和政治界限的文学研究。它不可能局限于单一的方法:在论述过程中,描述、特征刻画、阐释、叙述、解说、评价等方法同比较法一样经常地被应用。比较法也不能局限于只用来研究实际的历史联系。文学研究家们应当从最近语言学方面的经验中得到启发,从而认识到:比较历史上毫无关系的语言和风格方面的现象,同研究从阅读中可能发现的相互影响和平行现象一样很有价值。"① 不过,似乎为了避免比较文学内部国别或学派间的纷争,韦勒克一直刻意回避美国学派的称谓和平行研究的学派属性。相较而言,亨利·雷马克不仅有意识地强化比较文学内部法国学派和美国学派的分野,如他在《比较文学的定义和功能》一文中就直言,尽管美国学派和法国学派都赞同比较文学是超出国界的文学研究,但它们各自强调的重点却有一些重要差别,法国学派注重事实联系而美国学派重视美学评判。在《比较文学何去何从:诊断、治疗和予后》一文中,他又进一步总结说:"法国的比较文学学者们……的基本设想是:比较文学是一个历史学科,而不是美学学科,与它发生关系是,也应该是'具体的现实',是不同民族的作家、作品、读者和评论家之间真实的、有意识的和可见的联系。……(而)美国比较文学派实质性的主张在于:使文学研究得以合理地存在的主要依据是文学作品,所有的研究都必须导致对那个作品的更好的理解。他们认为,到目前为止比较文学所探讨的都是文学的那些边缘问题,它们不是越来越接近文学艺术品,而是越来越背离它。"② 而且旗帜鲜明地把平行研究看做美国学派区别于法国学派的研究范式,诚如他本人一再指出的:法国学派忠实于19世纪实证主义研究的传统,把比较文学研究限定于两国文学之间的影响、交流与变更等因果关系的"科学"考察中。具体到研究方式,"就是法国的比较文学在传统上一直喜欢研究'传递方式':放送者、接受者、媒介、翻译家和译作,作家在国外被接受的情况、他的成功和影响、作品、思想、母题、情节、主题、人物类型、情调、风格、体裁等,渊源,国外旅行,以及一国在另一国文学中的形象"。③ 雷马克并不否认法国学派所倡导的影响研究范式曾对比较文学产生过重要的影响,但他反对法国学派把"比较文学"简单地等同于"影响文学"的"过时"主张和"保守"做法,"影

---

① 韦勒克:《比较文学的名称与性质》,见干永昌等编选《比较文学研究译文集》,上海译文出版社,1985年,第144页。

② 亨利·雷马克:《比较文学的法国学派和美国学派》,见北京师范大学中文系比较文学研究组选编《比较文学研究资料》,北京师范大学出版社,1986年,第66—70页。

③ 同上书,第66页。

响研究的论文过于注重追溯影响的来源,而未足够重视这样一些问题:保存下来的是些什么?去掉的又是些什么?原始材料为什么和怎样被吸收和同化?结果又如何?……影响研究如果主要限于找出和证明某种影响的存在,却忽略更重要的艺术理解和评价的问题,那么对于阐明文学作品的实质所作的贡献,就可能不及比较互相没有影响或重点不在于指出这种影响的各种对作家、作品、文体、倾向性、文学传统等等的研究"[①],并肯定美国学派超出事实关联之上的平行研究的"合理性",即"提倡少来一点对渊源、成功和影响的'机械式'的研究,多搞一些对类似、母题、文体、类型、运动和传统的比较研究。……这种分析类比研究不仅像对属于不同国度的两部或多部杰作进行平行研究可能做到的那样有助于认识作品的美学价值和提供一般性解释,而且有助于从文学史的角度进行研究并做出结论"[②]。欧文·阿尔德里奇则在《比较文学:内容和方法》一书中从方法论的角度讨论了平行研究中最基本的两种比较法:"类同"和"对比",前者是对不同文学在主题、风格、文类、观念等方面出现的类同现象的归类研究,后者是对不同文学体系的各自特征的平行比较,既可以对比它们的同,也可以对比它们的异。另外,在对平行研究进行理论说明的同时,美国学派也在平行研究的比较文学实践方面取得了丰硕的实绩,如雷内·韦勒克、亨利·雷马克对于欧洲浪漫主义文学的研究,哈瑞·列文对于主题学的研究,欧文·阿尔德里奇的比较诗学研究以及乌尔利希·维斯坦因的文类学研究等等,扩大了美国学派平行研究的影响,使之成为与比较文学法国学派影响研究分庭抗礼的一种研究范式。

然而,平行研究对于无事实关联的文学的分析和评价很容易引起人们的质疑和批评。比如,比较文学法国学派在确立自身学科的"科学性"时,就一再宣称比较文学应避免"偶然的平行"和"表面的相似",因为这种纯粹的类比研究是武断的、随意的和主观的,绝对不可能得出任何"科学的"结论,而法国学派也正是在标榜"科学性"研究的基础上完成对比较文学的可比性的学理说明的。那么,美国学派的平行研究的"可比性"又是怎样的呢?对于这个问题,美国学派的平行研究提出了两个方面的学理论证:其一是文学研究的"整一性",其二是文学研究的"文学性"。

---

① 亨利·雷马克:《比较文学的定义和功能》,见张隆溪主编《比较文学译文集》,北京大学出版社,1982年,第2页。

② 亨利·雷马克:《比较文学的法国学派和美国学派》,见北京师范大学中文系比较文学研究组选编《比较文学研究资料》,北京师范大学出版社,1986年,第71页。

首先是文学研究的"整一性"。所谓"整一性",就是把文学视作一个连贯一致、互相关联的整体,而非零散破碎、互不关联的片段。关于文学的整一性质,早在20世纪40年代出版发行的《文学理论》一书中,韦勒克就以西方文学为例指出文学是一个统一的整体:

> 我们不可能怀疑古希腊文学与古罗马文学之间的连续性,西方中世纪文学与主要的现代文学之间的连续性,而且,在不低估东方影响的重要性、特别是圣经的影响的情况下,我们必须承认一个包括整个欧洲、俄国、美国以及拉丁美洲文学在内的紧密整体。这个理想是由19世纪初期文学史的创始人,如施勒格尔兄弟、布特维克、西斯蒙第和哈勒姆等人,设想出来并且在他们力所能及的范围内实现的。但是,由于后来民族主义的进一步发展,加上日趋专业化的影响,形成用日益狭隘的地方性观点来研究民族文学的倾向。①

在韦勒克看来,正是出于对民族文学自成一体地、孤立地研究本国文学的谬误概念的反驳,"比较文学"和"总体文学"才被提出的。韦勒克考察了"比较文学"和"总体文学"的名称和内容,直言它们都有不少麻烦。比如,"比较文学",它的一个含义是关于口头文学的研究,特别是民间故事的主题及其流变的研究,但把"比较文学"等同于口头文学的研究"实在太不确切";它的另一个含义是指对两种或更多种文学之间关系的研究,但把"比较文学"局限于国与国之间的文学"外贸"同样难符其实。"总体文学"的名称稍微好些,但也有不足之处,它原本是用来指诗学或者是文学理论和原则的,后来却被拿过来表示一个与"比较文学"形成对照的特殊概念。韦勒克认为,要克服这些困难,最好的办法就是避免在"比较文学"和"总体文学"之间做人为的划分,将它们合二为一,不加区别地称之为"文学";而"文学"的概念,"最重要的是把文学看做是一个整体,并且不考虑各民族语言上的差别,去探索文学的发生和发展"②,原因很简单,"文学是一元的,犹如艺术和人性是一元的一样"③。正是从植根于人类共通人性之上的文学的一元性质出发,包括韦勒克、雷马克等人在内的美国学派的比较文学学者在论证平行研究的可比性时一再强调比较文学研究的整一性质:

---

① 韦勒克、沃伦:《文学理论》,刘象愚等译,北京三联书店,1984年,第44页。
② 同上书,第44页。
③ 同上书,第45页。

我们所理解的比较文学还不是一个必须不顾一切地建立起自己一套严格规则的独立学科，而是一个非常必要的辅助学科，是连贯各片较小的地区性文学的环节，是把人类创造活动本质上有关而表面上分开的各个领域联结起来的桥梁。对于比较文学的理论方面不管有多少分歧，关于它的任务却总是意见一致的：使学者、教师、学生以及广大读者能更好、更全面地把文学作为一个整体来理解，而不是看成某部分或彼此孤立的几部分文学。

——亨利·雷马克：《比较文学的定义和功用》①

文学研究的"整一性"成为奠基美国学派平行研究"可比性"的第一块基石。

其二是文学研究的"文学性"。"文学性"是20世纪20年代俄国形式主义的代表人物罗曼·雅各布逊提出的一个著名的诗学概念：

文学科学的对象不是文学，而是"文学性"，也就是说使一部作品成为文学作品的东西。不过，直到现在我们还是可以把文学史家比作警察，他要逮捕某个人，可能把凡是在房间里遇到的人，甚至从旁边街上经过的人都抓了起来。文学史家就是这样无所不用，诸如个人生活、心理学、政治、哲学，无一例外。这样便凑成一堆雕虫小技，而不是文学科学，仿佛他们已经忘记，每一种对象都分别属于一门科学，如哲学史、文化史、心理学等等，而这些科学自然也可以使用文学现象作为不完善的二流材料。②

按照俄国形式主义的诗学主张，文学是一个独立自足的封闭体，文学科学即诗学研究的中心内容不是文学与作家、社会、历史、心理等外在要素之间的关联，而是文学之所以成其为文学的内在性质，也即"文学性"。作为一名20世纪30年代从东欧移民美国的文学理论家，韦勒克并不掩饰他对形式主义文论的欣赏态度："文学研究的合情合理的出发点是解释和分析作品本身。无论怎么说，毕竟只有作品能够判断我们对作家的生平、社会环境及其文学创作的全过程所产生的兴趣是否正确。然而，奇怪的是，过去的文学史却过分地关注文学的背景，对于作品本身的分析极不重视，反而把大量的精力消耗在对环境及背景的研究上。……

---

① 亨利·雷马克：《比较文学的定义和功能》，见张隆溪主编《比较文学译文集》，北京大学出版社，1982年，第7页。

② 罗曼·雅各布逊：《现代俄国诗歌》，转引自茨·托多罗夫《俄苏形式主义文论选》，中国社会科学出版社，1989年，第24页。

近年来,出现了与此相对的一种健康的倾向,那就是认识到文学研究的当务之急是集中去分析研究实际的作品。……特别精彩的还有俄国的形式主义者及其捷克和波兰的追随者们倡导的形式主义研究法",① 也不讳言形式主义文论对于自己的影响。事实上,由于美国"新批评"与俄国和东欧的形式主义文论的亲缘关系,形式主义文论的"文学性"主张不仅席卷了美国20世纪40年代的文学理论界,而且对20世纪50年代以后的美国比较文学研究同样产生了强大而深远的影响:

> 今天的文学研究首先需要认识到明确自己的研究内容和重点的必要性。必须把文学研究区别于常常被人用以代替文学研究的思想史研究,或宗教和政治的概念和情感的研究。许多研究文学、尤其是研究比较文学的著名学者其实并非真正对文学感兴趣,他们感兴趣的是公众舆论史、旅行报告、民族性格的概念等等。……但是,文学研究如果不决心把文学作为不同于人类其他活动和产物的一个学科来研究,从方法学的角度说来就不会取得任何进步。因此我们必须面对"文学性"这个问题,即文学艺术的本质这个美学中心问题。
>
> ——雷内·韦勒克:《比较文学的危机》②

而从"文学性"出发进行文学研究,则对文学作品本身的美学评判成为问题的焦点。而且诚如韦勒克所指出的,文学作品是一个由"符号"和"意义"构成的多层结构,如声音层、意义单位层以及由这两者产生出情境、人物和事件的"世界"层等等,"唯一正确的概念是一个断然'整体论'的概念,它视艺术品为一个多样统一的整体,一个符号结构,……一个有含义和价值,并且需要用意义和价值去充实的结构"③,不仅从学理上完满地解释了对于不同文学作品进行平行研究的合法性,而且凸显了以平行研究来探寻"文学性"的必要性和可能性。文学研究的"文学性"成为奠基美国学派平行研究"可比性"的另一块基石。

平行研究从20世纪50年代末提出,至20世纪60年代末70年代初正式确立。尽管平行研究最初是美国学者作为对法国学派的影响研究的反拨提出的,但是平行研究的提出并非是要针对某一特定的国家(法国),也绝非美国一国所专有。

---

① 韦勒克、沃伦:《文学理论》,刘象愚等译,北京三联书店,1984年,第145—146页。

② 雷内·韦勒克:《比较文学的危机》,见张隆溪主编《比较文学译文集》,北京大学出版社,1982年,第30页。

③ 同上书,第31页。

最显著的，就是通过美国学派与法国学派的学术论争，两大学派逐步认识到平行研究和影响研究并不是彼此对立的，而是可以相互借鉴、互补短长的。作为一种强调对不同文学进行综合性的理解和评判的比较文学研究概念，平行研究不仅扩大了比较文学的研究范围，而且其对文学研究的"整一性"和"文学性"的关注，顺应了20世纪以来的世界性文学批评的发展潮流。由于韦勒克等人在挑战法国人的比较文学路线时就强调"文学性"，加上美国人试图以一种一般性的理论来抽象与概括世界文学，所以平行研究结出的第一朵绚丽的花朵就是比较诗学。

当然，随着平行研究的展开，东拉西扯的现象也有所抬头。平行研究什么都可以比，很容易落入随意比附的泥潭。为人诟病的X+Y模式，就是X有什么，Y有什么；X没有什么，Y没有什么……为此，人们在"整一性"和"文学性"之外，还探寻了一些可比性原则，如归类原则，问题意识以及跨文化研究的整体性原则。随着欧洲中心主义的瓦解和包括中国在内的第三世界的崛起，平行研究在跨文化对话中有了更大的用武之地。

第二节　中西文学的通感：平行研究案例分析

在美国学者的比较文学实践中，对于欧洲各国的浪漫主义文学的"平行"研究一直是美国比较文学研究中的一个引人注目的领域。美国比较文学学者如此关注欧洲的浪漫主义文学题材，一个显而易见的事实当然是浪漫主义文学与比较文学之间存在着密切的亲缘关系，比如，英、法、德、意等国的比较文学的兴起最初都与本国的浪漫主义文学研究息息相关，浪漫主义文学运动也很早就被划定属于比较文学的"总体文学"部分等等，但更为直接的原则则是美国文学批评界对于"浪漫主义"和"浪漫派"的质疑和挑战：

> 术语"浪漫主义"（romanticism）和"浪漫派"（romantic）在很长一段时间以来，一直受到攻击。A.O.洛夫乔伊在一篇题为《论浪漫主义的分野》的著名论文中曾引人注目地争辩道："'浪漫派'这一单词的含义太复杂了，以至它本身什么含义都没有了。它已停止履行一个词语符号的功能。"洛夫乔伊提议，为了弥补这个"文学史和文学批评的丑事"，需要向人们证实"一个国家的'浪漫主义'可能与另一个国家的'浪漫主义'根本没有什么共同点；

事实上，存在着无数的浪漫主义运动和性质上可能截然不同的复杂观念"。他承认："它们或许有一个公分母；但即便如此，这个公分母也从来没有被清楚地展示过。"此外，在洛夫乔伊看来，"浪漫派的观念大都不是清一色的，它们在逻辑上是各自独立的，其含义有时在本质上还是相互对立的"①。

作为对于上述挑战的回应，包括雷内·韦勒克和亨利·雷马克等人在内的美国比较文学的代表人物运用平行研究发表了一系列关于浪漫主义文学的比较文学论文，如雷内·韦勒克的《文学史上浪漫主义的概念》、《再论浪漫主义》、《德国和英国的浪漫主义的对比》，亨利·雷马克的《近年来西欧浪漫主义研究的趋势》、《浪漫主义中的异国情趣》、《对欧洲浪漫主义的界定》等等，反击洛夫乔伊对于浪漫主义的极端唯名论的错误指责，并力图证明"欧洲各主要的浪漫主义运动事实上形成了一个理论、哲学和风格的统一体；反过来，这些因素又形成了一组连贯一致而又相互关联的思想观念"②。其中，最具代表性的就是雷内·韦勒克的长篇论文《文学史上浪漫主义的概念》。

在《文学史上浪漫主义的概念》中，韦勒克分三个步骤来谈西方文学史中的浪漫主义。首先，韦勒克从词源流变入手，历史地追溯了"浪漫主义"和"浪漫派"的术语在欧洲各国的出现和派生。比如，"浪漫派的"这一术语，最初是用来指称阿历奥斯托和塔索的作品以及中世纪的骑士传奇，出现的时间在法国是1669年，在英国是1674年；其后成为中世纪文学和文艺复兴时期文学的总称，用以对比以古希腊罗马文学为代表的古典文学，并于1698年传入了德国。与此同时，"浪漫主义的"这一术语也开始出现，并与包括"浪漫派的"在内的各类词汇交替或配合着使用；而"浪漫派"和"浪漫主义"真正得以确认的时间则相对较晚，在德国是1802年，在法国是1816年，在意大利是1818年，在英国是1823年，斯拉夫语系国家接受它们的时间也大致与上述拉丁语系国家相同。其次，韦勒克梳理了欧洲各国浪漫主义之间的亲缘关系。在韦勒克看来，德国施莱格尔兄弟在19世纪初关于浪漫主义的系列演讲，"将古典文学与浪漫文学的差异视为古代的诗与近代的诗之间的差异进行了详尽的阐述，并将浪漫文学同进步的基督教文化联系起来。……其中，浪漫文学和古典文学的概念，与有机的和机械的概念、造

---

① 雷内·韦勒克：《文学史上浪漫主义的概念》，见《批评的诸种概念》，丁泓等译，四川文艺出版社，1988年，第125—126页。

② 同上书，第126页。

型的和绘画的概念联系起来了。古代文学和新古典主义文学（主要是法国）与莎士比亚和加尔德隆的浪漫主义戏剧，完美的诗与无限期望的诗，被清楚地作了对比"①，是浪漫主义概念在欧洲得以确认和流传的关键。在拉丁语系的国家、英国和美国，史达尔夫人起了决定性的中介人的作用。她的《论德意志》一书在法国的出版以及英译本在英、美等国的发表对于浪漫主义的传播起到了重要的推介作用，而其对于浪漫主义的核心主张，如对古典艺术与浪漫艺术的比较性评述，古典的与雕塑的平行，浪漫的与绘画的平行，古希腊情节剧与近代性格剧之间的对比，命运诗与天命诗的比较，以及完美的诗与发展的诗的对比等等，都是来自施莱格尔的。在西班牙、葡萄牙和斯拉夫语系中关于古典主义和浪漫主义的论争，同样出源于施莱格尔。后来英国的柯勒律治、赫兹里特等人浪漫主义文论所援引的浪漫主义概念，也是出自施莱格尔。再次，韦勒克总结了欧洲浪漫主义文学运动的共同的美学观念，即"如果我们对整个欧洲大陆那种自称为或被人称为'浪漫主义的'，实际存在的文学所具有的特点进行仔细观察的话，我们就会发现，在整个欧洲，人们对诗歌、对诗歌想象的作用和性质有着相同的认识；对大自然与人的关系，对使用了与18世纪新古典主义判然有别的意象、象征和神话素材的、基本上是相同的诗歌风格，也有着同样的认识。这一结论，或许可能对其他经常讨论的因素，如主观主义、中世纪精神、民间传说等等的而变得更具说服力，或是得到修正。但是，下面三种尺度应该是特别具有说服力的，因为每种尺度对文学实践的某种方面来说，都是最为重要的。这三种尺度是：从诗的观点来看的想象，作为世界观沉思对象的大自然以及构成诗的风格的象征和神话"。② 仅就对欧洲浪漫主义文学的综合性考察而言，韦勒克的《文学史上浪漫主义的概念》，不仅有对卷帙浩繁的历史文献的细致发掘，而且不乏对纷繁复杂文学现象背后的美学原则的精心归纳，堪称比较文学美国学派平行研究的典范。但如果我们就此类平行研究的"平行"性质和程度进一步深究的话，诸如对于欧洲浪漫主义文学的平行研究，就如其标题中的"欧洲浪漫主义文学"已经说明的那样，并非是对历史上出现的全部的浪漫主义性质的文学的平行研究，而是对特定的发生于欧洲的18、19世纪的浪漫主义文学的"平行"研究，或者说是一种被明确限定了对象范围的有限研究。更重要的是，诚如韦勒克《文学史上浪漫主义的概念》中已经

---

① 雷内·韦勒克：《文学史上浪漫主义的概念》，见《批评的诸种概念》，丁泓等译，四川文艺出版社，1988年，第132页。

② 同上书，第154页。

揭示的,欧洲的浪漫主义文学由于拥有共同的文学渊源且在以后的浪漫主义文学发展过程中存在着一条由施莱格尔至史达尔夫人、柯勒律治等人的来源—影响线索,欧洲的浪漫主义文学尽管有"平行"发展的成分,但从总体上而言是一个不折不扣的"连贯一致而又相互关联"的统一体,属于此类的对于欧洲浪漫主义文学的平行研究的"平行"性质显然就要被大打折扣了。关于平行研究的性质和范围,美国学派的另一位代表人物乌尔利希·维斯坦因曾提出了"有限的平行"和"绝对的平行"的概念。所谓"有限的平行",就是将平行研究限定在一定的范围之内,确切地说就是限定在西方文化范围之内,诚如维斯坦因在《比较文学与文学理论》一书中所说:"我不否认有些研究是可以的,……但却对把文学现象的平行研究扩大到(东西)两个不同的文明之间仍然迟疑不决。因为在我看来,只有在一个单一的文明范围内,才能在思想、感情、想象力中发现有意识或无意识地维系传统的共同因素。这些共同的因素如果差不多同时发生,就被看做有意义的共同潮流,即便超越了时空的界限,也常常形成一种令人惊异的黏合剂,……而企图在西方和中东或远东的诗歌之间发现相似的模式则较难言之成理"。① 而所谓"绝对的平行",则是维斯坦因在《我们从何处来,是什么,去何方——比较文学的永久危机》一文中反思欧洲中心主义立场后对于平行研究所持的一种新的、开放性的立场,也即他原先在"有限的平行"中所质疑的没有事实联系的、超越东西方文化的平行比较研究。② 然而,由于西方中心主义的影响以及语言和文学的制约,包括美国学者在内的西方学者尽管在平行研究中提出了"绝对的平行"的比较研究概念,却无力在比较文学实践上从事跨越东西方文学的"真正"意义上的平行研究。在这方面,包括中国学者在内的东方比较学人则具有先天的优势,他们身上的民族文学的历史积淀加上深厚的西方素养,让他们成为在东西方文学之间进行"绝对的平行"研究的绝佳代表。其中,中国著名比较学者钱锺书对于中西文学和文论的"平行研究"取得了令人信服的实绩,他以《通感》为代表的中西比较诗学论文则被公认是比较文学"平行研究"的典范。

在《通感》中,钱锺书探讨了中西文学中经常出现的在视觉、听觉、触觉、嗅觉和味觉间进行移用的现象,也即通常所说的"通感"或"感觉挪移"。从平行研

---

① 乌尔利希·维斯坦因:《比较文学与文学理论》,刘象愚译,辽宁人民出版社,1987年,第5—6页。

② 参阅乌尔利希·维斯坦因:《我们从何处来,是什么,去何方:比较文学的永久危机》,见孙景尧选编《新概念 新方法 新探索——当代西方比较文学论文选》,第30页。

究的视角来看，钱锺书的《通感》体现了此一研究范式三个方面的典型特征：第一是在中西文学之中旁征博引相同或相似的使用"通感"的例证；第二是在中西文学之间寻求通感方面的互证和互释；第三是通过通感个案揭示中西文学之间的共同的"文心"。

关于相同或相似的例证的旁征博引，一直是钱锺书治学的一大特色。在《通感》一文中，钱锺书从中西文学中例举了大量的使用"通感"的例证。中国文学的有：宋祁《玉楼春》："红杏枝头春意闹"；晏几道《临江仙》："风吹梅蕊闹，雨细杏花香"；毛滂《浣溪纱》："水北烟寒雪似梅，水南梅闹雪千堆"；黄庭坚《次韵公秉、子由十六夜忆清虚》："车驰马骤灯方闹，地静人闲月自妍"，又《奉和王世弼寄上七兄先生》："寒窗穿碧疏，润础闹苍藓"；陈与义《简斋诗集》卷二二《舟抵华容县夜赋》："三更萤火闹，万里天河横"；陆游《剑南诗稿》卷七五《开岁屡作雨不成，正月二十六日夜乃得雨，明日游家圃有赋》："百草吹香蝴蝶闹，一溪涨绿鹭鸶闲"；范成大《石湖诗集》卷二〇《立秋后二日泛舟越来溪》之一："行入闹荷无水面，红莲沉醉白莲酣"；马子严《阮郎归》："翻腾妆束闹苏堤，留春春怎知"；赵孟坚《彝斋文编》卷二《康（节之）不领此〔墨梅〕诗，有许梅谷者，仍求又赋长律》："闹处相挨如有意，静中背立见无聊"；释仲仁《梅谱·口诀》："闹处莫闹，闲处莫闲，老嫩依法，新旧分年"；陈造《江湖长翁文集》卷一八《都下春日》："付与笙歌三力指．平分彩舫聒湖山"；贾岛《客思》："促织声尖尖似针"；汤显祖《牡丹亭·惊梦》："呖呖莺歌溜的圆"；王维《过青溪水作》："色静深松里"；刘长卿《秋日登吴公台上寺远眺》："寒磬满空林"；杜牧《阿房宫赋》："歌台暖响"；陆机《拟西北有高楼》："佳人抚琴瑟，纤手清且闲，芳气随风结，哀响馥若兰"；《全梁诗》卷七庾肩吾《八关斋夜赋四城门第一赋韵》："已同白驹去，复类红花热"；韦应物《游开元精舍》："绿阴生昼静，孤花表春余"；孟郊《秋怀》之一二："商气洗声瘦，晚阴驱景劳"；李贺《胡蝶飞》："杨花扑帐春云热，龟甲屏风醉眼缬"，《天上谣》："天河夜转漂回星，银浦流云学水声"；刘驾《秋夕》："促织灯下吟，灯光冷于水"；杨万里《诚斋集》卷三《又和二绝句》："剪剪轻风未是轻，犹吹花片作红声"，卷一七《过单竹洋径》："乔木与修竹，相招为茂林，无风生翠寒，未夕起素阴"；王灼《虞美人》："枝头便觉层层好，信是花相恼，舴艋一醉百分空，拚了如今醉倒闹香中"；吴潜《满江红》："数本菊，香能劲，数朵桂，香尤胜"；方岳《烛影摇红·立春日柬高内翰》："笑语谁家帘幕，镂冰丝红纷绿闹"；《永乐大典》卷三五七九《村》字引《冯大师集黄沙村》："残照背人山影黑，乾风随马竹声焦"；

卷五三四五《潮》字引林东美《西湖亭》:"避人幽鸟声如剪,隔岸奇花色欲燃";庾信《奉和赵王〈隐士〉》:"野鸟繁弦啭,山花焰火然";卢祖皋《清平乐》:"柳边深院,燕语明如剪";贾唯孝《登螺峰四顾亭》:"雨过树头云气湿,风来花底鸟声香";阮大铖《咏怀堂诗集》卷三《秋夕平等庵》:"视听一归月,幽喧莫辨心",《外集·辛巳诗》卷上《张兆苏移酌根遂宅》之一:"香声喧橘柚,星气满蒿莱";李世熊《寒支初集》卷一《剑浦陆发次林守一》:"月凉梦破鸡声白,枫霁烟醒鸟话红";严遂成《海珊诗钞》卷五《满城道中》:"风随柳转声皆绿,麦受尘欺色易黄";黄景仁《两当轩全集》卷一九《醉花阴·夏夜》:"隔竹拥珠帘,几个明星切切如私语";黎简《五百四峰草堂诗钞》卷一八《春游寄正夫》:"鸟抛软语丸丸落,雨翼新风汎汎凉"等等。西方文学的有:培根用音乐的声调摇曳(the quavering upon a stop in music)比喻光芒在水面浮动(the playing of light upon water);布吕诺的"珠子化"的新词对嗓子的形容(une voix qui s'eperle);贝利的用"珠子"来形容鸟鸣"一群云雀儿明快流利地咭咭呱呱,在天空里撒开了一颗颗珠子"(Le allodole sgranavano nel cielo le perle del loro limpido gorgheggio);荷马的妙喻:"像知了坐在森林中一棵树上,倾泻下百合花也似的声音"(Like unto cicalas that in a forest sit upon a tree and pour forth their lily-like voice);16、17世纪欧洲的"奇崛(Baroque)诗派"对于感觉移借手法的运用;18世纪的神秘主义者圣·马丁的自说自话:"听见发声的花朵,看见发光的音调"(I heard flowers that sounded and notes that shone);19世纪末叶象征主义诗人约翰·唐的诗:"一阵响亮的香味迎着你父亲的鼻子叫唤"(A loud perfume... cryed/even atthy father's nose)以及巴斯古立的名句:"碧空里一簇星星喷喷喳喳像小鸡儿似的走动"(La Chioccetta per l'aia azzurra/va col suo pigolio di stelle)等等。可谓洋洋大观,令人眼花缭乱。而且这些例证,看似信手拈来,实则大有讲究。比如,作者所取的这些例子不仅悉心地涵盖了中西文学的各个时代的有代表性的用法,并且有意识地在中西文学间的相同或相似的例证间寻求有趣的对应,如西方诗人的"珠子化"的新词与中国诗人的"珠落玉盘"的形容的"相类";约翰·唐的"响亮的香味"与中国诗人的"闹香"、"香声喧"、"幽芳闹"的"差不多";巴斯古立的"星星喷喷喳喳像小鸡儿似的走动"与中国诗人"小星闹如沸"和"几个明星,切切如私语"的"切合"等等。在表明"通感"之法在中西文学中的普遍运用的同时,也为接下来中西文学间的"通感"的互证和互释准备好了条件。

关于中西文学之间的互证和互释,在中美比较文学学者双边讨论会上致辞时，钱锺书曾以中美文学为例论述了中西文学之间互相"发明"和"发现"的必要性："假如我们把艾略特的说话当真，那末中美文学之间有不同一般的亲切关系。艾略特差不多发给庞特一张专利证，说他'为我们的时代发明了中国诗歌'。中国文学一经'发明'之后，美国学者用他们特有的慧心和干劲，认真地、稳步地进行了'发现'中国文学的工作。我们这里的情况也相仿佛。早期的中国翻译家和作家各出心裁，'发明'了欧美文学，多年来我们的专业学者辛勤地从事于'发现'欧美文学。看起来，'发现'比'发明'艰苦、繁重得多。……索绪尔的那句话'观点创造事物'，已在西方被广泛接受，……'发明'和'发现'也就无甚差异而只能算多余的区别了"，① 这里讲的相互"发明"和"发现"就是互证和互释。《通感》一文开篇引西洋心理学或语言学的术语"通感"或"感觉挪移"来解中国传统批评之惑的片段，是典型的以西证中、以西释中的用法。《通感》一文的后面则有一段关于欧洲18世纪象征诗派的神秘主义的文字："欧洲象征诗派还向宗教里的神秘主义去找这种手法的理论根据。18世纪的神秘主义者圣·马丁（Saint-Martin）说自己'听见发声的花朵，看见发光的音调'（I heard flowers that sounded and notes that shone）。"正文中没对象征派究竟从神秘主义中得到何种理论依据做出说明，注释中也仅仅列了两部参考书了事，但看紧接下来的大段对于中国道家和释家关于神秘经验的说明，又是明显的以中证西、以中释西的范例。这种中西文学间的互证和互释，不仅验证了中西文学理论的跨文化的适用性，而且为揭示中西文学共同的"文心"提供了线索。

关于揭示中西文学共同的"文心"，早在20世纪40年代写作《谈艺录》时，钱锺书就确立了以平行比较之法寻中西文学共同之"文心"的研究思路："凡所考论，颇采'二西'之书，以供三隅之反。……东海西海，心理攸同；南学北学，道术未裂"，② 至20世纪70年代末出版《管锥编》时，钱锺书又借对《周易·系辞》"天下何思何虑；天下同归而殊途，一致而百虑"的注解，进一步从原理上揭示了"人同此心，心同此理"的必然性："思虑各殊，指归同一，《系辞》语可以陆九渊语释之。《象山全集》卷二二《杂说》：'千万世之前有圣人出焉，同此心，同此理也；千万世之后，有圣人出焉，同此心，同此理也；东、南、西、北海有圣人出焉，同此心，同此理也。'……思辨之当然（Law of thought），出于事物之必然

---

① 钱锺书：《在中美比较文学学者双边讨论会上的发言》，《文艺理论研究》，1983年第4期。
② 钱锺书：《谈艺录·序》，中华书局，1984年，第1页。

(Laws of things)，物格知至，斯所以百虑一致、殊途同归耳。斯宾诺莎论思想之伦次、系连与事物之伦次、系连相符（Ordo et connexio idearum idem est, ac ordo et connexio rerum），维果言思想之伦次当依事物之伦次（L'ordine dell'idee dee procedure secondo l'ordine delle cose），皆言心之同然，本乎理之当然，而理之当然，本乎物之必然，亦即合乎物之本然也"。① 在《通感》一文中，透过"通感"的例证来揭示中西文学共同的"文心"是一以贯之的。比如，前面已经提到的《通感》中的中西"通感"手法的类比和互证、互释，都无一例外地要说明中西文学间共同的"文心"的。这一点在《管锥编》对《通感》中引证的材料所指向的文学规律性的总结中体现得更为明显。如《管锥编》卷二《黄帝》篇论中国道、释的五官"内通"、"互用"和西方神秘宗"契合"的"通感"指向："（《列子·黄帝》）'眼如耳，耳如鼻，鼻如口，无不同'，即'销磨六门'，根识分别，扫而空之，浑然无彼此，视可用耳乃至用口鼻腹藏，听可用目乃至用口鼻腹藏，故曰'互用'；西方神秘宗亦言'契合'（Correspontia），所谓：'神变妙易，六根融一'（O metamorphose mystique/De tous mes sens fondues en un！）。然寻常官感，时复'互用'，心理学命曰'通感'（Synaesthesia）。"（钱锺书：《管锥编》第二册，北京：中华书局1979年，第483—484页。）此外，《管锥编》卷三对马融《长笛赋》和王广《子贡画赞》的注解也属此类。不过，《通感》一文从亚里士多德到孔颖达乃至具体个案的分析，并不乏对中西在"通感"方面共同"文心"的细致说明。

当然，《通感》中对于中西文学共同"文心"演绎最妙的是文末关于庞特"一个好运气的错误"的一段："美国诗人庞特（Ezre Pound）看见日文（就是中文）'闻'字从'耳'，就把'闻香'解释为'听香'（listening to incense），大加赞赏，近来一位学者驳斥了他的穿凿附会，指出'闻香'的'闻'字正是鼻子的嗅觉。中国的文字学家阮元《揅经室一集》卷一《释磬》早说过：'古人鼻之所得、耳之所得，皆可借声闻以概之。'我们不能责望那位诗人懂得中国的'小学'，但是他大可不必付出了误解日文（也就是中文）的代价，到东方语文里来猎奇，因为香气和声音的通感在欧洲文学里自有传统。不过，他这个错误倒也不失为所谓'一个好运气的错误'（a happy mistake），因为'听香'这个词儿碰巧在中国文学里是有六百多年来历的，虽然来头不算很大。"这里的这个"好运气的错误"恰是对中西文学共同的"文心"的最好表达。

---

① 钱锺书：《管锥编》第一册，中华书局，1979年，第49—50页。

相较于《谈艺录》和《管锥编》这样的大部头著作，篇幅不过数千字的《通感》只是小试牛刀一把而已，但仅就体现钱锺书式的以平行研究为突出特点的比较文学研究而言，也是非常有代表性的。张隆溪在《钱锺书谈比较文学与"文学比较"》一文中，曾以钱锺书的比较文学研究为例，谈到了"平行研究"对于比较文学研究的重要性："比较文学的最终目的在于帮助我们认识总体文学乃至人类文化的基本规律，所以中西文学超出实际联系范围的平行研究不仅是可能的，而且是极有价值的。这种比较惟其是在不同文化系统的背景上进行，所以得出的结论具有普遍意义"[①]；陆文虎则在《围城内外》一书中直言跨文化的平行研究是钱锺书对于比较文学的突出贡献："钱先生……所作的主要努力是，通过大量具体文学现象的比较，从创作心理、欣赏心理、主题、意境、情节、风格、表现手法等多方面进行研究，通过平行的或纵直的比较，挖掘其中共同的或称共通的'文心'。所谓'文心'者，就是'为文之道'，说得科学点，叫做'艺术规律'。……他用大量的例证说明在没有相互的传播、影响和因果关系的情况下，不同国度的作家、艺术家仍能创造出内容、主题、情节、结构等机杼相同，波澜莫二的作品；理论家、批评家能够提出无心契合，会心不远的艺术见解来；也就是说，各国的作家、艺术家、理论家、批评家之间确实存在着共同、共通的'文心'。"[②] 这些对于我们理解以钱锺书为代表的中国比较学者对比较文学平行研究的贡献应该是很有帮助的。

习题

一、什么是平行研究？平行研究的可比性是什么？
二、如何理解平行研究的整一性和文学性特征？
三、以个案为例谈谈你对平行研究的认识。

延伸阅读

一、维斯坦因：《比较文学与文学理论》，刘象愚译，辽宁人民出版社，1987年。
二、钱锺书：《旧文四篇》，上海古籍出版社，1979年。
三、高旭东：《跨文化的文学对话》，中华书局，2006年。

[①] 张隆溪：《钱锺书谈比较文学与"文学比较"》，见北京师范大学比较文学研究组选编《比较文学研究资料》，北京师范大学出版社，1986年，第92页。
[②] 陆文虎：《围城内外》，北京：解放军出版社，2004年，第122—123页。

附 案 例

通 感

钱锺书

中国诗文有一种描写手法,古代批评家和修辞学家似乎都没有理解或认识。

宋祁《玉楼春》有句名句:"红杏枝头春意闹。"李渔《笠翁余集》卷八《窥词管见》第七则别抒己见,加以嘲笑:"此语殊难著解。争斗有声之谓'闹';桃李'争春'则有之,红杏'闹春',余实未之见也。'闹'字可用,则'炒'(同'吵')字、'斗'字、'打'字皆可用矣!"同时人方中通《续陪》卷四《与张维四》那封信全是驳斥李渔的,虽然没有提名道姓;引了"红杏'闹春'实未之见"等话,接着说:"试举'寺多红叶烧人眼,地足青苔染马蹄'之句,谓'烧'字粗俗,红叶非火,不能烧人,可也。然而句中有眼,非一'烧'字,不能形容其红之多,犹之非一'闹'字,不能形容其杏之红耳。诗词中有理外之理,岂同时文之理、讲书之理乎?"也没有把那个"理外之理"讲明白。苏轼少作《夜行观星》有一句"小星闹若沸",纪昀《评点苏诗》卷二在句傍抹一道墨杠子,加批:"似流星!"这表示他并未懂那句的意义,误以为它就像司空图所写:"亦犹小星将坠,则芒焰骤作,且有声曳其后。"(《司空表圣文集》卷四《绝麟集述》)宋人常把"闹"字来形容无"声"的景色,不必少见多怪。附带一提,方氏引句出于王建《江陵即事》。

晏几道《临江仙》:"风吹梅蕊闹,雨细杏花香。"毛滂《浣溪纱》:"水北烟寒雪似梅,水南梅闹雪千堆。"马子严《阮郎归》:"翻腾妆束闹苏堤,留春春怎知!"黄庭坚《次韵公秉、子由十六夜忆清虚》"车驰马骤灯方闹,地静人闲月自妍";又《奉和王世弼寄上七兄先生》:"寒窗穿碧疏,润础闹苍藓。"陈与义《简斋诗集》卷二二《(舟抵华容县)夜赋》:"三更萤火闹,万里天河横。"陆游《剑南诗稿》卷七五《开岁屡作雨不成,正月二十六日夜乃得雨,明日游家圃有赋》:"百草吹香蝴蝶闹,一溪涨绿鹭鸶闲。"范成大《石湖诗集》卷二〇《立秋后二日泛舟越来溪》

之一："行人闹荷无水面，红莲沉醉白莲酣。"陈耆卿《筼窗集》卷一〇《与二三友游天庆观》："月翻杨柳尽头影，风擢芙蓉闹处香"；又《挽陈知县》："日边消息花急闹，露下光阴柳变疏。"赵孟坚《彝斋文编》卷二《康（节之）不领此〔墨梅〕诗，有许梅谷者仍求，又赋长律》："闹处相挨如有意，静中背立见无聊。"《佩文斋书画谱》卷一四释仲仁《梅谱·口诀》："闹处莫闹，闲处莫闲。老嫩依法，新旧分年。"从这些例子来看，方中通说"闹"字"形容其杏之红"，还不够确切；应当说："形容其花之盛（繁）。""闹"字是把事物无声的姿态说成好像有声音的波动，仿佛在视觉里获得了听觉的感受。马子严那句词可以和另一南宋人陈造也写西湖春游的一句诗对照："付与笙歌三万指，平分彩舫聒湖山。"（《江湖长翁文集》卷一八《都下春日》）"聒"是说"笙歌"，指嘈嘈切切、耳朵应接不暇的声响；"闹"是说"妆束"，相当于"闹妆"的"闹"，指花花绿绿、眼睛应接不暇的景象。"聒"和"闹"虽然是同义字，但在马词和陈诗里分别描写两种不同的官能感觉。宋祁、黄庭坚等诗词里"闹"字的用法，也见于后世的通俗语言，例如《儿女英雄传》三八回写一个"小媳妇子"左手举着"闹轰轰一大把子通草花儿、花蝴蝶儿"。形容"大把子花"的那"闹"字被"轰轰"两字申说得再清楚不过了，这也足证明近代"白话"往往是理解古代"文言"最好的帮助。西方语言用"大声叫吵的"、"砰然作响的"（loud, criard, chiassoso, chillón, knall）指称太鲜明或强烈的颜色[①]，而称暗淡的颜色为"聋聩"（la teinte sourde），不也有助于理解古汉语诗词里的"闹"字么？用心理学或语言学的术语来说，这是"通感"（synaesthesia）或"感觉挪移"的例子。

　　在日常经验里，视觉、听觉、触觉、嗅觉、味觉往往可以彼此打通或交通，眼、耳、舌、鼻、身各个官能的领域可以不分界限。颜色似乎会有温度，声音似乎会有形象，冷暖似乎会有重量，气味似乎会有体质。诸如此类，在普通语言里经常出现。譬如我们说"光亮"，也说"响亮"，把形容光辉的"亮"字转移到声响上去，正像拉丁语以及近代西语常说"黑暗的嗓音"（vox fusca）、"皎白的嗓音"（voce bianca），就仿佛视觉和听觉在这一点上有"通财之谊"（Sinnesgütergemeinschaft）。又譬如"热闹"和"冷静"那两个成语也表示"热"和"闹"、"冷"和"静"在感觉上有通同一气之处，结成配偶，因此范成大可以离间说："已觉笙歌无暖热。"

[①] 参看布松纽（C. Bousoño）《诗歌语言的理论》（*Teoria de la expresion poética*）第6版（1976）第1册240—242页关于"叫吵的颜色"那个词语的阐释（"Colores chillones" es concretamente una sinestesia etc.）。

(《石湖诗集》卷二九《亲邻招集，强往即归》)① 李义山《杂纂·意想》早指出："冬日着碧衣似寒，夏月见红似热。"(《说郛》卷五) 我们也说红颜色"温暖"而绿颜色"寒冷"，"暖红"、"寒碧"已沦为诗词套语。虽然笛卡儿以为我们假如没有听觉，就不可能单凭看见的颜色（par la seule vue des couleurs）去认识声音（la connaissance des sons），但是他也不否认颜色和声音有类似或联系（d'analogie ou de rapport entre les couleurs et les sons）②。培根的想象力比较丰富，他说：音乐的声调摇曳（the quavering upon a stop in music）和光芒在水面荡漾（the playing of light upon water）完全相同，"那不仅是比方（similitudes），而是大自然在不同事物上所印下的相同的脚迹"（the same footsteps of nature, treading or printing upon several subjects or matters）③。这算得哲学家对通感的巧妙解释。

各种通感现象里，最早引起注意的也许是视觉和触觉向听觉的挪移。亚里士多德的心理学著作里已说：声音有"尖锐"（sharp）和"钝重"（heavy）之分，那比拟着触觉而来（used by analogy from the sense of touch），因为听、触两觉有类似处④。我们的《礼记·乐记》有一节美妙的文章，把听觉和视觉通连。"故歌者，上如抗，下如队，止如槁木，倨中矩，句中钩，累累乎端如贯珠。"孔颖达《礼记正义》对这节的主旨作了扼要的说明："声音感动于人，令人心想其形状如此。"《诗·关雎·序》："声成文，谓之音。"孔颖达《毛诗正义》："使五声为曲，似五色成文。"《左传》襄公二九年季札论乐，"为之歌《大雅》，曰：'曲而有直体。'"杜预《注》："论其声。"这些都真是"以耳为目"了！马融《长笛赋》既有《乐记》里那种比喻，又有比《正义》更简明的解释："尔乃听声类形，状似流水，又像飞鸿。泛滥溥漠，浩浩洋洋；长矕远引，旋复迴皇。""泛滥"云云申说"流水"之"状"，"长矕"云云申说"飞鸿"之"象"；《文选》卷一八李善注："矕，视也。"马融自己点明以听通视。《文心雕龙·比兴》历举"以声比心"、"以响比辩"、"以容比物"等等，还向《长笛赋》里去找例证，偏偏当面错过了"听声类形"，这也流露刘勰看诗文时的盲点。《乐记》里"想"声音的"形状"那一节体贴入微，为后世诗文开辟了途径。

---

① 参看《管锥编》(三) 375—377 页。

② 笛卡儿 (Descartes)《答第二难》(*Réonses aux secondes objections*)，《著作与书信》(*Oeuvres et lettres*)，《七星丛书》本 372 页。

③ 培根 (Bacon)《学术的进展》(*Advancement of Learning*) 第 2 卷 5 章，《人人丛书》(*Everyman's Lib.*) 本 87 页。

④ 《心灵论》(*De Anima*) 第 2 卷 3 章，《罗勃 (Loeb) 古典丛书》本 115 页。

白居易《琵琶行》有传诵的一节："大弦嘈嘈如急雨，小弦切切如私语。嘈嘈切切错杂弹，大珠小珠落玉盘。间关莺语花底滑，幽咽泉流冰下难。"它比较单纯，不如《乐记》那样描写的曲折。白居易只是把各种事物发出的声息——雨声、私语声、珠落玉盘声、鸟声、泉声——来比方"嘈嘈"、"切切"的琵琶声，并非说琵琶大、小弦声"令人心想"这种和那种事物的"形状"。一句话，他只是把听觉联系听觉，并未把听觉沟通视觉。《乐记》的"歌者端如贯珠"，等于李商隐《拟意》的"珠串咽歌喉"，是说歌声仿佛具有珠子的形状，又圆满又光润，构成了视觉兼触觉里的印象。近代西洋钢琴教科书就常说弹出"珠子般的音调"（la note perlée, perlend spielen），作家还创造了一个新词"珠子化"，来形容嗓子（une voix qui s'éperle）①，或者这样描摹鸟声："一群云雀儿明快流利地咭咭呱呱，在天空里撒开了一颗颗珠子。"（Le allodole sgranavano nel cielo le perle del loro limpido gorgheggio）② "大珠小珠落玉盘"是说珠玉相触那种清而软的声音，不是说"明珠走盘"那种圆转滑溜的"形状"，因为紧接着就说这些大大小小的声音并非全是利落"滑"顺，也有艰"难"涩滞的——"冰泉冷涩弦凝绝"。白居易另一首诗《和令狐仆射小饮听阮咸》"落盘珠历历"，或韦应物《五弦行》"古刀幽磬初相触，千珠贯断落寒玉"，还是从听觉联系到听觉，把声音比方声音。白居易《小童薛阳陶吹觱篥歌》"有时婉软无筋骨，有时顿挫生棱节。急声圆转促不断，栗栗辚辚如珠贯。缓声展引长有条，有条直直如笔描。下声乍坠石沉重，高声忽举云飘萧"，这才是"心想形状"，《乐记》的"上如抗，下如队，端如贯珠"都有了。元稹《元氏长庆集》卷二七《善歌如贯珠赋》详细阐发《乐记》那一句："美绵绵而不绝，状累累以相成。……吟断章而离离若间，引妙啭而一一皆圆。小大虽伦，离朱视之而不见；唱和相续，师乙美之而谓连。……仿佛成像，玲珑构虚。……清而且圆，直而不散，方同累丸之重叠，岂比沉泉之撩乱。……似是而非，赋《湛露》则方惊缀冕；有声无实，歌《芳树》而空想垂珠。"元稹从"累累贯珠"联想到《诗·小雅》的"湛湛露斯"，思路就像李贺《恼公》的"歌声春草露，门掩杏花丛"。歌如珠，露如珠（例如唐太宗《圣教序》"仙露明珠，讵能方其朗润"；白居易《暮江吟》："可怜九月初三夜，露似真珠月似弓"），两者都是套语陈言，李

---

① 布吕诺（C. Bruneau）《法语小史》(Petite histoire de la langue française) 第 2 册 198 页引。
② 贝利（F. Perri）语，普罗文札尔（D. Provenzal）《形象词典》(Dizionario delle immagini) 23 页引；参看同书 138 页（D'Annunzio）、746 页（Gentucca）、944 页（Mazzoni, Paolieri）相类的引语。

贺化腐为奇，来一下推移（transference）："歌如珠，露如珠，所以歌如露。"逻辑思维所避忌的推移法，恰是形象思维惯用的手段①。李颀《听董大弹胡笳》"空山百鸟散还合，万里浮云阴且晴"，也是"心想形状如此"；"鸟散还合"正像马融《长笛赋》所谓"鸿引复回"。《乐记》"上如抗，下如队"，就是韩愈《听颖师弹琴》："浮云柳絮无根蒂，天地阔远随飞扬。……跻攀分寸不可上，失势一落千丈强。""抗、队"的最好描写是《老残游记》第二回王小玉说鼓书那一段："渐渐的越唱越高，忽然拔了一个尖儿，像一线钢丝似的，抛入天际。……那知他于那极高的地方，尚能回环曲折。……恍如由傲来峰西面，攀登太山的景象，……及至翻傲来峰顶，才见扇子崖更在傲来峰上，及至翻到扇子崖，又见南天门更在扇子崖上，愈翻愈险。……唱到极高的三四叠后，陡然一落，……如一条飞蛇在黄山三十六峰半中腰里盘旋穿插。……愈唱愈低，愈低愈细。……仿佛有一点声音从地底下发出，……忽又扬起，像放那东洋烟火，一个弹子上天，随化作千百道五色火光，纵横散乱……"②这样笔歌墨舞也不外"听声类形"四字的原理罢了。

好些描写通感的词句都直接采用了日常生活里表达这种经验的习惯语言。像白居易《和皇甫郎中秋晓同登天宫阁》"清脆秋丝管"（参看《霓裳羽衣歌》："清丝脆管纤纤手"），贾岛《客思》"促织声尖尖似针"，或丁谓《公舍春日》"莺声圆滑堪清耳"，"脆"、"尖"、"圆"三字形容声音，就根据日常语言而来。《儿女英雄传》第四回："唱得好的叫小良人儿，那个嗓子真是掉在地下摔三截儿！"正是穷形极致地刻画声音的"脆"。王维《过青溪水作》"色静深松里"，或刘长卿《秋日登吴公台上寺远眺》"寒磬满空林"和杜牧《阿房宫赋》"歌台暖响"，把听觉上的"静"字来描写深净的水色，温度感觉上的"寒"、"暖"字来描写清远的磬声和喧繁的乐声，也和通常语言接近，"暖响"不过是"热闹"的文言。诗人对事物往往突破了一般经验的感受，有深细的体会，因此推敲出新奇的词句。再补充一些例子。

---

① 《吕氏春秋·察传》早说："故拘似玃，玃似母猴，母猴似人，人之与狗则远矣！"参看《墨子·小取》论"推"，刘昼《刘子·审名》；又罗斯达尼（A. Rostagni）《亚里士多德〈诗学〉：导言·本文·诠释》（Poeica: introduzione testo e commento）2版《导言》78—79页论"科学的三段论"（sillogismo scientifico）和文学的"想象和感性简化二段论"（entimema immaginativo e sensitivo）。

② 《老残游记》第二回还提到一个"湖南口音"的"少年人"赞叹王小玉说书，"旁边人"听了说道："梦湘先生论得透辟极了！"那个湖南人是武陵王以慜，他的《檗坞诗存》卷七《济城篇》就叙述王小玉鼓书的事，但并无"听声类形"的描挚。

陆机《拟西北有高楼》："佳人抚琴瑟，纤手清且闲；芳气随风结，哀响馥若兰。"庾肩吾《八关斋夜赋四城门第一赋韵》："已同白驹去，复类红花热。"韦应物《游开元精舍》："绿阴生昼静，孤花表春余。"孟郊《秋怀》之一二："商气洗声瘦，晚阴驱景劳。"李贺《胡蝶飞》"杨花扑帐春云热，龟甲屏风醉眼缬"；《天上谣》："天河夜转漂回星，银浦流云学水声。"刘驾《秋夕》："促织灯下吟，灯光冷于水。"司空图《寄永嘉崔道融》："戍鼓和潮暗，船灯照岛幽。"唐庚《眉山文集》卷二一《书斋即事》："竹色笑语绿，松风意思凉。"杨万里《诚斋集》卷三《又和二绝句》："剪剪轻风未是轻，犹吹花片作红声"；卷一七《过单竹洋径》："乔木与修竹，相招为茂林，无风生翠寒，未夕起素阴。"王灼《虞美人》："枝头便觉层层好，信是花相恼。舣船一醉百分空，拚了如今醉倒闹香中。"（《全宋词》一〇三四页；参看《全金诗》卷二七庞铸《花下》："若为常作庄周梦，飞向幽芳闹处栖"）吴潜《满江红》："数本菊，香能劲；数朵桂，香尤胜。"（《全宋词》二七二六页）方岳《烛影摇红·立春日柬高内翰》："笑语谁家帘幕，镂冰丝红纷绿闹。"（《全宋词》二八四八页）《永乐大典》卷三五七九《村》字引《冯太师集·黄沙村》："残照背人山影黑，乾风随马竹声焦"；卷五三四五《潮》字引林东美《西湖亭》："避人幽鸟声如剪，隔岸奇花色欲燃。"（参看庾信《奉和赵王〈隐士〉》："野鸟繁弦啭，山花焰火然"，又前引方中通所举"红叶烧人眼"；《全宋词》二四铖页卢祖皋《清平乐》："柳边深院，燕语明如剪"）阮大铖《咏怀堂诗》外集《辛巳诗》卷上《张兆苏移酌根遂宅》之一："香声喧橘柚，星气满蒿莱。"① 李世熊《寒支初集》卷一《剑浦陆发次林守一》："月凉梦破鸡声白，枫霁烟醒鸟话红。"严遂成《海珊诗钞》卷五《满城道中》："风随柳转声皆绿，麦受尘欺色易黄。"黄景仁《两当轩全集》卷一九《醉花阴·夏夜》："隔竹卷珠帘，几个明星切切如私语。"（参看吴清鹏《笏菴诗》卷四《秋夜》第三首："明河亘若流，众星聚如语"）黎简《五百四峰草堂诗钞》卷一八《春游寄正夫》："鸟抛软语丸丸落，雨翼新风泛泛凉。"（参看前引元稹："同累丸之重叠"）

按逻辑思维，五官各有所司，不兼差也不越职，像《荀子·君道篇》所谓："人之百官，如耳、目、鼻、口之不可以相借官也。"《公孙龙子·坚白论》说得更具体："视不得其所坚，而得其所白者，无坚也。拊不得其所白，而得其所坚者，无白也。……目不能坚，手不能白。"一句话，触觉和视觉是河水不犯井水的。陆机

---

① 参看《管锥编》（三）370—372 页。

《演连珠》第三七则明明宣称:"臣闻目无尝音之察,耳无照景之神。"《文选》卷五五刘峻注:"施之异务。"然而他自己却写"哀响馥若兰",又俨然表示:"鼻有尝音之察,耳有嗅息之神。""异务"可成"借官",同时也表示一个人作诗和说理不妨自相矛盾,"诗词中有理外之理"。声音不但会有气味——"哀响馥"、"鸟声香",而且会有颜色、光亮——"红声"、"笑语绿"、"鸡声白"、"鸟话红"、"声皆绿"、"鼓(声)暗"。"香"不但能"闹",而且能"劲"。流云"学声",绿阴"生静"。花色和竹声都可以有温度:"热"、"欲燃"、"焦"。鸟语有时快利如"剪",有时圆润如"丸"。五官感觉真算得有无相通、彼此相生了。只要把"镂冰丝红纷绿闹"对照"裁红晕碧,巧助春情"(欧阳詹《欧阳先生文集》卷一《春盘赋》题下注韵脚),或把"小星闹若沸"、"明星切切如私语"对照"星如撒沙出,争头事光大"(卢仝《月蚀诗》),立刻看出尽管事物的景象是相类的,而描写的方法很有差别。一个不"施之异务",只写视觉本范围里的印象;一个"相借官",写视觉不安本分,超越了自己的范围而领略到听觉里的印象。现代读者可能把孟郊的"商气洗声瘦"当作"郊寒岛瘦"特殊风格的例子,而古人一般熟悉经、子,会看出这句里戛戛独造的是"洗"字,不是"瘦"字。声音有肥有瘦,是儒家音乐理论的传统区别。《礼记·乐记》:"肉好顺成和动之音作。"郑玄注:"'肉',肥也。"又:"曲直繁瘠,廉肉节奏。"孔颖达疏:"'瘠'谓省约。……'肉'谓肥满。"《荀子·乐论篇》里有大同小异的话。《乐记》另一处"广则容奸,狭则思欲",郑玄注:"'广'谓声缓,'狭'谓声急。""广"、"狭"和"肥"、"瘠"都是"听声类形"的古例。

通感很早在西洋诗文里出现。奇怪的是,亚里士多德的《心灵论》里虽提到通感,而他的《修辞学》里却只字不谈。古希腊诗人和戏剧家的这类词句不算少①,例如荷马那句使一切翻译者搔首搁笔的诗:"像知了坐在森林中一棵树上,倾泻下百合花也似的声音。"(Like unto cicalas that in a forest sit upon a tree and pour forth their lily-like voice)② 十六、七世纪欧洲的"奇崛(Baroque)诗派"爱

---

① 详见斯丹福特(W. B. Stanford)《希腊比喻》(*Greek Metaphor*)47—62 页。

② 《伊里亚特》第 3 卷 152 行,《罗勒(Loeb)古典丛书》本第 1 册 129 页。参看古希腊《哲学家列传》称赞柏拉图谈话"声音甜美"(a sweet-voiced speaker),像"知了倾泻出的百合花般娇嫩的音调"(as the cicala who pours forth a strain as delicate as a lily-diogenes Laertes, *Lives of Philosophers*, III.vii, Loeb, vol.1, p.273)。古希腊人对"蝉吟"、"蝉噪"似别有赏心,拉丁诗人却正如加尔杜齐(G. Carducci)所说,憎厌辱骂知了(i poeti di razza latina odiino e oltraggino tanto le cicale)。

用"五官感觉交换的杂拌比喻"(certi impasti di metafore nello scambio dei cinque sensi)①。十九世纪前期浪漫主义诗人也经常采用这种手法,而十九世纪末叶象征主义诗人大用特用,滥用乱用,几乎使通感成为象征派诗歌的风格标志(der Stilzug, den wir Synaesthese nennen, und der typisch ist für den Symbolismus)②。英美现代派的一个开创者庞特鉴于流弊,警戒写诗的人别偷懒,用字得力求精确(find the exact word),切忌把感觉搅成混乱一团,用一个官能来表达另一个官能(Don't mess up the perception of one sense by trying to define it in terms of another);然而他也声明,这并非一笔抹煞(To this clause there are possibly exceptions)③。像约翰·唐恩的诗"一阵响亮的香味迎着你父亲的鼻子叫唤"(A loud perfume... cryed / even at thy father's nose)④,就仿佛我们诗人的"闹香"、"香声喧"、"幽芳闹";称浓烈的香味为"响亮",和现代英语称缺乏味道、气息的酒为"静默"(silent),配得上对。帕斯科里的名句"碧空里一簇星星喷喷喳喳像小鸡儿似的走动"(La Chioccetta per l'aia azzurra / va col suo pigoliò di stelle)⑤,和我们诗人的"小星闹若沸"、"几个明星切切如私语"也差不多了。

十八世纪的神秘主义者圣马丁(Saint-Martin)说自己曾"听见发声的花朵,看见发光的音调"(I heard flowers that sounded and saw notes that shone)⑥。象征主义为通感手法提供深奥的理论根据,也宣扬神秘经验里嗅觉能听、触觉能看等等(l'odorat entend, le toucher voit)⑦。把各种感觉打成一片、混作一团的神秘经

---

① 费莱罗(G. G. Ferrero)选注《马利诺及其同派诗选》(*Marino ei Marinisti*)《导言》12页引弗洛拉(F. Flora)语。

② 凯塞(W. Kayser)《欧洲的象征主义》,见《旅行讲学集》(*Die Vortragsreise*) 301页。

③ 庞特(Ezra Pound)《回顾》(*Retrospect*),见《舞曲与分门》(*Pavannes and Divisions*),诺普夫(A. Knopf, 1918)版101页。

④ 约翰·唐恩(John Donne)《香味》(*The Perfume*),《诗集》牛津版76页。

⑤ 帕斯科里(G. Pascoli)《夜里的素馨花》(*Il Gelosomino notturno*),《全集》蒙达多利(Mondadori)版1058页。意大利诗文里常用"闹哄哄"一类字眼(rumore, ronzio)形容繁星,参看《形象词典》875页(Greppi)、876页(Moscardelli)、879页(Ceccardi)。

⑥ 恩德希尔(E. Underhill)《神秘主义》(*Mysticism*) 12版7页引。

⑦ 参看谢里斯(R. B. Chérix)《波德莱亚〈恶之花〉诠释》(*Commentaire des "Fleurs du mal"*) 31—36页,又注①(见本书第128页)所引布松纽书第1册361页起对神秘宗大诗人(San Juan de la Cruz)的语言的分析。

验，我们的道家和佛家常讲①。道家像《庄子·人间世》"夫徇（同'洵'）耳目内通，而外于心知"；《列子·黄帝篇》"眼如耳，耳如鼻，鼻如口，无不同也，心凝形释"，又《仲尼篇》："老聃之弟子有亢仓子者，得聃之道，能以耳视而以目听。"佛书《成唯识论》卷四："如诸佛等，于境自在，诸根互用。""诸佛"能"诸根互用"，等于"老聃"能"耳视目听"。从文人中最流行的佛经和禅宗语录各举一例。《大佛顶首楞严经》卷四之五："由是六根，互相为用。阿难，汝岂不知，今此会中，阿那律陀无目而见，跋难陀龙无耳而听，殑伽神女非鼻闻香，骄梵钵提异舌知味，舜若多神无身觉触。"释晓莹《罗湖野录》卷一《空空道人死心禅师赞》："耳中见色，眼里闻声。"唐初释玄奘早驳"观世音菩萨"是个"讹误"译名（《大唐西域记》卷三"石窣堵波西渡大河"条小注），可是后世沿用不改，和尚以及文人们还曲解"讹误"，望文生义，用通感来弥缝。释惠洪《石门文字禅》卷一八《泗州院楠檀白衣观音赞》："龙无耳闻以神，蛇亦无耳闻以眼，牛无耳故闻以鼻，蝼蚁无耳闻以身，六根互用乃如此！"尤侗《西堂外集·艮斋续说》卷一〇："予有赞云：'音从闻入，而作观观；耳目互治，以度众难。'"许善长《碧声吟馆谈尘》卷二："'音'亦可'观'，方信聪明无二用。"和尚做诗，当然信手拈来本店祖传的货色。例如今释澹归《遍行堂集》卷一三《南韶杂诗》之二三："两地发鼓钟，子夜挟一我。眼声才欲合，耳色忽已破。"又如释苍雪《南来堂诗集》卷四《杂树林百八首》之五八："月下听寒钟，钟边望明月，是月和钟声，是钟和月色？"明、清诗人也往往拾取释、道的余绪，作出"诸根互用"的词句。张羽《静居集》卷一《听香亭》"人皆待三嗅，余独爱以耳"；李慈铭《白华绛跗阁诗》卷巳《叔云为余画湖南山桃花小景》"山气花香无著处，今朝来向画中听"；郭麐《灵芬馆杂著》续编卷三有一篇《听香图记》：这些就是"非鼻闻香"。钟惺《隐秀轩诗》黄集二《夜》"戏拈生灭后，静阅寂喧音"，这就是"耳视"，"音亦可观"，只因平仄声关系，改"观"字为"阅"字。阮大铖《咏怀堂诗集》卷三《秋夕平等菴》"视听一归月，幽喧莫辨心"，王贞仪《德风亭初集》卷三有一篇《听月亭记》，这又是"耳目内通"，"目听"了。

庞特对混乱感觉的词句深有戒心，但他看到日文（就是漢文）"闻"字从"耳"，就自作主张，混鼻子于耳朵，把"闻香"解为"听香"（listening to incense），而大加赞赏。近来一位学者驳斥了他的穿凿附会，指出"闻香"的"闻"字正是鼻子

---

① 参看《管锥编》（二）136—140页。

的嗅觉①。清代文字学家阮元《揅经室一集》卷一《释磬》早说:"古人鼻之所得、耳之所得,皆可藉声闻以概之。"②我们不能责望庞特懂得中国的"小学",但是他大可不必付出了误解日语(也就是漢语)的代价,到远东来钩新摘异,香如有声、鼻可代耳等等在西洋语言文学里自有现成传统。不过,他那个误解也不失为所谓"好运气的错误"(a happy mistake),因为"听香"这个词儿碰巧在中国诗文里少说也有六百多年来历,而现代口语常把嗅觉不灵敏称为鼻子是"聋"的。英国诗人布莱克(William Blake)曾把"眼瞎的手"(blind hand)来形容木钝的触觉,这和"耳聋"的鼻子真是天生巧对了。③

(钱锺书:《七缀集》,三联书店,2001 年 1 月)

---

① 迈纳(E. Miner):《英美文学里的日本传统》(*The Japanese Tradition in British and American Literature*) 134 页。

② 参看《管锥编》(三) 370—371 页。

③ 参看莎士比亚悲剧里盲人说:"假如我能用触觉瞧见你"(see thee in my touch—*King Lear*, IV. i);胡安·伊奈士修女(Sor Juan lnés de la Cruz)诗里说她"把两眼安置在双手里"(tengo en entrambas manos ambos oios—"Verde embeleso de la vida humana", F. J. Warnke, *European Metaphysical Poetry*, 1961, p.274);歌德诗里说情人用"能瞧见的手抚摸",蜗牛具有"触摸的视觉"(fühle mit sehender Hand—*Römische Elegien*, v; mit ihrem tastenden Gesicht—*Faust* I, "Walpurgisnacht", *Werke*, Hamburger Ausgabe, Bd I, S.160, Bd III, S.127);里尔克(R. M. Rilke)诗里的盲女自说"用手去触摸白玫瑰的气息"(und fühlte: nah bei meinem Handen ging/der Atem einer grossen weissen Rose—"Die Blinde", *Werke*, Insel Verlag, 1957, Bd. I, S.152)。法国成语"手指尖上生着眼睛"(avoir des yeux au bout des doigts),也就是形容触觉敏锐。

第五章

主 题 学

主题学（Tematics/Thmatology）是一个在纵横动态发展、参照中把握文学细胞和文学意脉的学科，介乎比较文学、民俗学、民间故事学、国别文学观念史等交叉领域，也是与通常的文学理论有着较大区别的理论方法。一般认为："比较文学的主题学，在民俗研究的基础上，拓展为对文学内容的主题、母题、题材、人物、意象、情境等在不同时代、不同作家手中的处理和演变的研究，而且研究其在不同国家、不同民族的语言文学中的各种表现及其产生和发展的原因、过程、规律和特点。"①

第一节　主题学的由来、发展及基本理论方法

主题（Theme）作为西方文论的术语，大略相当于中国古代文论中的"意"、"立意"，即文学作品所体现出的思想内容。"主题学"却不是这种文章学意义上的概念，而带有明显的方法论性质。它有赖于诸如母题、意象、惯常思路、套语等一系列带有较强实际操作性的概念范畴，体现在领悟、鉴赏和研究实践中。

一、主题学理论的由来

19 世纪的德国是主题学的故乡。19 世纪上半叶格林兄弟对于欧洲民间童话故事的整理研究，主题学方法得以产生并充实丰富；19 世纪中叶，一些学者对印度故事的介绍和研究，使主题学跨文化影响研究臻于成熟。主题学产生的这两大源头提醒我们，不能忽略印度古代神话（民间文学）和中国中古汉译佛经的问题，因为后者保存着大量展示印度神话母题演变状况的资源。而法国学者梵·第根（Paul Van Tieghem，1871—1948）则强调了渊源追索的实证性，他更加细密地把主题学分为文体、风格、题材、主题、典型等，特别关注诸多现象的来源所受到的其他作品的影响。主要由于这一研究的偏重，使主题学长期蒙上了偏于文学来源而忽视思想和艺术研究的批评。一般认为，主题学发轫于 19 世

---

① 孙景尧：《简明比较文学——"自我""他者"的认知之道》，中国青年出版社，2003 年，第 187 页。

纪末德国的民俗学,其发展线索迄今约为:1. 19 世纪末至 20 世纪 50 年代——主题史(stoffgeschichte);2. 60 年代至 80 年代中期——主题学(thematics 或 thematology);3. 80 年代中期以来——主题学题目被纳入流行的各课题之中(如族群本体、族群性、族群中心论、女性躯体、女性隐喻、女性本体、婚姻、性欲、社会阶级和社会身份等)。主题学自 20 世纪 60 年代末 70 年代初在西方复苏,西方研究神话传说人物如普罗米修斯、唐璜和浮士德等著作相继面世。德国弗伦泽尔出版有《文学史的丛剖面》(1962)、《题材史与主题史》(1966)。而美国哈利·列文(Harry Levin,1912—)的《主题学与文学批评》(1968)被认为是具有里程碑意义的论文,他的《批评的各种方法》一书指出:"如果一个主题能够被具体确定,纳入一个具体的范围,赋予一种名称,那么主题学的理论范畴就会更广泛、更灵活些。我们已经看到它包括了许多以前被当做文学的外部材料而搁置一边的东西。我们现在愿意承认,作家对题材的选择是一种审美决定,观念性的观点是结构模式的决定性因素,信息是媒介中固有的。"[①] 而麦柯弗(Major Gerald Mcgough,1934—)的博士论文为《主题史/主题学:历史综述与实践》(1975)。70 年代末以来,国际学术界已重新对主题学研究产生兴趣。

二、主题学在汉语文学研究中的发展与开拓及其反传统性质

我国的主题学思想在古代类书(包括佛教类书)编纂和选本编选、诗话及诗文笺注中已经萌芽,较为自觉的主题学思路始于俞樾、林纾等学者对古代叙事作品渊源的考察。从民间故事演变而来的主题学,有一个不断被借用、自身疆域不断扩展的发展过程。因此,主题学因其巨大穿透力而具有一种横断学科的功能。在中国,以顾颉刚先生为首的"古史辩"派就非常借重于主题学,顾颉刚的"孟姜女"故事研究可被视为现代学术史上运用主题学方法的经典。主题学研究在 20 世纪中国内地可分为五个阶段:1. 20 世纪初至 20 年代初;2. 20 年代初至 40 年代末;3. 50 年代初至 70 年代末;4. 70 年代末至 80 年代中期;5. 80 年代中期至世纪末。相比第一阶段救亡图存现实功利下的有意误读、大量译介和援西就中,第二阶段主题学研究在中外比较、影响方面和国别文学方面齐头并进,立足于中国的国别主题学方法开始成型。像胡适歌谣研究提出的"母题研究法",古典小

---

① 〔美〕乌尔利西·韦斯坦因:《比较文学与文学理论》,刘象愚译,辽宁人民出版社,1987 年,第 132—133 页。

说研究提出的"箭垛人物"（如清官包公等）说以及孙悟空形象来源于印度史诗哈奴曼等争论。钟敬文、许地山、陈寅恪、霍世休、季羡林等人对民俗母题和中印文学主题的影响研究等。经过第三阶段（50年代初至70年代末）中国内地这一全面停滞、片面发展的阶段，赵景深、郑振铎、孙楷第、叶德均等人在沉潜中对小说题材母题源流的梳理，都使得主题学作为文学史研究重要方法被众多学者认同。小说题材及故事母题源流的钩沉整理，有了重大收获，如赵景深、胡士莹、谭正璧、孙楷第、朱一玄等学者的耕耘都到了收获期，硕果可喜。1979年面世的钱锺书《管锥编》，实为主题学研究承先启后的集大成之作，其基本上以国别文学主题学思路为经纬，展示了中国"主题文学"基本材料脉络、意念发展和虚构文学的基本构建，辅之以中西比较，浓缩了众多重要主题母题。该书给人的最大启迪，当是主题学见诸各体文学及文化史丰厚材料之后的开放性理论结构、广博视野与旺盛持久的生命力。

相比之下，海外学者主题学研究较早与国际学术接轨。如台湾出现了王秋桂《中国俗文学里孟姜女故事的演变》（1977），田毓英《西班牙骑士与中国侠》（1984）、崔奉源《中国古典短篇侠义小说研究》（1986）、龚鹏程《大侠》（1987）、王金生《白兔记故事研究》（1986）、洪淑苓《牛郎织女研究》（1987）等，其中较有原创性和理论意义的是陈鹏翔《主题学研究与中国文学》①。至于俄罗斯汉学家李福清偏重小说母题与民间文学关系的研究，在域外与中国文学有关系的主题学研究中可谓独树一帜。美籍华人学者刘若愚撰写了《中国之侠》（1967），丁乃通编制了《中国民间故事类型索引》（1978），分别从侠文学主题和民间故事母题方面进行了中国文学主题学研究的实践。

第四五阶段的研究因其波澜壮阔，难于概述，突出表现为多学科的互动整合，文学主题的超个案、跨文类研究。从主题史看，已不限于王昭君、包公、孙悟空、秋胡等人物母题研究，不限于纯文学的题材作品，而进入到叙事话语模式、乃至文本接受史和阐释增殖史的动态综合研究。从中外比较看，中西、中日、中印等跨文化主题研究，与国别主题学相映照。而思想史、单位观念史的主题文学研究、宗教与文学主题研究等，都有很大的拓展。②

---

① 陈鹏翔：《主题学研究回笼——序王立的〈中国古代文学十大主题〉和〈中国古典文学九大意象〉》，《文艺理论研究》1994年第4期。

② 参见王立：《20世纪主题学研究的历史回顾》，《文艺研究》1998年第2期。又王立《中国古代文学主题学思想研究》第二十四章，天津教育出版社，2008年，第346—358页。

主题学研究具有一定的反传统性质。主题学与通常的文学理论有着较大区别：1. 通常的文学理论力求发掘作品中新创的意义，主题学则强调在具体的主题、母题流变中考察作家作品的创新，因此，较多地发现当下作品的非原创性，即来源。2. 主题学的本质是比较，比起一般的文学理论，主题学更强调"一"与"多"的有机联系，注重当下文学现象的生成过程，因此不是简单地分析和判定个别作品的具体价值。而文学生成过程的动态把握，也离不开多重多维的比较。3. 主题学研究往往带有较大的实证性。其不是以严密的逻辑演绎为擅长，而以具体材料为根据来立论，因此往往离不开描述，有人抱怨主题学研究以描述代论述，也是因为主题学研究本身的实证性特性决定的。"在一个特定的传统内进行创作并采用它的种种技巧，这并不会妨碍创作作品的感性力量和艺术价值。只有当我们的研究工作达到了衡量和比较的阶段，达到显示一个艺术家是如何利用另一个艺术家的成就的阶段，而且只有当我们因此看到了艺术家的那种改造传统的能力的时候，我们才谈得上接触到了这类研究中的真正批判性的问题。确立每一部作品在文学传统中的确切地位是文学史的一项首要任务"[①]。主题学的学理根据，在渊深积厚的中国文学研究中能得到较多验证，因此陈鹏翔先生曾强调："主题学探索的是相同主题（包括套语、意象和母题）在不同时代以及不同的作家手中的处理，据以了解时代的特征和作家的'用意'（intention）。"[②] 不过，这里的"不同的作家"是不受语言、民族、国籍限制的。

三、主题与母题的侧重与区别

母题（motive）与主题、意象的概念往往因交叉而易于混淆，其联系与区别如下。

其一，母题较有具象性，是"文学作品中反复出现的人类的基本行为、精神现象以及人类关于周围世界的概念，诸如生、死、离别、爱、时间、空间、季节、海洋、山脉、黑夜"[③]。而主题则往往是思想性较强的抽象概念。门罗·C. 比尔兹利的《美学》认为，主题指"被一个抽象的名词或短语命名的东西：战争的无益、

---

① 〔美〕韦勒克、沃伦：《文学理论》，刘象愚等译，三联书店，1984年，第299页。
② 陈鹏翔：《主题学研究与中国文学》，《主题学研究论文集》，台北东大图书公司，1983年，第15页。这主要是针对传统深厚的国别文学主题史研究而言的。
③ 乐黛云：《中西比较文学教程》，高等教育出版社，1988年，第189页。

欢乐的无常、英雄主义、丧失人性的野蛮"；尤金·H.福尔克在《主题建构类型：纪德、库提乌斯和萨特作品中母题的性质和功用》中说："主题可以指从诸如表现人物心态、感情、姿态的行为和言辞或寓意深刻的背景等作品成分的特别建构中出现的观点，作品中的这种成分，我称之为母题；而以抽象的途径从母题中产生的观点，我称之为主题。"① 母题由于浓缩力、涵摄面较大，一些反复出现的词语、意象（image）都可以构成之，以致陈鹏翔先生在《主题学研究与中国文学》一文中说："我认为好几个意象可能构成某个母题（譬如季节的母题、追寻的母题或及时行乐的母题）。我用'可能'这个词表示，有许多意象丛未必能形成母题，因为这已涉及'母题'这个词的本义了。"② 因而在西方有人早已把母题（动机）分为主导性与一般性的，亦可谓主导性动机与一般性动机，重要的是将主题与中心动机分开。像"两个女人中间的男子"母题不一定表达抽象的爱情主题，后者也未必非要前者作为母题；而抒情文学中的主导性母题实际上往往是作品中惯常的核心意象。作为具有母题功能的核心意象，已不止限于其自身在个别作品中的一次性意义，而与创作者、接受者心中该意象的主题史意蕴脉络接通，它是沿着该意象主题史的当下与恒久、共时与历时的网络发挥审美功能的。例如"秋"是被抽象后较大的季节母题，有其具体形象的物候特征，它常常构成抒情作品主导性的核心意象，并不限于哪一作品所表现的何年、何地区的秋天。秋可独自出现，又往往由若干展示具体色相、声响（黄叶落地、北雁南飞、秋虫鸣叫等）的一般意象构成，有时哪怕一般意象也具有"全息性"的效果，牵一动万、以少总多地展示秋的图景氛围；而"悲秋"，则为中国文人感伤时节、哀诉不遇之意义及惯常情绪的表达模式。尽管悲秋也多具有母题功能，能与别的主题如相思、怀乡主题互渗结合（这正是母题、主题容易混同的原因之一）。意象母题在历时性发展过程中，被陆续注入了主题的抽象意义，但仍主要为具象性显现。如"骐骥"既为母题又为意象，其在"士不遇"主题的抽象意义下屡被应用，出于史传，进入歌咏，播衍于小说野史，遂固化为不遇才士的代名词。

其二，母题较多地呈现出客观性、中性，而主题正由于母题（意象，或不止一个）的出现及特定组合，而显示出某种意义，主题就这样融注并揭示了作家的主

---

① 〔瑞士〕弗朗西斯·约斯特：《比较文学导论》，廖鸿钧等译，长沙：湖南文艺出版社，1988年，第235页。

② 陈鹏翔：《主题学研究论文集》，台北东大图书公司，1983年，第22页。

观性倾向性。如"海"意象母题本由自然物象景观而来,是历代诗人作家不断固化、赋予其"神秘场所"、"游仙超越"等意蕴,这种赋予靠主题与母题的多样结合而成,仅仅强调某些神话原型的潜在辐射功能,难免忽视意象母题客观、中性的原初性质。再如离别母题也由一种社会事象而来,但思乡怀土、男女相思、挚友深情等主题却以其伤离惜别的感情色彩逐渐染浓了离情别绪,以致人们惯于将离别母题本身视为与伤离惜别模式等同,尽管后者也可应用于诸多更具实质性思想倾向的主题。

其三,主题数目极多而母题数目有限。主题虽变幻多端,但在具体作品中却是意象组合、母题营构后提纲挈领的总结;而有限的母题却频频出现在系列作品中。将"母题"的容量视为多大,是问题的症结。像论者多有提及的采桑女(秋胡)、孟姜女、王昭君、董永、梁祝、杨林、杨贵妃、杨(呼、狄、岳)家将、包公、白蛇等故事,均以人物为中心,陈鹏翔认为,"主题学中的主题通常由个别的或特定的人物来代表,例如攸里息斯(尤利西斯)即为追寻的具体化,耶稣或艾多尼斯(Adonis)为生死再生此一原型的缩影等。母题我认为是由两个或两个以上不断出现的意象所构成,因为往复出现,故常能当做象征来看待"。①此论不无道理,若按此说法,清官秉公执法、为民伸冤可作为包公代表的主题;但问题是这一主题亦可由施公、彭公、蓝公等等人物来代表,这在传统文学中不足为怪;可是王昭君却不仅代表了君王受蔽、美姬埋骨域外的主题,还可以代表宫女思春、民族团结等主题,这一人物构成的框架是否具有了母题的承载功能?而陈先生这里谈主题似侧重在叙事文学与神话,谈母题似又侧重在抒情文学。其实,母题也未必非要两个或两个以上不断出现的意象所构成,如"猿公"这一意象,即可表现多种主题,事实上它活跃在许多故事中,又具有母题的结构功能;而像"剑"在侠义文学中,"松柏"在悼祭文学中,"柳"在相思别离文学中,这些单个的意象又何尝不具备母题的资格!因为它们可以向叙事文学频繁而大规模渗透,其体现的多重象征功能是显而易见的。这些意象,往往即是核心意象,或曰主导性母题(leitmotifs)。事实上这正是缕缕旧有母题意象的系列脉络,为一首诗中的主导性母题动机及一般性意象所触发牵动,构成了作品当下与绵延而上的传统间的互文性。所谓"诗贵含蓄"、"诗无达诂"等命题与此均不无相关!

其四,由于上述几点,在进行跨民族、跨文化比较时,母题的着眼点偏重在

---

① 《主题学研究论文集》,台北东大图书公司,1983年,第24页。

同,而主题的着眼点偏重在异。意象母题体现了人类反映世界,表达情感、认识的共通心理图景模式,而对其置于什么样的格局、进行何种价值判断及道德评价,则各有差异。

再看意象与母题的关系。意象(image)是以语词为载体的诗歌艺术的基本符号。母题可以由一个至若干个意象组成,也可以由若干个小母题组成,其实,有些小母题即是意象。从主题学角度看,由于意象的母题化,抑或母题的意象化,许多文化内容得以蕴藏其中。于是,意象及母题带有了主题的性质。——这往往也正是主题与母题容易混淆的一个原因。

从应用范围、侧重点来看,意象,主要用于抒情文学中;而母题,则用于叙事文学中。而中国文学中的作品主题往往经久不变,与文人心态至为相关,因此易检选出荦荦大者。主题一语,缘此也就既可指具体、个别作品的中心意旨,又可指一类作品的共性思想倾向,有时便具有母题的那些历史延续性和应用普遍性的特点。母题一般都带有相当成分的象征意旨,正是借重了这种象征性之后,作品才得以含蓄地表现较为明确与深刻的主题。

至此可见,"主题"意旨已颇具"母题"的性质,这正是主题母题具有部分交叉重合性的缘由。一般认为,"母题"多存在于小说、戏剧一类的叙事性文学中,有着较为固定的意象、表现形式或情节递转结构。但中国古代文学,正宗嫡系乃是士大夫文人写给君主、同僚与自己看的雅文学。刘若愚认为公元 1350 年(元代后期,距宋灭亡 70 年)以后,"以传统形式写的诗,大部分是模仿的,因而很少具有头等的重要意义"[①]。此前青木正儿、鲁迅、闻一多等也有类似看法。宋元以后的诗文曲赋,虽各有独擅之美,毕竟前此积累过多,不免在前人既定的大体范围内因革通变。戏曲小说饱受传统文化浸润与文人心态的制约,可谓先河后海。

人物母题。古代小说人物的类型化,与偏爱人物母题密切联系,从跨文化角度看,就会跳出偏爱的局限:"故事人物不断重现,仅仅改变了名字和外部细节。例如,鲁智深、李逵和武松的特性十分相似,似乎写的就是一种人物类型,如同《红楼梦》里的一连串孤儿型使女或者《三国演义》里的老将们一样。我们可能要特别注意中国小说喜欢跟踪描写几代'英雄'的人物特性,虽然在那些非历史小说如《金瓶梅》、《红楼梦》以及形式短小些的《儒林外史》里,我们也能看到这点,但这种写法主要是在穿插了几代人事迹的断代史里选择典型材料的,所以和历史

---

① 〔美〕刘若愚:《中国诗学·导言》,韩铁椿等译,武汉:长江文艺出版社,1991 年。

小说关系非常密切(如张飞、关羽、秦叔宝或者是岳飞的儿子们的重现)。"① 这一论述,实际上在 20 世纪初期林纾《畏庐琐记》早就指出过:"《宋史》载刘豫降金,杀其骁将关胜,胜不从逆故也。按《水浒》有关胜。《癸辛杂识》:龚圣与作《关胜赞》云:'大刀关胜,岂云长孙?云长义勇,汝其后昆。'以其时考之,宋江作乱,正在宋末。然则刘豫所杀之关胜,即《水浒》之关胜耶?世之图关胜者,赤面大刀,其状似壮缪,于是凡关姓者,匪不赤面,匪不大刀,而《施公案》之关太出矣。大号'小西',盖自命为山西人,似即壮缪之后。小说家无识,盗袭可笑。"② 壮缪即关羽,明清时期的关圣崇拜达到了几乎无以复加的程度,民间甚至把一些小说中所有姓关的人物,都解释为是关羽的后代。这是小说人物母题泛化的一个代表性例证。

四、主题学研究中的意象、情境、套语、惯用语

主题学与意象话语。意象(image)是抒情文学中最小的具有特定意义蕴涵的语词单位。德莱顿(John Deyden,1631—1700)早就强调:"用意象描写,这本身就是诗歌的顶峰和生命。"③ 这就好比明代胡应麟《诗薮》说的"古诗之妙,专求意象"。薛爱华研究唐代道教题材诗歌时体会到:

> 最好不要认为这些词语是"陈词滥调",而应该视为诗人必用的一部分技巧语言。它们向诗人的本领挑战,它们考验诗人的技巧,它们磨炼诗人的想象力。措辞常规以其相伴的语吻和情调,给诗词创作带来了种种限制,而诗人在这种限制下组织美词丽句时,必须发挥最大的才能。④

所谓的"这些词语"就是频繁出现的"惯常意象"。如古代思乡诗就常常出现陇头流水、雁、杜鹃等。所谓"旅人本少思乡梦,都是秋虫暗织成",而边塞异域的思乡则多闻羌管、胡笳和琵琶,实际上并非写实,而是文学传统意象的主题史

---

① 〔美〕蒲安迪:《中西小说的人物描写》,叶胜年译,李达三、罗钢主编:《中外比较文学的里程碑》,人民文学出版社,1997 年,第 354 页。
② 林薇选编《畏庐小品》,北京出版社,1998 年,第 314 页。
③ 转引自刘易斯(C. Day Lewis)《诗歌意象》,牛津,1958 年,第 20 页。参见周发祥《西方文论与中国文学》第六章《意象研究》,江苏教育出版社,1997 年,第 121 页。
④ 薛爱华(Edward H. Schafer):《布冠诗寡:道姑爱情诗歌》,《亚洲研究》第 32 卷,1978 年。参见周发祥《西方文论与中国文学》第六章《意象研究》,江苏教育出版社,1997 年,第 132 页。

体现。①

　　母题与情境（situation，局面、形势）的关系。情境在比较文学中指特定国别文学中某一题材中的惯常格局。一些特定的母题、意象的运用，非常有利于营构出读者心目中已有的类似旧情旧景，从而特定的情境常常包含一个特定的母题（或组合后的母题群），而同样的情境可能表现为若干个不同的主题，于是情境就往往最突出地体现出特定主题、母题与题材之间的有机联系："至于抒情类文学，尤其是抒情诗，由于大多通过特定的情境来表现思想与情感，因此情境就成了表现其主题的情境母题。失去亲人，尤其是人生伴侣的早逝，更是让未亡人伤心欲绝；物在人亡、睹物思情，或景色依旧、人事全非等，使悼亡诗具有其突出的寄寓情境、抒写主题的特点规律。"如梦境就可以作为一种回忆伴侣深情的情境，比较文学前辈杨周翰先生的《中西悼亡诗》"不仅研究了这一情境，而且还提出了中国悼亡诗对哀歌完整定义的重要认识意义"。②

　　也因为特定生活经历，有的作家偏爱若干情境，如清代叶燮《原诗·内篇》卷一就从现实情境之于创作主体心态关系入手，评论杜甫："诗随所遇之人之境之事之物，无处不发其思君王、忧祸乱、悲时日、念友朋、吊古人、怀远道，凡欢愉、幽愁、离合、今昔之感，一一触类而起，因遇得题，因题达情，因情敷句，皆因甫有其胸襟以为基。"③此由创作主体审美心态中不同的情感取向来考察创作动机，已开始进入本书的"主题"意义的层面上了。所以遭遇类似生活经历的创作主体，虽然国别、民族、时代不同，却可能具有很大的可比性。

　　主题学与套语模式、惯用语。套语模式往往由惯常意象构成，还较多体现为意象组合。例如："在表现丰收及满足的主题时，中英诗人惯常使用的是瓜果葡萄稻谷等秋天收获物的意象，如欲表现颓败、哀伤等意旨时，他们就应用落日、落叶、秋蝉、蟋蟀和西风等令人听望而心生悽恻的意象或母题。从这些意象或母题推展到把主题托出，其手续不外乎 contrast, intensification 或 combination 等。"④ 不过，

---

①　王立：《文人审美心态与中国文学十大主题》第八章《中国古代文学中的思乡主题》，辽海出版社，2003年，第368—423页。

②　孙景尧：《简明比较文学——"自我""他者"的认知之道》，中国青年出版社，2003年，第194—195页。

③　王夫之《清诗话》下册，上海古籍出版社，1978年，第572页。

④　陈鹏翔：《主题学理论与实践——抽象与想象力的衍化》，台北万卷楼图书有限公司，2001年5月初版，第249页。

在不同民族的文学实践中，何以在共同的情感表达时，一个喜好运用这样一个（一群）意象，而另一个喜好运用另外一些，则也不失为饶有兴味的探讨题目。

即使在叙事文学中，套语、惯用语的运用也往往是多发的，具有特殊的渲染气氛，烘托人物身份特点等审美功能，从而成为主题学的研究对象。如小说《西游记》中的孙悟空和他的宝贝"如意金箍棒"的关系，就多次被如此形容："耳中取出宝贝，幌一幌，碗来粗细"；"即去耳中掣出如意棒，迎风幌一幌，碗来粗细"，这岂非神奇宝物大显神通的"套语"？小说极力夸大金箍棒的外形功能，意在渲染人物的情绪和超人气质。小说前半部分一再提及金箍棒"碗来粗细"，简直成为一个套语。有时为了引起注意，还总在"碗来粗细"之前加上"幌一幌"、"捻在手中，迎风幌了一幌"、"迎风捻一捻"这些铺垫，似乎存留着幻术引发的痕迹。这里，若从金箍棒尺寸说，明显进行了夸张。这不是说金箍棒不能变得那么大（如第三十六回写甚至能"变得盆来粗细"），而是说实战时根本没有必要那么大，试想，如果真的"碗来粗细"，而小说又没写孙悟空把身形也相应地变大，他的小小猴手又如何能握得住？用起来又多么不便！因此"碗来粗细"一语，也当理解为不过是一种震慑对手、夸示威力的"史诗笔法"而已，甚至构成了宝贝兵器使用前的必不可少的仪式。所谓："口头传统史诗的质量在很大程度上依赖于歌手对英雄、马、武器、城堡等入时得体的描绘。向前推移的故事因为这些描绘而为之驻足，听众也开始坐下来被所描绘的场景所吸引。这些描绘就像传统中的主题一样反复出现。……歌手们把这样的诗行称作'修饰性的'诗行，以此来炫耀他们'修饰'一位英雄、一匹马，甚至一部史诗的能力。当然，这些描绘中有一种浓厚的仪式的味道。"[①] 民间说唱文学的趣向正是诉诸小说套语来表达的。于是，"碗来粗细"就成为与孙悟空不可分割的金箍棒性能及威力的一种惯常暗示，是借宝物状写超人的超凡能力。李福清先生体会到："众所周知，各民族史诗作品中，壮士的武器和他的坐骑的描写通常都占有很重要的位置"；"史诗英雄一般都配上独具特色的武器"；"民间英雄史诗还常常固定由某个英雄使用。……1991年笔者曾采访了宁夏省灵武县木桥乡的一位回族老年民间故事家张化民，他讲的关公故事中，青龙刀就只有关羽一人才能使用，其他人拿了也无法杀人。在《关帝明圣

[①] 〔美〕阿尔伯特·贝茨·洛德：《故事的歌手》，尹虎彬译，中华书局，2004年，第123—126页。

真经》中,关羽的刀为'水兽炼的青锋',也就是说这宝物是从另一世界得到的"。①这一类兵器套语的运用,一方面是暗示兵器来历不凡,使用它的英雄非同凡伦,另外一方面,似乎这也是诉诸了旁观者视觉的感受。②

如何对待套语的重复雷同?主要从史诗文类特点的概括上,季羡林先生曾指出重复雷同的必要:"把世界各国史诗的特点归纳起来,史诗这个文学类别的特点就看得非常清楚。这一个特点大约有以下几个内容:一、史诗不论长短,描写手法都有些刻板化;二、史诗的英雄——理想的国王——和标准的情人几乎都是雷同的;三、史诗中事件的叙述都有不少的重复。这在《罗摩衍那》中也屡见不鲜。这同史诗的朗诵是分不开的。朗诵,一次是完不了的。下次再朗诵,必须有点重复。否则听众就有茫然之感;四、史诗中有一些短语重复出现。为了凑韵,诗人手边必须有一些小零件,短语就是这样的零件。"③ 应当说,以神魔、讲史小说为主要构成的明清小说叙事,也常带有这一"史诗特点",宝物往往作为模式类型的核心意象和母题套语。重复的审美吸引力,与京剧等剧种中的程式极为类似,即从重温和印证中得到审美愉悦。季羡林先生论及小说套语的成因时也曾揭示说:

> 在中国旧日的白话小说里,一碰到描写风景和人物,就容易出现四六句子。在印度也有类似的情形。在像《五卷书》这样的散文著作里,一碰到描写风景和人物,也就出现这种宫廷诗体。这种类似的情形并不是偶然的。在中国的赋和印度的宫廷诗里,有大量的描写风景和人物的现成的句子,借用这些已被用成了老套的现成的句子是轻而易举的。于是作家们也就乐得去借用了。"④

惯用语研究(topology)。"和'特性'、'意象'在主题学中所处的地位类似,但对比较文学较有实际价值的是文学惯用语(commonplace 或 topos)的研究。惯用语的范围不大,但却为文学批评家和文学史家提供了思维的材料。惯用语来自

---

① 〔俄〕李福清:《三国演义与民间文学传统》,尹锡康等译,上海古籍出版社,1997年,第82—83页。其中"宁夏省"应译为"宁夏回族自治区"。

② 参见刘卫英:《明清小说宝物崇拜研究》第十四章,中国社会科学出版社,2008年,第322—324页。

③ 季羡林:《比较文学与民间文学》,北京大学出版社,1991年,第243页。

④ 《五卷书》,季羡林译,人民文学出版社,1981年,第65页译者页下注。

古典修辞学，最初是在演说中能够吸引听众的注意力，并引起他们共鸣的那些论点。它们也起到帮助记忆的作用。在古代晚期，惯用语进入诗学并逐渐在文学史中获得了自己的位置。只有那些熟悉古代和中世纪用法的读者，才能够准确地分辨一个意象、一个隐喻或一种修辞格是属于新造，还是来自传统。在对惯用语所作的比较研究中，对独创性、传统和模仿的解释构成了它的重要部分。……对于主题学感兴趣的比较学家必须准确地了解，一个惯用语怎样转化为一个母题（'快活的地方'，locusamoenus）或一个主题（世界舞台，the word as stage）。他还必须了解除了从惯用语发展而成的母题和主题外，是否还有别的什么可以在惯用语中找到它们最终的、非神圣化的根源"。① 中国传统文学主题学的民族特征在于，一者，许多意象和惯用语是交叉重合的，因为文学传统太深厚而创作因袭的风习太普遍了；二者，跨文体传播接受并与说唱艺术结合生成和运用传播惯用语，也是一个值得比较文学探讨的现象。

主题学的归属问题。长期以来有一个误解，就是把平行研究与影响研究划分得泾渭分明。这种划分在给主题学定位时操作上的严格性，也不免在给主题学画地为牢方面增加了理由。实际上，主题学并不限于平行研究，现有一些教材和论著把主题学归入"平行研究"之中，是并不合理的。

固然，如雷马克所说，与法国学派所提倡的关于事实联系的研究思路不同，美国学派的"平行研究""目的在于显示一部文学作品的艺术特征，被比较的作品之间就不一定要有遗传关系。强调的重点在于'比较'。它可能显示某种关联性，但这种关联性可能与作者 A 在写作品 C 时是否认识外国作家 B 这一问题毫无关系。"② 然而，如果仅仅从平行研究的角度强调主题学，那么，就很容易造成误解，尤其是易于把母题、意象的跨文化影响研究，从主题学中割裂出去了，这岂能是符合实际？何以如此偏差，需要从主题学大发展动态流程中把握，也与主题学自身的某些特点有关：

一者，主题学主要源自题材史和民俗故事研究，因此划入平行研究，特别有利于国别研究的主题史、题材史的实际操作，同时也有利于阐发研究时不受或较少受到实证（跨文化实际接触交流的证据）的限制。二者，主题学研究不是架空

---

① 〔美〕乌尔利西·韦斯坦因：《比较文学与文学理论》，刘象愚译，辽宁人民出版社，1987 年，第 146—147 页。

② 〔法〕布吕奈尔等：《什么是比较文学》，葛雷、张连奎译，北京大学出版社，1989 年，第 71 页。

的，就主题谈主题，就思想意蕴去就事论事，其必定要牵涉到主题的渊源、牵涉到其所引领或赖以支撑的母题意象，可以说，渊源追索和母题运用、意象营构等，乃是主题学探讨过程中的题中自有之意，是具体切入点和研究操作的基本对象。"皮之不存，毛将焉附"的成语，用在这里也是不过分的。三者，对于外来母题（包括人物母题）意象的借用、情节构思乃至核心意旨的模仿重铸，也自然属于主题学研究的范围，而且还可以说是主题学研究的重要构成。四者，从中外主题学研究实践看，有哪些具体的主题学研究论作，是纯粹就主题谈主题，而不牵涉主题的表现功能进而涉及母题意象的呢？而某一具体的母题意象（是惯常性的带有一定稳定性和象征意旨的）则必有自身的来源，文化属性。所以从主题学研究史来看，也不宜把主题学研究局限在平行研究之内。

事实上，母题研究也是包括在主题学、主题史研究的范围之内的。某一具体的特定主题，都有着自己特定的题材疆域、母题（意象）群落，或曰正是这些具体的材料板块，支撑着主题的成立和历史流变。而这些题材母题，也往往并非某一民族国别文学所独专，它们恰恰是文化——文学交流过程中最为活跃的因子，是文学主题跨文化传播的主要载体。

许多本地文学对于外来文学的借鉴，并非是直接而需要借助于民俗的中介。如我国的汉魏六朝到唐代，许多叙事与抒情性作品，受到外来佛教影响或曰得到了外来佛教触媒的激发，哪个具体作品不是与具体的母题意象有着直接、间接的关系？这都不能不说是主题学（特别是主题史、母题史）研究难于避开的。李福清院士的《印度故事在中国及其他国文学中之作用》（见案例），就在介绍印度动物故事的东亚传播时，强调了印度文学的世界性意义和母题研究的世界性视野问题。他运用的"动因"一词即母题，如嫉妒、怀孕母题等。不是所有的叙事情节都可以作为母题的，然而常被运用、具有稳定功能和传播能量的情节，却无疑具有母题资格。当然他关于中国故事的论述，我们未必完全同意，但论文提醒我们不能忽视中古汉译佛经的主题学意义，十分切中肯綮。

第二节
案例分析：印度文学在东亚文学中的触媒作用

这篇案例，节选自李福清《印度故事在中国及其他国文学中之作用》一文，写于 20 世纪 70 年代。

李福清（B. Riftin），1932 年 9 月生于列宁格勒（今彼得堡），1955 年毕业于列宁格勒大学东方系中国语文科，1961 年、1970 年先后获副博士、博士学位，1987 年起当选为科学院通信院士，国际知名的汉学家，以研究中国古典小说、神话和东亚民间文学等著称。

为了分析方便，将上述案例略分为 8 节。

（一）简介了民间文学母题的"印度来源说"，这是早期主题学研究的一个热点，也是运用母题研究方法进行跨文化"影响研究"的早期实践。

（二）对研究对象状况的综合性考察，指出印度故事在东亚（远东）的传播，是研究的薄弱环节。母题可能先是往东，经中、日、印尼，再向西到西班牙和英国传播。佛教为阐发教义从古印度不同种族的民间创作中引来寓言故事，其通俗性、趣味性超出宗教意味，最终成为通俗有趣的文学故事母题。这里，强调了佛教传播对于民俗母题文学化的作用，提出了母题研究的世界性视野的问题，认为不能忽略印度古代文学和中古汉译佛经关系的研究。这也是对"欧洲中心说"的有力反驳。

（三）以动物故事题材中的"海怪与猴子"（《五卷书》）异文流传为例，强调了中古汉译佛经《六度集经》、《佛本行集经》、《生经》、佛教类书和佛本生故事里，重复了"海怪与猴子"的故事。这里，研究者运用了民间故事的"置换"方法，注意到印度《五卷书》和阿拉伯《卡里莱与笛木乃》中，有"嫉妒"母题。在《五卷书》中猴子的"心"，在《生经》中却被"肝"替换了。这是由于古代中国人的阴阳五行观念，心属于"火"行，肝属于"木"行，暗示出可能发生了"有意误读"的加工。因为"火"不利于水中动物海怪，母海怪装病要吃猴子心不大可能，吃猴子肝比较可行。但是这层意思论文似乎没有说明白。对此，钱锺书先生曾指出：

> 整部《生经》使我们想起一个戏班子，今天扮演张生、莺莺、孙飞虎、

郑恒,明天扮演宝玉、黛玉、薛蟠、贾环,实际上换汤不换药,老是那几名生、旦、净、丑。佛在这里说自己是甥,在《野鸡经》里说"尔时鸡者,我身是也";在《鳖猕猴经》里说:"猕猴王者,则我身是。"诸如此类。那个反面角色也一会儿是"猕";一会儿是"鳖",一会儿是"蛊狐"。今生和前生间的因果似乎只是命运的必然,并非道理的当然,……①

不同文本中的不同角色,活跃在共同的故事类型里,从而达到一种带有重复性演述的叙事效果,于是,它是宗教的又是浅俗的,正是在一种喋喋不休、反复唠叨中,宗教的奥义与纷呈变化的文学意象、程式化故事融为一体。而其间宗教经典文献的民俗故事母题特色,就凭借着人物角色的这种随意性的变换,而突现出来了。

(四)承上延伸,论述德国汉学家艾伯华(W. Eberhard)较早注意到,《五卷书》"老虎怕'漏'"影响了柳宗元《黔之驴》,季羡林先生《"猫名"寓言的演变》(1948)也指出《五卷书》"老鼠出嫁"被刘元卿《应谐录》借用,他从梵文故事集《故事海》中把这个故事翻译出来。进而指出:"我们研究比较文学,往往可以看出一个现象:故事传布愈广,时间愈长,演变也就愈大;但无论演变到什么程度,里面总留下点痕迹,让人们可以追踪出它们的来源来。"②后者这个印度情节几乎原封不动地为韩国柳梦寅(1559—1623)《於于野谈》复制,并在日本口头文学中流传。刘元卿《应谐录》原文为:

齐奄家畜一猫,自奇之,号于人曰:"虎猫。"客说之曰:"虎诚猛,不如龙之神也,请更名曰龙猫。"又客说之曰:"龙固神于虎也。龙升天浮云,云其尚于龙乎?不如名曰云。"又客说之曰:"云霭蔽天,风倏散之。云固不敌风也,请更名曰风。"又客说之曰:"大风飚起,维屏以墙,斯足蔽矣,风其如墙何?名之曰墙猫可。"又客说之曰:"维墙虽固,维鼠穴之。墙斯圮矣,墙又如鼠何?即名曰鼠猫可也。"东里丈人嗤之曰:"噫嘻!捕鼠者故猫也,猫即猫耳,胡为自失本真哉!"③

---

① 钱锺书:《一节历史掌故、一个宗教寓言、一篇小说》,《七缀集》,上海古籍出版社,1994年第2版,第180页。
② 季羡林:《比较文学与民间文学》,北京大学出版社,1991年,第77页。
③ 吴曾祺编:《旧小说》十五戊集二,商务印书馆,1933年,第61页。

李福清列举多个佐证说明汉译佛经的中介作用,论文又指出,韩国史学家金富轼《三国史记》(12世纪)记载,高句丽宠臣用《龟与兔》寓言暗示被囚于高句丽的新罗使臣,使其受启发而逃脱。"猴子"被置换成"兔子"(韩国民间故事经常出现的动物),还加入了东海龙王女儿(龙女)生病的情节,使"本地风光"得以展示,"心"也被换成了"肝"。日本《今昔物语》保存大量印度故事时未作地方性加工改写,没体现出嫉妒母题。远东国家的译本和变体中,情节主要动因是乌龟怀孕(不是因生病要吃猴子肝)。怀孕,是佛经所没有的。故事还多次被日本作家改编利用。受此启发,韩国17世纪中篇小说《兔子传》赋予了故事新的主题。研究有说服力地证明印度故事母题对韩国小说创作的触发。我们知道,这也和朝鲜半岛人们对于寓言的喜爱有关。

(五)指出"猴子巧妙骗过愚蠢海怪"的印度故事的亚欧传播,许多国家出现了口头变体,得出初步结论:不论在中国汉族聚居区还是非洲、日本,故事总是在当地的主流文化传播影响最远的边缘地带活跃,因而原书面形式的作用减弱,明显具有了民间口头创作性质。

(六)补充说明,接受外国故事母题的有利条件:1. 当地缺乏接受书面文学的条件;2. 只能透过书面文学形式时,如日本、韩国,佛教的接受及传布;3. 外来母题与本民族民间口头创作之间相互渗透的亲缘关系。如日本,流行动物传说,因此易于接受外国动物题材故事。于是提炼出母题接受传播过程中的某些规律。

(七)进一步以"乌龟与天鹅"故事拓展论题。汉译佛经、敦煌诗歌、唐代铜镜、宋代题画诗皆有,但天鹅变成了鹤,日本故事集《今昔物语》也是。指出这种替换:"很可能与远东地区的人们所习惯的象征模式有关,天鹅或雁是信使的象征。"事实上,这一理解并不完全,天鹅或雁在中国也是思乡怀土、守信友悌的"仁义之禽"。① 因此也是由于感情认同亲近,人们不愿让更为伦理化、文学传统更为深厚的雁(天鹅)意象,这种感情上更为亲近的鸟来作为故事中没有尽到责任的角色,这才换成鹤来充当故事次要角色。不过,印度故事透过书面的形式来到中国,"没有传入至汉族民间文学中",这一说法欠斟酌,对此中国学者刘守华先生曾予商榷过。

(八)认为故事的主要角色在跨文化传播中的变化,与该地区民间文学创作

---

① 王立:《中国文学主题学——意象的主题史研究》第三章《中国古典文学中的雁意象》,中州古籍出版社,1995年,第101—125页。

传统相关。而另外一个规律是：为了加工品易被接受，当地不常出现的动物，易被替换；特别令人喜爱的动物，可能替换原主角。而论文没有明确的是，可能因为新的角色的上台，新的主题意蕴和地方风味，也被带到山寨版的改写本之中。

如李福清《中世纪文学的类型和相互关系》还曾指出中世纪文学的一个特点："是它的发展总是同某种宗教密切关联。在多数情况下，中世纪开始的时候，也正是主要宗教在传播，并且由地方宗教变为世界性宗教的时候"[1]；"中世纪俗文学中占有明显位置的是使用所谓'动物'和'植物'母题的譬喻性作品。这些作品在早期具有劝喻和譬喻性质，因此在意义上接近于寓言和道德说教。在中世纪晚期，这些母题主要用来创作直言不讳的讽刺长诗、中篇甚至长篇小说"[2]。他的《我的中国文学研究五十年》一文说："与中国现时流行的比较文学不完全相同，我不是拿一个中国作品与另一部外国作品比较，而是探讨文学发展每个阶段类型的发展规律。"[3] 说的也是文学母题流变史规律探讨的努力。

习题

一、谈谈主题学的由来及其在汉语文学中的研究实践。
二、主题与母题的联系与区别是什么？
三、谈谈主题学中的意象、情境、套语、惯用语研究。

延伸阅读

一、〔美〕威斯坦因：《主题学》，《比较文学研究资料》，北京师范大学出版社，1986年。
二、陈鹏翔：**《主题学研究论文集》**，台北东大图书公司，1983年。
三、王立：《宗教民俗文献与小说母题》，吉林人民出版社，2001年。

---

[1] 李福清：《古典小说与传说》，中华书局，2003年，第273—274页。
[2] 同上书，第287页。
[3] 同上书，第13页。

附 案 例

印度故事在中国及其他国文学中之作用

李福清（B. Riftin）

一、导　言

  我们可以指出某种不同于古代和现代的中世纪时期的文学，由于这种文学的特殊影响，使得大部分中世纪世界的文学当中渗透了相同的主题和情节。这就是印度（梵语）文学。从一八五九年出版的 T. Benfey（本费）的经典著作 *Panchatantra*（《五卷书》）德译版开始，对印度文学在西方传播的问题的研究很早就展开了。[①] 众所周知，本费被认为是借用学说的创始人，他曾仔细研究过《五卷书》的不同修订版和该书的一些各种东方语言译本，并由此得出结论说："大量来自印度的小说和故事情节几乎在全世界范围内得到了传播。"[②] 直到上世纪九十年代，借用学说似乎都在雄霸着欧洲学术界，但在一八九三年，法国 G. Bedier（贝迪耶）的大部头论著 *Les fabliaux*（韵文故事）问世了[③]，在这部书里作者对本费及其追随者认为民间故事情节来源于印度的看法提出了尖锐的批评，贝迪耶认为，借用学说作为一种方法在研究民间故事的传播问题上有其正确的一面，但它试图说明民间故事仅仅发源于印度的落脚点却是错误的。正如本费当年遇到的情形一样，贝迪耶的论著在欧洲学术界也引起了激烈的争议。现在，一百多年过去了，我们可以冷静地、在大量科学事实的基础上来看待当时那场论争的实质。在一般情况下，争论的双方在强调各自的观点时往往容易做得过火。比如，我们今天未必同意一元发生学理论和世界上所有民间故事与文学均源自印度的结论——就像本

[①] Benfey T. Pantschatantra, Leipzig, 1859.
[②] Ibid., Bd.1, s.20.（注：此处的"s."是俄语的用法，即"第"的意思）
[③] Bedier G., Les fabliaux, Paris, Bouillon, 1895.

费试图证明过的那样，但是我们也不能够同意贝迪耶在坚持不可能确定那些在欧洲、亚洲和非洲与美洲的一些部分地区广为流传的故事情节只是源自印度这一看法时，所依据的虚无的孤立故事情节来源的理论观点。正如俄罗斯 P. Grintser（格林采尔）在他的一部关于古印度小说的书中所指出过的那样："早在十九世纪提出的关于古印度'框架式故事文学'对世界民间创作和某些文学体裁的影响的最初见解，在后来对其进行修改、限定的讨论过程中，得到了几乎一致的认同。"① 格林采尔本人则提出用类型分析法对旧的遗传学分析方法进行补充，同时他还认为对各种艺术形式结构类型等等及其特征的研究，有助于确定大量民间故事情节正是来源于印度。②

实际上，学者们在研究梵语框架式故事文学的关系，甚至在追随本费建立有关印度故事情节在全世界范围内传播之可能性的学说的时候，进入他们视野的仅仅是中世纪文明世界的部分国家和地区——从印度到不列颠群岛，因为他们研究的是这些情节在西方的传播情况。在欧洲学者们的研究计划中遗漏了一个极为重要的中世纪世界的文化区域——远东区域；很少有人研究那些情节在东南亚的传播情况，主要研究印度叙事诗《罗摩衍那》。中国、韩国和日本的学者在他们的著作中虽然有时也提到印度情节在远东的传播情况，但他们却没有把那些已经观察到的有价值的个别现象同相类似的故事从印度传至西方的问题联系起来。应该注意的是，远东国家的一些学者不同意情节类型说，把所有情节的相似和母题的巧合仅仅归结于外来影响的作用。此外，在远东学者们之间至今还流行着一种早已过时的理论，即关于世界文明起源于古代巴比伦文化的假说。例如：苏雪林老教授就是从这种理论出发来研究古代中国和印度的文学关系（参看她给裴普贤的一本书所写的后记）③。综合介绍西欧、俄罗斯和东方学者们的研究，这一点非常重要；这使我们有可能提出一个问题，即印度文学和民间口头创作在全世界中世纪文学当中的确起到了特殊的作用，并由此进一步推断出中世纪叙事文学当中那些极为相似的情节很可能是往东方向，到过日本和印度尼西亚，经西到西班牙和英国的，那样广阔性地传播。

从根本上看，佛教对印度故事情节在远东和东南亚的流传起到了重要作用，

---

① Grintser P., Drevneindiskaja proza (obramlennaja povest'), Moscow, 1963, s.195.
② Ibid., p.220.
③ 裴普贤：《中印文学关系研究》，1959年，第68页。

其创始者们特别意识到对不同阶层的教徒必须用通俗易懂的方式阐发教义。在对平民百姓讲经布道时,更是要求传教士们用浅显明白的事例来解释教义,而这些实例就是从古印度不同种族的民间创作中引来的。这样,佛教中的寓言故事与早期基督教中的寓言故事之间便有了根本上的区别,即后者情节淡化,并几乎丧失了寓言故事本身所具有的趣味性,其重要性仅在于隐秘的含义,这些含义具有抽象或神秘的色彩,而不具有道德方面的意义。佛教徒们为了使听讲的善男信女在对故事情节的发生、发展产生强烈兴趣并同时理解教义,他们尽可能地利用各色各样的民间故事及寓言。但是,当这些佛教徒加工并注入了深刻哲理的宗教故事被整理成册流传到其他民族时,它们时常失去了原有的宗教道德性质,其趣味性大大超出了应有的宗教意味,最终成为通俗有趣的文学故事。[①]

我们可以从古印度文献中援引一些例子来说明上述看法,需要强调的是,我们所要列举的大部分情节加工品,归根结蒂,还是以古印度土著民族的民间创作为蓝本。

二、动物故事

在《五卷书》的各种译本和改编本当中,著名的"海怪与猴子"的故事属于最稳定的故事中的一种——两个动物先是以诚相交,后来海怪为了妻子而背叛朋友,企图骗取猴子的心脏。这个故事是《五卷书》第四卷里的一个叙事框架,几乎所有《五卷书》修订本(redaction)都有它,包括最早的本子[②],而且在印度《鹦鹉的七十个故事》里也有这个故事。本费当年曾研究过这个故事的本源,他提出了一个问题,即这个故事究竟是从《五卷书》传至《鹦鹉的七十个故事》,还是二者有一个共同的来源?照本费的推测,这个故事可能源于《辛巴德之书》的印度原本[③]。我们研究一下中文资料的情况,将有助于这个问题的解答。

在梵语作品的中文译本中,《佛本行集经》非常著名,这部佛经由阇那崛多译于西元五七八年。显然,书中释迦牟尼佛在对诸比丘说教时,穿插了这个使我

---

① Paris G., Les contes orientaux dans la literature du Moyen Age, Paris, 1875; 俄语简译本; Gaston Paris, Vostochnye skazki v srednevekovoj literature, Odessa, 1886, s.5—6。

② Hertel J. "Tantrákhyáyika". Die älteste Fassung des Pancatantra, Leipzig-Berlin, 1909, Bd.1, s.141—143.

③ Benfey T. Pantschatantra, Leipzig, 1859, Bd.1, s.424.

们感兴趣的故事（加工很深的佛教意义），需要说明的是，在佛经中采取的是这样一种表述方式，即每当散文故事结束时，照佛家的传统改用韵文说偈，而在《五卷书》里——在补哩那婆罗多的最完整的"修订本"里——散文和韵文是随意交织在一起的①。本费之后已有人查明，在五百多则佛本生故事里，有两则（第五七和二〇八则）重复了"海怪与猴子"这个情节②；日本学者甚至指出第三四二则也与此情节相关③。除此之外，这个故事在另外两部含有大量寓言故事的佛书——《六度集经》（西元三世纪译成英文）和《生经》（西元二八五年译成中文）——当中，也出现过（在上述著作中出现的这个故事还被各种佛教书籍的编纂者广泛采用过。因为如此，阇那崛多译文里的故事后被收入了西元七世纪广为流传的故事集《法苑珠林》，而《生经》里与之相似的故事，我们则可以在由中国僧侣于西元五七六年编纂的《经律异相》中见到。顺便指出，关于佛本生故事和《五卷书》的印度原本的成书时间，亦即二者谁先问世的问题，至今在学者们之间还没有形成一致的看法）。

只是这两部佛经中有关该故事的叙述较之《佛本行集经》要简洁得多。二者在情节内容上不尽相同，甚至在一些实质性的细节上也有出入。在中译本《佛本行集经》里谈到海怪"虬"怀孕的妻子欲食猕猴之心；这个行为动机里没有提到《五卷书》中的嫉妒因素，《五卷书》中海怪毗迦罗牟迦的妻子怀疑猴子是其丈夫的情人，所以嫉妒丈夫与猴子的交往。在《生经》里，正好相反，推动情节发展的动力是乌龟之妻嫉妒丈夫与猴子之间的友谊，于是她伴装生病并要丈夫替她弄到猴子的肝脏。我们发现，在《五卷书》的阿拉伯译本《卡里莱与笛木乃》中所谈到的，也正是由于嫉妒使得一只母乌龟装病④。由此可见，在《五卷书》最早的译本中已经有嫉妒动因。在《五卷书》和《佛本行集经》中提到的都是猴子的心脏，而在《生经》中却用了"肝"替换了"心"。与古印度价值观念一致，肝作为人体的中心器官完全可能替换心（按古代中国人的观念，心属于"火"这一自然原素，而肝则属于"木"，二者作为人体的一部分，非但不相同，而且对立）。

关于两个动物的寓言故事——它们之间的一个想为自己生病的妻子弄到另

---

① 参见《大藏经》三册，1960—1964，p.55；（Panchatantra）《五卷书》（俄译本），Moscow，1958，s.252—253。

② Panchatantra（俄译本），Moscow，1958，s.315。

③ 《今昔物语》第一册，1965，p.392。

④ "Kalila I Dimna"（俄译本），Moscow，1957，pp.184—185。

一个朋友的心脏（或肝脏）——透过佛经传到了远东文学中。的确有研究者想要证明，一些曾被远东各民族所借用的故事情节，正是源自《五卷书》，但实际上却拿不出足够的证据。裴普贤曾直截了当地指出，中世纪中国的一些传奇故事是从《五卷书》中的故事脱胎而来的。① 她因此特别强调印度非佛教文学对中国文学的重要影响。但是，裴氏在做了某些令人信服的比较研究之后，结论却是我们没有任何资料能够证明，某个故事是怎样具体地从《五卷书》传至中国。②

我们认为，同《五卷书》里的其他故事一样，关于"海怪"的故事之所以在中国广为人知，显然是由于佛经著作的传入。值得注意的是，裴普贤谈到的仅仅是那些与《五卷书》中以怨报德的动物故事相类似的情节，并且，她还毫无根据地断定，在她之前没有人注意到古印度《五卷书》同中国的某些作品在情节上的一致性。早在一九三七年——比裴著的问世要早二十多年——德国汉学家 W. Eberhard（艾伯华）便在他的《中国民间故事类型索引》里指出了一则与《五卷书》有关、相"类似"的③柳宗元的寓言《黔之驴》——同《五卷书》里的《漏水》④相似。前者讲一只初次见到的老虎，后者讲一只不懂"漏"这个词的老虎——参看本文后面的有关分析。就在裴著出版的前一年，著名的梵文学家季羡林教授也指出，还有一个印度情节同中国作品相似，即大家很熟悉的《五卷书》中关于老鼠出嫁的故事（《五卷书》第三卷，第十三个故事）⑤。这个情节被西元十六世纪的作家刘元卿借用到他的小集子《应谐录》里面。⑥ 应该补充一句：在刘元卿之后这个故事之所以能够广为流传，还因为该故事的基本轮廓在《县官画虎》这个故事里也得到了重现⑦。这个印度情节几乎原封不动地传到了韩国文学当中，我们在柳梦寅的（1559—1623）的集子《於于野谈》里可以见到该情节的加工品。此外，这个

---

① 裴普贤，《中印文学关系研究》，1959 年，第 33 页。
② 同上书，第 39 页。
③ Eberhard W., Typen Chinesischer Volksmärchen-FFCommunications, N120, Helsinki, 1937, s.14, N4.
④ 裴普贤，《中印文学关系研究》，1959, s.18, N10.
⑤ Chi Hsien-lin, Indian Literature in China-Chinese Literature, 1958, N4, p.87.
⑥ 《旧小说》戍集，第二分册，（上海书店 1985 年据商务印书馆 1933 年版影印）吴曾祺编，1914, p.163.
⑦ Kitajskie skazki, B. Riftin 编译, Moscow, 1959, s.120—121.

情节还在日本口头文学中广泛流传。①

韩国史学家金富轼在他完成于西元十二世纪的著作《三国史记》里记载：高句丽宠臣先道解曾用《龟与兔》的寓言来暗示被囚禁于高句丽的新罗使臣，使他从中受到启发，逃脱了高句丽王的迫害。我们发现，印度寓言中的猴子在这里被换成了兔子——一种在韩国民间故事经常出现的动物，并且，同佛典《生经》的中译本一样，心脏也被换成了肝脏。尽管如此，韩国作者对这个印度情节的各种改写本很可能非常熟悉。下面一个例子可以说明这一点，金富轼故事里的兔子在得知乌龟需要自己的肝脏时，回答道："我把肝脏和心脏都已掏出洗净，然后暂时放在悬崖上了。"② 这个故事在日本的文字译述，保存在含有大量印度情节的《今昔物语》第五卷中，很明显，日文译述者是根据某种佛教典籍翻译这个故事。该故事的情节叙述在日文里非常简洁。与韩文不同，日本文译作没有对该故事作地方性的情节改写（金富轼用兔子替换猴子，并加入东海龙王之女生病的情节，而东海龙王正是远东民间故事当中经常出现的人物），而是直接指出这个故事发生在印度："很久以前，在印度海岸边上曾有一座山，山上住着一只喜欢吃果子的猴子"——《今昔物语》里的故事就是这样开始的③。日本译作里没有嫉妒动因，"嫉妒"这个词对整个远东文学来说都是陌生的（关于这一点，我们可以从远东民族所特有的一夫多妻制和家庭结构去解释——同样，在韩文故事里也没有嫉妒）。在远东这些国家的译本和变体中，情节进展的主要动因是乌龟怀孕。但值得注意的是，如同韩文一样，日文故事提到的也是"猴子的肝"；在一些佛经里提到的虽是"猴子的肝"却没有"怀孕"这个情节动因，而在阇那崛多的译本《佛本经集解》里虽有"怀孕"之说，所提到的却恰恰又是"猴子的心"。

《今昔物语》的作者很可能是另据某种为我们所不熟悉的译本，抑或是在杂取多种佛经的基础上编写出了他们的故事。此后，这个印度情节还多次被一些日本作家加以改编利用，我们在无往的《沙石集》（1283年）、曲亭马琴的《燕石杂志》（1811年）、高田与清的《松屋笔记》（19世纪40年代）和岩谷小波的著名《日本昔话》（19世纪末）等作品里，都可以发现这个情节。

十七世纪，中篇小说（类似中国话本小说）体裁在韩国文学中开始发展，作家们随之将注意力转向本民族的民间创作、历史题材的散文和邻国的文学遗产，

---

① 《日本昔话》（俄译本）岩谷小波著，出版年代不详，s.229—236。
② 金富轼《三国史记》，第二册，第305页。
③ 《今昔物语》第一册，1965年，第392页。

这个时期他们创作了著名的小说《兔子传》。作者利用一个在韩国家喻户晓的情节，作成一篇极具讽刺意味的小说，并对上层阶级的那些迂腐夫子进行辛辣的嘲讽。小说源于汉文古典文学典故——那些充当主角的野兽，全然是一副古代智者的腔调，他们的言辞处处用历史典故。在我们所熟悉的这个情节链中，韩文的这部作品是非常独特的（在蒙古译文中有些偏离一般情节的现象——丈夫本人把乌龟妻女毒打一顿，然后为了替她医伤去弄一颗猴子的心[①]。但是，与中世纪文学和民间创作的特征一致，这里的改写扩充也恰好是一种具有传统规范的小说的开头。况且，该译文的基本情节与叙事手法均与古印度教训故事的传统保持一致）。且是文学创新性最强的小说。

    上面谈到的几种异文情况，说明这个印度情节的确在世界范围内（中世纪时期）得到了广泛传播，伊朗、叙利亚、阿拉伯、犹太国家、希腊、南斯拉夫、俄罗斯以及西欧国家的读者们先后熟悉了这个情节，同样，这个情节流传到了远东——中国、韩国、日本、东南亚和中亚（蒙古、西藏等）。一个关于猴子巧妙骗过愚蠢海怪的印度故事（该故事在印度的本源被证实为猴子的心具有医疗作用——人们说他没有心的情况下是宣扬一种骗术——这在印度民间创作中是很突出的特点[②]，以书面形式在绝大部分中世纪文明世界里广为流传。但我们另外还有资料证明，这个情节在许多国家的民间口头创作中也十分活跃。据新的印度民间故事索引提供的资料表明，这些情节在某些区域有不同形式的口头变体，这些区域包括印度、阿富汗、西藏、匈牙利和古巴。[③] 在最后一次出版的 *Aarne-Thompson*《民间故事类型索引》（1964 年）里也表明：在拉脱维亚、犹太（大概是指书面的）、印度尼西亚、菲律宾和日本也存有该情节的异文[④]。对上述民俗学划分法我们还应当补充韩国和回族的异文[⑤]，同时还有越南南部色当族的异文，他们属于孟—

---

    ① B. Ja., Vladimirtsov, Mongolskij zbornik rasskazov iz Pancatantra-Zbornik Museja antropologii I etnografii, Leningrad, 1925, T.5, N2, s.331—353.

    ② Benfey T. Pantschatantra, Leipzig, 1859, p.91.

    ③ Thomopson St. and Roberts W. E., Types of Indic Oral Tales, Bloomington, 1958, p.28.

    ④ Aarne A., Thompson St., The Types of Folktale, Folklore Fellow Communications, N184, Helsinki 1964, p.41, N91.

    ⑤ Ikeda Hiroko. A Type and Motif Index of Japanese Folkliterature, FFCommunications, N209, Helsinki, 1971, p.28. Mythology and Folklore of the Hui, a Muslim Chinese People, State University of New York Press, 1994, pp.435—437.

高棉语族①，以及缅甸掸族的故事②。有资料证明这个情节还流传到了泰国和寮国。俄罗斯的越南文学专家 N. I. Nikulin 教授就这个问题做过推测："这个情节是透过越南人或者寮国人从印度传至色当族那里去的。③

初看起来，我们给这个情节的口头流传所涉及的国家和民族划分了一个奇怪的、无必然联系的区域图（当然，在我们谈到这个情节的口头流传情况时，我们不能确保这样一点：绝无新的资料可以改变我们今天的看法。因此，我们的结论在某种程度上具有推测或假设的性质）。

但是，这个区域图却可以使我们在研究中世纪文学和文化的关系时，可能得到一个非常重要、不同寻常的视角：这个情节的流传大体上是在周边地区进入到民间口头创作。这里，原书面形式的作用减弱了，故事情节很容易脱离书面，并明显具有了口头创作的性质。为什么一个关于猴子的故事没有在中国（汉族）、波斯、阿拉伯或者西班牙的民间口头创作中出现，却在那些非洲讲斯瓦西里语的民族广为流传？显而易见，这是受到阿拉伯文化传播影响最远的周边地方的缘故。同样，在色当族和掸族人那里，这个情节的流程是由于南佛文化的最远的周边地区，在古巴是由于西班牙文化的最远之地区，在日本则如我们所知，是由于中国文化传播也是东方最远的地区。

当然，这里并不仅仅存在一个单纯的地理遥远位置问题，即这些地区远离故事情节的传播中心——印度，重要的是这些地区在接受外国故事情节的有利条件。对此，我们可以列举以下一些因素：如缺乏接受书面文学的条件（例如，掸族和讲斯瓦西里语的非洲人，或在有西班牙语人居住时期的古巴）。如果说在某种条件下，尤其是在地理位置比较接近印度的情况下（如藏族、掸族、色当族），不排除直接从口头借用印度传统，那么，在韩国或者日本这个情节的传入如同其他印度故事一样，实际上只可能透过书面文学形式。在日本和韩国，佛教得到承认和支持的程度，比中国要大得多，佛教进入这两个国家早已是水到渠成的事，而不是用原来的陌生样子，只用中文从中国大量的佛经译著中。日本和韩国所接受的佛教以及传布这些佛教的故事，其程度也超出了中国本身。值得注意的是，我们这里所谈的在很大程度上指的是对外来情节的接受与本民族民间口头创作之间的亲缘关系（即所谓相互渗透关系）。在日本，有关动物的故事传说非常流行，因

---

① Skazki narodov Vietnama, Moscow, 1970, s.181—182.
② 《日本昔话集成》第一卷，关敬吾编，1955年，第234页。
③ Skazki narodov Vietnama, Moscow, 1970, pp.75, 371.

此在民间口头创作中接受外国动物题材的故事比中国汉族要多得多,在汉族,有关动物的故事为数不多。由此可以断定,我们在日本发现这个情节以口头形式广泛流传并非偶然:这个情节在日本竟有十八种不同的说法①。印度民间故事常在结尾时加上某种东西或动物特点的来源几句话,世界上许多民族,尤其是在远东民族关于动物的民间故事也有这样一个特点。在日本的口头传说中,多嘴多舌的海蜇(又名章鱼)与猴子在谈话之间因为泄露了龙王要见猴子的秘密,因此被打断了浑身的骨头,海蜇从此便再没有了骨头(一〇五)。

我们上面举出的关于这个印度情节口头流传的例子,在远离印度的一些国家里都带有普遍性。其他一些故事情节的流传也有相似的情况,如《五卷书》中一个著名的关于乌龟的故事:两只天鹅衔着一根木棍带着一只乌龟飞往他处,临走前天鹅令乌龟紧咬木棍不得开口说话,否则会掉下去。乌龟后来忘了这个警告,因此掉到地上摔死了(俄国著名作家 V. M. Garshin(1855—1888)曾把这个故事改写为童话,题为《一只青蛙游行记》。《佛本行经》故事(第二一五则)里有这个情节,其他佛经,如《旧杂譬喻经》(僧侣康僧会在西元二五一年译成中文)或义净译的《根本说一切有部毗奈耶破僧事》都有这个故事②。中国佛教徒编于西元七世纪的著名集子《法苑珠林》也收了这个故事。这个故事在中国七至十一世纪的流传情况,敦煌寺院藏书中的一首诗可以佐证,这首诗叙述两只鸟用一根木棍带着一只神龟飞行,同时我们在唐代的一面铜镜上也发现了这个情节。此外,关于一只乌龟与两只鸟的故事,我们还可以在宋代著名书画家米芾于一〇八八年为自己的一幅画所题的诗中见到。③

中国诗人和人文学者刘半农在本世纪二〇年代,从巴黎藏的敦煌文献中发现了一首关于两只鸟的诗作,他认为这是一首民歌,但是,历史学家周一良作了一个推测,认为这首诗是那些佛教僧侣讲经布道时用韵文作的一个结束语,即偈语。在对这首诗的民间创作说持异议的同时,周一良还进一步推测,米芾的题画诗所援引的是民间故事,而非直接依据佛典所载之故事。周一良作此推测的依据是,他发现米芾诗中的鸟是鹤,而不是天鹅(诗的第一句:"为龟鹤年寿齐")。但是如果我们注意到编撰于西元十一世纪的日本故事集《今昔物语》,便会发现在这部

---

① Skazki narodov Vietnama, Moscow, 1970, p.28.
② 周一良:《魏晋南北朝史论集》,中华书局,1963 年,第 306—363 页。
③ 同上书,第 363 页。

书里也是用鹤代替了天鹅①。日本学者还帮我们找到原始资料，证明这种替换早在米苗和《今昔物语》之前便有了，这个资料便是《法苑珠林》的第四十五卷②。这种替换很可能与远东地区的人们所习惯的象征模式有关，天鹅或雁是信使的象征，这在本故事情节中没有意义。因此，在远东地区两只带着乌龟飞行的鸟便成了鹤（在远东人民心目中龟与鹤都是长寿的象征——不能排除这样一种可能，即《法苑珠林》的中国编撰者得知这个源自印度的情节的某种异文，在那里也是用鹤代替了天鹅。由此，我们联想到在塔吉克人那里，有关该情节的异文中也是提到鹤或鹳的）。鉴于上述情况，周一良关于这个情节流传到中国民间创作中的看法，显然是缺乏说服力的。

同前面谈到的情况一致，我们又观察到了一个规律性的现象：印度故事透过书面的形式来到中国，没有传入至汉族民间文学中。而经过中国，用文言译的经典来到韩国及日本后，却传入日本的口头民族创作中③，在塔吉克人和非洲大陆的情形也是如此，在某一个文化周边的地区经过书面上的形式，印度情节传入当地民间文学。

当然，也有少数情况例外。比如，同样是《五卷书》中一个著名的关于贼的故事，这个盗马贼从马厩里把变成马藏在那儿的罗刹拖了出来，而罗刹却把盗马贼当做了一个可怕的怪物④。在这个故事里，一个为罗刹陌生的词语"毗迦罗"（意为晚上）起着重要的情节功能作用，罗刹误以为"毗迦罗"是一个比自己更强有力的怪物的名字（《五卷书》第五卷第九个故事）。这个故事不仅在《五卷书》中载有，亦载于波斯异文《辛巴德之书》（西元七世纪，作者为撒马尔汗〔康国〕的穆罕默德）。这个情节在远东国家的民间口头创作中广为流传；我们在中国、韩国和日本民间文学中都可以发现这个情节，同样，这个情节在日本得到了最为广泛的传播，在那里其各种异文的数量最多，仅就日本学者知道的情况，这个情节在日本的变体（variant）多达七十余种⑤。据日本关敬吾教授的考证，这个情节是

---

① 《今昔物语》第一册，1965年，第390—391页。

② 《大藏经》第五二册，第638页。

③ 《日本昔话集成》第一卷，关敬吾编，1955年，第301页。

④ Sindbad-name（俄译本），Moscow，1960，s.176—180。

⑤ Ikeda Hiroko. A Type and Motif Index of Japanese Folkliterature, FFCommunications, N209, Helsinki, 1971, p.28. Mythology and Folklore of the Hui, a Muslim Chinese People, State University of New York Press, 1994, pp.44—45.

日本流传最广的民间故事之一①。此外，这个故事在缅甸北部的掸族人那里也流传甚广。

在波斯文学中，有关该情节的叙述显得巧妙机警、辞藻华丽，与口头故事文学的风格相去甚远，这使我们感到此异文在一定程度上脱离了《五卷书》的原文。波斯异文失去了故事原本所具有的那种高贵典雅的风貌，而降低到与寻常生活格调一致——故事行为不是发生在皇宫内，而是在近东一个普通的小客栈里，故事主角也不是那位想抱走公主的恶魔罗刹，而是一只想吃马肉的狮子。类似这种降低格调情景的处理，在远东的一些异文中也可以见到。故事发生在一个偏僻的乡村，在一个破旧不堪的小茅屋。在中国异文中，替换罗刹的不是狮子——像波斯异文那样，而是老虎（类似中国的这种替换，在掸族人那里也是用老虎代替了罗刹）。②在日本异文中，则是用狼代替了老虎。③

据坪田让治的考证，在韩国异文中提到的也是老虎。④但在日本的某些边疆区的说法中同样谈的是老虎⑤。这使我们感到在远东该故事是通过韩国从中国传出的（在日本民间口头创作中，老虎不是一个很有特征的形象）。⑥

一九〇九年俄国著名的旅行家 P. Kozlov 在甘肃省黑水城发现的西夏文和汉文的书籍中，也有波斯文《辛巴德之书》的一些片段。这个事实证明《辛巴德之书》的稿本早已传到了远东文化区域。但是，在中国和日本的民俗学家所记录的故事中，有一个细节可以让我们把那些异文看做直属印度传统，而不是伊朗的修改本。在印度故事里，罗刹听到一个陌生的词语"毗迦罗"———"晚上"、"黄昏"——他吓坏了；在中国和日本的异文中，老虎（或狼）不明白"漏"这个词是什么意思，胡乱猜之为某种可怕的野兽。主角谈到，世界上最可怕的莫过于屋顶上有个洞，而躲在屋子附近的猛兽也和罗刹一样，因此受到莫名其妙的惊吓。遗憾的是，我们暂时还无法确定这个情节透过什么途径传入远东。最合乎逻辑的推测是，这个

---

① 《日本昔话集成》第一卷，关敬吾编，1955年，第227页。

② 《民间神话全集》，朱雨尊编，普益书局1933年。

③ Japonskie skzki, Moscow, 1965, s.126—127.

④ 《日本昔话集成》第一卷，关敬吾编，1955年，第227页。

⑤ Ikeda Hiroko. A Type and Motif Index of Japanese Folkliterature, FFCommunications, N209, Helsinki, 1971, p.28. Mythology and Folklore of the Hui, a Muslim Chinese People, State University of New York Press, 1994, p.45.

⑥ 《日本昔话集成》第一卷，关敬吾编，1955年，第218页。

情节之所以像其他故事一样广为流传，仍旧归功于佛教著作的传播。透过佛教著作，这个故事还可能传到了蒙古①、爪哇和其他一些印尼岛国。②

对一个盗马贼和一只老虎的故事的各种异文加以研究，如我们对上面列举的例子的分析，有助于我们理解在文化相互影响的过程中如何发生了对外来情节的地区性改变。首先，这种改变表现为具有突出地位的主角的替换，这种替换更易于被某一文化区域的人们所接受。因此，罗刹这才变成了狮子、老虎或者狼（一般说来，在口头或书面对民间故事情节加以改编利用时，动物的名称最容易、最经常发生改变。类似的替换，曾被那些研究远离民间口头创作的中世纪叙事散文的学者们指出过（参见一例③），通常情况下，在地方动物志里不常出现的动物，易被具有类似特征的别的动物所替换，以便民间口头创作的加工品易被人们接受。有时某种特别令人喜爱的动物，在改写外来各种情节时，可能替换原主角）。而那个怪词语"毗迦罗"或完全消失（在波斯故事里），或改换成别的词语（在中国人和日本人那里——"漏"）。与地区民间文学创作传统相关，改变过程中故事的背景也会发生相应的变化，故事行为在变化了的背景下重新展开。应该强调的是，在所有的改写当中，故事的基本意义、主角行为和原来的情节模式，仍然得到了相当完整和准确无误的保存。

（《李福清论中国古典小说》，张晋业、卢丽莉译，
台北：洪业文化事业有限公司，1997年，第233—272页，有删节）

---

① Benfey T. Pantschatantra, Leipzig, 1859, Bd.1, S.354；同 Ikeda Hiroko. A Type and Motif Index of Japanese Folkliterature, FFCommunications, N209, Helsinki, 1971, p.28. Mythology and Folklore of the Hui, a Muslim Chinese People, State University of New York Press, 1994, p.45.

② Vinsted R., Istorija malajskoj klassicheskoj literatury, Moscow, 1966, s.27.

③ Metsherskij N.A. Iskusstvo perivoda Kievskoj Rusi-Trudy otdela drevnerusskoj literatury, Moscow-Leningrad, 1958, 15, s.63.

第六章

文 类 学

第一节 文类学述要

"文类"作为文艺术语，来源于法语词 genre，指文学艺术的种类、形式、体裁、风格、流派等，与中国古代文论中的"文体"相似，所以文类学，也译文体学、体裁学、风格学。在英语批评术语中，文类（genre）与"类别"（kind）、"类型"（type）、"形式"（form）并无明确分界。中国批评界将文类、文体、体裁混合并用，如戴望舒将法国梵·第根《比较文学论》中的"genre"译为"文体"，刘象愚将美国韦勒克、沃伦《文学理论》中的"genre"译为"类型"，将美国维斯坦因《比较文学与文学理论》中的"genre"译为"体裁"。现在文艺批评界中，多将"genre"译为"文类"，将"style"译为"文体"。

"文体"与"文类"并非两个完全相同的范畴。童庆炳在《文体与文体的创造》中，将文体范畴分为三个方面：体裁的规范；语体的创造；风格的追求。申丹在《叙述学与小说文体学研究》中给出了文体广狭两个方面的定义："文体有广狭两义，狭义上的文体指文学文体，包括文学语言的艺术性特征、作品的语言特色或表现风格、作者的语言习惯以及特定创作流派或文学发展阶段的语言风格等。广义上的文体指一种语言的各种语言变体，如：因不同的社会实践活动而形成的新闻语体、法律语体、宗教语体、广告语体、科技语体；因交际媒介的差异而产生的口语语体与书面语体；或因交际双方的关系不同而产生的正式文体与非正式文体等。"[①] 所以，文体既可从文学的角度研究体裁、种类、风格等，也可以从语言的角度研究语音、词汇、语篇等。

文类学有广义和狭义之分，广义文类学的研究对象是文艺作品，包括文学、音乐、绘画、雕塑等，狭义的文类学仅仅研究文学作品的分类。在文学史上，最为流行的两种文学分类方法是依据地点和时间，如把文学分为西方文学与东方文学，将东方文学分为印度文学、日本文学、中国文学等，将中国文学分为先秦文学、魏晋南北朝文学、当代文学等，将当代文学分为十七年文学、80年代文学、新世纪文学等。但上述流行的分类并不是文类学所研究的对象。狭义的文类学是文学批评的一支，它研究如何根据文学作品自身的特点，而非时间、地点等外在标准，对文学作品进行科学的分类，研究各种文类的特征及历史演变，以及文

[①] 申丹：《叙述学与小说文体学研究》，北京：北京大学出版社，2004年，第77页。

类间的相互影响等。所以文类学主要从文学的角度研究类型、体裁、风格等。而比较文类学，也就是比较文学视域下的文类研究，因比较文学的跨民族、跨语言、跨文化、跨学科性质，研究范围更加宽广，研究内容更加复杂，研究对象主要是不同文明背景下的文类的平行研究或影响研究，如中西长篇小说文类比较，中国与欧洲的风景诗比较，悲剧文类分法与中国古典戏剧，史诗的缺类研究，意大利十四行诗的跨国界旅行等，都属于比较文类学的研究范围。

一、纵向溯源：中西文类学概述

1. 中国文类学概述

西方有些学者，如维斯坦因教授认为中国目前为止尚未按照类属对文学作品进行过系统分类，这种论断是不符合历史事实的。实际上，中国古代文类学虽然分类繁细，标准芜杂，但却历史悠久。

在中国文学产生之初，诗、乐、舞是合一的，《毛诗序》对此曾有形象的表述："情动于中而行于言，言之不足，故嗟叹之，嗟叹之不足，故咏歌之，咏歌之不足，不知手之舞之，足之蹈之也。"但中国最早的诗歌总集《诗经》，收录了自西周初年至春秋中叶五百多年的诗歌三百多篇，就将文学分成了风、雅、颂三类。

自魏晋以来，文学分类繁细，如《昭明文选》将文学分成38类，《文心雕龙》提及文体59种，《文体明辨》涉及文体127类，繁细复杂，难以把握。这是因为中国文体分类往往采用归纳法，将大量文学作品进行归纳整理，文学作品丰富多彩，文类自然繁细复杂，而且中国文史哲不分，文学与非文学作品界限模糊，也造成了文类的繁细特征。

一般来说文类可以从内容和形式两个方面来划分，但由于分类的多角度性，造成了中国文类标准的芜杂。如我国的诗歌作品，常常从语言、韵律等形式方面分成五言、七言、杂言等，但也可从内容题材方面分成山水诗、咏史诗、爱情诗等。而且一部文学作品可包含多种文体成分，一种文体又常常处于演变过程中，出现变体，新的文体种类因此不断涌现。中国古代文类学虽然源远流长，大体可分为四个时期：汉代以前为形成期；魏晋南北朝为成熟期；隋唐宋元为发展期；明清为总结期，但四个时期均未出现权威的划分标准。

《毛诗序》是我国诗歌理论的第一篇专论，它提出了"六义说"，"故诗有六义焉：一曰风，二曰赋，三曰比，四曰兴，五曰雅，六曰颂"。一般认为，风、雅、颂是诗的分类，而赋、比、兴是诗的写作手法。《尚书》是上古历史文件的汇编，记载了虞，夏，商，周各代典、谟、训、诰、誓、命等文献。《尚书》绝大部分应属于当时官府处理国家大事的公务文书，准确地讲，它应是一部体例比较完备的公文总集。此书是古代散文形成的标志，但明显可以看出中国文学散文和非文学散文不分的传统。

汉代刘向的《别录》、刘歆的《七略》和班固的《汉书·艺文志》是真正自觉进行文类辨析的开始。曹丕的《典论·论文》是一篇具有划时代意义的文类论文，文章提出了"四科八体说"，在中国文类史上第一次正式提出了文体分类的思想。"夫文本同而末异。盖奏议宜雅，书论宜理，铭诔尚实，诗赋欲丽"。"本"指文章的本质特征，"末"指文章的具体表现形态，即文体特征或文章在内容和形式方面的特点。无论哪一种文体，都用语言文字来表达思想情感，其"本"是相同的，相异的是不同文体在表现形态、语言形式、体貌风格等方面各有不同，曹丕据此将文体清晰地分为了八类。西晋著名文学家陆机的《文赋》是中国最早系统探讨文学创作问题的论著，全文以赋的形式写成，在《典论》的基础之上，将文体区分为十种。"诗缘情而绮靡，赋体物而浏亮。碑披文以相质，诔缠绵而凄怆。铭博约而温润，箴顿挫而清壮。颂优游以彬蔚，论精微而朗畅。奏平彻以闲雅，说炜晔而谲诳。虽区分之在兹，亦禁邪而制放。要辞达而理举，故无取乎冗长"。南朝梁武帝的长子萧统组织众多文人共同编选的《昭明文选》（又称《文选》），是中国现存的最早一部诗文总集。全书共60卷，分为赋、诗、骚、碑文、吊文、祭文等38类，反映了汉魏以来文学发展、文体增多的历史现象。刘勰的《文心雕龙》是"体大思精"、"深得文理"的大作，共10卷50篇，其重要内容是关于文章体裁、源流的阐述，涉及的文体达59种。虽然晋代挚虞的《文章流别论》、李充的《翰林论》，都对文体进行过探讨，但这些著作都已亡佚，故《文心雕龙》就成为中国现存最早系统阐述文章体制和源流的重要著作。从第5篇《辨骚》起，到第25篇《书记》止，探讨了各种文体，是一部文体学巨著。刘勰还创造性地将文章风格归纳为"四组八体"，"若总其归途，则数穷八体：一曰典雅，二曰远奥，三曰精约，四曰显附，五曰繁缛，六曰壮丽，七曰新奇，八曰轻靡"。而文学风格的形成，源于作者丰富多彩的个性气质，此风格论对后世产生了深远的影响。钟嵘的《诗品》，就是在刘勰的《文心雕龙》以后出现的一部品评诗人气质和诗歌风格的文学批评名著。

隋唐宋元时期文体更加丰富，出现了一些新的文体，某些文体甚至成为某个时期的"代言人",如宋词、元曲、唐传奇等。随着文体的增多,文类学理论也有了进一步发展。司空图的《二十四诗品》,概括了诗歌的雄浑、冲淡、纤秾、沉着等24种风格,是以风格为标准对诗歌进行文类划分的代表作。南宋诗论家严羽的《沧浪诗话》,分为"诗辨"、"诗体"、"诗法"、"诗评"和"考证"五章,其中"诗体"探讨诗歌的体制、流变、风格和流派。严羽是中国诗学史上最早以专章形式系统论述文体的诗学家,他认为诗体在文章中占据着重要的地位,"作诗正须辨尽诸家体制,然后不为旁门所惑"。严羽考察了诗歌的流变,"风雅颂既亡,一变而为离骚,再变而为西汉五言,三变而为歌行杂体,四变而为沈宋律诗"。此书也以时代、作家、流派、结构、风格等对诗歌进行了详细分类,为以后文体的精细划分奠定了基础。

明清时期是古代文论的总结期。明代吴讷的《文章辨体》,对古文章之文体进行了详尽的探讨。"使数千载文体之正变高下,一览要以具见"。与吴讷同时代的徐师曾在其《文体明辨·序》中评论说:"大抵以同郡常熟吴文恪公讷所纂《文章辨体》为主而损益之。"但是《文体明辨》将文体分为127类,比《文章辨体》的59类更加精细。两书集成了古人推源溯流和类聚区分的传统,同时"补齐未备",成为明清时代文体著作的集大成者。

近代文类学研究,散见于当时的文学理论著作中。这段时期,出现了许多文学理论教材,一定程度上代表了文学理论研究的最新成果,从教材中大致可以窥见文类学的研究状况。

民国时期的文论,属于近代文学理论的草创时期,是通过日本之桥,接受到欧美和前苏联的影响。鲁迅在1927年就倡议从本间久雄的《新文学概论》和厨川白村的《苦闷的象征》开始研究新文学,而这段时期代表性著作是田汉的《文学概论》,可以说是《新文学概论》的简版。在《新文学概论》的第三编文学各论中,本间久雄借鉴了温切斯特和哈德森的《文学理论》,分三章,分别讨论了诗、戏剧、小说,又将诗分成主观诗和客观诗,将戏剧分为悲剧和喜剧。但在《文学概论》中,田汉只在上编第六章"文学与形式"中探讨了文类文体,其中他借鉴了本间久雄关于韵文的分类,韵文是"强烈的感情所发出之自然地言语之理想化",也吸收了创造社郭沫若的文类观,认为散文和韵文不再是壁垒森严,散文诗的出现就是例子。可见,田汉的文类观明显受到日本文学理论和中国近代文学的影响。

十七年时期和文革十年时期,代表性的著作是以群版《文学的基本原理》

（1964）和蔡仪版《文学概论》（1979），反映了当时占主流的马克思意识形态话语，蔡仪的《文学概论》第五章"文学作品的种类和体裁"，将文学分成了"叙事文学"、"抒情文学"和"戏剧文学"。

新时期三本以"文学理论"命名的著作专章探讨了文类学，南帆的《文学理论（新读本）》第一编"文学的构成"第五章是"文类"；王一川《文学理论》第四章"文学文本"第四节是"文学文本的约定文类"；而陶东风《文学的基本问题》更是从比较文学的视域下探讨文类文体。可见，文类学的研究更加专业，视野更加广阔。

2. 西方文类学概述

西方文类学研究和中国一样源远流长，距今两千多年的柏拉图（Plato）和亚里士多德（Aristotle），就已经开始为文学分类。但文类学在中西方存在着四个较为明显的不同：一、在研究对象上，西方开始多是戏剧和史诗，而中国古代文体学研究对象多是诗歌和散文；二、在研究方法上，西方多用演绎法，从哲学观念出发，逻辑推导出文学分类方法，而中国多从文学作品出发，归纳总结出文学类别；三、在科学体系上，西方多形成了一定体系，中国分类虽然繁细但相对缺乏严格逻辑；四、在态度上，西方既有文类学的坚定支持者，也有彻底否定者，而中国相对中庸平和。

柏拉图在《理想国》第三卷中最早对文学进行了分类，他依据的标准是叙述方式，也就是根据是主观叙述还是客观摹仿，将文学分成"摹仿叙述"、"单纯叙述"和"混合叙述"三类。一是悲剧和喜剧，特征是通过作品中的角色对生活中的人物进行摹仿；二是合唱队的颂歌，特征是作者主观叙述，即单纯叙述；三是史诗，特征是客观的摹仿叙述和主观的单纯叙述杂合而进行的混合叙述。

亚里士多德的《诗学》，是西方历史上第一部较为系统而全面地探讨文学理论的专著。《诗学》认为艺术是生活的摹仿，所以划分文类的标准是摹仿的媒介、对象和方式。《诗学》的研究重点是悲剧，"悲剧是对于一个严肃、完整、有一定长度的行动的摹仿；它的媒介是语言，具有各种悦耳之音，分别在剧的各部分使用；摹仿方式是借人物的动作来表达，而不是采用叙述法；借引起怜悯与恐惧来使这种情感得到陶冶"。此经典定义对后世产生了深远的影响。

贺拉斯（Horiatis）是古典主义的奠基者和立法者，其《诗艺》遵循古典原则和理性原则，主张各种文学作品的体裁要有严格的界限与规律，例如反对创作悲剧与喜剧混同的悲喜剧，认为悲剧必须遵守"三一律"。布瓦洛《诗的艺术》是17世纪法国新古典主义的代表作，其第二章分析了牧歌、挽歌、颂歌、十四行诗、歌谣等文类，第三章论述了悲剧、喜剧和史诗等主要诗体，但是缺乏明确的文类划分标准。

19世纪浪漫主义思潮兴起后，开始反对古典主义对于文类呆板的划分。法国浪漫主义运动的领袖人物维克多·雨果（Victor Hugo）在《〈克伦威尔〉序言》中提出了美丑对照原则，主张为了突出美，可以描写丑，这样才符合生活的真实，使观众对美有着更强烈的感受。如《巴黎圣母院》中，美丽善良的女主人公爱斯梅拉达，与纯洁丑陋的敲钟人伽西莫多，道貌岸然的副主教克洛德，以及风流卑鄙的卫队长弗比斯就形成了鲜明的对比，对比中美者更美，丑者更丑，这就是对古典主义文类学中美丑不可并列的反驳。因此可以说浪漫主义也是文类学中的自由主义。

西方有些学者对文类划分激烈反对，有些学者却不厌其烦，极端的两方代表分别是克罗齐和布吕纳介。意大利美学家克罗齐（Benedetti Croce）可谓反对文学分类的激进派代表，他曾说："如果把讨论艺术分类与系统的书籍完全付之一炬，那也绝对不是什么损失。"[①] 法国学院派文学批评家布吕纳介（Brunette）的《文学体裁演化论》（1890）却对文类进行了机械划分，试图将达尔文进化论直接搬到文类学研究中来，推导出文学类型产生、发展、成熟、衰落、消亡的精确历史。此做法试图把文学研究和科学研究混同，对文类学研究造成了不良影响。罗马尼亚著名比较学者迪马曾评论说："布吕纳介的固执立场以及由此而产生的夸大和歪曲，导致了轻视文体和文学类型的倾向。"[②]

19世纪末期到20世纪60年代，现代文论流派此起彼伏，前期有唯美主义、直觉主义、象征主义，后期有形式主义、存在主义、新批评等。60年代以后，后现代文论风起云涌，如结构主义、解构主义、接受美学、后殖民理论等，这些令人眼花缭乱的流派大都提出了自己的文类观，文学分类更加丰富多彩。如加拿大学者弗莱（Northrop Frye），其《批评的剖析》（1957）是原型批评的经典著作，也是重要的文类学著作。在考察西方文学史的基础上，弗莱根据作品主人公和他人

---

① 转引自朱光潜：《西方美学史》，北京：人民文学出版社，1979年，第650—651页。

② 〔罗马尼亚〕迪马：《比较文学引论》，谢天振译，上海：上海译文出版社，1991年，第110页。

及环境的关系,把作品分为五种:神话、传奇和童话;史诗和悲剧、现实主义文学、反讽文学。弗莱认为,以上诸种文学类型中,神话是最基本的模式,其他文学类型都是"移位的神话"。弗莱还根据原型意象,将作品类型与基本意象联系起来,如喜剧与春天、传奇与夏天、悲剧与秋天、反讽与冬天。弗莱的文类理论是独树一格的,但也遭到了茨维坦·托多洛夫的反对,认为其分类方法缺乏严密的逻辑性。现代、后现代的文类研究,可谓到了众声喧哗的时代,有着丰富的文类研究资源。

3. 比较文学视域下的文类学概述

中国和西方早期的文类学,不管是支持者还是反对者,大都站在民族文学的范围内进行探讨,都缺乏自觉的国际性眼光和比较意识。比较文学作为一个学科在19世纪后期兴起之后,学者们开始自觉地在比较文学的视域下研究文类学,开放性和国际性的文类学研究才走上了文学批评的舞台。

巴黎大学教授梵·第根是"法国学派"奠基人之一,他的《比较文学论》(1931)是第一部全面阐述法国学派观点的著作,书中辟专章讲述"文体与作风",可见他对于文类研究的重视。他强调说,研究文学作品须首先研究作品形式,因为形式反映了本国文学传统或者外国文学影响,因此,比较文学家应探究作者为什么选择此种文学形式,在所选形式上有无革新或发展。至于文学形式所受到的外国影响,是只有比较文学家才有能力开垦的疆域,因为文体的国际间关系是纷繁芜杂的,有时一种文体会在跨民族、跨语言的不同语境里四处开花,枝繁叶茂,如意大利的"商籁体"(十四行诗)在文艺复兴时期的法国和英国,英国的言情小说在18世纪的法国和德国;有时一种文体在某个文化语境的土壤里会水土不服,干涸而亡,如冒险小说在意大利,中世纪的谣曲在俄罗斯。因为法国学派的方法论是讲究事实联系的实证主义,故其文类学就是通过实例研究某种文体跨民族、跨语言、跨文化旅行后的流传及变异。但大部分法国比较文学学者,如基亚、毕修瓦、卢梭、布吕奈尔等,对文类学研究都有或多或少的忽视。

美国著名比较学者维斯坦因(Weinstein),批评了老派法国学者对文类学的忽视,"在目前流行的大多数比较文学手册和综述性著作中,体裁问题要么不被提及,要么受到不同程度的冷遇"。[①] 他倡议应大力加强文类学的研究,因为文类

---

① 〔美〕维斯坦因:《比较文学与文学理论》,刘象愚译,沈阳:辽宁人民出版社,1987年,第104页。

学的研究领域是广阔而大有前途的,"从比较的角度研究文学的学者会发现,体裁(genre)的概念像时期、潮流、运动等概念一样,为文学研究提供了一个广阔而富有成果的领域"。①

平行研究的崛起,不仅扩大了比较文学研究的范围,也拓展了文类学研究的疆域,文类学研究蓬勃兴旺。但是在此阶段,东方文类学,尤其是中国文类学研究,由于语言、文化、历史等问题,仍然处于极度边缘位置,被冷落忽视。20世纪70年代以来,比较文学经受了三股大潮的洗礼,分别是理论大潮、文化热潮和东西方比较文学的兴起,其中一个重要的成果就是比较文学在中国的崛起。中国比较文学学者从一开始就注重文类研究,像乐黛云的《比较文学原理》(1988)和《中西比较文学教程》(1988),陈惇、刘象愚的《比较文学概论》(1988),孟昭毅的《比较文学探索》(1991),陈惇、刘象愚、谢天振的《比较文学》(1997),杨乃乔的《比较文学概论》(2002),都有专章专节重点探讨文类学。随着东西方比较文学的兴起,文类学掀开了崭新的辉煌的一页。

二、横向剖析:文类学的研究对象和范围

对于文类学的研究对象和范围,学者们的观点是不统一的。谢天振在《文类学的研究范围、对象和方法初探》一文中提出,目前可从三个方面展开文类学的研究:一、文学的分类;二、文学体裁的研究;三、文学风格的研究。台湾学者张静二在《试论文类学的研究范畴》中提出文类学可大致分为四个研究范畴:一、作品分类法;二、文类生命史;三、文类理论批评;四、文类实用批评。陈惇、孙景尧、谢天振主编的《比较文学》"文类学"一章中,提出文类学可以从五个方面进行研究:一、文学的分类;二、文学体裁研究;三、文类理论批评;四、文类实用批评;五、文学风格研究。借鉴上述观点,下面重点研究三个主要方面:分类研究、体裁研究、风格研究。

1. 分类研究

文学分类是文类学中最具体、最基本的研究对象。分类研究随着文学实践的发展而发展,丰富的文学实践不断地为文学分类提供新的课题,文类研究也随之

---

① [美]维斯坦因:《比较文学与文学理论》,刘象愚译,沈阳:辽宁人民出版社,1987年,第104页。

更加复杂精细。由于学者个性、文化氛围等差异，分类标准也千差万别，分类方法也千姿百态。

中国目前流行的分类方法有三种：三分法、四分法和童氏分类法。三分法将文学分为抒情类、叙事类和喜剧类，标准是作品所描写的对象是感情、事件还是动作，如蔡仪的《文学概论》坚持三分法。四分法将文学分为诗歌、小说、散文和戏剧，这是目前最流行的分类方法，但是分类标准里既有内容又有形式，标准不够严格统一。以群的《文学的基本原理》坚持诗歌、小说、戏剧和报告文学的四分法。童庆炳在批评上述分类法的基础上，在《文体与文体的创造》中提出了"文学体裁的新构想"，将文学分为再现类、表情类和表意类三种，划分的标准是作品的艺术形象是典型、意境或意象，可谓新三分法，但其分类法也不够科学清晰。此外较流行的还有二分法、五分法和多分法。

二分法的代表人物是刘勰，其《文心雕龙》把文学分为两种：韵文和散文，此分类方法在两千多年的分类研究中占据着重要地位。近代著名学者章炳麟（1869—1936）的《国故论衡》是从古文经学家的立场来评论文学，认为"有形质而自成首尾"的即为文章，文章分为句读文和无句读文两种，无句读文包括图书、表谱、簿录、算草，句读文分成有韵文和无韵文，"赋颂、哀诔、箴铭、占繇、古今体诗、词曲"为有韵文；"学说、历史、公牍、典章、杂文、小说"是无韵文。

童庆炳除了提出三分法，也提出了五分法，他在《文学理论教程》（1992）中把文学分为诗歌、小说、剧本、散文和报告文学，实际上是对两种四分法的一种融合。其他的五分法，均是在诗歌、小说、戏剧、散文之外加上其他新型的边缘文学样式，如影视文学、报告文学、纪实小说、杂文和随笔等。巴人的《文学初步》（1940）将文学分为诗文学、小说文学、戏剧文学、杂文文学、说唱文学。其中杂文文学指序、跋、论说、杂记、哀铭、训感、短评等，说唱文学指口头文学，变文、诸宫调、弹词、平话、讲史、评书等都属于此类，是一种范围较为宽广的分类法。

古代文人常用多分法，这从古代总集中可以看出，例如桐城三祖之一的姚鼐所编撰的《古文辞类纂》里，收作品700多篇，共74卷，在其卷首的《序目》将全书文体分为论辩、序跋、奏议、书说等13类，并简要叙述了各类文体的源流、特点。其他如萧统的《昭明文选》将文学分为39类，李昉的《文苑英华》将文学分为38类，郭茂倩的《乐府诗集》将文学分为12类，姚铉的《唐文粹》将文学分为23类，吕祖谦的《宋文鉴》将文体分为58类，程敏政的《明文衡》将文体分为

41类,王世贞的《艺苑卮言》将文体分为42类等,不胜枚举。

文学的分类标准不一,反映了不同时代的学者对于文类的不同理解。同时文学实践的发展也为分类研究提供了新的课题,如网络文学、手机文学等的涌现,就是分类研究中崭新的课题。

2. 体裁研究

体裁是指文学作品的具体样式,它是文学形式的因素之一。一切文学作品的思想内容都要通过这样或那样的体裁来表现,没有体裁的文学作品是不存在的。在文学发展的历史上,出现了多种多样的文学体裁,例如神话、史诗、寓言、抒情诗、叙事诗、短篇小说、中篇小说、长篇小说、悲剧、喜剧、正剧、抒情散文、杂文、报告文学等等。这些文学体裁的产生和演变,都有一定的社会原因和其本身的发展规律,在不同的历史时代和社会背景中呈现迥异的特征。

如果说文类研究是从总体上对文学进行分门别类,以建立文学的体系,而文学体裁研究重在研究某种文体的范畴、特征以及演变过程,那么比较文学视域下的体裁研究,则重在比较某种体裁在跨文化背景下的异同,如中西长篇小说的比较,中国和欧洲风景诗歌的比较,中国晚明小品和英国浪漫派随笔的比较等等;某种体裁所产生的跨文化影响,十四行诗对中国新诗的影响,泰戈尔抒情小诗对冰心诗歌的影响,魔幻现实主义文学对现当代小说家的影响等等;或者某种体裁在某种文化圈的缺类现象,就是某种体裁在一种文化圈里出现,但是在另外一种文化圈里却缺失,这可称为缺类研究,如对中国叙事长诗、史诗、悲剧等的缺类研究。

3. 风格研究

风格是作家创作个性与具体话语情境结合而形成的相对稳定的整体话语特色。文学风格是主体与对象、内容与形式的特定融合,是一个作家创作趋于成熟、作品达到较高艺术造诣的标志。文学风格的研究也是文类学的一个重要方面,因为风格本身就是文类划分的一个标准,在晚唐司空图的《二十四诗品》中,将诗歌分为二十四种品格,也可以说是诗歌的二十四种门类。

作家作品风格是文学风格的核心和基础,但也包括时代风格、民族风格、地域风格、流派风格等内涵。比较文学的风格研究,主要就是研究一个作家的风格,如何影响了跨文化语境中的另外一个作家的风格。如易卜生对尤金·奥尼尔,果戈理对鲁迅，拜伦对苏曼殊的影响等。

风格在作品内容方面的表现为作家选择题材的一贯性；感情传达的独特性；独特的人物形象系列；作品主题的独特性。风格在作品形式方面的表现为作品体裁的选择上；塑造形象的方式上；语言文字上；情节结构上。如在鲁迅的《摩罗诗力说》中，我们可以看到拜伦"刚健不挠，抱诚守真，不取媚于群，以随顺旧俗"的风格，对雪莱、普希金、莱蒙托夫、密茨凯维支、裴多菲等恶魔派诗人作品风格的影响。所以这样的风格研究，其范围就超出了文类学的界限，扩展到了更广阔的文学、文化研究。

三、个案举要：诗歌、小说、戏剧、散文

目前文学最流行的分类方法是诗歌、小说、戏剧和散文，下面简要阐述它们的文类学比较研究。

1. 诗歌

诗歌是中国古代文学理论最重要的研究对象，《毛诗序》、《二十四诗品》、《沧浪诗话》都是专门研究诗歌作品的，而西方的《诗学》、《诗艺》中的"诗"并非专门的诗歌，而是泛指一般的文学作品。比较文学视域下的诗歌文类研究，其研究对象是十分广泛的，也是文类学研究中最有活力的。

鲁迅的《摩罗诗力说》，比较了以拜伦为首，包括雪莱、普希金、莱蒙托夫、密茨凯维支、斯洛伐斯基、克拉辛斯基和裴多菲八位浪漫派诗人共同的摩罗诗风格；钱锺书的《论中国诗》通过中西诗歌的比较，指出中国诗讲求抒情性、篇幅短小、富于暗示性及笔力轻淡，词气安和等特点；朱光潜的《中西诗在情趣上的比较》更是一篇出色的比较文学论文，此文出自朱光潜的《诗论》，其背景就是西方诗学大量涌入中国，朱光潜自觉采用了中西比较的方法，对诗学的基本问题，诗歌与其他艺术的关系，诗歌的节奏、声韵和格律文体进行了深入的比较。《中西诗在情趣上的比较》就运用了比较的方法，从人伦、自然、宗教和哲学三个方面，比较了中西诗歌情趣上的异同。在人伦上，西诗以恋爱为中心而中诗的恋爱只是人伦之一；在自然上，中国诗人与自然和谐统一而西方诗人对自然有神秘主义态度；在哲学和宗教上，相比西方人，中国人哲学思想平息，宗教意识淡薄，故中国诗妙在神韵格调，而西方诗高在深邃博大。朱光潜就是在中西比较视域下，

得出了中国诗歌文类的特征，是一篇典型的中西诗歌文类学比较论文。

2. 戏剧

西方文类学的研究重点是戏剧，尤其是悲剧，如亚里士多德的《诗学》大部分都是关于悲剧的学说，这是因为西方戏剧产生较早，尼采在《悲剧的诞生》中说古希腊悲剧起源于祭祀酒神狄奥尼索斯的庆典活动。在古希腊就出现了埃斯库罗斯、索福克勒斯和欧里庇得斯三大悲剧作家，喜剧之父阿里斯托芬的作品也达到了非常高的艺术水准。中国古代的戏叫"戏曲"，是综合音乐、歌唱、舞蹈、武术和杂技等的综合艺术，完备的戏剧文本出现在宋代南戏，后来元杂剧、明昆曲以及清朝京剧、豫剧等地方戏相继崛起。中国西方意义上的戏剧被称作"话剧"，是在学习借鉴西方戏剧的基础上形成的，在20世纪初产生，"五四"前称"文明新戏"，"五四"后称"新剧"，1928年后称"话剧"。因产生较晚，故关于话剧的文类研究也相对较晚。

关于中西戏剧的比较研究，如蓝凡的《中西戏剧比较论》，周宁的《比较戏剧学：中西戏剧话语模式研究》都是出色的研究作品。但是中国戏剧方面争论最激烈的还是悲剧的缺类问题，鲁迅、朱光潜、钱锺书、蔡元培等都对中国悲剧问题提出了自己的见解，特别是王国维1904年发表的《〈红楼梦〉评论》，运用叔本华的哲学思想评述《红楼梦》，提出了除《红楼梦》外中国文学再无悲剧的观点，掀起了中国百年悲剧有无问题大争论。

3. 小说

如果说文类研究之初西方重在戏剧，中国重在诗歌，那么小说在中西方都是历史发展到一定阶段后才被关注的文类。虽然中国小说在神话传说、寓言故事及历史传记中有所体现，但直到清末民初梁启超等大力倡导"小说界革命"后，小说才摆脱了最初的"琐屑之言"的定位，成为正宗文类。而西方小说术语原来是"roman"，意思是"小巧新颖之物"，现代意义上的小说是到了18世纪才在英国出现。小说分类因标准不同而结果各异，如根据篇幅可分为长篇小说、中篇小说、短篇小说和小小说；根据语言可分为文言小说、白话小说、方言小说等；根据流派可分为古典主义小说，浪漫主义小说，魔幻现实主义小说等；根据叙述角度可分为第一人称小说、第二人称小说、对话体小说、书信体小说等……一般来说，人物、情节和环境是小说的三要素，但是现代小说在小说形式上不断推陈出新，如在后现代小说流派中，人物不再典型，情节相当简单，环境也可有可无。英国约翰逊的《不幸者》，除第一部分和最后一部分是固定的，其他部分则散乱地放在盒子里，读者可以随意抽取阅读，情节的逻辑性被完全解构了。

在中西小说文类的比较研究中，周发祥的《西方的中国小说文体研究——关于"小说"文体的辨析》，李万钧的《中西长篇小说若干不同特色》均是典型的小说文类比较论文，美国学者浦安迪的《中西长篇小说文类之比较》更是一篇有代表性的作品。作者在分析西方近代长篇小说的特征后，将其用来分析中国的作品如《红楼梦》、《金瓶梅》，得出了中西小说存在着同一性，如中西长篇小说都与印刷术的发展有密切关系，都模仿现实，探索生命等，因此浦安迪认为西方的小说术语可以用来定义中国的文学作品。

4. 散文

如果说中国小说、戏剧的概念来源于西方，那么散文的概念则具有很强的中国性。中国散文可以说随文字产生而产生，春秋战国诸子百家学说、汉赋、清代的桐城派散文、鲁迅的杂文、梁实秋的小品文等，都是优秀的散文作品。但是散文的定义有广狭之分，广义的散文是除了韵文以外的其他一切文章，包括报告文学、历史传记、新闻报道等文体。狭义上的散文指除了诗歌、小说、戏剧之外的文学作品。

中国的现代散文和其他文学类型一样，也深受西方散文影响，周作人1921年发表的《美文》里就倡议学习西方散文，当时德国尼采的哲理散文，蒙田的随笔，以及波德莱尔的散文诗，都给我国现代散文输送了丰富的营养，鲁迅、徐志摩、林语堂的作品无疑都折射着西方散文的影子。但是由于中西散文定义的不同，所以虽然对个别作家作品的比较颇多，但从总体上比较中西散文文类的优秀研究作品不多。

第二节　中西诗歌的情趣：文类学的案例分析

朱光潜（1897—1986）是中国著名的翻译家和美学家，也是中国比较文学的重要奠基人和开拓者，他学贯中西、博古通今，自觉地从中西比较的角度进行学术研究,强调"一切价值都从比较中得来",其《悲剧心理学》、《文艺心理学》、《变态心理学》和《诗论》是中西比较文学和跨学科研究的典范之作。乐黛云指出:"朱光潜接触西方文化时,已有相当深厚的中国文化基础。这使他从一开始就是在古今中外的坐标上选定自己的出发点和生长点,力求古今中外相通而无偏废。"① 朱光潜完稿于 1931 年而出版于 1943 年的《诗论》,是文类学的力作。本案例《中西诗在情趣上的比较》原刊于 1934 年《申报月刊》第一卷第 12 号,后来被收入《诗论》中,附在第三章《诗的境界——情趣与意向》之后。

《中西诗在情趣上的比较》从人伦、自然、宗教和哲学三个方面,比较了中西诗在情趣上的差异。在人伦上,朱光潜认为:"西方关于人伦的诗大半以恋爱为中心。中国诗言爱情的虽然很多,但是没有让爱情把其他人伦抹煞。朋友的交情和君臣的恩谊在西方诗中不甚重要,而在中国诗中则几与爱情占同等位置。"② 他认为其中有三个原因:一是西方人骨子里是个人主义,爱情在个人生命中占重要地位;中国人骨子里是兼善主义,文人时间多花在仕宦羁旅上。二是西方受中世纪骑士风的影响,女子地位较高;中国受儒家思想的影响,女子地位较低。三是在恋爱观上,西方人重恋爱;中国人却重婚姻而轻恋爱。在抒写自然上,朱光潜认为中西诗的自然情趣都比较晚,中国大约开始于公元 5 世纪左右的六朝时期,而西诗起于 18 世纪左右的浪漫时期。在审美风格上,西诗偏于"刚性美"而中诗偏于"柔性美"。他还将诗人对自然的爱好分为三种,第一种是感官主义,第二种起于对自然的默契,第三种是泛神主义。在哲学和宗教上,朱光潜认为,由于哲学思想的平易和宗教情操的淡薄,中国诗歌虽然神韵微妙、格调高雅,但是缺乏西诗的深广伟大。所以"中国诗达到幽美的境界而没有达到伟大的境界"③。可以说,《中西诗在情趣上的比较》从诗歌出发,扩展到宗教和哲学研究,从而分析了中西文化的差异。这篇文章对今天的文类学研究,仍有启示意义和典范作用。

其一,平行比较鲜明清晰。文中人伦、自然,哲学和宗教三个部分都紧紧围绕着中西诗歌情趣的比较展开,如中西恋爱观的比较、中西诗歌各自的本色特长、中西在哲学思想和宗教情操上的比较等等。通过比较研究,朱光潜也探究

---

① 乐黛云:《朱光潜对中国比较文学的贡献》,见《社会科学》2010 年第 2 期,第 163 页。

② 朱光潜:《中西诗在情趣上的比较》,《朱光潜全集》第 3 卷,安徽教育出版社,1987 年,第 74 页。

③ 同上书,第 86 页。

了中国长诗何以不发达的原因,在比较中西哲学和宗教之后,他认为:"在西方诗人心中的另一世界的渴求能产生《天堂》、《失乐园》、《浮士德》诸杰作,而在中国诗人心中的另一世界的渴求只能产生《远游》、《咏怀诗》和《古风》一些简单零碎的短诗。"①

其二,跨学科的影响研究独到睿智。虽然本案例总体上为平行研究,但是具体章节也运用了跨学科的影响研究的方法,提出了独到的见解,突出表现在哲学与宗教一节中探索佛学对于中国诗歌的影响。朱光潜认同佛学对于中国诗歌的影响非常深刻这一观点,但同时也提醒我们,"受佛教影响的中国诗大半只有'禅趣'而无'佛理'"。②因为朱光潜认为,"佛理"是真正的佛家哲学,而"禅趣"只是参悟佛理的一种趣味,由于中国诗人只求参禅,不求彻悟,只求消遣,不愿实践,所以,"佛教只扩大了中国诗的情趣的根底,并没有扩大它的哲理的根底。中国诗的哲理的根底始终不外儒道两家"。③这一观点无疑是独到而新颖的。

其三,阐发研究准确翔实。朱光潜文学研究的一大成绩就是运用中国的文学现象,特别是古典诗歌,来阐释西方的文学理论。这样一方面可以赋予中国文学现象新的含义,另一方面也可以使西方遥远陌生的理论变得亲切易懂。例如在阐释"刚性美"和"柔性美"时,朱光潜以"骏马秋风冀北,杏花春雨江南"来概括两种美的胜境,并举了很多诗人的例子,"诗如李杜,词如苏辛,是刚性美的代表;诗如王孟,词如温李,是柔性美的代表"。④这样两个西方的术语对于中国读者就显得通俗易懂了。

纵观全文,朱光潜所提出的很多观点可谓真知灼见,发人深省。如"西诗以直率胜,中诗以委婉胜;西诗以深刻胜,中诗以微妙胜;西诗以铺陈胜,中诗以简隽胜"。⑤"中国诗自身已有刚柔的分别,但是如果拿它来比较西方诗,则又西诗偏于刚,而中诗偏于柔。西方诗人所爱好的自然是大海,是狂风暴雨,使峭崖荒谷,是日景;中国诗人所爱好的自然是明溪疏柳,是微风细雨,是湖光山色,

---

① 朱光潜:《中西诗在情趣上的比较》,《朱光潜全集》第3卷,安徽教育出版社,1987年,第83页。
② 同上书,第84页。
③ 同上书,第85页。
④ 同上书,第84页。
⑤ 同上书,第76页。

是月景。""中国诗人在自然中只能听见自然,西方诗人在自然中往往能见出一种神秘的巨大的力量"。①……朱光潜认为,"西方诗人要在恋爱中实现人生,中国诗人往往只求在恋爱中消遣人生"。② 中国诗人确实很难在恋爱中实现人生的价值,对于中国诗人,沉溺于恋爱是一种消遣,一种娱乐,一种无奈,一种失落,一种悲观,一种消极,因为君子之为是"修身齐家治国平天下"。而且同是恋爱,中国的传统文化确实具有"哲学思想的平易和宗教情操的淡薄"的特点,这导致了中国诗人在爱情中只看见爱情,在自然中只看到自然,从而缺少了深一层的彻悟。而西方诗人由于其哲学思想的深刻和宗教情操的浓烈,所以总在探寻人生的终极价值,从而得到最后的安顿。

当然,案例以精神的安顿为指归,不是没有问题。读歌德的《浮士德》,永不满足的浮士德一直在彷徨徘徊,也可以说一直在奋进追求。他一生经历了追求知识、追求爱情、追求政治、追求艺术几个阶段,最后在创造性活动中得到了满足,但是我们可以说作为歌德化身的浮士德最后得到了安顿吗?浮士德的"一体二魂"所反映的二元论思想,本身就反映了歌德思想的矛盾。作为一个伟大的知识分子,如果止于宗教的怀抱寻求安慰,那也就丧失了"浮士德精神"里生命不息战斗不止的勇气。所以,对于歌德得到了最后的安顿的论点是近乎武断的。西方文化到了20世纪以后,特别是尼采大吼"上帝死了"之后,基督教的价值开始崩塌,这时很多知识分子更是丧失了精神的家园,成为"灵魂的孤儿",更谈不上得到最后的安顿了。所以说,西方文化有西方文化的特点,中国文化也有中国文化的特色。在宗教信仰上,中国人缺少执著和迷狂的精神,诚如高旭东说的,"中国文人这种似信非信,似是而非的信仰态度,导致了他们对一切学派和宗教进行调和的折中精神"。③ 但如果我们认为中庸也是一种智慧,承认"和而不同"也是一种伟大,那么,我们就会承认,中国文化侵染下的中国诗歌,达到了幽美的境界,也达到了伟大的境界。朱光潜生当西化大潮汹涌澎湃的20世纪,在很多地方以西方诗歌为评价的标准也是可以理解的。而且,案例也过于强调诗歌与哲学和宗教的一致性:"诗好比一株花,哲学和宗教好比土壤,土壤不肥沃,根就不能

---

① 同上书,第78页。

② 朱光潜:《中西诗在情趣上的比较》,《朱光潜全集》第3卷,安徽教育出版社,1987年,第75页。

③ 高旭东:《中西文学与哲学宗教》,北京大学出版社,2004年,第200页。

深，花就不能茂。"[①] 但是正如韦勒克在《文学理论》中指出的，诗歌与哲学显然不能简单地相提并论，英国浪漫主义诗歌是超凡脱尘的，而同时代英国的哲学却充满功利主义。对宗教与诗歌的关系也应如此看待，否则，最强调基督教信仰的中世纪为什么没有产生伟大的诗歌呢？

习题

一、什么是比较文学中的文类学？其研究对象和范围是什么？

二、请扼要谈谈中西诗歌、小说和戏剧的异同。

延伸阅读

一、朱光潜：《诗论》，《朱光潜全集》第3卷，安徽教育出版社，1987年。

二、丰华瞻：《中西诗歌比较》，三联书店，1987年。

三、饶芃子主编：《中西戏剧比较教程》，广东高等教育出版社，1989年。

四、蓝凡：《中西戏剧比较论》，学林出版社，2008年。

五、杨星映主编：《中西小说文体比较》，中国社会科学出版社，2008年。

[①] 朱光潜：《中西诗在情趣上的比较》，见《朱光潜全集》第3卷，安徽教育出版社，1987年，第79页。

附 案 例

中西诗在情趣上的比较

朱光潜

诗的情趣随时随地而异，各民族各时代的诗都各有它的特色，拿它们来参观互较是一种很有趣味的研究。我们姑且拿中国诗和西方诗来说，它们在情趣上就有许多的有趣的同点和异点。西方诗和中国诗的情趣都集中于几种普泛的题材，其中最重要者有：（一）人伦；（二）自然；（三）宗教和哲学几种。我们现在就依着这个层次来说：

一、人伦

西方关于人伦的诗大半以恋爱为中心。中国诗言爱情的虽然很多，但是没有让爱情把其他人伦抹煞。朋友的交情和君臣的恩谊在西方诗中不甚重要，而在中国诗中则几与爱情占同等位置。把屈原，杜甫，陆游诸人的忠君、爱国、爱民的情感拿去，他们诗的精华便已剥丧大半。从前注诗注词的人往往在爱情诗上贴上忠君爱国的徽帜，例如毛苌注《诗经》把许多男女相悦的诗看成讽刺时事的。张惠言说温飞卿的《菩萨蛮》十四章为"感士不遇之作"。这种办法固然有些牵强附会。近来人却又另走极端把真正忠君爱国的诗也贴上爱情的徽帜，例如《离骚》《远游》一类的著作竟有人认为爱情诗。我以为这也未免失之牵强附会。看过西方诗的学者见到爱情在西方诗中那样重要，以为它在中国诗中也应该很重要。他们不知道中西社会情形和伦理思想本来不同，恋爱在从前的中国实在没有现代中国人所想的那样重要。中国叙人伦的诗，通盘计算，关于友朋交谊的比关于男女恋爱的还要多，在许多诗人的集中，赠答酬唱的作品，往往占其大半。苏李，建安七子，李杜，韩孟，苏黄，纳兰成德与顾贞观诸人的交谊古今传为美谈，在西方诗人中为歌德和席勒，华兹华斯与柯尔律治，济慈和雪莱，魏尔伦与兰波诸人虽亦以交谊著，而他们的集中叙友朋乐趣的诗却极少。

恋爱在中国诗中不如在西方诗中重要，有几层原因。第一，西方社会表面上虽以国家为基础，骨子里却侧重个人主义。爱情在个人生命中最关痛痒，所以尽量发展，以至掩盖其他人与人的关系。说尽一个诗人的恋爱史往往就已说尽他的生命史，在近代尤其如此。中国社会表面上虽以家庭为基础，骨子里却侧重兼善主义。文人往往费大半生的光阴于仕宦羁旅，"老妻寄异县"是常事。他们朝夕所接触的不是妇女而是同僚与文字友。

第二，西方受中世纪骑士风的影响，女子地位较高，教育也比较完善，在学问和情趣上往往可以与男子忻合，在中国得于友朋的乐趣，在西方往往可以得之于妇人女子。中国受儒家思想的影响，女子的地位较低。夫妇恩爱常起于伦理观念，在实际上志同道合的乐趣颇不易得。加以中国社会理想侧重功名事业，"随着四婆裙"在儒家看是一件耻事。

第三，东西恋爱观相差也甚远。西方人重视恋爱，有"恋爱最上"的标语。中国人重视婚姻而轻视恋爱，真正的恋爱往往见于"桑间濮上"。潦倒无聊，悲观厌世的人才肯公然寄情于声色，像隋炀帝李后主几位风流天子都为世所垢病。我们可以说，西方诗人要在恋爱中实现人生，中国诗人往往只求在恋爱中消遣人生。中国诗人脚踏实地，爱情只是爱情；西方诗人比较能高瞻远瞩，爱情之中都有几分人生哲学和宗教情操。

这并非说中国诗人不能深于情。西方爱情诗大半写于婚媾之前，所以称赞容貌诉申爱慕者最多；中国爱情诗大半写于婚媾之后，所以最佳者往往是惜别悼亡。西方爱情诗最长于"慕"，莎士比亚的十四行体诗，雪莱和布朗宁诸人的短诗是"慕"的胜境；中国爱情诗最善于"怨"，《卷耳》、《柏舟》、《迢迢牵牛星》，曹丕的《燕歌行》，梁玄帝的《荡妇秋思赋》以及李白的《长相思》《怨情》《春思》诸作是"怨"的胜境。总观全体，我们可以说，西诗以直率胜，中诗以委婉胜；西诗以深刻胜，中诗以微妙胜；西诗以铺陈胜，中诗以简隽胜。

二、自然

在中国和在西方一样，诗人对于自然的爱好都比较晚起。最初的诗都偏重人事，纵使偶尔涉及自然，也不过如最初的画家用山水为人物画的背景，兴趣中心却不在自然本身。《诗经》是最好的例子。"关关雎鸠，在河之洲"只是作"窈窕淑女，君子好逑"的陪衬。"蒹葭苍苍，白露为霜"只是作"所谓伊人，在水一方"

的陪衬。自然比较人事广大,兴趣由人也因之得到较深广的意蕴。所以自然情趣的兴起是诗的发达史中一件大事。这件大事在中国起于晋宋之交约当公历纪元后五世纪左右;在西方则起于浪漫运动的初期,在公历纪元后十八世纪左右。所以中国自然诗的发生比西方的要早一千三百年的光景。一般说诗的人颇鄙视六朝,我以为这是一个最大的误解。六朝是中国自然诗发轫的时期,也是中国诗脱离音乐而在文字本身求音乐的时期。从六朝起,中国诗才有音律的专门研究,才创新形式,才寻新情趣,才有较精妍的意象,才吸哲理来扩大诗的内容。就这几层说,六朝可以说是中国诗的浪漫时期,它对于中国诗的重要亦正不让于浪漫运动之于西方诗。

中国自然诗和西方自然诗相比,也像爱情诗一样,一个以委婉、微妙简隽胜,一个以直率、深刻铺陈胜。本来自然美有两种,一种是刚性美,一种是柔性美。刚性美如高山、大海、狂风、暴雨、沉寂的夜和无垠的沙漠;柔性美如清风皓月、暗香、疏影、青螺似的山光和媚眼似的湖水。昔人诗有"骏马秋风冀北,杏花春雨江南"两句可以包括这两种美的胜境。艺术美也有刚柔的分别,姚鼐《与鲁絜非书》已详论过。诗如李杜,词如苏辛,是刚性美的代表;诗如王孟,词如温李,是柔性美的代表。中国诗自身已有刚柔的分别,但是如果拿它来比较西方诗,则又西诗偏于刚,而中诗偏于柔。西方诗人所爱好的自然是大海,是狂风暴雨,是峭崖荒谷,是日景;中国诗人所爱好的自然是明溪疏柳,是微风细雨,是湖光山色,是月景。这当然只就其大概说。西方未尝没有柔性美的诗,中国也未尝没有刚性美的诗,但西方诗的柔和中国诗的刚都不是它们的本色特长。

诗人对于自然的爱好可分三种。最粗浅的是"感官主义",爱微风以其凉爽,爱花以其气香色美,爱鸟声泉水声以其对于听官愉快,爱青天碧水以其对于视官愉快。这是健全人所本有的倾向,凡是诗人都不免带有几分"感官主义"。近代西方有一派诗人,叫做"颓废派"的,专重这种感官主义,在诗中尽量铺陈声色臭味。这种嗜好往往出于个人的怪癖,不能算诗的上乘。诗人对于自然爱好的第二种起于情趣的默契忻合。"相看两不厌,惟有敬亭山","平畴交远风,良苗亦怀新","万物静观皆自得,四时佳兴与人同"诸诗所表现的态度都属于这一类。这是多数中国诗人对于自然的态度。第三种是泛神主义,把大自然全体看做神灵的表现,在其中看出不可思议的妙谛,觉得超于人而时时在支配人的力量。自然的崇拜于是成为一种宗教,它含有极原始的迷信和极神秘的哲学。这是多数西方诗人对于自然的态度,中国诗人很少有达到这种境界的。陶潜和华兹华斯都是著名的自然诗人,他们的诗有许多相类似。我们拿他们俩人来比较,就可以见出中西诗人对于自然的态度大有分别。我们姑拿陶诗《饮酒》为例:

> 采菊东篱下,悠然见南山。
> 山气日夕佳,飞鸟相与还。
> 此中有真意,欲辨已忘言。

从此可知他对于自然,还是取"好读书不求甚解"的态度。他不喜"久在樊笼里",喜"园林无俗情",所以居住在"方宅十余亩,草屋八九间"的宇宙里,也觉得"称心而言,人亦易足"。他的胸襟这样豁达闲适,所以在"缅然睇曾邱"之际常"欣然有会意"。但是他不"欲辨",这就是他和华兹华斯及一般西方诗人的最大异点。华兹华斯也讨厌"俗情""爱邱山",也能乐天知足,但是他是一个沉思者,是一个富于宗教情感者。他自述经验说:"一朵极平凡的随风荡漾的花,对于我可以引起不能用泪表现得出来的那么深的思想。"他在《听滩寺》诗里又说他觉到有"一种精灵在驱遣一切深思者和一切思想对象,并且在一切事物中运旋"。这种澈悟和这种神秘主义和中国诗人与自然默契相安的态度显然不同。中国诗人在自然中只能听见自然,西方诗人在自然中往往能见出一种神秘的巨大的力量。

三、哲学和宗教

中国诗人何以在爱情中只能见到爱情,在自然中只能见到自然,而不能有深一层的澈悟呢?这就不能不归咎于哲学思想的平易和宗教情操的淡薄了。诗虽不是讨论哲学和宣传宗教的工具,但是它的后面如果没有宗教和哲学,就不易达到深广的境界。诗好比一株花,哲学和宗教好比土壤,土壤不肥沃,根就不能深,花就不能茂。西方诗比中国诗深广,就因为它有较深广的哲学和宗教在培养它的根干。没有柏拉图和斯宾洛莎就没有歌德、华兹华斯和雪莱诸人所表现的理想主义和泛神主义;没有宗教就没有希腊的悲剧,但丁的《神曲》和弥尔顿的《失乐园》。中国诗在荒瘦的土壤中居然现出奇葩异彩,固然是一种可惊喜的成绩,但是比较西方诗,终嫌美中不足。我爱中国诗,我觉得在神韵微妙格调高雅方面往往非西诗所能及,但是说到深广伟大,我终无法为它护短。

就民族性说,中国人颇类似古罗马人,处处都脚踏实地走,偏重实际而不务玄想,所以就哲学说,伦理的信条最发达,而有系统的玄学则寂然无闻;就文学说,关于人事及社会问题的作品最发达,而凭虚结构的作品则寥若晨星。中国民族性是最"实用的",最"人道的"。它的长处在此,它的短处也在此。它的长处在此,因为以人为本位说,人与人的关系最重要,中国儒家思想偏重人事,涣散的社会居然能享到二千余年的稳定,未始不是它的功劳。它的短处在此,因为它过重人本主义和现世主义,不能向较高远的地方发空想,所以不能向高远处有所企求。社会既稳定之后,始则不能前进,继则因其不能前进而失其固有的稳定。

我说中国哲学思想平易,也未尝忘记老庄一派的哲学。但是老庄比较儒家固较玄邃,比较西方哲学家,仍是偏重人事。他们很少离开人事而穷究思想的本质和宇宙的来源。他们对于中国诗的影响虽很大,但是因为两层原因,这种影响不完全是可满意的。第一,在哲学上有方法和系统的分析易传授,而主观的妙悟不易传授。老庄哲学都全凭主观的妙悟,未尝如西方哲学家用明了有系统的分析为浅人说法,所以他们的思想传给后人的只是糟粕。老学流为道家言,中国诗与其说是受老庄的影响,不如说是受道家的影响。第二,老庄哲学尚虚无而轻视努力,但是无论是诗或是哲学,如果没有西方人所重视的"坚持的努力"(sustained effort)都不能鞭辟入里。老庄两人所造虽深而承其教者却有安于浅的倾向。

我们只要把老庄影响的诗研究一番,就可以见出这个道理。中国诗人大半是儒家出身,陶潜和杜甫是著例。但是有四位大诗人受老庄的影响最深,替儒教化的中国诗特辟一种异境。这就是《离骚》、《远游》中的屈原(假定作者是屈原),《咏怀诗》中的阮籍,《游仙诗》中的郭璞,以及《日出入行》、《古有所思》和《古风》五十九首中的李白。我们可以把他们统称为"游仙派诗人"。他们所表现的思想如何呢?屈原说:

> 惟天地之无穷兮,哀人生之长勤。往者余弗及兮,来者吾不闻。……漠虚静以恬愉兮,澹无为而自得。闻赤松之清尘兮,原承风乎遗则。
>
> ——《远游》

阮籍在《咏怀诗》里说:

> 去者余不及,来者吾不留。愿登太华山,上与松子游。

郭璞在《游仙诗》里说:

> 时变感人思,已秋复愿夏。淮海变微禽,吾生独不化!虽欲腾丹谿,云螭非我驾。

李白在《古风》里说：

> 黄河走东溟，白日落西海，逝川与流光，飘忽不相待。……吾当乘云螭，吸景驻光彩。

这几节诗所表现的态度是一致的，都是想由厌世主义走到超世主义。他们厌世的原因都不外看待世相的无常和人寿的短促。他们超世的方法都是揣摩道家炼丹延年驾鹤升仙的传说。但是这只是一种想望，他们都没有实现仙境，没有享受到他们所想望的极乐。所以屈原说：

> 高阳邈以远兮，余将焉兮所程？

阮籍说：

> 采药无旋返，神仙志不符，逼此良可感，令我久踌躇。

郭璞说：

> 虽欲腾丹谿，云螭非我驾。

李白说：

> 我思仙人，乃在碧海之东隅。海寒多天风，白波连山倒蓬壶。长鲸喷涌不可涉，抚心茫茫泪如珠。

他们都是不满意于现世而有所渴求于另一世界。这种渴求颇类西方的宗教情操，照理应该能产生一个很华严灿烂的理想世界来，但是他们的理想都终于"流产"。他们对于现世的悲苦虽然都看得极清楚，而对于另一世界的想象却很模糊。他们的仙境有时在"碧云里"，有时在"碧海之东隅"，有时又在西王母所住的瑶池，据李白的计算，它"去天三百里"。仙境有"上皇"，服侍他的有吹笙的玉童，和持芙蓉的灵妃。王乔、安期生、赤松子诸人是仙界的"使徒"。仙境也很珍贵人世所珍贵的繁华，只看"玉杯赐琼浆"，"但见金银台"，就可以想象仙人的阔绰。仙人也不忘情于云山林泉的美景，所以"青溪千余仞"、"云生梁栋间"、"翡翠戏兰苕"都值得流连玩赏。仙人最大的幸福是长寿，郭璞说"千岁方婴孩"，还是太短，李白的仙人却"一餐历万岁"。仙人都有极大的本领，能"囊括大块"、"吸景驻光彩"、"挥手折荒木"、"拂此西日光"。升仙的方法是乘云驾鹤，但有时要采药炼丹,向"真人""长跪问宝诀"。

这种仙界的意象都从老庄虚无主义出发,兼采道家高举遗世的思想。他们不知道后世道家虽托老学以自重,而道家爱思想和老子哲学实有根本不能相容处。老子以为"人之大患在于有身",所以持"无欲以观其妙"为处世金针,而道家却拼命求长寿,不能忘怀于琼楼玉宇和玉杯灵液的繁华。超世而不能超欲,这是游仙派诗人的矛盾。他们的矛盾还不仅此,他们表面虽想望超世,而骨子里却仍带有很浓厚的儒家淑世主义的色彩,他们到底还没有丢开中国民族所特具的人道。屈原、阮籍、李白诸人都本有济世忧民的大抱负。阮籍号称猖狂,而在《咏怀诗》中仍有"生命几何时,慷慨各努力"的劝告。李白在《古风》里言志,也说"我志在删述,垂辉映千春"。他们本来都有淑世的志愿,看到世事的艰难和人寿的短促,于是逃到老庄的虚无清静主义,学道家作高举遗世的企图。他们所想望的仙境又渺不可追,"虽欲腾丹谿,云螭非我驾",仍不免"抚心茫茫泪如珠",于是又回到人境,尽量求一时的欢乐而寄情于醇酒妇人。"欲远集而无所止兮,聊浮游以逍遥",在屈原为愤慨之谈,在阮籍和李白便成了涉世的策略。这一派诗人都有日暮途穷无可如何的痛苦。从淑世到厌世,因厌世而求超世,超世不可能,于是又落到玩世,而玩世亦终不能无忧苦。他们一生都在这种矛盾和冲突中徘徊。真正大诗人必从这种矛盾和冲突中徘徊过来,但是也必能战胜这种矛盾和冲突而得到安顿。但丁、莎士比亚和歌德都未尝没有徘徊过,他们所以超过阮籍、李白一派诗人者就在他们得到最后的安顿,而阮李诸人则终止于徘徊。

中国游仙诗人何以止于徘徊呢?这要归咎于我们在上文所说过的哲学思想的平易和宗教情操的淡薄。哲学思想平易,所以无法在冲突中寻出调和,不能造成一个可以寄托心灵的理想世界。宗教情操淡薄,所以缺乏"坚持的努力",苟安于现世而无心在理想世界求寄托,求安慰。屈原、阮籍、李白诸人在中国诗人中是比较能抬头向高远处张望的,他们都曾经向中国诗人所不常去的境界去探险,但是民族性的累太重,他们刚飞到半天空就落下地。所以在西方诗人心中的另一世界的渴求能产生《天堂》、《失乐园》、《浮士德》诸杰作,而在中国诗人心中的另一世界的渴求只能产生《远游》、《咏怀诗》、《游仙诗》和《古风》一些简单零碎的短诗。

老庄和道家学说之外,佛学对于中国诗的影响也很深。可惜这种影响未曾有人仔细研究过。我们首先应注意的一点就是:受佛教影响的中国诗大半只有"禅趣"而无"佛理"。"佛理"是真正的佛家哲学,"禅趣"是和尚们静坐山寺参悟佛理的趣味。佛教从汉朝传入中国，到魏晋以后才见诸吟咏，孙绰《游天台山赋》是其滥觞。晋人中以天分论，陶潜最宜于学佛，所以远公竭力想结交他，邀他入"白莲社"，他以许饮酒为条件，后来又"攒眉而去"，似乎有不屑于佛的神气。但是他听到远公的议论，告诉人说它"令人颇发深省"。当时佛学已盛行，陶潜在无意之中不免受几分影响。他的《与子俨等疏》中：

　　少学琴书，偶爱闲静，开卷有得，便欣然忘食。见树木交荫，时鸟变声，亦复欢然有喜。尝言五六月中，北窗下卧，遇凉风暂至，自谓是羲皇上人。

一段是参透禅机的话。他的诗描写这种境界的也极多。陶潜以后，中国诗人受佛教影响最深而成就最大的要推谢灵运、王维和苏轼三人。他们的诗专说佛理的极少，但处处都流露一种禅趣。我们细玩他们的全集，才可以得到这么一个总印象。如摘句为例，则谢灵运的"白云抱幽石，绿篠媚清涟"，"虚馆绝诤讼，空庭来鸟雀"，王维的"兴阑啼鸟散，坐久落花多"，"倚杖柴门外，临风听暮蝉"，和苏轼的"舟行无人岸自移，我卧读书牛不知"，"敲门都不应，倚杖停江声"诸句的境界都是我所谓的"禅趣"。

他们所以有"禅趣"而无"佛理"者固然由于诗本来不宜说理，同时也由于他们所羡慕的不是佛教而是佛教徒。晋以后中国诗人大半都有"方外交"，谢灵运有远公，王维有瑗公和操禅师，苏轼有佛印。他们很羡慕这班高僧的言论文采，常偷"浮生半日闲"到寺里去领略"参禅"的滋味，或是同禅师交换几句趣语。诗境与禅境本来相通，所以诗人和禅师常能默然相契。中国诗人对于自然的嗜好比西方诗要早一千几百年，究其原因，也和佛教有关系。魏晋的僧侣已有择山水胜境筑寺观的风气，最早见到自然美的是僧侣（中国僧侣对于自然的嗜好或受印度僧侣的影响，印度古婆罗门教徒便有隐居山水胜境的风气，《沙恭达那》剧可以为证）。僧侣首先见到自然美，诗人则从他们的"方外交"学得这种新趣味。"禅趣"中最大的成分便是静中所得于自然的妙悟。中国诗人所最得力于佛教者就在此一点。但是他们虽有意"参禅"，却无心"证佛"，要在佛理中求消遣，并不要信奉佛教求彻底了悟，彻底解脱；入山参禅，出山仍然做他们的官，吃他们的酒肉，眷恋他们的妻子。本来佛教的妙义在"不立文字，见性成佛"，诗歌到底仍不免是一种尘障。

佛教只扩大了中国诗的情趣的根底，并没有扩大它的哲理的根底。中国诗的哲理的根底始终不外儒道两家。佛学为外来哲学，所以能合中国诗人口胃者正因其与道家言在表面上有若干类似。晋以后一般人尝把释道并为一事，以为升仙就是成佛。孙绰的《游天台山赋》和李白的《赠僧崖公诗》都以为佛老原来可以相通，韩愈辟"异端邪说"，也把佛老并为一说。老子虽尚虚无而却未明言寂灭。他是一个彻底的个人主义者，《道德经》中大部分是老于世故者的经验之谈，所以后来流为申韩刑名法律的学问。佛则以普济终生为旨。老子主张人类回到原始时代的愚昧，佛教人明心见性，衡以老子的"绝圣弃智"的主旨，则佛亦当在绝弃之列。从此可知老与佛根本不能相容。晋唐人合佛于老，也犹如他们合道于老一样，绝对没有想到这种凑合的矛盾。尤其奇怪的是儒家诗人也往往同时信佛。白居易和元稹本来都是彻底的儒者，而白有"吾学空门不学仙，归则须归兜率天"的话，元在《遣病》诗里也说"况我早师佛，屋宅此身形"。中国原来有"好信教不求甚解"的习惯，这种马虎妥协的精神本也有它的优点，但是与深邃的哲理和有宗教性的热烈的企求都不相容。中国诗达到幽美的境界而没有达到伟大的境界，也正由于此。

（见《朱光潜全集》第 3 卷，合肥：安徽教育出版社，第 74—86 页）

第七章

比 较 诗 学

正如比较文学这门学科在充满生气的同时也充满争议一样，比较诗学一方面在具体的研究实践中取得了巨大的成绩，另一方面，连比较诗学这个名称也不是没有争议。我们沿用这个名称的理论根据是：各大文明民族最早的文体就是诗歌，无论是西方各民族的史诗（《伊利亚特》、《奥德赛》、《罗兰之歌》、《尼伯龙根之歌》、《伊戈尔远征记》），还是汉族的抒情诗（《诗经》），用维柯的话说，各民族最早的智慧就是"诗性智慧"。因此，从亚里士多德的《诗学》开始，"诗学"（poetics）就不单单是关于诗歌的理论，而是泛指一切文体的理论，后来这种泛指意义在贺拉斯的《诗艺》、布瓦洛的《诗的艺术》等文本中延续下来了。所以，比较诗学的通俗意义就是比较文学理论，甚至是比较美学。

第一节　比较诗学的兴起与中西比较诗学

各民族文学最早的比较研究就是诉诸理论概念的诗学研究，但在比较文学以法国为主导的较早阶段，更关注的是国际文学之间的关系，将比较文学看成是文学史的一个分支，比较的重心并非在诗学方面。比较诗学的兴起，是在美国人对法国人主导的比较文学路线进行猛烈冲击之后，将比较文学的重心从国际文学关系史转移到各民族文学的比较上。因为没有事实联系的各民族文学的比较，首先就是各民族文学概念的沟通和相互阐发，一个中国的戏曲文本与西方的 drama 文本的比较，涉及戏曲与 drama 能否统一到"戏剧"这个以表演性为主导的文学观念上，涉及戏曲与 drama 在何种意义上可以看成是能够对话的一种文体，在何种意义上又是不可通约的文体，以及戏曲与 drama 在各自文化结构中的位置与作用，这实际上已经是比较诗学的问题了。因此，在美国人对法国学派的冲击之后，比较诗学就成为比较文学的一个重要分支。

正如在比较文学研究中对比较文化的重视中国早于西方一样，对比较诗学的重视也早于西方。中国的比较诗学是随着甲午海战之后的西化热潮产生的，因而一开始就是中西比较诗学。梁启超注意到中西不同的文学观念，并抬高在中国不登大雅之堂的小说的地位。鲁迅比较反省了中西诗学，在《摩罗诗力说》中推崇具有否定性与破坏性的恶魔派诗歌的艺术感染力。王国维在《〈红楼梦〉评论》中以叔本华的意志论与悲剧观念阐发中国的作品，并试图在《人间词话》中达到诗学上的融通中西。五四新文化运动之后，中西比较诗学可以分为两个流派，一个是主流的西化派，他们在西化的时候不能不对中西诗学进行比较，胡适、鲁迅等在输入西方悲剧观念的时候，就在比较中指出中国没有悲剧和悲剧观念。另一派是非主流的融通中西派，他们试图在中西文学理论中寻找共通的具有普遍性的文学观念，吴宓、梁实秋、钱锺书等在很多方面就颠覆了主流派的一些观念，吴宓认为东西方诗学根本就是大同小异，梁实秋以古典的与浪漫的来融通中西诗学，钱锺书认为"东海西海，心理攸同；南学北学，道术未裂"，并在《诗可以怨》中指出东西方都有一种以悲剧精神为上的文学观念，从而对中国没有悲剧观念是一种颠覆和补正。当然其中也充满了复杂性，胡适虽然是西化派，但他认为人类的行为方式是共通的，非共通的原因仅在于西方的发展是超前的，他在批评梁漱溟的《东西文化及其哲学》一书时认为，"文化是民族生活的样法，而民族生活的样法是根本大同小异"。在坚持中西文化不可通约一方面，倒是弘扬中国文化的梁漱溟与激进西化的鲁迅同调。朱光潜在《悲剧心理学》中也坚持悲剧这种剧种只有西方文化中存在，而且在《诗论》中对中西诗歌观念的比较注重的是两者的差异。可以说，关于中西诗学可通约与不可通约的两个比较流派，在现代中国已经初步形成。

随着比较诗学在美国的兴盛，刘若愚、刘绍铭、叶维廉等一些华裔的美国学者对中西比较诗学做出了重要的贡献。刘若愚的《中国文学理论》等著述虽然阐发的是中国诗学，但却是以比较的视野将中国文学理论置于世界文学理论的大格局中进行研究的。将中西诗学进行更为自觉的比较研究的是叶维廉，他在《比较诗学》、《寻找跨中西文化的文学共同规律》等著述中，通过对中西文学不同文化"模子"的深刻反思，试图在巨大的文化差异中寻找共同的文学规律。比较文学在20世纪70年代末在中国内地复兴之后，每届中国比较文学学会的年会，比较诗学都是很有分量的一个分组。资深学者乐黛云、饶芃子等对中西比较诗学给予了特别的关注，中青年学者致力于比较诗学研究的，有曹顺庆、陈跃红、杨乃乔、余虹等，他们或者寻找中西诗学概念的沟通，或者致力于研究中西诗学的不可通约性，或者将比较诗学纳入东西方跨文化对话之中。

中西比较诗学是跨文化的理论研究，因而应该特别重视中西文化的巨大差异，余虹等学者强调中西诗学的不可通约就此而言并非没有道理，但是，中西诗学要想进行有效的对话，共同话语的寻找是非常必要的。倘若是没有共同话语的对话，就可能是你说你的，我说我的。对中西诗学的共同话语的寻找，还会为真正的总体文学（general literature）的出现创造条件。正如钱锺书所教示的，中西文学因其是在文化差异巨大的土壤中生成的，所以得出的结论更具有普遍意义。而且从跨文化沟通与对话的角度，对进入中国的西方文学理论概念阐释中国文学现象进行重新反思，对于学术上的拨乱反正也有重大意义。

我们想从反思西方诗学的发展入手，寻找中西诗学是否存在着进行对话的共同话语。从我们的反思和寻找中，可以看到中西诗学在现代对话的误区以及有效对话的途径。中国诗学的发展比较单一，从儒道互补的诗学架构确立之后，基本上是一以贯之地沿续下来了，只是到了五四文学革命才有较大的变化。相比之下，西方诗学的发展从古代到近现代却有着重大的变化。因此，我们首先必须从西方诗学对文学审美本质的论述开始，从其发展演变的角度加以反思。

一、从崇尚文学的理性到理性的没落

正如个人的童年善于摹仿一样，古希腊人作为西方文化的童年时代，将文学的审美本质说成是"摹仿"，也就不足为怪了。亚里士多德认为文学的本质就是摹仿，柏拉图认为文学是"摹仿的摹仿"。不过，"摹仿"一词太笼统，如果要用其他词汇加以补充的话，就是"理性"与"认识"。可以说，正是柏拉图和亚里士多德，开启了西方诗学的理性主义传统。

当然，柏拉图关于艺术的审美本质的表述不是没有矛盾的。在一种意义上，柏拉图认为理念是世界的本体，现象世界是对理念世界的摹本，艺术又是对现象世界的摹本，因而是应该加以否定和摒弃的"摹仿的摹仿"，是没有理性和认识价值可言的"影子的影子"。柏拉图抱怨说，摹仿诗人为了讨好观众只重视容易动情的东西而不会费力地摹仿人性中的理性部分。但是，在另一种意义上，柏拉图认为艺术家在迷狂状态中，可以回忆起本体世界从理念流溢出来的最高的美。这种人显然不是《理想国》中低于哲学家和战士的摹仿艺术家，而是《会饮》篇中达到美感教育最高成就的人，亦即《斐德若》篇中的第一等人："爱智慧者，爱美者，诗神和爱神的顶礼者。"因此，将柏拉图看成是一般的否定艺术的哲学家，是难以解释这种矛盾的。柏拉图否定的，只是非理性而充满情欲的摹仿艺术，而对于理性的有真理价值的艺术又加以肯定和推崇。可以这样说，在艺术与哲学之间，他否定艺术而推崇哲学，但是，他本人的艺术气质又使他不甘心放弃艺术，而想使艺术向哲学靠拢,具有理性与真理的特质。因此,在柏拉图肯定的美中,理性与真理是根本的审美本质。

如果说柏拉图是以理性否定感性,那么,亚里士多德则在感性中看到了理性,从而肯定了摹仿艺术。因此,不是柏拉图而是亚里士多德,为西方源自荷马的史诗传统找到了合理的解释。不过,与柏拉图一样,亚里士多德也是以理性与知识来推崇艺术的。他说:"诗是一种比历史更富哲学性、更严肃的艺术,因为诗倾向于表现带普遍性的事,而历史却倾向于记载具体事件。"① 所以,诗的叙述以其普遍性和必然性,与纯然叙述曾存在过的个别事例的历史相左,而与追求理性与形式的哲学相近。斯宾格勒在《西方的没落》中,将兴于古希腊文化名之为"阿波罗文化",以为这种文化是静态的智慧之梦,的确是有道理的。亚里士多德的《诗学》,就将艺术建立在科学与知识的基础之上。他在《形而上学》中还说:"知识和理解属于艺术较多,属于经验较少";"只有经验的人对于事物只知其然,而艺术家对于事物则知其所以然。"但是,由于这个智慧之梦是静态的,所以诗学作为创造的科学知识,要指导给感性事物赋予形式的创造,也就不如形而上学等摆脱了任何外在目的的,为知识而知识,为真理而真理。正是从这个意义上,罗素将亚里士多德学说看成是经过常识冲刷的柏拉图主义。

希腊诗学这种理性主义传统,在罗马被规范化了。贺拉斯认为,诗应该描写出人的共性和普遍性,甚至在不同年龄的人之中也应该确立不同的类型。在他看来,诗应该符合普遍永恒的理性规范。普罗提诺认为,美是从本体世界的"太一"中流溢出来的,它分享了来自神的理性。感性事物只有当灵魂赋予它们以形式的时候,才会显得美。因此,艺术不仅仅是对物质的感性世界的摹仿,而且也是对理念的本体世界的摹仿。美由于分享了本体世界的理性之光,才显得真实,而真实也就是美。在漫长的中世纪,理性主义的诗学传统不但没有动摇,而且借助于理性与真理的化身的"上帝"而获得了一体化的稳固地位。托马斯·阿奎那在肯定了美的快感和艺术的摹仿等源自希腊的诗学概念后,毫不犹豫地将美归入闪着理性之光的知识领域。他认为:"美与善在本质上是同样的东西,因为二者都建立在同一个真实的形式上面",只不过"善与欲望相对应","美则与知识相对应"。将"美与知识对应"看成是美与善区别的特质,又表现在他的创作论中:"艺术的

---

① 亚里士多德:《诗学》,商务印书馆,1996年,第81页。

形式从他的知识流出,注入到外在的材料之中,从而构成艺术作品"。①

　　文艺复兴是对古典文化遗产的复兴,所以理性主义的诗学传统又被发扬光大了。艺术摹仿自然的观念被继承下来,达·芬奇和莎士比亚又进而说艺术是反映自然的镜子。于是,瓦尔齐(Varchi)认为,诗与哲学、逻辑学是一回事,只不过是与哲学分工有所不同的"理性哲学"。而达·芬奇似乎想使艺术的不同文体成为不同的哲学,以诗为"精神哲学",以绘画为"自然哲学"。当然,在文艺复兴时期的诗学中,理性少了一些神的光芒,多了一些科学的成分,因而显示了西方文化的成长和发展。到了笛卡儿的理性主义哲学和布瓦洛的新古典主义诗学中,艺术几乎完全被看成了理性的产物,理性成了艺术的审美本质。布瓦洛在《诗的艺术》中告诫诗人,"首先须爱理性:愿你的一切文章永远只凭着理性获得价值和光芒"。这样一来,艺术与真理也就划了等号。这就是布瓦洛说的"真"应该统治一切,包括虚构的寓言,因为"只有真才美"。至此,摹仿受到了冷落,理性登上了诗学的珠峰。此后,理性在诗学中就开始走下坡路。

　　理性主义诗学的真正危机来自理性主义本身。随着理性主义的发展,人类抽象思维的能力愈来愈强,诗在表达理念和理性上,显然要让位于哲学和逻辑学。作为大陆理性派领袖的莱布尼兹,就将"明晰的认识"分成明确的理性认识与混乱的感性认识,前者是数理与逻辑领域,后者则属于审美领域。亚里士多德关于"艺术家知其所以然"的命题,在这里显然遭到了否定。在莱布尼兹看来,艺术对于所表现的东西能够意识到,却找不出什么理由;因而也不能加以精确的说明和解析。鲍姆嘉通作为"美学"(Aesthetica)概念的首先使用者,就顺理成章地将莱布尼兹的"混乱的感性认识"划入美学领域。但是,在鲍姆嘉通看来,既然美是凭着感觉上不明确的观念成立的,那么,明了与精确的认识产生之时,就可以消灭美而代之。如果说莱布尼兹和鲍姆嘉通的理性主义诗学从共时性一面为艺术存在的必要性提出了某种质疑,那么,维柯和黑格尔的理性主义诗学则从历时性一面,否定了艺术在现代存在的意义。

　　维柯是这样描绘人类心智的发展历程的:"起初只感触而不感觉,接着用一种迷惑而激动的精神去感觉,最后才以一颗清醒的心灵去反思。"② 因此,人类童年时代的智慧,就是"诗性智慧"。在维柯看来,人类最初的玄学、逻辑、伦理、

----

① 托马斯·阿奎那:《神学大全》,《西方文论选》,上海译文出版社,1979年,上册第149—151页。

② 维柯:《新科学》,人民文学出版社,1986年,第105页,版次下同。

经济、政治，都闪着艺术的光彩，成为诗性智慧的表现。譬如逻辑学与诗是不相容的，但是在童年的人类那里，"都致力于感性主题，他们用这个主题把个体或物种的可以说是具体的特征、属性或关系结合在一起，从而创造出它们的诗性的类"——诗性逻辑。①因此维柯断言，人类的童年是天生的诗人，"世界在它的幼年时代是由一些诗性的或能诗的民族所组成的"，"然后哲学家们在长时期以后才来临，所以可以看做各民族的老人们，他们才创造了各种科学的世界，因此，使人类达到完备"。②维柯的"诗性智慧"相当于莱布尼兹的"混乱的认识"，所以当哲学与科学以明确的认识出现时，"诗性智慧"理应消失。

理性主义诗学的最后绝响，是在黑格尔美学中。与维柯一样，黑格尔是一位历史主义的理性主义者。他以"美是理念的感性显现"作为理性主义美学的尺度，对美的发展历程进行了追溯和反思。他认为在古代艺术中，例如希腊的神中，真实与理念对于感性的东西是非常亲善的，但是，到了现代更高的理性文化阶段，"艺术已不复是认识绝对理念的最高形式"。艺术"已实在不再能达到过去时代和过去民族在艺术中寻找的而且只有在艺术中才能寻找到的那种精神需要的满足"，"希腊艺术的辉煌时代以及中世纪晚期的黄金时代都已一去不复返了"，"思考和反省已经比美的艺术飞得更高了"，③哲学将取代艺术成为认识绝对理念的最高形式。就这样，历史主义的理性主义诗学给诗演奏了一曲哀婉的安魂乐。当这曲安魂乐奏完，理性主义诗学也就等于宣判了自身的没落。从这个意义上说，这曲安魂乐不应是为诗而奏的，而应该是为理性主义诗学而奏的，因为此后衰落的不是诗，而是黑格尔的"绝对理念"。

诗既然被维柯与黑格尔的历史理性主义所放逐，不能在理性、认识、真理中找到安身立命之所，那么，也就必然到其他领域中去寻找——如果诗还具有生命力的话。其实，早在英国经验派诗学中，情感就已成为艺术的审美本质。在大陆哲学中，启蒙运动是以建立理性王国为理想的，然而卢梭就唱出与理性主义不和谐的歌。且不说诗学，就是上帝，也被他从理性的宝座上拉下来，变成了情感上需要的上帝。所以，罗素说他"是从人的情感来推断人类范围以外的事实这派思想体系的创始者"④。在英国经验派诗学和卢梭的影响下，大陆理性派的正宗传人

---

① 维柯：《新科学》，人民文学出版社，1986年，第230页。
② 同上书，第231页。
③ 黑格尔：《美学》第1卷，商务印书馆，1979年，第13—14页。
④ 罗素：《西方哲学史》下卷，商务印书馆，1976年，第225页。

康德,已开始推究理性的限度。他不再将审美放到认识的领域中,而是严格而系统地为审美划出了一个独自的领域,即情感。于是,情感与认识、意志,不但对应了审美与真、善,而且还是沟通二者的桥梁。审美虽然没有一个真正客观的原则,但并不因此而减少身份。且看康德是如何推崇诗的:"它扩张人的心情,通过它使想象力自由活动……它加强着人的心情,通过它使这心情感觉着它的自由的,自动的,并于自然规定之外的机能……"①特别使在"上帝死了"之后,"绝对理念"再也找不到依附的对象,诗学的主体性和情感性就更得到了强化。在叔本华、尼采等非理性的情感哲学家那里,哲学本身也开始向诗转化,情感和直觉受到了前所未有的重视。在他们看来,要想读懂人,不能靠理性而只能靠直觉。尼采自称是"酒神哲学家",也就表明了他的非理性的情感哲学家的立场,所以他将审美看成生命的激情状态。对于理性主义诗学的这种彻底的叛逆态度,使西方的史诗传统也开始向抒情诗转化。

  康德之后,形式主义诗学和表现主义诗学从两个彼此联系而又不同的方面,对把审美划入情感领域进行了深化。以克莱夫·贝尔和罗杰·佛莱等为代表的形式主义诗学,以为艺术的审美本质在于线条、颜色、体积以及由它们的关系而构成的"有意味的形式"。这种形式所以是"有意味的",就在于它能唤起人们的审美情感。所以贝尔说:"一切审美方式的起点必须是对某种特殊感情的亲身感受,唤起这种感情的物品,我们称之为艺术。"②而表现主义诗学则不在形式而在审美主体的情感方面,寻找艺术的审美本质。表现主义诗学的代表人物是意大利的克罗齐,他的关于艺术就是抒情的表现和直觉的观点,曾经得到了广泛的赞同。吉尔伯特和库恩说:"在19世纪和20世纪交替的时期,及以后至少25年间,贝奈德托·克罗齐关于艺术是抒情的直觉的理论,在美学界居统治地位。"③英国的科林伍德就是克罗齐学说的赞同者,他认为"真正的艺术"只能是"情感的表现",④虽然这种情感是能引起欣赏者共鸣的共同情感。在科林伍德的表现情感的真正艺术面前,偏于理性和摹仿的艺术,就都成了名不副实的"前艺术"甚至是"伪艺术"。到了美国的苏珊·朗格的象征符号学诗学,表现主义与形式主义有合流的

---

① 康德:《判断力批判》上卷,商务印书馆,1964年,第173页。
② 克莱夫·贝尔:《艺术》,中国文联出版公司,1984年,第3页。
③ 吉尔伯特、库恩:《美学史》,上海译文出版社,1989年,第722页。
④ 科林伍德:《艺术原理》,中国社科出版社,1985年,第117页。

趋势，朗格就认为艺术是情感的形式："艺术家的工作就是创作情感的符号。"① 当然这种情感也不是个人的自我发泄，而是一种具有抽象意味的普遍情感。西方美学的这种趋势，与文学批评上形式主义、结构主义的努力方向也是一致的。因此，随着西方文化的成熟，人类童年时代形成的摹仿论以及用理性、认识解读艺术的企图，都随之衰落了，对文学主体性的强调以及其后对语言学的重视，都将情感推向了诗学结构的中心位置。

二、早熟的置重情感的中国诗学

中国诗学一开始就不是从"摹仿"入手的。亚里士多德认为，摹仿之所以能够成为诗的审美本质，"首先，从孩提时候起人就有摹仿的本能"，"其次，每个人都能从摹仿的成果中得到快感"。② 维柯也认为，儿童善于摹仿，所以各民族的童年就都是些摹仿诗人。然而这种说法却不适合于汉民族的童年，因为汉民族在童年时代就不尚摹仿、理性和认识。从《尚书·尧典》中的"诗言志"开始，中国诗学就以感发志意、陶冶性情、表现情感为艺术的审美本质。我们将从规定了中国诗学发展方向的儒家诗学与道家诗学两个方面，对这个问题进行阐发。

如果不将"诗言志"算在里面，那么，儒家诗学对艺术的审美本质的界定，始于《礼记》中的《乐记》和荀子。荀子说在《乐论》中说："夫乐者，乐也，人情之所必不免也。故人不能无乐，乐则必发于声音，形于动静。"这一段话，略有改动又出现在《乐记》中，可见以情感为"乐"的审美本质，是古代中国一个根深蒂固的观念，乐的本质在于情感必须有一个表现与抒发的渠道，其作用当然也就在于情感的陶冶上，所以荀子说"乐"以其"感人深"而"可以善民心"，"移风易俗"。在中国上古时代，"乐"并非单指音乐，而是集音乐、诗歌、歌舞于一身的，因而"乐"的审美本质自然也就导向了"诗"。《毛诗序》说："诗者，志之所之也，在心为志，发言为诗。情动于中而形于言，言之不足故嗟叹之，嗟叹之不足故永歌之，永歌之不足，不知手之舞之，足之蹈之也"。《毛诗序》的这段话，前半是抄《尚书·尧典》的，后半是抄《乐记》的，说明将诗的本质说成是感发志意与表现情感，是中国诗学一个古老的根深蒂固的传统。中国古代推崇的美是中和之美，那么，什么是"中和"呢？《中庸》开篇就告诉我们："喜怒哀乐之未发，谓之中；

---

① 朗格：《情感与形式》，中国社会科学出版社，1986年，第449页。
② 亚里士多德：《诗学》，商务印书馆，1996年，第47页。

发而皆中节,谓之和。中也者,天下之大本也;和也者,天下之达道也。致中和,天地位焉,万物育焉"。这一段解释"中和"的话,包含了儒家诗学的全部奥秘。既然"喜怒哀乐"等生命原欲是"天下之大本",那么,就不应该使之堵塞,否则"川壅而溃,伤人必多"。于是,诗与乐便成为发抒人情的最好的渠道。

到此为止,儒家以感发志意和表现情感为特质的诗学传统,与西方康德之后的现代诗学是能够找到对话的共同话语的。儒家以"喜怒哀乐"等主体的生命欲求为"天下之大本",与西方古代将理性——理念、理式、绝对精神等说成是"天下之大本"不同,而与叔本华、尼采、弗洛伊德等现代哲人将"意志"、"本我"等生命欲求说成是"天下之大本",倒有极大的相似之处。梁漱溟正是从这一点,来寻找古代中国文化与现代西方文化的契合之处的。而且中国古代注重情感表现的诗学,要求群体情感的表现,孔子说诗可以"群",《毛诗序》说诗可以"经夫妇,成孝敬,厚人伦,美教化",都表明了诗人发抒的情感应该是一种群体性的情感。这种观念在西方的浪漫主义时代可能不被认同。当华兹华斯的"一切好诗都是强烈情感的自然流落"的说法成为浪漫诗人的共同话语时,主要是指个人的情感。但是,儒家所要求诗人表现的共同情感,在追求抽象性与普遍性的现代主义诗学中,反而容易被认同。譬如科林伍德和朗格都以为艺术表现的情感,应该是一种普遍性的情感。

当然,儒家诗学与西方现代诗学的共同话语也仅此而已。当儒家发现"喜怒哀乐"等生命原欲为"天下之大本"后,一方面以诗与乐来作为疏导人情的渠道,另一方面则试图使这种渠道规范化,使之"温柔敦厚"而不再有任何破坏性。所谓"发而皆中节"的"和"与"达道",也就是怎样"以礼节情"、"以道制欲",从而达到"发乎情,止乎礼仪"的境界。这种境界就是儒家诗学中"中和"理想。因此,儒家的诗学首先是本于人心、肯定情感的表现,但更崇尚能够节制人心的"理"和"道"。中国诗学对"理"和"道"的这种推崇,使之可能向西方古代的理性诗学传统认同,从而排斥非理性的现代西方诗学。当然,中国的理性是一种伦理规范而非世界的本体,因而可以"伦理理性"命名以表示与西方传统诗学作为本体的理性的区别。在中国诗学中,"理"与"礼"是相通的。它使艺术与伦理糅合在一起,而对于西方理性诗学推崇的认知功能则兴趣不大。也许就总体而言,康德诗学将艺术划入情感领域而又认为"美是道德的象征",与儒家诗学更近。但是,康德诗学也无意于将美与伦理的善混淆在一起,而是严格划定了美与真、善的界限,并突现了审美的自由性和创造性。儒家诗学的美善结合从而使审美与伦理的混淆，令人想到西方古代理性主义的诗学将审美与理性、真理的混淆。因此，儒家诗学中的理性精神，与西方传统诗学中的思辨理性与现代的分析理性都不同，而是一种"有中国特色"的"伦理理性"。

儒家的伦理理性受到了道家特别是庄子的抨击，庄子让个人从儒家建构的伦理整体中走出来，融入天地万物的自然当中。道家既然贱"有"而贵"无"，那么，艺术、诗学乃至一切人类文明就都遭到了庄子的反叛。理性固然该反，但情感也不能有，而应该"身如槁木，心如死灰"。不过，这样一来，道家的诗学也就不存在了。但是，道家不但拥有中国最高雅的诗学，而且是先秦诸家中唯一的一家以审美来超越个体生命短暂的。道家的至境是"天地与我并生，而万物与我为一"，即让个人在不脱离感性的超越中达到自身的永恒不朽，这显然是一种审美的境界。道家那种非理性非逻辑的直觉思维本身，就是审美的和艺术的。中国最高雅的诗学所推崇的"天地有大美而不言"，"得意忘言"，"妙在有意无意之间"，"不着一字，尽得风流"，"羚羊挂角，无迹可求"……都与道家以及与道家和合而成的禅宗有关。因此，道家是"道是无情却有情"，而且是只有在审美中才能解脱人世的苦恼和情感。所谓"儒道互补"，是说人在现世的进取中碰了壁，在情感上极度痛苦的时候，才会到山水林木之中，在大自然的律动中感悟人生的真谛，在空灵的春山、明镜般的秀水和自然的真气中，解脱了情感上的痛苦，达到"欲辩已忘言"的境界。于是，中国的那些回归自然真意的田园山水诗画，就成为消除人的痛苦情感的最好的艺术。按照道家贱"有"崇"无"的逻辑，道家本该无"诗学"，然而，道家有"诗学"犹如道家诗学重"情感"一样确凿。儒家毕竟在重情感的时候推崇"伦理理性"，而道家则反理性而专重情感的解脱。

不少学者如陈鼓应、福永光司、李泽厚等，都已指出在庄子与卢梭以来的浪漫派、存在主义之间的共同话语，譬如二者都非圣无法、反理性、反文明而要返归自然，执著于感性和对人生审美的超越等等，本文不再赘述。虽然以庄子为代表的道家诗学与卢梭之后的浪漫诗学有更多的相似之处，但是二者的差异也是巨大的。道家让个人在自然中消融了己身，导向了一种随顺自然的静态诗学；卢梭之后的浪漫派则让人在自然中高扬野性的生命力，导向了一种具有破坏性的惨厉的动态诗学。倒是在中古的田园牧歌和希腊人的梦中，能找到道家诗学崇尚的静态之美，尽管那是与道家诗学差异更大的宗教与智慧之梦。

中国以情感为艺术的审美本质的表现诗学传统，从上古到清代，基本上一以贯之地延续下来了，这与《诗经》《楚辞》开启的中国文学的抒情诗传统，也是相辅相成的。当然，这并不意味着其间一点变化也没有。如果说中唐以前的诗学在以诗为发抒感情的总的原则下，还强调写实，那么，中唐以后的诗学就进一步向内转，愈益强调"不求形似"的写意。从司空图《二十四诗品》推崇"不着一字，尽得风流"的"韵外之致"，到严羽《沧浪诗话》力倡"羚羊挂角，无迹可求"的"妙悟"，基本上完成了这种转折。这与哲学上引禅、道进入儒家机体之内产生理学[①]，与艺术上的宋元山水意境，也是一致的。到了明代中叶，"公安"与"竟陵"二派推崇个性和独抒性灵的诗学，又明显地具有现代因素。然而这都未能改变中国诗学的表现传统与中国文学的抒情诗传统，而且还使这一传统缓慢地向现代迈进。此时，离中西诗学不得不对话的日子也为期不远了。

三、中西诗学对话的误区与教训

虽然从近代中西文化开始撞击和融汇之后，中西诗学便不得不对话了，然而，由于20世纪之前中国人看取西方的依次是军事、科技、经济和政治，而忽略了文学——鲁迅到了20世纪初想发起文艺运动结果都因无人响应而奔驰于寂寞的沙漠中，所以中西诗学的对话是缓慢的，不受重视的。不过，对话在悄悄地展开。林纾在为自己所译的西方小说的序言中，就将中西小说的作法相互比照。王国维在叔本华的诗学与佛学、《红楼梦》之间发现了共同的话语，这不能不使王国维更多地从主体表现与意志解脱的角度解读《红楼梦》。鲁迅的《摩罗诗力说》将中西诗学相互比照，在承认"诗言志"的前提下，反对对志意和情感的伦理约束和囚禁，而倡导自由发抒个人的情感。

然而在五四文学革命中，这些先驱者在中西诗学的对话中使中国诗学向现代转化的企图，并没有受到重视，而是在一种激烈的反传统中，试图以西方诗学的话语完全取代中国传统的诗学话语。然而正如我们在第一节中展示的，西方诗学自身也有不同的话语方式。那么，在西方多元的诗学话语中，五四诗学所要"拿来"的是什么呢？在五四文学革命的发难者陈独秀和胡适那里，倡导的都是"写实主义"。这股现实主义诗学潮流是如此强大，以致使以情感为文学的审美本质（"文学所以增人感"）而私爱浪漫主义、现代主义的鲁迅，将颓废主义的阿尔志跋绥夫的作品也说成是"写实主义"的。后来文学研究会又接过"写实主义"的诗学旗帜，并进一步倡导"自然主义"。现实主义、自然主义诗学对宗教、科学、理

[①] 详见高旭东:《生命之树与知识之树》，北京大学出版社，2010年，第104—105页。

性、认识的置重，是源自亚里士多德的强调摹仿和再现的理性主义诗学在现代的显现。朱光潜就曾强调过现实主义与新古典主义的相似性。① 而左拉想以化学试剂研究人的企图，与黑格尔的"绝对精神"一样在现代衰落了。

有趣的是，五四诗学虽然推崇"写实主义"，但是，由于五四推崇个性解放，在西化上也有多元的倾向，加上中国抒情诗传统的潜在影响，使得五四文学很少现实主义作品。创造社的艺术选择无可争议地不属于现实主义。鲁迅虽然对现实主义取兼容的态度，但他艺术选择的重心却是浪漫主义和现代主义的。② 即使是倡导现实主义与自然主义诗学的文学研究会，冰心、王统照等人那些"爱"与"美"的小说，许地山小说的传奇情节与异域风情，庐隐小说的浪漫感伤，都说不上是现实主义的。然而五四之后，文坛确实在向现实主义转向。随着文坛"从文学革命到革命文学"，个性主义受到了排斥，诗学愈益强调描写社会，而抹煞个人情调的流露。于是，新诗学背离了中国古代与西方现代的以情感表现为主流的诗学传统，通过列宁和马克思，向着黑格尔、亚里士多德的以摹仿、再现为特征的理性主义诗学传统认同。于是，"真实"、"再现"、"镜子"、"反映"、"典型"、"认识"，以及"百科全书"等等，成了新诗学的中心词汇。王国维从主体表现与意志解脱的角度对《红楼梦》的解读，再也无人理睬，因为《红楼梦》已被说成中国"封建社会的一面镜子"、"百科全书"。郭沫若在相当长的时间里将自己五四时期的浪漫主义诗作，也说成是现实主义的。特别是这种"现实主义"诗学对人的个性的排斥以及强调个人服从集体、服从权威和典范，就使得这种"现实主义"诗学丧失了现代性，而更向西方的古典主义认同，并使得西方的现代主义艺术、表现主义与形式主义诗学，在中国都遭到了排斥和否定。

中西诗学对话的误区就这样形成了：当 T. S. 艾略特说庞德为我们的时代发现了中国诗歌的时候，中国诗学却在阐发亚里士多德的诗比历史更有哲学意味。摆脱误区，当然不是向西方古代的理性主义诗学回归，而是寻找现代西方成熟的诗学与早熟的中国诗学的共同话语，在二者的对话中相互调整，使早熟的中国诗学真正走向成熟，使传统的表现诗学经过改造转化成现代的表现诗学，使群体主体性走向个体主体性。马克思在《〈政治经济学批判〉导言》中认为，成人不能再变成孩子，否则就变得幼稚了。当西方诗学从摹仿与再现的理性主义传统向情感

---

① 朱光潜：《西方美学史》上卷，人民文学出版社，1979年，第195页。
② 详见高旭东：《论鲁迅的艺术选择与文化选择》，《山东大学学报》1993年第2期。

表现的诗学转化之后，中国诗学却放弃了古老的情感表现的诗学传统，而要向西方古代的摹仿与再现的理性主义诗学回归。这大概也是一种想变成孩子的幼稚表现吧。当然，中国诗学也没有必要汲取西方现代那种反文明的非理性，那种无家可依和荒诞颓废，因为这是西方上帝观念的崩溃造成的，在没有基督教的中国，想依样画葫芦是画不出来的。中国应该在汲取西方表现诗学的营养的同时，改造传统的"君君，臣臣，父父，子子"的伦理理性，使之向自由平等、人格独立的新理性转化，并以这种新理性对非理性进行必要的节制。

第二节
反潮流：钱锺书《诗可以怨》的合理性及其限度

钱锺书与鲁迅、梁漱溟等都可以称得上是文化大师，但是他们的研究旨趣却相当不同，鲁迅、梁漱溟等注重的是中西文化的差异，而钱锺书则与他的清华老师吴宓同道，更注重寻找中西文化的共性与人类审美心理的普遍性。可以说，《诗可以怨》是钱锺书从《谈艺录》开始的"东海西海，心理攸同；南学北学，道术未裂"的一贯的注重寻找中西诗学的共通性的结果。在钱锺书发表《诗可以怨》之前，中国没有悲剧与悲剧精神，缺乏产生悲剧的文化土壤，几乎是从五四新文化运动之后形成的定论，甚至他本人在 1935 年也在发表的文章中否定中国戏曲中悲剧的存在。从这个意义上说，《诗可以怨》是钱锺书从"东海西海，心理攸同"的出发点对中西文学精神重新反省的结果，也是对现代诗学潮流的一种反叛。那么，钱锺书的《诗可以怨》与"五四"之后的中国没有悲剧与悲剧精神的理论，究竟谁更有合理性？如果说《诗可以怨》具有合理性，那么这种合理性是有普遍意义的，还是有一个限度，而这种限度又在哪里？在讨论《诗可以怨》张扬中国文学的悲剧精神之前，让我们首先看看现代中国学人是怎样否定中国文学具有悲剧精神的。

五四新文化运动之后，胡适率先以西方诗学的悲剧观念对中国传统小说和戏曲中的大团圆进行了批判反省，认为这是中国人思力薄弱的表现，不肯正视人间的悲伤惨烈，只图说得个纸上的人心大快。胡适的观点很快得到鲁迅的响应，鲁迅在《再论雷峰塔的倒掉》与《论睁了眼看》等文中，认为大团圆是中国文人"万事闭眼睛,聊以自欺,而且欺人"的"瞒和骗"结果,"有些人确也早已感到不满,可是一到快要显露危机的一发之际,他们总即可连说'并无其事',同时便闭上了眼睛。这闭着的眼睛便看见一切圆满……"鲁迅将中国这种美学上的大团圆上升国民性的角度来认识:"中国人的不敢正视各方面,用瞒和骗,造出奇妙的逃路来,而自以为正路。在这路上,就证明着国民性的怯弱,懒惰,而又巧滑。一天一天的满足着,即一天一天的堕落着……"[①]鲁迅还从比较诗学的角度,将这种美学上的大团圆概括为"十景病",认为"悲剧将人生有价值的东西毁灭给人看,喜剧将那无价值的撕破给人看。讥讽又不过是喜剧变简的一支流。但悲壮滑稽,却都是十景病的仇敌,因为都有破坏性,虽然所破坏的方面各不同。中国如十景病尚存,则不但卢梭他们似的疯子决不产生,并且也决不产生一个悲剧作家或喜剧作家或讽刺诗人"[②]。也就是说,鲁迅不但认为大团圆与悲剧无缘,而且与喜剧也无缘,而是在"致中和"的舞台上挤满了非悲剧非喜剧的人物。

稍后,朱光潜在国外开始了悲剧的研究,1933年斯特拉斯堡大学出版社出版了他在法国用英文撰写的《悲剧心理学》。他在深刻而系统地反省了悲剧的各种观念,并且分析了从亚里士多德到黑格尔、叔本华、尼采等人的悲剧观之后,认为"悲剧这种戏剧形式和这个术语,都起源于希腊。这种文学体裁几乎世界其他各大民族都没有,无论中国人,印度人,或者希伯来人,都没有产生一部严格意义的悲剧。罗马人也没有。假如从来没有希腊悲剧存在,没有希腊悲剧流传下来形成悠久的令人崇敬的文学传统,那么近代欧洲的悲剧能不能产生,还是一个值得考虑的问题。"[③]他接着就开始分析中国为什么没有悲剧,认为中国的伦理学中那种乐天知命的智慧,与悲剧是格格不入的,自然对人生悲剧性的一面感受不深。不过,与鲁迅不同,朱光潜认为"戏剧在中国几乎就是喜剧的同义词。中国的剧作家总是喜欢善得善报、恶得恶报的大团圆结尾",他们不能容忍希腊悲剧那种死尸满台、血肉横飞的结尾。在中国,"随便翻开一个剧本,不管主要人物处于多么悲惨的境地,你尽可以放心,结尾一定是皆大欢喜,有趣的只是他们怎样转危为安。剧本给人的总印象很少是阴郁的。仅仅元代(即不到一百年时间)就有五百多部剧作,但其中没有一部可以真正算得悲剧。"[④]钱锺书1935年在上海的

---

① 鲁迅:《论睁了眼看》,《鲁迅全集》第1卷,人民文学出版社,1981年,第237—240页。
② 鲁迅:《再论雷峰塔的倒掉》,《鲁迅全集》第1卷,人民文学出版社,1981年,第193页。
③ 朱光潜:《悲剧心理学》,人民文学出版社,1985年,第210页。
④ 同上书,第218页。

《天下月刊》发表英文论文"Tragedy in old Chinese drama"(《中国古典戏曲中的悲剧》),认为"我国古代戏曲作家在作为戏剧最高形式的悲剧创作上,没有成功的先例",因为中国古代戏曲没有表现出西方悲剧的"悲剧体验"以及"悲痛欲绝"的净化,更多的是同情式的哀伤、对美好世界的渴望以及因果报应。与朱光潜分析《赵氏孤儿》等不是悲剧一样,钱锺书也评析了王国维认同为悲剧的《窦娥冤》与《赵氏孤儿》等戏曲不是悲剧。①

如果说胡适、鲁迅是以西方诗学的观念批判中国的大团圆和十景病,有着非常鲜明的西化企图,那么,朱光潜、钱锺书对中西戏剧的比较则完全是学术性的分析,他们共同认定:中国不但没有悲剧这种文体,而且也缺乏这种文体赖以存在的悲剧意识和悲剧精神。然而,也许钱锺书觉得《中国古典戏曲中的悲剧》一文有违他的"东海西海,心理攸同;南学北学,道术未裂"的学术宗旨,临近晚年他重新反思这个问题,以《诗可以怨》做了一篇真正有力度的反潮流文章:中国文学理论与西方一样,都推崇一种悲剧精神。

钱锺书说:尼采曾把母鸡下蛋的啼叫与诗人的歌唱相提并论,说是"痛苦使然",这种见解与中国从古形成的一种诗学观念正相符合:苦痛比快乐更能产生诗歌,好诗主要是不愉快、苦痛或穷愁的表现与发泄。钱锺书以孔子的"诗可以怨"打头,认为到司马迁则完全倒向了"怨"而没有兼顾其他:"盖文王拘而演《周易》,伯尼厄而作《春秋》;屈原放逐,乃赋《离骚》;左丘失明,厥有《国语》;孙子膑脚,《兵法》修列;不韦迁蜀,世传《吕览》;韩非囚秦,《说难》《孤愤》。诗三百篇,大底圣贤发愤之所为作也。此人皆意有所郁结,不得通其道,故述往事,思来者。"②钱锺书认为,在这种作诗者都是有所郁结的伤心不得意之士的理论影响之下,一些人对《诗经》中的"颂"的解释也更关注其"刺"的一面。刘勰遵循着司马迁的见解,还使用了一个巧妙的比喻——"蚌病成珠",刘昼《刘子·激通》的比喻与刘勰的也很相似:"蚌蛤结疴而衔明月之珠"。钱锺书说:西方人谈文学创作取譬与此非常巧合,格里巴尔泽(Franz Grillparaer)认为诗好比害病不做声的贝壳动物所产生的珠子,福楼拜以为珠子是牡蛎生病所结成,作者的文笔却是更深沉痛苦的流露,海涅发问,诗之于人是否像珠子之于可怜的牡蛎,是使它苦痛的病料……而司马迁在列举了一系列发愤的著作最后把《诗三百篇》归结

---

① Ch'ien Chung-shu: "Tragedy in old Chinese drama", T'ien Hsia Monthly, I. 1(August 1935), pp.37—46.

② 司马迁:《报任安书》,《古文观止》上册,中华书局,1981年,第225—226页。

为"怨"的思想,在诗歌创作上又被钟嵘加以具体发挥。钟嵘不讲"兴"与"观",虽讲"群",但所举压倒多数的事例都是"怨",认为"使穷贱易安,幽居靡闷,莫尚于诗矣"。从钟嵘到韩愈,中国诗学中形成了一种"欢愉之辞难工,而穷苦之言易好"、"诗必穷而后工"的传统。而这种观念在西方也很流行,钱锺书说他在做学生时就读到西方的这类名句:"最甜美的诗歌就是那些诉说忧伤思想的","真正的诗歌只出于深切苦恼所炽燃着的人心","最美丽的诗歌就是最绝望的,有些不朽的篇章是纯粹的眼泪"。

钱锺书认为,既然"穷苦之言易好",那么要写好诗就要当"憔悴之士",然而"销魂与断肠"的滋味并不好受,于是就出现了"不病而呻"的现象,诗人企图不付出穷苦的代价或希望减价而写出好诗。小伙子作诗"叹老",大阔佬作诗"嗟穷",好端端过着闲适日子的人作诗"伤春"、"悲秋"。钱锺书举了三个例子,第一个是《张右史文集》卷五一《送秦观从苏杭州为学序》对秦观的调侃:"世之文章多出于穷人,故后之为文者喜为穷人之辞。秦子无忧而为忧者之辞,殆出于此耶?"第二个是辛弃疾在《丑奴儿》中的自我表白:"少年不识愁滋味,爱上层楼,爱上层楼,为赋新词强说愁。"第三个是名不见经传的李廷彦,写了一首百韵排律送给上司看,上司为其中的一句"舍弟江南没,家兄塞北亡"所感动,谁知李廷彦却说:"实无此事,但图属对亲切耳。"钱锺书认为,假病能不能装得像真,假珠子能不能造得乱真,也许要看各人的本领或艺术,诗曾经与形而上学、政治并列为三种哄人的玩意儿,不是没有道理的。最后,钱锺书又把中国古代诗歌重视"穷苦之言"与中国古代音乐"以悲哀为主"联系在一起,让我们反思跨越中西与文体的这种共通的审美心理。①

显然,钱锺书的《诗可以怨》绝非中西文化的交汇初期那种无知者无畏的将外来文化扭曲变形以适合自己的文化认同。一般来讲,文明的接触有一个规律,就是从一厢情愿的生搬硬套到较为客观的对话。譬如,佛教初入中国,一般人就以道家的语汇去生搬硬套,后来才发现佛学与道家的差异。在近代,当林纾翻译小仲马的《巴黎茶花女遗事》时,中国人深深感到,泰西并非只有坚船利炮、奇技淫巧,而且还有属于文明人的细腻的感情、爱心和同情心。所以,尽管从甲午海战之后,中国开始涌动翻译热潮,但对于西方文学却是一种具有扭曲变形加以主体认同的心理。当时的所谓"豪杰译"在很大意义上就是"随意的翻译"——

---

① 钱锺书:《诗可以怨》,张隆溪、温儒敏编选《比较文学论文集》,北京大学出版社,1984年,第31—45页。

译者可以将原作中的人名、地名、称谓等中国化，删掉不符合中国人欣赏口味的大段的景物描写，而且可以随意增添原作中没有的文字，甚至把原作中的主题、人物、结构加以改造，有的还扮成章回小说家的面孔在叙述故事之余现身"说话"。随着对西方文化认识的逐步深入，人们越来越发现中西文化存在着巨大的差异。这种差异并不仅仅表现在表层的坚船利炮、奇技淫巧——这些反而是能够很快模仿的，而且表现在价值观念与审美观念的文化深层。钱锺书的《诗可以怨》不属于中西文化碰撞初期将自身文化投射到异域文化的认同结果，而是在现代中国人对中西文化的巨大差异比较反省之后，凭着他在博览中西文化与诗学的典籍时的悟性，从差异巨大的中西诗学中发现的一种共同的审美心理——无论中国还是西方，推崇的都是悲剧精神。

如果钱锺书的这一理论成立，那么，胡适、鲁迅、朱光潜的中国文化缺乏悲剧意识与悲剧精神的理论，李泽厚关于中国的"乐感文化"的理论，就都遭到了颠覆。然而，钱锺书的引经据典与博采群书，使人没有理由否定他所寻找到的中西诗学这种共同的推崇悲剧精神具有相当的合理性。张法正是从这里出发，写出了否定李泽厚的"乐感文化"的专著《中国文化与悲剧精神》。

然而，钱锺书《诗可以怨》的这种合理性并不具有普适意义，而是有限度的，正如胡适、鲁迅、朱光潜的理论是有限度的一样。而《诗可以怨》的贡献，就在于让我们真正看到了胡适、鲁迅、朱光潜理论的合理限度。这一点是那些没有真正发现者眼光，仅仅在中国传统戏曲中寻找悲剧因素就定为悲剧、寻找喜剧因素就定为喜剧的人所没有做到的。因为他们编选的《中国十大悲剧选》与《中国十大喜剧选》，文体形式都差不多——"十大悲剧"中有喜剧因素，"十大喜剧"中也有悲剧因素。譬如他们所选的十大喜剧之首的《救风尘》，是由正常的生活——宋引章与安秀才相互爱慕，在恶少周舍的诱惑下进入水深火热的悲剧角色，是结义姐妹赵盼儿巧设迷局，骗过了周舍，才救了宋引章并且惩罚了周舍，是一个大团圆的光明结尾。然而，这个套路是中国几乎大多数小说与戏曲的模式，正常的生活中染上悲剧色调，最后经过周旋而达到喜剧的大团圆结尾。而被他们选为十大悲剧之首的《窦娥冤》，也是由窦娥与婆婆相依为命的正常生活，进入被张驴儿陷害而死的悲剧角色，但是窦娥临刑时的六月雪、旱三年无不应验，后来父亲为官至此，在窦娥显灵的启示下冤案得以平反昭雪，又是一个大团圆式的光明尾巴。而且剧中其他喜剧因素也不少，譬如张驴儿企图霸占窦娥不成想毒死窦娥婆婆，谁知却毒死了自己的父亲。由此可见，《窦娥冤》仍然遵循的是中国戏曲悲喜混合最后来一条光明尾巴的团圆逻辑，而与西方的悲剧差异甚大。而所谓"十大悲剧"之一的《赵氏孤儿》，正是朱光潜在《悲剧心理学》中所举的中国戏曲家"将悲剧题材也常常写成喜剧"的范例：孤儿"像哈姆莱特一样，他的敌人杀害了他的父亲，窃夺了本来属于他的荣誉，他必须复仇。这个剧本全名是《赵氏孤儿大报仇》，从名称上看，使人很容易想象成是像《哈姆莱特》那样的复仇悲剧，在第五幕，台上摆满死尸。但是，实际情形却完全不同。复仇只是帝王的一道命令许诺的，并没有在舞台上演出来。最后的报应使人人都很满意，连奸贼自己也承认这是公道。剧作者是要传达一个道德的教训——忠诚和正义必胜，而那胜利和戏剧的结尾恰好是一致的。"① 因此，这些所谓的"十大悲剧"与"十大喜剧"，断然不能驳倒胡适、鲁迅与朱光潜关于中国没有悲剧的论断。如果鲁迅再生，面对两个"十大"（"十大悲剧选"与"十大喜剧选"），他肯定会不以为然，感觉中国当代的选家又患了"十景病"。

相比之下，钱锺书的发现却让我们眼睛一亮，原来我们中国从古以来就有推崇悲剧精神的诗学，并经过历朝历代文人的阐发而形成了一种传统，只是我们没有加以注意而已。而如此一来，胡适、鲁迅、朱光潜等人关于中国没有悲剧精神的立论就难以成立。但是，仔细阅读《诗可以怨》，可以发现钱锺书所寻找的悲剧精神主要是在中国文学的正宗文体诗歌中，而不在不登大雅之堂的小说与戏曲中。尽管《诗可以怨》中也约略提及中国的小说与戏曲，但却一笔而过，是为了印证中国的小说与戏曲理论也符合弗洛伊德的梦之升华说，而不是论证中国的小说与戏曲也具有一种悲剧精神的传统。事实上，中国大量涌现的才子佳人小说，真的很符合弗洛伊德的《创造性作家与白日梦》一文的理论，一个穷酸才子由两个以上的佳人来爱，结尾还能够高中金榜与很多佳人一起享受良辰美景，确实是那些底层才子的白日梦，然而这些小说却是千篇一律的大团圆结尾。另一方面，胡适、鲁迅、朱光潜等人认为中国缺乏悲剧的理论，主要针对的是中国的小说与戏曲，而不是中国诗歌。中国的诗歌从《诗经》的"怨"，屈原的怨愤，贾谊的感伤，一直到宋词的哀怨切切，确实形成了一种显扬悲情的传统。

从这个角度看，朱光潜关于中国的戏曲没有产生悲剧，胡适与鲁迅对中国小说与戏曲缺乏悲剧精神而以大团圆收场的理论，都有其合理性。只是扩而大之，认为整个中国文学没有悲剧精神就显得不太妥切，因为钱锺书的《诗可以怨》以

---

① 朱光潜：《悲剧心理学》，人民文学出版社，1985年，第220页。

大量的理论例证与文学文本表明了"诗可以怨"是中国抒情文学的一个传统。而且，当产生于勾栏瓦舍之中的小说，真正进入文人之手的时候，也会具有悲剧精神，最为典型的就是《红楼梦》，王国维重视这部作品的正是其悲剧精神，鲁迅在《论睁了眼看》中也没有否定《红楼梦》的悲剧精神。但是，若是以《诗可以怨》的立论，认为整个中国文化充满的都是悲剧精神，无视中国大多数叙事文学文本几乎千篇一律的大团圆，以及中国人不习惯舞台上死尸成堆、血肉横飞，总想来一条光明尾巴的审美心理，忽略了中国文化强调"致中和"而排斥悲与喜的感情向两个极端发展，也会陷入谬误。而这一方面，又显出胡适、鲁迅、朱光潜等人认为中国缺乏悲剧的合理性。

悖谬的是，批判小说戏曲大团圆的胡适，在诗歌创作的倡导中却以乐观精神否定屈原、贾谊诗歌中的悲剧精神，说是痛哭流涕于救国无补，于是《尝试集》中就充满了乐观向上的基调，《女神》中郭沫若一口气喊出了几十个"欢唱"，最后是"欢唱在欢唱"，《志摩的诗》也在歌颂雪花的快乐……而鲁迅的小说除了具有西方现代小说的惨厉与对立动态的美学形态，倒是真正承传了中国文人文学的抒情性与悲剧精神，所以著名汉学家普实克才提醒人们特别要注意鲁迅小说的传统诗歌渊源。这是诗歌与小说在传统向现代转型中发生的错位，由此也注定了这两种文体在现代的成就的大小。在鲁迅身后，钱锺书在《围城》中也是以喜剧的形式唱出了一曲人生荒诞与孤独无依的悲歌。

钱锺书是在中西诗学的巨大差异中发现了其推崇悲剧精神的审美共性，那么在这种共性中就没有差异了吗？西方人其实并不真正欣赏具有悲剧精神的《红楼梦》，原因就在于他们粗犷的性格对于细腻到病态的感情并不真正了然。因此，同样是悲愤，大海的怒涛与小河的呜咽不同，男性的悲伤与女性的伤感不同，贝多芬的《悲怆》奏鸣曲、柴可夫斯基的《悲怆》交响曲与中国的《江河水》的悲伤也很不相同。而这又涉及中西民族的文化性格的差异等更为深层的问题。

习题

一、比较诗学是怎样兴起的？它在比较文学中占有何种位置？

二、你是如何看待中西比较诗学的（意义、价值、比较框架）？

三、《诗可以怨》的反潮流意义何在？其合理性及其限度是什么？

延伸阅读

一、曹顺庆：《中西比较诗学》，北京出版社，1988年。

二、黄药眠、童庆炳主编：《中西比较诗学体系》，1991年。

三、饶芃子等：《中西比较文艺学》，中国社会科学出版社，1999年。

四、余虹：《中国文论与西方诗学》，北京三联书店，1999年。

五、陈跃红：《比较诗学导论》，北京大学出版社，2007年。

六、叶维廉：《寻求跨中西文化的共同文学规律》，北京大学出版社，1986年。

七、〔美〕厄尔·迈纳：《比较诗学》，王宇根等译，中央编译出版社，1998年。

附 案 例

诗可以怨

钱锺书

到日本来讲学,是很大胆的举动。就算一个中国学者来讲他的本国学问,他虽然不必通身是胆,也得有斗大的胆。理由很明白简单。日本对中国文化各个方面的卓越研究,是世界公认的;通晓日语的中国学者也满心钦佩和虚心采用你们的成果,深知道要讲一些值得向各位请教的新鲜东西,实在不是轻易的事,我是日语的文盲,面对着贵国"汉学"或"支那学"的丰富宝库,就像一个既不懂号码锁,又没有开撬工具的穷光棍,瞧着大保险箱,只好眼睁睁地发愣。但是,盲目无知往往是勇气的源泉。意大利有一句嘲笑人的惯语,说"他发明了雨伞"(ha inventato l'ombrello)。据说有那么一个穷乡僻壤的土包子,一天在路上走,忽然下起小雨来了,他凑巧拿着一根棒和一方布,人急智生,把棒撑了布,遮住头顶,居然到家没有淋得像落汤鸡。他自我欣赏之余,也觉得对人类作出了贡献,应该公诸于世。他风闻城里有一个"发明品专利局",就兴冲冲拿棍连布,赶进城去,到那局里报告和表演他的新发明。局里的职员听他说明来意,哈哈大笑,拿出一把雨伞来,让他看个仔细。我今天就仿佛那个上注册局去的乡下佬,孤陋寡闻,没见识过雨伞。不过,在找不到屋檐下去借躲雨点的时候,棒撑着布也还不失为自力应急的一种有效办法。

尼采曾把母鸡下蛋的啼叫和诗人的歌唱相提并论,说都是"痛苦使然"(Der Schmerz macht Hühner und Dichter gackern)[①]。这个家常而生动的比拟也恰恰符合中国文艺传统里一个流行的意见:苦痛比快乐更能产生诗歌,好诗主要是不

[①] 《札拉图斯脱拉如是说》(*Also sprach Zarathustra*)第4部第13章,许来许太(K. Schlechta)编《尼采集》(1955)第2册,第527页。

愉快、烦恼或"穷愁"的表现和发泄。这个意见在中国古代不但是诗文理论里的常谈，而且成为写作实践里的套板。因此，我们惯见熟闻，习而相忘，没有把它当做中国文评里的一个重要概念而提示出来。我下面也只举一些最平常的例来说明。

《论语·阳货》讲："诗可以兴，可以观，可以群，可以怨"；"怨"只是四个作用里的一个，而且是末了一个。《诗·大序》并举"治世之音安以乐"、"乱世之音怨以怒"、"亡国之音哀以思"，没有侧重或倾向哪一种"音"。《汉书·艺文志》申说"诗言志"，也不偏不倚："故哀乐之心感，而歌咏之声发。"司马迁也许是最早两面不兼顾的人。《报任少卿书》和《史记·自序》历数古来的大著作，指出有的是坐了牢写的，有的是贬了官写的，有的是落了难写的，有的是身体残废后写的；一句话，都是遭贫困、疾病以至刑罚磨折的倒霉人的产物。他把《周易》打头，《诗三百篇》收梢，总结说："大抵圣贤发愤之所为作也"，还补充一句："此人皆意有所郁结。"那就是撇开了"乐"，只强调《诗》的"怨"或"哀"了；作《诗》者都是"有所郁结"的伤心人或不得志之士，诗歌也"大抵"是"发愤"的叹息或呼喊了。东汉人所撰《越绝书·越绝外传本事第一》说得更清楚："夫人情泰而不作，……怨恨则作，犹诗人失职，怨恨忧嗟作诗也。"明末陈子龙曾引用"皆圣贤发愤之所为作"那句话，为它阐明了一下："我观于《诗》，虽颂皆刺也——时衰而思古之盛王"（《陈忠裕全集》卷二一《诗论》）。颂扬过去正表示对现在不满，因此，《三百篇》里有些表面上的赞歌只是骨子里的怨诗了。附带可以一提，拥护"经义"而反对"文华"的郑覃，苦劝唐文宗不要溺爱"章句小道"，说："夫《诗》之雅、颂，皆下刺上所为，非上化下而作"（《旧唐书·郑覃传》），虽然是别有用心的谗言，而早已是"虽颂皆刺"的主张了。《公羊传》宣公十五年"初税亩"节里"什一行而颂声作矣"一句下，何休的《解诂》也很耐寻味。"太平歌颂之声，帝王之高致也。……独言'颂声作'者，民以食为本也。……男女有所怨恨，相从而歌：饥者歌其食，劳者歌其事。"《传》文明明只讲"颂声"，《解诂》补上"怨恨而歌"，已近似横生枝节了；不仅如此，它还说一切"歌"都出于"有所怨恨"，把发端的"太平歌颂之声"冷搁在脑后。陈子龙认为"颂"是转弯抹角的"刺"；何休仿佛先遵照《传》文，交代了高谈空论，然后根据经验，补究了真况实话："太平歌颂之声"那种"高致"只是史书上的理想和空想，而"饥者"、"劳者"的"怨恨而歌"才是生活里的事实。何、陈两说相辅相成。中国成语似乎反映了这一点。乐府古辞《悲歌行》："悲歌可以当泣，远望可以当归。"从此"长歌当哭"是常用的词句;但是相应的"长歌当笑"那类说法却不经见,尽管有人冒李白的大牌子,作了《笑歌行》。"笑吟吟"的"吟"字不等同于"新诗改罢自长吟"的"吟"字。

司马迁的意见,刘勰曾涉及一下,还用了一个巧妙的譬喻。《文心雕龙·才略》讲到冯衍:"敬通雅好辞说,而坎壈盛世;《显志》、《自序》亦蚌病成珠矣。"就是说他那两篇文章是"郁结"、"发愤"的结果。刘勰淡淡带过,语气不像司马迁那样强烈,而且专说一个人,并未扩大化。"病"的苦痛或烦恼的泛指,不限于司马迁所说"左邱失明"那种肉体上的害病,也兼及"坎壈"之类精神上的受罪,《楚辞·九辩》所说:"坎壈兮贫士失职而志不平。"北朝有个姓刘的人也认为困苦能够激发才华,一口气用了四个比喻,其中一个恰好和南朝这个姓刘人所用的相同。刘昼《刘子·激通》:"梗柟郁蹙以成缛锦之瘤,蚌蛤结疴而衔明月之珠,鸟激则能翔青云之际,矢惊则能逾白雪之岭,斯皆仍瘁以成明文之珍,因激以致高远之势。"(参看《太平御览》卷三五〇引《韩子》:"水激则悍,矢激则远";又《后汉书·冯衍传》上章怀注引衍与阴就书:"鄙语曰:'水不激不能破舟,矢不激不能饮羽'")。后世像苏轼《答李端叔书》:"木有瘿,石有晕,犀有通,以取妍于人,皆物之病",无非讲"仍瘁以成明文",虽不把"蚌蛤衔珠"来比,而"木有瘿"正是"梗柟成瘤"①。西洋人谈起文学创作,取譬巧合得很。格里巴尔泽(Franz Grillparzer)说诗好比害病不作声的贝壳动物所产生的珠子(die Perle, das Erzeugnîs des kranken stillen Muscheltieres);福楼拜以为珠子是牡蛎生病所结成(la perle est une maladie de l'huître),作者的文笔(le style)却是更深沉的痛苦的流露(l'écoulement d'une douleur plus profonde)②。海涅发问:诗之于人,是否像珠子之于可怜的牡蛎,是使它苦痛的病料(Wie die Perle, die Krankheitsstoff, woran das arme Austertier leidet)③。豪斯门(A. E. Housman)说诗是一种分泌(a secretion),不管是自然的(natural)分泌,像松杉的树脂(like the turpentine in the fir),还是病态的(morbid)分泌,像牡蛎的珠子(like the

---

① 参看赵翼《瓯北诗钞》七言律三《闻心余京邸病风却寄》之二:"木有文章原是病,石能言语果为灾";龚自珍《破戒草》卷下《释言》:"木有刘彰曾是病,虫多言语不能天。"

② 墨希格(Walter Muschg)《悲剧观的文学史》(*Tragische Literatur Geschichte*)第3版(1957)第415页引了这两个例子。

③ 《论浪漫派》(*Die Romantische Schule*)2卷4节,《海涅诗文书信合集》(东柏林,1961)5册第98页。

pearl in the oyster)①。看来这个比喻很通行。大家不约而同地采用它,正因为它非常贴切"诗可以怨"、"发愤所为作"。可是,《文心雕龙》里那句话似乎历来没有博得应得的欣赏。

　　司马迁举了一系列"发愤"的著作,有的说理,有的记事,最后把《诗三百篇》笼统都归于"怨",作为其中一个例子。钟嵘单就诗歌而论,对这个意思加以具体发挥。《诗品·序》里有一节话,我们一向没有好好留心。"嘉会寄诗以亲,离群托诗以怨,至于楚臣去境,汉妾辞宫;或骨横朔野,魂逐飞蓬;或负戈外戍,杀气雄边,塞客衣单,孀闺泪尽;或士有解佩出朝,一去忘反,女有扬蛾入宠,再盼倾国。凡斯种种,感荡心灵,非陈诗何以展其义?非长歌何以骋其情?故曰:'诗可以群,可以怨。'使穷贱易安,幽居靡闷,莫尚于诗矣!"说也奇怪,这一节差不多是钟嵘同时人江淹那两篇名文——《别赋》和《恨赋》——的提纲。钟嵘不讲"兴"和"观",虽讲起"群",而所举压倒多数的事例是"怨",只有"嘉会"和"入宠"两者无可争辩地属于愉快或欢乐的范围。也许"无可争辩"四个字用得过分了。"扬蛾入宠"很可能有苦恼或"怨"的一面,譬如《全晋文》卷一三左九嫔《离思赋》就怨恨自己"入紫庐"以后,"骨肉至亲,永长辞兮!"因而"欷歔涕流"。《红楼梦》第一八回里的贾妃不也感叹"今虽富贵,骨肉分离,终无意趣"么?同时,按照当代名剧《王昭君》的主题思想,"汉妾辞宫"绝不是"怨",少说也算得是"群",简直竟是良缘"嘉会",欢欢喜喜,到胡人那里去"扬蛾入宠"了。但是,看《诗品》里这几句平常话时,似乎用不着那样深刻的眼光,正像在日常社交生活里,看人看物都无须荧光检查式的透视。《序》结尾又举了一连串的范作,除掉失传的篇章和泛指的题材,过半数都可以说是"怨"诗。至于《上品》里对李陵的评语:"生命不谐,声颓身丧,使陵不遭辛苦,其文亦何能至此!"更明白指出了刘勰所谓"蚌病成珠",也就是后世常说的"诗必穷而后工"②。还有一点不容忽略。同一件东西,司马迁当作死人的防腐溶液,钟嵘却认为是活人的止痛药和安

---

　　① 《诗的名称和性质》(*The Name and Nature of Poetry*),卡特(J. Carter)编《豪斯门散文选》(1961)第 194 页。豪斯门紧接说自己的诗都是"健康欠佳"(out of health)时写的;他所谓"自然的"就等于"健康的,非病态的"。加尔杜齐(Giosuè Carducci)痛骂浪漫派把诗说成情感上"自然的分泌"(secrezione naturale),见布赛托(N. Busetto)《乔稣埃·加尔杜齐》(1958)第 492 页引;他所谓"自然的"等于"信手写来的,不经艺术琢磨的"。前一意义上"不自然的(病态的)分泌"也可能是在后一意义上"自然的(未加工的)分泌"。

　　② 参看《管锥编》(三),第 135—139 页。

神剂。司马迁《报任少卿书》只说"舒愤"而著书作诗,目的是避免姓"名磨灭"、"文彩不表于后世",着眼于作品在作者身后起的功用,能使他死而不朽。钟嵘说:"使穷贱易安,幽居靡闷,莫尚于诗",强调了作品在作者生时起的功用,能使他和艰辛孤寂的生涯妥协相安;换句话说,一个人潦倒愁闷,全靠"诗可以怨",获得了排遣、慰藉或补偿。随着后世文学体裁的孳生,这个对创作的动机和效果的解释也从诗歌而蔓延到小说和戏剧。例如周楫《西湖二集》卷一《吴越王再世索江山》讲起瞿佑写《剪灯新话》和徐渭写《四声猿》:"真个哭不得,笑不得,叫不得,跳不得,你道可怜也不可怜!所以只得逢场作戏,没紧没要,做部小说。……发抒生平之气,把胸中欲歌欲哭欲叫欲跳之意,尽数写将出来。满腹不平之气,郁郁无聊,借以消遣。"李渔《笠翁偶集》卷二《宾白》讲自己写剧本,说来更淋漓尽致:"予生忧患之中,处落魄之境,自幼至长,自长至老,总无一刻舒眉。惟于制曲填词之顷,非但郁藉以舒,愠为之解,且尝僭作两间最乐之人。……未有真境之所为,能出幻境纵横之上者。我欲做官,则顷刻之间便臻荣贵。……我欲作人间才子,即为杜甫、李白之后身。我欲娶绝代佳人,即作王嫱、西施之原配。"正像陈子龙以为《三百篇》里"虽颂皆刺",李渔承认他剧本里欢天喜地的"幻境"正是他生活里局天蹐地的"真境"的"反"映——剧本照映了生活的反面。大家都熟知弗洛伊德的有名理论:在实际生活里不能满足欲望的人,死了心作退一步想,创造出文艺来,起一种替代品的功用(Ersatz für den Triebverzicht),借幻想来过瘾(Phantasiebefriedgungen)①。假如说,弗洛伊德这个理论早在钟嵘的三句话里稍露端倪,更在周楫和李渔的两段话里粗见眉目,那也许不是牵强拉拢,而只是请大家注意他们似曾相识罢了。

在某一点上,钟嵘和弗洛伊德可以对话,而有时候韩愈跟司马迁也会说不到一处去。《送孟东野序》是收入旧日古文选本里给学僮们读熟读烂的文章。韩愈一开头就宣称:"大凡物不得其平则鸣。……人声之精者为言,文辞之于言,又其精也";历举庄周、屈原、司马迁、相如等大作家作为"善鸣"的例子,然后隆重地请出主角:"孟郊东野始以其诗鸣。"一般人认为"不平则鸣"和"发愤所为作"含义相同;事实上,韩愈和司马迁讲的是两码事。司马迁的"愤"就是"坎壈不平"或通常所谓"牢骚";韩愈的"不平"和"牢骚不平"并不相等,它不但指愤郁,也包括欢乐在内。先秦以来的心理学一贯主张:人"性"的原始状态是平静,

---

① 弗洛伊德《全集》(伦敦,1950)第14册355又433页。

"情"是平静遭到了骚扰,性"不得其平"而为情。《乐记》里两句话:"人生而静,感于物而动",具有代表性,道家和佛家经典都把水因风而起浪作为比喻①。这个比喻后来也被儒家借而不还,据为己有。《礼记·中庸》"天命之谓性"句下,孔颖达《正义》引梁五经博士贺瑒说:"性之与情,犹波之与水,静时是水,动则是波,静时是性,动则是情。"韩门弟子李翱《复性书》上篇就说:"情者,性之动。水汨于沙,而清者浑,性动于情,而善者恶。"甚至深怕和佛老沾边的宋儒程颐《伊川语》(《河南二程遗书》卷一八)也不避嫌疑:"湛然平静如镜者,水之性也。及遇沙石或地势不平,便有湍激,或风行其上,便为波涛汹涌,此岂水之性也哉!……然无水安得波浪,无性安得情也?"通俗小说里常用的"心血来潮"那句话,也表示这个比喻的普及。《封神榜》第三四回写太乙真人静坐,就解释道:"看官,但凡神仙,烦恼、嗔痴、爱欲三事永忘,其心如石,再不动摇,'心血来潮'者,心中忽动耳"——"来潮"等于"动则是波"。按照古代心理学,不论什么情感都是"性"暂时失去了本来的平静,不但愤郁是"性"的骚动,欢乐也一样好比水的"波涛汹涌"、"来潮"。我们也许该把韩愈的话安置在这种"语言天地"里,才能理解它的意义。他另一篇文章《送高闲上人序》就说:"喜怒窘穷,忧悲愉快,怨恨思慕,酣醉无聊,不平有动于心,必于草书焉发之。""有动"和"不平"就是同一事态的正负两种说法,重言申明,概括"喜怒"、"悲愉"等情感。只要看《送孟东野序》的结尾:"抑不知天将和其声而使鸣国家之盛耶?抑将穷饿其身,思愁其心肠,而使自鸣其不幸耶?"很清楚,得志而"鸣国家之盛"和失意而"自鸣不幸",两者都是"不得其平则鸣"。韩愈在这里是两面兼顾的,正像《汉书·艺文志》讲"歌咏"时,并举"哀乐",而不像司马迁那样的偏主"发愤"。有些评论家对韩愈的话加以指摘②,看来由于他们对"不得其平"理解得太狭窄了:把它和"发愤"混淆。黄庭坚有一联诗:"与世浮沉唯酒可,随人忧乐以诗鸣"(《山谷内集》卷一三《再次韵兼简履中南玉》之二)下句的"来历"正是《送孟东野序》。他很可以写"失时穷饿以诗鸣"或"违时侘傺以诗鸣"等等,却用"忧乐"二字作为"不平"的代词,真是一点儿不含糊的好读者。

  韩愈确曾比前人更明白地规定了"诗可以怨"的观念,那是在他的《荆潭唱和诗序》里。这篇文章是恭维两位写诗的大官僚的,恭维他们的诗居然比得上穷

---

① 参看《管锥编》(三),第608—610页。
② 参看沈作喆《寓简》卷四,洪迈《容斋随笔》卷四,钱大昕《潜研堂文集》卷二六《李南涧诗序》,谢章铤《藤阴客赘》。

书生的诗,"王公贵人"能"与韦布里间憔悴之士较其毫厘分寸"。言外之意就是把"憔悴之士"的诗作为检验的标准,因为有一个大前提:"夫和平之音淡薄,而愁思之声要眇,欢愉之辞难工,而穷苦之言易好也。"早在六朝,已有人说出了"和平之音淡薄"的感觉,《全宋文》卷一九王微《与从弟僧绰书》:"文词不怨思抑扬,则流淡无味。"后来有人干脆归纳为七字诀:"其中妙诀无多语,只有销魂与断肠。"(方文《涂山续集》卷五《梦与施愚山论诗醒而有作》)为什么有"难工"和"易好"的差别呢?一个明末的孤臣烈士和一个清初的文学侍从尝试地作了相同的心理解答。张煌言说:"甚矣哉!'欢愉之词难工,而愁苦之音易好也'!盖诗言志,欢愉则其情散越,散越则思致不能深入;愁苦则其情沉著,沉著则舒籁发声,动与天会。故曰:'诗以穷而后工。'夫亦其境然也。"(《国粹丛书》本《张苍水集》卷一《曹云霖诗序》)陈兆仑说得更简括:"'欢娱之词难工,愁苦之词易好。'此语闻之熟矣,而莫识其所由然也。盖乐主散,一发而无余;忧主留,辗转而不尽。意味之浅深别矣"(《紫竹山房集》卷四《消寒八咏·序》)。这对诗歌"难工"和"易好"的缘故虽然不算解释透彻,而对欢乐和忧愁的情味很难体贴入微。陈继儒曾这样来区别屈原和庄周:"哀者毗于阴,故《离骚》孤沉而深往;乐者毗于阳,故《南华》奔放而飘飞。"(《晚香堂小品》卷九《郭注庄子叙》)一位意大利大诗人也记录下类似的体会:欢乐趋向于扩张,忧愁趋向于收紧(questa tendenza al dilatamento nell'allegrezza, e al ristringimento nella tristezza)。① 我们常说:"心花怒放","开心","快活得骨头都轻了",和"心里打个结","心上有了块石头","一口气憋在肚子里"等等,都表达了乐的特征是发散、轻扬,而忧的特征是凝聚、滞重。② 欢乐"发而无余",要挽留它也留不住,忧愁"转而不尽",要消除它也除不掉。用歌德的比喻来说,快乐是圆球形(die Kugel),愁苦是多角物体形(das Vieleck)。③

---

① 利奥巴尔迪(Leopardi)《感想杂志》(*Zibaldone di Pensieri*),弗洛拉(F. Flora)编注本五版(1957)第 1 册第 100 页。

② 参看拉可夫(G. Lakoff)与约翰逊(M. Johnson)合著《咱们赖以生活的比喻》(*Metaphors We Live By*)(1980)第 15 页:"快乐上向,忧愁下向"(Happy is up; sad is down);又 18 页"快乐宽阔,忧愁狭隘"(Happy is wide; sad is narrow)诸例。

③ 歌德为孟贝尔(J. Ch. Mämpel)自传所作序文,辛尼尔(G. F. Senior)与卜克(C. V. Bock)合选《批评家歌德》(*Goethe the Critic*)(1960)第 60 页。参看海涅《歌谣集》(*Romancero*)卷 2 卷头诗《幸福是个浮浪女人》(*Das Glück ist eine leichte Dime*)那一首,《诗文书信合集》第 2 册第 79 页。

圆球一滚就过，多角体"辗转"即停，张煌言和陈兆仑都说出了这种区别。

　　韩愈把穷书生的诗作为样板；他推崇"王公贵人"也正是抬高"憔悴之士"。恭维而没有一味拍捧，世故而不是十足势利，应酬大官僚的文章很难这样有分寸。司马迁、钟嵘只说穷愁使人作诗，作好诗，王微只说文词不怨就不会好。韩愈把反面的话添上去了，说快乐虽也使人作诗，但作出的不会是很好或最好的诗。有了这个补笔，就题无剩义了。韩愈的大前提有一些事实根据。我们不妨说，虽然在质量上"穷苦之言"的诗未必就比"欢愉之词"的诗来得好，但是在数量上"穷苦之言"的好诗的确比"欢愉之词"的好诗来得多。因为"穷苦之言"的好诗比较多，从而断言只有"穷苦之言"才构成好诗，这在推理上有问题，韩愈犯了一点儿逻辑错误。不过，他的错误不很严重，他也找得着有名的同犯，例如十九世纪西洋的几位浪漫诗人。我们在学生时代念的通常选本里，就读到下面这类名句："最甜美的诗歌就是那些诉说最忧伤的思想的"（Our sweetest songs are those that tell of saddest thoughts）；"真正的诗歌只出于深切苦恼所炽燃着的人心"（und es kommt das echte Lied/Einzig aus dem Menschenherzen,/Das ein tiefes Leid durchgluht）；"最美丽的诗歌就是最绝望的，有些不朽的篇章是纯粹的眼泪"（Les plus désespérés sont les chants les plus beaux,/Et j'en sais d'immortels qui sont de purs sanglots）①。有位诗人用散文写了诗论，阐明一切"真正的美"（true Beauty）都必然染上"忧伤的色彩"（this certain taint of sadness），"忧郁是诗歌里最合理合法的情调"（Melancholy is thus the most legitimate of all the poetical tones）②。近代一位诗人认为"牢骚"（grievances）宜于散文，而"忧伤（griefs）宜于诗"，"诗是关于忧伤的奢侈"（poetry is an extravagance about grief）③。上文提到尼采和弗洛伊德。称赏尼采而不赞成弗洛伊德的克罗齐也承认诗是"不如意事"的产物（La poesia, come è stato ben detto, nasce dal "desiderio insoddisfatto"）④；佩服弗洛伊

---

　　① 雪莱《致云雀》（*To a Skylark*）；凯尔纳（Justinus Kerner）《诗》（*Poesie*）；缪塞（Musset）《五月之夜》（*LaNuit de Mai*）。

　　② 爱伦·坡（Edgar Allan Poe）《诗的原理》（*The Poetic Principle*）和《写作的哲学》（*The Philosophy of Composition*），《诗歌及杂文集》（牛津，1945）177 又 195 页。

　　③ 弗罗斯特（Robert Frost）《罗宾逊（E. A. Robinson）诗集序》又《论奢侈》（*On Extravagance*），普利查特（William H. Pritchard）《近代诗人评传》（*Lives of the Modern Poets*）（1980）129 又 137 页引。

　　④ 《诗论》（*La Poesia*）第 5 版，1953 年，第 158 页。

德的文笔的瑞士博学者墨希格（Walter Muschg）甚至写了一大本《悲剧观的文学史》，证明诗常出于隐蔽着的苦恼（fast immer, wenn auch oft verhüllt, eine Form des Leidens）①，可惜他没有听到中国古人的议论。

没有人愿意饱尝愁苦的滋味——假如他能够避免；没有人不愿意作出美好的诗篇——即使他缺乏才情；没有人不愿意取巧省事——何况他不并不损害旁人。既然"穷苦之言易好"，那末，要写好诗就要说"穷苦之言"。不幸的是，"憔悴之士"才会说"穷苦之言"；"妙诀"尽管说来容易，"销魂与断肠"的滋味并不好受，而且机会也其实难得。冯舒"尝诵孟襄阳诗'不才明主弃，多病故人疏'，云：'一生失意之诗，千古得意之句'"（顾嗣立《寒厅诗话》）。白居易《读李杜诗集因题卷后》："不得高官职，仍逢苦乱离；暮年逢客恨，浮世谪仙悲。……天意君须会，人间要好诗。"做出好诗，得经历卑屈、乱离等愁事恨事，"失意"一辈子，换来"得意"诗一联，这代价可不算低，不是每个作诗的人所乐意付出的。② 于是长期存在一个情况：诗人企图不出代价或希望减价而能写出好诗。小伙子作诗"叹老"，大阔佬作诗"嗟穷"，好端端过着闲适日子的人作诗"伤春"、"悲秋"。例如释文莹《湘山野录》卷上评论寇准的诗："然富贵之时，所作皆凄楚愁怨。……余尝谓深于诗者，尽欲慕骚人清悲怨感，以主其格。"这原不足为奇；语言文字有这种社会功能，我们常常把说话来代替行动，捏造事实，乔装改扮思想和情感。值得注意的是：在诗词里，这种无中生有（fabulation）的功能往往偏向一方面。它经常报忧而不报喜，多数表现为"愁思之声"而非"和平之音"，仿佛鳄鱼的眼泪，而不是《爱丽斯梦游奇境记》里那条鳄鱼的"温和地微笑嘻开的上下颚"（gently smiling jaws）。我想起刘禹锡《三阁词》描写美人的句子："不应有恨事，娇甚却成愁"；传统里的诗人并无"恨事"而"愁"，表示自己才高，正像传统里的美人并无"恨事"而"愁"，表示自己"娇多"③。李贽读了司马迁"发愤所为作"那句话，感慨说："由此观之，古之贤圣不愤则不作矣。不愤而作，譬如不寒而颤、不病而

---

① 《悲剧观的文学史》，第16页。

② 参看济慈非莎拉·杰弗莱（Sarah Jeffrey）的信："英国产生了世界上最好的作家（the English have produced the finest writer in the world），一个主要原因是英国社会在他们在世时虐待了他们（the English world has ill-treated them during their lives）。"见济慈《书信集》（Letters），洛林斯（H. E. Rollins）辑注本第2册，1958年，第115页。

③ 吴曾《能改斋漫录》卷16王辅道《浣溪沙》："娇多无事做凄凉"，就是刘禹锡的语意。

呻也。虽作何观乎！"(《焚书》卷三《〈忠义水浒传〉序》)"古代"是召唤不回来的,成"贤"成"圣"也不是一般诗人愿意和能够的,"不病而呻"已成为文学生活里不可忽视的事实。也就是刘勰早指出来的："心非郁陶,……此为文而造情也"(《文心雕龙·情采》);或范成大嘲讽的："诗人多事惹闲情,闭门自造愁如许"(《石湖诗集》卷一七《陆务观作〈春愁曲〉,悲甚,作此反之》)①:恰如法国古典主义大师形容一些写挽歌（élégie）的人所谓"矫揉造作,使自己伤心。"（qui s'affligent par art）② 南北朝二刘不是说什么"蚌病成珠"、"蚌蛤结疴而衔珠"么？诗人"不病而呻",和孩子生"逃学病",要人生"政治病",同样是装病、假病。不病而呻包含一个希望:有那样便宜或侥幸的事,假病会产生真珠。假病能不能装得像真,假珠子能不能造得乱真,这也许要看各个的本领或艺术。诗曾经和形而上学、政治并列为三种哄人的玩意儿（die drei Täuschungen）③,不是完全没有原因的。当然,作诗者也在哄自己。

我只想举四个例。第一例是一位名诗人批评另一位名诗人。张耒取笑秦观说:"世之文章多出于穷人,故后之为文者喜为穷人之辞。秦子无忧而为忧者之辞,殆出于此耶？"（《张右史文集》卷五一《送秦观从苏杭州为学序》)第二例是一位名诗人的自白。辛弃疾《丑奴儿》词承认:"少年不识愁滋味,爱上层楼,爱上层楼,为赋新词强说愁。而今识尽愁滋味,欲说还休,欲说还休,却道天凉好个秋。"上半阕说"不病而呻"、"不愤而作";下半阕说出了人生和写作里另一个情况,缄默——不论是说不出来,还是不说出来——往往意味和暗示着极（"尽"）厉害的"病"痛、极深切的悲"愤"。第三例是陆游《后春愁曲》,他自己承认:"醉狂戏作《春愁曲》,素屏纨扇传千家。当时说愁如梦寐,眼底何曾有愁事！"（《剑南诗稿》卷一五）——就是范成大笑他"闭门自造愁"。第四例是一个姓名不见经传的作家的故事。有个李廷彦,写了一首百韵排律,呈给他的上司请教,上司读到里面一联:"舍弟江南没,家兄塞北亡！"非常感动,深表同情说:"不意君家凶祸重并如此！"李廷彦忙恭恭敬敬回答:"实无此事,但图属对亲切耳。"这事传

---

① 范成大诗说:"多事",王辅道词说"无事",字面相反,意蕴相合;参看《管锥编》(一),第 323—331 页。

② 布瓦洛（Boileau）《诗法》（L'Art poétique）第 2 篇第 47 行。

③ 让·保尔（Jean Paul）《美学导论》（Vorschule der Aesthetik）第 52 节引托里尔特（Thomas Thorild）的话,《让·保尔全集》（慕尼黑,1965）第 5 册第 193 页。

开了，成为笑柄，有人还续了两句："只求诗对好，不怕两重丧。"（陶宗仪《说郛》卷三二范正敏《遁斋闲览》、孔齐《至正直记》卷四）显然，姓李的人根据"穷苦之言易好"的原理写诗，而且很懂诗要写得具体有形象，心情该在实际事态里体现（objective correlative）。假如那位上司没有关心下属、当场询问，我们这些深受实证主义（positivism）影响的后世的研究者，未必想到姓李的在那里"无忧而为忧者之辞"。倒是一些普通人看腻而也看破了这种风气或习气的作品。南宋一个"蜀妓"写给她情人一首《鹊桥仙》词："说盟说誓，说情说意，动便春愁满纸。多应念得《脱空经》，是那个先生教底？"（周密《齐东野语》卷一一）"脱空"就是虚诳、撒谎①。海涅的一首情诗里有两句话，恰恰可以参考："世上人不相信什么爱情的火焰，只认为是诗里的词藻。"（Diese Welt glaubt nicht an Flammen, / und sie nimmt's für Poesie）②"春愁"、"情焰"之类也许是作者"姑妄言之"，读者往往只消"姑妄听之"，不必碰见"脱空经"，也死心眼地看做纪实录。当然，"脱空经"的花样繁多，不仅是许多抒情诗文，譬如有些忏悔录、回忆录、游记甚至于国史，也可以归入这个范畴。

我开头说，"诗可以怨"是中国古代的一种文学主张。在信口开河的过程里，我牵上了西洋近代。这是很自然的事。我们讲西洋，讲近代，也不知不觉中会远及中国，上溯古代。人文科学的各个对象彼此系连，交互映发，不但跨越国界，衔接时代，而且贯串着不同的学科。由于人类生命和智力的严峻局限，我们为方便起见，只能把研究领域圈得愈来愈窄，把专门学科分得愈来愈细。此外没有办法。所以，成为某一门学问的专家，虽在主观上是得意的事，而在客观上是不得已的事。"诗可以怨"也牵涉到更大的问题。古代评论诗歌，重视"穷苦之言"，而古代欣赏音乐，也"以悲哀为主"③；这两个类似的传统有没有共同的心理和社会基础？悲剧已遭现代"新批评家"鄙弃为要不得的东西了④，但是历史上占优势

---

① 与"梢空"同意。"经"是佛所说，有"经"必有佛；《宣和遗事》卷上宋徽宗对李师师就说："岂有浪语天子脱空佛？"
② 海涅《新诗集》（Neue Gedichte）第 35 首，《诗文书信合集》第 1 册，第 230 页。
③ 参看《管锥编》（三），第 154—157 页。
④ 例如罗勃-格理叶（Alain Robbe-Grillet）《新派小说倡议》（Pour un nouveau Roman）（1963）第 55 页引巴尔脱（Roland Barthes）的话，参看第 66—67 页。

的理论认为这个剧种比喜剧伟大①;那种传统看法和压低"欢愉之词"是否也有共同的心理和社会基础? 一个谨严安分的文学研究者尽可以不理会这些问题,然而无妨认识到它们的存在。在认识过程里,不解决问题比不提出问题总还进了一步。当然,否认有问题也不失为解决问题的一种痛快方式。

(钱锺书:《七缀集》,三联书店,2001 年 1 月)

---

① 黑格尔也许是重要的例外,他把喜剧估价得比悲剧高;参看普罗阿(S. S. Prawer)《马克思与世界文学》(Karl Marx and World Literature)(1976)第 270 页自注 99 提示的那两节。

第八章

跨学科研究

第一节　跨学科研究的范畴及学理依据

比较文学的跨越性不仅表现在跨越民族、跨越语言、跨越文化之界限，也表现为跨越学科的科际差别，即跨越文学与其他学科之间的界限，分析和研究文学与其他学科的关系，因为比较文学研究的任务就是要"把文学作为一个整体来理解"，"不仅把几种文学互相联系起来，而且把文学与人类知识与活动的其他领域联系起来，特别是艺术和思想领域；也就是说，不仅从地理的方面，而且从不同领域的方面扩大文学研究的范围"①。这种跨越科际差异的文学研究方法，就是比较文学的跨学科研究。

跨学科研究，亦称为跨类研究、超文学学科研究、科际整合等，是经由美国学派倡导并逐渐得以推行的比较文学研究方法，是在平行研究的基础上，将比较文学的研究视域由文学内部延伸至文学的外部，探求文学与其他学科的相互关联，在跨越学科界限的基础上沟通文学与其他学科，并进而凸显文学审美的特性与价值意义。其研究对象一般包括三大领域：即文学与自然科学、文学与人文学科、文学与其他艺术门类。正如美国比较文学学者亨利·雷马克所指出的那样："比较文学是超出一国范围之外的文学研究，并且研究文学与其他知识和信仰领域之间的关系，包括艺术（如绘画、雕刻、建筑、音乐）、哲学、历史、社会科学（如政治、经济、社会学）、自然科学、宗教等等。简言之，比较文学是一国文学与另一国或多国文学的比较，是文学与人类其他表现领域的比较。"② 跨学科研究进一步拓展了比较文学研究的疆域，为比较文学研究提供了更为广阔的发展空间，极大地促进了比较文学学科理论与研究实践的进展。

跨学科研究之所以可行，自有其特定的学理依据：

一是文类混生共存。文类的划分是在现代科学分类标准出现之后才开始明确的，在人类文化发展的早期，文学与其他门类、学科并没有泾渭分明的界限，而是处于一种混生共存的状态，即所谓的"文史哲不分家"，文学与哲学、历史、

---

① 〔美〕亨利·雷马克：《比较文学的定义与功用》，载于北京师范大学中文系比较文学研究组选编，《比较文学研究资料》，北京师范大学出版社，1986年，第7页。

② 同上书，第1页。

宗教、艺术等并没有严格明确的分类，处于混生状态，相互存在互渗性。此种情形在中外文化（文学）发展史上都是一种常态，如中国汉代司马迁的《史记》既是历史，亦是文学，兼具文学与历史的功能，宋代沈括的《梦溪笔谈》则兼有科学与文学的功用，《庄子》既是中国古代文学的代表性作品，亦是中国古代哲学的经典论著。古希腊的《柏拉图全集》则更是各种文类的集大成者，它所记载的苏格拉底的对话，"不但为我们展示了一个在西方哲学史上最早的，也是两千多年来影响最大的理性主义的哲学体系；而且在文学史上也是极其优美的杰作，尤其是在他的中早期对话中，既充满了机智幽默的谈话，又穿插了许多动人的神话故事和寓言。他的对话可以与希腊古代的史诗、著名的悲剧和喜剧媲美，是世界上不朽的文学名著"[1]。

二是作者身份混杂。中外文学史上无数的作家同时也是著名的艺术家、思想家、哲学家、历史学家、宗教家、自然科学家、医学家、数学家等。他们并非专业、专职的文学作家，如东汉张衡，既是以《西京赋》、《两都赋》名噪一时的文学家，又是天文学家，精通历法，发明了浑天仪和地动仪。而亚里士多德在哲学、逻辑学、文学、心理学、政治学、历史、伦理学、美学，甚至动物学、医学等方面都造诣高深。萨特既是著名的文学家，又是存在主义哲学的思想家，同时还是社会活动家，萨特本人这种兼具哲学家与文学家的混杂身份，使他的哲学著作充满丰富而感性的文学意蕴，文学作品则隐含着深刻而幽微的哲学玄思。由于作者个人身份的混杂而沟通了文学与其他学科的关联，并且彼此影响和相互阐发。

三是学科交叉融合。近现代科学分类标准出现后，文学与其他门类区别开来，并相对独立地发展，但文学并非与其他学科完全绝缘，而是相互交叉融合，不断生成新的文学形式。如文学与历史结合而有史诗、历史小说、传记小说等，文学与音乐结合则有歌剧、颂诗、音乐小说等，文学与宗教结合则有清唱剧、赞美诗、奇幻文学等，文学与自然科学结合则有科幻小说、魔幻文学，文学与互联网络结合则形成当下的网络文学等等。

跨学科研究是从文学的外部联系，探讨文学与其他学科之间的关联，它不仅极大地突破了法国学派强调事实联系的局限，而且超越了文学学科的界限，拓展了比较文学研究的领域和范围，对比较文学学科的发展无疑具有理论创新意义。但是，如果单纯追求比较文学研究的无限跨越，也很容易陷入"无边的比较文学"

---

[1] 柏拉图：《柏拉图全集·中文版序》（第1卷），王晓朝译，人民出版社，2002年，第1页。

之误区，反而损害了比较文学学科理论与实践的发展。因此，在从事跨学科研究的时候，必须遵循一定的学术规约，坚持特定的研究原则，保证比较文学跨学科研究的健康发展。

一是坚持文学研究本位。跨学科研究尽管是从文学外部出发，探讨文学与其他学科的关联，但其目的是要探求文学与其他学科的相互阐发与呈现的内在关联，因此，在从事跨学科研究的时候，必须坚持文学研究的本位，不能偏离了文学研究的方向。譬如可以从"文学与医学"、"文学与病理学"等角度对《红楼梦》进行跨学科研究，但研究的重点和目的应该是探究和阐释医学、病理学等因素在《红楼梦》文学表现中的作用和价值，如果最终的目的是从《红楼梦》中总结中国古代医学药方或者医疗食谱，则就不属于跨学科研究的范围了。再如从"文学与宗教"的角度进行跨学科研究，应着眼于对文学与宗教在表现人类精神层面的相互阐发与彼此影响，探讨文学与宗教如何呈现与表达人类的灵性追求，如果研究的结论是通过文学宣扬宗教教义，那就偏离了跨学科研究的文学本位规约。

二是坚持系统研究前提。跨学科研究中所关涉到的其他学科，并非指所有的知识领域的学科，换言之，文学与其他学科的研究必须基于系统性与系统研究的前提，才具有跨学科的比较性质，否则就很容易导致跨学科研究滑向"无边的比较文学"的误区。雷马克曾经指出："我们必须弄确实，文学和文学以外的一个领域之间的比较，只有是系统性的时候，只有在把文学以外的领域作为确实独立连贯的学科来加以研究的时候，才能算是'比较文学'。学术性研究不能仅仅因为讨论了必然反映在全部文学里的人生与艺术某些固有的方面，就划入'比较文学'的范畴。"[①] 按照他的理解，从文学与历史的角度研究莎士比亚戏剧，只有对历史事实或记载及其文学上的应用进行了系统比较和评价，只有在合理地做出了适用于文学和历史这两种领域的结论后，才能算比较文学跨学科研究。同样，探讨美国小说家霍桑或麦尔维尔的伦理或宗教观念，亦必须涉及某种有组织的宗教运动（如加尔文教派）或一套信仰时，才可以算是比较文学跨学科研究。

---

① 〔美〕亨利·雷马克：《比较文学的定义和功用》，载于北京师范大学中文系比较文学研究组编，《比较文学研究资料》，北京师范大学出版社，1986年，第6页。

第二节　文学与人类其他表现领域的比较

跨学科研究探讨的是文学与人类其他学科或表现领域的关系，一般而言，主要关涉如下三个领域：即文学与其他艺术门类（主要包括文学与绘画、文学与音乐、文学与影视等）、文学与人文学科（主要包括文学与哲学、文学与宗教、文学与心理学、文学与政治等）、文学与自然科学（主要包括文学与科学、文学与心理学、文学与病理学等）。

一、文学与其他艺术门类

文学与艺术门类的关系尤为密切，因为文学与艺术在人类文化发展的早期，就存在着紧密的亲缘关系，正如《礼记·乐记》所言："诗言其志也，歌咏其声也，舞动其容也，三者本于心，然后乐器从之。"歌舞、音乐、颂诗往往是原始先民举行重大庆典或祭仪的重要内容。同时，文学与其他艺术门类也存在着相互阐发、相互影响的关系，文学与绘画、音乐、雕塑、影视等艺术门类在表现技巧、艺术境界、审美情趣等方面互相借鉴、影响，因此，文学与艺术其他门类的跨学科研究既具备学理的可比性，又能够探求文学与其他艺术发展的共同规律。

1. 文学与音乐

从远古先民的诗、乐、舞合一的艺术表现开始，一直贯穿到现代艺术创作，文学与音乐的关系非常密切。"文学与音乐"跨学科研究包含着三个层面的内容：一是文学与音乐双向互渗，探讨文学与音乐的互动关系。在上古音乐与诗歌往往是合一的，后来分离了，音乐往往为诗谱曲，诗也追求音乐的韵律。中国古代文学中就出现了许多具有音乐特质的文学体裁，如孔子所做《猗兰操》的"操"、白居易之《琵琶行》的"行"、李贺《李凭箜篌引》的"引"等。

二是文学中的音乐，探求文学作品中的音乐性，许多作家明确宣称音乐对于文学灵感的启发作用，如中国汉代的"乐府"本是专门采集民间音乐与诗歌的采集机构，负责将采集的民间诗歌制谱歌咏，进而形成了独特的诗歌样式——"乐府诗"，魏晋至唐代仍有很多诗人借鉴此诗歌创作形式创作了大量的"乐府诗"。罗曼·罗兰的小说《约翰·克利斯朵夫》、艾略特的诗歌《四个四重奏》等就借鉴了音乐的艺术技巧和表现方式。象征主义对诗歌音乐性的追求达到了迷狂的地步，意象派诗人庞德也有着独特的音乐美学追求，他的诗歌创作蕴涵着丰富的音乐美，并大量借鉴中国古典诗歌的表达形式创作了许多蕴藉含蓄、节奏舒缓的意象派诗歌。巴赫金在研究陀思妥耶夫斯基的小说时，借用了音乐学的术语提出了"复调"文学批评理论，对文学批评产生了广泛而深远的影响。

三是音乐中的文学，探求音乐中隐含着的文学作品内容，很多世界名曲均改编自文学作品，如柴可夫斯基的交响幻想曲《罗密欧与朱丽叶》即改编自莎士比亚的同名戏剧。歌剧与音乐剧则更多取材于文学作品进行艺术创作，如瓦格纳的《尼伯龙根的指环》取材北欧神话"埃达"和中世纪英雄史诗《尼伯龙根之歌》，莫扎特的《费加罗的婚礼》取材于博马舍的同名戏剧。由此可以见出，文学与音乐等其他艺术门类有着密切的关联，从跨学科的角度进行比较研究是非常有价值和意义的。

2. 文学与绘画

文学与绘画作为两种不同的艺术样式，在使用的媒介以及表达的方式上各自具有不同的形态。文学作品通过文字和语言的符号来描写世界、表现人生，是语言的艺术，而绘画则通过线条和色彩的符号来呈现世界、表达情感，是一种视觉的艺术。莱辛认为："既然绘画用来摹仿的媒介符号和诗所用的确实完全不同，这就是说，绘画用空间中的形体和颜色而诗却用在时间中发出的声音；既然符号无可争辩地应该和符号所代表的事物互相协调；那么，在空间中并列的符号就只宜于表现那些全体或部分本来也是在空间中并列的事物，而在时间中先后承续的符号也就只宜于表现那些全体或部分本来也是在时间中先后承续的事物。"[①]在莱辛看来，艺术表现的手段和媒介应该和所表现的内容相协调，绘画采用的是自然符号，因而绘画适合表现在空间中并列的事物，即静态的事物；而文学采用的是语言符号，因此适于表现前后持续的事物，即动态的事物。从这一意义上说，绘画是空间的艺术，而文学则是时间的艺术。这是文学与绘画作为两种不同艺术形式的区别所在。

文学与绘画虽然在表现形式上存在着差异，但二者也存在着密切的关联。

首先，文学与绘画可以功能互换。文学与绘画尽管运用的媒介不同，但二者

---

① 莱辛：《拉奥孔》，朱光潜译，人民文学出版社，1984年，第82页。

表现的内容、技巧、效果以及功能却能够互换,正如希腊诗人西摩尼底斯曾经说过的那样:"画为不语诗,诗为能言画。"文学与绘画的艺术功能具有一致性,中国古代诗画论中也有类似观点,如张舜民《画墁集》卷一《跋百之诗画》中认为"诗是无形画,画是有形诗。"①

中外文学与绘画创作中在表现主题方面能够相互借鉴、彼此影响。西方美术史中,许多伟大的传世画作都取材于古希腊、罗马神话和圣经故事。如波提切利的《维纳斯的诞生》、布格霍的《山林女神与潘》、拉斐尔的《美惠三女神》、提香的《乌尔比诺的维纳斯》、莱顿的《安提戈涅》、伯恩·琼斯的《歌颂维纳斯》、德拉克洛瓦的《愤怒的美狄亚》、鲁本斯的《被缚的普罗米修斯》等名画都是以古希腊、罗马神话为表现主题。文艺复兴之后,以《圣经》故事和人物为题材的画作更是层出不穷,形成了独特的宗教艺术画廊,如达·芬奇的《最后的晚餐》、拉斐尔的《草地上的圣母》、伦勃朗的《被刺瞎的参孙》、高更的《黄色基督》等均以《圣经》故事为表现的题材。中国古代绘画也喜欢表现文学作品中的题材和主题,如东晋顾恺之的《洛神赋图》就是根据曹植的《洛神赋》中塑造的文学形象"洛神"而作,明代唐寅的《落霞孤鹜图》是根据王勃的《滕王阁序》中的诗意"落霞与孤鹜齐飞,秋水共长天一色"而作,范曾根据老子的传说和《道德经》的境界而创作了多幅《老子出关图》……这些表现文学的画作既传递着画家的艺术追求和造诣,又包含着丰富而深刻的文学意蕴,可以说兼容了文学与艺术的精髓,不愧是传世经典。

同样,很多诗人、作家从也从绘画中获得创作的灵感。孙景尧曾对此现象进行过较为深入的分析:"英国诗人济慈以洛兰的一幅画构思了《希腊古瓮颂》的细节。据说马拉美的《牧神的午后》,是他在伦敦国家美术馆看了一幅画后受到启发创作的。诗人们,特别是雨果、戈蒂埃等 19 世纪的作家们,都曾以某些绘画为主题而写诗。在当代诗歌里有很多趋向空间的势头,如意象派诗人根据视觉的想象力铸造意象,他们力图模糊诗歌和造型艺术的界限,庞德俳句式的短诗《在地铁车站》:'人群中幽然浮现的一张张脸庞/黝黑的湿树枝上的一片片花瓣。'这句诗实现了在视觉造型和语言意象之间的相互转换。"② 另外,在中外文学中还有

---

① 转引自乐黛云:《比较文学简明教程》,北京大学出版社,2003 年,第 255 页。
② 孙景尧:《简明比较文学——"自我"和"他者"的认知之道》,中国青年出版社,2003 年,第 206 页。

一个共同的文学表现题材——"画中人"题材,此类作品描写的情境和故事均与一幅绘画作品(或是个人肖像、或是漂亮的女性画像)相关,画像成为这类故事中非常重要的一个叙事元素,此类作品包括果戈理的《肖像》、王尔德的《道林·格雷的画像》、中国唐代杜荀鹤《松窗杂记》中的"赵颜与真真"、《聊斋志异》中的"画壁"以及中国民间流传的许多关于田螺姑娘的故事等等,这也应该看做是绘画对文学创作的影响。

其次,文学与绘画可以彼此表现。宋末名画家杨公远自编诗集《野趣有声画》,诗人吴龙翰在所作《序》中更进一步提出"画难画之景,以诗凑成,吟难吟之诗,以画补足。"① 文学的诗情与绘画的画意恰恰是中国审美意趣所追求的"诗情画意",二者之间的相互表现使艺术形象更为丰富和生动。文学与绘画的相互表现包括两个层面:

一是题画诗,追求"诗画结合、诗中有画、画中有诗"的艺术境界。在画作上题诗,用诗歌来诠释和丰富绘画作品的情趣和意蕴,是中国文人的一种雅好,并成为中国诗歌与绘画紧密融会的一种独特艺术形式。题画诗有两种创作形式,一种是画家先创作了绘画作品,然后诗人根据画意题诗,用诗歌提炼和升华画作的意蕴,这是中国文人画和题画诗中最常见的一种艺术形态。如王冕自画自题《墨梅图》:"吾家洗砚池头树,个个梅花淡墨痕。不要人夸颜色好,只留清气满乾坤。"墨色梅花与言志题诗,两者相得益彰,表达了作者清高孤傲、不随流俗的高风亮节。一种是画家根据诗人的诗情,类似命题创作,但对于艺术境界高超的画家而言,只要精准地把握了诗歌的高远境界,这种命题创作反而更加别出心裁,更富艺术趣味。如宋代画院考试时曾经命题作画,题目是一句古诗:"踏花归去马蹄香"。考生各展才艺,根据各自的理解创作出不同的画作:有人画一个年轻人骑在骏马之上,踏着缤纷的花瓣行走,因为他把重心放在表现"马踏花"的意境;有人想去表现骏马奔驰,就特地画了一匹骏马在花丛中奔跑;还有人突出"马蹄",专门在马蹄旁边画上许多踏碎的花瓣。而最为精巧和独居匠心的画作却没有直接去表现花瓣,整个画面只画一个书生骑马缓缓走来,几只蝴蝶围着马蹄飞舞。"踏花"、"马蹄"、"人归"均是写实的景物,唯独"花香"最难描摹,因此,此画尽管没有直接去描绘花瓣,但通过蝴蝶飞舞就暗示了花香之"味",以写实之笔画出了味觉之美,因此不愧为诗画结合的上乘佳作。著名作家老舍也曾以

---

① 转引自乐黛云:《比较文学简明教程》,北京大学出版社,2003年,第256页。

"蛙声十里出山泉"为题,邀请画家齐白石作画。青蛙、山泉较为具象,运用绘画技法可以轻易地表现出来,但"蛙声"作为一种声音如何通过绘画技法表现出来就是一个难题了。但齐白石却匠心独运,既不画青蛙,也不画山泉,却独出心裁地画了一群在奔流的泉水中嬉戏的小蝌蚪,生动别致地传达出了诗意。

二是文学表现绘画的质感,追求文学中的画面感。中国的古典诗词非常善于运用文字和语言符号营造出绘画的质感,如"大漠孤烟直,长河落日圆"、"枯藤老树昏鸦,小桥流水人家,古道西风瘦马,夕阳西下,断肠人在天涯"等等,均有一种鲜明的画面感,阅读诗歌仿佛能看到如画的自然景色,而优美的景色又烘托着诗人独特的情怀。而小说叙事中,文学的表意功能更为增强,优秀的小说中关于环境、景物、人物肖像的描绘,往往惟妙惟肖,使人宛若身临其境、亲见其景。如巴尔扎克《高老头》中关于伏盖公寓的描写,详细而精致,用文字描绘出了伏盖公寓的全景,而他对高老头肖像的描写,也使读者如见其人。鲁迅《祝福》中关于祥林嫂外貌和神态的描写,也充满了画面感,读之恍若看到了一副木刻的人物肖像画。

再次,文学与绘画可以互相阐发。"所谓相互阐发,即是说既要看到文学与其他艺术相通的特点,又要看到文学与其他艺术各具特性、因而不能调和的特点。假如它们之间没有相通、一致的性质,便无以'互相阐发';假如它们之间完全一致,没有差异,便无所谓'互相阐发'。……进行这类研究时既要注意它们之间的同,又要注意它们之间的异,也就是说,要具有辩证的观点。这一点应该成为'互相阐发'研究的一个基本原则。"[①]这段表述为文学与绘画的相互阐发指明了研究的方向、原则以及需要注意的问题。

文学与绘画作为两种不同的艺术形态,既有"异中之同",又有"同中之异",在对二者进行相互阐发的过程中,要坚持科学辩证的研究方法。一方面,应注意阐发文学与绘画共同的审美意趣,探求艺术发展的共同规律,如宋代苏轼在《书摩诘蓝田烟雨图》所言:"味摩诘之诗,诗中有画;观摩诘之画,画中有诗。"乐黛云则更进一步指出了中国诗画艺术相互融汇与彼此提升:"中国画所追求的都不是外在的'形似',而是'妙合无垠'、'情景合一'的最高境界。于诗,'诗乃摹写情景之具,情融乎内而深且长,景耀乎外而远且大'(《四溟诗话》),'情景合一而得妙语'(王夫之:《姜斋诗话》);于画,'画到神情飘没处,更无真相真

---

① 陈惇、刘象愚:《比较文学概论》,北京师范大学出版社,2000年,第269页。

魂'（郑板桥）。总之，都是要突破表现手段（'景'和'相'）的有限，而超越于思想感情之无垠。"① 另一方面，又要注意区别文学与绘画两种艺术形态的特质，在探讨艺术发展共同规律的同时，也要注意探究不同艺术形式和门类的特殊规律。莱辛的《拉奥孔》副标题即为"论画与诗的界限"，并在扉页上引用了普鲁塔克的话："它们在题材和摹仿方式上都有区别。"② 在莱辛看来，画与诗分别属于空间艺术和时间艺术，一个运用"自然的符号"，一个运用"人为的符号"，他试图击破"诗画一致"的观念，而着力强调诗画之间的差异："第一，就题材来说，画描绘在空间中并列的物体，诗则叙述在时间上先后承续的动作；画的题材局限于'可以眼见的事物'，诗的题材却没有这种局限。画只宜用美的事物，……诗则可以写丑，写喜剧性的，悲剧性的……第二，就媒介说，画用线条颜色之类'自然的符号'，它们是在空间并列的，适宜于描绘在空间中并列的物体；诗用语言的'人为的符号'，它们是在时间上先后承续的，适宜于叙述在时间中先后承续的动作情节。第三，就接受艺术的感官和心理功能来说，画所写的物体是通过视觉来接受的，……借助于想象的较少；诗用语言叙述动作情节，主要诉诸听觉，……是要有记忆和想象来构造的。第四，就艺术理想来说，画的最高法律是美，……诗则以动作情节的冲突发展为对象，正反题材兼收，所以不以追求美为主要任务而重在表情和显出个性。"③

3. 文学与影视

文学与电影，表达形式一为文字、一为影像，二者各有不同的结构要素、表现方式与美学原则。然而，尽管它们表达方式各异，但艺术本质与精神却是相通的——它们本质上都具有诗性智慧，都是通过审美而感染、浸润心灵，通过审美而启发、提升思想。可以说，诗性智慧，是文学创作与电影艺术追求的至高境界。同时，文学作品的叙事功能，恰与电影的叙事功能相契合，文学性本身，就是电影艺术的一大特色。诗意性追求与文学性表达，成为文学与电影内在的契合。

因此，电影自诞生之日起，便与文学结下了不解之缘，文学为电影提供了素材和结构，电影为文学提供了视觉和情感，二者完美的结合造就了无数优秀的影片。文学名著伴随一代一代的阅读和影响，生成了悠远厚重的意义世界，呈现为

---

① 乐黛云：《比较文学简明教程》，北京大学出版社，2003 年，第 258 页。
② 莱辛：《拉奥孔》，朱光潜译，人民文学出版社，1984 年。
③ 朱光潜：《拉奥孔·译后记》，人民文学出版社，1984 年，第 222—223 页。

一种独特的普遍价值和审美意趣，广泛的读者群体为电影培养了潜在的观众；改编自文学名著的电影，以丰富的影像和全新的理念，重现并丰富着文学世界，同时也拓展了观众对文学名著的阅读，唤醒人们文学阅读的愿望。名著改编电影而成精品者，多有双赢效果。文学因电影而得到普及，经常会伴随着"影视热"而形成"名著热"；电影因文学而具有品味，使得电影不仅仅具有大众娱乐功能，而且在深度与高度上具有了文化思考的价值。正如电影理论家尼尔·辛亚德所言："有些文学作品的电影改编往往是一种文学评论……电影改编选取小说的某些部分，对其中的细节扩展或压缩，进而创造性地改写人物形象。"

在全球化语境下，文学名著和电影资源开始超越民族、语言和文化的界限，形成文学资源与影视改编的全球化共享，如中国文学名著《花木兰》、《西游记》被美国、日本电影界改编而成为美国化、日本化的影片，而西方文学名著《一个陌生女人的来信》、《理智与情感》亦由中国内地和港台导演改编为电影作品，它们都超越了文学经典所归属的民族文化疆界，而成为人类共享的全球文化资源。

从文学名著到电影精品，文学丰富了电影的内涵，提升了电影的品位。但与此同时，电影娱乐化、大众化的文化品格和消费诉求，亦存在消解文学意义的隐忧与缺憾：影像削弱了文字的内涵，堵塞了文学的想象空间，更多地走向商业化、大众化、媚俗化，甚至在大众娱乐的驱动下，还可能损害和消解文学名著作为经典的价值和意义，成为转瞬即逝的快餐文化。因此，才有众多的文学名著拥趸者，甚至是文学作家本人，会坚决反对自己心仪的作品被改编成电影，他们批评电影改编是对文学的肆意歪曲和残暴扼杀。

西方电影界编剧对文学的改编，既有编剧的优良传统承传，又有艺术的不断创新发展，可以说，文学改编已经成为西方电影创作的一大个特色，在西方学术界，出现专门研究文学与电影改编的"改编学"，对文学改编进行深入的理论研讨。

从欧美电影对文学改编的取材上看，一般包括两个方面：一是在时间这一纵向脉络中已经成为经典的文学名著，一是在空间这一横向边界中热门的畅销小说。也就是说，欧美电影改编者选择的文学作品大多是经典名著或畅销作品。而较有趣味的是，有的文学作品在改编的时候，只是畅销而未能成为经典，但拍摄成为电影后，由于电影的强大影响力，文学作品伴随电影精品而一起成为经典，如《谁害怕弗吉尼亚·沃尔夫》、《在路上》、《纳尼亚传奇》系列、《哈利·波特》系列等等。而好莱坞近些年来，在不断重拍经典名著的同时，似乎更加青睐于畅销小说的改编，如《雨人》、《看得见风景的房间》、《霍华德别墅》、《沉默的羔羊》、

《辛德勒的名单》、《阿甘正传》、《达·芬奇密码》、《指环王》、《哈利·波特》、《冷山》、《纳尼亚传奇》、《玫瑰之名》等。

　　从欧美电影对文学改编的实践上看,文学改编伴随着电影艺术发展的整体历程。可以毫不夸张地说,在欧美文学史上占有一席之地的名著作品,几乎都存在被改编成电影的价值。而世界电影从默片、黑白片到彩色片的发展过程中,始终也把对文学作品的改编作为重要的创作方式,并且他们在改编文学作品的时候,并不注重时代的久远,可以说,历时性发展的欧美文学被电影艺术共时性地呈现在不同时代的观众面前。如欧美古代文学的荷马史诗、希腊悲剧《奥狄浦斯王》、《美狄亚》等、中世纪的《圣经》故事、英雄传奇、亚瑟王的传说等,文艺复兴时代莎士比亚的戏剧、18、19世纪写实小说、雨果的浪漫主义小说、大仲马的通俗故事、司汤达、狄更斯、奥斯丁、海明威、马克·吐温等人的现实主义小说作品等,均不同程度地经历了从默片时代到当下数字技术电影改编的历程。而20、21世纪的现代和后现代小说,亦是电影编剧表达对存在困境思考的文学支持,如海勒的黑色幽默小说《第二十二条军规》、普鲁斯特意识流小说《追忆似水年华》、米兰·昆德拉《生命不能承受之轻》、纳博科夫《洛丽塔》、马尔克斯《霍乱时期的爱情》、卡夫卡《城堡》等一系列小说,也都已经成功地改编为电影精品。

　　同时,一部分文学名著由于其经典的文学地位和独特的文学叙事,已经成为电影改编的热门选题,不止一次被改编,成为一代一代电影人创作的题材,从而不断推陈出新,迭有佳作,这也是文学名著与电影结缘的独特景观。如莎士比亚的《哈姆雷特》、《罗密欧与朱丽叶》等,雨果的《悲惨世界》、《巴黎圣母院》等,大仲马的《基督山伯爵》、《三剑客》等,以及福楼拜的《包法利夫人》、夏洛蒂·勃朗特的《简·爱》、奥斯丁的《傲慢与偏见》、霍桑的《红字》、列夫·托尔斯泰的《安娜·卡列尼娜》、《战争与和平》等,都是一拍再拍,不断被改编成银幕佳作。

　　文学名著改编为电影作品,是电影艺术家根据自己对文学的理解而进行的二度创作,既蕴涵着原著的思想内涵,又体现出电影编导全新的艺术创造。电影艺术对文学的改编,因电影创作者不同的艺术风格而有不同的方式,一般而言,根据电影改编与文学原著的忠实度来说,约略可分为三类:

　　第一,复写式:这种改编是文学与电影之间表达方式最直接的转换,电影改编过程中尽量忠实于原著,电影对文学的忠实度最高,无论是人物、情节、思想内容和价值观念,基本保持原著中的特色,追求最大限度地保持原汁原味,电影银幕如同小说的复写摹本。传统的电影改编都力求接近原著,并以电影与文学原著的忠实度作为评价电影改编是否成功的标准。如劳伦斯·奥立弗1948年对莎士比亚悲剧《哈姆雷特》的改编、中国导演王扶林1987年36集电视剧《红楼梦》和谢铁骊1988年6部8集电影版《红楼梦》的改编等。

但这种对原著忠实度的过分追求,也可能会损害或者限制电影艺术的创造性,反而减弱了文学与电影的艺术魅力。因此,当代许多电影艺术家和电影改编理论家都在探讨文学与电影的互动共生关系,在"似与不似"之间寻求着平衡,力求取得文学改编为电影的最佳效果。

第二,改写式:这种改编意在寻求一种平衡关系,既要突破文学与电影之间的"忠实度",又要保持一定的关联,文学与电影之间存有一定距离,但又保持一定的合力。这种改编实际上是一种二度创作,在相对忠实于原著的基础上,根据电影表现的需要对文学作品做出相应的调整,不完全拘泥于原著的局限,创作上相对自由,在"似是而非"之间寻求着艺术的再创造。

其实,就电影对文学的改编而言,这种改写式改编是最为常见的一种形式,换言之,文学作品的电影改编从大的方面来讲,都要进行表达方式的转换,因此都是一种改写,都要对原著进行二度创作。按照"忠实度"原则,这种改写式改编对原著的重新创作既突破了中规中矩的复写式改编、又与原著保持了一种明显的关联,是一种相对的划分,从绝对意义上讲,任何电影文学的改编活动都是改写。

第三,重写式:这种改编对原著的忠实度是一种彻底突破,但同时又保持着一定的关联,文学改编电影时更加注重内在实质上的关联与呼应,强调电影与文学之间的张力,将文学原著作为一种潜在模式或深度结构隐含在电影创作中,但人物或者情节、思想内涵和价值观念等都有可能发生根本性的改变,在"非似非是"之间进行艺术创新,追求电影艺术的当下性意义和文化内涵。如周星驰《大话西游》是对中国古典小说《西游记》的重写、日本导演黑泽明《乱》是对莎士比亚悲剧《李尔王》的重写、好莱坞导演罗伯特·怀斯《西区故事》是对莎士比亚悲剧《罗密欧与朱丽叶》的重写等等。

总之,文学与电影改编,是一种共生双赢的艺术创作,正如电影理论家博亚姆指出:"最优秀的电影改编就是对原作最仔细的阅读,因此它不仅仅是艺术,而且也是有意义的评论。"文学滋养了电影艺术,电影丰富了文学阐释。

二、文学与人文学科

与自然科学相比,文学与人文学科似乎具有某种天然的亲和关系,因为人文学科和文学一样,都是对人类社会和人类存在的思考、表现与阐释。人文学科领域中的心理学、历史、政治、哲学、宗教等学科与文学有着密切的关联,文学与心理学、文学与历史、文学与政治、文学与哲学、文学与宗教等领域均是比较文学跨学科研究的重要内容。

1. 文学与历史、心理学及人类学

文学与历史的关联和渊源非常久远,文史哲不分家的状态自人类文化早期就开始存在,文学作品中往往和历史叙事交织在一体,历史因文学而演义,文学因历史而纪实,历史因文学而具有了生动性,文学因历史而增强了真实性。历史与文学的结合则有传记文学、历史小说、历史剧等文学样式和体裁。中外早期的史诗作品往往既记载了早期人类繁衍生息的历史,又包含着丰富的文学想象力,如被鲁迅誉为"史家之绝唱,无韵之离骚"的司马迁的《史记》,就是一部包含着历史真实与文学想象内容的传记文学作品。中外许多文学作家善于从历史中寻找创作素材,如莎士比亚以英国编年史为题材的历史剧系列(包括《查理二世》、《查理三世》、《亨利四世》、《亨利五世》、《亨利六世》、《亨利八世》等),大仲马的历史通俗小说《三剑客》系列均取材历史,而中国古代作家罗贯中的《三国演义》、施耐庵的《水浒传》等亦是根据"正史"演义而来,现代作家郭沫若的历史剧如《屈原》、《蔡文姬》、《卓文君》、《王昭君》等也是借历史的影子来表现新内容。

历史与文学跨学科研究另一重要内容是自 20 世纪 70、80 年代在欧美文学批评界兴起的新历史主义文学批评,这是一种带有"文化诗学"性质的文学批评理论与方法,是对传统历史主义的反拨和解构,其目的是"揭开作为教科书或史书的'历史'的神秘的面纱,让人看到其形成轨迹,发现'文本的历史性'"[①]。新历史主义文学批评理论在审视文学与历史的关联时,不再坚持传统历史主义"求真"、"唯实"的立场,而是更多注重文学文本创作过程中的社会文化背景,"把文本的写作、阅读以及传播的过程看做是受历史决定并影响历史的文化活动形式,致力于开掘文学文本与其他社会活动、行为和机构之间无比复杂而易变的关系。"[②] 因此,新历史主义文学批评观刷新了传统历史主义的实证论认知,开始转向文化诗学批评。新历史主义文学批评对中国文学批评界和创作界均有相当的影响,许多文学批评家自 20 世纪 80 年代开始译介新历史主义文学批评理论,至 20

---

① 陈厚诚、王宁主编:《西方当代文学批评在中国》,百花文艺出版社,2000 年,第 465 页。
② 同上书,第 466 页。

世纪 90 年代则出版了国内第一部新历史主义译文集——张京媛主编《新历史主义与文学批评》一书,而中国现当代文学批评界倡导的"重写文学史"的理论主张和实践努力,亦在一定程度上受到了新历史主义理论的启发。在文学创作方面,则出现了作家重新审视历史、反思文化与政治的作品,如周梅森的《大捷》、格非的《迷舟》、莫言的《红高粱》系列和《丰乳肥臀》、张炜的《古船》、苏童的《妻妾成群》和《红粉》系列、刘震云的《故乡天下黄花》、王安忆的《我的舅舅》等,都表现出了用文学重写历史、重塑历史记忆的尝试和努力。这些均可视为当下文学与历史跨学科研究的重要内容和方面。

　　文学与心理学也是极具亲缘关系的两个学科,心理学研究的成果在 20 世纪被较为充分地移植到文学研究之中,正如分析心理学创立者荣格所言:"心理学作为对心理过程的研究,也可以被用来研究文学,因为人的心理是一切科学和艺术赖以产生的母体。"[①] 心理学进入文学批评最为鲜明的例证是弗洛伊德的精神分析学说。弗洛伊德原本是一个精神病学医生,他关于"无意识"、"力比多"、"梦的解析"等问题的探讨形成了精神分析学说,这一学说认为艺术就是一种"白日梦",艺术家通过艺术创造使自己被压抑的潜意识欲望得以宣泄,从而获得某种心理的平衡和快感,因此,文学作品与作家个人的心理存在着密切的联系。弗洛伊德精神分析学说进入文学批评后引起了巨大反响,荣格则在修正弗洛伊德"泛性论"的基础上提出了"集体无意识"和"原型"理论,亦对文学的心理学研究提供了极为重要的理论指导。

　　心理学研究维度切入文学批评的一个重要基础是西方文学自 19 世纪现实主义文学开始就已经出现了"内倾化"转向,即开始从关注外部社会生活转向对个人内心世界的深入挖掘和探索,如斯丹达尔《红与黑》中对于连犯罪心理的细腻刻画与描摹,福楼拜《包法利夫人》中对爱玛追求爱情心理以及女性性心理的深入探掘等都开启了心理学与文学的关联。到 20 世纪现代主义、后现代主义文学中,出现了超现实主义文学、表现主义文学、意识流小说等,这些文学流派和文学作品的一个共同特征就是对于人的内心世界尤其是潜意识世界的深入开掘和探索。因此,文学与心理学的跨学科研究成为 20 世纪文学批评中的一个重要内容,在荣格看来,心理学方法对文学研究的价值在于两个层面:"我们一方面可望用心理研究来解释艺术作品的形成,另一方面则可望以此揭示使人具有艺术创

[①]〔瑞士〕荣格:《心理学与文学》,冯川、苏克译,北京三联书店,1987 年,第 124 页。

造力的各种因素"①。中国比较文学学者陈惇教授则进一步归纳了文学与心理学研究的内容和方法:"比较学者对文学与心理学关系的研究主要从以下四方面入手:对作家的个性和心理的研究;对创作过程的研究;对文学作品中表现的心理学类型和法则的研究;对读者心理的研究。"②

  文学与人类学的相关性主要体现在作为人类学分支之一的文化人类学上。文化人类学顾名思义就是以人类文化为主要研究对象的学科,它因自身理论疆域的开放性和跨际性而对比较文学研究产生了较为深远的影响,"在20世纪得到长足发展的文化人类学不仅给现代文学创作带来巨大的影响,成为作家、艺术家寻求跨文化灵感的一个重要思想源头,而且也对文学批评和研究产生了同样深刻的影响作用,催生出文学人类学这一新的边缘学科领域和相关的批评理论流派"③。文学人类学是跨越文学与文化人类学两个学科领域的"间性"研究,因此,其理论与实践必然在文学研究与文化人类学两个层面,目前,文学人类学的研究包括四个方面:一是"原型批评"和"神话学"研究,以威尔赖特、鲍特金、弗莱、约翰·怀特等为代表,运用神话和仪式模式等人类学理论展开文学研究,如弗雷泽的《金枝》、弗莱的《批评的解剖》与《伟大的代码:圣经与文学》等。二是口传文化与"民族志诗学"研究,代表人物是美国邓尼斯·泰得洛克、戴尔·海姆斯等,他们关注口语传统和口传文学传统,运用人类学田野作业的考查方式,"尝试从交往和传播情境的内部来体认口传文学存在的条件,进而发现和描述从口传到书写的文学变异,以及由此而产生的信息缺失、传达变形、阐释误读和效果断裂"④。三是"文化与符号学"研究,代表人物是人类学家波亚托斯、波蒂斯·温纳等,他们试图通过对文学作品中的非语言交流系统进行归纳分析,基于人类学"符号与传播"的方法提出了"符号类型学模式","借以分析和发现叙事文学中的人类普遍要素和文化特殊要素,描述这些要素在叙述者和读者之间相互作用的过程"⑤。通过符号学的分析来揭示文学作品中蕴涵着的文化信息和人类学因素。四是"人类学诗学"研究,这是在美国职业人类学家中的一种研究,它的出发点"是文化

---

① 〔瑞士〕荣格:《心理学与文学》,冯川、苏克译,北京三联书店,1987年,第124页。
② 陈惇、刘象愚:《比较文学概论》,北京师范大学出版社,2005年,第307—308页。
③ 叶舒宪:《文学与人类学——知识全球化时代的文学研究》,社会科学文献出版社,2003年,第87页。
④ 同上书,第115—116页。
⑤ 同上书,第100页。

的主体性,而不是用统计抽样和符号学等'硬'科学方法去研究作为客体的文化。与文学批评家所倡导的文学人类学亦有不同,人类学诗学的根本宗旨并非借用人类学的理论方法去研究文学,而是用诗学和美学的方法去改造文化人类学的既定范式,使之更加适合处理主体性感觉、想象、体验等的文化蕴涵"[①]。值得注意的是,文学人类学这四个层面的研究前两种研究属于文学领域的文学人类学,后两者则属于人类学领域的文学人类学。

2. 文学与哲学

哲学是追求智慧的学问,是对世界的知性理解,哲学具有超越性、思辨性与批判性,而文学则是追求审美的形态,是对世界的感性呈现,文学具有情感性、形象性与审美性。文学和哲学都是通过语言表达对世界的认知和理解,属于社会意识形态的特殊形式,所关注的对象都是人类命运与存在的根本问题和终极价值。因此,文学和哲学存在着密切互渗和关联,正如高旭东教授所指出的那样:"哲学向审美领域的流入,就使哲学与文学握手言欢,甚至成为一而二、二而一的文化表现形式。一方面,流入美学的哲学往往是以审美为人生的意义所在,或者将审美境界看成是人类追求的至高境界,……另一方面,流入美学的哲学往往是诗化哲学,其言说方式经常是以诗的形式出现的。"[②] 文学与哲学的跨学科研究包括两方面的内容,即从文学的角度探究哲学中的文学性,或从哲学的角度探究文学中的哲学思想,"哲学与文学的互渗这一论题,一方面是要分析哲学的文学性,即在传统哲学中有多少属于文学的成分,并且要研究在哲学走向各专门领域的时候,是怎样走向文学的;另一方面,还要分析文学中的哲学,即文学是怎样表现了哲学的思想,在何种意义上承担了哲学的功能,文学中的哲学对于文本的文化地位是有利还是有害"[③]。这一论断为开展"文学与哲学"的跨学科研究指明了思路和方向。

"哲学之于文学"的命题包括两个层面的含义:一是哲学对于文学的影响关系;一是哲学自身蕴涵着的文学审美价值。

哲学对于文学的影响是多方面的:

[①] 叶舒宪:《文学与人类学——知识全球化时代的文学研究》,社会科学文献出版社,2003年,第105页。

[②] 高旭东:《中西文学与哲学宗教》,北京:北京大学出版社,2004年,第46页。

[③] 同上书,第43页。

先看哲学影响文学的思潮或流派：在中外文学史的发展过程中，文学流派的形成与发展往往与某一特定的哲学思想或思潮存在着密切的关系，换言之，哲学思潮直接催生或影响着文学思潮或流派。如 18 世纪启蒙主义文学，就是在理性主义哲学和启蒙主义哲学的影响下产生的文学思潮，德国古典主义哲学中对于个人、天才、主观情感等的推崇则直接导致了 19 世纪浪漫主义文学的发生，存在主义文学更是与存在主义哲学密切相关，欧美现代主义文学则是在叔本华唯意志论、柏格森生命哲学、尼采权力意志与"超人"理论等的哲学思想影响下的文学思潮与流派。中国晚明时期出现了王阳明的"心学"、李贽的"童心"说等哲学思潮，对程朱理学进行颠覆和反拨，强调个性、性灵，在此哲学思想影响下，晚明文学出现了主张"独抒性灵"的"公安派"，以《西游记》、《四声猿》、《牡丹亭》等为代表的晚明小说、戏剧亦开始涌现出个性主义、人文主义思潮。

在哲学与文学的影响关系中，甚至自然科学的理论也通过哲学的中介而影响文学研究，如 19 世纪的科学实证主义盛行，进入到社会科学领域则出现了以孔德为代表的实证主义哲学，强调事实，注重寻求事物之间的内在联系与发展规律，这一哲学思潮为比较文学学科的产生与兴起起到了重要作用，并成为法国学派影响研究的重要理论基础。

再看哲学影响文学的主题或内容：法国存在主义哲学家、作家加缪指出："艺术作品既是目的，也是起点，它是一种未表现的哲学产品，是它的说明和完成。但只有透过哲学的暗示，它才算完全。"[①] 文学作品如果没有哲学思想作为底蕴，就会流于浅陋或平淡，哲学思想的玄思和哲理往往使文学作品在以情感动人的基础上，进一步具有理性的启发意义，进而深化和提升文学作品的主题和思想内容。一方面，许多著名的文学家本身即是哲学家，如柏拉图、伏尔泰、狄德罗、卢梭、尼采、萨特、加缪等，他们的文学作品自然就成为其哲学思想的文学化呈现，高旭东教授认为"启蒙主义小说就是文学与哲学的最初结合，也就是说启蒙哲学家的哲学思想有时不是靠哲学著作，而是靠小说来表现的，所以，读了《老实人》就更能理解伏尔泰的哲学思想，读了《拉摩的侄儿》也就更易于理解狄德罗的哲学思想，卢梭的情感哲学在他的小说《爱弥尔》、《新爱洛伊丝》与自传体小说《忏悔录》中得到了集中的表现，而且这些小说对整个浪漫主义文学造成了巨大的影

---

① 〔法〕加缪：《荒诞的创作》，载于崔道怡等编《"冰山"理论：对话与潜对话》（下），北京：工人出版社，1987 年，第 496 页。

响"①；另一方面，文学作家也努力追求文学的深度模式，古今中外的文学名著之所以能够穿越时空成为经典，其深刻、深邃的主题思想对每一个时代、每一个读者都能够引发哲学化的思考，当是一个非常重要的原因。巴尔扎克、托尔斯泰尽管不是哲学家，但他们的作品却可以称得上是具有哲学思考的文学经典，而欧美现代主义，尽管以非理性对抗理性、以无价值消解价值，现代主义文学作品的深层结构依然存在着深度神话模式，如艾略特的诗歌《荒原》、荒诞派戏剧《等待戈多》等，表面看起来似乎描写的是西方现代人在丧失了信仰的荒原之上，处于一种虽生犹死、生不如死、毫无价值、毫无理性的生活状态，但深入剖析这些作品会发现，他们依然在失去信仰的时代试图去重建信仰，在没有价值的废墟上期望重构价值。这其实也就是西方现代哲学所追问和思考的终极命意。

最后我们来看哲学影响文学的风格或审美：哲学思想对于文学创作风格和民族审美意趣的形成具有十分重要的影响作用，这种影响多是一种潜移默化的滋润，需要深入探究和把握。哲学影响中外文学的艺术风格和审美意趣，往往表现出一种整体性的特征。高旭东教授认为："由中国天人合一的哲学思想而导致的情景交融的审美境界，是儒道两家共同的美学理想。只不过儒家的天人合一是让人先和合在伦理整体之中，以伦理整体与天合一，譬如君臣的秩序与天地的上下是合一的，……而道家庄学的天人合一则是以个体的人与永恒流转的天地万物的直接合一。这种天人合一的哲学思想导致了中国文学虽然没有多少深奥的思想，但却充满了美好的山水自然。中国那些令人一唱三叹的田园诗、山水诗、山水画，就正是在这种哲学背景之下产生的。"②

同时，哲学自身也蕴涵着文学的审美价值，许多哲学家的哲学作品充满着诗性智慧。柏拉图记载苏格拉底言行的许多篇章如《斐多篇》、《会饮》、《普罗泰戈拉篇》等充满哲学思辨的文章，都是从非常具有文学化色彩的对话入手，融科学理性与诗性智慧于一体；尼采的《悲剧的诞生》、《查拉图斯特拉如是说》是哲学著作，但却是以文学化的形式表现出来，充满着丰富的文学意象，作为充满哲学思考的文学作品阅读，也未尝不可；庄子的《逍遥游》、《齐物论》等篇章也是在汪洋恣肆的文学想象中阐发他的哲学思想，用优美的文学笔法将深奥玄妙的道家哲学转化为丰富可感的文学意境，使形而上的"道"、"气"、"玄"等变得形象丰富。

---

① 高旭东：《中西文学与哲学宗教》，北京：北京大学出版社，2004年，第55页。
② 同上书，第52页。

当然，文学反映社会和人生，同样也蕴涵着哲学的思想，甚至在一定程度上亦对哲学发生影响。一方面，文学史上的经典作品大多蕴涵着作家对人生和社会现实的深刻思考，这些思考就是哲学命题。如托尔斯泰的创作，不仅仅因其曲折动人的故事情节而吸引人，更因其深刻博大的"托尔斯泰主义"而感染人，因此，有人将托尔斯泰称为"文学哲学家"。同时，博学睿智的哲学家往往喜欢从这些作品中汲取营养，作为阐释自己哲学观念的必要材料，如柏拉图、亚里士多德、康德、黑格尔、马克思的哲学思想，都不同程度地受到过文学的滋养，马克思和恩格斯认为从巴尔扎克的作品中获得的经济学的知识远比从经济学家那里获得的还要多。另一方面，许多身兼文学家和哲学家双重身份的作者，其文学思想往往更能够深入地影响其哲学观念，如存在主义哲学家加缪首先在《局外人》中描写了人类存在的"荒谬感"，然后开始哲学化的追索，并最终写成了《西绪福斯的神话》这本哲学论著，进而构建了关于"荒谬理论"较为系统化的哲学观。

另外，哲理诗、哲理小说等文体本身就是文学与哲学融会的结果，作为文学文体，表现的则是哲学化的内容。

3. 文学与宗教

赵紫宸在《基督教哲学》一文中指出："宗教是以人的心血为墨，人的精神为笔，人的历史为楮，人在日日新的生活里写明的意义。宗教是永远写不尽的意义。"[①] 文学与宗教，诗性和神性本是各自独立的，但在人类精神领域的层面上二者却达到了统一。宗教为文学艺术提供精神想象、题材约定和情感训练；文学为宗教提供传播载体和思想承载。宗教之"真"要通过文学之"美"来表达。

宗教与文学的跨学科研究方法有二：一是通过宗教看文学，即立足于宗教，通过分析宗教性的文学作品（"宗教文学"）探讨宗教借助文学形式来表达宗教信仰的内容。此类研究的对象主要是宗教文学作品，如起源于印度的佛教文学（包括本生故事、佛传故事）、起源于犹太教而又流传世界的基督宗教的圣经故事、圣经诗歌、护教文学等；二是通过文学看宗教，即立足于文学，探讨文学作家、作品所接受的宗教影响，进而剖析宗教意象、宗教观念、宗教信仰与宗教思维方式对文学创作的影响。需要指出的是，无论采取何种进路和方法进行宗教与文学的跨学科研究，其最终目的仍在于探讨宗教与文学的互动关系、揭示宗教对文学创

---

① 燕京研究院编：《赵紫宸文集》（第一卷），北京：商务印书馆，2003年，第152页。

作影响的规律。

宗教与文学跨学科研究涉及层面较为广泛,目前中国比较文学界在进行这一研究的时候,大多围绕两个方面内容展开学术探讨:一是从同一文化体系内探讨宗教与文学的关系,如基督教对欧美文学、佛教对印度文学、道教对中国古代文学的影响等;二是从不同文化体系探讨外来宗教对一国文学的影响,如佛教对中国古代文学、基督教对中国现代文学的影响等。

首先,同一文化体系内的宗教与文学研究:如基督教与欧美文学。

从西方文学发展史来看,几乎贯穿了整个欧美文学发展历程。基督教及《圣经》对西方文学的影响可以说是极其巨大而深远的,作为一种文化底色铺染于西方文学发展史的整个画卷中。布莱克称《圣经》是"伟大的艺术代码",诺思洛普·弗莱更是明确指出:"圣经从古到今是作为一个整体来看待的,它也以一个整体影响着西方的想象力。"[①] 可以说,不了解基督教和《圣经》,就不可能真正理解和诠释西方文学,因为正如加拿大渥太华教授谢大卫在《圣经与西方文学》中所指出的那样:"事实上,《圣经》在西方文学中成了如此基本的文献,以致假如缺少了《圣经》先例,西方文学几乎不可能出现今天的面貌。"[②] 受到基督教与《圣经》影响的西方文学贯穿了整个欧美文学史。

基督教自中世纪就开始滋润着欧美文学的发展并成为其中重要的精神形态:

在5—15世纪,基督教成为欧美社会宗教信仰的主要精神源泉,基督教会和基督教神学均得到长足发展,对欧美文化和文学产生了深远而深刻的影响:一是基督教修院使遭受蛮族破坏的希腊、罗马古代文化得以保存和承续;二是基督教唯灵信仰使欧洲人的精神得以提升;三是《圣经》由宗教经典而成为后世文学创作的元叙事,自身亦成为世界文学经典;四是英雄史诗和骑士文学讴歌和赞美了基督教精神中的敬神、忠君、虔敬、忠诚、献身、唯灵等品质;五是但丁《神曲》成为中世纪神学体系的文学化呈现,全书分为三部分,每部分又分为三十三篇,这和基督教"圣父、圣子、圣灵"三位一体的思想有关。同时,《神曲》采用梦幻旅行故事的形式、宗教箴言式的构造、神秘主义的描写和隐晦的象征手法,通过地狱、炼狱、天堂三界游历的过程,用文学的世界体现出了中世纪神学思想。

---

① 〔加拿大〕诺思洛普·弗莱:《伟大的代码——圣经与文学》,郝振益、樊振国、何成洲等译,北京:北京大学出版社,1998年,第2页。

② 〔加拿大〕谢大卫:《圣经与西方文学》,载于《西方文学与基督教论文集》,朱维之编,北京:北京大学出版社,1996年,第17页。

在15—16世纪,文艺复兴运动就是在中世纪基督教文化基础上孕育而生的。莎士比亚对当时的基督教神学非常熟悉,他的戏剧受到了《圣经》的深刻影响,英国当代文学评论家海伦·加德纳深入剖析了莎士比亚戏剧与基督教的关系,认为"《哈姆雷特》和《麦克佩斯》(引者注:即《麦克白》)都是基督教悲剧,它们的背景都设置在一个基督教的世界中"①,并进一步指出莎士比亚戏剧"所揭示的神秘,都是从基督教的观念与表述中产生出来的,它的一些最有代表性的特点,都是与基督教的宗教感情和基督教的理解相联系的。"②而弥尔顿的《失乐园》《复乐园》就直接取材《创世记》,班扬的《天路历程》则直接成为基督教的宣道文学。

在18世纪启蒙时代,著名的启蒙主义领袖伏尔泰从小就在耶稣会的学校接受教育,他曾经说:"要是没有了上帝,就应该虚构一个。"歌德《浮士德》直接取材《圣经》中魔鬼与上帝的打赌,并且创造性地借鉴了宗教神秘剧的表现形式。诗剧开始的"天上序曲"一幕,上帝与魔鬼靡菲斯特围绕浮士德设置了一个赌局,完全就是《旧约·约伯记》的翻版。此后靡菲斯特诱惑浮士德的情节则与《新约》中撒旦对耶稣进行考验的场景相类似。而诗剧中的善与恶、上帝与魔鬼、天堂与地狱等二元对立与冲突,则是直接导源于《圣经》中的二元模式。

在19世纪,浪漫主义文学和现实主义文学创作均受到基督教的深远影响,基督教信仰和《圣经》叙事成为许多作家、作品的基调并进而影响着作品的主题思想。法国作家雨果倡导人道主义与基督教的博爱精神,其核心是以博爱、悲悯的情怀观照世界,用感化教育来解决社会存在的问题,相信善最后必将战胜恶,主张以自我牺牲来成全他人幸福。雨果这种博爱的根本源头,还是来自基督教的博爱精神。雨果力图以博爱精神去对抗恶,他在长篇小说《悲惨世界》中塑造了一个圣徒般的人物——米里哀主教,在雨果的笔下,米里哀主教完全是博爱精神的化身:他把自己宽阔的主教府改成了治疗穷人的医院,将自己的薪俸捐助给慈善事业,自己的生活俭朴清苦。由于他的善行义举,人们十分感激他,"有如迎接阳光"一样接待他。"他所过之处就像过节一般。我们可以说他一路走过,就一路在散布温暖和光明。孩子和老人都会走到大门口来,犹如迎接阳光。"正是他的博爱与感化,救赎了充满仇恨和兽性的冉阿让。对偷走他银烛台的冉阿让,

---

① 〔英〕海伦·加德纳:《宗教与文学》,江先春、沈弘译,成都:四川人民出版社,1998年,第85页。

② 同上书,第76页。

不仅没有揭发，反而将另一对银烛台送给他："冉阿让，我的兄弟，您现在已不是恶一方面的人了，您是在善的一面了。我赎的是您的灵魂，我把它从黑暗的思想和自暴自弃的精神里救出来，交还给上帝。"① 正是这种基督教的博爱精神从肉体和灵魂上救赎了冉阿让，使他转变为另一个圣徒式的人物，继续着博爱精神的传递。美国作家麦尔维尔的《白鲸》则引用《圣经》原型叙事，使这部描写捕鲸经历的小说变成了基督教的寓言。《白鲸》中有大量的文学和神话暗示取自《圣经》文学。如小说中主要人物的名字亚哈、以实玛利、以利亚等都出自《圣经》。19世纪现实主义文学的狄更斯、夏洛蒂·勃朗特、霍桑等人的创作都蕴涵着丰富的基督教因素。

在20世纪这一欧美文学多元发展的时期，现实主义文学、现代主义文学与后现代主义文学并存发展，现实主义作家如海明威的《老人与海》充满圣经叙事、劳伦斯的《恋爱中的女人》、《查泰莱夫人的情人》则在追求一种精神和爱情的"伊甸园"……现代主义文学更是在"上帝死了"的精神废墟上试图重建信仰和价值，艾略特的《荒原》多处隐喻着《圣经》原型和耶稣形象，贝克特的荒诞派戏剧《等待戈多》、卡夫卡的小说《城堡》、乔伊斯的小说《尤利西斯》等作品都和基督教有着或明或暗的关系。

在同一文化体系中也可以探讨道教对中国文学的影响。道教以老庄哲学为基础，吸纳中国民间原始宗教信仰和佛教的部分影响，逐渐形成了较为体系化的道教典籍《道藏》，而《道藏》中的"游仙诗"、"神仙传"等对中国文学产生了深远的影响：一方面，文人个人问道寻仙，逍遥物外；一方面，对文学体裁影响，出现了游仙诗。李白就是一个道教徒，他接受了道教的宇宙观，并吸收了道教关于自然的认知，因此，在他诗歌创作中出现了大量关于游仙、寻仙的内容，诗歌风格也清丽脱俗，高迈豪放。

其次，不同文化体系的宗教与文学研究：如佛教对中国文学的影响。

佛教自东汉末年传入中国，对中国文学创作与批评产生了较为深远的影响：

一是佛教入华开启并促进了中国古代翻译文学和翻译理论的发展。自东汉开始的佛教经典的汉译工作，使中国的翻译文学发展具有悠久的历史传统。汉代安世高、南北朝鸠摩罗什、道安、唐代高僧玄奘等在佛经翻译方面做出了突出贡献，他们在译经过程中提出了许多宝贵的翻译主张，是中国古代翻译理论的渊源。

---

① 〔法〕雨果：《悲惨世界》，李丹、方于译，北京：人民文学出版社，1992年，第109页。

同时，通过翻译还传入了数量众多的外来语词，丰富了汉语语词，据日本出版的《佛教大词典》统计，共有三万五千多个汉字或语词来自佛典，如"思想"、"觉悟"、"思维"、"意识"等已经成为汉语的常用词。

二是佛教入华影响了中国古代文学创作题材、主题、文体等的变化。佛教入华不仅影响了中国的宗教信仰，而且对中国文学的创作题材、主题、文体等产生了较为深入和复杂的影响：

题材上：中国文学受到儒家传统的影响，多注重对现实生活或者个人情志、理想的书写，佛教入华后，佛道两家大大拓展了中国文学描写的题材和空间，神玄幽冥的非现实世界开始大量进入文学，出现了《西游记》这样的"奇幻小说"。而且在文学人物和题材上，也受到了佛教的多方面影响。季羡林曾经考证过中国文学所受到印度佛教的影响，指出很多中国文学中的题材和人物均来源于佛典故事，如柳宗元的《黔之驴》、曹冲称象的故事、《西游记》中孙悟空的形象等等[①]。

主题上：中国文学中的禅意诗表现出了求佛问道的主题，佛教在中国演化为禅宗后，对中国文人的审美情趣产生了深刻影响，"禅诗合一"的主题成为禅意诗表现的主要内容，如皎然的《南池杂咏》："夜夜池上观，禅心坐月边。虚无色可取，皎洁意难传。若向空心了，长如影正圆。"六祖慧能："菩提本无树，明镜亦非台。本来无一物，何处惹尘埃。"

中国文学中出现的因果报应、轮回转世的主题和观念还影响了文学作品的结构，尤其是戏剧的结构。中国戏剧不同于西方的戏剧结构，呈现出一种"大团圆式"的戏剧结构，在悲剧中包含着喜剧的结局，之所以形成这种独特的结构，与中国戏剧弘扬道德伦理、善恶果报的追求密切相关，而善恶果报的观念则源自佛教。

文体上：中国文学的文体变化受到佛典影响的结果有二，一是出现了文白相间、雅俗并存的翻译文体，佛典的翻译，既要满足宗教传播的需要，又要符合汉民族阅读欣赏的习惯，因此，经过历代译经者的探索和努力，在中国文学中形成了一种文白相间、雅俗共赏的"译经文体"，孙昌武指出："译经文体又是一种华梵（胡）结合、韵散兼行、雅俗共赏的新文体。这种文体的出现在中国文坛上造成了巨大影响。"[②] 这种译经文体是一种新的文学创造，对于中国文学匡正辞藻浮艳的文风起到了重要的作用。因为中国文学自魏晋南北朝时期开始，就出现了尚辞崇文的倾向，讲究声韵、格律，追求辞藻艳丽、典雅古奥的形式，出现了骈文

---

① 参见季羡林：《比较文学与民间文学》，北京：北京大学出版社，1991年。
② 孙昌武：《佛教与中国文学》，上海：上海人民出版社，1988年，第30—31页。

独尊的局面,这种文白相间、质直言简的译经文体,对后世文学突破骈丽奢靡之风起到了较好的借鉴作用。二是伴随佛典汉译的过程,出现了变文文体和白话文体。当时的佛教为了向普通百姓传播教义,因此采用宣唱、唱说的方式弘扬佛法,慢慢形成了变文文体,主要是演述佛经故事或民间传说,采用散文和韵文交替的形式,故事性和叙事性较强,充满丰富的想象,成为唐代民间颇受欢迎的俗文学,白话文渐成唐代俗文学的主要文体,对后世白话文运动和散文发展产生了较为深远的影响。

三是佛教入华启发并影响了中国古代文学理论的审美观念和评价标准。禅宗对中国文学的影响不仅表现在创作上,而且还进入到了文学批评和审美的层面,"以禅入诗"、"以禅喻诗"成为中国古典诗学理论的鲜明特征。晚唐司空图《诗品》把诗的风格分为"雄浑"、"冲淡"、"纤秾"、"沉着"等二十四种,在对每一种风格进行诠释的时候融汇进了禅宗空灵、玄远的意境,提出了"韵味说"。南宋严羽的《沧浪诗话》其核心内容就是"以禅喻诗"、"以悟论诗",明确提出"妙悟说":"大抵禅道惟在妙悟,诗道亦在妙悟。且孟襄阳学力下韩退之远甚,而其诗独出退之之上者,一味妙悟而已。惟悟乃为当行,乃为本色。然悟有浅深,有分限,有透彻之悟,有但得一知半解之悟。""夫诗有别材,非关书也;诗有别趣,非关理也。"、"诗者,吟咏情性也。盛唐诸人惟在兴趣,羚羊挂角,无迹可求。故其妙处透彻玲珑,不可凑泊,如空中之音,相中之色,水中之月,镜中之象,言有尽而意无穷。"①清朝王士禛进一步发展了司空图的"韵味说"和严羽的"妙悟说",提出了"神韵说",主张诗的最高境界是"神韵",并进而倡导"诗禅一致"的审美境界。

总之,佛教传入中国后,与中国文化传统紧密融合,对中国古代文学产生了深刻的影响,正如张中行所指出的那样:"对于中国的正统文学,佛教的影响是广泛的,深远的,持久的,甚至可以说,如果仔细分析,许多表面看来与佛教无关的作品,其实是长期在佛教思想影响下的中国文化的产物。"②

---

① 严羽:《沧浪诗话》。
② 张中行:《佛教与中国文学》,载于《张中行作品集》(第三卷),北京:中国社会科学出版社,1995年,第383页。

三、文学与自然科学

为了感性地理解文学与科学的关系,我们先看一下 2006 年山东省高考的作文题目:

> 人们在地上看月亮的时候是晶莹明亮的,当人们踏上月球的时候才发现,月亮和我们的地球一样是凹凸不平的。
>
> 从这则寓言中你感悟到了什么呢?请以此为话题,写一篇除散文以外文体的作文……

2006 年山东高考作文的题目,其实暗含着科学求真与艺术求美之间的关联与矛盾。科学帮助我们获取知识,但却会影响人类的想象力和审美体验。如果从纯粹的科学主义出发,对文学描述的事物进行科学求真的追问,那么,很难想象,科学知识对我们吟咏月亮、星星的诗歌会造成多大的破坏。假如家长告诉正在背诵"床前明月光"的孩子说月亮本身不会发光,该是何等大煞风景?同样,恋爱中的男女往往"情人眼里出西施",但假如对方是一个 X 光透视者,他必须放弃自己的医学知识和透视习惯,否则他看到的红粉佳人,不过白骨骷髅。

诗意地栖居,真的是一个难题。文学与科学的跨学科研究,就需要破解这个难题,正确处理科学之真与文学之美的辩证关系,从而使真、善、美在人类精神追求层面上实现和谐统一。正因为如此,西方学界对"文学与科学"的跨学科研究表现出较大的兴趣,许多大学开设了"文学与科学"的课程,美国学者还专门成立了"文学与科学研究会",经常举办各种形式的研讨会,探讨文学与科学的关系问题。中国科学界也很重视文学、艺术对科学的影响,如著名科学家钱三强、钱学森、袁隆平等都非常喜爱文学、艺术,大力倡导并积极推动科学与文学的联姻,而中国文学家也积极通过文学来表现与宣传科学发展,如徐迟创作的报告文学《哥德巴赫猜想》曾引发了文学界、科学界乃至整个社会的巨大反响。因此,"文学与科学"的跨学科研究,是一个非常有学术价值与研究空间的比较文学领域。

文学与科学在人类文化发展的早期,处于混生共存的状态,文学想象与科学认知往往混杂相处。如早期的创世神话,不管是中国神话的盘古开天辟地、女娲补天造人,还是希腊神话中的混沌生地母盖娅、地狱神和爱神,或者犹太教、基督教《旧约》中上帝造人创世,或者伊斯兰教《古兰经》真主创造万事万物,均将文学想象、宗教信仰、科学知识等内容融汇一体,表达了人类早期对于世界本原的探索和理解。此后，尽管文学与自然科学相互分离，但在中外文学作品中，自然科学的内容却依然是文学世界中非常重要的内容，自然科学知识在作家的笔下，与在科学论文中的严谨、精准、严肃不同，往往显得生动活泼、妙趣横生，具有人性的光辉。如法国作家法布尔的《昆虫记》不仅是一部伟大的昆虫学巨著，同时也是一部世界文学名著，在科学史和文学史上都占有重要的地位和影响。正如法国著名戏剧家罗斯丹所称赞的那样："这个大科学家像哲学家一般的思，像美术家一般的看，像文学家一般的写"，法布尔被誉为"昆虫世界的维吉尔"，他将自己一生观察、研究昆虫的成果和个人经历用文学的形式表现出来，以博大深刻的人性去观照和呈现丰富多彩的虫性，用人文精神去统领自然科学的实据和例证，使得动物世界与人类社会相互映衬对照，动物世界不仅是人类获取知识和趣味的来源，也是人类获得审美体验和进行人性反思的精神渊薮，《昆虫记》无疑是科学与文学结合的典范之作。

自然科学对文学的影响与促进作用体现在多种层面上，既包括形而下的科学技术器物层面，也包括形而上的科学精神与科学观念层面，对文学的内容、观念、形式、流派，甚至文学批评等各个方面，均产生较为深刻而深远的影响。

1. 科学对文学内容的影响：文学表现社会生活的各个方面，自然科学领域亦是其表现的重要题材与内容。事实上，科学技术以及它所带来的社会变革和时代潮流，往往在文学中得到较为充分的表现。如伴随航海技术的发展，大航海时代的游记文学则更多地描述航海发现、冒险游历的内容。尤其是19世纪以来自然科学发展迅速，极大地促进了社会生产力的进步，使人类生活各个层面都发生了巨大的变化，与之相适应，文学表现的题材和内容也进一步扩展到科学领域，如生物进化、宇宙飞船、航天飞机、电脑网络等等，科学技术的发展为科普文学和科幻小说提供了启示和题材。

2. 科学对文学观念的影响：19世纪科学成果广泛进入文学领域，促进了文学发展。如自然科学研究成果之一的达尔文进化论，从科学领域进入到社会科学和文学领域，全面影响和刷新了文学理论、批评观念、文学史乃至文学创作等各个层面，促进了文学改良观念的诞生，法国布吕纳介尔提出"文类进化论"开拓了比较文学文类学研究，胡适则提出了"文学改良"论，认为"一时代有一时代之文学"，提倡文学改良运动和白话文运动，而中国20世纪启蒙文学的诞生亦与进化论之"物竞天择、适者生存"的观念密切相关。

3. 科学对文学流派的影响：科学试验精神不仅在自然科学领域取得了巨大进

展，而且进入到文学领域，促进和催生了新型的文学创作流派，如19世纪末的自然主义文学就是直接在自然科学发展的条件下产生和发展的。自然主义文学崇尚自然科学的实验精神，自然主义代表作家左拉认为，写小说就像在试验室做试验一样，不应受社会规律的影响，因此他推崇写人的生理本能，他将生理医学的实验方法运用到小说创作中，对人的生理和心理进行解剖，强调家族病理遗传。因此，左拉的小说创作追求真实性和科学性，倡导以纯客观的态度将生活中的一切细微末节毫无遗漏地精确地摄取下来，奉行绝对中立而客观的原则。中国新写实文学也追求创作中的"零度体验"，主张客观冷静地反映现实。

4. 科学对文学形式的影响：文学的想象与科学探索是人类探求未知世界的动力，而科学知识与文学想象结合则出现了新的文学类型，如科幻小说、科学散文、科普文学等。儒勒·凡尔纳开创了科幻小说创作的先河，他的《海底两万里》、《太阳系探险》、《神秘岛》等均属科幻小说的精品之作。尤其是伴随计算机技术与互联网的发展，文学与电脑硬件、数字技术、网络通讯等结合则出现了电脑文学、网络文学。网络文学首先表现在技术手段的新颖上，它的技术支持不是传统的纸笔，而是通过电脑硬件和网络通讯技术实现的一种新型文学创作与传播方式，更为重要的是，网络文学不仅仅是传统意义作家的"换笔"写作，而是"换脑"写作，代表了一种全新的文学思维。与传统文学相比，计算机技术支持下的网络文学，一方面突破了精英化审美与批评的藩篱，使文学由小众的精英文化转向为大众的普罗文化，网络文学写作者和阅读者更加个人化、自主化、多元化；另一方面，网络文学摆脱了传统文学媒介发表、出版的制约，可以通过网络通讯技术的支持更为便捷、自由、自主地发表、评论，使文学写作与评论能够享受到更加自由的权利。同时，科学技术对网络文学的影响还表现在阅读与审美方式的改变，网络文学或电脑文学改变了传统文学的文本形态，从单一的、静态的纸质形态变为更加多元的、动态的多媒体形态，文学阅读由读书变为读屏、读文变为读图，这种改变均依赖于现代技术的进步和支持。因此，从科学与文学的角度，对网络文学进行跨学科研究，将是今后文学研究与评论的一个非常重要的内容。

5. 自然科学理论对文学研究与批评的影响：近现代科学理论不仅指导和推动了科学技术的发展，而且，进入到人文社会科学和文学领域，为文学研究和文学批评提供了新的学术思路和理论支持。这方面的研究较有代表性的有两个方向：

一是由系统论衍生出结构主义批评。结构主义文学批评注重对文学作品的内部结构进行分析，乐黛云教授对此有较为深入的剖析："60年代西方文学结构主义的盛行,可以说也是将自然科学领域中的系统论引入文学研究的结果。……(系统论)把对象看做一个大系统而力图从中找出把各部分联结在一起、构成统一体的密码(code)。正是这种密码才使符号具有意义。结构主义者认为人类文化本身就是一组符号系统,而个体的特别行动本身是不会有符号意义的,它必然按照某种'密码'组织在某个符号系统中,结构主义者就是要发现隐藏在各个系统中的这种密码,找出其深层结构。"[①] 同样,信息论对文学研究也产生了较为深远的影响,现代信息论是研究信息产生、获取、变换、传输、存储、处理识别及利用的学科,文学艺术家进行创作就是把自己的思想感情变为他人可以接受的信息,文艺欣赏也就是把这些信息按照自己的理解,还原为自己可以接受的内容,达到信息传播的目的。布莱克把《圣经》称为"伟大的代码",欧美文学中许多文学作品就是对《圣经》的解码和重新编码的过程,弗莱由此开启了他关于"圣经与文学"的研究,创造性地提出了探究《圣经》原型的文化批评理论[②]。信息论的解码与编码理论对于文学研究亦有积极的启发意义,如美国畅销书作家丹·布朗创作的《达·芬奇密码》就巧妙地借用《圣经》和基督教文化作为整部小说编码的基础,从信息论的角度探究该小说的叙述艺术颇具学术研究价值。

二是近年来逐渐兴起的生态文学批评。生态批评最早出现于20世纪70年代的美国,试图将自然观和生态学的概念移植到文学批评中,在"自然与文学"的跨学科研究中坚持生态学视角,并最终于20世纪90年代形成了一种影响欧美直至全球的文学研究流派,它"不仅是'对文学与自然环境之关系的研究',也是'在一个环境危机的时代进行的文学研究',更是一种'本着致力于环境主义实践的精神进行的关于文学与环境之间关系的研究',……当前生态批评的主流是以'环境问题'为焦点的文化批评。"[③] 生态批评基于"生态学原则"和"环境伦理模式",积极展开"自然写作"研究,表现出强烈的跨文化、跨学科的文化批评特性。生态批评注重发掘文学作品中关于自然的描写,关注自然景物在文学作品中的价值和作品,哈代、奥斯汀、劳伦斯等人的作品被生态批评家重新审视和解读,均取得了颇具新意的研究成果。

在进行文学和科学的跨学科研究时,应注意探讨二者之间的相互制约关系,

---

① 乐黛云:《比较文学简明教程》,北京大学出版社,2003年,第228—229页。
② 参见〔加拿大〕诺思洛普·弗莱:《伟大的代码——圣经与文学》,郝振益、樊振国、何成洲译,北京大学出版社,1998年。
③ 刘蓓:《跨学科视野的生态批评》,载于《江西社会科学》,2008年第4期,第24页。

如文学想象与科学认知之间的限度应如何把握和评价。文学想象无限度，但亦不能完全脱离科学认知，鲁迅曾经指出："'燕山雪花大如席'，是夸张；但燕山究竟有雪花，就含着一点诚实在里面，使我们立刻知道燕山原来有这么冷。如果说'广州雪花大如席'，那可就变成笑话了。"① 既不能使文学之想象失去科学之真的依凭，也不能让科学之真损害了文学想象的丰富。

当然，我们讲述的都是文学与科学统一的一面，而没有讲述文学与科学对立的一面。事实上，从浪漫主义之后，随着科学的无限扩张，反科学的文学思潮一直连绵不绝。从卢梭到柏格森、海德格尔，从浪漫主义到深绿的生态文学，都对科学主义的扩张尤其是工具理性提出了抗议。

第三节 案例分析：《圣经》与文学研究

杨慧林教授曾经指出："无论诗人还是哲人、诗性还是灵性、神学还是人文学，都在追寻一定的'意义'。"② 正是因为这份对"意义"的追寻与探问，基督教、《圣经》与文学的关系才显得更为迷人和多彩，因为"基督教与西方文学之关系，属于文学研究领域中最富人文学意味的论题之一。基督教与西方文学的关系之所以历久弥新，并且不断激发着诗人和哲人的灵感，乃是因为在西方的思想传统中，哲人所倾心的'诗性道说'与诗人所神往的'灵性凭附'交互作用之结果。"③

《圣经》与文学的研究，则包含了神学诠释与文学诠释的两个层面，是诗性表达与灵性启示的相互阐发。因此，"《圣经》与文学"的研究，成为"宗教与文学"跨学科研究的一个非常重要的领域。

"《圣经》与文学"的跨学科研究包括两个方面的进路：一是"《圣经》之文学研究"，即将《圣经》文本作为文学经典、把《圣经》看做一部伟大的文学作品进行诠释，研究《圣经》在灵性启示下所蕴涵的诗性智慧，是用文学批评的方法研

---

① 鲁迅：《且介亭杂文二集·漫谈"漫画"》，载于《鲁迅全集》（第六卷），人民文学出版社，1991年，第234页。
② 杨慧林：《"诗性"的诠释与"灵性"诠释》，载于《长江学术》，2006年第1期，第128页。
③ 同上书，第126页。

究《圣经》,对此,梁工教授认为:"广义的文学考证是将圣经看做一部文学巨著(the Bible as literature),运用一般的文学理论和方法对其进行综合性考察,包括成书背景、作者、文体形式和风格、资料来源、与世界文学的关系、对后世文学和文化的影响等。狭义的文学考证则是从各个角度研究圣经中的文学因素(the literature in the Bible),大致可从以下几个方面着手:(1)研究各书所用的文学表现手法、修辞技巧等。……(2)研究圣经文学中的文学性经卷及经卷中的文学性故事,探寻希伯来文学的创作规律和审美理想。……(3)确认复杂作品的体裁特征。……(4)研究一些独具希伯来民族特色的文学专题,如希伯来诗歌。"① 二是"《圣经》与文学之研究",即将《圣经》作为"伟大的代码"、探究《圣经》对文学书写的影响,运用影响研究和跨学科研究的方法剖析中西文学中的《圣经》元素。此两种进路的研究均有大量的丰硕学术成果,本案例特别选取了弗莱与谢大卫的研究内容做简要分析和介绍,弗莱的"《圣经》研究"属于第一条进路,而谢大卫的"《圣经与美国神话》"则属于第二条进路。

1957年加拿大文学理论家弗莱出版了《批评的剖析》,他采用新批评的方法,探索了文学批评运用于圣经研究的多种可能性,产生了较为广泛的影响,此后他相继又发表了《创造与再创造》(1980)、《伟大的代码:〈圣经〉与文学》(1982)、《神力的语言:〈圣经〉与文学研究续编》(1990)、《双重幻象》(1991),这四部著作恰似以《圣经》文学研究为主题的四个乐章,成为《圣经》文学研究的里程碑式的学术著作,而弗莱亦因此而成为《圣经》研究的重要人物,他是一个隐藏在原型理论家称号背后的《圣经》研究学者。弗莱在《伟大的代码》和《语言的神力》两部著作中深入探讨了《圣经》与文学的关系,并且将研究领域和视野拓展到圣经与整个西方文学的关系这一宏大框架中,这是他在圣经文学研究中的另一伟大创见。《伟大的代码》主要着眼于对圣经本身文学特性的研究,同时兼及论述了圣经文学特性与西方文学作品的关联,涉及但丁、维吉尔、奥维德、歌德等等。全书结构非常有特色,呈现为镜面对称的结构,上下两编的标题恰如一面镜子中的投影,上编是语言、神话、隐喻、类型学,而下编则是类型学、隐喻、神话、语言。上编的内容是对基本原则、原理的阐述,而下编的内容则是运用这些基本原则、原理深入剖析圣经文学特性,并兼及对相关西方文学作品的阐发。他在写作《批评的剖析》时,把原型、神话与圣经联系起来考察,从而提出了圣经原型的学说,

---

① 梁工等著:《圣经解读》,宗教文化出版社,2003年,第248—249页。

弗莱所说的原型概念，实际上是文学意义上的原型概念，文学原型概念的提出，在于从纷繁的文学现象找到一个结构要素，从而达到认识和发现的目的。原型既要求具有形象性，又要求具有概括性。最终，弗莱在神话中找到了这种既有归纳性、又具有形象性的对象，同时以圣经神话为核心确定了基本的原型类别，弗莱认为神话本身不断在发生着改变，因此需要为神话确定一个核心，而圣经神话就是这样一个核心，圣经神话规定和代表了原型意象的三个基本类别：分别是神启意象、魔怪意象和类比意象。由圣经核心出发，神话就成为各类文学的源头。①

加拿大的谢大卫教授早在1990年就发表了《20世纪80年代〈圣经〉作为文学的研究状况评介》，"综述了20世纪80年代西方在《圣经》文学的研究领域内取得的主要成就和存在的问题"②。他的专著《圣书的子民：基督教的特质和文本传统》（1996）"从宗教、历史、哲学、绘画、文学诸方面，说明了《圣经》在西方文化形成过程中所起到的主导作用和持续的影响力"③。他在该书的第九章《〈圣经〉与美国神话》中运用跨学科研究的方法，剖析了北美清教徒通过对《圣经》的解读和文学书写塑造"美国神话"的过程，不仅在文学研究方面给予我们很多启发，更重要的是，可以帮助我们认清"美国神话"的实质。

谢大卫首先引用了18世纪作家塞缪尔·舍伍德、19世纪作家赫尔曼·梅尔维尔、20世纪作家伊丽莎白·克莱尔·普罗非特各自作品中的段落作为文章的题记④，通过这三篇引文，读者可以清晰地勾勒出美国作家塑造美国神话的历程：《圣经》中记载的伊甸园、亚当、夏娃及其子孙，舍伍德通过文学叙述却巧妙地将其置换为美国、美国人，因此，《圣经》中上帝对亚当的恩赐、荣光和拯救，都变成了对美国人的恩赐、荣光和拯救；《圣经》中上帝对亚伯拉罕和希伯来民族的应许，变成了对美国人的应许，于是，美国人就变成了上帝的宠儿。梅尔维尔则公然宣称："我们美国人是特殊的人，是上帝的选民——是这个时代的以色列人。"于是，来自英国的清教徒就可以理直气壮地占领美洲，把美洲视为迦南——上帝应许给他们的土地。甚至到20世纪，普罗非特还在宣告："美国是当今的应许之

---

① 可参见〔加拿大〕诺思洛普·弗莱：《伟大的代码——圣经与文学》，郝振益、樊振国、何成洲等译，北京大学出版社，1998年。
② 刘意青：《〈圣经〉的文学阐释——理论与实践》，北京大学出版社，2004年，第2页。
③ 李毅：《〈圣书的子民：基督教的特质和文本传统〉译后记》，中国人民大学出版社，2005年，第376页。
④ 参见本章节附录之《圣经与美国神话》，以下涉及该文的内容不再重复标注。

地"。看到这里，生活在 21 世纪的读者就充分理解美国总统奥巴马手按《圣经》宣誓就职时的那句名言："Yes，We Can！"（是的，我们能做到！）

谢大卫揭示了清教徒到达美洲之后通过对《圣经》的有意误读和曲解、进而使《圣经》成为美国人的《圣经》这一变化背后的秘密。美国作家、学者、牧师对《圣经》的书写与阐释，逐渐强化《圣经》与美国民族命运之间的关联，最终使《圣经》完全变成了美国人自己的《圣经》，于是《圣经》与美国人——美国神话——美国梦想就这样构成了它们之间的逻辑关系。谢大卫进一步深入分析了梅尔维尔、霍桑小说中对于这种美国神话的质疑和反思，但是，美国神话并没有被打破，反而进入到美国的现实政治和社会生活中，成为一种永恒的文化价值。

习题

一、什么是跨学科研究？跨学科研究的学理依据何在？
二、结合具体实例阐述文学与其他艺术门类的关系。
三、从中西文化的角度谈谈文学与哲学、宗教的关系。
四、如何理解科学与文学的关系？

延伸阅读

一、乐黛云、王宁主编：《超学科比较文学研究》，中国社会科学出版社，1989 年。
二、莱辛：《拉奥孔》，人民文学出版社，2000 年。
三、杨慧林：**《基督教的底色与文化延伸》**，黑龙江人民出版社，2001 年。
四、高旭东：**《中西文学与哲学宗教》**，北京大学出版社，2004 年。

附案例

《圣经》与美国神话①

〔加拿大〕谢大卫 李毅 译

> 在地球上美国的土地上,上帝为夏娃和她的子孙提供了一切……他给予他们以光荣的拯救,使他们得以摆脱暴政和压迫……他带领他们走向迦南的福地——那是他赐予他们、并让他们永远继承的地方。
>
> ——塞缪尔·舍伍德(1776)
>
> 我们美国人是特殊的人,是上帝的选民——是这个时代的以色列人。
>
> ——赫尔曼·梅尔维尔(1849)
>
> 美国是当今的应许之地。
>
> ——伊丽莎白·克莱尔·普罗非特(1993)

当清教徒移民第一次在普利茅斯登陆时,他们是带着《圣经》来的。这里所说的《圣经》,并不仅仅指一本本翻破了的书本,而且也是指生机勃勃发展起来的自觉的神话。清教徒对于《圣经》的阐释,有一部分经过整理,编入日内瓦版和以后的钦定本《圣经》的边注中。这些不断发展的阐释几乎立刻就成为了新"应许之地"的宪章和暂行的生活准则。在欧洲,基督教在一千多年的传播过程中,《圣经》故事仅仅是逐渐取代异教神话。而在17世纪的美洲,《圣经》成为一批又一批移民的基础文化读本,其地位之重要,远非其他书籍可比。在今天看来,

---

① 本文是谢大卫所著《圣书的子民:基督教的特质和文本传统》一书中第九章的部分内容,中国人民大学出版社,2005年,第292—325页。该文亦刊载于中国人民大学基督教文化研究所主编:《基督教文化学刊》,2001年第5辑,第119—159页。本书将此文收入附录时限于篇幅对文章内容和注释进行了部分删节,特此说明。

这种偏好并不是像当时众多清教徒移民所认为的那样完美而毫无缺陷。《圣经》作为基础的文化读本，通常被早期移民在实际生活中当成评判公平的准绳。因此，他们在解读《圣经》时更注重其中的律法，而不是有关爱的教训；更注重圣约，而不是涉及仁慈的教义。具有美国清教色彩的加尔文教最为关注的是整个民族的命运，因而有时对个人的道德拯救相对有所忽略。清教作家和其他的一些作家曾努力弥补这一缺陷，并取得了不同程度的成功。

美国文学的语言从一开始就同《圣经》密切相关。缺乏对这一基础文本的了解，就很难读懂后来几代美国经典作家，甚至也理解不了连艾米莉·狄更生这样一些自称不遵守摩西律法的作家。瓦尔特·惠特曼说过，他在写作具有强烈自我色彩的《草叶集》之前，第一步的准备工作就是"把旧约和新约认真地读一遍。"①尽管他的诗歌有着相当的独创精神，他个人创造的美国神话的形式也是源出于《圣经》。在美国，许多人认为他们个人的看法或民族的思想在《圣经》中可以找到根据。当代学者贾尔斯·冈恩甚至在他的《〈圣经〉与美国艺术》一书的开篇就宣称：

> 《圣经》已经成为一本属于美国的书，这种情形在其他民族是没有先例的。这不仅是因为美国人认为他们阅读《圣经》比其他民族来得认真，更是因为他们相信，《圣经》记载的更多的是美国人民的事情，而不是其他民族的事情。②

这段话最显眼的特点是它语气间荒唐的夸张。

---

① 引自"A Backward Glance O'er Traveled Roads"，参见 Roy Harvey Pearce, *The Continuity of American Poetry*（Princeton: Princeton University Press, 1961），第72页。关于狄更生，托马斯·H. 约翰逊指出，《圣经》是她的"首要的源泉，别的著作对她的影响都没有《圣经》那样重要"。约翰逊特别注意到狄更生对钦定本《圣经》的词语的借鉴，他评论说："《圣经》中的大小事件和观念对她的每首诗的构思几乎都有明显的影响。"因此，她的诗歌要求"读者要同她一样熟悉《圣经》，如果他们想要真正读懂她的诗的话。"见 Thomas H. Johnson, *Emily Dickinson: An Interpretive Biography*（Cambridge: Belknap Press, Harvard, 1955）第151, 153页。（罗杰·伦丁正在写一本新的狄更生传记，在他的书中，约翰逊的观点得到了充分的肯定。）

② Giles Gunn, ed., *The Bible and American Arts and Letters*（Philadelphia: Fortress Press; Chico: Scholars Press, 1983），1.

新英格兰的清教徒和《圣经》

自从佩里·米勒开一代风气之先的著作之后，文学研究者开始将清教与《圣经》对美国想象力的影响放在一起来考察。与欧洲文化传统不同的是，17世纪新大陆的清教神学里涌动着启示未来的热情，其中既有承继历史传统的思想，更有乌托邦的构想和对太平盛世的展望。这一倾向早在1630年约翰·温思罗普在横跨大西洋的阿伯拉号船上向前往新大陆的船员和清教徒移民讲道时就初露端倪。他在那篇题为《基督教仁爱的典范》的布道文中认为，《圣经》中的（和加尔文教的）上帝与他的选民订立圣约的思想对于他们这些清教徒移民尤为适合：

> 我们肩负着上帝的事业：他和我们订立圣约，我们接受他的委托，遵照他的旨意，起草我们的信条。①

《耶稣在美洲的伟大事迹》（拉丁文版，1698；英文版，1702）一书的作者科顿·马瑟宣称神赋予他以特殊的使命。在他的划时代的宗教/政治巨著中，马瑟把殖民地的教会史变成了《启示录》式的预言。他称自己是"即将到来的上帝的天国的使者"。但是在阐释"历史和预言的历书"时，他对"末世"的预言却是同以前的每一个欧洲人截然不同的。在他看来，"末世"不是所有世俗王国的终结，而是尘世中"新耶路撒冷"出现的"福音"。这"新耶路撒冷"就是应当不断向西扩张的新英格兰。它应当"与反基督的势力作最后的斗争"，把它的疆域扩张到地球的最边缘，在美洲实现《圣经》中所说的千禧年。一些更忠实于奥古斯丁教义的清教徒，例如罗杰·威廉斯，对这一迎合时势的《圣经》阐释进行了谴责。约翰·欧文等人也抨击美洲企图"以某些教会凌驾于所有教会之上"。不过，这些批评并没有造成多大的影响。对此，萨克凡·贝尔科维奇有精到的分析。他指出，美洲清教的预示论之所以有令人不可抗拒的吸引力，是因为它使人们觉得有机会得到圣约双重的赐福：

> 新英格兰的清教徒同其他所有的基督徒一样，也认为旧约中所说的物质奖赏应当理解为精神上的赐福。不过，他们有一点不同看法：新迦南的情形与和其他地方不一样。只有在这里，获取物质财富和获得神的恩典两者

---

① Perry Miller, ed., *The American Puritans: Their Prose and Poetry* (New york: Douleday Anchor, 1956), p.82.

之间并无冲突，而是相辅相成。①

美洲的神学家和牧师们宣称《圣经》中有关千禧年降临的应许在美洲得以应验，在他们眼中，似乎新英格兰已经成了现世的天国。这种看法在基督教文化史上是罕见的。

在18世纪的北美，公众语言中充斥着模仿《启示录》里那种预言未来的词汇，其范围涉及社会生活的各个方面。例如，约翰·默里和埃比尼泽·鲍德温在鼓吹自由贸易时，就期待北美最终能成为"以马内利的土地，……耶稣日后在世上建立的荣耀之国。"查尔斯·特纳在讨论教育改革时声称："如果所有的青年都按照我们推荐的方法去接受教育，上帝的天国就会出现。"牧师约翰·梅伦在其《在马萨诸塞州长前的……布道文》（1797）中说道："如果我们保持向西扩张的速度"，这一征服将会是"《圣经》预言中所说的构成日后荣耀"的胜利。菲利普·费伦诺和H.亨利·布雷肯里奇则把美洲视为

纯洁的教会，奉上帝之命降临，
在世上建立永恒的最后居所……

按照这些人的想象，如果美洲是没有"危险之树"和"引诱之蛇"的伊甸园，它就应当不仅是地上的天堂，而且也是天上的锡安山。清教徒改造末世论以迎合时势的需要，在《圣经》中寻章摘句贴在自己身上，把《圣经》中的语言涂上政治的色彩。这样一来，到了18世纪末，具有强烈使命感的清教徒已经开始影响到美国民族特有的折中主义了，而这种影响同他们在总人口中日益下降的比例是不相称的。清教徒们所塑造的神话形成了深远的影响，因此贝尔科维奇指出，清教徒们"为我们所接受的美国神话提供了宗教基础"。

在功利性更为盛行的19世纪，期待美国成为人间天国的这种乐观的神话依然没有完全消失。《独立宣言》的签名者之一、耶鲁大学校长提莫西·德怀特在他充满怀旧之情的史诗《征服迦南》（1775）中也认为，美国"天命注定"要成为第二个完美无瑕的"伊甸园"②。到了1812年，他仍旧说美洲大陆"很快就会充满千禧年的称颂和虔敬，那棵远接天堂的奇妙的树就是植根于这方土地的。"詹姆斯·罗塞尔·洛厄尔在哈佛大学的演讲（1865）中也称颂美国为"上帝的应许之

---

① Bercovitch, *American Jeremiad*, pp.46—47.

② Ibid., p.130.

地/流溢着自由的蜜浆和乳汁。"

当然，这样一些夸张的藻饰是出自公共话语根深蒂固的习惯，任何文化中的这种正式话语即使在最好的时候都带有"布道"的味道。不过，《圣经》叙述文体对美国大众想象力的深刻影响也是其形成的因素。甚至像爱默生这样的精神上的反叛者也无法摆脱《圣经》的深远影响。尽管他咒骂"刻毒的加尔文教"，并且以近似浮士德式的热情和决心鼓吹"自助"，他还是沮丧地发现，"从自然的深处/流出古老《圣经》的重负"。不过，我们却很容易发现，19世纪下半叶的许多反对律法的美国作家尽管在作品中依然满篇引用钦定本《圣经》的语言，他们却越来越抵制日益变得陈腐的、在他们看来与清教有联系的教义。在19世纪后半期，美国作家激烈反对清教的倾向和他们的读者拿《圣经》比附自己的神话意识之间的张力造成了将《圣经》视为"属于美国的书"的现代神话。

最初对美国神话的质疑

这一张力演化的轨迹，我们可以通过赫尔曼·梅尔维尔的作品窥见一斑。他早期的政治小说《白外套，或者，军舰上的世界》(1850)中，有时东拉西扯谈思想，其中有一段谈及民族的命运，口吻近似传统的清教观念。这是一段记叙性的评论，颇有几分鼓动性：

> 自由人信奉的是未来……我们美国人摒弃过去的信条，因为我们看到，在不久的将来，我们会理所当然的走在世界各国的前面。古代的以色列摆脱奴役之后，并没有遵从埃及人的行为准则。上帝对他们另有特殊的安排，赋予了他们太阳底下的新鲜事。我们美国人是特殊的人，是上帝的选民——是这个时代的以色列人。我们拥有人世间自由的约柜。[①]

梅尔维尔最后固执地说道，毫无疑问，

> 上帝已经让我们在未来继承政治上持异端信念的人们所拥有的广袤的领地。不用我们武力相逼，他们就会归顺我们，匍匐在我们约柜的阴翳之下。上帝已经命定我们做出伟大的业绩，人类对我们寄予厚望，我们的灵魂中也激荡着完成伟业的壮志。其他的民族将很快被我们甩在后面。我们是世界的

---

① Herman Melville, *White-Jacket; or, The World in a Man-of-War* (Oxford and New York: Oxford University Press, 1967), pp.152—153.

先锋……政治上的弥赛亚已经降临。只要我们口中呼喊他的召唤,他就会在我们中间。让我们永远记住,对我们而言,民族的自私就是无边的仁慈,因为我们为美国做贡献就是施惠于世界。这种情形在历史上几乎还是第一次。

显然,后殖民主义史学家可以从这段话里琢磨出很多东西出来。不过,我们也必须看到,梅尔维尔对这些事情的看法越来越复杂:在他 1857 年发表《亲信》时,"国家之舟"已经不再是凯旋的"军舰"(这是《白外套》一书标题全称的一部分),而是象征信仰的美国船只《菲德拉号》。然而,撒旦登上了这艘船,他解构了一切古老文本的权威。结果,尽管船上的人依然满口清教的教义,可是船上已经没有一个品德高尚的船长,甚至连一个真正的基督徒也找不到。

如果说把这两本小说加以比较可以清楚地看到梅尔维尔暧昧的立场,那么这一对比也表明美国知识分子日益疏远占主导地位的加尔文教的预示论和与其相伴而生的政治圣约主义。纳撒尼尔·霍桑最重要的小说《红字》(1850)中有一段布道文颇有鼓动性,其十足的"清教"口吻,简直就是反讽。丁梅斯代尔在选举日的致辞中使用了人们熟悉的各种使用了人们熟悉的各种《圣经》词语,而叙述者故意以"新闻报道体"加以描述,这反映出叙述者对清教建构神话的主要策略的批判性反思:

> 在他讲话快结束时,预言的灵意降临到他的身上,有力地逼迫着他去宣告预言,就像古代以色列的先知们曾体验到的一样。唯一不同的是,犹太的先知们宣布的是神对他们国家的审判和毁灭,而他的使命却是向刚刚聚集在他身边的上帝的子民预言他们崇高而光荣的天命。①

丁梅斯代尔是个冒牌牧师,注定要成为改头换面的美国犬儒主义(或反神话)的典型人物。也就是说,他曲解了他所宣讲的文本,他的布道在语言上自相矛盾。霍桑注意到,这种布道所宣扬的陈旧的美国神话,其内涵同《圣经》完全无关。梅尔维尔在《亲信》中也对此有所认识,并且在《皮埃尔》和《比利·巴德》中更痛苦地看到了这一点。就此而言,这两位作家所批评的都不是《圣经》本身,而是对《圣经》的曲解。霍桑和梅尔维尔大概是想说,除了人们常常挂在嘴边的钦定本《圣经》词语外,借《圣经》臆造出来的美国神话在许多重要的方面都是反《圣经》、反福音书的。

---

① Nathaniel Hawthorne, *The Scarlet Letter*, ed. Harry Levin(Boston: Beacon, 1961), p.261.

不论多么囿于传统,这种见解都对美国以后的《圣经》神话的发展过程提出了重要的问题。霍桑注意到并未悟道的丁梅斯代尔的布道文中并没有体现《圣经》中的一个核心问题——要成为上帝"选民"的民族所要承担的义务。这种义务包括必须服从神的律法,如果他们违反了圣约,在道德上犯错误,就必然会遭到审判。也就是说,作为清教传统的典型代表,丁梅斯代尔不愿把民族信念的这个必要条件同他确信的千年王国必然实现的应许扯到一起。加尔文教的信徒以为所谓"与上帝立约的民族"就必然道德高尚,并把这一假定运用于美国神话中去。那么,美国民族作为圣约的执行者也就顺理成章地道德高尚了,并最终成为"新以色列"①。霍桑是反对这种观念的。霍桑在他作品里的道德分析中指出,判断任何对圣约应许的看法是否正确,在某种程度上要看人们是否真正服从圣约。在这方面,霍桑对伪"圣经"神话的批判是完全符合《圣经》教义的。

梅尔维尔在《比利·巴德》(直至1924年才出版)和《皮埃尔》中从另一个角度批判了美国神话中的伪圣经主义。他认为《圣经》的真精神不仅在于对罪的认识,也在于对受难的理解。因此,《圣经》向我们展示的最重要的内容并不是千年王国的胜利和完美以及"光荣的锡安山",而是让我们投身于拯救这个充满罪的世界的斗争中去的召唤。这个世界不完美,因此不仅需要《圣经》有关爱的教义,也需要悔罪和耶稣替人赎罪的教义。也就是说,梅尔维尔试图把读者的《圣经》意识从建立在旧约基础之上的圣约预示论引向一种似乎更符合新约教义的世俗目的和道德责任上去。由此可见,梅尔维尔试着根据《圣约》开出的药方,其着眼点并不是"成功"。从世俗的眼光来看,其着眼点恰恰是"成功"的反面,那就是"愚拙"地仿效基督的生命。在梅尔维尔生活的时代,他试图提出的这另一种选择并没有被很多美国人所理解。也许,在任何时代的美国都会是如此。

(原载《基督教文化学刊》,2001年第5辑,有删节)

---

① Fredrik Crews, *The sins of the Fathers: Hawathorne's Psychological Themes* (Berkeley: University of California Press, 1989), pp.146—149.

第九章

国际中国学研究

第一节　作为比较文学分支的国际中国学研究

一、"国际中国学"与"国际中国学研究"

汉学，更确切一点说"国际中国学"，是海外学者对中国文化的研究，它涉及中国文化的各个领域和不同层面，以语言、文学、历史、哲学、考古和宗教等经典人文科学为主体，也包括部分政治、经济等社会科学以及自然科学，同时还包括某些"专学"，如蒙古学、满洲学（满族文化）、西藏学（藏学），乃至敦煌学、西域学、西夏学、渤海学等等，是一门综合性学科。"国际中国学研究"则是中国学者对于这些国际性研究成果的再研究，是中国学者对国际中国学家（汉学家）的中国文化研究的回应与反馈。因此，"国际中国学"与"国际中国学研究"二者不应混淆。

新世纪以来，国际中国学研究日益成为一门引人注目的学问，"它意味着我国学术界对中国文化所具有的世界历史性意义的认识愈来愈深入；也意味着我国学术界愈来愈多的人士开始意识到，中国的文化作为世界人类的共同的精神财富，对它的研究，事实上具有世界性。——或许可以说，这是20年来我国人文科学的学术观念的最重要的转变与最重大的提升的标志之一"①。

国际中国学在英文中有"Sinology"和"Chinese Studies"两种表述，前者更倾向于传统人文科学的学术研究，后者更侧重于当代现实问题的社会研究。②但这一学科的外文表述是另一个问题，最关键的是，作为中国的国际中国学（汉学）研究者，如何理解和把握这一学科的实质。

关于"国际中国学"这一学科称谓，目前中国学术界在表述上还存在着很大的分歧，有称为"国际汉学"、"世界汉学"、"国外汉学"或"域外汉学"的，也有称为"中国学"、"中国研究"的，还有简单称"汉学"的，此外又有"华学"一说（但此说未得到学界普遍认可）。实际上，上述概念的内涵和外延既有交叉重叠，也有各自的特定内容。

中国学术史上的"汉学"，指兴盛于汉代的重视研究经、史、名物的考据训诂

---

① 严绍璗：《我对国际中国学（汉学）的认识》，《国际汉学》第五辑，任继愈主编，大象出版社，2000年6月，第6页。

② "Sinology"一词的原初意义是指关于中国语言以及古代汉语文献的语文学研究。

之学，即汉代经学。"汉学"之后的学术脉络上还有相应的"宋学"、"清学"等。清代乾隆、嘉庆年间的学者批评宋代理学、推崇汉代学风的乾嘉学派也被称为"汉学"。清代汉学虽然存在泥古、烦琐等弊端，但治学严谨，对文字训诂、古籍整理、辑佚辨伪、考据注释等均有较大的贡献。尽管现在学界对于国际文化背景下新的意义的"汉学"已经形成约定俗成的默契共识，但为了清晰地区别于"汉代经学"和"清代汉学"，通过"国际"这一前缀加以限定，是更为严谨的。

此外，"国际汉学"与"国际中国学"的内涵与外延也不尽相同。这是由于人文科学和社会科学必然在不同的历史语境下呈现出不同的样态，而中国的不同历史语境下的不同文化，又都是在特定对象国的不同历史语境下进入该国的，因此，随着中国自身以及特定对象国甚至整个世界的历史演进，国际中国学（汉学）的研究内容和发展方向也都有所不同，这就造成了"国际汉学"与"国际中国学"的差异。总体来讲，"国际汉学"是指西方各国以及日本等东方国家在工业文明建立之前的对中国文化的研究，它将中国文化作为其自身主体建构的相关材料加以利用的成分相对更多；而"国际中国学"是在各国的近代文明确立之后开展的对中国文化的研究。它将中国文化作为研究对象进行客观评价的性质更为突出。

在"国际汉学"时代，研究者意念中的中国文化就是汉族文化，作为研究对象的汉族文化，并不仅仅是研究的"客体"，而是在不同层面上作为"主体"的意识形态材料被吸收和利用；而在"国际中国学"时代，研究者总体上是把以汉族文化为主体的中国多民族文化作为世界文化的一个类型而对其展开客观的研究，即研究者并不把研究对象作为意识形态的材料加以吸收，而是在学理层面作为认识与理解世界文化的一种途径进行研究。①例如，18世纪思想革命之前的欧洲学界，学者们（包括传教士们）在研究中国的儒学文化时，从中引发出批判封建神学束缚的理性意义，使中国儒学转化为自身争取资产阶级权力的精神力量。同样，19世纪中期之前的日本学界，将儒学阐释为巩固幕府统治、维护极权制度的封建意识形态。因此，无论是在启蒙时代的欧洲还是在德川幕府时期的日本，中国儒学同样都不仅仅是客体研究的对象，而是被有意无意地纳入了他们自身的主体意识形态之中。这些欧洲和日本学者对中国文化的研究便是一种"国际汉学"而非"国际中国学"范畴的研究。

西方汉学始于欧洲，法国、德国、荷兰、英国、俄罗斯、瑞典等是汉学发展较

---

① 参见严绍璗：《我对 Sinology 的理解和思考》，《世界汉学》2006 年第 4 期。

早的国家,其主体是从 18 世纪开始以法国为中心的、崇尚中国古代文化的研究,侧重于哲学、宗教、历史、文学、语言等人文学科的探讨,注重文献与古典。西方汉学是属于欧洲学术体系中东方学的一个分支,是西方学术界一个有着独立传统的学科。西方中国学则以美国为代表,它将欧洲汉学对中国传统文化的研究扩展到对近现代及至当代中国的研究,研究内容不局限于文史哲,更侧重于社会科学,包括政治、经济、法律、科技、军事、教育等领域,重视正在演进、发展着的信息资源,多以国家利益和自身的发展战略为出发点,其实用性的功利追求明显不同于法国汉学的学术精神。

东方中国学是以日本为中心发展起来的,其研究对象覆盖了从中国古代直至现当代的大部分人文、社会科学领域。中日之间的文化交往历史悠久,中国典籍和文化向日本的传播大约在公元 5 世纪初便已开始,①因此,在世界范围的中国学中,日本发端最早。但是,在日本思想文化史上,"汉学"与"中国学"是不同的时代中不同的学术概念,具有各不相同的范畴和内容。萌生于 14—15 世纪、在江户时代(1603—1867)得到极大发展的对中国文化的传统研究称为"汉学";而形成于 20 世纪初期、在近代文化层面上展开的对中国文化的研究称为"中国学"(战前称"支那学")。"日本近代中国学,是指在近代文化运动中从世界文化的研究中独立而形成的对中国文化的近代性研究,它并不是明治时代之前的传统的'汉学'的自然的衍生。……它在学术观念与方法论上,都具有与'汉学'不同的新的内容和新的形式。"②可见,"汉学"与"中国学"的差异,在日本学界表现得尤为突出,这是中日之间文化交流的先天密切性使然。在日语的汉字词汇中同样存在"漢学"和"中国学"的概念,二者是截然区分的。日本传统汉学不单把中国文化作为研究对象,更重要的是作为吸收对象,因而汉学本身亦成为日本文化的组成部分。日本中国学则是在辩证地否定汉学的基础上发展起来的,研究者摆

---

① 日本涉及中日思想交流的最早文字记载是儒家经典的东传,成书于公元 712 年的文学兼历史著作《古事记》和成书于公元 720 年的日本第一部正史《日本书纪》均记载,百济人王仁曾于应神天皇十六年将一批中国典籍带入日本,其中包括 10 卷《论语》和 1 卷《千字文》。《古事记》无纪年,按《日本书纪》的纪年,应神天皇十六年约为公元 285 年,以往许多中国学者采用了此说,但据王家骅在《中日文化交流史大系·思想卷》中对日本学者考订研究成果的总结,应神天皇十六年应相当于公元 405 年。按此说法,中国文化的最初东传则不是 3 世纪末,而是 5 世纪初。

② 严绍璗:《20 世纪日本近代中国学的实证主义研究——实证论的特质与经院学派的先驱者们》,见《汉学研究》第一集,阎纯德主编,中国和平出版社,1996 年 9 月,第 122 页。

脱了汉学的经学主义文化观念,拥有客观的、世界性的学术眼光。笼统地使用"汉学"这一概念,在与国际学术界特别是日本学术界的对话中已经出现过并且还将导致新的差异和错位。①

由于"国际汉学"与"国际中国学"的形成时间、研究内容以及学术形态均有所不同,因此也有学者将二者的差异归纳为"传统"与"现代"两种形态。但即使以"传统汉学"和"现代汉学"来称呼二者,也并不意味着它们在时间线性上的截然区分。"事实上,时至今日,传统汉学和现代汉学这两种汉学形态不仅依然存在并共荣着,而且还互相渗透着。""在21世纪,其研究内容和方式已经出现了融通这两种形态的汉学。这种状况既出现在欧洲的汉学世界,也出现在美国的中国学研究之中。"②而东亚特别是日本的中国文化研究的发展历史,与西方又存在着很大的差异。另一方面,中国是一个多民族的国家,仅仅以"汉学"来统摄汉族以及其他各少数民族文化的研究,如满、蒙、藏文化的研究,显然有欠妥当。因此,为了避免可能产生的误解,以"国际中国学"作为这样一门学术的总体称谓更为妥当。当然,任何划分都存在相对性,每种划分之间都既有区别同时也有重合。

在开展国际中国学研究之前,必须首先充分理解"国际中国学"所容纳的以历史时间和研究内容相区分的性质不尽相同的学术,必须充分意识到这一概念的内涵所具有的综合性、概括性和复杂性。

二、国际中国学及其研究的发展历史与现状

国际中国学在东方与西方的发展历程不尽相同,西方中国学已有400多年的历史,日本更长,有近600年的历史。

以欧洲特别是以法国为中心的西方汉学,大致经历了"游记汉学"、"传教士汉学"和"专业汉学"三个阶段。"游记汉学"是西方汉学的萌芽形态。自公元8—9世纪之后,在数百年的历史中,有许多外国人撰写了大量有关中国的游记、

---

① 1995年1月在海南召开第一次国际汉学研讨会,日本学者到会后向组委会抱怨,他们按照"汉学"的概念准备了明治维新之前的材料,参会之后才发现讨论的议题竟是明治维新之后的"中国学"。

② 阎纯德:《从"传统"到"现代":汉学形态史的历演进》,《文史哲》2004年第5期,第124、127页。

报告、日记、札记等，对中国文化的许多方面都进行了详细的记载。这些游记类资料在汉学发展史上有着十分重要的价值。一方面，它成为早期汉学家了解中国的重要文字依据，对早期汉学的形成具有奠基性作用；另一方面，它成为以后国际中国学发展的辅助性文献，直到今天仍然是学术研究的珍贵资料。"游记汉学"的代表性作品是意大利旅行家马可·波罗（Marco Polo）在1295年出版的《马可·波罗游记》（即《东方见闻录》）。"游记汉学"时期一直持续到大航海之后的耶稣会士入华。但是，"游记汉学"由于时代物质条件的限制，还停留在物质文化的范畴和浮光掠影的表层，严格来说，还不能称为学术意义上的研究，更没有使汉学成为一门学科。

真正意义上的国际汉学，在西方是产生于16世纪后期耶稣会士入华之后，其发生、发展与"西学东渐"和"中学西传"同步，学界常说的"西方汉学400年"即是以此为开端。传教士们为了找到中国人易于接受的方式来传道，致力于对中国的适应与研究。1588年西班牙传教士门多萨（Juan Gonzales de Mendoza）的《中华大帝国史》问世，该书对中国的历史、政治、地理、教育、科学、军事、矿产、民风等作了百科全书式的介绍，先后以7种不同的文字印行，风靡欧洲，被称为第一部汉学著作。1582年入华的利玛窦（Matteo Ricci）在他的《中国札记》中保留了大量明末中国社会的第一手史料，成为汉学形成期具有奠基价值的著作。利玛窦留下了24部中文著作，还把《四书》等中国经典译成西文，不仅促使西学东渐，也推动了中学西传，被称为"西方汉学的鼻祖"。① "传教士汉学"使欧洲汉学脱离了萌芽状态，进入了奠基时期。

"传教士汉学"与"游记汉学"相比，其发展进步的重要原因之一，就是传教士汉学的研究者已经开始长期地生活在中国文化语境当中。他们的工作逐渐从翻译向研究演化，从宗教向世俗伸展。许多传教士汉学家不仅能够熟读和翻译中国典籍，而且能用中文著书立说，他们所进行的是以直接的文化经验为基础并依据第一手文献而展开的研究，因此许多成果具有相当的深度。"传教士汉学"一直持续到法国大革命，到18世纪末，西方汉学的学术风格已经基本形成。

1814年，法国法兰西学院正式开设汉学课程，设置汉学教授席位，任命雷慕沙（Abel Remusat）为汉文教授。这标志着欧洲汉学在经历了萌芽时期、奠基时期之后进入了成熟时期，开始了学院化的"专业汉学"阶段。莫东寅在《汉学发

---

① 戴密微：《法国汉学研究史》，耿升译，中国社会科学出版社，1998年，第4页。

达史》中说:"东来教士及欧洲本土学者,相携并进,至 19 世纪,汉学(Sinology)于焉确立。"① 此后,汉学作为一门学术正式进入了西方各国的教育体制,逐渐确立了独立的学科地位,其研究内容与方法的专业性和学术性都日益加强。

美国有组织的中国研究始于 1830 年成立的"美国东方学会"(American Oriental Society),这个学会从一开始就是为美国国家利益服务,为美国的东方扩张政策服务的,带有明显的政治使命感,这使美国中国学形成了明显区别于欧洲汉学的特点。实际上,美国的中国研究也经历了一个从汉学形态向中国学形态的转化过程——19 世纪中叶至 20 世纪初的草创时期、20 世纪二三十年代的独立时期、二战之后的发展时期以及 20 世六七十年代以来的繁荣时期。1925 年,"太平洋学会"(Institute of Pacific Relations)成立,标志着美国的中国研究已逐渐摆脱了早期的汉学色彩,转向现代的中国学形态。二战之后的美国中国学可以说是后来居上,对西方和东亚的中国学研究都产生了影响。"美国现代中国学属于地区研究范畴,是一门以近现代中国为基本研究对象,以历史学为主体的跨学科研究的学问。它完全打破了传统汉学的狭隘的学科界限,将社会科学的各种理论、方法、手段融入汉学研究和中国历史研究之中,从而大大开阔了研究者的研究视野,丰富了中国研究的内容。"② 美国中国学的真正奠基人和开拓者是首席中国问题专家费正清(John King Fairbank),他出版了《美国与中国》等多部关于中国问题的著作,对其他国家的中国学研究产生了多方面的影响。

日本汉学是属于日本前近代的学术,因此称为"传统汉学",它经历了十分漫长的发展过程。③ 公元 5 世纪以后,中国的古典儒学、道家思想和阴阳学说等相继传入日本,但很长时间都没有引起学术研究层面的反应,直到 9 世纪初才出现了日本传统汉学史上第一部真正的研究著作——学问僧空海和尚撰写的六卷本《文镜秘府论》,它代表了日本汉学"奠基时期"的最高成就。13 世纪中期,中国作为新儒学的宋学随着禅宗的进入而传入了日本,以此为起始,在 14—15 世纪,日本传统汉学向着独立的学术思想形态有了飞跃的发展,到 17 世纪初,江户幕府将日本宋学确立为国家意识形态。这一时期,是日本汉学形成学术本位体系的

---

① 莫东寅:《汉学发达史》,大象出版社,2006 年 7 月,第 68 页。
② 侯且岸:《费正清与中国学》,见李学勤《国际汉学漫步·上》,河北教育出版社,1997 年,第 13 页。
③ 关于日本汉学与日本中国学,参见严绍璗《日本中国学史稿》(列国汉学史书系),学苑出版社,2009 年 9 月。

"准备时期"。17世纪以后,由于宋学跃升为日本的官方哲学,以宋学为核心的日本传统汉学日益发达,同时,随着文人阶层的形成和儒学的庶民化,对中国文化的研究进入了真正意义的汉学时代。在前后两个半世纪中,以藤原惺窝、林罗山为代表的"朱子学派",以中江藤树为代表的"阳明学派"、以伊藤仁斋为代表的"古义学派"和以荻生徂徕为代表的"古文辞义学派"为学术核心,构筑起了"日本汉学"。这一时期,是日本汉学的"成熟时期"。

19世纪中期以后,在明治维新的冲击下,西方近代社会科学思想进入日本,日本开始向近代国家转型,汉学日渐衰微。同时,欧洲近代中国学传入日本,20世纪初期发现了甲骨文和敦煌文物等中国文化遗存。在这一系列社会文化事件所形成的文化语境中,日本开始了在哲学、史学、文学等领域对中国文化进行的近代性学术研究,形成了近代日本中国学。至20世纪上半叶出现了以狩野直喜的"狩野体系"、内藤湖南的"内藤史学"等为代表的原典实证主义学派;以白鸟库吉的"尧舜禹抹煞论"、津田左右吉的中国传统文化否定论等为代表的批判主义学派;以服部宇之吉的"孔子教"和"天命说"以及宇野哲人的哲学体系等为代表的新儒学学派,这些学派共同构成了日本中国学的经典研究学术流派。此外,还同时并存着许多非主流学派,如山路爱山的孔子研究、河上肇的中国古诗研究以及多位学者的鲁迅研究等。战后的日本中国学又经历了反省、恢复和发展等不同时期。值得一提的是,对于西方中国学(汉学)的研究,日本学者早于中国学者,如石田干之助早在上世纪三四十年代就相继出版了《欧人的中国研究》(《欧人の支那研究》)和《欧美的中国研究》(《欧米に於ける支那の研究》),而中国的第一部中国学(汉学)研究著作——莫东寅的《汉学发达史》(文化出版社,1949年),实际上主要内容都是借鉴日本学者的成果,特别是石田干之助的著述。

日本、法国和美国的中国学(汉学)分别代表着东亚、欧洲和美洲的三大地域板块。尽管以上述国家为大本营的东西方中国学有着各自相对独立的发展过程和研究状态,但是在中国,对东西方中国学的学院式研究却几乎是同步开始的。另一方面,相对于漫长的国际中国学发展史,国际中国学的研究历史却很短,迄今不过30年而已。实际上,近代意义的学术研究,中国晚于日本和西方许多国家,对中国文化的近代性研究,总体来讲,中国也晚于日本和西方。

中国的国际中国学研究萌芽于上世纪70年代末。80年代,在改革开放与学术解放的整体氛围下,国际中国学随着西方思潮的涌入而进入中国学者的视野,同时,国际中国学研究也得到迅速的发展。这一时期的工作大多是较为基础性的,主要是介绍国际中国学的现状、编写国际中国学家（汉学家）人名录以及译介一些国际中国学论著。到 90 年代以后，随着中国学界对自身文化研究的日益重视，国际中国学研究逐渐成为显学，出现了"国际中国学热"，研究机构纷纷成立，专业刊物陆续问世。1995 年 1 月，中国社会科学院在海南召开了"中国国际汉学研讨会"，随后又有一系列国际性的中国学会议先后举行。同时，对国际中国学的研究日渐深入，学科本身也发生了很大的变化，"它强调在参照中回归对自己的认识，既重新建构自己，又重新建构对方，……新的汉学研究不只是介绍，而是直接进入双方文化对话和重建的主流"①。到 20 世纪末，中国的国际中国学研究已经作为一个新兴学科得到了确立。

如今，经过几代学者的努力，国际中国学研究已经成立了专门的科研机构并形成了培养专业研究人才的教育机制，发表和出版了与国际学界接轨的体系性的学术论文和专著，形成了具有影响力和权威性的稳定的学术期刊，拥有了一批专业的学术队伍，出现了学界普遍认可的知名学者。这标志着国际中国学研究已经发展成为一门独立的学科，具有了较为完整的学科体系。

国内第一个专门研究国际中国学的机构，是 1975 年中国社会科学院情报研究所成立的"国外中国学研究室"。1981 年，台湾"国家"图书馆成立了"汉学研究中心"。1983 年，北京大学中文系古文献专业开设了"日本中国学"课程，并于 1985 年开始招收国际中国学方向的硕士研究生。90 年代以后，中国的高等院校和科研单位如北京大学、北京外国语大学、华东师范大学、陕西师范大学、中国社会科学院、清华大学、北京语言大学、北京师范大学、四川外语学院、苏州大学等，相继成立了国际中国学研究的专门机构。2009 年 9 月，中国国家图书馆成立了"海外中国学文献研究中心"。2010 年 3 月，国际中国学研究的国际性专业研究机构——"国际中国文化研究学会"正式在香港注册成立。该学会系由北京外国语大学联合北京大学、华东师范大学、中国社会科学院等国内学者以及台湾"国家"图书馆、香港大学、新加坡国立大学等华语学者共同成立，秘书处分别设在北京外国语大学和香港大学，将定期出版年鉴以及学术集刊。

目前在学界影响较大的连续性学术刊物主要有：《国际汉学》（任继愈主编）、《清华汉学研究》（葛兆光主编）、《汉学研究》（阎纯德主编）、《法国汉学》（〔法〕龙巴尔、李学勤主编）、《世界汉学》（刘梦溪主编）、《海外中国学评论》（朱政惠

---

① 乐黛云：《迎接汉学研究的新发展》，《中国文化研究》2000 年秋之卷，第 1 页。

主编）等。同时，其他学术刊物也纷纷开设了与国际中国学研究相关的栏目。

对国际中国学著作的翻译是国际中国学研究中一项不可缺少的基础性工作。90年代以来，这项工作日益受到学界重视，取得了丰硕的成果。如王元化主编的"海外汉学丛书"（上海古籍出版社）；任继愈主编的"国际汉学研究书系"（大象出版社，该书系分"西方早期汉学经典译丛"、"当代海外汉学名著译丛"和"海外汉学研究丛书"三个子系列）；李学勤、葛兆光主编的"当代汉学家论著译丛"（辽宁教育出版社）；刘东主编的"海外中国研究丛书"（江苏人民出版社）；王晓平主编的"日本中国学文萃"（中华书局）、商务印书馆编辑出版的"海外汉学书系"等都很有影响。

进入21世纪以后，多元文化日趋融通，学科壁垒逐渐消除，由于中国文化的发展和国力的增强，同时也由于全球性资讯体系的发达，国际中国学和国际中国学研究将获得更大的发展并取得更丰硕的成就。

三、国际中国学研究的主要内容

在目前的学术界，存在着对国际中国学研究的片面认识。例如，有些人认为国际中国学研究只不过是一些零星的情报或片段的信息，不成其为学术。这种认识，将国际中国学研究定位为学术性工具，或者换一个角度说，是将其看做情报型学术。又如，有些人在考察外国人的中国文化研究时总是难以摆脱一种思维惯性，即一看其态度是否友好、结论是否赞扬，二看其理解是否与中国人一致，对相同的部分予以肯定，而对相异的部分则大加批驳。这都是由于将评价标准建立在了对中国人文学术价值的自我中心的认定基础上，这类狭隘的观念将造成对国际中国学真正的学术内涵和学术价值缺乏理解与把握，从而导致对中国文化的世界性价值认识不足。实际上，正因为世界各国都可以在他们自身的文化背景下研究和阐释中国文化，中国文化才得以表现出其世界性价值。因此，必须正确认识国际中国学研究的内容与性质。正视和重视国际中国学以及国际中国学研究的价值，即是正视和重视中国文化的世界性价值。

国际中国学研究最主要的内容包括以下四个部分：[①]

第一，研究中国文化向域外传播的轨迹和方式。中国文化的域外传播是国际

---

① 关于国际中国学（汉学）研究的内容与性质，参见严绍璗《我对Sinology的理解和思考》，《世界汉学》第4期，2006年。

中国学形成的前提和基础,传播的方式多种多样,其中最主要的形式是文献典籍向域外的流传。因此,国际中国学研究的最基础的工作就是对中国文化域外传播的主要载体——文献典籍进行追踪、归纳,并分析其传播的轨迹和方式。

第二,研究中国文化在对象国语境中的存在状态,即对象国文化对中国文化的排斥、接受和变异情况。从另一个角度来说,这实际上也是探讨中国学的起源及其在各国的发展道路。中国文化在进入一种异文化语境中之后,不可能完全保留原始的纯粹状态,而是必然遭遇或有意或无意的"误读"。马克思指出,不同文化之间发生"对话"时,"不正确理解的形式正好是普遍的形式,并且在社会的一定的阶段上,是适合于普遍使用的形式"①。特定的对象国,面对外来的中国文化,无论是国际汉学时代的主观汲取,还是国际中国学时代的客观研究,都难以摆脱自身的文化需要这一出发点,同时也都是从"他者"的角度来看待中国文化的。因此,中国学家(汉学家)对中国文化的研究及其所得出的结论,实际上也是中国文化与其母国文化碰撞、交会的反映,是中国文化被其母国文化拆解、变异的反映。这,正是国际中国学研究的重要内容之一。从事国际中国学研究的学者,应该能够客观地分析外国对中国文化的"误读",并在该国的历史文化语境中探明其发生、发展的根源,形成最接近真实的合理解释。

第三,研究世界各国(对具体的学者来说则是特定的对象国)在历史进程中,在不同的政治、经济和文化条件下形成的中国观。严格地说,所谓中国观并不仅仅存在于学者,特别是中国学家的观念中,只要是与中国存在关系的国家——无论是直接的还是间接的——都必然在不同时代、不同层面存在着对于中国的观念。这些不同层面的中国观共同构成了对于中国文化认识上的集体无意识,它必然影响到生存于其中的中国学家的思想。因为任何人的思想观念都不可能完全摆脱其母国文化的影响,研究中国文化的外国人当然也不例外,他们看待中国文化的视角、采取的研究方法以及研究所得的结论等,在某种意义上都是其母国文化的反映。因此,对于不同国家在不同的历史时期所形成的中国观及其历史源流进行探究,是国际中国学研究的必不可少的内容。

第四,总结各国学者对中国文化各领域进行研究的具体成果和方法论。这其中又包含多个层面:首先要明确各国的中国学家对中国文化的哪些方面展开了哪些研究;同时要探讨他们所从事研究的社会文化背景;第三要探究他们的具体研

---

① 马克思1861年7月22日致拉萨尔的信。

究成果及方法对他们本国的学术、中国的学术乃至世界学术的发展产生了怎样的影响。由于文化的差异，不同文化语境中的学者看问题的角度、研究的立场和思维的方式都有所不同，因此会形成不同的理论，得出不同的结论。"西方学者接受近现代科学方法的训练，又由于他们置身局外，在庐山以外看庐山，有些问题国内学者司空见惯，习而不察，国外学者往往探骊得珠。"①

第五，研究特定对象国中国学的学派构成和各学派的谱系，在该国的文化史和思想史的脉络中，梳理该国中国学的发展历史，并在总体上把握中国学在该国学术史上的位置，以及每个学者在该国中国学学术体系中的位置。只有在这一基础上，才有可能展开真正学术的、客观的研究，否则，就有可能草率地把次流甚至末流学者的观点当成主流的、权威性的，把个别的见解当作全体的、普遍性的。从国际中国学研究的学科发展来看，既需要有学者在专业领域内从知识论和方法论的角度对国际中国学的成果进行个案研究，也需要有学者从整体的角度对各国中国学的学术史进行梳理和总结。

国际中国学研究的学术价值，实际上是与上述研究内容密切相关的。

第一，国际中国学研究有助于发掘散佚失传或尘封未知的中国文化材料，为国内相关领域的研究者提供他们所不了解的信息。在世界范围追寻到的中国文化的原典文献，可以充实、修正和提升中国自身的学术研究。例如，学界关于"敦煌在中国，敦煌学在国外"的说法，就是源于敦煌文献流失国外，而中国学者是在外国人首先开展敦煌研究之后才获得了"敦煌变文"的有关知识的。法国汉学家伯希和（Paul Pelliot）来京展示其劫走的敦煌文献，才使罗振玉、王国维等人得以初次目睹，开启了中国的敦煌学。

第二，国际中国学研究有助于丰富和完善中国各学科自身的研究以及各学科学术史的梳理。国际中国学作为中国文化在域外的延伸，那么其成果在学科归属上也应该纳入中国的相应学科之中。因此，中国的各个学科的研究就理应吸纳国际上对于中国本学科的研究成果，同时使之成为该学科学术史表述的组成部分，否则，极容易陷入民族文化自闭的研究状态。例如，本世纪初法国葛兰言（Marcel Granet）的《中国古代的祭礼与歌谣》，是《诗经》研究中不可忽视的学术成果。又如，日本中国学家田仲一成对中国民间社会祭祀戏剧的田野考察与研究，特别是他对地方宗族组织与祭祀戏剧关系的揭示，丰富了中国戏曲研究的内容，开拓

---

① 任继愈：《汉学的生命力》，见《国际汉学》第一辑，商务印书馆，1995年1月，第7页。

了中国戏曲研究的新方法。因此，在《诗经》研究史和中国戏曲研究史中不能没有他们的位置。国际中国学研究能够加强中国学术界与国际学术界的交流与对话，促进中国学术界及时关注和吸取国际学术界的相关学术成果。

第三，国际中国学研究能够极大地辅助和拓展对特定对象国文化的研究。长期以来，在从事外国文学与文化研究时，往往都局限于从外国文化本身来进行考察，然而通过揭示中国学对该国文化的影响，则可以从更加丰富多元的层面，以更加新颖开阔的视角展开对该国文化的研究，并得出更加客观真实的结论。例如，德国哲学家、数学家和物理学家莱布尼茨（Gottfriend Wilhelm von Leibniz）在专著《中国近事》中表现了理性主义的中国文化观，他的关于"二进制"的数学成就则与中国《周易》的八卦图存在着内在的联系。① 又如，法国启蒙思想家、文学家和哲学家伏尔泰（Voltaire）的悲剧《中国孤儿》，以中国的元杂剧《赵氏孤儿》为蓝本创作，在18世纪以法国为中心的欧洲思想启蒙运动中，《赵氏孤儿》成为颂扬完美理性的艺术作品，而以"中国孤儿"为母题的戏剧则推动了法国乃至整个欧洲的民众精神的觉醒。再如，德国戏剧家与诗人布莱希特（Bertolt Brecht）对日本古典戏剧和中国戏曲多有借鉴，而且在阅读《道德经》之后，他的文笔、思路和世界观都发生了很大的转变，他所阅读的《道德经》正是德国传教士、汉学家卫礼贤（Richard Wilhelm）的译本。

第四，国际中国学研究有助于清晰、准确地认识特定对象国的意识形态。各国的中国学都是该国学术史的组成部分，必然与该国自身的学术发展和思想变迁相互交织。一方面，在许多国家，中国学家的文化倾向直接影响着该国对中国文化的态度；另一方面，在特定对象国的中国观以及该国中国学家对中国文化的阐释与评价当中，通常就渗透着国家的意识形态。如，明末清初耶稣会士入华后在欧洲掀起了持久的中国热，从装饰纹样、使用器具到生活习惯等，中国风格都成为人们追求的时尚；而鸦片战争之后入华的新教传教士则以新殖民主义的视角看待中国，形成了西方民众对中国的一致鄙视。又如，费正清的中国研究就与美国的对华政策有着极为密切的关系。

第五，国际中国学研究能够促进学界在方法论上的进化。在面对国际中国学成果时，不能简单、武断地将其作为异己的意识形态加以批判。有些时候，正是"异己"的方法提醒了我们避免用凝固的观点来看待和研究中国文化。例如，法

---

① 参见胡阳、李长铎：《莱布尼茨——二进制与伏羲八卦图考》，上海人民出版社，2006年8月。

国的葛兰言运用涂尔干学派的社会学理论和方法研究中国古代的宗教、文化和礼俗，将社会学的方法引入了中国研究领域。他的中国学生、著名民族学家杨堃，也采用社会学方法展开中国民族学与民俗学的研究并取得了卓越的成果。又如，瑞典人高本汉（Klas Bernhard Johannes Karlgren）运用欧洲比较语言学的方法，探讨古今汉语语音、汉字等的演变，其研究成果直接影响了赵元任、李方桂等中国学者的语言学研究，赵元任受其启发，创设了我国第一套罗马字拼音方案。王力认为，中国的语言学家大都接受了高本汉的总原则，甚至接受了他的观点和方法。① 再如，曾经留学德国的日本中国学家盐谷温，在其中国戏曲小说的研究中，对于在中国不被纳入正统文学的"俗文学"的艺术价值和文学史地位给予了高度肯定，鲁迅在写作《中国小说史略》时就借鉴了盐谷温的《中国文学概论讲话》。实际上，中国自己的文学史研究在很大程度上就得益于国际中国学家的学术成果。② 此外，美国华裔学者夏志清运用英美新批评的方法重新评价中国现代文学，对以前被忽略和屏蔽的作家钱锺书、张爱玲、沈从文等人给予高度评价，使他们拥有了新的文学史地位，启发了中国现代文学的研究。

除了材料、知识和方法论之外，国际中国学还有可能为国内学者提供一些我们不曾发现的问题。由于不同的思维方式会形成不同的问题意识，这使得外国学者在研究中可能产生一些不同于中国学者的独辟蹊径的发现，从而给我们带来新的研究课题。胡适曾指出："西人之治汉学者，……其人多不为吾国古代成见陋说所拘束，故其所著书往往有启发吾人思想之处，不可一笔抹煞也。"③ 国际中国学不仅对西方文化产生了影响，而且促进了中国近现代学术的发展，对于当代中国的学术转型和自身发展也产生了越来越大的影响。对中国本土的学者来说，国际中国学所具有的积极的启发和促进意义是不应忽视的。当然，国际中国学的成果中也有谬误甚至刻意的曲解。例如，20世纪的日本中国学就具有十分复杂的性质，它既表现了日本人文学术界在中国文化研究领域中的近代性觉醒，又杂糅了前几个世纪中膨胀起来的武士领土野心以及在近代条件下演进而成的军国主义观念。这就更加需要国际中国学研究者以客观而审慎的态度对其进行甄别和评价。作为一种研究中国文化的国际性人文资源，如果能够从全球文化知识共识的

---

① 参见王力：《中国语言学史》，山西人民出版社，1981年。
② 参见戴燕：《文学史的权力》，北京大学出版社2002年3月，以及郭延礼《19世纪末20世纪初东西洋〈中国文学史〉的撰写》，《中华读书报》2001年9月19日。
③ 《胡适留学日记》1916年4月5日，台北商务印书馆，1959年，第860—861页。

立场上加以观察和思考，如果能够剔除其中的黑暗成分，离析出其内部所包含的具有科学精神的成分，就将具有学术的启示价值。

四、作为比较文学的分支

国际中国学及国际中国学研究，对中外文化与学术的交流起到了积极的作用。国际中国学研究具有比较文学研究的性质，它是在国际文化范围内涉及双边或多边文化关系的、跨文化、跨学科、跨语际的边缘性学术研究领域。

国际中国学（汉学）是在中国文化与外国文化的碰撞与对话中产生的学术，它是在外国文化语境的制约下形成的对中国物质文明和精神文明的认识，它既是外国学术的组成部分，又与中国文化密不可分，同时还是外国人了解中国文化的重要渠道之一，在某种意义上也可以说是外国文化对中国文化的一种借鉴。国际中国学中既有中国文化的因子，也有异质文化的因素。一方面，国际中国学的研究对象，是中国的人文学术，如文学、历史、哲学等，因此，这一研究实际上是中国的人文学科向域外的伸展，其研究材料及所依据的文献都是中国的。另一方面，国际中国学的研究主体——即从事研究的学者，却生活在异文化语境当中，他们的价值观念、人文意识、美学理念、道德伦理等都与中国文化不同，因此，他们的研究中所蕴涵的价值判断以及所体现的批评标准和学术方法，在本质上又都是其"母体文化"的一部分。从这一意义上说，国际中国学既是中国文化，又不完全是中国文化，它是中国文化经过外国学者的理解、阐释和评价而形成的一种独特的跨文化的学术，其原材料来自中国文化，而加工者及加工方式均来自异质文化。而国际中国学研究作为中国学者对海外中国学家及其对中国文化研究成果的再研究，也必须以跨文化的视角和立场，在跨文化的语境和多学科的交叉中，运用比较文学的方法展开。因此，国际中国学对中国文化与文学的研究，本身就是从异域的视野出发的，具有文化与文学比较的性质；而国际中国学研究实际上又是对外国人研究中国的反省，是中国学者与外国学者的跨文化对话。这就使得国际中国学研究与比较文学研究，不仅在学科性质上存在着内在的联系，而且在学术观念和研究方法上也存在着相通之处。

国际中国学的产生和发展是中外文化交流的结果，体现了海外学者对中国文化的选择。同样，国际中国学研究"也是一种文化选择。选择是经过比较之后的结果，比较是一种思维过程和方法。所以，汉学和汉学研究，同是比较的结果，都明显地穿有比较文化的衣裳"。"汉学研究同比较文学有许多相似之处（尤其是跨国的比较文学研究），在比较文学的一些研究范式和理论框架里，汉学和汉学研究则能在启发中找到自己的理想借鉴。所以，可以这样说，汉学和汉学研究作为比较文化，相当部分属于跨国的比较文学。"① 如果从中国文化在海外传播以及被外国接受这一侧面来看，国际中国学以及国际中国学研究中有关文学与文化的部分本身就是比较文学研究。从这个意义上讲，尽管国际中国学是一个独立的研究领域，但也可以作为比较文学一个大的分支来加以研究。

例如，寒山诗在中国"五四"新文化运动之前一直遭受冷落，传播到日本之后却引起了学者的极大关注，被大量地翻译和研究，对日本的俳句、短歌多有影响。之后寒山诗又以日本为中转站传播到美国，直接影响到 20 世纪 50 年代美国"垮掉的一代"的诞生，杰克·凯鲁亚克（Jack Kerouac）甚至在其长篇小说《法丐》（*The Dharma Bums*）的扉页上写着"献给寒山子"。国际中国学所推动的中国文化的海外传播与影响，直接为比较文学提供了研究的课题；另一方面，相同领域的国际中国学研究——如寒山诗流传异域的轨迹与方式、在异文化语境中被接受与变异的状态、中国学家（汉学家）们的独特阐释等等，不但为比较文学研究提供了资料与内容上的借鉴，同时其自身就具有明显的比较文学研究性质。国际中国学研究在译介学、鉴赏与评价、平行研究、方法论等许多方面，都可以为比较文化研究提供宝贵的借鉴。②

国际中国学作为一种从自身文化发展需要出发，以他者身份进行的对中国文化的研究，必然同时具有主观性和客观性。在国际中国学研究中，"采取比较文化的研究方法就在于对西方汉学（中国学）中的这两部分内容进行客观的分析，哪些是'意识形态'的内容，哪些是'客观知识'，二者之间是如何相互影响的。用比较文化的方法来分析汉学（中国学），就是要考察生活在两种文化的夹缝中的汉学（中国学）家是如何在跨文化的语界中展开这种学术研究的，分析他们在具体的文献和材料背后的一般性的研究方法。"③ 缺少比较文化的视角，正是造成

---

① 阎纯德:《比较文化视野中的汉学和汉学研究》,《文史哲》2000 年第 6 期（总第 261 期），第 5—6 页。

② 参见周发祥:《国外汉学与比较文学》,《国际汉学》第七辑，商务印书馆 2002 年 4 月，第 10—11 页。

③ 张西平:《树立文化自觉，推进海外汉学（中国学）的研究》,《学术研究》2007 年 5 期，第 7 页。

前述对待国际中国学的自我中心的狭隘态度的主要原因。

　　自古以来,任何一种民族文化都不可能在封闭、单一的语境中自给自足,国际中国学及国际中国学研究恰恰在中外文化关系的层面上揭示了这一真理。从这一意义上说,国际中国学研究在"文化语境"的层面展开了对文学与文化的双边关系乃至多边关系的研究,打破了民族文化、国别文化研究的禁锢。特别是在当今全球化和多元化的时代,在世界各民族文化互为他者的整体格局中,国际中国学研究肩负着促进世界文明对话的重任。国际中国学的历史与比较文学相比要悠久得多,但国际中国学研究的发展却滞后于比较文学。虽然比较文学与其他学科相比,其作为一门独立学科的发展历史并不很长,但它已经发展成为十分成熟的、有完整理论体系和多种学术流派的学科,早在 1985 年就成立了全国性的学术研究机构——"中国比较文学学会"。而国际中国学研究由于起步较晚,目前还面临许多问题。例如,在研究称谓上存在的分歧就表现出这一领域尚未摆脱学术史上的混乱;大量的国际中国学资源还在尘封状态,没有得到充分的挖掘和深入的研究,对国际中国学著作的翻译还远远不够;对各国中国学的学术流派和发展谱系还缺乏总体梳理,通史性研究尚嫌薄弱;与国际中国学界的学术交流与对话还不够广泛和深入;等等。但是,随着中外跨文化对话的展开和深入,国际中国学研究具有广阔的学术空间和美好的文化前景。

第二节　国际中国学研究案例分析

一、原典实证的研究方法

　　本章的研究案例是严绍璗的《日本近代儒学研究三闻人》(以下简称《三闻人》)。[①] 众所周知,儒学诞生于中国,是中国传统文化的重要组成部分;儒学传入日本之后,被日本学者研究和阐发,在近代成为日本中国学的重要组成部分;而《三闻人》则是对日本学者的儒学研究的再研究,是典型的国际中国学研究。

[①] 该文选自《世界汉学》第 1 期(创刊号),1998 年 5 月,原题为《日本儒坛三闻人——近代日本儒学史主流派学者述评》。由于本书篇幅所限,对原文有删节。

这篇论文以近代日本中国学确立时期三位代表性的中国思想研究者——井上哲次郎、服部宇之吉、宇野哲人为中心，分析了他们通过对中国儒学进行重新阐释而发展出日本"新儒学"的过程与实质，揭示了中国儒学传入日本之后所产生的变异，向学界提示了一种文化在不同语境之间的流动过程中、在多元文化的碰撞与融合过程中所出现的由"源文本"向"变异体"转化的事实。论文具有突出的比较文化研究的性质，同时，论文充分体现了从事国际中国学研究的基本方法——原典实证。

所谓原典实证的研究方法，简单地说，"是指在研究过程中依靠'实证'和'原典'来求得结论的'确证性'。"[①]

第一，《三闻人》对于上述三位日本近代儒学研究者所置身其中的文化语境有着充分而清晰的把握，因而能够将儒学在日本的嬗变轨迹置于日本社会思想的历史背景之中，探明三位研究者所阐述的儒学与真正的中国传统儒学的不同以及他们的目的所在。任何一位中国学家（汉学家）对中国文化的研究和阐释，都是站在其自身的文化立场，从自身的文化需要出发而展开的，这样的立场和出发点，正是造成其特殊阐释的根本原因，也是我们把握其研究本质的关键。因此，在着手从事国际中国学研究之前，首先应该深入了解和深层把握该对象国在该时期的文化语境，这样才能清楚地解析出研究对象内在的多元文化构造以及文化传递的轨迹，这是保证国际中国学研究真实性和准确性的前提。[②]

第二，《三闻人》的研究对象虽然是19世纪末20世纪初日本的儒学研究，但作者并没有仅仅囿于"近代"这一历史时期，也没有仅仅局限于"日本"这一单一的文化语境，而是有着横跨东西、贯通古今的学术研究史的视野。正因为从世界文明史的总体观念以及儒学在古今中外发生、发展的整体学术史出发，才能够探明儒学在近代日本的"新起始"中汲取德国国家主义集权学说的事实，同时联系"江户汉学"与"近代中国学"，理清二者的关系，明确二者的区别。另一方面，由于采取了学术史的研究视角和方法，才能够对研究命题中关键概念的学术史演进轨迹有切实的把握。如《三闻人》清晰地展示了，中国传统文化中的"儒学"与日本明治时期遭到维新派扫荡的"儒学"以及强调忠君、爱国的日本近代国家

---

① 严绍璗：《多边文化研究的实证观念和方法论》，《华夏文化论坛》2008年第9期，第20页。此文对原典实证的研究方法有详细、全面的论述，请读者参阅。

② 关于"文化语境"，参见严绍璗《"文化语境"与"变异体"以及文学的发生学》，《中国比较文学》2000年第3期。

主义的"儒学",已绝非相同的概念。又如,服部宇之吉著述中的"天命"相对于孔子学说中的"天命",已经发生了质的变化。许多概念的内涵,都是随着文化史的发展,随着文化的异域流动而不断延伸和变化的,只有把握其发展演进的轨迹,才能避免命题概念的错位,也才能得出令人信服的结论。

第三,《三闻人》中有大量的引文,论证即建立在对引文的分析基础之上。应当注意的是,尽管《三闻人》的立论视野很宽广,尽管日本儒学研究的历史很长,但作为《三闻人》研究材料的引文却都是19世纪末20世纪初发表的文字,而没有17世纪或二战之后日本学者关于儒学的论说。也就是说,论证的材料与研究的对象具有时间上的一致性,这实际上是研究资料的"原典性"的一个重要方面。换言之,即不能以彼时代的材料来证明此时代的"事实",否则费力论证的将是伪事实。另一方面,《三闻人》的引文都来自日本学者的儒学研究著述,即这些研究材料均是研究对象本国的"原典材料",不仅如此,论证中的关键材料都出自母语文本,由作者亲自从日文原文译成中文。这正是论证材料的"原典性"的又一个重要方面。无论是国际中国学研究还是比较文学研究,都不能以翻译甚至转译的材料作为立论的关键性证据,因为世界上不存在两种完全一一对等的语言文字,译本与原本的差异本来就是不可避免的事实,此外,译者的主观能动、误解臆想以及他所受到的时代政治环境的限制都会扩大和制造更多的差异。

第四,服部宇之吉在20世纪初的日本张扬了对孔子的信奉与崇拜,倡导了影响整个日本思想文化界的"孔教",并反复强调"天命说",表面上看,是让中国的孔子在异国得到了尊崇,使中国的天命思想在他乡得到了弘扬。然而,《三闻人》中用服部宇之吉自己的言论揭开了事实的真相:服部氏的"天命之说便是日本国民的使命",而"日本国民的使命"就是把中国变成他们"活动的新天地",把"再建中国"作为他们"皇国旷古之圣业"。这样,在无可辩驳的确凿证据面前,尊孔背后的与日本皇道主义、国家主义及军国主义相粘连的本质便昭然若揭,这就解释了为什么疯狂侵略中国的日本将校军官中有不少人竟然自称是"孔子之徒"。可见,《三闻人》中所选取的论证材料不但具有"原典性",而且还具备"确证性",即该材料是不能辩驳、无法推翻的"死证"。

第五,《三闻人》中有许多对于日本近代三位儒学研究者精神内涵的分析,都能一针见血地指出其对儒学作如是解说的真正用意所在,切中要害地挖掘出其进行如此阐释的思维轨迹和依据,这是源于作者对日本文化思想的熟稔。如,作者从井上哲次郎对"爱国主义"的阐发中看到了新的日本精神的创立;从服部宇之吉对儒学的现代意义的思考中洞察到其要树立儒教在新时代的权威的企图；从宇野哲人关于中国清朝灭亡原因的分析中发现了其推崇儒学德化力量的根本目的，等等。这些都是以对原典的透彻把握和对日本文化各层面的深刻了解为基础和前提的。国际中国学研究作为涉及双边或多边文化关系的跨语际的边缘性学术，必然要求研究者在自身经验上应该具备与研究对象相关的两种或两种以上文化语境的实际经验，包括对象国的思想、语言、美意识等各方面的综合性体验。这一点，对于跨文化的研究是至关重要的。

综上所述，通过《三闻人》这一案例可以看出，在国际中国学（汉学）研究中，原典实证研究方法的五个层面——这实际上也是双边与多边文学文化关系研究的基本方法：

第一，要切实把握研究对象国在特定时期的多层面的文化语境。这是从事国际中国学（汉学）研究的基础。

第二，要尊重学术研究史。即要求研究者对于本学科与本命题形成与发展的历史有切实而全面的了解，以此作为自己研究的前提。

第三，论证材料应具有原典性。即研究的材料对于研究的对象来说应该具有时间上和来源上的原初对应性。

第四，原典材料要有确证性。换一个角度说，即要避免论证材料轻易招致反驳甚至很容易被彻底推翻，避免同一个材料既可以证明 A 命题也可以证明 B 命题。另外，在古史研究中还要特别注意实证材料的二重性与多重性，即以地下文物与书面文献共同参与实证。

第五，研究者应有健全的文化经验。这是因为研究者在文化氛围诸方面的实际体验，直接关系到他对于文学文本以及相关的文化语境能否拥有准确的理解和真实的把握。

二、对研究人员的学养要求

本章选取如《三闻人》作为范例，还在于从中可以清晰地看到国际中国学研究这一学科对于研究人员的基本要求。

第一，必须拥有对世界范围的人文学术谱系的把握，进而能够在这一谱系当中定位国际中国学，同时把中国文化看做世界文明的共同财富，这是国际中国学研究非常重要的前提。比如，对日本中国学的研究就不能只局限于中、日两国甚至日本一国。恰如《三闻人》开头所言,该文是"从世界文明史中的关于文化传递的视角考察'儒学'的'阐述'和随之对'源文本'发生的'变异'",因此才能关注到十分宽泛的"'跨国界'、'跨民族'的复杂的文化语境",不仅能看到中、日不同语境下儒学性质的不同,而且能看到日本新儒学中的德国国家主义因素,还能够发现中国人文学界关于20世纪新儒学的观点中因失却世界文明史的总体观念而存在的误区。因此,国际中国学的研究者,应努力建立起世界性的文化视野,确立一种基本的国际文明史观。

第二,与上述学术视野的要求相一致,在具体研究过程中,应该积极与本研究相关的各学术领域以及国内外相关学界进行交流与对话。本来这是在新的历史时期对不同学科的学者的共同要求,但对于国际中国学研究这样一个跨文化、跨学科的学术领域而言,这一要求则尤为突出和必要。同时,在交流中应坚持求真的学术立场,平等对话,一要避免被盲目同化,二要避免以自身好恶而主观臆断。

第三,研究者在自身的知识结构上,应该超越国别文化研究的狭小范围,拥有更加丰厚的知识结构和更加开阔的学术视野:"既必须具有本国文化的素养,包括相关的历史哲学素养,又必须具有特定对象国的文化素养,同样也包括历史哲学素养;既必须具有关于文化史学的科学理论素养,又必须具有两种以上的语文素养,本学术的研究者必须具备很好的汉语文素养,同时也必须具备对象国语文的素养。"[①] 在《三闻人》中,作者对中国文化的熟稔、对日本文化的了解、中日双语的修养以及理论概括的能力等,都是显而易见的。

第四,从事国际中国学研究的学者,必须能够静下心来,从最基础的文献资料的收集、整理和归纳入手,在广泛掌握原典材料的扎实的根基上,确立新的研究课题并展开切实的、有理有据的研究,同时在追寻和把握流传于海外的中国典籍文献的基础上,研究中国文化在海外的传播以及海外各个国家或民族对中国文化的理解和接受。基础性的文献工作往往容易在好高骛远的心态下被忽略甚至被完全抛却,但这不仅涉及治学方法问题,还关系到治学态度问题。《三闻人》中随处可见的大量原典材料以及详细、确切的注释,已经充分证明了作者的前期基础性工作。

总之,国际中国学研究对于研究者的学术视野、知识结构、文化修养、学术

---

① 《国际中国学(汉学)的范畴与研究者的素质》(来新夏、张广达、严绍璗:海外汉学三人谈),《中华读书报》2000年7月19日,"文史天地"版。

积累以及治学态度都有较高的要求。在国际中国学研究日趋走向高潮的时候,在开展这一研究之前,首先要有对学术的敬畏意识。

习题

一、什么是"国际中国学"和"国际中国学研究"?

二、国际中国学研究与比较文学研究有什么样的关系?

三、国际中国学研究有什么价值?请举出具体事例说明。

四、国际中国学研究包括哪些方面的内容?如果让你选定一个课题,你会怎样选择?怎样进行研究?

延伸阅读

一、严绍璗:《我对 Sinology 的理解和思考》,《世界汉学》,2006 年第 4 期。

二、阎纯德:《汉学试论及其他》,《汉学研究》第九集,学苑出版社,2006 年 3 月。

三、周发祥:《比较文学与国际汉学的学科同异性》,《中国比较文学教学与研究》2002 年第 1 期。

四、阎纯德、吴志良主编:《列国汉学史书系》(11 卷),学苑出版社,2007—2009 年。

附 案 例

日本近代儒学研究三闻人

严绍璗

叙 说

从世界文明史中的关于文化传递的视角考察"儒学"的"阐述"和随之对"源文本"发生的"变异",事实上存在着较为宽泛的"跨国界"、"跨民族"的复杂的文化语境。20 世纪是亚洲社会(本文论说的是"东亚社会")生存形态发生巨大转型的时代,以此为基础而形成的东亚社会各个国家和各个民族中的各种"话语层面",都在寻求表达自己对于"转型时代"与"未来时代"的诉求——即表达对实际生存状态的价值立场,并表达对未来社会的"价值立场"的自我意志。基于这样的思想史阐释立场,那么我们可以断言,由"时代意识"所造就的实际的价值要求必定会生长出新的思想形态,并会以各种"话语形态"纠缠于"历史文化"并会以"不正确理解"的 形式表现出来。[①]

自 19 世纪后期以来,日本的文化界有两个层面的思想运作是最可注意的。一个层面的学者是在近代文化的大潮中,他们思索着力图从江户时代的"汉学"和"国学"中挣脱出来,致力于组织一种新的话语形式,这一层面的思想家可以京都帝国大学教授西田几多郎为代表,他的被评价为"划时代"的哲学著作《善的研究》表达了这样的努力。西田几多郎几乎竭尽全力试图脱出传统思想的藩篱

---

① 关于理解"实际价值要求必定会生长出新的思想形态",建议阅读卡尔·马克思的《德意志意识形态》一书。关于理解"新的思想形态会以各种'话语形态'纠缠于'历史文化'",建议阅读卡尔·马克思的《路易·波拿巴政变记》一书。关于理解文化传递中的"不正确理解"形式,建议阅读《卡尔·马克思 1861 年 7 月致斐·拉萨尔的信》一文。

特别是"汉学"的理论模式，但最终当他使用一系列康德等欧洲哲学的话语来组建"日本哲学"的本体时却仍然纠缠于佛学禅宗的最深刻的影响之中，使他创建"纯粹日本哲学"的企求未能有所终结。① 另一个层面的学者则致力于在"传统"中寻求表述"生存时代"的思想材料，在"重新阐释"相关的历史文献材料的表述中展现自己的生存的价值观念与试图影响社会未来走向的精神形态。东京帝国大学留学德国的中国思想研究者井上哲次郎、服部宇之吉、宇野哲人相继登上"儒坛"世界文化史上被称为"新儒学"的学术流派或许可以说由此而逐步生成。②

1890年，在近代日本国民的精神史上是一个具有重要意义的年份。儒学在日本近代的"变异"或许可以以此作为新起始的标杆从中寻找出逐步生成的轨迹。③ 这一年，明治天皇向全国发布《教育敕语》。这是一份针对在自由主义日益高涨中，传统价值观念日益受到毁灭性贬损而决心极大地振兴皇权主义国家论的纲领。它对于未来的50年乃至今日之日本的国民精神的养成与发展方向，具有指向性的意义。

《教育敕语》说：

---

① 关于"西田哲学"的研究，日本学界论著众多。本文作者曾在所著《日本中国学史》(江西人民出版社刊，有1991年版和1993年版)中设有专门章节论述西田几多郎哲学，此前曾有《"哲学の道"の随想：西田哲学への考え》一文载1990年1月日本佛教大学"友好の輪"并收入《比较文学视野における日本文化》一书中(北京大学出版社刊2004年日文版)。

② 我国人文学界关于20世纪"新儒学"的一般性的观点认为，这一思想思潮的产生，是为应对中国社会急遽的变革而造成的"社会普遍价值的失落"，从而重新阐述"传统儒学"中的"具有普遍意义的人文精神"以求"平抑个人欲望"、"重塑人格立场"、"张扬传统价值"，"强化伦理信仰"，"抵御西洋毒化"，推崇以熊十力、牟宗三、冯友兰诸位为此"新儒学"之代表。学界进而认为，20世纪50—70年代当中国本土的"新儒学"遭受冲击几近溃灭之时，华人旅美学者群体中，若余英时、杜维民诸位却奋起而再举"新儒学"的旗帜，终于在80年代末期以来，与中国本土相互呼应，从而使"自孔子创导儒学以来，其精神之领悟，从未见有今日之透彻；其学说价值于社会之影响，从未有今日之高扬。"这当然也算是一种说法，但显然失却了世界文明史的总体观念，仅仅在"汉民族"中言论儒学，实际上是"中华本位学术史观"的一种表现。

③ 这里作者使用了"新的起始"一句，旨在提醒读者注意，"儒学"自传入日本列岛以来一直处在"变异"之中。所谓"变异"，是我们在文化史学的研讨中确认的一个重要范畴。它指文化在流动过程中由于"文化语境"的不同以及"多元文化"的碰撞与融合，因而使得各种对"源文本"的阐述在本质上是一种"不正确的理解"。各种阐述若与"源文本"相比较，则便是"源文本"的"变异体"。

朕唯吾皇祖皇宗，肇国宏远，树德深厚。吾臣民克忠克孝，亿兆一心，世济厥美。此乃吾国体之精华，而教育之渊源亦实于此也。尔臣民应孝父母，友兄弟，夫妇相和，朋友相信，恭俭持己，博爱及众，修学习业，以启发智能，成就德器，追而扩大公益，开展世务，常重国宪、遵国法，一旦有缓急，则应义勇奉公，以辅佐天壤无穷之皇运。如是，不仅为朕之忠良臣民，亦足以显扬尔祖先之遗风矣。斯道实为吾皇祖皇宗之遗训，子孙臣民俱应遵从，通于古今而不谬，施于内外而不悖者也。朕庶几典尔臣民共同拳拳服膺，咸一其德。①

这是日本皇权主义为其新国家的国民制定的精神养成与发展的纲领。在此前20年间被"维新派"们几乎扫荡的日本国学与儒学此时便迎来了复兴的曙光。

一、井上哲次郎开始运用近代话语阐释儒学

明治天皇的《教育敕语》发布之后，学者们便有了多种的解读注释性的阐述，由于词语陈旧，表述匮乏，社会反应冷淡，未能达皇权主义的意愿。文部省决定起用刚刚从德国留学回来不到一个月的东京帝国大学副教授井上哲次郎，委托他从事文本的解读。

井上哲次郎（1855—1944）是在近代日本中国学②形成时期中最早从事中国古典哲学研究和教学的学者之一。1882年他27岁就在当时的东京帝国大学主持"印度、支那（中国）哲学讲座"。

日本中国学的早期学者对诸如"中国哲学"或"中国哲学史"这一类的学科概念范畴的定义与阐述很不一致。一般说来，"中国哲学"这一范畴的出现，

---

① 明治天皇《教育敕语》文见《近代日本思想大系》卷三十一，筑摩书房刊，1977年。汉文由本文著者自行译出。

② "日本中国学"是明治时代开始的日本人文学者从"万国文化研究"中独立出来的"国别文化研究"。从本质上说，这一学术只是把中国文化作为"研究的客体"，这是包括欧美学术在内的"近代人文学术"的最本质的特征。当然，实际状态要复杂得多。国内不少学者常常混淆"汉学"与"中国学"的本质性差别，又在"中国学"的阐述中依据19世纪到1945年日本对中国的蔑称"支那"而把"中国学"称为"支那学"的歧视性称谓作为学术发展的一个独立阶段。这在事实上就承认了连20世纪30年代以来中国国民政府也拒绝接受的"支那"一词在这一特定时期中为"中国"之代称。我以为探讨日本对中国文化的研究是一定要与日本文化思想史、日本政治史等连接起来，才能把握学术内奥与基本势态。

是与日本近代文化中形成的"西洋哲学"、"印度哲学"等相并列的,东京帝国大学最早建立了"支那(中国)哲学"的讲坛。但是,创建之初的所谓"中国哲学",主要仍然是介绍中国古典经学的知识和进行经学文献的解读。因此,与其说它的研究是哲学形态的(philosophies),不如说它更接近于文献语文学形态(philology)。①

19世纪80年代的日本,它既是东西方文化交会的十字路口,又是东西方文明观冲突的火山,发展近代化的欲求与新老文化的纠葛交织在许多人的心头。井上哲次郎的儒学研究正是在这样的文化语境中形成,它既隐藏着旧伦理复活的心态,又怀有获得欧美文化认同的渴望。他于1883年起留学德国,在诸多的欧洲文化中,他热衷于德国的斯坦因(Loreng von Stein)、盖乃斯德(Heinirch Rudolf Harmann Freidrich Geneist)等的国家集权主义学说。井上哲次郎把传统的日本儒学与近代的国家主义逐步地相融会于一体,它预示着日本学术界在儒学的研究领域将有新学术的产生。

井上哲次郎奉文部省之命于1891年撰写成《教育敕语衍义》。这一《衍义》经明治天皇本人审读,立即以井上氏名义作为个人著作出版,文部省即刻把它推行于全国。井上氏在《衍义叙》中说:

> 盖《敕语》之旨意,在于修孝悌忠信之德行,以固国家之基础;培养共同爱国之心,以备不虞之变。我邦之人,若尽由此而立身,则民心之结合,岂其难哉!凡国之强弱,盖在于民心结合之若何;若民心之不能结合,则虽有城寨朦胧而不足恃;若民心之结合,则百万劲敌亦不能奈我何。如是,《敕语》之主旨,全在于民心之结合……。
>
> 共同爱国之要,东洋固有之,然古来说明者殆为稀少,姑余今欲阐述其

---

① 中国学界有相当普遍的层面把日本近代"中国学"看成是直接从江户时代的"汉学"发展来的。这一观念是由于不明了日本近代思想史和文化史所致。"日本中国学"是在明治时代初期从对世界文化的研究中独立出来的一门近代性学术。其中,对"中国哲学"的研究是这一学术形成的最早的领域。当时,东京帝国大学设立"印度支那(中国)哲学讲座",以及内田周平于1888年刊出第一部《支那哲学史》,使用的都是"哲学"这一范畴。其主要内容是解读中国古代"经学"及"诸子学"的文本。1989年,松本文三郎刊出《支那哲学史》,尝试对中国哲学依照学者自己认定的历史发展分期,描述中国哲学发展的历史过程。然而,1910年,小岛佑马刊出的同对象研究著作命名为《支那思想史》,小岛认为中国古代只有"思想"而无"哲学",日本中国学的学者围绕这一范畴一直存在着争论。

与孝悌忠信共为德义之大者矣。

孝悌忠信与爱国之主义，乃国家一日不可缺也。无论时之古今，不问洋之东西，凡组织国家者，必欲实行此主义也。如我邦之人，自太古以来，未曾一日放弃孝悌忠信及共同爱国之精神。然近时社会之变迁，极为急激，且西洋诸国之学说教义东渐，世人多歧亡羊，遂使国家一日不可缺少之孝悌忠信与共同爱国之主义，犹且纷扰，疑其是非。于是，惊烦今上天皇陛下，降此诏语，以明国家之所以一日不可缺乏之由。吾等臣民，亟应深切惭愧而反省之……。

今幸《敕语》降达，我邦之人若以孝悌忠信及共同爱国之主义为本，则日本国民不出数十年，必大改其面貌。由维新之于今日，其主要成于形体之改良，由今至后，则与形体改良相共，将应期待精神上之改良也。①

从这一《叙》文中看井上哲次郎的《衍义》，可以概述为一个最基本的主题思想——即井上氏深忧日本社会正在日益受欧美文化思想的冲击，世态的加深发展，势必会动摇天皇制国体的国家利益，于是，井上哲次郎便致力于把日本传统儒学中的伦理观念与德国的国家主义学说结合为一体，着力于阐述"孝悌忠信"与"共同爱国"为日本国民的两大德目，为所有的"臣民"对天皇应尽的义务，从而试图从"爱国主义"的立场上创立起一种新的日本精神。

井上哲次郎的《衍义》，从儒学阐述史的立场考察，我以为最可注意点有二：

第一，井上哲次郎抛却了历来关于"孝悌忠信"的陈腐旧说，直接把它与"共同爱国"连接为一体，申言这是拯救日本当时陷于西洋文化颓败中的唯一之道，不仅使人耳目一新，而且使这一诠释具有了现代价值观意义。与十年前天皇的近臣元田永浮等江户老儒用陈腐不堪的言辞来指责"文明开化"不同，在井上哲次郎的一系列的阐述中，非常注重近代性的国家意识的表述，其重点在于使"臣民"对于"君主"的忠诚，具有了"爱国"的最普遍与最神圣的意义，这就把传统儒学的政治伦理与德国国家集权主义学说融为一体。这是近代日本儒学主流学派的最基本的特征之一。

第二，当井上哲次郎在着力于重建日本国民的精神时，虽然阐述的主旨是

---

① 井上哲次郎：《教育敕语衍义》，见《近代日本思想大系》卷三十一《明治思想家》(Ⅱ)，筑摩书房刊，1977年。下文引《衍义》文同见于此。本文前述井上哲次郎接受《衍义》撰写之过程，参见松本三之介为《明治思想集》(Ⅱ)所撰的《解说》。汉文则由本文作者自行译出。

传统儒学的伦理道德,阐释的通道是德国的国家主义,但是,这内外两个理论于日本而言,却都是"异邦文化",这对井上哲次郎来说确是一个颇为棘手的问题。于是,他又以十分的努力,致力于强调日本天皇臣民爱国的真正内容即在于建立起日本形态的皇统观念。

井上氏在为《敕语》的第一句话"朕唯吾皇祖皇宗,肇国宏远,树德深远"作"衍义"时是这样阐释的:

> 当太古之时,琼琼杵命奉天祖天照大御神之诏而降临,列圣相承。至于神武天皇,遂讨奸除孽,统一四海,始行政治民,确立我大日本帝国。故而我邦以神武天皇即位而定国家之纪元。神武天皇即位至于今日,皇统连绵,实经二千五百余年之久,皇威愈益高涨,海外绝无可以与相比者。此乃我邦之所以超然万国而独秀也。

这一阐述表述的最基本的观念则是最典型的"日本大肇国观念"——所谓日本天皇为"天孙降临",乃"万世一系";所谓日本国民则为"天孙民族",乃"八纮一宇";故而,日本乃"神国"矣,所以"超然万国而独秀也"。这一阐述表现了井上哲次郎确实把握了《教育敕语》的真精髓,是他在《衍义》中贡献于日本国民面前的"爱国"的真内容,这也是近代日本儒学阐述在这一层面"变异"的真灵魂。

《教育敕语衍义》构筑起了一个把中国儒学、德国国家主义与日本神国尊皇观念融为一体的缜密的思想体系。这个思想体系以黏着于天皇制国体为基础,以儒学的政治伦理为内核,以神国皇道观念为灵魂,以国家主义为表述形式。

井上哲次郎以深厚的儒学教养,足实的德国文化的熏陶渗透和对天皇制国家的忠诚,以一系列新旧话语阐述的连接,开启了近代日本儒学阐述的一个完全实用于现实生存主流政治社会思潮所需要的新的学派。

在此之后,井上哲次郎又发表了三部力作——《日本阳明学之哲学》、《日本古学派之哲学》和《日本朱子学派之哲学》。① 在这三部著作中,井上氏以总结江户时代"儒学"的形式来阐述他对"儒学价值"的理解与释义。遵循他的基本观念,把儒学的伦理与国粹派的尊皇观念的统一,把日本的传统(指包含了儒学与

---

① 中国朱谦之先生在20世纪60年代开始有与井上哲次郎此三部"哲学"书名相同之三部著作,书中内容读者阅后当会自明。

国粹神道诸方面）与西洋的价值观念的统一作了合理主义的诠释。或许可以说，从《教育敕语衍义》到这三部"三学派之哲学"，井上哲次郎在日本"近代社会"形成之初的思想文化语境中，开创了对外来的"儒学"给予了以"近代国家主义"为核心的新的阐述，事实上已经包含了20世纪"新儒学"的最基本的国民精神养成的价值要求，此即"平抑个人欲望"、"重塑人格立场"、"张扬传统价值"，"强化伦理信仰"，"抵御西洋毒化"，从而使本源于华夏文化中的"儒学"跻身于日本近代主流学术的层面中。井上哲次郎便是可以称为这一重大文化工程的奠基者。1906年日本海军最高层的"祭孔典礼"便是这一阐述体系的衍生物。

二、服部宇之吉倡导"在新时代对儒学注入新的生命"
——近代日本儒坛"孔教"的创立者

由井上哲次郎开创的近代日本儒学阐述的官学主流学派，由于服部宇之吉登上儒坛而有一大跃进，即从张扬普遍的儒学伦理，升华为信奉孔子为"儒学图腾"而倡导"孔子之教"——"儒学"在日本近代传递中以"古典回归"为核心的"原教旨主义"由此而产生。

服部宇之吉（1867—1939）1890年毕业于东京帝国大学哲学科，1899年开始在东京帝国大学担任文科大学的副教授，同年即被文部省派往北京研修。1900年12月，受文部省派遣赴德国留学，步井上哲次郎之后，在柏林大学等研究中国学问。1902年他奉诏途经美国回国，被派往中国京师大学堂（北京大学前身）出任师范馆主任教授，历时五年。1909年起，服部宇之吉升任东京帝国大学教授，同时兼任文部省官职。1917年起，他进入皇宫主讲《汉书》，1926年升迁为"宫内省御用挂"，为天皇汉文侍读。1929年，日本政府为平息中国知识界的反日情绪，通过外务省利用"庚子赔款"设立"东方文化事业总委员会"，服部宇之吉出任日方首席代表，并兼任东方文化学院理事长。"九·一八"事变后，日本在我国东北建立"满日文化协会"，服部氏与日本的诸多显贵一起，出任评议员。这一系列的经历所造成的文化语境，对服部宇之吉在儒学阐述中的观念的确立与展开，关系极为重大。①

服部宇之吉作为追随井上哲次郎的新儒学家，在众多的著作与活动中展现的全部学术，便在于阐发"儒学伦理"和创建"孔教"。1919年，服部氏在"斯文会"

---

① 参见吉川幸次郎等编《東洋学の創始者たち》，讲谈社刊，昭和五十一年。

创刊的杂志《斯文》第一号上发表《儒学在现代的意义》一文,讲了一段关于他对于"儒学"思考的意味深长的话:

> 任何学术如果仅是墨守成规,不了解伴随事势变化的进步,则终究会失没了与时代的交流,岂复有引导人心之力! 适应时代的需要,发挥本来的主义精神,不要失却了自己的本领,这是伴随时运的进步而使学术发达最为必要的……因而,给儒学以新的生命,树立它在新时代的权威,以斯文作为我们的己任,《斯文》的目的仅在于此。①

这一段文字非常生动和深刻地表述了服部宇之吉从事中国思想(即儒学)研究的总体观念与心态。

第一,他与那些墨守成规的只在书斋中研讨与生活的硕学老儒们不同,非常自觉地意识到时代已经发生了很大的变化,如果墨守成规旧义,"终究会失没了与时代的交流",因而,他主张儒学的研究要"伴随事势变化"。

第二,他认为,适应时代的变化,不是"要失却(儒学与儒学者)自己的本领",相反要"发挥本来的主义精神"。这便是要"给儒学以新的生命,树立它在新时代的权威"。

第三,他把完成儒学的上述转变,看做是自己的使命与责任。

如是,服部宇之吉便继承了井上哲次郎开启的新的儒学阐述,并以注入"新的生命",实现日本儒学从对朱子学的崇敬向对孔子的崇敬的转变。我们可以理解这种转变的意义,便是在于"树立它(儒教)在新时代的权威"。

服部宇之吉对"儒学"所给予的"新的生命",便是把"儒学"提升为"孔子教"。"孔子教"的概念,是服部宇之吉在 1911 年(日本明治四十四年)提出来的。把"儒学"演变成"孔子教",这是近代日本中国学领域中"官学主流学派"形成

---

① 《斯文》第一编第一号,1919 年出版。《斯文》是"斯文会"的会刊,"斯文会"是 1911 年由主张"尊孔""修身"的"研经会"、"汉文学会"等在服部宇之吉等协调下联合再编的日本孔学研究学会。第一任会长由日本枢密院顾问小松原英太郎担任。该会的宗旨在建立之初主要是对大正年间急速发展起来的民主主义与社会主义的反拨。随着日本国家的法西斯军国主义化,"斯文会"也成为张扬其意识形态的工具。

的最根本的标志。①

服部宇之吉在其《东洋伦理纲要》(1916)中这样说：

> 儒教则遂中国民族发展的经验而发达，故而最具民族之色彩，其精神不可能施于历史相异而风俗人情不同之其他民族。儒教乃民族性之教义，非世界性之教义也。
>
> 孔子出春秋时代，集先圣之道而为大成，变民俗(族)性之教义而为世界性之教义。广传于东亚诸国而今又及于欧美天地者，实系孔子之教而非儒教也。孔子后，儒教乃数变。宋之理义性理之说，未必合孔子之教义。唯宋学之大义名分论，泰山孙明复于《春秋尊王发微》中穷其渊源而得以阐明孔子教义之要点。孔子教于我国之影响，亦正以此为最显著彰明者。孟子之说，未得孔子教之真意，先儒已有所论。我国之所谓儒教，实非广义之儒教而乃系孔子教之义也。
>
> ……所谓儒教初入我国之时，以《论语》为先，此一事实足证所谓我国

---

① 儒学在世界文化史的发展中的"变异"是多形态的，在东亚表现尤为特出。把"儒学"归为"孔子"，把"孔子"推演为"孔教"，从而引导如宗教偶像般迷信与膜拜，早在服部宇之吉之前已经有多形态出现。特别是19世纪后期和20世纪初期，东亚各国在面对世界的巨大变动中为确保自己生存的"自我价值"而纷纷出现"国粹保存"的思潮，其中的核心表现则又以强化"孔子价值"为张扬各民族"民族传统"和实现各自"政治欲求"的看板。其中，中国的康有为提出"保中国魂"即为"孔子之教"，此实为东亚创导"孔教"之前驱。一百余年来特别是21世纪开始的十年，中国国内自立"孔教"，自称"孔教信徒"者彰显于社会诸多层面。如依据2009年4月12日《北京青年报》报道，为电影人士拍摄电影《孔子》，当月11日"孔子世家谱续修工作协会"等26家团体联合致函"电影剧组"，称"吾等海内外孔氏宗亲、儒教(孔教)信徒、儒家社团"等特联合致函以示关怀……在21世纪时代还有人公开申言自己是"孔教信徒"，可见把学术作为宗教信仰膜拜的"儒教"与"孔教"浮溢于社会层面者仍然众多。日本方面则后康有为10年左右，思想界如前述宫廷老儒元田永孚于在1879年为天皇草拟的《教育大旨》中已经申言日本臣民的"道德之学以孔子为本"，1884年永田又在撰写的《宗教意见书》中主张日本应确立以儒教为主的国教。在"教育敕语"和井上哲次郎阐释的强力影响下，1906年日本出现"孔子祭典会"，1908年建立"孔子教会"，1911年服部宇之吉集合周围同志整合若干学会组成"斯文会"，称为他创建"孔教"的基地。沿着这样的儒学皇家化和国家主义化，服部宇之吉举起了"孔教"的旗帜。20世纪初期直至抗战结束，朝鲜半岛也存在着以"孔教"之名救亡图存的儒学活动。特定时空中的"孔教"主张与活动是极为复杂的思想运作的层面，本文研讨的是作为近代日本"儒学变异"中的"服部宇之吉的孔教"。

之儒教，实乃孔子之教矣！中国人对孔子之崇奉与对孔教之推行，皆远不如我日本国民。故余可断言，中国有儒教而无孔子教，日本有孔子教而无儒教。

在本世纪初，服部宇之吉在日本思想文化界树起"孔子教"的旗帜，动员全体日本国民向孔老夫子膜拜，这是一种非常重要的文化现象。它的学术目的以及超越于学术的意识形态的目的，在上述文字中已经彰明。略考之，可论说者有三：

第一，与天皇制国体胶着于一体的服部宇之吉博士，深切意识到在经历了明治维新的前期之后，急需建立起一种符合日本天皇制国体在推进社会近代化过程中的意识形态。整个社会主流经历了对江户时代的"汉学"的批判，原先的传统儒学已呈颓势，因此必须变换它的形态，以便在新形态中"发挥本来的主义精神"。服部氏作为一个儒学伦理的信奉者，理论的局限使他只能在旧体系中寻找新的需要，这正是他在《斯文》创刊号上所说给"给予儒教以新的生命，而树立它在新时代的权威"的实际的考量。

第二，服部氏在上文中说道："唯宋学之大义名分论，……于我国之影响，亦正以此为最显著彰明者。"这便点明了他创导所谓"孔子之教"的宗旨，其精髓仍然在于"江户时代"的"幕府儒学"所恪守的"大义名分"。服部宇之吉在《东洋伦理纲要》中说："孔子于《春秋》，明尊王主义，示大一统之主张，而以易姓革命为非……惜荀孟二子，反圣人之旨，以汤武放伐为是"。这一段论说把服部博士为什么要把"儒教"改旗换帜为"孔子之教"的心思道了个一清二白。原来，面对广泛的民权运动和正在发展起来的社会主义运动，或许此时的日本比任何时候更加需要在"大义名分"的古训之下，尊王一统，以易姓革命为非，从而使皇室能久治长安——这便是服部氏发端"孔子之教"所追逐的最本质的伦理要求。

第三，服部宇之吉在倡导"孔教"的时候，提出了一个使人十分困惑的命题——"中国有儒教而无孔子之教，日本有孔子之教而无儒教"。这一命题，隐含超越学术的叵测用意。

服部氏在《重修东洋伦理纲要》（1934）的"序言"中这样说：

> 儒教之真精髓在于孔子之教，然中国于此久失其真精神，及至现代，误入三民主义，又以矫激之欧化思想（此处指马克思主义——笔者），将其拂拭殆尽。有鉴于此，凡东西慧眼之士，皆睹孔子即在我邦保存普及，且感叹我国民卓越之文化建设力。

服部氏认定自己是"孔教"的教主,把中国的民主主义作为"孔子之教"的敌人。他希冀确立"孔教"的"伦理学"的绝对地位,就在于为了杜绝东亚与中国的民主主义,这其实是"服部儒学"阐述的最隐蔽的基本点。

服部宇之吉的"孔教"观念,并不是一个孤立的思想,它以"天命说"与其配伍,从而形成一个进攻性的体系。

"天命"原本是孔子学说中的一个概念,如"五十而知天命","畏天命"等等。这里的"天命",其本意当与"自然之道"相近。服部宇之吉在几乎所有的著作中都强调了"天命说"。那么这个"天命"到底是什么呢?依据日本神道史为基础皇国观念,日本的国体是以万世不变的皇统为其基础的,日本的皇统又始于"天孙"的降临,因而,日本历代的天皇他们都不是"人"而是"天神"的人格化。所以,对日本人来说,所谓的"天命",便是亘古不变的皇统的意志。服部宇之吉是明白的,他再三强调的"天命",显然并不是苍茫不测的天穹,而是一种现实的意志力量。

1919年服部宇之吉在超国家主义者安冈正笃创办的金鸡学院发表关于"天命说"的讲演,他清楚地阐释"天命之说便是日本国民的使命"。那么,"日本国民的使命"又是什么呢?服部氏是这样说的:

> 今皇国旷古之圣业,著成于再建中国之伟业,吾等欲同心协力,达成此伟大使命……,吾等任重而道远,吾人今后必须之知识,在于吾等活动新天地之邻国,需从所有方面给予透彻之认识。

服部宇之吉的"天命说"和他提出的"必须之知识",将使他尊崇膜拜的孔老先生感到战栗!一个日本儒学家口口声声申言崇拜"孔子之教"并自觉充当"教主",却要把自己的邻国即"孔夫子"的家园作为他们"活动的新天地";把"再建(孔老先生的)中国"作为他们"皇国旷古之圣业"。至此,服部宇之吉的"孔子之教"与"天命之说",已经清楚地显现了它与致力于实现"八纮一宇"的日本皇道主义与超国家主义的各种势力黏着于一体的本质,成为在20世纪20—30年代迅速发展起来的日本法西斯军国主义的重要的精神领袖。至此,我们应该弄明白了,为什么在上世纪疯狂地对中国的侵略战争中指挥着数万、数十万乃至数百万侵略军的日本将校军官中有不少人竟然自称是"孔子之徒"呢?在人类文明史上所出现的各种思想学术的演进,没有像"儒学"的流布在这样一个特定的时空中被特定的文化语境所制造的"话语"造成这样"令人惊骇"的"变异"!经过半个世纪中由井上哲次郎开启、由服部宇之吉承嗣发展起来的日本"新儒学"阐释系统便达到了"巅峰"。

三、宇野哲人提出"孔子教"的核心便在于"权威主义"
——官学主流学派中的经院学派代表

与井上哲次郎和服部宇之吉等在"儒学阐述"中具有明目嚣张的意识形态要求稍有不同,当时日本儒学研究中另有一些学者,他们以阐述儒学为务,主要工作于学院的天地之中,与天皇制国家和社会政要并无多大的政治的学术的乃至钱财的实际关系,但是,他们在精神上却认同井上氏、服部氏等的价值观念,自身也致力于把儒学的政治伦理作为国民基本的精神内涵而努力,并享受到国家的殊荣。这部分学者可以称为官学主流学派中的经院学者,其中,可以宇野哲人(1875—1974)为最具价值的代表。

作为日本官学"新儒学"中的经院派代表,宇野哲人与井上哲次郎、服部宇之吉等同样留学德国,是经过德国文化教养而发展起来的中国思想史研究家。他在德国特别热衷于普鲁士学派的政论家与历史学家冯·特莱奇克(Heinrich Gotthard von Treitschke)的学说和俾斯麦的"铁血政策"。特莱奇克在19世纪后半叶的德国,力主对外扩张,是一个典型的国家主义者。我们从宇野哲人的著作中可以清楚地读出普鲁士的集权主义思潮对他一生儒学观念的影响。

宇野哲人在1919年以《洙泗源流考》获东京帝国大学的博士。在此前一年,他已经出任该校的中国哲学研究的教授了。宇野哲人生活于明治后期与大正年间以及跨越第二次世界大战的昭和时代,又长期主持东京帝国大学"中国哲学史讲座",对日本儒学界乃至整个日本中国学的影响至为深巨。宇野哲人在其一系列的著作中,始终高扬官学"新儒学"的旗帜。

在《儒学史》(1924)的"序文"中,宇野哲人是这样来描述自己从事儒学研究的动机的,他说:

> 明治以来三十余年,我邦于日清战役与日俄战役,皆处全获大胜之地位,此乃系"武士道",特别为《教育敕语》之伟大力量!然而,现今之日本思想界,旧道德已失却其权威,而新道德亦未见其确立,痛矣哉!新道德之建设,还在于发挥我邦固有之国民精神,即必从神、儒、佛三教中出,舍此而无它。有鉴于此,儒学之研究实乃为不可或缺也。

这一席话清楚地显现了宇野哲人对儒学阐述的道德主义特征，这正是这一时代中"新儒学"派所追求的基本目标。宇野氏关于新道德"必从神、儒、佛三教中出"的观念，大约形成于1914年修订《东洋哲学大纲》，并改版为《支那（中国）哲学讲话》的时候，原来在《东洋哲学大纲》中，关于中国古代哲学的分期，宇野哲人采用的是松本文三郎和远藤隆吉的理论，把中国六朝时代描写成思想文化的黑暗的时代。但是，修订后的《中国哲学史讲话》对中国六朝时代的思想文化的估价有了一个根本性的转变。他把这一时代称为"儒佛合一"的时代，"为中国思想文化的新纪元"，并进而认为，正是由六朝开始的此种"儒佛合一"，"便成为了近世哲学（宋学）的源头"。

宇野哲人的儒学阐述，其最基本的论说，归纳起来，大致有三：

第一，他强调宋明性理学的意义。这不仅表现在他对宋明性理学本身的评价中，而且还特别明显地表现在他对清代思想文化的论述中。宇野哲人关于清代的学术观念，与几乎和他同时代的日本中国学中的实证主义学者，例如与其创始者狩野直喜的观念，则完全相异。

狩野直喜把汉唐训诂学与清代考据学，作为中国古文化中"古典学"的主要内容，把宋明性理学作为"传道学"的主要内容，狩野直喜创建早期日本中国学的一个重要的业绩，便在于他把"古典学"放置于与"传道学"同等意义的学术地位上，这对于江户时代的'汉学'而言，具有"拨乱反正"之功。

宇野哲人则持完全不同的见解。他认为清代的考据学根本不能列入哲学的范畴，甚至也不属于思想的范畴。他甚至认为，正是由于清代的考据学把自身作为了学术的目的，从根本上遗忘了对于"道"的追求，这便导致了清朝的最终的灭亡。

宇野哲人关于中国清朝灭亡的原因的分析，与井上哲次郎等对于日本在甲午战争与日俄战争中取胜的原因的分析，恰成因果表里，其根本的意义，在于显示与推崇儒学的德化力量。

第二，宇野哲人在儒学阐述中，十分强调把"儒学"与"孔子之教"区分开来。他追随服部宇之吉的论说，倡言"中国的儒学"和"日本的孔教"，推行名分权威主义。他在《儒学史》中说：

中国发生的儒教，移植于日本，添加了日本的色彩。抑或正是在这样的意义上说，日本的儒教最得孔子之真意。此即孔子重"大义名分"的思想，在古来盛行"异性革命"之风的中国，未能充分地发达，而在我邦才始为如是充分地显现。

宇野氏的观念，非常清楚地显现出他的理论的全部实质，在于确立与维护"大义名分"权威主义地位——毫无疑问，这种伦理上的权威主义，是与"八纮一宇"、"万世一系"的皇国政治权威相一致，并为其服务的。

第三，与创导"大义名分"和反对"异姓革命"相一致，宇野哲人在中国哲学史中主张"扬孔抑孟"，特别批判孟子的"民本"之说。

在20世纪初期的日本中国学中，狩野直喜认为，孟子的"民本"思想，"是儒家的共同思想，并非孟子所独创"。狩野指出，这一思想由孟子提出，亦并非偶然，"应该考察与孔子的时代不同的孟子的当时的政治情况，从而可以说明孟子这一矫激之词的必然性。"但是，宇野哲人对此持不同的见解，他认为，考察所谓政治性的和社会性的条件，是没有意义的——此种观念，几乎贯穿于宇野哲人对于中国文化的整个认识之中。他说："毋庸赘言，孟子是一个政治家，然而，与其说是一个政治家，不如称他为政论家。因此，应该根据他的'政论'，而不是根据他的'政治情况'来考察他。"从这一基本的理论与方法论出发，宇野氏便认定，孟子的"民本"之说，有悖于孔子的思想，而"只有孔子之道，（才）与我日本国体相一致。"

实际上，毋庸多说，作为战前日本最著名的中国哲学史家之一，宇野哲人理论中最精粹的成分，是直接从他的先辈井上哲次郎、服部宇之吉等的学说中承继来的。出于对集权主义皇权的道德性和政治性的信仰，他在观念上和方法上，具有浓厚的"孔学"护教主义色彩，除此之外，甚至连个人的学术嗜好也未能有所表现。

第十章

中国各民族文学比较研究

第一节　中国各民族文学比较研究概况

一、各民族文学的关系研究归属比较文学的理由及历史沿革

比较文学一般是以国家为其空间界限的，而这种界限在一般意义上是合理的。但是，这个界限有时候会在现实的比较文学研究实践中碰壁。春秋战国、三国、五代十国等分裂时期，中国就分裂成大小不等的国家，难道齐国与赵国之间的文学研究就是比较文学，而统一后的中国就取消了这种比较文学性质？俄罗斯的例子比中国还典型，谁也不能否认苏联是一个国家，然而苏联解体后却变成了十五个国家，如果严格地以国家为比较文学的界限，就可能产生令人啼笑皆非的文化现象。甚至像美国这个自独立之后没有产生分裂的国家（虽然有短暂的南北战争），其少数族裔的文学与主流的英语传统的文学之间的比较，也应该纳入比较文学的版图。因此，在国家的界限之外，比较文学还应该以民族、语言与文化为其学科的界限。这样一来，就可以自如地应对各种意想不到的特殊情况。不同国家的文学研究可能由于语言与文化的类似而不能归属比较文学，譬如同属于华夏文化，在表述上使用汉语的魏、蜀、吴三国时期的文学研究，就不属于比较文学的范畴；西方中古时期很多国家的文学由于其一致的拉丁文的语言形式和颂神的宗教内容，也不应归属于比较文学。相反的情况是，一个国家的内部可能存在着不同的民族、语言与文化，那么，在这个国家内部的不同民族、语言与文化之文学关系的研究，应该理所当然地纳入比较文学的版图。比较文学进入中国之后，我们跟在西方学者的后面认为比较文学是超出一个国家与另一个国家或多国文学的比较研究。当我们立足中国文学与外国文学互相关心的比较研究时，中国文学实际上仅仅是汉文学，这显然是片面的。

中国是一个多民族多文学的国家，除汉族外还有 55 个少数民族。除了一些使用汉文并且在文化上已经被汉化了的民族外，那些保留着自身独特的文化与语言的少数民族与汉民族的文学的比较研究，理所当然地应归属于比较文学。中国的少数民族文学异常丰富，语言多元，体裁多样，历史悠久，具有独特的审美价值和很高的思想性。通过比较研究这一方法和途径，将会揭示出各个民族文学本身所固有的价值，挖掘出其内容和形式上的特殊魅力，显示出其特有的风采。因此，中国各民族文学比较研究不但是可行的，而且是必须的。中国各个少数民族的许多重要文学现象和文学作品，离开跨民族、跨语言、跨文化的文学研究，是没有办法深入下去的。因此，只有在比较文学理论规范下，发展国内跨民族、跨语言、跨文化的文学研究，那么，各个少数民族文学的独特魅力，各个少数民族文学在中国文学总格局中的地位，以及对中国整体文学发展的推动力，才能够得到合理的阐释。

中国各个民族在文学方面，自古以来就存在着广泛联系和互动关系，存在各自独特的民族特色。从中国最早的一部诗歌汇编《诗经》中，从唐诗、宋词、元曲到明清小说，直到中国古典文学的顶峰《红楼梦》，从维吾尔族的《福乐智慧》中，从蒙古族的《蒙古秘史》中，从藏族的《格萨尔》与蒙古族的《格斯尔》交相辉映中，我们都可以发现中国各民族之间在文学中的相互联系。中国各民族文学之间存在的广泛联系，是进行跨民族文学比较研究的基础。在大禹时代，已经出现"南音"流传到北方的记载；在孔子所处的时代，人们已经注意到南北文化之间的差别；在唐代，宫廷乐曲中特别收入"龟兹部"和"胡部"；在宋代王灼《碧鸡漫志》中，关于著名的《敕勒歌》曾有如下记载："欢自和之，哀感流涕。金不知书，能发挥自然之妙如此，当时徐、庾辈不能也。"元代之后，多民族文化之间的交流，极大促进了人们对各民族文学与文化关系的关注。元人燕南芝菴在比较的基础上提出"南人不曲，北人不歌"的著名论点。明人徐渭说："胡部自来高于汉音。在唐，龟兹乐谱已出开元梨园之上。今日北曲，宜其高于南曲。"上述这些历史文献记载说明，中国各民族文学的相互影响具有悠久历史。

在中国各民族文学的相互影响中，汉族同各少数民族之间的相互影响最为突出，其相互影响方式包括互相借鉴、互相渗透、互相吸收等方式。在互相影响这一层次中，汉文学对少数民族文学的影响是全方位的、持续的和深刻的。具体表现在：①题材的广泛渗透。从汉族文学辐射到民族文学里的题材，广泛渗透到少数民族的神话、传说、民歌、民间长诗、民间戏剧、民间说唱、作家诗歌、小说、散文等各种文体中。②体裁的影响。汉族的诗词、传奇小说、散文、戏剧等体裁，都被少数民族所吸收。其中以汉族的律诗、绝句影响最大，许多少数民族的诗人都能够用汉文创作诗词，并且出现了元结、元稹、刘禹锡、白居易、元好问、萨都剌、纳兰性德这样的大家。③中原文艺思潮的推动。每当中原文学思潮涌动，其波纹便会传递到民族作家当中，产生效应，牵动各民族文学的发展。④作家文学手法风格的影响。屈原的深沉忧愤，司马相如的广博富丽，曹植的哀怨愤懑，韩愈的纵横气势，孟浩然的超妙自得，苏轼的奔放灵动，李清照的婉约柔美，黄庭坚的疏宕洒脱，范成大的清峻瑰丽，都为各族诗人所推崇和效仿。⑤作家诗人品格的魅力。屈原的爱国情怀，李白的傲视权贵，杜甫的关心民瘼，柳宗元的文以明道，辛弃疾的忠愤狂放，都使各族诗人倾倒。

　　影响是双向的，少数民族文学汉文学也同样产生影响，有时甚至是巨大的影响。这种影响包括题材、主题、格式、语言、手法和风格等方面。先秦时期的楚辞，明显地吸收楚地越人、巴人、苗瑶的民间歌谣和神词。楚辞中的《九歌》，显然来自越人的淫祀。王逸《楚辞章句》云："《九歌》者，屈原之所作也。昔楚国南郢之邑，沅湘之间，其俗信巫而好祠，其祠必作歌乐鼓舞以乐诸神。屈原放逐，窜伏其域，怀忧苦毒，愁思沸郁。出见俗人祭祀之礼，歌舞之乐，其词鄙陋，因为作《九歌》之曲，上陈事神之敬，下见己之冤结，讬之以讽谏。故其文意不同，章句杂错，而广异义焉。"朱熹的《楚词集注》云："荆蛮陋俗，词既鄙俚，而其阴阳人鬼之间，又或不能无亵慢淫荒之杂。原既放逐，见而感之，故颇更定其词，去其泰甚。而又因彼事神之心，以寄吾忠君爱国眷恋不忘之意。是以其言虽若不能无嫌于燕昵，而君子反有取焉。"荆蛮即楚国境内的少数民族。

　　作为汉族代表性文学样式的宋词，其产生也与少数民族文学有关。西晋末年，北方森林草原狩猎游牧文化圈的少数民族活跃于中原，所建立的十六个国家中，有十三个是少数民族建立的。这期间，北方森林草原狩猎游牧文化圈的少数民族，将其民间歌舞词曲传入中原，其词为长短句，打破了中原词赋和骈体文的齐韵体，为后来词的产生创造了前提。东晋唐代前期，西北少数民族歌舞大量传入中原。其传入的媒介有三，其一是歌舞艺人；其二是宗教音乐；其三是商人。《隋书》卷十五载："炀帝乃定清乐、西凉、龟兹、天竺、康国、疏勒、安国、高丽、礼毕，以为九部。乐器工衣创造既成，大备于此今。"说明隋时宫廷已经广泛吸收西北少数民族的音乐歌舞。《旧唐书·乐志》载："自开元以来，歌者杂用胡夷里巷之曲。"这说明，从北方文化圈传入的民族民间和宫廷音乐，已经正式进入隋唐官方的乐府。其间的艺人开始仿制这种以长短句为曲词的艺术，甚至是受命仿制的。但唐代是律诗的高峰，词只能到宋代才得到发展。词在宋代基本脱离音乐，逐步发展成为雅文学。但因其来源与音乐关系密切，故又称为曲子词、歌词、小歌词、曲曲子、乐府诗、长短句、诗余等。

　　元杂剧的产生与蒙古族入主中原有密切关系。成吉思汗统一蒙古各部，麾师向南向西，兵锋直越中亚。1280年取得全国政权，时忽必烈在位。元朝的建立，中原的诗歌传统被打断，曾居高峰的唐诗宋词从此屈居其次，而让位于元杂剧。

元代是杂剧兴旺的时代,出现了关汉卿、王实甫、白朴、马致远、李直夫等一大批著名的戏剧家。爱情婚姻剧、神仙道化剧、社会剧、历史剧、公案剧蜂起;《窦娥冤》《西厢记》《拜月亭》《望江亭》等名剧脍炙人口,历久不衰。之所以如此,原因是有多方面的。首先是政治原因,中国中央王朝历来倡导儒家的"诗言志",而元朝上层不同,他们来自草原,向来重视的是民间歌舞和民间小戏这些对面艺术。《蒙鞑备录》载:"国王出师,亦以女乐随行。"有元一代,战事频仍,兵将出师频繁。回京疲惫不堪,需要寻找能够让人放松的娱乐方式,此非民间戏曲莫属。中央当局为此特别重视教坊,元所设的教坊司,竟为三品,而唐属五品,可以说元代管理文艺的官员品级是最高的。其次是接受群体结构的变化和审美情趣的契合。元代承续着唐宋以来城市的繁荣,由于市民阶层的需要,城里出现了许多"构肆"、"勾阑"、"乐棚"等娱乐场所,城郊也出现了固定的戏台、舞亭、舞楼、戏楼。市民于此观赏民间戏曲,欣赏视觉艺术。来自草原的蒙古将士,他们大多无法欣赏高雅的堆砌典故的汉文诗词,却可以欣赏戏台上的戏曲这种对面艺术。对俗文学的这种欣赏,正好是市民与蒙古将士的契合点,这无疑促进了戏曲的繁荣。再次是创作群体的形成。元代是马上得的天下,重武轻文,有元一代,开科取士的次数屈指可数。过去想封官进爵,办法是应试。现在不行了,要得官位,必须跃马疆场,以军功邀爵位,这对大多数手无缚鸡之力的文人来说,只好望洋兴叹。文人于是转向勾栏教坊,为艺人创作民间戏曲,以飨市民和蒙古族将士的共同需要,于是出现了水准很高的创作群体。诗词在天上,杂剧在人间,所以当具备一定的社会条件,元杂剧便繁荣起来。从此,长期被压抑的俗文学登上并领衔中华文坛。①

  历史上关于各民族文学和文化关系的记载,对当代的中国各民族文学比较研究具有十分重要的借鉴意义。然而,从严格的学科区分意义上讲,中国各民族文学比较研究主要是在中国比较文学的学科建立以后形成的,是最近几十年的事。中国各民族文学比较研究是一门新兴学科。

  20世纪50年代开始的全国范围内大规模的搜集、抢救和整理民间文学资料的工作,将中国各民族世代传承、丰富多样的民间文学宝库呈现在世人面前,极大激发了各个少数民族的学者对本民族文学传统的信心,也使人们发现从神话开始的各民族民间文学之间的广泛联系。特别是在后来撰写中国文学史的过程中,

---

① 梁庭望:《中华文化板块结构与多民族文学史观》,《民族文学研究》,2008年第3期。

人们终于明确地意识到："直到现在为止,所有的文学史实际不过是汉族文学再加上一部分少数民族作家用汉语写出来的文学的历史。"[①]从20世纪初到80年代,我国先后出版了1600多部文学史,基本上书写的都是中原文化圈的汉族文学,而忽略了中国边疆少数民族文学的存在。这样的文学史是不完整的,不能反映文学的全貌。

20世纪80年代以后,伴随中国各民族文学史和文学概况的编写,特别是少数民族文学研究的发展,中国各民族文学关系研究的重要性也更加凸现出来。国内跨民族、跨语言、跨文化的文学研究,成为各民族文学研究者广泛关注的领域。

二、各民族文学比较研究的发展现状

自70年代末中国比较文学复兴之后,随着中国比较文学的学科建立和发展,促进了中国各民族文学的比较研究。中国各民族文学比较研究的发展历程,大致可分为20世纪80年代、90年代以及21世纪初10年三个时期。

1. 20世纪80年代中国各民族文学比较研究

1979年9月,中国社会科学院少数民族文学研究所成立。这是国内首次成立的国家级的民族文学研究机构。1983年,由中国社会科学院少数民族文学研究所主办的《民族文学研究》杂志创办。这是我国第一个全国性的民族文学研究杂志。从其创刊开始就将各民族文学的比较研究纳入其研究方向当中,历年来收录了多篇优秀的从各个视角、各个层面进行的各民族文学比较研究的文章。从1983年到2009年的27年间,收录了百余篇各民族比较研究的论文。其中,代表性的文章有:《孟姜女传说在壮、侗、毛难、仫佬族中的流传和变异》(过伟,1981年)、《比较文学及少数民族文学的比较研究》(郎樱,1986年)、《贵德分章本〈格萨尔王传〉与突厥史诗之比较》(郎樱,1997年)、《因祸得福的旅伴——多民族传承的故事类型"两老友"》(刘守华,2000年)、《试论中国多民族文学的发展进程》(邓敏文,2002年)、《〈格斯尔〉与〈格萨尔〉——关于三个文本的比较研究》(扎拉嘎,2003年)、《回族文学批评家李贽的多元文化背景》(汤晓青,2003年)、《中华文化板块结构与多民族文学史观》(梁庭望,2008年),等等。

---

① 何其芳:《少数民族文学史编写中的问题———一九六一年四月十七日在中国科学院文学研究所召开的少数民族文学史讨论会上的发言》,《文学评论》,1961年第5期。

20世纪80年代,对我国少数民族文学的比较研究较为有代表性的论文是郎樱的《比较文学及少数民族文学的比较研究》等,文章指出当时少数民族比较文学的研究状况:"少数民族文学的比较研究已经取得了一定的成果,但是,也还有一些值得注意的问题。比如,在一些研究中存在简单罗列相同、相异点的倾向。比较是手段,而不是目的,简单地罗列异、同点还不能算是比较文学。比较文学要求人们对两种(或多种)文学进行比较的过程中能从民族文化、民族精神及民族审美观念等诸方面探求和判断出相同、相异的原因及其规律,才能有更高的学术价值。"① 同时她还指出应进一步扩大少数民族比较研究的领域。

1989年5月,陈守成、庹修宏、陈世荣主编《中国民族文学与外国文学比较》一书,书中收录有《我国民族文学与外国文学比较的意义》、《比较文学与思维方法》、《原始思维在英雄神话中的制约作用——中国少数民族英雄神话与外国英雄神话的比较探讨》等近20篇我国各民族文学与外国文学比较研究的文章,视野新颖,眼界宽广,拓宽了中国比较文学研究的研究领域,成为中国各民族文学比较研究中的一个重要方向。季羡林在为该书做的序中说:"对少数民族文学不但要进行同国外的对比研究,而且也应该进行中国国内各民族之间的文学的对比研究……这样同样也是比较文学。西方某些不切实际的教条,我们可以置之不顾。"②

20世纪80年代前期,中国各民族文学的比较研究侧重对各民族民间文学的比较研究,主要涉及神话、传说、故事,以影响研究为主。到了中后期,对作家文学的比较研究有所增加,更为重要的是兴起了对中国少数民族三大英雄史诗的比较研究,宏观性、综合性的研究有所加强。

2. 20世纪90年代中国各民族文学比较研究

1990年,部分民族院校的教师、学者共同发起成立了中国少数民族比较文学研究会。经过两年的筹备,报经国家民委批准,于1992年7月成为中国比较文学学会的正式分会。

1993年3月10日至13日,中国少数民族比较文学研究会成立大会暨首届学术讨论会在中央民族学院召开。北京大学教授季羡林、中央民族学院教授马学良、中国比较文学学会会长乐黛云、副会长陈惇、中国社会科学院少数民族文学

---

① 郎樱:《比较文学及少数民族文学的比较研究》,《民族文学研究》,1986年,第1期。
② 陈守成、庹修宏、陈世荣主编:《中国民族文学与外国文学比较》,中央民族学院出版社,1989年。

所所长刘魁立等应邀出席了成立大会。成立大会上,西北第二民族学院院长李增林代表中国少数民族比较文学研究会致开幕词。他在致辞中说:"目前国际上越来越多的学者认识到,只有把东方文学纳入比较文学体系中,比较文学才能发展、才能突破。同时,我们也认识到,谈到中国比较文学,如果忽略了少数民族的文学比较,这个比较文学也不可能是一个完整的概念。"研究会的宗旨是:通过对中国少数民族文学的比较研究和中国少数民族与亚太文学文化以及东西方文学比较研究,开拓视野,探寻规律,发扬本民族文学的优良传统,吸取他民族所长,促进民族文学的发展,同时不断扩展中国少数民族比较文学的研究领域,探索和建立具有少数民族比较文学个性特点的研究理论和方法,为建设具有中国特色的比较文学体系贡献力量。

首届少数民族比较文学研讨会,与会代表在对各自的研究论题展开广泛交流和讨论外,还就中国少数民族比较文学学科的建设问题、少数民族比较文学的研究目的与方法问题、理论研究与繁荣各民族文学创作的关系问题、各民族文化互相影响和接受的规律问题、中国少数民族比较文学研究的现状及走向问题等展开了热烈讨论。

然而遗憾的是,少数民族比较文学研究会成立之后并没有展开切实有效的学术活动及研究工作。尽管如此,中国少数民族比较文学研究会的成立是中国各民族文学的比较研究发展中的一座里程碑。自此以后,中国少数民族比较文学研究正逐步纳入中国比较文学的体系当中。中央民族大学成为中国少数民族比较文学研究的一个重要阵地。在科研方面先后出版和发表了多篇成果。专著有文日焕著《朝鲜古典作家文学与民间文学的相互关系及其发展规律》(1987年),马学良、梁庭望、李云忠主编《中国少数民族文学比较研究》(1997年),李岩著《中韩文学关系史论》(2003年),汪立珍著《满—通古斯诸民族民间文学研究》(2006年)等。论文有《古代突厥语族诸民族乌鸦崇拜习俗与神话传说》(那木吉拉,2003年)、《我国人口较少民族书面文学初探》(钟进文,2007年),《中华文化板块结构与多民族文学史观》(梁庭望,2008年),等等。

1997年出版的由马学良、梁庭望、李云忠主编的《中国少数民族文学比较研究》一书,按照我国少数民族地区的特点和生产方式所产生的不同文学背景,结合国内各民族不同的语言系属,研究各民族文学之间存在的内在联系及亲属关系的远近。全书分五个章节,分别进行了中国各民族神话、民歌、民间传说、故事、民间叙事长诗以及中国少数民族现代(作家)文学的比较研究。《中国少数民文学比较研究》开创了中国各民族文学进行系统比较研究的先例。

20世纪90年代，中国各民族文学的比较研究仍然侧重各民族民间文学的比较研究，虽未开展轰轰烈烈的比较研究活动，但也逐步汇聚成为一股潜流，为下一个时期的繁荣奠定基础。

3. 21世纪初10年中国各民族文学比较研究

这一时期的论文及著作明显增多。2001年出版由刘亚虎、罗汉田、邓敏文著《中国南方民族文学关系史》。该书全面梳理了中国南方各个民族之间在文学方面的广泛联系和相互影响，成为国内第一部涵盖较大地区的民族文学关系史著作。专著在充分搜集和分析各种资料的基础上，探讨一些重要的神话传说、民间故事、民间叙事诗和民歌形式在许多南方民族中共同流传的状况，分析先秦诸子散文、楚辞、汉赋等汉族文学中的南方少数民族文化成分，以及陶渊明、李白、杜甫、柳宗元、韩愈、苏轼等中原著名文人与南方少数民族文学的密切关系。专著还对唐宋诗词、宋元戏曲、明清小说，在南方少数民族中的流传和变异进行了深入研究。专著对屈原在楚地诸民族神巫文化的基础上，吸收北方文化的理性精神，形成的那种突破时空、自由驰骋、神奇瑰丽的艺术风格的成因的分析；对从元代开始，经过明代，直到清代，来源于汉族文学的各种故事，诸如《孔子之歌》、《屈原吟》、《朱买臣》、《梁山伯与祝英台》、《孟姜女》、《董永》等被改编为叙事诗，在南方各少数民族之中广泛流传的具体描述，都能够给人以重要的启发。

2002年出版了扎拉嘎著《比较文学：文学平行本质的比较研究——清代蒙汉文学关系论稿》一书。书中包括《西游记》、《水浒传》、《今古奇观》等汉文小说在清代的蒙古文译本研究，《五传》、《平北传》、《紫金镯》、《寒风传》等讲述内地战争故事的蒙古族故事本子新作研究，哈斯宝和尹湛纳希的文学活动研究等若干专题，对清代蒙汉文学关系中蒙古文创作部分做出了有深度的研究，对分析和认识蒙古族文学的个性以及汉族文学的个性，具有重要的借鉴意义。

2005年，由郎樱和扎拉嘎担任主编，会同全国近二十位专家学者撰写的《中国各民族文学关系研究》，具有特别重要的意义。全书分"先秦至唐宋"和"元明清"两卷，总计110万字，是迄今为止，在中国各民族文学关系研究方面，包纳民族最多，涉及作家和作品最多，理论探索最为广泛的一部研究专著。《中国各民族文学关系研究》不仅从不同的角度和侧面，涉及汉族、蒙古族、藏族、维吾尔族、满族、回族、哈萨克族、柯尔克孜族、鄂伦春族、鄂温克族、壮族、侗族、苗族、彝族、纳西族、白族、瑶族、布依族、傣族、羌族、畲族、独龙族、仡佬族、傈僳族、毛南族、仫佬族、黎族、拉祜族、哈尼族、基诺族、佤族、高山族、土家族等数十个中国当代民族的文学关系，而且涉及夏、商、周等中国古代部族文学关系，匈奴、鲜卑、羯、氐、羌、胡、蛮、百越、西南夷、濮、僚、突厥、乌孙、柔然、契丹等中国古代民族的文学关系。

各少数民族文学与汉族文学之间的关系，是《中国各民族文学关系研究》的主要脉络。沿着这个主要脉络，该书的另一个重要特点，是对少数民族如何影响汉族文学，给予了较大关注。汉族文学在中国各民族文学中的地位，使以往的民族文学关系研究，常常会很自然地首先注意到汉族文学对少数民族文学的影响。但是，如果只谈汉族文学影响少数民族文学，不谈少数民族文学对汉族文学的影响，那就无法确立中国各民族文学"你中有我，我中有你"的格局，并且也不符合汉族文学发展史的本来面目。现在，经过学者们的多年研究，少数民族文学对汉族文学的影响，也日渐被展现出来。该书关于古代神话传说的研究，关于屈原和楚辞的研究，关于魏晋南北朝各民族文学关系的研究，关于唐宋时代各民族文学关系的研究，关于元代中国文学变迁和北方少数民族汉文创作的研究，关于回族文人李贽的文化背景和文学贡献研究，关于清代满族作家的汉文创作和《红楼梦》的研究，以及关于汉族作家到南方少数民族地区采风的研究等，虽然还有很多需要深入探究的地方，但是当这些研究作为整体出现的时候，却无可争辩地说明了一个事实：汉族文学是在民族融合过程中形成的，不仅少数民族文学受到过汉族文学的影响，汉族文学同样受到了少数民族文学的影响。该书的问世，标志了中国各民族比较文学研究进入了新的阶段。

2009年6月，在中央民族大学召开中国少数民族比较文学专题研讨会。乐黛云教授以"中国少数民族比较文学的学科地位"为主题致开幕词。研讨会分为高层论坛专题发言及研究生青年论坛两场，20位专家学者及25名研究生进行了与会发言。高层论坛专题发言侧重关注比较文学的学科建设及比较文学的学科理论探讨，如《中国少数民族比较文学——中国比较文学的特色之一》（陈惇）、《中国少数民族比较文学学科建设思考》（郎樱）、《学科身份认同与比较的方法学结构》（陈跃红）、《少数民族多元文化与民族文学比较研究》（汤晓青）等。研究生青年论坛侧重具体的比较研究，如《从底层文化的演变比较东北亚区域民族熊图腾神话的异同》（尹晓琳）、《比较文学视野下的民间传说——以贵州省黎平县三龙侗寨的地方传说为个案》（刘昌翠）、《来自异域的声音——艾特玛托夫对铁穆尔创作的影响》(张立真)等。中国少数民族比较文学专题研讨会，再一次掀起了少数民族文学比较研究的高潮。这次会议同时也证明了作为少数民族的比较文学，拥有广阔的舞台，值得深入研究的问题非常之多，极具发展潜力。

20世纪初10年，中国各民族文学的比较研究方面的论文及专著，不论从数量上还是质量上，都有了长足进步。一些著述加强了对各民族文学的比较研究的理论探索，研究的领域也拓展到母题、文类、美学思想、文艺思潮等方面的比较研究。可以说，中国各民族文学的比较研究已经取得了一定成绩。对于我们这个多民族国家而言，比较文学不能缺少对各民族文学之间的比较研究，这种研究是推动我国文学发展的一个动力，而且将会对中华民族的文学发展，对世界文学的发展做出一定的贡献。

第二节
案例分析：蒙古史诗传统与汉族演义小说的文化融合

扎拉嘎的《蒙古史诗传统与汉族演义小说的结合——"五传"论略》从比较文学的角度，揭示"五传"的蒙古文化底蕴，从四个方面论证了"五传"是蒙古族英雄史诗与汉族演义小说的结合，是蒙汉文化交流的结晶。

"五传"成书于19世纪中叶，由《苦喜传》《全家福》《尚尧传》《契僻传》《羌胡传》等五部故事本子组成，总计五百二十九回。在故事情节方面各自独立成篇的五部小说之间，既有相对独立性又前后承接，共同组成了洋洋一百一十万字的庞大故事系统。"五传"自问世以来，深受蒙古族人民的喜爱，尤其是说书艺人视他为宝。因此，"五传"成为说书艺人的首选说唱本子，在内蒙古东部地区以说唱的口头形式和手抄本的形式广泛流传，直至1979—1982年，由内蒙古人民出版社陆续出版发行。

"五传"在蒙古族说唱艺术发展史上有着举足轻重的地位。同时，在清代蒙汉文学关系史上占有重要地位，它是在继承蒙古族文学传统的基础上积极借鉴汉族文学与文化传统交互作用下的产物。但是，关于"五传"的研究相对而言比较薄弱，严格意义上的研究始于20世纪80年代，主要围绕着考证"五传"的作者以及评价与介绍的层面进行，而扎拉嘎从比较文学的蒙汉文化融合的角度对"五传"的研究，从作者、作品名称的由来、人物、思想内涵、文化底蕴等诸多方面全面系统的严密论证，则代表着"五传"研究的较高水平。

扎拉嘎在《比较文学：文学平行本质的比较研究——清代蒙汉文学关系论稿》一书、尤其是在"五传"研究中，将影响研究纳入平行研究之中，认为比较文学可以定义为文学平行本质的比较研究。"蒙古族文学在19世纪的变迁，是蒙汉文化交流的结晶，是在汉族文学与文化影响下，蒙古族文学与文化精神的主体自觉重构活动。"① "在汉族文学影响下蒙古族文学在19世纪的历史变迁，如同在蒙古游牧文化影响下中国文学在元代的历史变迁，都证明了同一个事实，即：民族之间的文学与文化影响，是一种促进历史发展的进步力量。"② "影响研究的范围可大可小。从大的方面说，他可以研究一个民族的文学或者一种思潮和运动给另一个民族带来的影响。……从小的方面来说，他可以研究一个民族的作家和作品对另一个民族的作家和作品的影响。"③ 从影响的接受一端看，则可以研究作家借鉴、模仿、改编外民族作家作品的情况以及作品的外民族渊源。④ 19世纪，蒙古族许多杰出的文人、作家，如《新译红楼梦》的作者哈斯宝、杰出的爱国诗人古拉兰萨、个性诗人贡纳楚克、《一层楼》、《青史演义》的作者尹湛纳希和"五传"的作者恩和特古斯等，都是受到汉族文学启发，开始了自己的文学活动。这也就是说，在19世纪蒙古族文学的历史变迁中，汉族文学的影响是重要的推动因素。

扎拉嘎从"五传"的作者恩和特古斯所生活的卓索图盟土默特左旗历史文化的实际出发，论证其写作"五传"的可能性和作品所具有的"蒙古族话说中原"的本质，并从作品中出现的具有蒙古性格的唐朝皇帝及其众多部将，以及唐朝故事中出现的蒙古族生活风习和作品中出现的众多唐朝历史人物形象、唐朝皇帝年号的虚构等论证了"五传"的蒙古文化底蕴。可以说，这篇文章是作者比较文学理念的具体实践。

"五传"所产生的东蒙古地区，在清朝中后期，汉族移民源源出塞北上，打破了蒙古游牧社会的一体格局。在汉族移民社会成长和蒙古游牧社会嬗递的双边作

---

① 扎拉嘎：《比较文学：文学平行本质的比较研究——清代蒙汉文学关系论稿》，内蒙古教育出版社，2002年12月，第293页。
② 同上书，第285页。
③ 陈惇、刘象愚：《比较文学概论》，北京师范大学出版社，2002年9月，第110页。
④ 同上书，第112页。

用下，东蒙古地区的民族结构、经济布局、文化风格发生了一系列的重组与重构，区域面貌呈现出蒙汉杂居、半农半牧、文化多元的新特点。蒙汉族际交流更多地体现在文化习俗领域，蒙汉两个民族大量吸收对方的文化，在语言、居住、饮食、婚葬、娱乐等多方面发生了显著的改变。同时，汉族小说被大量译成蒙文，深受蒙古族群众的欢迎，并在民间广泛流行。在蒙汉杂居局面以及汉族古典小说的蒙译活动所带动的深层交流中，东蒙古民间艺术发生了重组与重构，创造了独特的地域民间文学，如胡仁乌力格尔、好来宝、叙事民歌等。"五传"正是在这种背景下产生的，可以说直接体现了这种蒙汉文化的融合。蒙古社会在近代的变迁和游牧文明与农耕文明交融的广阔背景，正是"五传"产生的历史文化渊源。

蒙古族作家恩和特古斯从自己的审美理想出发，仿造汉文"说唐"故事，借鉴甚至择取清代流传的各类汉文讲史演义和公案类小说的细节，经过艺术虚构创作出了"五传"。其中叙述了中原唐朝约百年间的兴衰故事，塑造了几代人的英雄形象。生活在蒙古地区的作者，以中华的内地战争故事为题材，能够创造出如此巨大规模的作品，既显示出作者的文学天赋，也显示出蒙古人对内地生活和历史故事的浓厚兴趣。即使在汉族唐朝故事乃至章回小说范围里，如此庞大的系列故事和塑造几代人物形象也是不多见的，而这显然是蒙古的史诗传统在发挥着潜在的影响。因此，"五传"在清代蒙汉文学关系史上占有重要的地位。

习题

一、中国各民族文学的关系研究纳入比较文学的根据是什么？

二、谈谈中国各民族文学比较研究的历史与现状。

延伸阅读

一、马学良等主编：《中国少数民族文学比较研究》，中央民族大学出版社，1997年。

二、扎拉嘎：《比较文学：文学平行本质的比较研究——清代蒙汉文学关系论稿》，内蒙古教育出版社，2002年。

三、郎樱等主编：《**中国各民族文学关系研究**》（2卷），贵州人民出版社，2005年。

附案例

蒙古史诗传统与汉族演义小说的结合
——《五传》论略

扎拉嘎

一

在清代蒙汉文学关系史上，著名的系列长篇故事本子新作"五传"，占有重要的地位。"五传"也称"唐五传"或"说唐五传"，包括《苦喜传》、《全家福》、《尚尧传》、《契僻传》、《羌胡传》等五部长篇故事本子新作，是现存蒙古故事本子新作的代表作品。① 五部故事本子新作，在故事情节方面各自成篇，具有相对独立性，又前后承接，共同组成洋洋一百几十万字的庞大故事系统。② "五传"总计五百二十九回。其中，《苦喜传》六十回，《全家福》六十回，《尚尧传》九十回，《契僻传》一百二十回，《羌胡传》一百九十九回。生活在蒙古地区的作者，以内地战争故事为题材，能够创作出如此巨大规模的作品，既显示出作者的文学天赋，也显示出他周围的人们对内地生活和历史故事的浓厚兴趣。这些蒙古文人笔下的内地战争故事中，由于作品的兼顾蒙古文化风格，使它在清代被讲述的蒙古本子故事中，以及流传的故事本子新作中，都堪称最受欢迎的作品。③

---

① "五传"各部书名，系据蒙古文音译。清代蒙古文故事本子新作，多采用汉语音译书名。
② "五传"已由内蒙古人民出版社1979年至1982年间分部出版。这里所说的"一百几十万字"，是根据铅印本的推测。
③ 笔者曾对叁布拉诺日布编写、章虹译《蒙古胡尔齐三百人》中，艺人演唱各类本子故事的情况进行详细统计，结果证实艺人讲述最多的是"五传"，其次是《三国志演义》、《水浒传》、《封神演义》、《西游记》、《施公案》、《济公传》和内地传过来的"说唐"类故事。该书于1989年，由通辽教育印刷厂印刷。

"五传"各部，均未记载作者姓名及创作年代。现今流传的最普遍的说法，认为"五传"的作者是清代卓索图盟土默特左旗（今辽宁省阜新蒙古族自治县），瑞应寺喇嘛恩和特古斯。土默特左旗又称"蒙古贞"旗，地处土默特右旗之东北，在清代蒙古诸札萨克旗中，是一个历史悠久，富有文化特色的旗。土默特左旗蒙古贵族，系元代勋臣者勒蔑的后裔，属于塔布囊（即驸马）旗，与属于台吉旗的土默特右旗贵族世代联姻。由于地处辽西，距离中原比较近，如同毗邻的土默特右旗，土默特左旗也很早便成为以农业为主的蒙汉杂居区，受到汉族文化的深远影响。"五传"叙说的是中原的故事，语言方面多有汉语音译词汇。"五传"的这些特点，与土默特左旗的文化氛围是比较一致的。

恩和特古斯生活在十九世纪，与著名作家尹湛纳希是同时代人。[①]他的家就在瑞应寺附近（今辽宁省阜新蒙古族自治县佛寺乡东河拦村）。当时的土默特左旗，喇嘛教盛行，据说家中有二丁便有一人为僧。恩和特古斯兄弟三人，所以还在他幼年时便被送到瑞应寺做了小喇嘛。恩和特古斯聪明好学，记忆力超人，十岁左右开始学习蒙古文，二十几岁时便已精通蒙古文和通读汉文作品。因天资颖悟，在他年轻时，还曾当过瑞应寺的庙仓管理和管事喇嘛。也是在瑞应寺当喇嘛期间，恩和特古斯学会了拉胡琴，开始说唱诸如《隋唐演义》等内地讲史演义类小说。据说，恩和特古斯创作"五传"是在三十岁之后。那时，说唱本子故事已经十分流行。但所依据的本子都是来自内地的小说，许多还是未经翻译的汉文原著，常常使一些初学说唱的艺人感到难以驾驭。恩和特古斯有感于此，为了便于初学艺人的入门和推动说唱本子故事活动的发展，遂立志创作更适合于蒙古族说唱艺术传统的故事本子新作。他蒙汉兼通，阅读过大量汉文各类小说，又会拉胡琴，已经有了说唱故事的经历，也确实具备创作故事本子新作的条件。有一种说法，说恩和特古斯在创作"五传"时，先作腹稿，然后分卷分回说唱给僧俗大众，请大家提出修改意见，同时请小喇嘛们记录整理，自己再润色定稿。还有一种说法，说创作过程以恩和特古斯为主，同时与许多喇嘛共同商议故事的情节，乃至人物的取名。但是，这些做法都有待进一步探讨。"五传"在题材、结构和风格方面，曾经受到本子故事说唱活动的深刻影响，这是十分明显的。可是，流传至今的"五传"抄本都是散文体。从这些抄本中，还看不出它们是由口头说唱的散韵

---

① 关于恩和特古斯的生平，参见海龙宝撰《"五传"的作者是恩和特古斯》，刘文祥撰《寻访"五传"的作者》等文章。原载《内蒙古师范大学学报》〔蒙文版〕1986年第四期。

结合体经过记录整理而来的痕迹。因此,如果说恩和特古斯将腹稿中的故事讲给僧俗(不是说唱给僧俗),听取他们的修改意见后,再润色定稿,大约更为符合实情。这样,长达一百数十万字的"五传",在问世之初便是书面创作。据说,恩和特古斯大约在四十岁左右时迁居到奈曼旗,五十余岁时在奈曼旗去世。在奈曼旗,恩和特古斯一边说唱本子故事,一边收徒弟,传授说唱本子故事的技巧。

二

"五传"叙述了约百年间的唐朝兴衰故事。其中,包含着大大小小众多的战争故事,以及朝廷忠臣与奸臣斗争的故事。这些故事,并无史实根据,是作者从蒙古族审美理想出发,仿照汉文"说唐"故事,借鉴甚至择取清代流传的,各类汉文讲史演义和公案类小说的细节,经过艺术虚构创作出来的。由于作者对汉族文化尚缺乏深刻理解,就使"五传"中常常出现一些细节疏漏,出现不符合汉族文化传统的故事结构方式和情节描写,折射出蒙古文化的特质。但是,这些疏漏无碍于"五传"的辉煌成就,却更加说明它的作者——这位生活在蒙古地区,与内地历史和文化难免存在一些隔阂的文化人,能够创作出这样规模的内地故事,的确具有令人惊叹的故事构架能力,以及艺术创作冲动。事实说明,"五传"虽然仿照汉文"说唐",也讲述中原唐代的故事,它所依托的却是历史悠久的蒙古英雄史诗传统。

保卫社稷和反抗侵略,是贯穿"五传"诸部的基本线索。在"五传"中,唐朝先后与匈奴、吐蕃、突厥、界利汗、北燕、南越、东辽、西辽、羌胡、契僻等众多国家交战。这些战争,除了契僻国的战争应该另当别论外,其余都是对方首先发动进攻,率军侵犯唐朝后,唐朝才被迫还击,最后取得保卫社稷和反抗侵略的胜利。《苦喜传》中匈奴国的国主曹子天,乃是被称为奸雄的曹操的后代。曹子天秉承其祖先的野心,欲夺大唐江山,于是发动了对唐朝的战争。东辽国国主,与唐朝有数代仇恨。为讨还当初唐太宗东征的旧恨,在唐朝内奸的暗通下,率兵进犯唐朝,希望得到唐朝的半壁江山。《尚尧传》中燕国国主尚尧寺主持铁松海,是唐明皇当初用人不明,养疽为患,敕封到吐蕃、匈奴、突厥三国交界处收取贡赋的官吏。他不报效朝廷,却蓄兵养将,反叛唐朝。《羌胡传》中羌胡王邱斌芳,本是唐朝派往羌胡的都督。在京城奸臣的支持下,他杀死唐朝敕封的羌胡王柴广宁,自立为王,其后便发动了对唐朝的战争。这些进犯唐朝的敌国,攻关夺城,杀害众多唐朝的将领,为唐朝造成极大的危害。在"五传"中,唐朝是从不曾主动侵犯邻国的。"五传"作者,通过一次又一次起因于邻国的战争,说明唐朝在这些战争中属于正义的一方,因此唐朝的胜利也即是正义的胜利。

"五传"中的保卫社稷和反抗侵略的题材,既借鉴和模拟《说唐后传》、《说唐三传》等内地小说,又承继了蒙古英雄史诗的传统。在蒙古英雄史诗中,反抗入侵的蟒古思,保卫家乡的安宁,曾经是长久不衰的演唱题材。史诗艺人通过演唱英雄如何经过出生入死的搏斗,战胜蟒古思,将保卫家乡和反抗侵略的思想,一代一代传递下去。庄重、严肃,是蒙古英雄史诗的重要特征。"五传"等故事本子新作中,几乎所有的矛盾都围绕社稷的安危,朝纲的清明与否展开,很少关于琐事的描写和插浑打科,这正是蒙古英雄史诗庄重、严肃风格的体现。

三

"五传"成功塑造出一批人物形象。这些人物形象的共同特点,是兼顾蒙汉两个民族的文化因素。他们是仿照"说唐"中的人物塑造的。但是,却又带着蒙古族的性格特征。粗犷、豪迈、阳刚气十足,是"五传"中绝大多数人物形象的共同特征。这里主要介绍程四海这个人物形象。程四海是"五传"中最富有特色的英雄形象之一。他的故事贯穿"五传"的前"四传",即《苦喜传》、《全家福》、《尚尧传》和《契僻传》。

"五传"中的程四海,是汉文"说唐"故事中程咬金的九世孙,可是与其先祖相比较,在性格方面却既有联系,更显出区别。在"说唐"中,程咬金是一位喜剧人物,只要他出现就常常引出许多令人轻松愉快的情节。他粗犷、爽快,没有丝毫奸邪之心。同时,他又鲁莽,喜说大话,自吹自擂,还有些爱贪小便宜,沾染着市井无赖的脾气。他出身贫寒,曾经因为打死盐吏,判死缓在狱中。一年遇到大赦,狱卒要他走,他却赖着不走,硬是要狱卒请喝酒,送衣服,这才走出牢门。

在"五传"中,程咬金的九世孙程四海,是众英雄中最有影响力的一位,也是故事情节最多和塑造得最成功的一位。这其中也应该也映出作者对汉文"说唐"中的程咬金形象,具有不同寻常的特殊喜爱。"五传"中的程四海也粗犷豪放,没有丝毫奸邪之心,并且也应该像程咬金一样被称为"福将"。他总是打胜仗,危难时也能够闯过险境。但是,却不像其祖程咬金那样鲁莽,喜说大话和贪小便宜。程四海不属于滑稽人物。他从父亲那里承袭王位,出身高贵,稳重深沉,颇具大将风度。他还通晓兵书,很有计谋,不像其祖那样目不识丁。他以社稷为重,知进知退,敢于抗上,在唐朝与邻国的战斗中,经常发挥关键性作用。

总之,"五传"中的程四海,是一位相貌粗笨,却胸中文质,有深谋大略的人物。鲁莽市井的程咬金,九世之后有程四海这样能为他增辉的孙子,要感谢"五传"的作者。蒙古族历来喜爱憨厚朴拙中显出智慧的人物。喜爱聪明有才干却又缺少城府的人。"五传"中的程四海正是这样的人物。

四

"五传"是一部以蒙古文化为底蕴,又大量吸收汉族文化创作出来的文学作品。"五传"号称在讲汉族和内地的故事,其人物性格却是蒙古式的。在这些人物形象中,体现着蒙古族的审美理想,价值取向和行为方式。"五传"中出现数百个人物,主要人物大约也有几十个。……这些人物,多数是在战场上拼杀的武将。他们之中有男有女,有忠臣有奸臣,可是在言谈举止方面,却有一个相似的特征,即都表现出粗犷刚劲有余和细腻柔和不足。他们之中许多人被称为汉族"说唐"故事中人物的后代,取的是汉族名字,讲话也经常引述中原的历史典籍,可是透过各类表象,又感到他们并非中原人,而只是一些被称为中原汉族的蒙古人。如同一个民族的演员演出另一个民族的戏剧,穿戴打扮都是那个民族的,台词也如原脚本,只是缺少原有的"味",或者是变了"腔调"。

蒙古族著名学者罗布桑却丹,在他的《蒙古风俗鉴》一书中,这样写蒙古族的性格:"蒙古传统的人,若说其本性和通常的风俗是先粗悍后温顺。平时交往的习惯,一般是心地善良,脾气暴躁。"[①] 又说:"若说蒙古族的本来性格,是正直果断,英勇刚强。不知道使用各种各样的方法和智慧,而且曾经有过不喜爱读书的习惯。以义气为重,安于命运。又说诺彦和属民的差别,代代如此,早已经注定,也只能遵循而已。……风尚特别重视君臣之义气,出现很多有佛心的人。说好话请求,凡事都可以应允,若以强暴相待,就会更加傲慢。"[②] 尹湛纳希在《青史演义·纲要》中也说,蒙古人"性格虽然正直,但心胸狭窄,性情急躁,处事刚强,思想闭塞,……言谈暴烈傲慢"。又说蒙古族性格的长处是由"少麻烦"而至"忠诚",位上者无"大奸大恶之失",在下者少"阴毒暗箭之习"。将罗布桑却丹和尹湛纳希的概括,对照"五传"中的人物形象,确实有相互印证的性质。

"五传"中的英雄人物,特别是那些武将,多数都有性格直率,少于心计,脾

---

① 前引《蒙古风俗鉴》,第 323 页。
② 同上书,第 325 页。

气大,易暴怒的特点。他们甚至因暴怒而昏倒在地,或者不顾及后果地大吵大闹,动起武来。仅在《苦喜传》前五回,就出现英王罗舒玉与太师富孟,英王罗舒玉与皇兄义成王李紫顺,护国公尉迟嵩勋与皇兄义成王李紫顺之间,在至尊的金銮殿,当着唐皇李紫辉面,高声对骂大打出手的热闹场面。……在"五传"中,许多忠臣,都有过这类盛怒之下不顾一切的举止。唐皇上朝议政,多数都伴有君臣之间,忠奸之间的高声喊骂,乃至动武拼杀的故事。

"五传"中的战争故事,斗智场面少,斗勇、斗力、斗法术场面多,这很类似蒙古史诗中英雄与蟒古思的斗争,却不同于《三国志演义》与《水浒传》等书中的战争故事。"五传"中的奸臣们经常在一起密谋做坏事,这些密谋活动,有时甚至是在酒席聚宴中。欲害谁,怎样害法,以及如何篡夺皇位等,都信口讲出,高谈阔论,很少吞吞吐吐,遮遮掩掩,既不考虑会被人听去,也不考虑内中有谁会告密。他们如同生活在人烟稀少的草原上的人们,坐在四周一览无余的帐包中谈论秘密事,不用考虑汉族俗语中讲的"隔墙有耳"这句俗语。在《苦喜传》中,富孟为着联络东辽国,竟派出数百人的队伍,堂而皇之地保护着一百担金银财宝,从长安城浩浩荡荡出发,给东辽王送礼。他还亲笔写信,告诉东辽王眼下正是里应外合夺取大唐江山的好时机。富孟行为不义,却少于遮掩,不顾及授人以把柄。可见他办事之粗犷,为人之胸无城府。

关于"五传"的文化底蕴,还应该提到书中的皇帝和年号问题。"五传"中出现的唐朝皇帝李紫辉、李天、李宁及明宗,分别被说成是唐高祖李渊的八世孙、九世孙、十世孙和十一世孙。可是,历史上李渊的后代中没有这些人,唐朝也不曾有过这样几位皇帝。他们是作者虚构的。大约是为着使读者增强读"史"的感觉,同时也为使系列小说的各部分,能够如同长篇英雄史诗的各部分之间,那样通过某种形式牢固地组合在一起,"五传"采用编年体式的叙事结构。从《苦喜传》到《羌胡传》,小说中先后出现"章德"、"杰绍"、"宪平"、"泰永"、"秉肃"、"永大"等年号。这种叙事的结构,无疑是极大地扩充了"五传"的故事容量,使他能够在包纳大量战争故事及忠奸相争故事时,做到有条不紊和前后有序。可是,这些年号也是唐朝历史上不曾有过的,是由作者虚构出的。"五传"中的这两种处理方法,都不符合汉族讲史演义类小说的传统。有一部名作《粉妆楼》的汉文小说,曾经在一两处提到故事发生在虚构的"大唐乾德"天子年间。研究者据此认为它已不属于历史演义类小说。甚至可以说,不仅仅汉文历史演义类小说,即使在汉文其他类小说中,也不曾有过如同"五传"那样,反复写出历史上不存在的皇帝和年号的情况。

朝代、皇帝和年号，乃是中原历史在时序方面的主要框架，容不得丝毫含混和舛误。在中原地区，如果一部小说号称讲述历史故事，却构造出许多不曾实有的皇帝和年号，就会与历史常识相悖，因而也难于为人们所接受。"五传"作者却不忌讳这一点。这不仅出于作者的创新精神，而且是因为他知道自己的小说，所面向的是那些对内地历史文化知识感兴趣，却又缺乏深层沟通的清代蒙古族读者。"五传"说的是唐朝故事，小说中有大量汉语音译词汇。也因此，"五传"究竟是汉文小说的译著，还是蒙古族的新作，曾经有过不同的见解。这里可以说，根据"五传"的文化特征，特别是"五传"中关于唐代皇帝、年号的大量虚构写法，应该能够确认它确属蒙古文人的创作。

原载《比较文学：文学平行本质的比较研究——清代蒙汉文学关系论稿》
第二编《蒙古族话说中原——故事本子新作研究》，有删节
（内蒙古教育出版社，2002年）

第十一章

世界华人文学与流散文学

第一节　世界华人文学与离散文学

一、概念辨析：从海外华文文学到世界华人文学

"世界华人文学"的概念是在"海外华文文学"这个为更多中国学者和读者熟悉的概念上发展、演变而来的，它指的是在世界各地的华人或华裔用汉语或其他语言创作、表现海外华人生活经历的文学作品。这个名称包括了20个世纪90年代之前常用的"海外华文文学"（指海外华人用汉语创作的文学作品）和世界各国的华裔文学（指华裔用所在国的语言创作、表现他们国外生活经历的文学作品），还包括用中文创作的港台地区文学。从学科上划分，它自出现之日起就表现出了其复杂性和流变性：它的一部分被归类于中国现当代文学，另一部分被收纳于外国文学门下，近年来又被比较文学和世界文学视为自身不可缺少的一部分。随着全球化进程的逐步推进，世界华文文学和华裔文学都呈现出了蓬勃发展的趋势，它所展现出的漂泊性、杂糅性、开放性、包容性和多元性，特别是它的跨界性和跨文化性更是彰显了显著的比较文学和文化研究的特征，因此，我们的教材才对它进行专章讲授。

顾名思义，世界华人文学是伴随着华人自19世纪初开始的多次大规模地海外迁徙的历史出现的。从19世纪中国沿海地区到美国"淘金"的金山客，到20世纪初华人第一批到国外留学公派留学生，再到60—70年代台湾的留学热、80年代至今的中国内地的出国浪潮，中国人移民海外的人口总数已经有上千万。而在这几个移民浪潮中，移民的种类和性质也在悄然发生着变化，从19世纪福建广东沿海地区的劳工移民到20世纪中期以后的大城市的留学移民，再到今天的经济投资移民，移民类型的变化反应了中国经济的蓬勃发展与全球化进程对中国的巨大影响。这些移民到了寄居国之后，以跨界的双重视角写下了以自己的亲身生活经验为题材的文学作品。从空间分布来讲，世界华人文学已经遍布了亚洲、欧洲、美洲、澳洲、非洲几个大陆，文类也涵盖了小说、诗歌、戏剧、散文、传记/自传等，不仅中文创作的作品在国内引起了学界广泛的关注和读者的认可，用外语创作的作品在国外更是产生了很大的影响，成为世界流散文学中的一股不可忽视的力量。

虽然近年来发展势头强劲,但这个文学领域的命名却一直是令学界头疼的问题。因此,这里有必要澄清的是学术界在 20 世纪该研究领域在命名上的一些重要转变——从"海外华文文学"到"世界华人文学"的转变。20 世纪 90 年代之前,学界一直沿用的是"海外华文文学"。它的最初定义是"在中国以外的国家或地区,凡是用华文(汉语)作为表达工具而创造的作品"①。当时,这是中国内地之外的港台作家、海外华人或者华裔作家所创作的文学作品的总称。这个创作群体所包括的是用汉语创作的第一代华人移民作家。而在海外以外语创作的作家,以美国华裔文学为例,又被美国本土学者称为"华裔美国作家",在这个群体中用汉语创作的华裔作家又被排除在外。在这种情形下,中美双方一直呈现森严壁垒、各自为政的分离状态。1993 年之后,国内学界出现了"海外华文文学"的提法,当时的学者们希望打造的是"在一个更为中性的语种的旗帜下,来整合无论是在中国还是在海外所有用汉语写作的文学现象,超越国家和政治的边界,形成一个以汉语为形态,中国文化为核心的文学大家族"②。但是,这样的界定与划分还是将海外用寄居国语言创作的华裔作家排除在外,而这部分文学创作也正是散居在世界各地、具有中国文化背景的作家们书写自己跨界和海外的生活经历、考察中华文化的形态变化的文学的重要组成部分。

20 世纪 90 年代以后,海内外学者不约而同地从各自的视角提出了建构"华人文学研究"的说法,试图将两部分文学整合在一起,打破"群族语言中心"论,形成全球范围内的以"文化认同"为主要关怀的"世界华人文学"。提出这个观点的学者分别来自华人文学分布较为集中的北美华人文学圈和东南亚的马来西亚华人文学圈。北美华人文学圈以加拿大卡加利大学梁丽芳教授为代表。梁丽芳教授是海外华文文学的研究者,她认为"华人即使入了外国国籍,说外国语言,写外国文字,世代居住在外国,他们仍是炎黄子孙,即使是美加土生华裔用英语写成的作品,成为居住国畅销书和大学教科书,这些作品也被认为是属于边缘性的族裔创作",而它们的边缘性正"成为华裔发声、自我肯定、反抗强势控制、重建本身族裔历史的场域"。由此她提出"在全球化的今天,不妨容许和利用混淆性(hybridity),来重新绘制海外华人文学的图像,把华人文学的版图扩大,归入

---

① 胡贤林:《华文文学与华人文学之辩》,《世界华文文学研究》,朱文斌编,安徽大学出版社,2006 年,第 23—24 页。

② 同上书,24 页。

文化中国的一部分"①。在世界的另一端,代表马来西亚华文文学研究者的黄锦树也与90年代提出将"马华文学"的全称"马来西亚华文文学"改为"马来西亚华人文学",以表达"更深更广的文学史关怀"。

当然,无论是哪种称谓,我们都会发现其各自逻辑上的含混与似是而非。如果将其称之为"世界华文文学",并将其放置于"中国语言文学"的一级学科、"中国现当代文学"的二级学科之下,那么,它的自身学科边界在哪里?在逻辑上的对立者又是谁呢?假如对立者是"国内的中国文学",那么"世界华文文学"何以不包括"国内的中国文学"?既是"世界华文文学",那些用汉语创作的外籍作家(如韩国的许世旭、美国的葛浩文、澳洲的白杰明、德国的马汉茂等人)是否可以在这个学科名称下面安身立命呢?再有,既然华文文学是世界文学的一部分,又是在海外创作的,它是否也应该是外国文学中的一部分?而"世界华人文学"既然是世界文学的一部分,在逻辑上为什么不能包括在中国国内创作的中国作家?如果将其称为"世界华人文学",那么,已加入外国籍的华裔的作品,还能够算得上是"华人"的作品吗?就算第一代移民可以勉强算得,那么他们入籍后在国外生养的子女的作品应该怎样界定,这里的边界在哪里?以美国为例,在这个多种族混居合众的国度,除了印第安人,几代算上去几乎都是从国外移居来的国民,如果以族裔切割,那么美国的民族文学也就不存在了。凡此种种,至少说明了一个问题:就是无论是"海外"也好,"世界"也罢;"华文文学"也好,"华人文学"也罢,这是一个相当复杂含混的研究领域。幸好列宁早就说过:"所有的定义都只有有条件的、相对的意义,永远也不可能包括充分发展的现象的各方面联系。"②这就给我们提供了在一个更加宏观、宽容和弹性的框架内考察这个文学现象的合法性。面对这样一个复杂多变的文学现象,最好的办法是不以作家创作所使用的语言和作家的出身、国籍和族裔身份等形式上的因素论长短,而是在上述框架下将此类文学创作"再语境化"(recontextualization),还原到文本产生的历史时期,考察它在每个时期的发展状况,梳理过去,考量现在,并期待能够烛照未来。另外,既是对文学的考量,还是要以文学性和审美观照来审视这些作家和作品,无论是对客居的还是定居海外的,用汉语、外语还是双语写作的,甚至是对用外语

---

① 转引自黄万华:《华人文学:拓展了文化视角和空间》,《世界华文文学的新世纪》刘中树、张福贵、白杨主编,吉林大学出版社,2006年,第7页。

② 列宁:《列宁选集》第2卷,人民出版社,1985年,第808页。

写作后自己再将其翻译成汉语的各类定居、寄居海外、具有中国背景和中国意识的作家，这些原则应该都适用。

既然目前学界普遍使用的"世界华文文学"和"世界华人文学"这两个名称各自都有自己的盲点和不足，且都无法涵盖全球化进程中各种新冒现出来的作家以各种语言、各种创作题材创作的文学作品，那么我们提议用"世界华人文学和离（流）散文学"两个概念并列为其命名，使两者互补，用来涵盖来自全球任何族裔和民族国家背景、用任何语言创作的有关中国生活题材与中国文化在世界范围流传、流变情况的文学作品，希望后者能够补足上述两个概念在内涵和外延上的不足。为便于展开后面的讨论，我们有必要在这里对"离散文学"本身进行界定。如果从词源上追述，"离散"或"流散"（diaspora）一词原指《圣经》的《出埃及》中"犹太人在公元前538年被逐出故土后散居世界各地"的生存状况。当代意义上的"离散研究"（diaspora studies）则起始于20世纪90年代初的后殖民主义研究。它的主要研究对象是由于政治、经济、战争或文化等原因自愿或被迫远离故土到他国／乡寄居、创作的作家作品。虽然这些作家居住在寄居国内（host country），但从感情和思想意识上又与自己的母国（home country）保持着千丝万缕的联系。他们既具有强烈的全球意识，在心理上不轻易认同于任何国家、文化，时刻保持着跨界的清醒与独特视角。他们要在历史、地理状况的改变、文化的错位、情感的疏离、象征的表述、艺术的想象、哲学的思考、语言的转换等方面不断地在母国（homeland）与寄居国（host land）之间协商、调整，永远无法回到原来的家园，也永远无法融入别人的家园。他们唯一的选择是在两者之间的协调中重建属于自己的家园。从这个意义上来看，很多不好归纳的作家，如"旅居海外的中国作家，背景不同的中文作家，客居外文作家，华裔外文作家"[①] 等，都可以归属到"世界华人文学与离散文学"的这把巨伞之下，构成了世界离散文学中的一部分。

王宁认为，全球化虽然是在20世纪才变得凸显出来的一种政治、经济、文化现象，但却早在资本主义殖民扩张初期就初显倪端，资本扩张必然将操纵资本的人从世界经济的中心带到了世界各地，而世界各地的人也因此流动到世界经济的中心，全球化和本土化之间发生了双向的流变，强势文化与弱势文化之间的杂糅

---

① 赵毅衡：《一个迫使我们注视的世界现象——中国血统作家用外语写作》《文艺报》2008年2月26日。

成了离散文学的一个重要的特征。华人离散文学对于世界华人文学而言,"它一方面拓展了固有的民族文学的疆界,另一方面又加速了民族文学的世界性和全球化进程。"[①] 在这个意义上,当代离散文学极具后现代时代"去领地"的色彩,它既补充、丰富了本土文学,又能从边缘跻身到中心,与西方主流文学分庭抗礼,在世界文坛上已经成为了一道独特的风景。由于世界华人文学在母国与寄居国之间跨文化的双重视角,它成为比较文学与比较文化的研究范畴也就成为了必然。[②] 而我们之所以使用离散文学这一概念,是想从世界犹太文学、华裔文学的个案研究,拓展到这种研究的世界性与普遍性,譬如当代著名作家奈保尔(Vidiadhar Surajprasad Naipaul)、昆德拉(Milan Kundera)以及批评家赛义德(Edward Said)、斯皮瓦克(Gayatri C. Spivak)等等,都具有这种跨文化的流散特征,应该成为比较文学的研究对象。

二、世界华人文学与流散文学的特征

由于世界华人文学与流散文学的跨国界与跨文化性质,所表现的题材和主题与以往的民族文学传统有着明显的差别。这里我们归纳一下它的一些常见主题。

1. 放逐性所带来的故国想象与历史重写

由于政治、经济、文化等原因,远离故乡的人都有一种集体的乡愁,一种共同的期盼,那就是无论肉体上还是精神上的故乡归属。这种思乡情结首先是在港台作家那里尤为浓烈。每当我们读余光中、白先勇、於梨华、聂华苓等60年代从台湾到美国留学的一代作家的文本,这种乡愁便若隐若现地渗透在字里行间。表现思乡主题的文学作品在世界华人文学与离散文学中甚至形成了一种特别的文类——一种离散文学特有的文类。无论是由于什么原因,一旦离开故土,归乡就成了一种梦想,一种永远无法实现的魂牵梦绕的渴望。人永远无法回到他所离开的那个故乡,因此在文学书写中,故乡就变成了一种故国想象和历史重写。我们在离散作家笔下看到了多种多样、各自不同的中国。在这种情况下再去探究"本真性"的问题已经失去了意义——作家们各自书写的都是他们想象的故国,是他

---

① 王宁:《流散写作与中华文化的全球性特征》,载于《文学翻译与经典阐释》,中华书局,2006年,第77页。

② 两者之间关系的详细阐述参见饶芃子的文章《海外华文文学的比较文学意义》,《深圳大学学报》(人文社会科学版),2006年第2期。

们爱也好、恨也好,但永远无法忘怀的故国。这种爱恨交加、无法释怀的矛盾情结在20世纪80年代之后出国,经历了文革时期的内地留学生文学中非常常见,哈金、虹影、闵安琪、严歌苓、程抱一、高行健、欧阳昱、杨炼、张翎、马健、欣然等人都是这样的作家。这些作家所书写的中国在今天的很多中国读者看来是有些不容易接受的,但如果在他们写作的那个历史背景下去理解他们的作品,看到他们离家去国之后对故乡所怀有的深厚的思念和眷恋,相信读者会逐渐培养出接受、理解这些作品的胸怀。

在海外华裔文学中,水仙花、刘裔昌、黄玉雪、雷祖威、朱路易、黎锦扬、汤亭亭、赵建秀、谭恩美、黄哲伦、伍慧明、张岚、李立扬、陈美玲、梁志英、毛翔青、何舜莲、伊夫林·刘、伍旷琴等新老几辈作家也都以各自不同的方式书写过他们想象中的故国,各自从不同的角度对历史进行过重写。这些作品中描写的中国真实与否已经不是学者和读者考量的最主要的问题,重要的是这些作家在对"中国性"、"中华性"等概念的理解上给了我们别样的启示。在他们那里,经由移民经验所寻找、渗透、沉淀、传达的中国文化虽然有所变形,但也有新的拓展。"故乡"变成了"原乡"①,"实体中国"变成了"文化中国"(杨匡汉语)。这个中国在他们的想象和创作中一再被翻译、阐释、解构和重建。在这个过程中难免有误读或曲解的地方,但我们不能否认,很多时候误读也是一种创造性的阅读。证实这一点的最好的一个例子是美国诗人庞德对中国古诗的翻译、误读和挪用。没有他的误读很难想象会有今天西方意象派诗歌的成就,更难想象中国古典诗歌的传统经由欧美意象派的传播再回到今天的中国,给今天的中国文学带来的影响。由此我们可以看出,中国这个所有海外华人心中的故乡/原乡已经不再是一个固定不变的稳定的能指,她的意义在作家们笔下是一个不断变化、不断被丰富和拓展的概念。用一位学者的话说,"想象的故国"不仅使作家们发现了自我,同时也艺术地创造了"故国"本身。②

2. 双重性所带来的边缘、含混与杂糅书写

由于世界华人文学与离散文学是跨国界、跨文化、跨种族的书写,它的双重性是不言而喻的。而这种双重性又直接导致了这个文学类别的边缘性和混杂性。

---

① 澳洲华裔作家欧阳昱用"原乡"这个名字命名了他在澳大利亚首创的一本华语文学刊物。今天该刊物在澳洲华语文学圈和世界华文文学界都已产生了很大的影响。

② 杨匡汉:《中华文化母题与海外华文文学》,长江文艺出版社,2008年,第31页。

正如饶芃子所指出的，(世界华文文学与离散文学)"是处在中外文化相遇、碰撞的最前沿，当中有各种错综复杂的关系和矛盾。但从大的方面来看主要有两个方面，一是原本民族文化和居住国主流文化的差距、间隔形成的紧张关系和矛盾，二是居住国各种非主流文化之间的关系和矛盾，以及由此引发的华族文化与其他边缘文化的矛盾。"这样看来，"它既有别于中国本土文学，也不同于居住国的主流文学，是一种新的文学类型，一种特殊文化载体的文学"。①正是由于这种特殊性，世界华人文学与离散文学既无法被归到传统意义上的中国文学的范畴中，也无法在严格的意义上归属于所在国传统的国别文学的主流之中，其边缘性也是显而易见的。双重性和边缘性使得作家们的文化认同呈现出了多棱镜般的变化和不同。"无论是出于自愿还是强迫，思想上的流亡还是真正的流亡，不管是移民、华裔(离散群族)、流亡、难民、华侨，在政治上或文化上有所不同，他们都是置身边缘，拒绝被同化。在思想上流亡的作家，他们生存在中间地带，永远处于漂泊状态中，他们拒绝(完全)认同新环境，又没有完全与旧的切断开，尴尬地困扰在半参与半游离的状态中。他们一方面怀旧伤感，另一方面又善于应变或者成为被放逐的人。游离于局内人和局外人之间，他们焦躁不安，孤独、四处探索，无所置身。这种流亡于边缘的作家，就像漂泊不定的旅人或客人，爱感受新奇。当边缘作家看世界，他以过去的和目前的相互参考比较，因此他不但不把问题孤立起来看，而且他有双重的透视力。"②他们的创作被夹在中国文学和外国文学之间，是"出了中国海关，却还没有完全进入外国海关"的作家(赵毅衡语)。这批作家写作用的语言或是汉语或是外语，但思想意识却多多少少是中国式的。即便是用外语写成的，我们也可以从作品的语言和思维方式、表述方式上追踪他们中文式写作的痕迹(这些痕迹一方面是由于使用非母语写作所必然形成的，还有一部分是作家们出于"陌生化"的目的而有意为之的)。甚至，虽然他们创作使用的是外语，但行走在他们的字里行间时，我们有理由相信他们的理想读者是懂外语的中国读者，因为作品中的背景事件、成语典故的所指很多都只为中国读者多熟知。③赵毅衡就曾经指出："这批作家把中国文学，或者说'文化中国'的文学，

---

① 饶芃子：《海外华文文学研究的新视点：海外华文文学的比较文学意义》，《世界华文文学的心世纪》，杨中树、张福贵、白杨主编，吉林：吉林大学出版社，2008 年，第 4 页。

② 王润华：《越界与跨国：世界华文文学的诠释模式》，《中华读书报》，2002 年 9 月 18 日。

③ 例如在哈金于 2008 年出版、长达 700 多页的小说《自由生活》中，这样的例子就随处可见。

推出了汉语的边界,对丰富中国当代文化,促进国际文化交流,作出了宝贵贡献。应当说,他们写的既是外国文学,又是中国文学。"①

实际上,在世界文学的范畴之内,有很多作家都根据自己的亲身经历对这样的放逐感做过深入的阐述,其中包括出身波兰、用英语进行创作的英国小说家康拉德,出身前苏联、后移民美国、用英文创作的小说家纳博科夫和索尔仁尼琴,出身爱尔兰、用法文和英文创作的塞缪尔·贝克特,出身特立尼达、被称之为"现代英文散文大师"的 V. S. 奈保尔,出身印度后流亡英国用英文写作的萨尔曼·拉什迪,出身中国,具有欧亚血统,用英、法两种语言进行中国题材写作的韩素音,当然还有中英文创作、翻译都堪称绝佳的林语堂等。其中贝克特和奈保尔都是诺贝尔文学奖获得者。出于同样地位的已故美国后殖民理论家爱德华·赛义德曾在他的理论著作与文章中反复强调过他的流亡、杂糅身份为他带来的优势。他说:"身份就是一个被不断扩展、不断被重写的文本,这个文本与他的其他文本构成了多重文本的互文关系。"② 他对自己也有一个"定位"(location),但与别人给他的定位不同的是,他的这个定位是以"不确定性"(dislocated)为特征的——不确定是因为他本身就永远处于一种流散状态。正是因为这种不断流动的流散状态给他带来的启示才使他认为所有文化都是不断变化着的过程,身份就是这过程中的一个环节。对于离散的知识分子而言,赛义德曾引用一个 12 世纪法国僧侣雨果的名言来界定一个人的归属:

> 只会品味家乡甜蜜的人还是孱弱的孩子,能以四海为家的人才能成为体格强健的成人,而能把整个世界都看成异乡的人才是真正完美无缺的智者。孱弱之人只将自己的爱附着在世界的一点上,强健之人能将自己的爱延伸到了海角天涯,而完美之人已经摒除了所有的爱与恨。③

这里所谈的"将整个世界都看做异乡"的境界在笔者看来是知识分子克服、摆脱了狭隘的民族主义观念之后的博大胸怀,是不带任何主观意向地看待世间万事,以异乡人陌生的眼光观察、理解、分析问题,保持一个批评者应有的感情上的距离,冷静、客观地对待问题的理性思考。这不禁让我们想起英国作家斯威夫特在

---

① 赵毅衡:《仓颉之后何以鬼神夜哭?——哈金专辑代前言》,《今天》2000 年第 3 期。

② Bill Ashcroft and Pal Ahluwalia, *Edward Said: Routledge Critical Thinkers, Essential Guide for Literary Studies*, London and New York: Routledge, 1999, p.5.

③ Edward Said, "The Mind of Winter: Reflections on Exile and Other Essays".

《格列佛游记》中以异乡人(甚至是外星人)在观察、批判英国社会时采用陌生化眼光。多重的身份和杂糅的文化赋予了像赛义德这样的跨界知识分子得天独厚的双重性,乃至多重眼光与视角,用这样的眼睛看到的世界自然和用一双眼睛看到的世界不同,特别是当这双眼睛由于长时间以同样的姿势看世界已经失去了敏锐、新鲜的观察力的时候。这便是世界华人文学和离散文学在全球化的语境下异军突起的最好解释。夏志清在本世纪初曾不无激进地预言:"要21世纪的中文文学迈进一步,超过20世纪的成就真是难上加难,我对中国人在海外从事英文创作却十分乐观。"① 虽然这个断言有失偏颇之处,但毕竟他敏锐地感受到了这个文学分支的巨大发展潜力和前景,预测到了未来世界华人文学与离散文学对中国文学和世界文学即将作出的独特贡献。

从比较文学的角度看,世界华人文学与离散文学是中国文化在世界各地播种、开花、生根、结果的过程。正如饶芃子所总结的,它的跨界性注定它将在传播、译介、影响、融合等方面具有很强的比较文学的研究意义,它所表现出来的边缘性、双重性、含混和杂糅性在国别文学之间开拓出了第三个空间,在建构自身特色的前提下,既能与本土文学对话,又能与世界文学对话,同时也激活了很多中国文学、外国文学、文学研究和文化研究之间的跨学科研究课题,在拓宽比较文学疆界方面正起着不可替代的作用。

第二节 世界华人文学与离散文学案例分析

这里我们选取了张瑞华的《简论麻将与〈喜福会〉的主题与结构》,用以展现对一个世界华人文学/离散文学文本在比较文学学科框架内进行研究的成功范例。应该说,选择对美国华裔女作家谭恩美的小说《喜福会》进行研究的论文作为本章的案例原因有二:一是《喜福会》的文本读者早已非常熟悉,选择关于这部小说的论文便于读者的理解和接下来的讨论,二是这部作品书写的是跨越两种文化的华裔美国移民两代人的经历,自出版之日起就在评论界引起了很大的争议。这为我们对此类文学作品的文学价值及社会意义展开讨论也提供了良好的

---

① 见《明报月刊》2000年1期,第24页。

契机。

正如作者在该论文中所说，1989年出版的小说《喜福会》作为美国华裔文学的代表性文本早已被美国主流文学界经典化。它不仅一经出版就雄居《纽约时报》畅销书排行榜长达9个月之久，荣获了各种美国国家图书奖和图书提名奖，被译成了20多种文字在世界上受到了各国读者的喜爱。该书于1993年又被改编成好莱坞电影，成为流传更为广泛的一部华裔美国文学作品。虽然在文学地位上它不及汤亭亭的《女勇士》，但其销售量和流行程度却远远超出了后者，成为美国华裔文学中当之无愧的经典和代表性文本。然而，随之而来的却是以赵建秀为代表的一些美国华裔批评家的猛烈攻击和批判。这些批评家认为以汤亭亭和谭恩美为代表的美国华裔女作家在书中为了迎合美国白人读者的兴趣和口味，有意背叛、歪曲了中国文化，使西方对中国的东方主义认识再次加深，在事实上带来了自我东方化的严重后果。他们甚至称这些女作家为"华裔美国伪作家"[①]。在赵建秀等人编写的两大卷亚裔美国文选《啊咿——亚裔美国作家选集》和《大啊咿——华裔和日裔美国作家选集》中，竟然没有给上述作家留下任何位置——他们被完全排斥在华裔美国作家之外。面对这些作家和作品的严厉批评与指责，另外一些批评家也站出来为汤、谭等人辩护，认为具有"本真性"的中国文化（任何文化）根本就是不存在的；海外华裔作家脑子里的中国文化大部分是经由他们的父辈口口相传一代代传授给他们的，而他们对中国文化的理解也是建立在他们个人在海外的生活经历上的，是经过他们吸收、过滤、改造，最后能变成属于他们、适应他们的生活和经验的华裔美国文化，是经过他们验证过的想象中的中国文化。这是对中国文化的"本质化"和"本真化"的有力挑战和颠覆。华裔美国女作家们用这样的文化策略不仅挑战了本质意义上的中国文化，还成功地颠覆了中国传统文化中男性对女性几千年的压迫，用她们自己手中的笔创造出了一片属于她们自己的天空。[②]

本案例的作者无疑也是在这场论战的背景下展开的对《喜福会》的讨论。在解读这部小说时文章作者独具慧眼地将聚焦投射到了麻将这个中国传统文化的典型意象上，并结合这个意象探讨了小说的主题与结构。这是将小说的内容与形

[①] Chin, Frank, "Come All Ye Asian American Writers of the Real and the Fake," Chan, Jeffery Paul, et al. *The Big Aiieeeee!*. New York: Meridian, 1991.

[②] 详细讨论参见拙作《走向文化研究的华裔美国文学》，中华书局，2007年。

式并置起来进行的一次有意义的探讨。正如文章作者所说，麻将在一些中国学者看来是代表中国传统文化的六大"特产"之一，它和辫子、小脚、太监、八股和鸦片一道，是西方人用东方主义的目光"凝视"东方的一种方式。在这样的语境下，谭恩美选择用"喜福会"这样一个麻将会的意象作为小说的题目和整部小说的框架结构可谓是用心良苦。

小说中以打麻将的方式常常聚会的四位母亲是抗日战争期间从沦陷区逃难出来的妇女，丈夫都因在前方参战而不能留在她们身边。文章作者看到，以打麻将的方式相聚，女人们实际上是在战乱的年月相互安慰、相互支持，他们表现出的是中国人"临祸乱而不惧"的乐观精神。其次，"喜福会"也是她们各自到了美国之后了解美国、适应环境、学习重新生活的社交方式，对他们适应在新的国度中的移民生活有着不可替代的重要作用。再次，四位母亲在麻将桌上回忆、讲述自己的故事既是她们寻找、确定自己文化身份的过程；又是将故事讲述给女儿们听，让她们也了解自己家庭、家族和故国的历史，使早已美国化了的女儿们从母亲的讲述和教诲中获得力量的方式。最后，麻将桌上输赢之间的转换也成了母亲们将中国传统哲学中的精髓（儒家、道家、孙子兵法等）传递给女儿们的最直观的方式。从小说所描写的打麻将的策略与技巧中，我们甚至可以看到母亲们借麻将牌论事，教导女儿们如何处理人际关系，如何拯救濒危的婚姻的良苦用心。总之，麻将牌在小说中具有一石多鸟的丰富能指，因此给人（无论是中国读者还是西方读者）留下了难以磨灭的深刻印象。

该篇文章最精彩之处莫过于从小说形式上对主题的探讨。我们看到，作者对中国麻将牌打牌者的人数、座次、座位朝向、出牌顺序与小说的叙述结构与顺序作了平行对比，由此看出了作者设计八位叙述者讲述的十六个故事的结构和顺序：外围的讲述者是四位母亲，坐在东西南北四个方向，构成了母亲保护女儿的结构。同时，来自东方的母亲和来自西方的女儿的交替叙述也构成了东西文化之间复调般的轮唱。整部小说犹如一部多声部的大合唱，有每个人物各自的独唱，也有人物之间的重唱、轮唱与合唱。叙述声音此起彼伏，交相呼应，形成了多层面、多视角、立体、丰富的小说叙事框架。在麻将桌的座位朝向上，每位母亲故乡的方向正好与她们在牌桌上的座位的朝向相吻合，表现了她们对故国既想逃离又割舍不下的复杂情愫；在顺序上，每一轮故事的叙述顺序也和打麻将出牌的顺序不谋而合。这些都不能不说是小说作者精心设计、安排的结果。最后，"这个从东方开始到东方结束的旅程是对吴凤愿的去世到她内心凤愿实现的有意安排，它标志着母女关系从不理解到理解,从反抗走向接受。它也是女儿对自身族裔身份觉醒的旅程,是女儿走向成熟,回归家园的旅程"①。可以说,论文作者观察敏锐、分析细致深入,解码了小说作者在麻将这个文化意象中有意输入的编码,成功地进行了一次读者与作者之间心领神会的默契对话。

不仅如此,在分析完小说叙事形式和麻将牌形式的相同之处之后,文章作者还向读者详细介绍了麻将牌本身所蕴藏的中国传统文化中"天人合一"的思想内涵。作为中国读者,麻将应该说是我们再熟悉不过的一个中国文化现象,但并不是说熟悉的东西人们就一定了解、明白,更多时候是当局者迷,人们对熟悉的东西反而熟视无睹、视而不见。以文章中介绍的每一张麻将牌所蕴涵的哲学和文化内涵来说,不是经过谭恩美有意的"语境陌生化"处理,读者,甚至包括中国读者,都很难意识到麻将牌中所蕴涵的这些细微之处的文化寓意。在对麻将桌上的每种牌所传达的文化寓意进行了详细分析之后,文章作者指出:(麻将牌上)"这些物化了的时空形象、化身形象、人物形象以及动物形象代表着宇宙万物,它们同处在一个共同体内,互相搭配,互相作用,互相依附,互相补充,循环往复,直到永远。"② 这是对麻将所承载的几千年中国文化的一个抽象化的总体概括,而且结合《喜福会》的文本,这个概括显得非常令人信服。

本文作者认为,谭恩美在小说创作方面的成功或许有前文一些批评家所指责的自我东方化的嫌疑,但若不是像她一样的海外华裔作家集体发声,以西方读者能够理解和接受的方式书写自己,书写自己的母国文化,西方读者所看到的中国就只能还是金克木先生眼中的那"六大特产"——一个古老、神秘、落后、腐朽的遥远的中国,一个他们想象出来的旧中国。也正是通过谭恩美这样一些作家经过自己的过滤和筛选,在东西方读者熟悉的一些文化意象中输入一些新鲜、积极的文化内容和内涵,才能将这些意象变腐朽为新奇,化熟悉为陌生,化消极为积极,创造俄国形式主义理论家们所钟情的"熟悉的陌生感"。在为文学作品增添审美情趣之外,这些作家也给西方读者和中国读者提供了一次从他们的文学作品中重新审视、重新体会、重新理解中国文化的机会。而在化旧为新的形式中读者看到的不仅仅是海外华裔母女间的恩怨纠结,也是世间所有悲喜人生的缩影,因此也

---

① 张瑞华:《简论麻将与〈喜福会〉的主题和结构》,《美国华裔文学研究》,程爱民主编,北京:北京大学出版社,2003年,第286页。

② 同上书,第287页。

具有很强的普遍意义。这不啻于是在比较文学的意义上对中西方的沟通和理解所作出的积极贡献。借用古老的中国麻将之瓶，在里面装上华裔美国文化的新酒，让人们在其中品尝到人生的千滋百味，在恐怕就是《喜福会》在中西方都获得了巨大成功的奥秘所在了。

归纳起来，本案例的可贵之处在于作者立意新颖，选取了很容易被人忽略的"麻将"这个文化意象作为切入点，围绕麻将牌的方方面面对小说做了一番比较文学和"文化研究"式的解读，并从中得出了以其他方式很难读出的文化意义。这在比较文学的研究中也是发挥中国学者学术背景优势的一种做法，很值得参考和借鉴。论文作者清晰地透视了小说中麻将这个文化意象给移民女主人公们带来的故国想象和她们对中国传统文化和历史的重新书写，同时，也将由此带来的中西方文化的含混、杂糅的第三度空间书写出来，使从主题到结构都与麻将紧密相连、环环相扣。文章既有传统的文学研究所注重的文本细读功夫，也有文化研究的向外拓展，更有比较文学的跨界研究视角，因此读起来让人觉得趣味盎然。此外，文章以小见大，层层推进，既有对细节的考察分析，又有对宏观问题的整体把握，在全文结束时得出了令人信服的结论。

习题

一、你怎样看待世界华人文学与离散文学的定义与范畴？

二、在世界华人文学与离散文学中，"文化中国"在离散群族的文化身份认同中扮演了什么样的角色？请举例说明问题。

三、世界华人文学/离散文学与中国文学、世界文学和比较文学分别是什么关系？它给21世纪的文学研究带来了怎样的希望？

延伸阅读

一、饶芃子、杨匡汉主编：《海外华文文学教程》，暨南大学出版社，2009年。

二、陈贤茂主编：《海外华文文学史》（四卷），鹭江出版社，1999年。

三、黄万华：《文化转换中的世界华文文学》，中国社会科学出版社，1999年。

四、陆薇：《走向文化研究的华裔美国文学》，中华书局，2007年。

附 案 例

简论麻将与《喜福会》的主题与结构

张瑞华

金克木先生认为,中国传统文化中有六样"特产",即辫子、小脚、太监、八股、麻将以及鸦片。辛亥革命开始,这"六害"得到了知识界的猛烈攻击。辫子、太监、八股随着清王朝的覆灭而终结;小脚随着妇女读书解放、参政议政以及男子审美观念的变化成为历史;而麻将和鸦片到1949年全国解放时也销声匿迹。如今,唯一还在民间流行的只有麻将了。究其原因,恐怕是麻将寓乐于赌、寓赌于乐的特性令热衷者欲罢还休。不过,撇开其赌害,麻将确实不失为一种与棋牌并列的有谋有略的休闲娱乐方式。本文关注的华裔女作家谭恩美笔下的麻将。笔者认为,1989年出版的成名作《喜福会》(*The Joy Luck Club*)之所以能雄踞《纽约时报》畅销书排行榜达九月之久,能获得1990年海湾地区小说评论奖、联邦俱乐部金奖以及国家图书奖和国家图书评论奖的提名,并被选入《诺顿文学入门》教材,走入经典作品的行列,不仅在于谭恩美在主题上延续了华裔作家特别是汤亭亭的传统,描绘了母女两代人所代表的两种文化之间相互冲突、相互融合的心灵历程,展现了东西文化交流的进程,而且很大程度上在于作品独特的艺术表现手法,其中之一就是作者将自己对东方传统文化麻将的独特理解和阐释创造性地贯穿在作品的肌理和构架中,使作品在麻将这一陌生化的表现手法中达到了内容和形式的有机统一,形成一股强劲的张力,取得了独特的艺术审美价值。

一

作品的题目喜福会是个麻将会名称,最初由作品中四位叙事母亲之一吴宿愿在桂林发起成立。那时正值日本帝国主义肆虐中国大地,大举进军桂林之际。据吴宿愿回忆,那时的桂林"街上躺着一排排男女老少,活像砧板上刚宰杀的鲜鱼"。① 在那种环境中,四位从沦陷区逃难到桂林的女性轮流做东,定期聚会,她们"吃喝玩乐,输输赢赢,赢赢输输,讲各种趣事,把每周都当新年过。什么都不想,只在和牌中增添快乐"(12页)。然而表面的欢笑娱乐却掩盖不住战争期间各自内心的不幸烦恼以及恐惧慌张,正如吴宿愿所说:"不是我们没心肝,看不到痛苦。其实我们都害怕,我们都有自己的苦处,可绝望找不回已经失去的东西,它只会延长难以忍受的痛苦"(11—12页),因此在"愁眉苦脸坐在那儿等死和选择自己的快乐之间"(12页),她们选择了后者。玩麻将既可以让她们打发难挨的时光,"丢开坏念头",又可以希望交好运,表达她们对求生的祈求和期盼,"那希望便是我们唯一的快乐"(12页)。对她们来说,活着便是她们的"喜"、她们的"福",所以她们的麻将会已褪去了其赌的功能,不仅"那时的纸币一文不值",而且"一千元的票子还不够擦屁股"(12页),在实际意义上,它只不过是一种仪式,一种逆境中求生的心理慰藉而已。这种解构悲祸以建构喜福的求生心理机制深受中国道家相对主义人生观的影响。我们知道,庄子妻子去世之后,庄子鼓盆而歌,因为他认为哭不是一个理解生命的人应该做的。这种相对主义人生观使人遇顺境而不大喜,临祸患则不悲惧,饱经霜雪,苦斗严寒。在这意义上,谭恩美以麻将会托喻,既肯定了中国妇女乐观进取的人生观,又肯定了她们不屈于命的精神实质。

第二个喜福会是在1949年吴宿愿到达旧金山,在教堂遇见苏家、钟家、圣家后提议成立的。它承袭了第一个麻将会轮流做东,定期聚会的传统。除此之外,新环境中的麻将会是她们定期娱乐消遣、闲聊家常、在一起"学习美国的成规习俗、处世之道,了解事情的来龙去脉,商讨赚钱之道"②的社交聚会。各家的男子也加入了她们的行列。他们用麻将钱投资股票,资助吴晶妹买机票,敦促她回上海与同胞姐妹相认。

然而,时空的不同赋予了第二个麻将会以更为深刻的蕴意。当初吴宿愿在提议成立时凭直觉知道,和她一样,"这几家的女人既有留在中国的难言楚痛,也有无法用蹩脚英语表达的种种希望"(6页)。的确,战争时期的她奔逃几地,历尽艰辛,在失去一切——父母兄妹、前夫、一对双胞胎女儿——的苦痛中,辗转

---

① Amy Tan, The Joy Luck Club, Ivy Books, 1999, p.13. 文中引文均出自此书,括号内为引文页码。

② Gregory L. Morris, *Talking Up a Storm; Voices of the New West,* University of Nebraska Press, 1994, p.222.

到了美国。苏安梅跟随被迫作妾的母亲从宁波搬到天津，虽然最后脱离了那个妻妾争风吃醋、明争暗斗的大宅院，可她的自由却是母亲的生命换来的。钟林冬设计才得以侥幸逃脱那个父母之命、媒妁之言的不幸婚姻，获得自由。顾映映，这位富家千金，也终于走出了因丈夫寻花问柳而产生的绝望，开始了新生活。经历不同，但相同的是她们都不弱懦自欺。她们都是生活的强者，尽管也都是强权侵略、父权压迫的受害者。她们带着共同的梦想踏上了新的征途，希望挥手过去，"到了美国，要生个跟我一样的女儿。那里谁也不会说，她值不值钱全看她丈夫嘱打得响不响；那里谁也别想瞧不起她，因为我只让她说地道的英语；在那里，她总会得到满足，用不着含辛茹苦。"（3页）然而她们没料到新的环境带来了新的挑战。华人在美历史的卑微和失语使她们一开始便成了白人眼中的"他者"、"隐性"。他们有着"被排斥在主流文化之外，尽管生活在美国文化之中，却不属于美国文化"① 的尴尬。于是，在"他者"、"边缘"化的境遇中，生存的本能被活鲜鲜地提到议事日程，她们迫切需要知道自己是谁。在这种情况下，过去成了她们了解自我、得以生存的唯一依赖，而记忆则是找回过去的唯一途径。

  哲学家常强调记忆的表现功能（representative function），他们把记忆看做"意象"（images，圣奥古斯丁）、"呈现"（presentation，亚里士多德）、"印记"（impressions，亚里士多德）、"观念"（ideas，洛克与休谟）② 等等。然而科学研究证明，人脑的容量是无限的，它储藏着我们经历过的种种信息。这些信息一旦被现实激活，就成了活生生的记忆，而这些记忆经过叙述便成了"故事"。所以"故事"并非记忆本身，像叙述一样，它的形成经历了主体一系列纷繁复杂的筛选、汰洗以及修订。在这一过程中，主体"故事"是以自身为坐标，以社会和心理为两轴勾勒形成的。由此观照母亲们的"故事"，我们不难看出这些"故事"正好相遇在主体被看做是"他者"、"边缘"的坐标上，种族压迫以及权力话语的社会中，以及为了赢得生存、自我的心理机制中。这种社会心理机制操纵下的记忆不同于一般哲学意义上的记忆，它是一种在特殊环境中用于满足自我潜意识欲望的形式。对母亲们来说，其实际意义在于：重拾过去是为了在新的压力下寻求新的求生动力，是她们在"他者"环境确定"自己是谁"的源泉。它还是修正白人眼

---

  ① William Wei, *The Asian American Movement*, 1993, p.45, p.48.

  ② Ben Xu, "Memory and the Ethnic Self: Reading Amy Tan's *The Joy Luck Club*", MELUS, Vol. 19, No. 1,（Spring 1994）, p.4.

光,驳斥并扭转白人心中种族刻板形象(racial stereotypes)的武器。她们的故事告诉人们华裔女性决非白人心目中卑贱低微、安于知命、受人摆布、不知抗争的"中国囡囡",更不是魔妖"龙女"。① 更重要的是,这样的过去以"讲故事"的形式讲述出来,既打破了她们在父权下的被迫沉默的枷锁,改写了历史,又让她们找到了各自的声音。这声音一方面反映了她们勇敢的反叛,是她们确定自我的力量,是她们用于斗争的武器,另一方面又是她们为之骄傲的宝贵遗产以及传递这种遗产的必要途径。它能使说一口流利英语的女儿了解她们过去的真相,扭转修正西方视野中扭曲固定的中国刻板形象,重塑华人形象,重建华人历史。除此之外,它在把母亲的经验、想法、信仰、愿望、精神当做"最宝贵的东西"传给女儿的同时,赋予女儿们以她们自己的声音,帮助女儿们在真正了解"中国人也做生意、画画、制造药品,不像美国人那么懒,我们确实受折磨,最好的折磨"中确立自己的身份,拥有她们所梦想的"美国的环境与中国人的性格的完美组合"(92、289)。这就是吴宿愿成立第二个喜福会的意义,也就是为什么映映的丈夫去世后,他在喜福会的位子由她弟弟继任;吴宿愿去世后,由女儿吴晶妹替代的真正目的所在。由此视之,第二个喜福会不仅是第一个喜福会(记忆)构建出来"故事",代表着记忆的延伸,象征着精神的继续,而且是联结母女两代的纽带,是联结过去与现在、东方与西方的桥梁,更是确立自我身份的开始及其延伸。

二

任何游戏竞赛,终有输赢。不幸的是任何场合终有输者。苏安梅说:"以前我们打麻将,赢者得钱,但赢家总赢,输家总输。"(18页)这种不公平使喜福会的母亲们改变了麻将的玩法,使之成为在象征意义上没有输赢的游戏。

> 我们聪明了。现在大家都赢都输,我们可以在股票市场上碰运气。我们打麻将纯粹是为了消遣,只动几美元的输赢,谁赢了就把钱拿走,谁输了就把吃剩的拿走,这样每人都能得到快乐(18页)。

表面看来,这种变化只是调节平衡了输赢者之间的距离。然而透过表层,我们可窥见的是母亲们避开输败的心理防卫。过去受苦受难的经历形成了她们保护自己不愿再受害的心理机制,加强了她们在新环境中不能再输,在"边缘化"的

---

① William Wei, *The Asian American Movement*, 1993, p.45, p.48.

生存中赢得"非边缘化"生存的决心。这种决心在某种程度上形成了她们的独特的赢家生存哲学。典型的例子是钟林冬。她对女儿韦弗利获得围棋冠军，是这样看的："赢棋用不着十分聪明，要施展计谋"（187）。在她看来，"计谋"要比"聪明"本身来得重要。而她的"计谋"即为："一种所谓的抑制力，一种无形的力量，也是说话占上风，得到别人尊重，最终成为对弈中克敌制胜的策略"（89页），通俗地说，也就是深谙"游戏"规则，令对方看不透、摸不着自己行为的儒家之道。钟林冬曾用道家之"风"比喻那种"无形的力量"。她说她十四岁过门时，"就发觉了风的威力"，"看到了我很强壮，很纯洁，有深藏于内心别人无法看到，更无法夺走的坦诚想法。我就像风一样"（58页）。的确，她用内心的"风"力，在新婚之夜吹灭了那代表婚姻契约、表明"生是黄家人，死是黄家鬼"的红烛。她还教女儿"聪明人不逆风而行，中国有句话，见风使舵，刮南风，向北去，疾风无形"（89页）。可惜韦弗利无法理解母亲的这种心思，尽管她得了围棋冠军，似乎继承了母亲的赢者特性，然而在她公然和母亲对着干的反叛中，她"逆风而行"，说明她还没有真正领悟那种"无形的力量"，结果再也无法赢棋。

钟林冬的这种"不逆风而行"，用"无形的力量"才能旗开得胜的中国传统哲学在实际生活的意义在于告诫女儿，在任何场合，小到对弈、拿学位，大到处理人际关系、"边缘"与"主流"文化冲突，用正面对抗的硬碰硬手段是无法赢得力量悬殊的强大敌人的，而只有依靠以柔克刚，以短见长的"无形力量"方能出奇制胜，弱者为上。这往往也是从边缘解构中心，最后赢得权力平衡的有效手段。母亲以身作则，一直在用这种"无形的谋略穿透女儿，设法教会她中国人的性格"（289页），激发女儿的赢者精神，"用双手捧着创伤，直到它变得强烈、闪光、清晰，恢复凶猛金色的一面，黑色的一面。用锋利的痛苦刺进女儿坚韧的皮肤，激发她的老虎气质"（286页）。可庆的是，小说最后，韦弗利在种种对抗之后，还是感悟到了母亲的用心良苦的"计谋'："我终于发现那边存在的究竟是什么了，一个老妇人，以炒菜锅为盔甲，以织针为剑，她耐心地等待女儿请她进来，等得有点不耐烦了。"她不得不折服母亲的那种"无形的力量"，承认自己的愚蠢。看来，保持自声的赢者姿态，且把这种中国文化中独特的赢者哲学、赢者精神传给女儿，便是母亲内心的宝贵遗产，是中国母亲不同于西方母亲的特有的爱。

三

吴晶妹坐在母亲的麻将席位上,想起了母亲曾告诉过她犹太麻将与中国麻将的区别:

> 完全不同的玩法,犹太人玩麻将,他们只盯着自己的牌,全凭眼睛打。中国人玩麻将一定要用脑袋,动心眼。你必须盯着别人出什么牌,并且记在脑子里。大家要是玩得平平,就等于犹太麻将。(22—23页)

对此解释,晶妹如坠云里雾里,她还是"弄不清是游戏本身有区别,还是她(母亲)对中国人和犹太人的态度有区别"(22页)。其实母亲强调的"用脑袋,动心眼"、"盯着别人出什么牌,记在脑子里"乃是种"知己知彼"的谋略。是中国古代兵法的出发点,从广义上说也是处理所有关系(人际之间、群体之间、国家民族之间、文化之间等)的出发点。作品母女关系中女儿对母亲的看法就像玩犹太麻将——"只盯自己的牌,全凭眼睛"。例如,吴晶妹一直把母亲"在桂林的故事当做中国的神话故事"(12页)。她理解中的喜福会"不过是中国民间陋习,如同'三K党'的秘密集会或者电视里印第安人在打仗前举行的手鼓舞会一类的宗教仪式"(16页),对于她"一开始弄不懂的事情从来记不住"(6页)。韦弗利一直把母亲的出生地太原当做台湾,在母亲为她的成就骄傲时,她不去理解母亲的真实想法,却一味指责母亲拿她的成就炫耀,并公开蔑视她,违抗她。罗丝在面临婚姻破裂时宁可去见她的心理医生也不去找母亲,因为在她心中,母亲总和她唱反调,她认为这次母亲定会劝她维持婚姻就像当初她和泰德恋爱时反对他是"外国人"一样。琳娜一直以为她和哈罗德之间是平等的,他们各付各的花销,买房按各自挣钱的比例付款,双方平摊度假费用等等。她以为"这样能够消除依赖……平等……没有包袱地去爱"(176页),然而当后来所谓"平等"的事情开始围绕她,令她不安时,她开始考虑她为公司出谋划策,竭尽智囊,可工资只有哈罗德的七分之一是否也意味着平等,"她们之间的婚姻基础是什么"(180页)。在这种情形下,还是母亲看得清:"那是因为她只用外面的眼睛看,她不聪明,看不到事情的本质。"(282页)母亲担心她没有"气","不把我的精神留给她,我怎么能离开这个世界呢?"(286页)

母亲把母女间的矛盾、夫妻间的迷惑裂痕看做是一方"只用眼睛,不用心思",只看其表不知其内,只观现象不探本质造成的。当然我们也无法否认,人际间、文化间误读的产生确实也是由于双方在政治、经济、文化上存在着的差异,但另一方面,无论从空间、时间和理解角度去看,误读中最终都充满着人为的因素。巴勒斯坦出生的美国学者赛义德在《东方主义》中说:"作为文化和地理实体,更不要说历史实体,像东方和西方这样的地域观念都是人造的。"① 维柯说,"人类社会的世界无疑是人创造的,因此它的原理也就可以在人类心智的变化中去寻找"。② 由此看来,无论是人类在创造世界还是在形成观念中,都有着种种人为因素。像东西方这种在地理、政治、文化、语言、人类学的区别对立,也全在于人站在什么角度、持什么立场去看。可喜可慰的是,作品最后,晶妹在倾听、反思母亲的声音中终于揣摩到了"中国母亲从不当面称赞自己孩子"(331页)那种含蓄的爱,感受到了她身上流动的母亲的血液,并在火车进入中国的那一刻,深深感到了"妈妈是对的,我正在成为中国人。从前不明白,现在忽然意识到身为中国人意味着什么"(306页)。人际间需用心知彼才能更好地知己,那么蕴涵在母女关系后的中西文化关系又何尝不是如此呢?在这意义上,麻将是人际间、文化间的一个绝好隐喻,它使人类在知己知彼的共同努力中,在两者的差异中,看到共性,寻求理解、融合,从而走向成熟,这或许就是谭恩美在作品中所追求的理想境地吧。

四

全书由十六个故事组成,分四个部分,每个部分有四个故事,分别由吴、钟、苏、圣四家的母亲一代或女儿一代叙述。一、四部分由母亲一代叙述,二、三部分由女儿一代叙述。这四家如同麻将桌上的四方,轮流坐庄,各家的故事就在轮流坐庄中娓娓道出,构成四圈十六局十六个故事。尽管在这十六个故事看上去似乎没有明显的联系,它们可以分开来读,也可以重新组合,因为每个故事自成一体,相对独立,全文似乎没有一个主要情节涵盖各个故事,也没有一个引人入胜的高潮和结局,然而细分析一下这种"麻将"式的结构安排顺序,我们不由发觉谭恩美的独具匠心。

首先,小说的外围框架一、四部分母亲们的叙述与中间二、三部分女儿们的叙述在视觉上形成了两代人(东西文化之间)平等交流、互相尊重的对话形式。

---

① Edward Said, *Orientalism*, London, Routledge & Kegan Paul, 1978, p.5.
② 维柯《新科学》,转引自张隆溪"非我的神话——西方人眼中的中国",《文化类同与文化利用》,史景迁讲演,北京大学出版社,1997年,第198页。

但故事中不同的叙述内容（十六个故事都与母亲有关，但只有十三个故事与女儿有关）突出了母亲的地位，强调了母亲的声音，即使母亲凸现为主要人物，又使与母亲对话的张力朝着对母亲的认同和接受方向发展。

其次，把女儿放在结构中间（二、三部分）构成了母亲保护女儿的视觉效果。的确，母亲是出于对女儿的关心保护开始各自的故事。钟林冬以"要改变你已为时太晚，但我要告诉你，因为我对你的孩子也放心不下"开始了"红烛"的叙述（42页）。顾映映对琳娜说的："我仿佛是局外人，在对岸关注着她的生活，从小到大。现在我必须把我过去的事都告诉她，这样才能打动她的心，让她得救"（274页）。形式和内容在此达到不谋而合的统一。

再次，麻将由"东风"开始，右为下家。"东风"的决定有两种方式：指定或掷骰。母亲去世后由晶妹接替的第一局麻将便是由掷骰决定的。"林阿姨是东风坐庄，我是北风，最后出牌，映阿姨是南风，安梅阿姨是西风。"（23页）这样的出牌顺序为：钟、圣、苏、吴。第二部分女儿的故事便以上述顺序排列，而第四部分的顺序为苏、圣、钟、吴（吴还在最后）则是上述这一序列的逆反，这样，二、四部分就构成了一个循环。一、三部分的故事则由坐位的顺序排列，坐位的方向刚好与母亲中国故乡的地理位置相一致。吴宿愿的故乡在上海，位于东边。相对于上海的地理位置，宁波（苏的故乡）位南，太原（钟的故乡）偏西；无锡（顾的故乡）偏北。第一部分以吴宿愿的东边坐位开始，依次顺序为吴、苏、钟、圣。第三部分圣、钟、苏、吴是上述第一部分的逆反。这样，一、三部分又构成了一个由女儿到母亲，由母亲到女儿的循环。这种安排刚好与母女循环，母女同一[①]的主题相吻合。

最后，吴宿愿曾说："东边是一切事物的开始，是太阳升起的地方，风吹来的方向。"（22页）东方的意义在喜福会母亲的心中既是她们生命开始的地方，又是她们落叶归根之处，更又是她们心灵的归宿。尽管身处异乡他国，她们却一直把自己看做中国人，白人则是"外国人"。她们吃着中国菜，一半操着蹩脚的英语，一半操着各自的方言或普通话，恪守着中国的传统，用中国的美德教育着女儿，"怎样孝敬父母，听从母命；怎样才能不露声色，把想法隐藏在深处，在暗中掌握优势；为什么容易的事情不值得追求；怎样了解自己的价值，并且发挥出来，别把它当成不值钱的戒指到处炫耀；为什么中国思想是最完美的"（289页）。整个

---

① 见 Phillipa Kafka, *Un (doing) the Missionary Position: Gender Asymmetry in Contemporary Asian American Women's Writing*, Greenwood Press, 1997, p.20。

结构由吴晶妹代替东方坐位的母亲开始到吴晶妹回到东方（上海）完成母亲的宿愿结束。这个从东开始到东结束的旅程是对吴宿愿的去世（预示再也无法实现内心的宿愿）到她内心宿愿的实现的有意安排，它标志着母女关系从不理解走向理解，从对抗走向接受。它也是女儿对自身族裔身份觉醒的旅程，是女儿走向成熟，回归家园的旅程，它进一步揭示证明了母亲毫不怀疑的"一旦你生下来是中国人，你的感觉和思维是中国人的，你改也改不了"（306页）这句话的真正含义。

这种"母女同一"、"种族回归"的主题在某种意义上与麻将牌本身所蕴涵的中国传统的"天人合一"思想相一致。我们知道，麻将牌共有144张，分4大类，每一类均为36张牌，分别为万子牌、条子牌、饼子牌、花字牌。前三种都是一到九的序数牌，这些序数体现了人们对客观事物数量和顺序关系的抽象概括。万子牌中的"万"在中国民俗观念中是某些相对观念上的"时空之最"，它蕴涵着世上的缤纷万物。条子牌上的"凤"是与"龙"相对的万物之母，图像的绿色和与其相对应的物体象征着大千世界、万物种源。饼子牌上的"圆"则"包罗万象，内涵一切"，它体现着人们对整个宇宙有限与无限、简单与复杂的总体认识。字牌之中的"东、西、南、北"代表天宇四向；"中、发"寓意天地万物以及万物的发祥、发源、发展；"白"表示空白、纯净，有"似无却有，似有却无"的寓意。花牌中以百花中的"四君子"兰、竹、菊、梅为代表的"春、夏、秋、冬"则是大自然一年四季的循环轮回；"财神、聚宝盆、猫、鼠"是"财源茂盛"、"吉祥如意"的民俗象征。这些物化了的时空形象、化身形象、人物形象以及动物形象代表着宇宙的万物，它们同处在一个共同体内，互相搭配，互相作用，互相依附，互相补充，循环往复，直到永远。母女间的一个个故事就是在这一盘盘麻将不同组合的万千景象中有节奏地缓缓流出，在一次次"吃"、"碰"到最后"和"的高潮中朝着母女融合的方向发展。

总而言之，谭恩美以其东西文化的双重身份，将东方文化的魅力[①]融入"自我探寻、自我表露"的写作中，使《喜福会》成为东西合璧的优秀作品，赢得了西方的青睐、尊重、赞美以及认同。可以说，这一切的成功在很大程度上是因为她本人拥有敲开西方大门的"无形的力量"，而她的"麻将"或许就是那块敲门砖。

（原载程爱民主编的论文集《美国华裔文学研究》，北京大学出版社2003年）

---

① Amy Ling, *Between Worlds: Women Writers of Chinese Ancestry*, Pergamon Press, 1990, p.178.

参考教材

〔法〕基亚:《比较文学》,北京大学出版社,1983年。
〔日〕大冢幸男:《比较文学原理》,陕西人民出版社,1985年。
〔法〕布吕奈尔等:《什么是比较文学》,北京大学出版社,1989年。
卢康华 孙景尧:《比较文学导论》,黑龙江人民出版社,1984年。
乐黛云:《比较文学原理》,湖南文艺出版社,1988年。
陈惇、刘象愚:《比较文学概论》,北京师范大学出版社,1988年。
乐黛云主编:《中西比较文学教程》,高等教育出版社,1988年。
陈惇、孙景尧、谢天振主编:《比较文学》,高等教育出版社,1997年。
乐黛云、陈跃红等:《比较文学原理新编》,北京大学出版社,1998年。
杨乃乔主编:《比较文学概论》,北京大学出版社,2002年。
孟昭毅:《比较文学通论》,南开大学出版社,2003年。
曹顺庆主编:《比较文学教程》,高等教育出版社,2006年。

后　记

本教材的缘起、特点与使用说明

比较文学的教材已经够多的了，我们在教材后面所附的参考教材仅国内学者编写的就有9种。其实，如果把国内各大学编写的比较文学教材累计起来，恐怕有20种左右，这9种教材无疑是众多教材中的佼佼者。然而，我们并不想在众多教材中再从量上添加一种，而是力求在注重实用的基础上创新，编写出一部既好用又有学术价值的教材。大致说来，本教材对于本科教学的实用性与教材建设的创新性，表现在以下几个方面：

一、**理论与实践相结合**。将抽象的理论融会在具体生动的案例分析之中，让本科生读了教材之后，懂得怎样进行比较文学研究。所以，本教材的体例设计，是每章先辨析定义、概述理论，然后紧接着就是进行案例分析，每章后面附上所选择的案例。案例尽可能具有经典性，当然也有一些比较文学的新领域，难以选到经典性的案例，就只能选择典型性的案例。如此重视案例分析并且附有案例原文，这在众多比较文学教材中大概是第一部。

二、**学科本科与学科延展相结合**。本教材可以分成三编或三大部分，第一部分是"导言"和"第一章：比较文学的定义、学派及发展"，是引导学生入门的必由之路；第二部分是学科本科的主体内容，包括影响研究、形象学、平行研究、主题学、文类学、比较诗学、跨学科研究，而且为了学科本科的全面性，我们把一些重要内容放入以上诸章节，譬如媒介学与译介学放在影响研究一章中讲授，文学人类学、生态文学与生态批评、网络文学等放到跨学科研究一章中讲授……第三部分是学科延展与分支，包括国际中国学研究、中国各民族文学比较研究、世界华人文学与流散文学。在比较文学教学的实际中，第一部分的入门与第二部分的学科本科内容是必须讲授的，第三部分则视各大学的情况而定，譬如在中央民族大学不可能不讲授中国各民族文学比较研究,在暨南大学不可能不讲授世界华人文学与流散文学,无论如何,让本科生全面了解比较文学的分支学科是必要的,哪怕老师不讲,学生看看教材也好。因为现在的比较文学学科发展已经不同于学科起步的20世纪80年代,像国际中国学(汉学)研究、中国各民族文学比较研究、世界华人文学等比较文学的重要分支,都有专门的研究机构或研究会作为支撑。而将这些比较文学的重要分支一一列入教材加以专门讨论,这在众多比较文学教材中大概也是第一部。

三、普及与提高相结合。本教材特别注重普及性与实用性,为此我们努力做到通俗易懂和叙述生动,并配有案例分析与案例。然而,不在深刻的理论层次上达到的普及与实用,不把脉国内外比较文学的最新发展动向,那就仅仅是一个通俗读本,没有多少学术价值。因而我们努力做到深入浅出,以提高指导普及。鲁迅说:从血管里流出来的都是血,从水管里流出来的都是水。本教材的作者除了年长一点的,清一色的是比较文学博士出身,而且多数都活跃在各大学比较文学教学的第一线,对自己所撰写的章节都有深入的研究。譬如撰写影响研究一章的陈戎女教授是乐黛云先生的博士,毕业不久就在北京语言大学教学第一线上讲授比较文学,她曾在中国比较文学教学研究会上做影响研究的观摩教学并且当选为学会的理事;撰写形象学一章的姜智芹教授作为杨正润先生的博士后,活跃在山东师范大学比较文学教学的第一线,并且在中国社会科学出版社出版了《文学想象与文化利用:英国文学中的中国形象》;撰写平行研究一章的范方俊副教授一直活跃在中国人民大学比较文学教学的课堂上,发表了不少有关论著;撰写跨学科研究一章的管恩森副教授作为杨慧林先生和我的学生,活跃在山东大学威海分校比较文学的教学第一线,并且发表了很多文学与宗教关系的论著;撰写国际中国学研究一章的周阅教授师从对汉学与国际中国学深有造诣的严绍璗先生,作为《汉学研究》的副主编出版了不少相关的论著;撰写世界华人文学一章的陆薇教授作为王宁先生的博士,在中华书局出版了《走向文化研究的华裔美国文学》……至于年长一点的,都是各个研究领域的专家,譬如撰写主题学一章的王立先生在主题学研究上很有贡献,出版了《中国文学主题学》等几百万字的主题学专著;撰写中国各民族文学比较研究一章的汪立珍先生,在中央民族大学的课堂上讲授比较文学与民间文学,出版了《鄂温克族宗教信仰与文化》、《鄂温克族神话研究》等专著。活跃在比较文学教学的第一线,能够感受到学生最需要、最喜欢什么样的教材;作为比较文学某一专门领域的专家,又能够从较高的理论研究的层次上保证教材的学术质量。本教材在每一章的后面都有习题和延伸阅读,习题是让学生对本章内容加深印象,属于普及的范畴;而延伸阅读则属于提高的范畴:如果能够将延伸阅读全部读完,那么,其研究水平完全可以达到比较文学的博士层次。为此,我们在延伸阅读中除了有专业论著,还增加了一些经典或新潮的论著,譬如,在第一章"比较文学的定义、学派及发展"的延伸阅读中,有《歌德谈话录》和 Susan Bassnett 的 *Comparative Literature: A Critical Introduction*,在第二章"影响研究"的延伸阅读中有勃兰兑斯的《十九世纪文学主流》,在第八章"跨学科研究"中有莱辛的《拉奥孔》……延伸阅读中的书目比较多,对本科生来讲可能读不完,我们又划出了阅读重点。当然阅读重点仅仅是对于各章的专业而言,像《歌德谈话录》、《十九世纪文学主流》、《拉奥孔》等学术经典就不在阅读重点之列,而是提高与深造的参考书。因此,尽管本教材是为我国普通高校的本科生教学而编写的,我们追求的也是明白如画的"浅出",然而这是在理论"深入"指导下的"浅出",从而保证了本教材的学术质量和创新性。就此而言,这是一部非常适合本科生使用的实用教材,同时又为他们搭起了向更高学术山峰攀登的阶梯。

回想起来,这部教材的缘起与"马工程"有关。当年申报教育部"马工程"比较文学教材的时候,是我与陈戎女教授一起商讨的。我们都是在教学第一线教了很多年比较文学课的教师,很多观念一拍即合。记得最初的申报材料是协商后由她起草,我改定后去向参加教育部的专家组汇报的。后来曹顺庆先生、孙景尧先生和我被确定为教育部"马工程"比较文学教材的"首席专家"。借着本教材出版的机会,我向陈戎女教授对本教材倾注的心血深深致谢。那时候我就想,"马工程"是"马工程",我们的实用教程是我们的实用教程,先编一部与"马工程"无关的比较文学教材再说。不久,有一家给出版社做书的文化公司向我约稿,他们说正在做一套包括文学理论、中国现代文学、语言学概论、现代汉语等中国语言文学学科下属各二级学科的系列教材,邀请我主编其中的比较文学教材,我就答应了。

为了教材的顺利编写,我在北京主持召开过小型会议,讨论章节的设计与编写的分工,制定编写的时间表。最后,根据会议的讨论由我重新拟定编写大纲,起草了编写本教材的要求与交稿时间,并用电子信箱发给各位编写人。我记得仅仅催稿性的发信,就有四次,这还不包括与编写者个人私下的信件与电话交流。有些编写者在约定的时间之前就交稿了,然而过了交稿的时间仍有几章没有音信,就这样一天天地拖了下来。拖过了给出版社约定的交稿时间,人家就不断打电话来，我也不胜其烦，就在电话里解除了合同。这部比较文学教材一时就成了"烂尾楼"。后来，北京大学出版社的编辑听说我有这么一座"烂尾楼"，就鼓励我发扬给中国比较文学学会年会编辑论文集的精神，将"烂尾楼"改造成有创意的新楼。然而直到今天，即过了交稿时间的一年以后，仍有既未回信也未交稿的编写者。我们等不起了，只好另起炉灶，另请高明，将不可或缺的章节赶写出来。

自从2010年5月调入中国人民大学文学院之后，我就想，立足人大、面向全国，编写一种有特色的比较文学教材，还是很有必要的。作为学校领导和本教材的顾问，杨慧林先生对于教材的编写给予了各方面的支持和关照：他在百忙之中审阅了教材的草稿，提出了很多建设性的意见，并且为教材撰写了理论性很强的高屋建瓴的"导言"。在教材的编写过程中，我与本教材其他各章的撰写者，保持着一种良好的协作关系。我在阅读初稿之后，给几位作者提出了修改意见，他们都采纳了我的意见，甚至著作等身的王立先生在收到我的电子信件后，很快根据我的意见将修改稿寄来，让我颇为感动。我在对全书进行统稿时，对某些章节进行了增删，除了自己承担的一章外，给其他章节增加了几千字的字数。而统一全书的章节体例、注释体例，也费去了不少时间。如果说2008年下半年与2009年，我将精力都用在了主编上下两册的《多元文化互动中的文学对话》这一年会论文集上；那么，2010年和2011年上半年，则将精力耗在了这部教材的编写上。当然，由于水平所限，我们这部教材肯定存在这样那样的缺点，希望得到专家与广大读者的批评指正。无论如何，这座"烂尾楼"能够改造成今天这个模样，我们应该感谢北京大学出版社，感谢杨慧林先生，感谢各章节的编写者，但愿我们的汗水能够浇灌出绚丽的比较文学之花！

今年是中国比较文学博士学科的创建人乐黛云先生八十寿辰，我们今天能够有这个二级学科，并且为这个学科编写教材，与乐先生的贡献是分不开的。根据我的统计，在这部教材各章的延伸阅读中，先生的著作就有三种，在参考教材中先生撰写与主编的教材也有三种。我们祝愿先生永葆青春，带领我们走向比较文学学科发展的更大辉煌。**我们谨以本教材的出版庆贺乐黛云先生八十华诞！**

高旭东
2011年4月